J'ai entrepris un jour de rétablir la vie conjugale d'un homme très intelligent... Il était sans cesse préoccupé par l'idée du divorce, sans pouvoir s'y décider définitivement, à cause de ses deux enfants en bas âge qu'il adorait... L'homme me fit part un jour d'un petit incident qui l'avait profondément effrayé. Il jouait avec l'aîné des enfants, celui qu'il aimait le plus, en le soulevant et en le baissant alternativement ; à un moment donné, il le souleva si haut, et juste au-dessous d'un lourd lustre à gaz, que la tête de l'enfant vint se cogner contre ce dernier. Il n'arriva rien à l'enfant, mais la peur lui donna le vertige... L'adresse particulière de ce mouvement imprudent, la violence de la réaction que celui-ci a provoquée chez les parents m'ont incité à chercher dans cet accident un acte symptomatique... J'ai en effet réussi à retrouver dans les souvenirs d'enfance du patient celui de la mort d'un de ses petits frères, mort que la mère attribuait à la négligence du père et qui avait donné lieu à des explications orageuses entre les époux, avec menaces de séparation. L'évolution ultérieure de la vie conjugale de mon malade n'a fait que confirmer mon schéma...

S. FREUD,
Psychopathologie de la vie quotidienne,
Petite Bibliothèque Payot, 1967.

PREMIÈRE PARTIE

1

Ils avaient été mariés pendant trente et un ans et, au printemps suivant, déterminé et plein d'espoir, il se remarierait. Mais en cette soirée de la fin du mois de mars, Alejandro Stern était revenu chez lui et, depuis la porte d'entrée, avant même de poser sa mallette et sa valise, il avait appelé Clara, sa femme, d'une voix un peu absente. A cinquante-six ans, il était chauve, corpulent, pas particulièrement beau, et en cet instant il se sentait très préoccupé.

Il venait de passer deux jours à Chicago — cette ville de toutes les violences — pour le compte de son client le plus difficile. Dixon Hartnell était un homme dur et égocentrique, qui, en général, se moquait des conseils de son avocat ; pire encore : Stern était obligé de le représenter en permanence, car c'était son beau-frère ; Dixon avait épousé sa sœur Silvia, sa seule parente proche encore vivante et objet durable de son affection. Les sentiments de Stern pour Dixon, bien sûr, n'étaient pas tout à fait aussi purs. Au début, lorsque le travail de Stern se réduisait pratiquement à une chasse discrète aux clients dans les couloirs des tribunaux de simple police, répondre aux besoins imprévisibles de Dixon lui avait permis de payer son loyer. Aujourd'hui, c'était devenu l'un de ces devoirs impondérables, profondément enracinés dans la conception qu'il se faisait de ses obligations familiales et professionnelles.

Et c'était aussi une tâche ininterrompue. Propriétaire d'un vaste empire boursier sur le marché à terme, une société de courtage qu'il avait nommée, dans sa jeunesse, la Maison Dixon, et d'une série de filiales satellites qui, toutes, s'appelaient MD-ceci ou MD-cela, Dixon avait des problèmes perpétuels. Fonctionnaires de la Bourse, contrôleurs fédéraux, agents du fisc — il les avait tous sur le dos depuis des années. Le travail de Stern consistait à le tirer de ces divers mauvais pas.

Mais sa présente mission était autrement plus importante. Le grand jury fédéral siégeant ici, à Kindle County, avait lancé des assignations en dehors du ressort territorial sur des clients précis de MD. Signifiées par les habituels serviteurs du FBI aux visages sinistres, elles étaient arrivées chez MD une semaine plus tôt, et Stern, son dernier procès à peine terminé, avait dû s'envoler immédiatement pour Chicago afin d'y rencontrer, à titre confidentiel, les avocats représentant deux de ces clients de MD, avec lesquels il avait étudié les dossiers réclamés par le gouvernement. Ses interlocuteurs lui avaient expliqué que l'adjoint du procureur des États-Unis chargé de l'affaire, une jeune femme nommée Klonsky, refusait de dire qui était précisément soupçonné — une fois admise l'innocence des clients eux-mêmes. Mais pour un esprit averti, toute cette affaire était lourde de menaces. Ces assignations sentaient le coup fourré. Les enquêteurs savaient ce qu'ils cherchaient et, à l'évidence, ils voulaient coincer Dixon en douceur, ou ses sociétés, ou l'un de ses proches...

Alors que Stern, de mauvaise humeur et fatigué par son voyage, se tenait dans le vestibule de la maison où Clara et lui vivaient depuis presque vingt ans, quelque chose attira soudain son attention. Le silence, peut-être. Aucun bruit de tuyauterie ni d'appareil ménager, pas le moindre murmure de radio... Stern était un homme solitaire et le calme lui avait toujours procuré un certain réconfort. Mais ce silence-là était différent. Abandonnant ses bagages sur le sol d'ardoise, il s'avança rapidement.

— Clara ? appela-t-il de nouveau.

Il la trouva dans le garage. Lorsqu'il ouvrit la porte, l'odeur de putréfaction le submergea, un puissant relent acide qui lui donna immédiatement le vertige et la nausée, comme s'il venait de recevoir un coup de poing dans l'estomac. La voiture, une Seville noire du dernier modèle, avait été rentrée en marche arrière ; la portière, côté conducteur, était ouverte. Dans l'obscurité du garage, Clara baignait dans la clarté blême du plafonnier allumé. Stern aperçut d'abord l'une de ses jambes qui touchait presque le sol de béton, et l'ourlet d'une robe-chemisier aux fleurs de couleurs vives. Dans la faible luminosité, il vit aussi qu'elle avait des bas.

Il descendit lentement l'escalier. La chaleur et l'odeur écœurante qui augmentaient à chaque marche le firent suffoquer, et, dans la pénombre, une soudaine angoisse le terrassa. Quand il la vit dans l'encadrement de la portière, il s'immobilisa.

Elle était étendue à l'avant, sur le siège de cuir couleur fauve. Sa peau — ce fut la première chose qu'il remarqua — paraissait brûlée ; elle avait pris une teinte ocre qui n'avait rien de naturel ; ses yeux étaient fermés. On aurait dit qu'elle avait voulu se composer une image élégante et tranquille. Sa main gauche, manucurée avec soin, était posée presque cérémonieusement sur son ventre, et sa chair était gonflée autour de ses bagues. Il n'y avait rien à côté d'elle, ni veste, ni sac à main. Elle n'était pas complètement renversée en arrière ; son autre bras était tendu vers le volant, et sa tête formait un angle impossible contre le siège. Elle avait la bouche ouverte et sa langue sortait ; son visage était figé, inexpressif. Stern se précipita dans la buanderie aux murs blanchis à la chaux pour vomir dans l'évier en porcelaine, qu'il nettoya aussitôt, avant d'appeler le 91 [1], puis son fils, Peter — qui était chez lui.

— Il faut que tu viennes de suite, lui dit-il.

De suite. Comme d'habitude lorsqu'il était sous tension, les expressions dont il ne s'était jamais totalement débarrassé refaisaient surface. L'accent était toujours là, un handicap durable, estimait-il, comme une claudication.

— Y a un problème avec Maman, dit Peter. (Stern n'avait fait allusion à rien de ce genre, mais les intuitions de son fils pour ces choses-là étaient sûres.) Qu'est-ce qui s'est passé à Chicago ?

Lorsque Stern lui répondit qu'elle n'était pas venue avec lui, Peter, s'en tenant à son idée première, se mit immédiatement à lui faire des reproches.

— Pourquoi n'était-elle pas avec toi ? Je lui ai parlé le matin où tu es parti.

Stern ne put s'empêcher de s'apitoyer brièvement sur lui-même. Il se sentait perdu, tous ses repères émotionnels désespérément brouillés. Bien plus tard, vers le petit matin, alors qu'il serait assis, solitaire, sous une unique lampe, à boire du xérès en essayant d'analyser, une fois encore, les moments importants de cette journée, il comprendrait la véritable signification de la remarque de Peter... Mais sur le moment, elle lui échappa. Il ressentit simplement cette impatience fondamentale à l'égard de son fils, comme une violence volcanique contenue au prix d'une véritable souffrance, tandis que, quelque part en son for intérieur, il découvrait une première piste dans ce que venait de dire Peter. Un gouffre de regrets, indicibles et poignants, s'ouvrit alors en lui.

1. Numéro de la police aux États-Unis (*N. d. T.*).

— Il faut que tu viennes maintenant, Peter. Je ne sais vraiment pas ce qui est arrivé... Je crois, Peter, que ta mère est morte...

Son fils, trente ans, laissa échapper un cri aigu, désespéré.

— *Tu crois ?*

— S'il te plaît, Peter, j'ai besoin de ton aide. C'est terrible. Viens immédiatement. Tu me poseras des questions plus tard.

— Pour l'amour de Dieu, qu'est-ce qui se passe ici, bon sang ? Qu'est-ce que c'est que ce bordel ? Où es-tu ?

— A la maison, Peter. Impossible de te répondre pour l'instant. Je ne tiendrai pas le coup tout seul.

Il raccrocha brutalement. Ses mains tremblaient et il se pencha de nouveau au-dessus de l'évier. Il s'était montré si froid, un moment plus tôt... Et soudain, il ressentit une terrible douleur. Il supposa qu'il allait s'évanouir. Il ôta sa cravate, puis sa veste. Il retourna à la porte du garage, mais il n'eut pas la force de l'ouvrir. Il s'imagina que s'il attendait encore une seconde, il serait capable de comprendre.

La maison fut bientôt envahie par des gens qu'il ne connaissait pas. Les policiers furent là les premiers, deux équipes, qui abandonnèrent leurs voitures n'importe comment dans l'allée — puis les infirmiers et l'ambulance. Par la fenêtre, Stern vit ses voisins attroupés sur la pelouse, de l'autre côté de la rue. Ils se penchaient vers le bâtiment chaque fois qu'un nouveau véhicule arrivait, et ils bavardaient, maintenus à distance par la ligne des voitures de police, dont les gyrophares tournaient.

A l'intérieur, les policiers traînaient partout, avec leur habituelle et détestable arrogance. Leurs talkies-walkies crachaient par intermittence une friture désagréable. Ils entraient et sortaient du garage où ils regardaient le cadavre d'un air stupide, et ils discutaient des événements comme si Stern n'était pas là. Ils considéraient l'intérieur cossu avec une envie si évidente que c'en devenait gênant.

Dès qu'il en émergea, le premier flic qui avait pénétré dans le garage appela son chef à la radio.

— Elle est cuite..., expliqua-t-il au dispatcheur. Dis au patron qu'il ferait mieux de venir avec des masques et des gants.

Ce fut alors, seulement, qu'il remarqua Stern, presque invisible dans la semi-obscurité du hall, à la porte de la buanderie.

Confus, le policier se lança immédiatement dans de longues explications :

— Semble que cette voiture ait tourné toute la journée. Son réservoir est à sec, maintenant. Le pot catalytique devient plus chaud qu'un barbecue — six, sept cents degrés. Vous faites marcher ce moteur pendant douze heures dans un espace fermé, et ça finit par donner une véritable chaleur. Ça ne lui a pas fait du bien... Vous êtes le mari ?

— Je l'étais, répondit Stern.

— Condoléances, fit le flic. C'est terrible.

Ils restèrent un moment sans parler.

— Vous avez une idée de ce qui s'est passé ? demanda alors Stern.

Lui-même ne savait pas exactement ce qu'il pensait en cet instant, sauf que ç'aurait été une espèce de trahison d'envisager tout de suite le pire. Le flic le considéra un moment en silence. Il était gros et rougeaud, et sa corpulence le faisait paraître plus vieux que son âge.

— Clé dans le contact. Moteur allumé. Portes du garage fermées.

Stern acquiesça d'un hochement de tête.

— Ça n'a pas l'air d'un accident, dit finalement le policier. Mais on ne peut être sûr de rien jusqu'à l'autopsie. Vous voyez, elle a peut-être eu une crise cardiaque ou un machin de ce genre juste au moment où elle a démarré. Ou peut-être que c'est un de ces trucs bizarres qu'une femme fait parfois, vous voyez. Elle met la voiture en marche, puis elle pense à autre chose, elle se donne un coup de peigne et elle arrange son maquillage, une histoire comme ça. On peut pas savoir, des fois. On n'a pas trouvé de mot, vrai ?

Un mot... Stern avait attendu les autorités dans le vestibule, guettant leur arrivée près de la porte, dans un état second. La pensée qu'il y avait peut-être un mot, un quelconque message, lui redonna un peu d'espoir, contre toute raison.

— Faut simplement que vous restiez à l'écart de cet endroit, dit le flic, en faisant un geste vague derrière lui.

Stern acquiesça, et pourtant il s'avança vers le garage.

— Juste une dernière fois, dit-il.

Le policier attendit une seconde avant d'ouvrir la porte.

On l'appelait Sandy, prénom qu'il avait adopté presque immédiatement, à l'exemple de sa mère et de sa sœur, quand il était arrivé dans ce pays en 1947, chassé d'Argentine par des malheurs sans fin — la mort de son frère aîné, puis celle de son père, et la prise du pouvoir par Perón. C'était sa mère qui l'avait poussé à utiliser ce diminutif, mais il ne s'y était jamais vraiment habitué, parce qu'il ne lui allait pas très bien et qu'il avait un petit air désinvolte — un peu comme s'il portait les vêtements de quelqu'un d'autre. D'une certaine façon, ce surnom trahissait le formidable désir d'intégration qu'éprouvait l'immigrant désemparé, même s'il s'en défendait — un désir qui avait sans doute été la passion la plus puissante de son existence.

Être un *Américain!* Comme il avait atteint sa majorité dans les années 50, il serait toujours sensible aux obligations particulières qu'il croyait attachées à ce terme. Par exemple, il n'avait jamais acheté de voiture étrangère; et il avait oublié l'espagnol, des années auparavant. A l'occasion, comme par surprise, quelques mots, une expression favorite, pouvaient lui échapper, mais en arrivant ici il était décidé à maîtriser l'anglais. Chez lui, on parlait plusieurs langues : sa mère s'adressait à eux en yiddish; entre eux, les enfants employaient l'espagnol; et quand il soliloquait, son père utilisait un allemand très ampoulé qui, pour le jeune Alejandro, évoquait le bruit d'une machine. En Argentine, pays de forte tradition anglophile, Stern avait appris un anglais digne d'un écolier d'Eton. Mais ici, les expressions de tous les jours brillaient dans son esprit comme ces pièces de monnaie en circulation chez les vrais Américains. Au début, ses lèvres refusaient de les prononcer. L'orgueil et la honte, le feu et la glace toujours le consumaient; il ne pouvait pas souffrir les ricanements que semblait faire naître jusqu'au plus léger problème d'accent. Mais dans ses rêves, il parlait un argot américain des plus riches, aussi savoureux que celui des jazzmen.

En revanche, il ne s'était jamais habitué à l'optimisme des gens de ce pays. Il ne pouvait oublier les tristes leçons de l'expérience d'un étranger, ni l'existence qu'avaient connue ses parents — l'émigration, l'exil, la fuite devant les tyrans, l'impossibilité de trouver un peu de repos quelque part. Il considéra donc comme articles de foi certaines propositions fort simples : entre autres que les choses, souvent, tournaient mal.

Installé dans un fauteuil capitonné de son living, parmi les vases raku et les tapisseries chinoises de Clara, il accepta donc ce qui arrivait — c'était l'effet inévitable d'une incantation diabolique. Il se dit qu'il avait des choses importantes à faire, mais sur le moment, il n'avait aucune intention de bouger — le choc lui avait laissé les membres en coton et son cœur lui semblait sur le point de s'arrêter.

Peter arriva presque tout de suite après les infirmiers qui avaient déjà sorti leur chariot aux draps blancs pour enlever le corps. Nerveux et aussi exalté que d'habitude, Peter avait pénétré en trombe dans la maison, sans un regard pour les policiers à la porte d'entrée. Stern se demanda pourquoi l'hystérie de son fils, cette manifestation hyperthyroïdienne d'une panique incontrôlable, l'horripilait à ce point. L'allure de Peter, jeune homme à la fine ossature et à la coupe de cheveux à la mode, était impeccable ; il portait une ample chemise française à larges bandes bleu turquoise ; ses pantalons étaient couleur olive — mais d'un style bien peu militaire — et bouffants aux genoux. Stern, même en ces circonstances, fut incapable de faire taire son esprit critique. Remarquable, vraiment, que cet homme au visage figé par la douleur eût pris ainsi le temps de veiller à son habillement !

Il se leva enfin pour aller à la rencontre de son fils dans le corridor menant du vestibule à la cuisine.

— Je ne peux tout simplement pas croire une chose pareille..., dit Peter. (Comme Stern, il n'avait pas l'air de savoir quelle contenance adopter ; il fit un pas vers son père, mais ni l'un ni l'autre ne tendit la main.) Mon Dieu, ajouta-t-il, regarde-moi ça ! C'est un vrai carnaval, dehors. La moitié des voisins sont là.

— Ils savent ce qui est arrivé ?

— Je l'ai dit à Fiona Cawley. (Les Cawley vivaient dans la maison d'à côté depuis dix-neuf ans.) Elle l'a plus ou moins demandé. Tu sais comment elle est.

— Ah..., fit Stern.

Il fut incapable de s'en empêcher : il eut honte — un sentiment égoïste d'une violence presque adolescente. Ce terrible événement était désormais sur la place publique; on connaissait la nouvelle... Il imagina sans mal les réflexions circonspectes de Fiona Cawley, sa voisine aux implacables yeux jaunes.

— Où est-elle ? demanda Peter. Elle est encore ici ?

Dès que son fils se fut éloigné vers le garage, Stern se souvint qu'il voulait lui demander qui préviendrait ses sœurs.

— Monsieur Stern ? (Le policier qui avait pénétré dans le garage quelques instants plus tôt s'approcha.) Mes collègues aimeraient bien vous dire un mot, si ça ne vous dérange pas.

Ils étaient dans le fumoir de Stern, au rez-de-chaussée, une pièce minuscule qu'il s'était réservée. Peinte en vert-jaune par Clara, elle débordait de meubles, dont un grand bureau, sur lequel un certain nombre de papiers concernant leur maison étaient soigneusement rangés. Stern était mécontent de voir les policiers envahir cet endroit qui avait toujours été son territoire le plus secret. Deux flics en uniforme, un homme et une femme, étaient debout, tandis qu'un troisième, en civil celui-là, avait pris possession du canapé. Ce dernier, un inspecteur sans doute, se leva avec une certaine nonchalance et lui tendit la main.

— Nogalski, dit-il, en prenant la main de Stern sans enthousiasme et sans même se donner la peine de le regarder en face.

Il était gros et portait un manteau de sport en tweed. Le genre dur. Ils l'étaient tous. Il alla jusqu'à un fauteuil, en face du canapé. Derrière Stern, la femme marmonna quelque chose dans sa radio :

— Nous sommes en train de discuter avec lui, maintenant.

— Vous pouvez répondre à quelques questions, Sandy ? demanda Nogalski.

— De quel genre ?

— La routine. Vous connaissez ça. Nous avons notre rapport à faire. Le lieutenant va arriver. Faut lui donner des informations. Est-ce que cette histoire vous surprend vraiment ?

Stern attendit un instant, puis il répondit :

— Énormément.

— La p'tite dame, c'était le genre à être déprimée et malheureuse ?

Résumer ainsi en quelques phrases rapides la personnalité de Clara était, pour l'instant, bien au-dessus de ses forces.

— C'était une femme sérieuse, inspecteur. On ne peut pas dire d'elle qu'elle était spécialement joyeuse.

— Mais est-ce qu'elle voyait un psychiatre, ou quelque chose comme ça ?

— Pas à ma connaissance. Elle n'avait pas une nature à se plaindre, inspecteur. Elle était très secrète.

— Elle ne vous avait jamais menacé de faire un truc pareil ?

— Non.

Le policier, qui était presque chauve, regarda Stern en face pour la première fois. Visiblement, il ne le croyait pas.

— Nous n'avons pas encore trouvé de message, vous savez.

Stern agita faiblement la main. Il n'avait aucune explication.

— Et où étiez-vous ? demanda l'autre flic, derrière lui.

— Chicago.
— Pour ?
— Affaire juridique. Fallait que je rencontre des tas d'avocats.
Les graves problèmes de Dixon, qui le préoccupaient encore seulement une heure plus tôt, lui revenaient maintenant en mémoire avec une déconcertante étrangeté. L'urgence de cette situation lui faisait signe, mais comme une main qui disparaîtrait dans le lointain, pour l'instant hors d'atteinte.
— Vous êtes parti combien de temps ? reprit Nogalski.
— Hier matin, très tôt.
— Vous lui avez téléphoné ?
— J'ai essayé la nuit dernière, mais ça ne répondait pas. Nous avons des abonnements à des concerts classiques. Je me suis dit qu'elle était allée boire un café avec des amis, après le spectacle.
— Qui a été le dernier à lui parler, à votre connaissance ?
Stern réfléchit un instant. Les manières brutales de Peter auraient vite fait de braquer la police.
— Peut-être mon fils.
— Il est ici ?
— Oui. Mais il est plutôt bouleversé pour le moment.
Nogalski, pour une raison connue de lui seul, se permit un petit sourire désagréable.
— Vous faites ça souvent ? s'enquit le policier derrière Stern.
— Ça quoi, monsieur ? dit Stern.
— Voyager. Quitter la ville.
— A l'occasion, quand j'y suis obligé.
— Où avez-vous logé ? intervint la femme.
Stern essaya de ne pas réagir à la direction que prenaient leurs questions. Les policiers, bien sûr,

savaient maintenant qui il était, et ils se comportaient en conséquence. Ils méprisaient la plupart des avocats de la défense, dans les affaires criminelles, parce qu'ils leur mettaient sans cesse des bâtons dans les roues et qu'ils voyaient souvent leurs efforts grassement récompensés. Pour les policiers, cette histoire était une trop belle occasion de harceler un adversaire et de se laisser aller à leurs désagréables lubies habituelles sur les crimes et leurs mobiles. Peut-être que le métèque grimpait sa petite amie à Chi, pendant que quelqu'un payé par lui montait tout ce cinéma ici... On ne peut pas savoir avant d'avoir posé la question.

— Cette fois-ci, j'étais au Ritz, affirma Stern. Vous en avez terminé, maintenant ? Mon fils et moi, nous devons encore annoncer la nouvelle à ses sœurs.

Nogalski l'observait.

— Tout ça n'a guère de sens, dit-il.

Pas de sens. C'était l'opinion d'un professionnel. Stern le regarda avec beaucoup d'attention. Il éprouvait rarement de la reconnaissance envers la police — c'était l'un des inconvénients de son métier.

Tandis qu'il retournait dans le vestibule, il entendit la voix de Peter. Son fils râlait pour une raison ou pour une autre. Le flic au visage rougeaud qui, un peu plus tôt, avait accompagné Stern à l'intérieur du garage, l'écoutait, impassible. Stern prit Peter par le coude pour l'éloigner. C'était intolérable. Intolérable ! Il sentit une partie de sa résistance se désagréger.

— Mon Dieu, ils vont faire une autopsie ! Tu savais ça ? murmura Peter dès qu'ils furent seuls dans le couloir.

Peter était médecin, et aujourd'hui, apparemment, son passé revenait le hanter — les examens de pathologie qu'il avait pratiqués sur les clochards ramassés dans le ruisseau, l'horrible humour de carabins quand cinq ou six étudiants tripotaient les viscères d'un macchabée... Il ne se faisait pas à l'idée que sa mère allait être une anatomie sans vie parmi d'autres, attendant les coups de scie ordonnés par le coroner.

— Tu ne vas pas laisser faire une chose pareille, n'est-ce pas ? ajouta Peter.

Stern, qui était bien plus petit que lui, observa son fils. Était-ce seulement en sa présence que Peter était en proie à cette exaltation angoissée ? Leur relation n'avait pas évolué depuis des années, semblait-il. Il y avait toujours, chez lui, ce ton d'exhortation pleurnichard, trop pressant pour être tenu pour de simples jérémiades. Stern se demandait depuis si longtemps ce que son fils attendait de lui...

— C'est la routine, Peter. Le coroner doit déterminer la cause du décès.

— La cause du décès ? Ils pensent que c'est un accident ou quoi ? Ils vont lui faire un scanner pour essayer de comprendre ce qu'elle avait en tête ? Nom de Dieu, on n'aura même plus un corps complet à enterrer ! C'est évident. Elle s'est suicidée.

Personne n'avait encore formulé la chose tout haut. Stern prit le franc-parler de Peter pour un manque de savoir-vivre. C'était trop cru, trop brutal. Mais s'il fut choqué, il ne ressentit aucune colère.

Il lui répondit que ce n'était pas le moment de croiser le fer avec les policiers ; ils se conduisaient comme des imbéciles, à leur habitude, en lançant une sorte d'enquête pour homicide. D'ailleurs, il serait peut-être la prochaine personne à qui ils voudraient parler.

— A moi ? Et à quel sujet ?

— Tes dernières discussions avec ta mère, je suppose. Mais je leur ai dit que tu étais trop bouleversé pour l'instant.

Dans sa grande détresse, Peter eut un petit sourire enfantin.

— Bien, murmura-t-il.

C'était un homme tellement étrange ! Pendant un instant, une sensation bizarre passa entre le père et le fils — constituée d'une quantité d'incompréhensions. Puis Stern rappela à Peter qu'il fallait téléphoner à ses sœurs.

— Exact, répondit le jeune homme.

Une expression plus sensée passa dans son regard. S'il était différent de son père, au moins était-il un grand frère fidèle.

Stern entendit quelqu'un qui disait, dans l'entrée :

— Le lieutenant est arrivé.

Et en effet un homme corpulent pénétra en coup de vent dans le couloir et les dévisagea. Il devait être à peu près du même âge que Stern, mais les années semblaient avoir eu un effet différent sur lui. Il était costaud et, comme un paysan ou quelqu'un habitué à travailler au grand air, il paraissait avoir conservé une bonne part de la force de sa jeunesse. Il portait un costume synthétique marron clair, froissé, et une chemise en rayonne débraillée, dont un pan dépassait de sa veste — Stern s'en rendit compte lorsque le policier lui tourna le dos un instant. Il avait un large visage rose et plus guère de cheveux — quelques rares touffes grises dispersées sur son crâne.

Il avança le menton vers Stern avec une mimique entendue.

— Sandy, dit-il.

— Lieutenant..., répondit Stern.

Il ne savait pas qui était cet homme, mais il l'avait déjà rencontré. Un procès quelconque, à un moment ou à un autre. Mais en cet instant, il se sentait incapable d'y réfléchir.

— Quand vous aurez un moment, dit le lieutenant.

Il y eut un certain flottement entre Stern et son fils.

— Discute avec lui, moi je vais téléphoner, dit

finalement Peter. Tu sais bien. Marta et Kate. C'est mieux que ce soit moi qui le fasse.

Dans un soudain éclair de lucidité, une sorte de moment privilégié qu'il aurait pu espérer en un instant de grand péril, Stern reconnut la mise en place d'un drame familial traditionnel. Lorsque les enfants avaient grandi, Peter, curieusement, avait assumé le rôle du chef de famille : c'était le plus souvent vers lui que se tournaient alors ses sœurs et sa mère. Avec chacune d'elles, il avait tissé des liens solides et secrets, et Stern n'avait jamais compris comment cela avait été possible, car le même phénomène ne s'était jamais produit avec lui. Il réalisa tout à coup que ce terrible devoir aurait dû lui incomber, mais qu'il ne s'était que trop bien arrangé de sa faiblesse.

— Je t'en prie, Peter, dis-leur que je les appellerai bientôt.

— Sûr. (Peter sembla réfléchir ; il s'appuya contre le mur un instant, essayant d'assimiler tout ce qui se passait, comme épuisé par l'intensité de ses émotions, et il ajouta :) La vie est pleine de surprises.

Dans le fumoir de Stern, le lieutenant écouta le rapport de ses hommes ; au moment où Stern sortait du vestibule, Nogalski revenait sans se presser. Le lieutenant voulait savoir ce qu'avaient fait ses subordonnés. Ce fut Nogalski qui parla. Les autres savaient qu'ils n'avaient pas leur mot à dire.

— J'ai posé quelques questions, lieutenant.

— Et vous pensez que vous en avez posé assez ?

Nogalski accusa le coup. L'inspecteur et le lieutenant ne s'entendaient pas très bien, c'était visible.

— Peut-être que vous pourriez aller aider un peu à l'extérieur, reprit ce dernier. On dirait que les badauds ne vont pas tarder à enfoncer les barrières...

Lorsque tous les policiers se furent éclipsés, le lieutenant fit un signe à Stern. Il donna un coup à la porte du dos de la main, si bien qu'elle se referma à moitié.

— Eh bien, on dirait que vous avez un paquet d'emmerdes ici, pas vrai, Sandy ? Je suis désolé de vous retrouver en de pareilles circonstances. (Il s'appelait Radczyk, son nom revint brusquement à Stern. Ray Radczyk.) Vous tenez le coup ?

— Pour l'instant. Mais mon fils a un peu de mal, en revanche. Pour une raison ou pour une autre, la perspective d'une autopsie le rend malade.

Le flic, qui se promenait dans la pièce, haussa légèrement les épaules.

— Si on trouve un mot quelque part, on pourra éviter ça, je suppose. J'arriverai probablement à arranger le coup avec le bureau de Russell. (Il faisait allusion au coroner.) Ils peuvent toujours mesurer le taux de gaz carbonique dans le sang. (Le vieux policier dévisagea Stern, conscient sans doute qu'il était un peu trop direct.) J'ai une dette envers vous, vous savez.

Stern hocha la tête, mais il n'avait pas la moindre idée de ce dont parlait Radczyk.

Le flic s'assit, et ajouta :

— Les gars vous ont fait le cinéma habituel ?

Stern acquiesça de nouveau — quoi qu'eût voulu dire son interlocuteur — et il répondit :

— Ils ont été très consciencieux.

Le lieutenant saisit immédiatement.

— Nogalski est OK. Il pousse un peu, mais il est OK. Il est dur aux entournures. (Ses yeux se posèrent sur la porte. C'était le genre de type qu'on avait dû considérer comme un balourd, lorsqu'il était plus jeune. Quand il n'avait pas encore un insigne et un revolver.) C'est affreux. Je suis vraiment désolé pour vous. Rentrer à la maison et la trouver comme ça, pas vrai ?

Il recommençait tout le truc. Simplement, il était meilleur pour ça que Nogalski.

— Elle était malade ? dit-il encore.

— En parfaite santé. A part les problèmes habituels de la cinquantaine. Elle avait de l'arthrite à un genou. Elle ne pouvait pas jardiner comme elle l'aurait voulu. Rien d'autre.

Par la fenêtre, Stern vit les voisins s'écarter pour laisser passer l'ambulance, qui roula lentement à travers la foule, il remarqua que son gyrophare ne tournait pas. C'était inutile, désormais. Il suivit des yeux le véhicule qui transportait le corps de Clara jusqu'à ce qu'il eût disparu derrière les branches du pommier, dont les feuilles sortaient à peine, dans le coin le plus éloigné de leur terrain — puis il se força à s'intéresser de nouveau à la conversation. *C'était au genou gauche qu'elle avait de l'arthrite,* pensa-t-il.

— Vous n'avez aucune idée sur la raison de sa mort ?

— Lieutenant, il est évident que quelque chose m'a échappé...

Il espérait tenir le coup, mais ce fut impossible. Sa voix se mit à trembler et il ferma les yeux. La pensée de se laisser aller devant ce policier lui répugnait, mais il avait l'impression qu'une blessure s'était mise à saigner en lui. Il faillit lui dire qu'il regrettait beaucoup de choses, mais il était certain d'être incapable d'exprimer cela avec suffisamment de dignité. Il se contenta d'un :

— Désolé. Je ne peux pas vous aider.

Radczyk l'étudiait ; il cherchait à savoir si, selon toute vraisemblance, il lui disait ou non la vérité.

Un policier apparut dans l'entrebâillement de la porte.

— Lieutenant, Nogalski m'a demandé de vous prévenir qu'ils ont trouvé quelque chose. Là-haut, dans la chambre. Il veut pas y toucher tant que vous l'aurez pas vu.

— Qu'est-ce que c'est ? demanda Stern.

Le flic le regarda, ne sachant pas s'il devait lui répondre, mais il dit enfin :

— Le mot.

Il était là, sur la commode de Stern, griffonné sur une feuille du papier à lettres de Clara, à côté d'une pile de mouchoirs repassés par la femme de ménage. Exactement comme une liste de courses, ou un pense-bête rappelant de faire un saut à la laverie... Sans prétention. Inoffensif.

Stern s'en empara, bouleversé par ce souvenir de Clara. Radczyk regardait par-dessus son épaule, mais il n'y avait pas grand-chose à voir. Juste une ligne. Aucune date. Pas d'adieux. Quatre mots seulement.

Peux-tu me pardonner ?

2

Dans le petit matin obscur, le jour où Clara devait être enterrée, Stern se réveilla au milieu d'un rêve. Il errait dans une grande maison ; Clara était là, mais elle s'était réfugiée dans un placard et refusait d'en sortir ; elle se cramponnait avec un air timide à l'un des vêtements qui y étaient pendus — une femme dans la cinquantaine, qui tremblait de peur, comme une enfant pudique. Et Stern entendit soudain sa mère qui l'appelait, puis son frère aîné, Jacobo ; leurs voix venaient d'autres pièces de la maison. Au moment où il allait leur répondre, Clara lui dit qu'ils étaient morts, et, pris de panique, il sentit son corps qui se précipitait dans la direction des voix.

Depuis son lit, Stern regarda l'heure à son radio-réveil. 4:58. Il ne se rendormirait pas, il le savait. Il était trop effrayé par les images qui s'étaient bousculées dans son rêve. Le visage de Clara avait une expression tellement bizarre lorsqu'elle lui avait annoncé la mort de Jacobo ! Une lueur si sournoise, si calculatrice !

Une chape d'immobilité et de sommeil pesait sur la maison pleine de monde. Sa fille aînée, Marta — vingt-huit ans, avocate à l'Assistance judiciaire, à New York —, était arrivée en avion, le premier soir ; elle dormait au bout du vestibule, dans la chambre qu'elle occupait quand elle était petite. Kate et John, son autre fille et son mari, qui habitaient dans une banlieue éloignée, avaient préféré passer la nuit ici plutôt que d'affronter les embouteillages matinaux sur les ponts franchissant la rivière. Silvia, la sœur de Stern, s'était installée dans la chambre d'amis ; elle était venue de sa maison de campagne, où elle vivait, pour s'occuper de son frère et organiser les funérailles. Il ne manquait que deux hommes : Peter et, évidemment, Dixon — l'éternel loup solitaire.

La veille au soir, la période de deuil avait commencé — et son cérémonial le plus sinistre. D'habitude, les visites ne débutaient qu'après l'enterrement, mais Stern, toujours ambigu à propos des rituels religieux, avait ouvert la maison à divers amis affligés qui semblaient éprouver le besoin de le réconforter — des voisins, deux jeunes avocats qui travaillaient à son bureau, et son cercle habituel du tribunal et de la synagogue. Clara était fille unique, mais quatre de ses cousins étaient arrivés, deux par deux, de Cleveland. Stern les avait reçus avec autant de politesse que possible. En de tels moments, chacun réagissait en fonction de ses impulsions les plus profondes et de l'éducation qu'il avait reçue. Pour la mère de Stern, disparue depuis des décennies, mais toujours présente dans ses rêves, les règles sociales étaient sacrées.

Mais une fois les visiteurs partis et les membres de sa famille couchés, Stern s'était enfermé dans la salle de bains attenante à la chambre qu'il avait partagée avec

Clara, et il s'était abandonné, pour la seconde fois de la soirée, à une terrible crise de larmes qui l'avait laissé le souffle court. Il s'était assis sur le siège des toilettes toujours recouvert par le tissu à volants que Clara y avait posé des années auparavant, et comme il hurlait vraiment, sans plus aucun contrôle de lui-même, il s'était plaqué une serviette sur la bouche pour n'être entendu par personne.

— Qu'ai-je fait ? répétait-il d'une petite voix retenue, ravagée par le chagrin. Oh, Clara, Clara, qu'ai-je fait ?

Après son cauchemar, il se leva et alla s'examiner dans les miroirs de la salle de bains ; son visage était bouffi et ses yeux irrités et injectés de sang. Il se sentait engourdi et, du coup, il eut de nouveau un certain recul par rapport à la situation, mais il connaissait les limites de ses forces. Il savait que la journée à venir serait affreuse. *Affreuse.* Il s'habilla, mais sans enfiler sa veste, puis il se fit un œuf à la coque, et il s'installa à la table d'acajou de la salle à manger, où il regarda les reflets du soleil levant prendre peu à peu possession de sa surface vernie, jusqu'au moment où un nouvel accès de douleur le poignarda. Il tenta désespérément — mais sans grand espoir — de retrouver son calme.

Comment, se demanda-t-il encore une fois, oui, comment s'était-il débrouillé pour ne pas se rendre compte que la femme qui dormait à son côté hurlait sa peine — au sens figuré du terme ? Comment avait-il pu se montrer aussi sourd et aveugle ? Il y avait tant de signes, il le savait ! Même dans son état habituel, fébrile et distrait, il aurait pourtant dû s'en rendre compte. Dans sa vie quotidienne, Clara avait toujours été quelqu'un de très secret. Pendant des années, par exemple, elle s'était intéressée à la civilisation japonaise, juste pour son plaisir personnel ; et lui, il n'avait rien su de tout cela, excepté les titres des livres qu'il voyait traîner, à l'occasion, sur son bureau. A d'autres moments, elle lisait une partition musicale et la symphonie tout entière devait vibrer en elle ; son menton, alors, s'affaissait imperceptiblement — mais jamais elle ne murmurait une seule note ni une mesure.

Et il y avait autre chose. Récemment, deux ou trois soirs de suite, il était rentré tard à la maison, préoccupé par son affaire du moment — une sombre histoire d'escroquerie —, et il avait trouvé Clara assise dans l'obscurité, sans livre ni magazine, pas même baignée, dans l'insipide tremblement lumineux de la télévision. C'était son expression, surtout, qui l'avait effrayé. Elle n'avait pas l'air rêveuse — mais absente. Oui, elle était ailleurs. Sa bouche formait une ligne solennelle et ses yeux étaient aussi froids que deux agates. Un état contemplatif au-delà des mots, aurait-on dit. Cela s'était déjà produit. Lorsqu'ils en parlaient, ils considéraient cela comme des « moments d'humeur » passagers. Pendant des années, il avait été si fier de sa propre discrétion à son égard !

De plus en plus nerveux, il se mit à marcher de long en large à travers la maison et à toucher les objets que Clara avait touchés, les examinant comme pour y déceler des indices. Dans une des salles de bains, il tripota un moment un peigne en écaille de tortue, une petite soucoupe de Lalique, et la douzaine de bâtons de rouge à lèvres alignés comme des cartouches à côté du lavabo... *Mon Dieu !* Il serra dans ses mains l'un de ces tubes dorés comme s'il s'agissait d'une amulette.

Dans l'entrée, trois jours de courrier s'entassaient sur une petite coiffeuse. Il joua avec les enveloppes soigneusement empilées. Des factures, encore des factures — dont la vision lui fit mal. Ces actes prosaïques, comme se rendre au pressing ou au supermarché, témoignaient humblement des espoirs de Clara. Le

6 mars, elle espérait continuer à vivre. Qu'est-ce qui avait bien pu se passer ?

Westlab Medical Center. Stern examina l'enveloppe. Elle était adressée à Clara. A l'intérieur, il n'y avait qu'une facture. Les travaux du labo, simplement décrits par un code d'ordinateur, dataient de six semaines et étaient juste intitulés « Examens ». Stern resta immobile un instant, puis il gagna la cuisine, s'exhortant déjà à être raisonnable, faisant appel à toute sa volonté pour contenir ces sentiments de gratitude qu'il sentait monter en lui — et dont il avait honte. Pourtant, il était absolument certain qu'elle n'avait jamais fait allusion, devant lui, ni à des médecins, ni à des examens. Clara notait ses rendez-vous dans un agenda de cuir, à côté du téléphone. Les déjeuners. Les inévitables concerts. Les dîners, la synagogue et les affaires du barreau qui constituaient leur vie sociale. La facture posée devant lui, il compara la date avec celle de l'agenda. « 9:45 — examen. » Puis il tourna les pages. Le 13, elle avait noté : « 3:30 — docteur. » Il avança dans le mois. Le 21, c'était la même chose : « Dr. » « Examen. » « Dr. »

Cancer. C'était donc ça ? Quelque chose de bien avancé, alors... Avait-elle décidé de partir sans donner une chance aux membres de sa famille de la supplier, dans leur intérêt et surtout dans le sien, d'aller subir les tortures d'un cancérologue pour prolonger son existence ? C'était du Clara tout craché. Proclamer ainsi cette ultime souveraineté. Sa dignité, son sens des convenances, son intense conviction, oui, tout était là.

En marchant doucement, il se retrouva une fois de plus dans la salle à manger et il entendit du bruit au premier étage. Même en proie un instant à la confusion mentale, il comprit soudain que, malgré toute la volonté aveugle avec laquelle son cœur tendait vers cette solution, il s'était abandonné à son imagination. Il y avait certainement une explication plus quelconque, moins héroïque, à ces rendez-vous médicaux. Pourtant, ces doutes donnaient la chair de poule. La nuit précédente, alors qu'il tâtonnait maladroitement dans leur salle de bains à la recherche d'un mouchoir, il était tombé sur une bouteille de teinture pour les cheveux, cachée au fond d'un tiroir. Il ne savait pas depuis combien de temps Clara lui dissimulait cette petite vanité sans importance. Des mois ? Des années ? Cela ne faisait aucune différence. Mais il s'était soudain senti mortifié. Il avait la même impression maintenant : il y avait tant de choses qu'il n'avait pas remarquées, qu'il n'avait pas sues de cette personne, cette femme, son épouse.

— Papa ?

Kate était au pied des escaliers, en chemise de nuit ; c'était une jeune femme élancée, d'une bouleversante beauté.

— *Cara*..., répondit-il — une expression affectueuse qu'il avait toujours employée avec ses filles, de temps à autre.

Il tenait encore la facture du labo à la main et il la glissa vivement dans la poche arrière de son pantalon. Ce n'était pas quelque chose dont il fallait discuter avec les enfants, pas aujourd'hui, en aucun cas, car cette découverte risquait d'augmenter leur angoisse. Et surtout pas avec Kate. Sa beauté, pensait-il, lui avait trop simplifié la vie. Kate donnait l'impression de traverser l'existence sur un nuage, protégée par sa splendeur peu commune et sa gentillesse naturelle. Peut-être à cause de cela les responsabilités étaient-elles injustement partagées... Sans doute, beaucoup de choses s'étaient passées ici, à la maison. Clara s'était tellement occupée de Peter; Stern, lui, avait une complicité naturelle très forte avec son aînée, Marta. Et Kate, elle, n'avait jamais profité des énergies les plus intenses de leur mystérieuse dynamique familiale.

Quand elle était enfant, elle avait montré les mêmes aptitudes intellectuelles que son frère et sa sœur; et Clara lui avait légué son sens musical. Mais tout cela s'était peu à peu évanoui. Au lycée, elle avait rencontré une brave andouille sans religion, un prototype d'Américain presque comique, joueur de football, parangon de la blonde beauté masculine, avec son visage parfait et ses façons maladroites. Elle l'avait épousé après un an de faculté, malgré la discrète désapprobation de ses parents. John avait commencé à travailler dans l'imprimerie de son père, mais il avait vite été évident que cette petite affaire ne pouvait subvenir aux besoins de deux familles, si bien que Dixon l'avait engagé chez MD où, après des débuts un peu difficiles, il paraissait faire désormais l'affaire, un ex-sportif de plus se lançant dans la mêlée des marchés financiers... Kate, elle, était devenue institutrice. Elle aimait son mari avec une tendre et pitoyable innocence, mais Stern sentait par moments son cœur se serrer à la perspective du jour où Kate découvrirait enfin les sales tours que le monde pouvait jouer.

Elle lui prit la main.

— Papa, j'ai quelque chose à te dire. On voulait attendre encore un mois avant de t'en parler, mais tout le monde est si malheureux...

Les lèvres de Kate tremblaient légèrement.

Mon Dieu, pensa Stern, *elle est enceinte!*

Elle releva alors la tête avec un air de fierté et annonça :

— Nous allons avoir un bébé.

— Par exemple! fit Stern. (Il serra sa main dans les siennes et répéta :) Par exemple!

Il s'efforça de sourire bravement et essaya de se rappeler exactement la façon dont il fallait exprimer son bonheur en un moment pareil. Il l'embrassa d'abord sur la tempe, puis il la prit dans ses bras. C'était un geste qu'il ne faisait que rarement, et il fut étonné par ce contact avec sa fille, là, dans sa fine chemise de nuit, étonné par sa fragilité, par la forme de ses seins, libres, contre lui. Elle se mit à pleurer, avec un soudain abandon, puis elle s'écarta de lui.

— On ne pouvait rien dire, expliqua-t-elle. Ce n'était pas encore sûr. On a eu des problèmes. Et maintenant, je n'arrête pas de me demander si ça aurait changé quelque chose si Maman avait été au courant.

Elle se laissa aller de nouveau au chagrin. Et de nouveau Stern serra dans ses bras sa belle enfant brune. Mais tout en l'étreignant, sa vision de la situation changea brutalement. Clara, elle aussi, avait laissé tomber ses enfants, à sa façon. Jusqu'à présent, il avait considéré que l'ultime geste de sa femme n'était dirigé que contre lui. Or, les enfants étaient devenus adultes, mais ils étaient encore inquiets et ils n'avaient pas dépassé ce cap où ils n'auraient plus du tout besoin d'une assistance occasionnelle. Cela aurait-il fait une différence si Clara avait connu le secret de Kate ? Ou avait-elle décidé que ses gosses, eux aussi, avaient reçu de sa part le maximum de ce qu'elle était capable de leur donner ?

Il y eut un mouvement au-dessus d'eux. Marta se tenait dans l'escalier. C'était une jeune femme plus petite que Kate, à la peau brune elle aussi ; elle avait des lunettes cerclées de métal et une belle toison de cheveux noirs indomptables. Elle les observait d'en haut, tous les deux, avec cet air vulnérable qui n'appartenait qu'à elle.

— C'est le groupe des pleureuses ? fit-elle.

Stern laissa Kate lui répondre. Celle-ci redressa les

épaules et s'essuya les yeux. Toute la famille devait savoir, à présent. Comme Stern s'habituait aux paroles de sa fille, une bouffée de joie, parfaitement inattendue, naquit dans l'espèce de masse de plomb qu'étaient devenues ses entrailles, et il fut submergé par un souvenir extraordinairement précis de cette façon heurtée dont un bébé agite les bras et les jambes, aussi imprévisible et soudaine que la vie elle-même...

— Je venais juste de l'annoncer à Papa. J'attends un enfant.

Le cri de Marta déchira la maison. Elle, toujours si sérieuse, hurla sans se soucier du reste. Elle embrassa Kate et serra son père dans ses bras. Les deux sœurs s'assirent sur une marche en se tenant les mains. Peter fit son apparition à ce moment-là ; il était parti tôt de chez lui pour éviter les embouteillages ; on lui apprit la nouvelle. L'agitation de la maisonnée tira John du lit, et tout le monde le serra dans ses bras à tour de rôle. Comme il était réservé, on en rajoutait toujours avec lui. Pendant des années, on avait fait des efforts pour l'aider à se sentir accepté, dans une situation où, pour de nombreuses raisons, il savait qu'il ne le serait jamais.

Ils passèrent alors dans le living. Silvia arriva à son tour, en peignoir ; elle avait l'air grave. A l'évidence, elle avait pris leurs exclamations pour la manifestation d'un coup dur supplémentaire. Elle n'avait jamais eu d'enfants, à son grand désespoir, et la nouvelle, si inattendue, la fit fondre en larmes elle aussi. Il était à peine un peu plus de sept heures et tous les membres de la famille, bouleversés par cette succession d'événements, s'accrochaient les uns aux autres. Et, là, à leur côté, Stern ressentit soudain le vide que laissait la disparition de Clara. Il s'y attendait. Plus que la confusion et le sentiment d'une perte, c'était l'impression d'absence qui le frappait en cet instant.

Lorsqu'il leva les yeux, il se rendit compte que Marta l'observait. Il avait éprouvé un chagrin vraiment terrible quand il l'avait vue, la nuit de son arrivée. Marta, la courageuse Marta, son enfant la plus audacieuse, remontait l'allée comme un petit soldat, avec son sac de toile en bandoulière. Elle avait éclaté en sanglots, sans se cacher, à l'instant même où elle était descendue du taxi. Stern l'avait prise dans ses bras sur le pas de la porte.

— Papa, je n'ai jamais pensé qu'elle était heureuse, mais...

Étranglée par l'émotion, elle n'avait pas terminé sa phrase. Stern l'avait serrée davantage contre lui, souffrant en silence du jugement sans équivoque qu'elle venait de porter sur sa mère. A la différence de son frère et de son autre sœur, elle avait toujours gardé une certaine distance vis-à-vis de Clara. Peut-être éprouvait-elle donc davantage de regrets ?

A présent, à travers la pièce, les petits yeux rapprochés de Marta, qu'elle tenait de son père, étaient posés tristement sur lui.

Et ses lèvres disaient en silence : *A moi aussi, elle me manque.*

Stern, qui aimait bien cuisiner le matin, prépara le petit déjeuner pour tout le monde. Il fit des œufs au plat et des crêpes, tandis que Marta pressait des pamplemousses — une tradition familiale. A neuf heures, une heure avant l'arrivée de la limousine des pompes funèbres, ils avaient mangé et ils étaient habillés ; et de nouveau, ils s'étaient tous réfugiés dans le living, où ils attendirent en silence.

— Que diriez-vous d'un bridge ? demanda Marta.

Elle mettait un point d'honneur à ne pas être esclave des conventions. En général, elle s'habillait dans le style de la fin des années 60, époque à laquelle elle était encore une enfant ; elle considérait ce temps-là comme une période très romanesque ; elle se promenait en robes flottantes et chaussée de bottines montantes, les cheveux au vent.

— Maman aimait bien ça, quand on jouait, ajouta-t-elle.

— Oh, c'est sûr, répondit Peter. Elle aimait aussi nous voir danser le quadrille quand on était gosses. On pourrait en faire un pendant l'office.

Va te faire voir, murmura Marta à son frère, mais avec un léger sourire. Elle s'était toujours efforcée de minimiser sa rivalité avec son frère, et en ce jour, elle était décidée à faire preuve de davantage de patience avec lui. Kate avait continuellement les larmes aux yeux, mais des trois enfants, c'était encore Peter qui paraissait le plus touché ; il était morose, pensif — comme perpétuellement au bord du gouffre. Il se tenait à l'écart, mais ne pouvait pourtant jamais rester très longtemps loin de la présence réconfortante de ses sœurs. Très unis, les trois enfants de Stern semblaient tirer des forces les uns des autres.

Marta reparla de faire un bridge.

— Papa, ça te dirait ?

Stern leva les mains, paumes ouvertes — ce n'était pas vraiment une réponse.

— Tu joueras ? lui demanda finalement Kate.

Silvia le poussa un peu en avant, pour l'encourager, tout en disant :

— Il faut que je m'occupe encore de plusieurs choses, pour après.

Elle préparait la maison pour la foule des visiteurs qui arriveraient après les obsèques.

— Je vais aider tante Silvia, dit Stern. Vous n'avez qu'à jouer, vous quatre.

— Non, c'est moi qui vais l'aider, intervint John.

Il était déjà debout. Il était immense, blond et taillé comme une montagne. Son cou était gros comme une chambre à air. Il n'avait jamais réussi à maîtriser ce jeu de cartes — comme, d'ailleurs, bien d'autres choses touchant à sa belle-famille. Les Stern, avec leurs manières intenses mais calmes, désorientaient John depuis presque dix ans.

— Allez, venez ! appela Marta.

Elle était dans la véranda, déjà à la recherche des cartes. Stern comprenait l'excitation de sa fille. Pendant un instant, ce serait comme lorsqu'elle avait dix-sept ans, lorsque les enfants étaient tous les trois bien à l'abri du monde compliqué des adultes. Stern, comme toujours, fut à la fois irrité et attendri par sa Marta et ses coups de tête.

— Kate, je fais équipe avec toi, annonça-t-il finalement.

Il était toujours le partenaire de l'une ou l'autre de ses filles, généralement de Kate. Quand il était avec Peter, ils se chamaillaient. Jadis, le peu de temps qu'il passait à la maison, Stern l'avait systématiquement employé à jouer à toutes sortes de jeux avec ses enfants. L'échelle et le serpent. Monopoly. Jeux de vocabulaire lorsqu'ils étaient à l'école primaire. Tous les quatre, ils restaient des heures autour d'une table de jeu installée dans la véranda. Clara participait rarement, mais elle s'asseyait à côté d'eux, les mains et les chevilles croisées, avec un petit air guindé. Elle les regardait, et, parfois, si c'était nécessaire, elle aidait Kate. Mais elle ne les dérangeait jamais. Ces moments-là, pour le meilleur ou pour le pire — règles, mouvements, stratégies —, appartenaient à Alejandro.

Peter battit les cartes et les tendit à Stern pour les distribuer. La véranda — sur les plans dessinés par l'architecte dans les années 20, elle était désignée sous le nom de « solarium » — était étroite et entourée de fenêtres ; elle avait un sol en ardoises. De là, ils dominaient le jardin de Clara. C'était l'époque où celle-ci aurait commencé à retourner la terre. Les glaïeuls de l'année précédente avaient survécu à un hiver très doux et leurs tiges, taillées proprement presque à la hauteur du sol, s'alignaient sur plusieurs rangées.

Stern fit une annonce avec un petit trèfle. Il jouait selon leurs conventions. « Tout est permis, sauf les signes de la main », disait Clara.

— Tu recommenceras à travailler quand tu auras eu le bébé ? demanda soudain Marta à sa sœur.

Kate parut gênée. A l'évidence, elle était un peu dépassée par l'avenir qui l'attendait. Stern sentit son estomac se serrer. Cette enfant avec un enfant ! Et de John, en plus ! *Vey iz mir.* Kate répondit à Marta qu'ils ne savaient pas encore comment les choses se passeraient pour leur situation financière, ni comment elle réagirait lorsqu'elle serait obligée de laisser son bébé.

— Oh, ce sera ton premier, dit Peter. Tu auras envie de lui donner le maximum d'attention. C'est toujours spécial.

La sonnette de la porte d'entrée retentit. A travers les vitres de la véranda, Stern aperçut son beau-frère. Dixon n'était rentré que la nuit précédente. Des affaires urgentes l'avaient appelé à New York et il avait repoussé son vol de retour. Stern avait été blessé — c'était toujours ainsi avec Dixon — et la veille au soir il avait donc été déconcerté d'éprouver du soulagement en le découvrant sur le seuil de sa maison, avec ses bagages. Son beau-frère, imposant et solide, l'avait entouré de ses bras et avait réussi une belle démonstration de grande douleur. On ne pouvait pour ainsi dire jamais deviner ce que Dixon sentait vraiment. Cela faisait partie du génie du personnage — il faisait penser à une forêt aux couleurs changeantes. Il pouvait vous gratifier à n'importe quel moment du baratin d'un représentant de commerce ou d'une sincérité des plus bourrues.

Ce matin, cependant, Dixon s'intéressait davantage à lui-même, ce qui correspondait mieux au personnage. Tandis que Stern prenait son manteau, Dixon baissa la voix et lui dit discrètement :

— Quand tu auras retrouvé tes esprits, Stern, j'aurai une ou deux question à te poser.

Dixon s'adressait toujours à lui d'une façon militaire, uniquement par son nom de famille. Ils s'étaient d'ailleurs rencontrés alors qu'ils faisaient leur service, puis Dixon avait connu Silvia et il lui avait fait la cour — un développement auquel Stern ne s'était pas encore vraiment habitué, trente ans plus tard.

— Problèmes de boulot ? s'enquit Stern.

— Ce genre de trucs. Mais je ne veux pas te déranger maintenant. Je voudrais savoir ce qu'a donné ton voyage à Chicago.

Ah, oui ! pensa Stern, *c'est vrai que les chemins de l'ego sont bien tracés et que la vie continue.*

— Oui, je comprends que tu sois inquiet, Dixon, répondit-il. Mais la situation est peut-être un peu compliquée. Ce serait mieux qu'on discute de ça à un autre moment.

Dixon se renfrogna, comme on pouvait s'y attendre. A cinquante-cinq ans, il était bronzé, en pleine forme, et malgré son air sombre, c'était l'image même de la vitalité. Il était fort : il s'entraînait chaque jour aux poids et haltères. Il s'agenouillait devant le même autel que beaucoup d'Américains : celui du corps et de ses possibilités. Ses cheveux, d'un brun cuivré, étaient devenus plus pâles et plus cassants avec l'âge, mais ils étaient savamment coiffés pour lui donner une apparence d'homme d'affaires bien élevé.

— Tu n'as pas aimé ce que tu as découvert là-bas ? demanda-t-il à Stern.

En réalité, Stern n'avait pas appris grand-chose. Les documents qu'il avait étudiés à Chicago — les relevés de compte et les registres d'exploitation des clients sur une période de huit ou neuf mois — n'étaient pas très intéressants. Rien n'indiquait sur quel délit enquêtait le gouvernement, ni même qui lui avait suggéré l'idée qu'il pouvait y avoir une infraction quelque part.

— Y a peut-être un problème, Dixon. Mais il est encore trop tôt pour se faire vraiment du souci.

— Sûr.

Dixon sortit une cigarette d'une poche intérieure de son costume. Depuis quelque temps, il s'était remis à fumer, et pour Stern le retour de cette mauvaise habitude était le signe qu'il était inquiet. Trois ans plus tôt, les agents du fisc avaient dressé un véritable campement dans sa salle de conférences, et ce « pour des prunes », selon la formule désinvolte de Dixon. Mais cette fois, en revanche, il avait l'air à cran. Dès que la première assignation était tombée, il avait appelé Stern au téléphone, et lui avait demandé de stopper l'action du gouvernement. Pour le moment, cependant, Stern n'avait guère envie de contacter Mme Klonsky, le procureur adjoint des États-Unis. Au bureau du procureur fédéral, ils vous disaient rarement plus que ce qu'ils voulaient que vous sachiez... En outre, Stern craignait que son appel, d'une façon ou d'une autre, n'attirât l'attention du gouvernement sur Dixon, dont le nom, jusqu'à présent, n'avait pas encore été mentionné. Peut-être le grand jury s'intéressait-il à plusieurs sociétés de courtage ? Peut-être leurs clients étaient-ils concernés pour des affaires qui n'avaient rien à voir avec MD ? Pour l'instant, il valait mieux se faire tout petit et surveiller l'administration, tout en restant à couvert.

— Sont toujours en train de courir après quelque chose..., conclut Dixon, retrouvant son courage.

Et il s'en alla retrouver Silvia.

Dans la véranda, les enfants de Stern continuaient à discuter du futur bébé.

— Est-ce que John te donnera un coup de main ? demandait Marta. Je veux dire pour changer les couches et tout ça ?

Kate parut stupéfaite.

— Évidemment. Il est aux anges. Pourquoi est-ce qu'il ne m'aiderait pas ?

Marta haussa les épaules. En des moments comme celui-ci, Stern était inquiet de voir sa fille si peu au fait du comportement masculin. Elle ressemblait à son père : ce n'était donc pas, à proprement parler, une jolie femme, hélas ! Elle avait le gros nez et les petits yeux noirs de Stern. Pire encore, elle avait hérité de sa silhouette... Ils étaient petits, tous les deux, et ils avaient tendance à prendre des kilos, vers le bas, à partir des hanches. Marta s'adonnait, presque avec masochisme, aux contraintes d'un régime et de l'exercice physique, mais il était impossible d'échapper aux décisions de la nature. Ses formes n'étaient pas, et elle l'avouait volontiers, de celles que prônaient les magazines féminins. Et pourtant, elle avait toujours eu des admirateurs — même si ses relations avec eux semblaient connaître, inévitablement, une fin malheureuse. Elle faisait de vagues allusions, dans sa conversation, à des tas d'hommes qui passaient dans son existence. Des vieux, des jeunes. Rien n'aboutissait jamais.

Marta se défendit :

— Papa, lui, ne changeait pas les couches.

— Ah bon ? fit Stern.

Curieusement, il ne s'en souvenait pas.

— Comment aurais-tu pu ? demanda Peter, à qui l'occasion de défier son père redonna soudain un peu de vie. Tu n'étais jamais à la maison. Je me rappelle que je n'arrivais pas à m'imaginer ce que pouvait être un procès. Je croyais que c'était un endroit où tu allais. Comme une autre ville...

— Est-ce que tu changeras le bébé ? cria Marta à John.

Celui-ci entra un instant dans la véranda, avec une grosse cafetière à la main. Il avait l'air aussi mal et aussi bouleversé que tous les autres. Il répondit à la question de Marta par un léger haussement d'épaules. John était un individu taciturne. Rares étaient les sujets sur lesquels il s'exprimait volontiers.

On entendit le téléphone dans une autre pièce. Depuis deux jours, il ne cessait de sonner. Stern n'y répondait pas souvent. C'étaient ses enfants qui prenaient la communication, indiquaient de façon laconique le lieu et l'heure des obsèques et promettaient de transmettre les condoléances à leur père. La plupart de ces conversations semblaient se terminer de la même façon, par un silence pénible. « Oui, c'est vrai », disait l'un d'eux, brièvement. « On ne sait pas pourquoi. »

Silvia arriva de la cuisine en s'essuyant les mains à son tablier, et fit un signe à Stern. Apparemment, il n'allait pas pouvoir échapper à cet appel-là. Au passage, il effleura la main de sa sœur. Silvia, qui, chez elle, avait trois employés de maison, travaillait très dur depuis trois jours, à courir partout, à tout organiser, à avoir l'œil sur tout.

— Ah, Sandy. Quelle tristesse ! Toute ma sympathie...

Stern était monté prendre l'appel dans la chambre, dont les volets étaient encore fermés. C'était Cal Hopkinson. Leur notaire. Deux ans plus tôt, à la mort du grand ami de Stern, Harry Fagel, c'était Cal, l'associé du défunt, qui était devenu le notaire attitré de la famille. Il se chargeait de mettre leurs testaments à jour et, chaque année, remplissait les déclarations fiscales des fidéicommis de Clara. C'était un individu prosaïque et aimable, bien que pas particulièrement attachant ; il n'avait pas l'habitude de tourner autour du pot. Puisque Marta était là, il demanda à Stern si ses enfants et lui ne pouvaient pas venir le voir dans les prochains jours pour discuter du testament de la défunte.

— C'est vraiment nécessaire, Cal ?

Cal réfléchit un instant en silence. Peut-être se sentait-il offensé, d'une façon ou d'une autre, par cette question ? Il faisait partie de ces hommes de loi qui, obsédés par les détails, passent leur temps à essayer de les éliminer, persuadés que dans le cas contraire ils submergeraient le monde.

— Ce n'est pas obligatoire, Sandy, répondit Cal finalement. Mais ça permet parfois d'éviter des problèmes ultérieurs. Clara laisse une grosse fortune, vous savez.

Le savait-il ? Oui, il se souvint que oui. Il fallait être honnête : dans ces moments où il était trop faible et trop bouleversé pour continuer à se le cacher, il devait avouer que lors de son mariage, il distinguait à peine Clara à travers les reflets d'or qui la dissimulaient ! Un type fauché épouse une fille riche ! C'était un rêve aussi excitant et interdit que la pornographie. Et, conformément à cela, il avait donc pratiqué le difficile refoulement habituel. Au début, il avait calmé la suspicion évidente d'Henry Mittler en lui jurant qu'ils ne vivraient que sur ses revenus à lui. Puis, pendant trente ans, il avait feint de ne pas se soucier de la fortune de Clara ; il en avait laissé les détails de la gestion à sa femme et aux spécialistes qu'il lui suggérait d'employer et finalement, l'ironie voulut que le mensonge devînt réalité.

— Y aurait-il quelque surprise, dans les affaires de Clara, dont vous voudriez nous informer, Cal ?

Le notaire fit une nouvelle pause — une habitude, chez un homme qui avait appris à mesurer chacun de ses mots avant de parler. Sans doute estimait-il que répondre immédiatement aurait été un manque de professionnalisme.

— Rien qui puisse vous *choquer*, finit-il par dire. Je suis sûr que vous avez une idée générale sur la question. Mais il y a un ou deux points de détail dont il faudrait discuter, en effet.

Il avait insisté juste comme il convenait sur le mot *choquer*. En d'autres termes : une surprise, mais pas une catastrophe. *Que se passe-t-il encore ?* se demanda Stern. Clara, pourtant toujours si soigneuse et ordonnée, avait laissé derrière elle, sans donner la moindre impression de s'en soucier, un sillage trouble et souillé. Stern promit à Cal d'en parler à ses enfants. Il se préparait à raccrocher quand son interlocuteur ajouta brusquement :

— Sandy... (Au seul ton de sa voix, Stern devina ce qui allait suivre.) C'est une nouvelle tellement bouleversante ! Pardonnez-moi de vous poser la question, mais est-ce que quelque chose pouvait laisser prévoir tout ça ?

— Non, répondit-il rapidement. Rien.

Et il coupa la communication, contenant difficilement sa colère. *Cal est vraiment un imbécile,* pensa-t-il. Il ferma les yeux et s'accorda un instant de répit dans l'obscurité de la chambre, à écouter le brouhaha des voix monter de l'escalier. Il était trop foncièrement solitaire pour supporter ces intrusions continuelles. Il avait l'impression qu'on lui avait greffé une gigantesque oreille, une monstruosité sensible au moindre soupir... La pensée des obsèques lui fut soudain insupportable. Un décès de ce genre allait forcément exciter l'atroce curiosité de beaucoup de gens. Oui, ils allaient venir en groupes, par troupeaux entiers — associés, amis, voisins — pour payer leur écot au malheur, et observer Stern d'un air subtilement accusateur. Même chez ceux qu'il connaissait le mieux et qui lui avaient rendu visite la veille au soir, il avait senti cet intérêt macabre. Tous, autant qu'ils étaient, ils se demandaient ce qui s'était passé. Qu'était-il exactement arrivé à Clara ? Son suicide avait mis au jour quelque sombre et sinistre secret — comme si l'on découvrait brusquement une malformation grotesque, jusqu'alors cachée, sur le corps de leur couple. Incapable de dire si c'était le chagrin, ou simplement l'humiliation, Stern resta encore quelques minutes dans l'obscurité : il pleurait.

— Tu aimerais avoir un garçon ou une fille ? demandait Marta à sa sœur lorsque Stern revint à la table de jeu.

De l'embarras passa sur le beau visage brun de Kate. C'était la première fois que quelqu'un lui posait la question.

— Nous voulons tous les deux un beau bébé en bonne santé..., préféra-t-elle dire.

— Naturellement, fit Marta. Mais si vous pouviez choisir, ce serait quoi — un garçon en bonne santé ou une fille en bonne santé ?

— Marta, intervint Stern (il tenait ses cartes devant lui. Il venait de recompter ses points une fois de plus, mais il avait l'impression de n'avoir jamais vu son jeu), ce n'est pas le genre de question à laquelle une future mère est forcément capable de répondre, tu sais.

Kate avait songé : *Je voudrais une fille.* Elle leur sourit et murmura :

— Les filles sont plus mignonnes.

— Est-ce qu'on accepte les filles dans les équipes de foot, aujourd'hui ? demanda Peter. Où en sont les choses à ce niveau ?

— John aimerait bien que ce soit une fille, répliqua Kate immédiatement.

— Bien sûr, dit Stern.

Peter effleura la main de sa sœur pour la rassurer — il était simplement lui-même, comme d'habitude.

— Les mères disent toujours que les filles sont plus difficiles, en fin de compte, laissa échapper Marta.

— Ce n'est pas ce que prétendait Maman, assura Kate.

— C'est ce qu'elle m'a dit à moi, en tout cas, insista Marta.

Après ce bref échange aigre-doux, les deux sœurs se fixèrent, soudain séparées par quelque sombre savoir. Malgré ses convictions provocatrices, Marta était sujette à certains doutes sur elle-même et sur sa place dans le monde, des doutes qui l'humiliaient, et durant ces derniers jours, elle n'avait pas hésité à faire référence à des souvenirs de Clara — beaucoup plus qu'aucun d'entre eux. *On n'est pas sortis de l'auberge*, pensa Stern. Marta se tourna vers lui, quêtant son soutien :

— C'est pas vrai qu'elle a dit ça, hein, Papa ?

— Votre mère, répondit-il, a pris très à cœur l'éducation de chacun de vous. Ce qui signifie que, de temps en temps, elle s'est sentie remise en question. (Il lui adressa un sourire diplomatique et ajouta :) Je crois que j'ai fait une annonce à trèfle ?

— Je passe, fit Marta.

— Moi aussi, dit Kate.

Peter était silencieux, le visage fermé, avec cette même expression coléreuse et tourmentée qu'il montrait depuis plusieurs jours. Se demandait-il ce que sa mère avait dit à propos des garçons ? Finalement, il se rendit compte que les trois autres le regardaient.

— Un cœur, dit-il, une fois qu'on lui eut rappelé l'annonce.

— Eh bien, j'apprends que c'est le moment des félicitations !

Dixon venait de surgir de la cuisine, où il avait discuté un moment avec Silvia. Il s'approcha les bras grands ouverts, jouant comme à son habitude son personnage à la perfection. La veille au soir, il avait manqué Kate et John, et maintenant il écrasait contre lui la future maman — qui accueillit l'étreinte de son oncle avec froideur.

— Où est donc cet époux qui est le tien ? Je ne pensais pas qu'il était capable d'une chose pareille !

Il fit le tour de la pièce, à la recherche de John, sans doute. Kate lui décocha un regard dur ; elle n'avait pas l'air impressionnée par l'humour grossier de son oncle, ni par ses blagues aux dépens de son mari.

A la vérité, Stern le savait, c'était lui qui, de toute la famille, tolérait le mieux Dixon. Le côté ignoble de son beau-frère avait toujours provoqué chez Clara des réactions nettement négatives qui, par loyauté envers Silvia, s'étaient encore accentuées lorsque, six ou sept ans plus tôt, certains aspects de la vie sexuelle « sportive » de Dixon (Silvia avait gardé les détails pour elle) avaient conduit sa belle-sœur à chasser provisoirement son mari du domicile conjugal.

Vis-à-vis de Dixon, comme pour tous le reste ou presque, les gosses avaient eu tendance à réagir comme leur mère. Peter, Marta, et surtout Kate, avaient toujours apprécié leur intimité avec leur tante Silvia, qui les avait inondés de sa sollicitude. Mais ils n'avaient jamais eu une affection du même genre pour leur oncle.

En retour, Dixon avait suivi l'exemple séculaire des potentats : il avait acheté leurs faveurs. Au cours des années, il avait saisi toutes les occasions pour donner du travail à la famille de Stern. A l'heure actuelle, il employait Stern et John, et les trois enfants, eux aussi, avaient été mis à contribution chez lui pendant leurs vacances scolaires comme coursiers pour MD, à la Bourse de Kindle County. Dixon avait associé MD à la HMO [1] de Peter lorsque celui-ci avait ouvert un cabinet médical. Il avait même essayé un temps de prendre Peter pour médecin personnel, mais comme on pouvait s'y attendre, les deux hommes ne s'étaient pas entendus — ils s'étaient querellés parce que Dixon fumait trop et qu'en général il ne tenait aucun compte des conseils de Peter.

Stern avait pensé pendant longtemps que cette embauche familiale représentait pour Dixon les meilleurs efforts dont il était capable — un moyen pour lui de partager son impressionnante fortune, dans laquelle il s'investissait tant lui-même, tout en conservant ce pouvoir qu'il désirait avoir en toutes circonstances.

— Tu vas lui donner le prénom de Maman ? demanda Marta à Kate.

Elle paraissait plus intéressée que sa sœur par ce bébé. Silvia, qui traversait la véranda à ce moment-là, fronça les sourcils au franc-parler de Marta, mais les deux sœurs, elles, y étaient habituées ; Marta n'avait jamais pris de gants avec Kate.

— Je suppose..., répondit cette dernière. A moins que ça te dérange, Papa.

Stern sembla se désintéresser un instant de ses cartes — mais il n'avait pas raté un mot de la conversation.

— Ça me ferait plaisir, oui, lui répondit-il avec un sourire tendre.

L'atmosphère de la pièce lui parut soudain plus

1. Health Maintenance Organization : organisme public ou privé auquel peuvent souscrire les Américains pour faire surveiller leur état de santé et être soignés (*N.d.T.*).

lourde. *Mon Dieu, quelle pagaille!* Les choses semblaient lui tomber dessus de partout à la fois. Il avait l'impression d'être comme ce saint Sébastien — qu'il avait vu quelquefois sur des tableaux, dans des musées et des églises — percé de flèches et de blessures, saignant comme un tuyau percé. Il découvrit soudain, horriblement surpris et contrarié, qu'il avait recommencé à pleurer en silence. Les larmes coulaient des deux côtés de son nez. Ses enfants l'observaient sans rien dire. Il supposa que les jours allaient se passer ainsi, désormais. En sortant son mouchoir de la poche arrière de son pantalon, il tomba sur la facture du laboratoire qu'il avait lue, plus tôt dans la matinée. Il l'avait complètement oubliée.

— Je reviens dans un instant, souffla-t-il.

Et il partit à la recherche d'un Kleenex.

Mieux valait en remplir ses poches, d'ailleurs. Depuis la cuisine, il regarda le solarium où l'attendaient ses enfants — c'étaient des adultes, maintenant, mais leur chagrin le bouleversait.

Comme ils ont compté pour Clara! pensa-t-il tout à coup. Quelle vénérable passion! Clara, elle, avait été élevée au milieu des domestiques, par des nurses et des gouvernantes bien intentionnées, mais forcément limitées. Elle n'avait pas voulu reproduire le même schéma avec ses enfants.

Une autre image, maintenant : en rentrant à la maison — l'une des rares occasions où il était arrivé avant que les gosses ne fussent au lit —, il l'avait trouvée à genoux dans la cuisine. Peter lisait, assis à table, et Marta pleurnichait ; Clara cousait l'ourlet de la robe de Kate ; la fillette, les genoux tout abîmés, se tenait debout sans bouger et attendait que sa mère eût fini de s'occuper de son vêtement. Sur la cuisinière, une casserole débordait. Mon Dieu, que de bruits et d'effervescence! Clara leva la tête pour l'accueillir, plissa les lèvres pour souffler une mèche folle qui lui tombait sur les yeux. Et elle souriait, souriait... C'était un travail ingrat et difficile, comme toujours, une routine abêtissante, faite de tâches monotones, mais Clara percevait une espèce de musique dans le fracas et le tumulte de la vie familiale. Stern, dans sa naïveté, ne pensait pas grand-chose de tout cela.

Aujourd'hui seulement, il comprenait que si elle avait été une auditrice dévouée de leurs multiples bruits — de leurs besoins —, c'était pour oublier cette plainte lugubre qui, sans doute, montait constamment en elle.

— Sender ?

Silvia s'était approchée, soucieuse. Elle l'avait toujours appelé, comme le faisait leur mère, par son nom yiddish. Elle avait relevé ses cheveux, selon son habitude ; toute sa vie, elle avait été d'une beauté naturelle et gracieuse, et à cinquante et un ans, son visage était encore lisse et radieux.

Il lui sourit tendrement pour la rassurer, puis il baissa les yeux. Il se rendit compte alors qu'il avait toujours la facture des examens de Clara à la main, et il la tendit à Silvia sans réfléchir ; il lui demanda d'une voix prudente si Clara lui avait parlé de cela.

La sonnerie de la porte d'entrée retentit de nouveau. Stern vit, au bout du long vestibule, Marta ouvrir la porte à deux jeunes gens vêtus de vestes sport. Ils attendirent un instant dans l'entrée, tandis que Marta appelait Dixon. L'un des deux visiteurs sembla familier à Stern. Des collaborateurs ou des larbins, estima-t-il. Dixon s'entourait de sbires comme un véritable chef de la Mafia. Ses affaires ne s'arrêtaient jamais, et il avait besoin à tout moment de savoir ce qui se tramait. Celui que Stern croyait avoir déjà vu avait une enveloppe à la main et une serviette en vinyle bleu. Des papiers à signer, peut-être ? Dixon n'aurait certainement pas hésité à traiter une affaire sur le cercueil...

Entre-temps, Silvia avait examiné la facture du laboratoire et l'avait rendue à son frère. Quand ils étaient seuls, ils communiquaient toujours en très peu de mots.

— Le voisin, le Dr Cawley, il devrait être au courant, non ? suggéra-t-elle.

Bien sûr. On pouvait faire confiance à Silvia. Nate Cawley, qui vivait dans la maison d'à côté, un gynécologue, était le médecin attitré de Clara. Il connaissait certainement la réponse. Stern eut envie de lui téléphoner immédiatement, puis il se souvint que Fiona, la femme de Nate, qui leur avait rendu visite la veille au soir, avait mentionné, sur le ton plaintif qui lui était habituel, que son époux s'était absenté une semaine pour assister à un congrès médical. Il le rappela à Silvia.

— Oui, oui, fit sa sœur en l'observant de son regard lumineux et toujours aussi impressionnant.

Apparemment, elle commençait à partager quelques-unes des idées qui étaient venues à Stern un peu plus tôt.

Par la fenêtre de la petite salle à manger, Stern vit la limousine grise des pompes funèbres qui tournait lentement dans l'allée circulaire menant à la maison et venait se garer derrière la conduite intérieure foncée des deux visiteurs de Dixon.

Silvia alla réunir la famille. Stern resta debout et se prépara à l'épreuve qui l'attendait.

Mais un brouhaha de voix furieuses arriva soudain du vestibule. Une scène terrible se déroulait près de la porte d'entrée. Dixon hurlait :

— Qu'est-ce que ça veut dire ? (Il vociférait à l'encontre des deux jeunes gens qui venaient d'entrer, et agitait au-dessus de sa tête quelques feuilles de papier.) Qu'est-ce que c'est que ça ?

Stern s'approcha. A mi-chemin, il comprit ce qui se passait. *Cette histoire-là ! Et maintenant !* Il fut incapable de contrôler la soudaine colère qui s'empara de lui. Elle était là, tapie en lui depuis des jours et des jours, sous-jacente, et tout à coup, il avait l'impression que son cœur allait jaillir de sa poitrine, comme la flamme du moteur d'une fusée de la NASA.

— Espèces de connards ! criait Dixon. Vous ne pouviez pas attendre ?

Stern se précipita pour s'interposer entre Dixon et ses interlocuteurs. Il savait maintenant où il avait vu celui des deux hommes qui ne lui était pas inconnu — au tribunal fédéral, et non pas dans les bureaux de Dixon. Il s'appelait Kyle Horn, et c'était un agent spécial du FBI.

La colère de Dixon ne faiblissait pas. Stern s'empara du document et força son beau-frère à reculer de quelques pas dans le vestibule. Puis il examina rapidement l'assignation du grand jury. La forme habituelle : un imprimé frappé du sceau du tribunal. Elle était adressée à Dixon Hartnell, président des MD Holdings, et elle ordonnait sa comparution devant un grand jury des États-Unis, ici, à Kindle, dans quatre jours, à quatorze heures. Enquête 89-86. Y était jointe une longue liste de documents que Dixon devrait produire. Au bas de la feuille, Stern vit les initiales de Sonia Klonsky, adjointe du procureur des États-Unis.

— Je ne tolérerai pas une chose pareille ! cria Stern. (Plus petit d'une quinzaine de centimètres que les agents fédéraux, il avait pris pourtant, sous l'effet de la fureur, l'allure raide d'un véritable garde-chiourme.) Téléphonez à mon bureau lundi matin, et je recevrai cette assignation là-bas. Mais pas maintenant ! Je vous demande de sortir. Immédiatement ! Vous pourrez dire à l'adjointe Klonsky que je déplore sa tactique et que je ne l'accepterai pas !

Il ouvrit la porte d'entrée.

Horn avait la quarantaine passée. Il ressemblait à tous les agents du FBI, avec sa veste bon marché et sa coupe de cheveux bien nette, mais la peau autour de ses yeux était abîmée et parcheminée — trop de soleil ou trop d'alcool. Il avait une réputation détestable, un agent de la pire espèce, un tyran mesquin et aigri.

— Non, monsieur..., répondit-il. (Il fit un geste en direction de l'assignation que Stern avait remise dans son enveloppe et qu'il lui tendait.) Notre gogo est servi.

— Si vous transmettez une notification d'assignation au tribunal, je vous jure que je m'arrangerai pour que vous ayez tous les deux de sérieux ennuis... (Il réalisa vaguement le ridicule de cette menace, mais il ne céda pas d'un pouce.) Vous n'avez donc aucune idée de ce qui se passe ici ?

Horn ne bougea pas. Pendant un instant, aucun des quatre hommes ne fit le moindre mouvement. Marta, qui s'était glissée silencieusement à l'entrée du living, observait la scène d'un air stupéfait et sévère.

— Nous allons partir à un enterrement, expliqua enfin Stern. (Il leur montra d'un geste, par la fenêtre, la limousine des pompes funèbres et son conducteur, dans son costume noir.) Il s'agit des obsèques de la belle-sœur de M. Hartnell. Ma femme.

Le second agent du FBI, un homme aux cheveux blonds, plus jeune que son collègue, se raidit.

— Je ne savais pas, avoua-t-il, avant d'ajouter, en se tournant vers Horn : Et toi, tu le savais ?

Horn fixa Stern et répondit :

— Tout ce que je sais, c'est qu'on dirait bien que je ne peux pas obtenir de Dixon Hartnell qu'il me rappelle au téléphone. C'est ça que je sais, oui. Je sais que j'arrive par la porte principale, et qu'il se tire par celle de derrière...

— Je suis désolé, grommela le plus jeune. (Il mit sa

main sur sa poitrine.) On nous a dit que c'était ici qu'on pourrait le trouver.

Les agents, dont les plans avaient été contrariés, avaient manifestement utilisé leurs techniques habituelles. Ils nommaient cela le « coup de fil prétexte ». *Ici la banque de Boston. Nous avons un problème avec un virement télégraphique d'un million de dollars pour M. Hartnell. Où pouvons-nous le joindre ?* Les tribunaux fermaient les yeux depuis des décennies sur ces espèces de blagues d'adolescents.

— Eh bien, dit Horn à son collègue. C'est le genre de merdes qui arrivent parfois... (Il récupéra l'assignation sans un regard pour Stern, puis il tapota sur l'enveloppe et ajouta :) Ce gars-là sera dans votre bureau lundi matin à neuf heures pile.

Stern posa ses deux mains à plat sur la porte d'entrée pour la refermer derrière les deux agents. Peter avait entraîné Marta, mais Dixon était resté dans le vestibule. Il avait allumé une cigarette ; il dit à Stern avec un grand sourire :

— Ils t'ont foutu en boule, hein ?

— Ça fait combien de temps qu'ils essaient de te remettre cette assignation, Dixon ? demanda Stern.

Dixon observa d'un air songeur une volute de fumée qui s'éloignait. Il était toujours mal à l'aise lorsque Stern le perçait à jour.

— Élise prétend que des gens appellent depuis une ou deux semaines. Je ne savais pas de quoi il s'agissait. Je te jure. (Ses lèvres remuèrent lorsque les yeux de Stern se fixèrent sur lui.) Vraiment, je n'étais pas sûr. C'est un des trucs dont je voulais justement discuter avec toi.

— Ah, Dixon..., murmura Stern.

C'était incroyable ! Un homme qui avait fait deux millions de dollars l'année dernière, qui se targuait d'être un génie des affaires, voilà qu'il se glissait comme un voleur par la porte de service et qu'il croyait pouvoir échapper au FBI ! Stern posa un pied sur l'escalier, en essayant de se concentrer sur l'énorme tâche qui l'attendait. Il avait besoin de sa veste. *C'est l'heure*, se dit-il. *L'heure.* Il se sentait pris de vertiges et avait l'impression qu'il allait défaillir.

La famille..., songea-t-il avec désespoir.

3

Stern retourna à son bureau quatre jours après les obsèques. Il n'avait pas mis de cravate — une façon de signifier qu'il n'était pas encore officiellement revenu. Il jeta un œil au courrier, répondit aux questions. Comment disait-on, déjà ? Retour à la base ?

Cela faisait près de dix ans qu'il travaillait ici, et il avait arrangé cet endroit avec presque autant de soin que sa propre maison. C'était petit, mais c'était son empire, et les murmures électroniques des lignes téléphoniques et des diverses machines, ainsi que l'agitation de la douzaine de personnes qu'il employait, lui donnaient inévitablement un coup de fouet quand il arrivait.

Mais pas aujourd'hui, bien sûr. Le bureau, comme tout le reste, lui paraissait insipide, vidé de sa substance, moins coloré, moins musical. Il entra par la porte de derrière et, debout près du bureau de sa secrétaire, Claudia, il contempla son univers en perdition. Il chercha dans le courrier quelque chose qui pourrait lui redonner quelque espoir.

— M. Hartnell est là..., dit Claudia.

La veille, les agents du FBI avaient débarqué comme promis avec leur assignation. Stern avait dicté par téléphone une lettre pour l'adjoint du procureur des États-Unis, Sonia Klonsky, dans laquelle il précisait qu'il représentait Dixon et sa société, et rappelait à la représentante du gouvernement qu'elle était obligée de le contacter si elle voulait interroger quiconque travaillait pour MD — mais il savait que de toute façon, elle passerait outre. Puis il avait donné un rendez-vous à Dixon pour aujourd'hui.

Son beau-frère l'attendait dans son bureau, les pieds sur le canapé, le *Tribune* ouvert devant lui, et il fumait un des cigares de son avocat. Il avait ôté sa veste sport — un vêtement croisé, avec quantité de boutons brillants — et ses avant-bras puissants, encore bronzés après des vacances dans les îles, étaient nus. Il se leva pour accueillir Stern — dans son propre bureau.

— J'ai fait comme chez moi.

— Tu as eu raison.

Stern s'excusa pour son retard et, tout en se débarrassant de sa veste, il jeta un coup d'œil autour de lui. Avec son voyage à Chicago, cela faisait plus d'une semaine qu'il n'était pas venu ici, mais rien n'avait changé. Il n'aurait su dire s'il était rassuré ou horrifié par cette constatation.

Son bureau était tout en couleurs claires. Clara avait insisté pour louer les services du décorateur préféré d'un ami et le résultat, se disait-il souvent, aurait convenu davantage à la chambre de quelque adolescent raffiné. Il y avait un canapé avec des coussins pelucheux, des fauteuils transformables recouverts du même tissu beige et des rideaux assortis. Derrière lui, trônait un meuble à tiroirs en noyer foncé — une acquisition récente qui correspondait davantage à ses goûts. Quant à son bureau, ce n'en était pas vraiment un : juste quatre pieds chromés sur lesquels était posée une plaque de verre fumé de deux centimètres d'épaisseur. Au bout de tant d'années, Stern n'avait pas encore réussi à s'habituer à baisser les yeux et à apercevoir le léger développement de son estomac...

Maintenant, il allait pouvoir remeubler la pièce comme bon lui semblait. La véritable signification de cette pensée lui apparut soudain dans toute sa clarté, il ferma les yeux et laissa échapper, malgré lui, un petit cri. Il s'empara d'un bloc-notes.

— Qu'est-ce que tout ça signifie, Dixon ? Tu en as la moindre idée ?

Dixon secoua sa grosse tête.

— Je ne suis vraiment sûr de rien.

Il n'avait pas dit qu'il ne savait pas ce qui se passait : seulement qu'il n'était certain de rien. Par l'interphone, Stern demanda à Claudia d'appeler l'adjointe du procureur. Klonsky avait laissé de nombreux messages, et Stern voulait repousser la date à laquelle il leur faudrait répondre à l'assignation.

— Pour commencer, nous devons éclaircir un certain nombre de points, Dixon. Qu'est-ce qu'ils cherchent ? Contre qui veulent-ils engager des poursuites ? Est-ce que c'est spécialement contre toi ?

— Parce que tu penses que tout ça a un rapport avec moi ?

— Probablement, répondit Stern d'un ton égal.

Dixon ne cilla pas, mais il retira son cigare de ses lèvres et en fit tomber la cendre avec soin. Finalement, il soupira d'un air méditatif.

— Il s'agit d'une assignation *duces tecum,* Dixon, reprit Stern, une demande de communication de registres. En temps ordinaire, l'administration n'envoie pas deux agents du FBI pour remettre ce genre de choses. Les procureurs ont essayé de nous faire passer un message.

— Ils veulent me foutre les jetons, oui.

— Et peut-être que tu devrais avoir la trouille, en effet... (Stern hocha la tête.) Ils pensaient que tu n'allais pas tarder à entendre parler de leur enquête, j'imagine. Et sans mon intervention, sans doute que les gars du FBI auraient essayé de t'interroger chez moi pendant que tu leur faisais ton cinéma.

Dixon réfléchit un instant. Il était si infatué de lui-même que l'on tenait rarement compte de sa subtilité. Dans une large mesure, il n'étudiait les gens que pour se servir d'eux, mais cela ne signifiait pas qu'il n'était pas observateur. En tout cas, les nuances de Stern lui étaient suffisamment familières et il se rendit bien compte que celui-ci était en train de lui faire comprendre qu'il s'était une fois de plus comporté comme un imbécile.

— C'est grave à quel point ? demanda-t-il alors.

— Je crois que cela n'est pas comparable à tes démêlés de l'autre fois avec le fisc et la CFTC [1]. Ce sont des bureaucrates et ils sont d'abord amoureux de leurs propres règlements. Ils ne pensent pas automatiquement à des poursuites judiciaires. Mais les grands jurys fédéraux, eux, siègent pour inculper. C'est une affaire ennuyeuse, Dixon.

Dixon s'essaya à une grimace. Son regard fatigué avait une certaine beauté.

— Est-ce que je peux poser une question idiote ?

— Autant que tu veux, dit Stern.

— C'est quoi, un grand jury ? Vraiment. En dehors du fait que, quelque part, c'est supposé vous faire mouiller votre froc ?

Stern hocha la tête, plus ou moins satisfait de voir Dixon prendre les choses suffisamment au sérieux pour lui demander une chose pareille. Il lui expliqua donc qu'un grand jury était convoqué par la cour pour enquêter sur d'éventuelles infractions aux lois fédérales. Dans ce cas, les jurés, sur ordre du tribunal, se

1. La Commodities Futures Trading Commission est l'agence fédérale qui contrôle le marché des contrats à terme, l'équivalent de la SEC (Commission de surveillance des opérations boursières, un organisme semblable à la COB française) (*N.d.T*).

réunissaient toutes les deux semaines, alternativement le mardi et le jeudi, pendant dix-huit mois. Ils dépendaient du bureau du procureur des États-Unis, qui, au nom du grand jury, lançait les assignations pour que celui-ci eût, à chaque session, un certain nombre de documents à examiner et de témoins à interroger. Les séances se tenaient à huis clos. Seuls les témoins qui y déposaient pouvaient révéler ce qui s'y était déroulé. S'ils l'osaient. Car ils étaient rares, bien évidemment, ceux qui souhaitaient claironner qu'ils avaient été traînés devant un grand jury fédéral.

— Et quelles chances j'ai, avec eux ? s'enquit Dixon. Avec ce grand jury ?

— Très peu. Aucune si le procureur décide d'une inculpation. C'est le bureau du procureur des États-Unis que nous devons convaincre. Dans la salle où siège le grand jury, le poids de la preuve, pour l'administration, est minime. Il s'agit seulement de convaincre les jurés, à une faible majorité, qu'il y a de bonnes raisons de penser qu'un délit a été commis. Les procureurs peuvent faire référence à des dépositions sur la foi d'un tiers, et ni l'accusé ni son avocat n'ont le droit d'être informés de ce qui s'est passé, pas plus qu'ils ne peuvent y apporter la moindre réfutation. Ce n'est pas exactement ce que l'on pourrait appeler une procédure très équitable.

— Comme tu dis, fit Dixon. Et qui a inventé ça ?

— Ceux qui ont rédigé la Constitution des États-Unis. Pour protéger l'innocent.

— Pardi, murmura Dixon.

Tout bien considéré, et surtout en tenant compte des dégâts, quelques jours plus tôt, chez Stern, Dixon prenait les choses avec stoïcisme. Mais, après tout, il avait les reins solides. Il était impossible de ne pas éprouver une certaine admiration pour lui. Il faisait partie de ces personnages que les Américains avaient toujours adorés. Il était né dans une de ces lugubres cités minières de l'Illinois, non loin de la frontière du Kentucky. Stern avait payé ses frais de lycée, puis de faculté de droit, en roulant à travers le Middle West, et lorsqu'il était sur la route, dans les années 50, il avait traversé des villes de ce genre — ternes, carrées, aussi monotones que les prairies environnantes, et baignées d'une atmosphère polluée par la poussière de charbon — au beau milieu des formes rosâtres et sensuelles de la terre mise à nue et entassée par les sociétés minières.

Le père de Dixon était un immigrant allemand, un pasteur luthérien frugal, impitoyable et avare ; Dixon avait neuf ans lorsqu'il mourut. Sa mère, d'un naturel doux, mais aisément dominée, avait trop dépendu de son fils. Stern n'avait rien appris de tout cela par Dixon ; il le tenait de parents à lui, des tantes restées vieilles filles et un cousin affectueux qui racontaient avec admiration que Dixon avait été certain très tôt d'être destiné à autre chose que l'esclavage mortel d'une ville minière.

L'interphone bourdonna derrière Stern. Claudia lui annonça que le bureau du procureur des États-Unis ne répondait pas. Il était pourtant deux heures de l'après-midi — mais les procureurs ne prenaient les communications que quand ils en avaient envie. Stern lui demanda d'insister.

— Il y a autre chose à mettre au point, ajouta-t-il alors à l'intention de Dixon. Comment le gouvernement en est-il arrivé à lancer cette enquête ? Il faut essayer d'identifier la source des allégations — quelles qu'elles soient — qu'ils ont décidé d'examiner.

— Tu veux dire : qui m'a balancé ?

— Si c'est toi qui es visé, oui. Lorsque nous saurons qui a dit du mal de toi, nous aurons un aperçu des limites des informations dont dispose le gouvernement. Tu as une idée ?

— Pas la moindre, répondit Dixon laconiquement en agitant les mains.

Sans doute avait-il une douzaine de zones troubles en tête sur lesquelles le gouvernement pouvait l'interroger, mais il n'en aurait parlé à Stern sous aucun prétexte, car celui-ci l'aurait alors forcé à se mettre en règle pour chacune de ces infractions.

— Probablement des contrôleurs de la Bourse, suggéra Dixon finalement. Ils passent leur temps à me casser du sucre sur le dos.

Stern estima que son hypothèse manquait pour le moins de conviction.

Le téléphone sonna : c'était la ligne personnelle de Stern, qui avait une tonalité différente — elle lui faisait penser au bruit d'un grillon. Seuls les membres de sa famille connaissaient ce numéro ; en général, c'était Clara qu'il s'attendait à avoir au bout du fil. Ce vieux réflexe naquit en lui, puis s'estompa, tandis que son esprit se faisait à la seconde sonnerie.

— Sender ? dit Silvia.

Une voix bienvenue. L'amour que Stern ressentait pour sa sœur était unique — plus pur, plus aérien que tout. Elle avait dix-sept ans quand leur mère était morte, et Stern, de cinq ans son aîné, avait supposé que son rôle, vis-à-vis d'elle, allait devenir, d'une certaine façon, plus « parental », mais leurs besoins, comme pour tout un chacun, n'avaient pas été aussi évidents. Ils s'occupèrent l'un de l'autre ; ils remplacèrent ce que chacun avait perdu. Stern et sa sœur s'appelaient chaque jour — une habitude de toujours, même si leurs conversations ne duraient guère plus d'une minute.

— Tu travailles ?

— Oui, bien sûr. Et toi ?

Ils parlaient de leur santé, des enfants, du tourbillon de la vie. Aujourd'hui, elle dit immédiatement :

— Tu es de retour au boulot. C'est bien, je crois.

— La meilleure alternative, répondit Stern. (Il couvrit le microphone de la main, et murmura, à l'intention de Dixon :) C'est Silvia.

Peut-être que Dixon ne voulait pas que sa femme sût qu'il était là, mais son beau-frère lui indiqua d'un geste de la main qu'il désirait lui dire un mot quand il aurait fini. Stern annonça donc à sa sœur que Dixon était dans son bureau.

— Vous discutez de cette affaire stupide de l'autre jour ?

— Exact.

Elle fit entendre quelque chose qui pouvait passer pour un soupir, mais n'essaya pas d'en apprendre davantage. Sa sœur et lui s'engageaient rarement dans de longs développements sur Dixon — pas plus sur les difficultés de leur couple que sur la complexité de ses affaires. C'était plus ou moins la convention qu'ils avaient passée trente ans plus tôt, lorsque Stern s'était opposé avec une telle véhémence à leur mariage. Il avait invoqué leur différence de religion — mais c'était seulement son meilleur argument. Comment expliquer à votre propre sœur que ce type qui se disait votre ami avait vraiment l'air d'un aboyeur de cirque, avec ses vestons croisés et ses cheveux gominés ? A l'époque, Stern aurait parié que Dixon partirait avec la caravane lorsque celle-ci quitterait la ville. Mais Dixon avait davantage de constance. Il était plus brillant que Stern ne voulait bien le reconnaître — et plus travailleur. Et peut-être l'Amérique était-elle un pays où la vertu était moins spontanément récompensée que ne le croyait Stern — comme tout le monde — dans ces années-là ?

— On a les choses bien en main, se contenta-t-il d'ajouter.

Ils parlèrent très vite des trois enfants, puis Stern passa le combiné à Dixon qui discuta joyeusement avec sa femme pendant un instant. A sa manière,

Dixon était exagérément attaché à Silvia. Il considérait sa beauté avec une perpétuelle convoitise et il adorait la voir prendre soin d'elle et s'habiller luxueusement. Il lui faisait porter des roses tous les vendredis, et il ne pouvait pas se promener en ville sans remarquer dans la vitrine d'un magasin chic quelque article qui, à l'en croire, aurait été fabuleux sur Silvia... Il était bizarrement préoccupé par sa femme ; si elle avait un rhume, il ne cessait d'y penser. Il lui téléphonait quatre fois par jour. Et pourtant ce mari follement amoureux s'enflammait chaque fois qu'une femme entre quinze et soixante-quinze ans croisait son chemin, et il était toujours en chasse.

— Eh bien alors, travaillez dur tous les deux, dit Silvia à son frère, lorsque Dixon eut rendu le combiné à Stern.

Les efforts de Silvia pour faire de l'humour étaient toujours maladroits. Dans le cas présent, elle essayait seulement de dissimuler son inquiétude. Malgré ses angoisses occasionnelles, elle éprouvait, elle aussi, une véritable passion pour Dixon. Elle était aussi éblouie aujourd'hui que lorsqu'elle était étudiante. Par moments, l'air fanfaron de son mari l'embarrassait, bien sûr ; ses écarts lui brisaient le cœur. Mais il restait le grand amour de sa vie, un vrai monument, un homme qui avait toujours été un peu un rêve, pour elle.

— Bien en main, répéta Stern, mais en prononçant ces mots il se sentit soudain contrarié.

Dans ce genre d'affaires, il avait pris l'habitude de ne jamais prédire d'issues favorables. Ni la moyenne de ses résultats, ni la réalité ne le permettaient. En outre, il trouvait ses clients plus faciles à satisfaire s'il avait d'abord refroidi leur attente. Il reposa le téléphone, en proie à ce conflit intérieur, se rappelant qu'après tout il s'agissait de sa sœur et de son mari.

Stern trouva une copie de l'assignation du grand jury dans un casier du meuble, derrière son bureau. Il la relut tandis que Dixon venait jeter un œil par-dessus son épaule, en emportant avec lui la boîte à cigares de son beau-frère. Quand il travaillait, Stern allumait généralement son premier cigare vers neuf heures et demie ou dix heures du matin, et à partir de ce moment-là, il en avait toujours un en train jusqu'à l'heure de son départ. Clara avait toujours protesté contre cette habitude. Elle se plaignait de l'odeur qui imprégnait les habits et les mains de son mari et, au cours d'une période d'irritation exceptionnelle, plusieurs années auparavant, elle lui avait même interdit de fumer à la maison. La boîte, incrustée de nacre et doublée de velours, avait appartenu au père de Stern ; celui-ci, un homme tranquille et convenable, à la personnalité fragile, avait accordé une grande valeur à certains objets. Stern regarda avec envie à l'intérieur, mais pour le moment un certain respect *post mortem* pour Clara le poussa à refuser l'offre de Dixon, qui la lui tendait.

— Qu'est-ce que tu en dis ? demanda Dixon en tapotant les feuilles.

Stern, sans cesser de lire, leva la main. Agrafée à la première page de l'assignation, il y avait une interminable liste de documents que réclamait le gouvernement. Au nom de sa société et de ses filiales, Dixon devait produire toutes sortes d'archives — bons de commande, certificats de vente, dossiers de liquidations — relatifs à un grand nombre de contrats à terme. Les transactions, identifiées par la date, le produit, le numéro des contrats, le mois de livraison et le compte du client, semblaient avoir été choisies au hasard. Les colonnes des chiffres occupaient la moitié de la page, mais à l'évidence les transactions n'avaient été classées ni par ordre chronologique, ni par client. Stern mit un moment à les compter. Cela concernait trente-sept opérations.

— Commençons par le commencement, Dixon. Parle-moi un peu de ces documents. Comment ils sont produits ?

— Tu connais mon business, Stern.

— Aide-moi, répondit Stern.

La vérité, bien sûr, c'était qu'il était incapable de s'en faire une idée précise. D'autres avocats — une énorme société qui avait des bureaux ici, à Kindle County, et aussi à Chicago — géraient les affaires courantes de Dixon. Stern étudiait toujours le minimum nécessaire dont il avait besoin pour régler un problème quand il se présentait, et lorsque c'était terminé, il oubliait tout — la pratique, les lois, les règles de l'art —, exactement comme après un examen. Bien sûr, il connaissait les rudiments, les définitions : un contrat à terme était un engagement négociable que l'on prenait pour acheter ou vendre une quantité donnée d'une marchandise particulière, pour un prix défini, et à une date fixée à l'avance. Mais les marchés avaient largement évolué depuis les débuts de Dixon, des dizaines d'années plus tôt, et il n'y avait plus que les fermiers pour vendre à terme de façon à protéger les prix de leurs récoltes. Aujourd'hui, comme disait Dixon, c'était avec l'argent que l'on jouait. Les marchés permettaient de réaliser des ventes à découvert sur les marchés : sur les cours des obligations et des devises, sur les indices boursiers et sur les options sur les contrats à terme elles-mêmes. Lorsque Stern se rendait dans les bureaux de Dixon, il était complètement dépassé par les discussions qu'il entendait dans la salle réservée aux opérations, à propos des négoces de base et des courbes de rendement de l'arbitrage. Mais en dépit de ces arcanes, Stern avait toujours à l'esprit une confession de Dixon — les premiers à souscrire des contrats à terme sur les prix du marché des valeurs, c'étaient les bookmakers de Vegas...

— Prenons le premier marché indiqué ici, pour Chicago Ovens, dit Stern en indiquant l'assignation. (Ce client était une énorme entreprise de boulangerie, appartenant à International Provisions ; il produisait un tiers du pain que l'on trouvait dans les supermarchés. Stern avait rendu visite à ses avocats, à Chicago.) Si je comprends bien, c'est une transaction type. Ils voulaient être certains qu'ils pourraient se procurer en décembre du blé à un bon prix. Ils t'ont donc donné pour instruction de leur acheter dix millions de boisseaux pour une livraison en décembre. Exact ? Maintenant, dis-moi ce qui se passe chez MD dans un cas comme ça.

— D'accord, répondit Dixon. Chaque transaction que nous recevons, d'où qu'elle vienne, est centralisée à notre bureau des ordres, ici, dans nos locaux de la Bourse de Kindle. Puis, à partir de là, l'ordre est transmis à notre cabinet des opérations à l'une ou l'autre des Bourses où la marchandise à terme est négociée. Céréales et instruments financiers à Chicago. Alimentation et textiles à New York. Petits lots que nous traitons ici. Celui-là, évidemment, est allé à Chicago. L'ordre passe à la corbeille et notre courtier le hurle jusqu'à ce qu'il trouve des gens qui acceptent de vendre du blé pour décembre. Peut-être que ces derniers traiteront au nom de fermiers, ou peut-être qu'il s'agira de spéculateurs. Aucune importance. Puis, chaque soir, la Bourse fait le point sur les transactions — tu vois, elle les compare pour être certaine que MD a bien acquis dix millions de boisseaux de blé pour décembre et que quelqu'un d'autre les a vendus. Le lendemain, nous envoyons notre confirmation au client et nous nous assurons qu'il a une marge de dépôt suffisante chez nous pour couvrir sa position. Voilà toute l'histoire. Il existe un million de variantes. Mais c'est ça, la base. D'accord ? C'est la piste qu'ils sont en train de suivre sur le papier.

Stern acquiesça : tout cela lui était assez familier. Il étudia de nouveau l'assignation, puis demanda à Dixon quel sens il donnait à cette liste de transactions, mais son beau-frère se contenta de secouer la tête. Elles avaient été effectuées par cinq clients institutionnels différents, sur un certain nombre de mois. La semaine précédente, Stern avait discuté à Chicago avec les avocats de deux d'entre eux — une importante banque rurale de l'Iowa et le boulanger en question, Chicago Ovens. Il semblait probable que le gouvernement ait aussi réclamé par assignation les livres de comptes aux trois autres. Stern expliqua à Dixon qu'il allait devoir les contacter.

— Pour quoi faire ? fit celui-ci.

Cela ne favorisait pas les affaires, bien sûr, de dire à des clients qu'un grand jury fédéral était en train de fouiller dans vos dossiers.

— Pour déterminer quelles informations ils ont fournies.

L'un des problèmes habituels, avec une enquête d'un grand jury, était d'estimer, même d'une façon grossière, ce que savait vraiment le gouvernement. Beaucoup de sociétés ou d'individus n'avaient pas le courage de passer outre, lorsque le FBI demandait de garder secrètes les questions de ses agents.

Dixon continua à avancer des objections pas très solides puis, finalement, il y renonça. D'instinct, il défendait ses affaires. Il avait débuté en vantant les mérites des marchés à terme dans de petites communautés rurales et, en une trentaine d'années, il avait fait de la Maison Dixon un mastodonte, avec des clients constitués en corporation, des fonds communs de marchandises, des gestions de comptes. MD était membre des chambres de compensation de toutes les grandes Bourses de Chicago et de New York et possédait de vastes bureaux, avec quantité de téléphones qui ne cessaient de bourdonner, à Kindle County comme dans ces deux villes.

Entre-temps, vers la fin des années 60, Dixon avait réussi à convaincre un certain nombre de négociants locaux en marchandises à terme de créer une petite Bourse à Kindle County. L'idée de Dixon était de traiter des lots dont l'importance correspondait davantage aux besoins des détaillants. La Bourse de Chicago n'aurait jamais passé un contrat de livraison à terme de blé ou de soja de moins de cinq mille boisseaux. A Kindle, on pouvait désormais négocier cinq cents boisseaux à des prix qui suivaient ceux de Chicago, à rapport égal. Une fois que la Bourse des marchandises à terme du comté de Kindle — la KCFE — eut établi son « mini-marché » pour tous les contrats les plus communs, Dixon continua à pousser ses co-administrateurs à innover. Depuis deux ans, il se battait avec acharnement pour décrocher les autorisations de vendre à terme sur l'indice des prix à la consommation. Au cours de son existence, Dixon avait fait preuve de roublardise plus souvent qu'à son tour. Dans les milieux financiers, on le regardait avec le mélange habituel de respect craintif et de haine. Un franc-tireur. Un requin. Habile. Peu fiable. Mais doué. Il avait des ennemis féroces et beaucoup d'admirateurs.

— Qui sont ces clients, Dixon ? Qu'est-ce qu'ils ont en commun ?

— Rien. *Nada*. Différentes marchandises. Différentes stratégies. La seule chose que je pourrais dire, c'est qu'ils sont sans doute mes cinq plus gros clients.

Il prononça cette dernière phrase avec une rancœur

considérable. Le gouvernement l'attaquait sur un point sensible.

— Et toi, qu'est-ce que tu as à voir avec ces comptes, Dixon ?

— Pas grand-chose. Ce sont les grosses transactions que la justice examine. La règle de la maison veut que je sois tenu au courant d'opérations de cette taille. Mais c'est tout.

— De grosses transactions ? répéta Stern.

— Jette un œil. C'est à chaque fois quinze cents, deux mille contrats. La Bourse fait un bond avec ce genre d'ordres.

— Explique-toi, s'il te plaît.

— Tu peux comprendre ça, Stern. Prends des poitrines de porc. Un chargement de poitrines — un contrat — fait vingt tonnes. J'ai un client qui veut quinze cents chargements, ça fait un sacré paquet de bacon, hein ? Le prix va décoller comme une vraie fusée. C'est l'offre et la demande. Tu vois, on essaie toutes les astuces connues pour ralentir le processus. On fait cesser les transactions à des courtiers qui nous sont acquis. On achète la marchandise comptant et on vend à terme. Mais on ne peut pas tout stopper complètement. Ce serait comme changer la nature humaine.

— Ah, ah, fit Stern.

Ainsi, ils savaient quelque chose. Le gouvernement enquêtait sur les transactions importantes que MD gérait, que Dixon connaissait. Des transactions qui, lorsqu'elles étaient passées, avaient un impact significatif sur les prix.

— Il ne te vient vraiment pas d'autres idées sur tout ça ? ajouta-t-il.

Dixon secoua la tête d'un air sérieux. Non. Il ne savait rien. Stern posa un doigt sur ses lèvres. Même après ce tour d'horizon, il restait difficile de deviner les soupçons de l'administration. Les dossiers qu'elle réclamait pouvaient avoir un rapport avec bon nombre de combines, particulièrement sur les marchés à terme, où les filouteries en tout genre étaient monnaie courante. Si Stern avait dû faire une supposition, il aurait dit que Mme Klonsky et ses collègues suspectaient quelque manipulation du marché. Il existait pour cela une infinité de stratagèmes tous plus baroques les uns que les autres. Un ou deux mois plus tôt, par exemple, un gouvernement étranger avait défrayé la chronique. Comme sa récolte sucrière était mauvaise, il avait tenté de forcer à la baisse le marché à terme mondial de ce produit, pour pouvoir en acheter et tenir ainsi ses engagements de livraison à moindre prix. Il avait donc fait circuler des rumeurs, de sources autorisées, selon lesquelles on venait de mettre au point un produit surnommé « le sucre hypocrite » — une forme sans calories de sucre naturel. Du coup, les prix s'étaient effondrés en effet pendant trois jours, puis les commissionnaires du marché à terme, à travers tout le pays, avaient compris ce qui se passait et ils les avaient fait redécoller. Dixon avait peut-être mis au point quelque moyen moins transparent — mais tout aussi illégal — pour fausser les réactions du marché aux énormes transactions qu'il menait pour ses clients. Dixon, pourtant, insistait sur les indications prouvant qu'il était au-dessus de tout soupçon.

— Cette assignation ne mentionne même pas mon nom, dit-il. C'est plutôt bon signe, non ?

En fait, cette omission n'était que modérément encourageante. Mais les agents du FBI n'auraient pas mis si peu de discrétion à poursuivre Dixon, la semaine précédente — ou à aller jusqu'à Chicago pour délivrer leurs premières assignations — s'ils n'avaient pas été sûrs que Dixon comprendrait rapidement la signification de cette enquête. Stern décida donc que son client et beau-frère ne lui disait pas tout ce qu'il savait — ce qui n'était d'ailleurs pas nouveau dans des circonstances de ce genre ; c'était même la méthode habituelle du personnage. Mais le moment n'était sans doute pas venu de le pousser dans ses derniers retranchements.

Stern s'était levé ; il regarda un moment, par la fenêtre, comme il le faisait souvent, les Morgan Towers. C'étaient les constructions les plus élevées de la ville, au-dessus de la Kindle River, dont les eaux rapides, grossies par divers affluents, arrivaient de l'État du Mississippi. La Kindle, avec ses flots argentés, avait d'abord été nommée « la Chandelle » par le négociant français Jean-Baptiste DuSable, qui s'était arrêté en ces lieux alors qu'il faisait route, depuis La Nouvelle-Orléans, vers la cité qui allait devenir Chicago.

Le comptoir DuSable — qui avait hérité du nom du voyageur français — constituait aujourd'hui la partie la plus vaste d'une municipalité de plus d'un million d'habitants, formée de trois agglomérations. Juste au sud, là où le cours de la rivière se dédoublait avant de redevenir unique, deux autres villes — Moreland, fondée par les Britanniques, qui avaient anglicisé le nom de la rivière, et Kewahnee, à l'origine un campement indien — étaient jadis d'importants centres de batellerie, puis elles s'étaient développées et avaient fusionné avec DuSable au milieu des années 30. Aujourd'hui, en ces temps d'expansion urbaine, on donnait généralement à la région et à sa conurbation tricéphale le nom du comté environnant — Kindle County. Cette mégalopole chaotique, mélange de ville et de banlieue, de prospérité et de dégradation, hébergeait presque trois millions d'âmes. L'empressement des habitants à ce que l'on connût leur cité sous le nom du comté avait certainement à voir avec la découverte, au cours des années 60, que Jean-Baptiste DuSable, considéré par la tradition comme le premier homme blanc à fouler ces régions, était noir.

Dixon parlait derrière Stern. Il voulait savoir s'ils étaient vraiment obligés de fournir tous les documents que réclamait le gouvernement. La plupart de ces transactions, vu leur importance, avaient été effectuées à Chicago, et rassembler cette masse de papiers allait certainement occuper pendant plusieurs jours Margy Allison, la vice-présidente de Dixon, qui dirigeait le bureau de Chicago, à près de cinq cents kilomètres de là.

— On n'a pas le choix, répondit Stern. Je protesterai auprès du procureur à cause de la charge que nous impose cette remise de documents. Je lui dirai que cela va interrompre tes affaires. En outre, j'ai besoin d'un peu de temps pour les examiner, et voir si je peux deviner ce que le gouvernement soupçonne. Mais en fin de compte, il faudra bien les produire. On ne peut pas accuser l'assignation d'être trop importante. Elle est assez précise.

— Et qu'est-ce qu'on fait du Cinquième Amendement ?

C'était du Dixon tout craché, arrogant quand d'autres patrons auraient bégayé avant de prononcer le moindre mot. Stern lui expliqua que cette assignation concernait des documents qui, selon la loi, appartenaient à sa société et non à lui-même. Et une société, à la différence d'un individu, ne pouvait bénéficier du Cinquième Amendement. Bien sûr, Dixon avait le droit de refuser de témoigner à leur sujet ; mais les papiers devraient être communiqués.

Claudia appela. Elle avait réussi à joindre Klonsky. Pendant que Stern parlait à sa secrétaire, Dixon mâchonnait son cigare et méditait sur la mystérieuse logique de la loi.

— Madame Klonsky, dit-il.

— Monsieur Stern, répondit-elle.

Une voix claire, assurée. Ils ne s'étaient jamais rencontrés, mais Stern l'avait vue, au tribunal, se diriger vers l'estrade pour l'appel des causes. Elle allait sur la quarantaine, avait-il pensé alors. C'était une femme d'apparence robuste, aux cheveux bruns, avec de larges épaules et de grosses mains. A l'audience, elle donnait l'image d'un personnage rébarbatif, commune à beaucoup d'adjoints du procureur, dont bon nombre de femmes. Pressées de prouver qu'elles pouvaient être tout aussi coriaces que leurs *alter ego* masculins, elles se montraient aussi dénuées d'humour et aussi agressives qu'eux, à la façon des citoyennes du siècle dernier qui considéraient que le style féminin passait obligatoirement par la brutalité. C'était, pour une bonne part, une attitude, mais en ces circonstances, Stern lui voyait peu de raisons d'être timide.

— Deux membres de vos troupes d'assaut sont venus chez moi, il y a quelques jours, avec une assignation pour mon client, Dixon Hartnell.

Il y eut un instant de silence. *Troupes d'assaut.* Stern s'étonna lui-même du tranchant et de la dureté de sa voix. Généralement, il était très fier de sa courtoisie. Dixon, de l'autre côté du bureau, était aux anges. Il avait rarement vu Stern si mordant.

— Peut-être dois-je donner des détails sur les circonstances, ajouta Stern.

— Je comprends les circonstances, répliqua Mme Klonsky.

Elle était déjà hérissée.

Bien sûr que tout le monde comprend ça..., pensa Stern. Il avait beaucoup d'amis dans les bureaux du ministère public, chez le procureur de Kindle County comme chez celui des États-Unis, mais c'étaient aussi des adversaires — et des êtres humains. Quel délicieux sujet de commérages cela devait faire! Vous avez entendu ça ? La femme de Stern ? Une fois encore, alors qu'il réfléchissait à tout cela, le monde parut se déchirer, et une violente et douloureuse émotion s'empara de lui, jaillie de sa propre poitrine. Comment, oh oui ! comment était-ce possible ? C'était un tel gâchis stupide ! Il ferma les yeux. Ils lui piquaient, et il sentit Dixon qui s'agitait à côté de lui. C'était triste à dire, mais c'était parce qu'il avait honte, plus que toute autre chose, qu'il réagissait ainsi, et c'était l'orgueil qui lui permettait de s'en sortir — un instinct de lutteur le poussant à aller de l'avant avec dignité. Bon sang, où était donc son cigare ?

Lorsqu'il parla de nouveau, sa voix ne tremblait pas.

— Si c'est le cas, je dois dire que je trouve votre attitude déplorable. Peut-être que je devrais parler à M. Sennett.

Stan Sennett, qui avait fait toute sa carrière comme procureur, représentait maintenant le gouvernement des États-Unis depuis deux ou trois ans. C'était le plus dur et le plus dénué d'humour de tous, et il était loin d'être un allié de Stern. Sennett avait peu de chances d'être tracassé par cette histoire — après tout, les agents s'étaient contentés de faire leur travail — mais Klonsky ne pouvait pas lui répondre une chose pareille.

— Écoutez, monsieur Stern, c'était vraiment une erreur involontaire. J'aurais même pu vous présenter mes excuses, si vous m'en aviez laissé ne serait-ce que l'ombre d'une chance. J'essaie de vous joindre depuis plusieurs jours.

Stern, sous le reproche, préféra ne pas répondre. Elle était adjointe du procureur depuis seulement un an, après un stage à la cour d'appel des États-Unis et, sans nul doute, un cursus remarqué dans une université de droit. Elle avait conscience de l'avantage qu'elle pouvait tirer de son manque d'expérience. Elle avait la réputation d'être brillante, mais flegmatique, et un peu excentrique aussi, du genre à faire souffler le chaud et le froid. Stern n'avait nulle envie de lui laisser la possibilité de retrouver son assurance. Il changea donc de sujet :

— Dites-moi, madame Klonsky... Quelle est exactement la nature de votre enquête ?

— Je préfère ne pas vous répondre pour l'instant.

— D'autres agences du gouvernement y sont-elles impliquées, à part le FBI ?

Stern voulait surtout savoir si les gens du fisc étaient aussi dans le coup. On avait toujours des ennuis, avec eux. Et si les contrôleurs fédéraux — la CFTC — s'intéressaient à cette histoire, il aurait peut-être une petite idée de l'origine des accusations.

— Je ne peux pas vous le dire, fit Klonsky.

— Et au sujet de M. Hartnell ? Êtes-vous disposée à me dire si oui ou non il est visé ?

Elle observa une pause, car elle était prudente. Elle avait déjà eu son lot de déboires avec les avocats de la défense.

— Il m'est impossible de vous affirmer le contraire.

— Je vois. (Stern réfléchit un instant.) Et quand serez-vous capable de me donner davantage de précisions sur sa situation, dans cette affaire ?

— Peut-être lorsque nous aurons jeté un œil aux documents que nous vous avons réclamés. Ils doivent nous être remis aujourd'hui.

— Euh, j'ai bien peur que nous n'ayons un peu de retard. Au fond, vous exigez que M. Hartnell et ses employés interrompent leur travail et rassemblent ces dossiers pendant des semaines.

— Vous noircissez le tableau, répliqua Klonsky.

— On m'a assuré que non.

Klonsky soupira. Elle commençait à en avoir assez de cette conversation.

— Combien de temps vous faut-il ?

— Nous avons besoin d'une prolongation d'au moins trois semaines, dit Stern. (Dixon l'observait d'un air approbateur. Son cigare au coin des lèvres, il arborait un sourire enthousiaste. Encore plus beau qu'à la télévision.) Non, pardonnez-moi, ajouta Stern. Je n'avais pas consulté M. Hartnell. Un mois entier serait préférable.

— C'est ridicule. Vous n'avez probablement que quelques classeurs à ouvrir.

— Ce ne sont pas les informations qu'on m'a données, madame Klonsky. Il s'agit d'une enquête menée par un grand jury fédéral. Je représente à la fois la société et M. Hartnell, en son nom propre. Vous ne voulez pas nous indiquer qui est visé. Je dois être vigilant sur les éventuelles contrariétés d'intérêts et m'assurer, en même temps, que nous nous conformerons exactement à votre assignation. Pour cela, il faudra que je me rende au moins une fois à Chicago, sinon davantage. Si vous acceptez de limiter vos demandes, ou de me dire quels papiers sont les plus urgents pour vos services, je ferai mon possible pour vous satisfaire. (Elle resta silencieuse. Si elle diminuait maintenant le nombre de documents exigés, elle risquait bien sûr de dévoiler ses intentions.) Si vous pensez que je vais trop loin, déposez une requête de contrainte. Je serai heureux d'exposer tout ceci au juge Winchell.

Le premier président Winchell, ancien procureur, finirait par prendre une décision en faveur du gouvernement. Mais aucun juge du tribunal fédéral ne contraindrait Sandy Stern à des délais stricts ce mois-ci. Il n'avait même pas besoin de refaire allusion aux

« circonstances personnelles ». Mme Klonsky savait de quoi il retournait.

— Pas question de demander ensuite une autre prolongation, dit enfin Klonsky. (Elle lui fixa une date — le 2 mai — et ajouta :) Je vous fais confirmer la chose par courrier.

— Parfait. J'attends avec impatience de vous voir une fois que vous aurez examiné les pièces que nous produirons.

— D'accord, dit-elle.

— Et bien sûr, madame Klonsky, j'accepte vos excuses.

Celle-ci, piquée au vif, hésita, mais préféra garder pour elle ce qui lui vint à l'esprit.

— D'accord, répéta-t-elle simplement, avant de raccrocher.

Stern ne pouvait s'empêcher d'être satisfait. Tout s'était bien passé. Il avait tiré le maximum d'une Klonsky nerveuse et d'une affreuse mauvaise humeur. Lorsque le mois serait passé, ils pourraient toujours demander une semaine ou deux de plus, si besoin était.

Dixon souriait, ravi que Stern eût réussi à porter un bon coup au gouvernement. Il lui demanda ce que Klonsky lui avait raconté.

— Pas grand-chose. Sinon qu'elle n'écarte pas la possibilité que tu sois visé par cette enquête.

Dixon tira sur son cigare. Il s'était instantanément renfrogné, mais il haussa les épaules bravement.

— Tu l'as mise au pas, constata-t-il.

Stern lui expliqua alors ce qu'il allait faire dans les jours prochains : les trois autres clients à rencontrer, son voyage à Chicago pour étudier les documents réclamés, dès qu'ils auraient été réunis.

— Entre-temps, tu sais comment ça marche, Dixon : ne discute de tout ça avec personne d'autre que moi. Agis en gardant toujours à l'esprit que tous les gens qui t'entourent planquent un magnéto. Et je ne serais pas surpris si quelqu'un tentait le coup, en effet.

Pour la première fois de la journée, Dixon eut l'air mal à l'aise : il serra les lèvres et secoua la tête. Puis il écrasa son cigare et se leva.

— Désolé que tout ça arrive en ce moment, Stern. Ça ne me plaît pas d'être la cause de ton retour au bureau.

Stern leva la main.

— J'ai l'impression que je vais être ici souvent.

Il avait prononcé ces mots sur un ton quelque peu héroïque, mais aussitôt le sentiment d'avoir perdu pied le submergea de nouveau. Il n'avait vraiment aucune idée de son futur proche, ni même de ce qui allait se passer pour cette affaire. Quelques images se formèrent d'elles-mêmes : des visions de calme et d'ordre. Dans les jours à venir, il s'occuperait sans doute du bureau et des clients dans un état de gâtisme tranquille.

Dixon, bien entendu, avait d'autres idées en tête.

— Oh, tu trouveras bien finalement quelques distractions, va...

Il fixa le mégot de son cigare avec une espèce de lubricité maniaque. Stern eut un petit mouvement de recul, mais il savait que Dixon était tout simplement assez nature pour dire tout haut ce que les autres pensaient tout bas. Même à travers ses yeux baignés de larmes, à travers sa douleur et sa tristesse, il se rendait bien compte qu'on le regardait déjà différemment. Un homme seul. Certains faits étaient élémentaires. Dans son état d'esprit actuel, l'évocation de cette question l'écœurait. Plus précisément, il savait que sa condition actuelle n'était guère ordinaire. Quelle femme, même pas très raisonnable, aurait pu rechercher la compagnie d'un homme auprès duquel sa précédente compagne avait, au sens propre du terme, trouvé que la vie ne valait pas la peine d'être vécue ?

— J'imagine que ça va coûter une fortune ? ajouta Dixon en ramassant sa veste sur le bras du canapé.

— Ça sera cher, répondit Stern, qui réprima difficilement un sourire.

Dixon était riche. Ses affaires représentaient des millions de dollars, et il s'octroyait un salaire annuel à sept chiffres, mais il avait conservé dans sa vie quotidienne la simplicité typique de quelqu'un qui avait dû se battre pour arriver là où il était. Il ne cessait de se plaindre du niveau effroyable des frais d'avocat. Mais des années plus tôt, lorsque Stern était dans sa période de vaches maigres, Dixon, essayant toujours de regagner son amitié après son mariage avec Silvia, l'avait aimablement persuadé de lui faire payer les mêmes honoraires qu'à n'importe quel autre client. Stern n'avait jamais oublié la consigne. Et un étrange équilibre de plus s'était établi entre eux. Dixon payait pour une indulgence que Stern acceptait de lui vendre. Et chacun se posait toujours la question de savoir lequel retirait le plus d'avantages de cet arrangement.

— Je peux laisser mes jeunes collaborateurs examiner certains de ces documents, ajouta Stern, mais nous en savons encore trop peu. Il va falloir que je fasse moi-même le plus gros du boulot. Désormais, Klonsky passera avant tout le reste.

— Je t'en prie, grommela Dixon. (Il laissa errer une fois encore son regard sur la pièce. La situation commençait à peser sur ses épaules. Il était inquiet.) Je ne voudrais pas que ça merde.

Stern considéra ce beau-frère aux multiples secrets. Et comme souvent ces temps-ci, il entendit la voix de Clara. Elle faisait peu de cas de Dixon, et pourtant cette alliance n'avait jamais paru la surprendre. Stern s'était souvent plaint qu'il ne connaissait pas Dixon, qu'il n'était pas sûr d'avoir jamais réussi à le percer à jour, qu'il le trouvait parfois aussi insaisissable qu'une fumée.

— J'imagine qu'il dit exactement la même chose de toi, avait simplement répondu Clara.

4

Stern était assis, avec ses enfants, dans la salle d'attente imitation Chippendale de l'énorme cabinet juridique Barstow Zahn and Hanks. Ils attendaient Cal Hopkinson, avec lequel ils avaient rendez-vous pour prendre connaissance des détails du testament de Clara. Stern affrontait cet événement avec ce maelström d'émotions contradictoires que la fortune de Clara avait toujours provoqué en lui. Pour le moment tout cela était noyé dans la violente impression que lui faisait la présence de ses enfants à ses côtés — un sentiment salutaire, plein de regrets et d'affection à la fois.

Marta repartait le lendemain. Elle était restée une semaine, après les obsèques. Elle avait expliqué qu'elle n'avait pas trop de travail en ce moment et qu'elle avait décidé de trier avec Kate les affaires personnelles de Clara. Mais au lieu de cela, elle avait passé des heures toute seule, à contempler son ancienne chambre d'un air rêveur et à errer dans la maison comme s'il s'agissait d'un endroit inconnu. Et elle avait déjà annoncé qu'elle reviendrait bientôt « pour finir le rangement ».

Lorsque Marta s'en irait — l'enfant qui l'aimait le plus, ou, exactement, qui le craignait le moins... —, Stern se retrouverait seul. Au cours des semaines précédentes, ses gosses lui avaient apporté toute la consolation dont ils étaient capables, mais il les sentait entraînés loin de lui par le torrent de leur propre vie ; en outre, il se rendait bien compte qu'ils étaient totalement désorientés d'avoir désormais affaire à lui seul. Clara leur avait toujours servi d'intermédiaire, à tous les trois.

Oh ! il s'était intéressé à eux, pourtant. Énormément. Mais à sa façon à lui, maniaque et méthodique, en restant à sa place. Chaque soir, quelle que fût l'heure à laquelle il rentrait du bureau, il se livrait à une sorte de routine aussi immuable qu'une prière : Clara lui donnait des nouvelles détaillées des enfants. Leurs problèmes, leurs triomphes, le déroulement de leurs trois petites existences. A l'époque, d'une manière ou d'une autre, il pensait qu'ils sauraient qu'une partie de l'intérêt que leur manifestait leur mère venait de lui. Mais à leur adolescence, il fut déconcerté — et blessé — lorsque, l'un après l'autre, ils l'accusèrent en silence d'être réservé et lointain. L'affection, c'était pour leur mère. Comme dans l'ancienne loi, il le comprenait aujourd'hui, les bénéfices allaient seulement à ceux qui étaient en relation directe, qui entretenaient des rapports contractuels.

Cal apparut enfin. Il serra la main à tout le monde, avec une précision d'horloger, et les pria de l'excuser de les avoir fait attendre. Cal n'avait rien d'exceptionnel — il était mesuré, aimable, un bon ouvrier, en quelque sorte. Le plus frappant, chez lui, c'était une particularité physique : à deux ou trois centimètres derrière son oreille gauche, juste en dessous de l'endroit où commençaient ses cheveux, il avait un creux rond et sombre qui paraissait plonger directement dans son cerveau — exactement comme lorsque l'on enfonce son petit doigt dans une boule de pâte. Pour tout le monde, cette marque ressemblait à un trou fait par une balle — et c'était bien le cas, en effet, un souvenir de la guerre de Corée, et un miracle médical. Le projectile était passé droit à travers les os du crâne sans endommager le cerveau. Une fois que vous l'aviez remarqué, c'était le genre de chose dont vous ne pouviez plus détacher les yeux. Chaque fois qu'il était avec Cal, Stern attendait le moment où celui-ci se tournerait de l'autre côté, pour que son regard fût enfin libre.

Cal introduisit Stern et sa famille dans une salle de conférences lambrissée. Stern fermait la marche ; Cal le retint un instant, sans lui laisser le temps de franchir la porte.

— Avant qu'on commence, Sandy... Comme je vous l'ai dit au téléphone la semaine dernière, j'aimerais vous poser une ou deux questions à propos des biens de Clara — des détails dont vous devez être au courant, j'imagine.

— Moi ?

Au cours des années passées, ses relations avec Clara en ce qui concernait sa situation financière s'étaient limitées aux rares occasions où elle avait abordé d'elle-même le sujet, et généralement, il lui avait conseillé de s'adresser à ses banquiers ou à ses notaires.

Ils furent interrompus par l'arrivée de l'associée de Cal, une jeune femme avec des lunettes, aux cheveux bruns et raides, qui s'appelait Van Zandt. Marta passa la tête dans l'entrebâillement de la porte pour savoir pourquoi son père traînait en arrière, et Stern suggéra fermement à Cal d'entrer dans la salle ; tout le monde s'installa enfin autour d'une grande table en noyer. De petites gravures, des caricatures de prix représentant différentes scènes judiciaires, étaient accrochées aux murs, et, bien entendu, la vue habituelle du majestueux panorama de la ville — les cabinets d'avocats et les sièges des grandes sociétés s'y taillant la part du lion, les meilleurs emplacements. Des années auparavant, Harry Fagel avait essayé d'attirer Stern dans ce Versailles moderne, mais celui-ci ne s'était pas laissé convaincre.

— Je pense, dit Cal, qu'il vaut mieux que je commence par le début, et que je vous donne la description des biens de Clara.

Stern hocha la tête. Marta aussi. Tout le monde estima que c'était une bonne idée. Van Zandt tendit un document à Cal — un mémo, certainement, résumant le testament — et Cal se mit à parler d'un ton solennel. Comme les plans de succession les plus sophistiqués, celui de Clara avait été établi en tenant compte, avant tout, du problème des impôts. A la suite de la prévoyance de son père, des décennies plus tôt, et des conseils judicieux que des spécialistes lui avaient donnés depuis, Clara avait pu disposer d'une fortune importante sans payer un seul dollar de droits fédéraux de succession. Cal révéla le fait avec le sourire éclatant de quelqu'un qui a connu un petit triomphe.

En effet, la plus grande part des possessions de Clara ne lui avait pas été transmise directement. Les biens de ses parents et d'une tante célibataire avaient été placés sous la forme d'une série de fidéicommis qu'Henry Mittler avait établis à la River National Bank ; ceux-ci dureraient des générations, tout en dégageant un revenu qui ne grèverait pas le capital, selon la tradition vénérée des anciens possesseurs de richesses. Lorsqu'il était plus jeune, Stern croyait qu'Henry avait mis au point ces arrangements complexes parce qu'il avait peur que son gendre ne fût une espèce de goujat. Aujourd'hui, il savait qu'en réalité la profession de foi d'Henry était encore plus simple : toute liberté, même avec les meilleurs garde-fous du monde, est sujette à des abus... Ce cynisme brutal avait fait d'Henry un formidable notaire, même si ce trait de caractère avait sans doute contribué aussi aux griefs de sa famille envers lui. Ses guerres personnelles les plus féroces, Clara les avaient menées contre son père, un homme intelligent, dominateur et obstiné. Et aujourd'hui, voilà qu'elle reposait dans le petit cimetière attenant à la synagogue, à proximité de l'énorme monument qu'Henry avait fait ériger pour lui et son épouse, Pauline, selon les termes du même testament qui était à l'origine des fidéicommis. La terre les avait tous réclamés, eux et leurs passions, mais leurs comptes en banque survivaient. Stern n'avait jamais négligé les questions d'argent, mais il avait toujours considéré ces tristes évidences avec étonnement.

— Si j'en crois nos notes, dit Cal, lorsque nous avons revu le plan de succession après les dernières modifications légales, les fidéicommis étaient évalués à un petit peu plus de sept millions de dollars. Les biens propres de Clara étaient d'environ deux millions de dollars. (Là, il faisait allusion aux intérêts des fidéicommis versés à Clara au fil des années ; comme elle n'en avait pas dépensé grand-chose, ils avaient été réinvestis, en son nom, par la banque.) Bien sûr, il y a eu des variations, avec le krach boursier et d'autres rebondissements financiers, mais c'est quand même le tableau général.

Cal avait pris son temps pour en arriver là, et on voyait bien qu'il était satisfait de l'effet produit par l'énoncé de ces chiffres sur ses auditeurs. Les yeux de Kate s'agrandirent et Peter laissa échapper un sifflement.

C'était une sorte d'exploit, décida Stern, d'avoir réussi à garder les enfants dans l'ignorance de tout cela. Lui-même n'était pas choqué par ces chiffres ; ils correspondaient à peu près aux estimations qu'il avait faites en venant à ce rendez-vous aujourd'hui, et, avant cela, de temps en temps, au cours des années, vu cette masse de dollars qu'il avait rarement daigné toucher.

Les dernières volontés de Clara étaient simples. Stern était nommé exécuteur testamentaire. Les droits sur les revenus des fidéicommis étaient transmis aux trois enfants — « à égalité de parts », comme avait dit Cal. De la fortune personnelle de Clara, un certain nombre de legs substantiels étaient faits aux enfants et à des associations caritatives ; le reste était laissé sous forme de fidéicommis à Stern, qui en userait comme il jugerait bon.

Une fois résumé le testament, Cal s'appesantit sur les détails. En énumérant les clauses, il utilisa la troisième personne — « l'époux Alejandro », « les enfants Peter, Marta et Kate » — et ne prit pas la peine d'expliquer de nombreux termes techniques. Néanmoins, au bout d'un moment, les inévitables calculs furent évoqués autour de la table, et Kate fondit soudain en larmes. Les enfants pouvaient s'attendre à partager un revenu annuel d'environ un demi-million de dollars. A cela s'ajoutait pour chacun un legs direct de deux cent mille dollars, sans parler de perspectives beaucoup plus importantes le jour où Stern quitterait la scène à son tour. Stern pensa que s'il réussissait à éviter les ennuis à Dixon pendant encore un moment, celui-ci serait sans doute un conseiller financier approprié pour son neveu et ses deux nièces... Lui-même, pour des raisons qu'il aurait eu du mal à exprimer clairement, éprouvait peu de scrupules à accepter l'argent de sa femme ; peut-être, avec une certaine perversité, parce que aujourd'hui sa propre fortune avait dépassé le point où il avait besoin de cet apport pour vivre bien ; ou alors estimait-il que c'était son dû, après tout ce qu'il avait vécu... Il fit une rapide estimation : le reliquat des biens de Clara qui lui était transmis en fidéicommis — ce qui resterait de ses actions et de ses obligations à la banque — devait avoisiner le million de dollars.

Alors qu'il décrivait les détails de la clause du fidéicommis, Cal s'interrompit un instant et fixa Stern.

— Clara a tenu à préciser que vous en resteriez le bénéficiaire à vie, même en cas de remariage.

— Je vois..., murmura Stern.

Cal eut un bref sourire, enchanté par cette gestion minutieuse de l'avenir, mais les enfants, eux, semblèrent déconcertés par l'extrême prévoyance de leur mère — et un bref malaise plana dans la pièce. Aucun d'eux n'avait encore abordé cette question avec leur père. Ils y avaient pensé, bien sûr : tout le monde y avait pensé. Même Clara. Mais il était étonnant — et pour Stern aussi, d'ailleurs — d'apprendre qu'elle avait officiellement levé tous les obstacles à la chose.

Cal avait recommencé à parler, mais Stern l'interrompit :

— Cal, est-ce que votre inquiétude, tout à l'heure, venait de ce fidéicommis ?

A la réflexion, il comprenait pourquoi Cal avait voulu discuter avec lui en tête à tête. Peut-être y avait-il une contradiction entre le désir de Clara de lui laisser cet argent et les restrictions qu'Henry Mittler avait mises par écrit, des décennies plus tôt ?

— Je ne suis pas inquiet, Sandy, répondit Cal. J'ai juste une question à vous poser.

— Mais c'est bien à ce sujet, n'est-ce pas ?

— Plus ou moins. Nous y reviendrons, si vous voulez bien.

Cal agita la main, trop pointilleux pour laisser bousculer l'ordonnancement de son travail. Il était en train de parler des dons de Clara aux organismes caritatifs, lorsque Stern l'avait coupé, et il y revint immédiatement. Kate continuait à pleurer à chaudes larmes ; Van Zandt, toujours prévoyante, avait amené avec elle une boîte de mouchoirs et elle lui en tendit un autre, tandis que Cal s'attardait sur les détails qu'il adorait.

— Clara a aussi fait un legs de cinq cent mille dollars à la Congrégation réformée de Riverside, dont la moitié, selon ses volontés, doit être utilisée pour l'animation artistique de la ville.

Les enfants encaissèrent le coup, encore éberlués par ce flot d'argent qui se répandait, mais Stern — qui, autrement, aurait dû être le bénéficiaire de ces fonds — estima que ce genre d'action de bienfaisance, fort louable au demeurant, ressemblait bien à Clara. La notion que lui-même avait de son identité en tant que juif était une référence fixe et absolue, le pôle magnétique de sa boussole intérieure, à l'aune de laquelle il jugeait toutes les autres tendances de sa personnalité. Clara et lui étaient d'accord sur l'importance de l'éducation religieuse des enfants, l'observance des fêtes. Mais la religion de Clara était beaucoup plus officielle que la sienne. Pour elle, la synagogue, dont ses grands-parents maternels avaient été membres fondateurs, était un point d'attache important et, contre toute raison, elle était très proche du rabbin Weigel — un arriviste plein de suffisance, pourtant — et de ses nombreux projets pour la communauté. A la demande pressante de ce dernier, elle avait donné bénévolement des cours de musique pendant trois ou quatre ans, un effort pluriconfessionnel pour améliorer l'enseignement des écoles les plus défavorisées de DuSable. Clara admirait la culture et le savoir-vivre des nantis, mais pas leur sens des privilèges. A ce sujet, elle avait toujours eu des scrupules de conscience.

— C'est à peu près tout.

Cal en avait terminé. Il posa son mémo et ses yeux firent le tour de la table, comme s'il guettait des applaudissements.

— Et ce problème? dit Stern, faisant une fois encore référence au fidéicommis que Clara lui avait laissé.

Cal semblait déjà avoir oublié.

— Oh, souffla-t-il. Comme je vous l'ai dit, j'ai juste une question, Sandy. Nous nous sommes demandé ce qu'il était devenu.

— Qui ça, *il* ?

— L'argent. Vous comprenez. (Cal se pencha vers lui.) N'est-ce pas ?

— J'ai cru comprendre, oui, d'après les chiffres que vous avez donnés, Cal, qu'il y avait un autre million de dollars dans la succession.

A peine eut-il prononcé ces mots qu'il les regretta, et particulièrement la précision avec laquelle il semblait avoir fait ses petits calculs.

— Eh bien, pas tout à fait..., répondit Cal du bout des lèvres comme à son habitude. Le portefeuille de Clara n'a pas vraiment retrouvé son niveau depuis le krach boursier. Mais je veux parler des huit cent cinquante mille dollars qui ont disparu de son compte.

Il y eut un silence.

— Disparu ? répéta Stern finalement.

— Retirés, dit Cal.

Les deux hommes se considérèrent un instant.

— Vous n'êtes pas en train de me dire qu'il y a eu un détournement de fonds, n'est-ce pas ?

— Mon Dieu, non ! (Cal regarda Van Zandt, comme pour quêter son soutien.) Nous recevons de la banque, tous les trimestres, un relevé groupé concernant les fidéicommis et les placements de Clara. Quand nous avons appris la chose, nous avons tout épluché, et j'ai découvert que cette somme a été retirée le mois dernier. J'ai pensé... j'étais même certain qu'elle vous en avait parlé, Sandy. (Il fit une pause.) J'ai téléphoné.

Stern comprit enfin.

— Vous croyez que Clara a dépensé cet argent ? demanda-t-il.

— Quelle autre possibilité ? Je me suis dit qu'elle avait fait un placement de son propre chef. Par exemple qu'elle avait acheté une résidence pour les vacances...

Il eut un geste évasif de la main.

— Mais qu'est-ce qu'elle aurait bien pu faire avec huit cent cinquante mille dollars ? intervint Marta. C'est bizarre, non ?

Stern, fortement tenté d'abonder dans son sens, allait faire écho à la question de sa fille, mais quelque chose, un instinct, le retint. Là, il était en terrain miné. Ce n'était pas à lui de deviner ce qui était possible et ce qui ne l'était pas avec Clara, ces dernières semaines. Peut-être était-elle en train de fonder une communauté hippie ? Ou alors peut-être se droguait-elle ?

— Cal, je ne suis pas certain de comprendre comment ça a pu arriver, dit-il.

— J'imagine que Clara est allée à la banque, qu'elle a liquidé la majeure partie de son portefeuille et qu'elle a touché son argent... Il était à elle, après tout.

— Vous avez vérifié avec la banque ?

— Sandy, je voulais d'abord en parler avec vous. C'est pour ça que j'ai téléphoné.

Cal était sur des charbons ardents. Les notaires chargés des successions vivaient dans un univers de décisions claires et nettes. Ils n'étaient pas préparés aux surprises. A l'évidence, Cal Hopkinson craignait d'être mis en cause par la famille Stern et il touchait déjà les moites profondeurs des justifications professionnelles.

— J'étais sûr que vous étiez au courant..., poursuivit-il. Je n'ai pas imaginé que...

Il s'interrompit, comme s'il réalisait qu'il était en train d'aggraver son cas en montrant combien il était bouleversé que Clara n'eût pas consulté son mari pour agir. Paradoxalement, ce tact soudain — et inhabituel chez Cal — réveilla la détresse de Stern. En fait, il sentait qu'il était en train de sombrer... Oh, il savait que c'était absolument puéril, comme la réaction égoïste d'un gosse de six ans, mais il ne pouvait réprimer ce sentiment. Elle avait pris soin des enfants ; elle avait engraissé le rabbin et sa principale œuvre de bienfaisance. Et lui seul, dans les derniers jours de la vie de Clara, avait été dépossédé... Il se sentit de nouveau en proie à ce même mélange venimeux de culpabilité et d'angoisse.

Cal avait repris la parole.

— Maintenant que vous me dites que vous n'avez pas la moindre idée de ce dont il retourne, je vais immédiatement appeler Jack Wagoner, à la banque. Et nous allons tout revoir depuis le début. Le tribunal des successions l'exigera, de toute façon.

Cette promesse ne paraissait d'ailleurs pas vraiment rassurer Cal, qui restait assis là, devant eux, inquiet et démonté, à passer sans arrêt sa langue sur ses lèvres. On aurait dit que cet argent s'était envolé tout seul.

— Quand a eu lieu cette transaction ? demanda Marta. Quel jour du mois ?

Cal se tourna vers Van Zandt. Elle connaissait la date : cinq jours avant l'après-midi où Stern avait découvert le corps de Clara en rentrant chez lui. Van Zandt tendit un document à Marta — le relevé de la banque —, qui le passa ensuite à son père ; Stern le mit de côté. Il pensa de nouveau à un détournement de fonds, à quelque chose de louche, mais c'était peu vraisemblable — absurde, même.

Un bruit lui fit lever la tête : Kate avait recommencé à émettre des sons inarticulés. A vingt-six ans, avec son visage rougi par les larmes et son maquillage qui coulait, elle paraissait facilement la moitié de son âge. Elle s'appuyait sur le bras de son frère qui avait pratiquement gardé le silence depuis leur arrivée, encore abattu par le souvenir de sa mère. Stern, dans l'état où il était, se sentit irrité par la sollicitude de

Peter. Il se demanda pourquoi les femmes semblaient toujours se tourner vers son fils. A l'évidence, il était bouleversé, lui aussi — et cependant on avait l'impression qu'elles adoraient cette tristesse tranquille. Il était disponible. Digne de confiance. C'était quelqu'un sur qui on pouvait compter. En fait, Peter avait miné son père de la plus insidieuse des façons — en le doublant. En réussissant là où Stern avait cruellement échoué. Cette vision brutale et pénétrante des étranges mécanismes de sa vie de famille ne fit rien pour apaiser le chagrin qui revenait.

Il serra la main à Van Zandt et à Cal. Ses enfants se levèrent, eux aussi, mais ils paraissaient ne pas trop savoir quoi faire, s'ils devaient rester là, ou sortir, ou même s'il fallait faire le moindre mouvement. Stern se rendit compte soudain qu'il était au centre de l'attention — ses enfants, les deux notaires, tous avaient les yeux fixés sur lui, dans l'attente d'un signal de sa part. Comment se comporter ? Comment réagir ? Mais il ne savait pas vraiment quoi leur proposer. Dans ce cadre feutré et élégant, son esprit s'abandonnait de nouveau au désespoir. Suicide. Argent. Maladie. Clara avait laissé derrière elle un indescriptible gâchis.

Curieusement, il lui vint soudain à l'esprit un souvenir de Clara — la vision qu'il avait eue d'elle un jour où elle partait donner ses cours de musique dans le cadre de l'animation artistique de la cité. Lui et ses enfants lui avaient souvent fait part de leur inquiétude pour sa sécurité, mais cela ne l'avait jamais empêchée, deux matinées par semaine, de se rendre dans les banlieues les plus défavorisées de la ville, au volant de sa Seville noire.

Ce jour-là, il était venu déposer sa voiture devant l'école et récupérer celle de Clara pour l'amener au garage ; et il l'avait aperçue qui se dirigeait d'un pas assuré vers l'entrée de l'établissement — une femme dans la cinquantaine, l'air décidé, au maintien imposant, avec des cheveux tirant sur le roux et une poitrine opulente. Elle n'avait pas de sac. Elle avait enfoncé les mains dans les poches de son manteau tout simple ; elle marchait, la tête droite, et ignorait les regards mauvais qu'on lui lançait parfois. Et en une fraction de seconde, Stern comprit quelque chose d'essentiel : non pas que la peur lui était étrangère, mais qu'il lui avait déjà vu souvent cette expression, que chaque déplacement hors de chez elle lui demandait apparemment le même effort pour contrôler son angoisse, tous ses démons intérieurs qu'elle dominait en se persuadant qu'ils n'étaient pas réels...

Mais, d'une façon ou d'une autre, ceux-ci s'étaient finalement matérialisés dans sa vie, et ils l'avaient prise au piège et dévorée. Taciturne, courtoise et digne, Clara Stern s'était laissé engluer dans la fange du monde, qui l'avait engloutie, comme ces créatures préhistoriques dont on retrouvait les ossements dans le bitume.

Et Stern devinait que, tôt ou tard, lui aussi allait y tomber et connaître les mêmes horreurs cauchemardesques.

Lorsqu'ils se retrouvèrent tous les quatre dans la rue, Kate, qui avait réussi à se maîtriser un instant, recommença à pleurer.

5

Pourquoi quelqu'un renonce-t-il à la vie ? La nuit, Stern errait dans sa vaste demeure, cherchant des réponses à cette question. Les penderies contenaient encore une bonne partie de la garde-robe de Clara ; il les ouvrait et examinait ses vêtements : ils lui paraissaient avoir pris une dimension mystique, comme des reliques. Les cintres vides — souvenir des habits que Kate et Marta avaient empaquetés — attendaient, tels des squelettes d'oiseaux.

Après le départ de Marta, Stern s'était installé dans la chambre de sa fille. La sienne lui semblait en désordre, ravagée. Dans celle de Marta, il se sentait un peu plus en paix. Lorsqu'il pénétra dans son ancienne chambre pour y chercher quelques affaires, l'immobilité de l'endroit l'écrasa. Il ne l'occupait plus depuis seulement quelques jours, mais déjà y planait la quiétude poussiéreuse du linceul. Il avait l'impression de regarder une photo : un vestige d'un passé hors de portée, inanimé mais préservé. Il prit ses chaussettes, ses faux cols, et s'empressa de quitter cette pièce le plus vite possible.

Ses voisins et les familles qui fréquentaient la synanogue faisaient preuve envers lui d'une gentillesse cérémonieuse. Un époux de suicidée était trop infâme pour être invité à la table familiale — comment expliquer la chose aux enfants ? — mais les femmes lui apportaient du ragoût et du poulet, qu'il consommerait seul. Son congélateur débordait. Presque tous les soirs, il mettait un plat dans son micro-ondes, ouvrait une bouteille de vin, mangeait et buvait, puis recommençait à tourner en rond dans la maison.

Sur le frigo, il y avait une note — appeler Nate Cawley. Il avait essayé plusieurs fois de joindre son voisin, pour avoir l'explication des factures médicales de Clara, mais Nate n'était jamais là. Sans doute était-il trop occupé après la semaine qu'il venait de passer à son congrès canadien. Légèrement anesthésié par le vin, Stern répondait au téléphone — c'étaient des amis, ou Marta ou Kate qui prenaient de ses nouvelles —, puis il recommençait son errance. Il s'asseyait dans des fauteuils qu'il n'avait pas utilisés depuis des années ; il passait d'une pièce à l'autre, regardait les meubles, les tableaux. Ce minuscule oiseau en porcelaine. D'où venait-il, déjà ?

A l'occasion, on l'invitait à sortir, généralement à plusieurs ; la plupart du temps, c'étaient des avocats ; cette sollicitude conventionnelle reflétait davantage son importance au sein du barreau de la ville qu'une intimité particulière. C'était le genre de relations sociales que le couple Stern avait toujours évitées au maximum. Clara, avec ses façons calmes et résolues, ne s'intéressait ni aux gens, ni aux rencontres, lorsque c'était superficiel. Aujourd'hui qu'il était libre de ses mouvements, Stern ne parvenait pas à jouer la comédie qu'exigeaient ces soirées de bavardages sans queue ni tête où on l'observait sans oser lui poser de questions à propos de sa femme.

Il n'y avait qu'avec ses enfants qu'il sortait volontiers. Pendant les deux premières semaines qui suivirent le départ de Marta, il alla dîner deux fois chez Kate et il les retrouva une fois en ville, elle et son mari. Mais vu l'extension de la banlieue de Kindle County, il leur fallait près d'une heure pour se rendre visite, un trajet épuisant lorsqu'ils travaillaient, particulièrement pour Kate, fatiguée par le début de sa grossesse. Et même lorsqu'il était en sa compagnie, Stern sentait que ses attentions exigeaient d'elle des efforts pleins de gaucherie. Elle qui lui avait toujours montré un amour si spontané, elle semblait désormais vaguement effrayée d'avoir affaire à son père, maintenant qu'il était seul.

Peter — suivant sans aucun doute les instructions de ses sœurs — l'appela également et, à la suggestion de Stern, ils dînèrent ensemble un soir. « Un truc rapide », dit Peter lorsqu'il accepta l'invitation. Ils se retrouvèrent dans le centre-ville, chez un traiteur, mais l'absence de Clara se dressait entre eux, énorme, déchirante. Clara avait souffert de leur éloignement —

et par égard pour elle, ils avaient toujours fait de leur mieux. Mais tout à coup il était clair que ce lien ne lui avait pas survécu. Tous deux jouaient un rôle dans un film dont le tournage avait été abandonné. Après quelques minutes de malaise, ils n'échangèrent plus un mot, au milieu des conversations et des bruits d'assiettes du restaurant.

Ainsi, Stern vivait-il seul la plupart du temps. Un soir, un appel téléphonique bouscula ses habitudes : une femme du voisinage se prétendit amie de Clara et se mit à lui décrire sans transition les échecs conjugaux répétés de son mari — un homme qui avait beaucoup de problèmes —, elle termina la conversation en lui disant simplement : « Appelez-moi. » Ce que, bien sûr, il ne fit pas. Comme tout le monde, il avait entendu ces histoires de femmes indépendantes qui abordaient les veufs avec un culot extraordinaire, mais étant donné les circonstances de la mort de Clara, il était certain que cela ne lui arriverait pas. Oh, il avait bien reçu une ou deux cartes, et plusieurs appels de condoléances de la part de veuves ou de divorcées — des relations éloignées. Et cependant, tout à coup, les choses paraissaient plus claires. Les gens, et surtout les femmes, se sentaient solitaires — comme lui. Mais qui aurait pu affirmer qu'il connaissait quelque chose aux femmes ? Certainement pas lui. Et à quoi cela aurait-il servi, de toute façon ? Penser à ces choses le faisait se sentir encore plus mal, déconcerté et stupide, coincé, comme enseveli.

Quelles que fussent ses distractions, il finissait toujours ses soirées errant dans la maison. Il buvait du vin et souffrait terriblement, désorienté par de tendres souvenirs et de violentes récriminations contre lui-même — et pourtant il s'abandonnait à ces moments avec une espèce d'urgence, tandis que le passé le submergeait.

Sa mémoire était faite d'un million de documents éclairés par un unique rayon de lumière incandescente. C'étaient des portes qui s'ouvraient toutes seules lorsqu'il arrivait, chargé de lourds dossiers, dans des centaines de tribunaux différents. Dans ces décennies qu'il revoyait, il était toujours en attente d'un procès, la veille au soir ou tôt le matin, et ses émotions étaient un mélange détonant de concentration résolue et d'anxiété contenue. En ces heures-là, il était chez lui à réfléchir intensément à son affaire ; ses enfants lui parlaient et il ne leur répondait pas, occupé qu'il était à mijoter des motions dans sa tête, un plan très soigné pour un contre-interrogatoire, puis il tendait doucement la main vers eux, pour les faire taire, tout en pensant à autre chose. Oh, il était parvenu à ses fins ! Il était au bureau avec ses cigarettes, ses bouquins, son téléphone, ses clients, de sept heures du matin à neuf ou dix heures du soir ; il rentrait alors dans une maison silencieuse. Les enfants étaient couchés. Absents. Clara l'attendait, un livre sur les genoux, dans le living tranquille ; on sentait dans toute la maison la bonne odeur d'un dîner tenu au chaud. C'était l'image même de l'ordre, de l'efficacité, de l'aisance.

Était-il convaincu par cette affectation ? Pendant combien d'années s'était-il rassuré lui-même avec l'idée qu'ils ne se querellaient jamais, que Clara exprimait rarement des récriminations, au contraire d'autres épouses, car cela lui aurait paru vulgaire ? Et à vrai dire, il la traitait avec une infatigable courtoisie. Il ne négligeait presque jamais ses désirs. Mais, bien sûr, il avait fait un choix fort sage car elle élevait rarement la voix pour son propre compte. Oh, ils avaient eu aussi leurs moments difficiles ! Qui n'en avait pas ? Quand les enfants étaient entrés à l'université, ç'avait été une période très perturbante pour Clara. Et lorsque Kate, la benjamine, était partie à son tour, Stern trouvait parfois Clara en larmes dans l'obscurité. C'était un sous-entendu silencieux, toujours présent, qui leur élançait comme une ecchymose : elle n'aimait pas la vie qu'elle menait, à aucun point de vue. S'il essayait de la consoler, elle s'en prenait à lui, avec une colère lourde de ces décennies de reproches informulés pesant sur ses épaules. Mais ils s'en étaient tirés tant bien que mal, et Clara avait finalement retrouvé sa rigoureuse maîtrise de soi, son sourire tendu, et sa façon de bien faire voir qu'elle maîtrisait la situation. Comme un pasteur suédois endurant silencieusement son tourment existentiel dans la pénombre.

Pendant ces soirées d'errance, le vin le faisait somnoler — il n'avait jamais bu beaucoup. Il lui arrivait de se réveiller en sursaut et de se retrouver assis dans un fauteuil, la bouche sèche, toutes les lumières allumées. Une nuit, un rêve particulièrement précis le tira du sommeil. Il se baignait à Wolf's Point, dans la Kindle ; sans qu'il l'ait remarqué, la rivière devint soudain turbulente et il se retrouva bientôt à se débattre au milieu des flots écumeux. Sur la berge, au milieu des arbres, sa mère, son père et son frère aîné, habillés de vêtements de laine épais et sombres, le contemplaient, aussi immobiles que des statues. Le courant l'entraînait toujours plus loin, mais il réussit à entrevoir Clara et les enfants, entre les branches dépouillées. Ils étaient dans une salle de classe. Les enfants étaient assis à leur pupitre tandis que Clara, un doigt levé, leur faisait un cours. Il agita les bras dans les eaux puissantes, il les appela, mais ils ne le virent pas lutter contre le courant qui l'emportait.

Fiona Cowley, sa plus proche voisine, l'accueillit, un verre de whisky à la main.

— Sandy ! s'écria-t-elle.

Dès le premier mot, Stern sut qu'elle était soûle. Ouvrant la porte à la volée, elle apparut sur le seuil, les bras écartés, éclairée par les lumières du living, derrière elle. Nate, le mari de Fiona, buvait lui aussi plus qu'il n'aurait dû. C'était peut-être à cause de cela qu'ils étaient toujours ensemble. Tout à coup, étrangement, Stern eut l'impression de comprendre les motivations de Fiona. Détendue par l'alcool, elle était plus séduisante ; son allure était souple et attrayante. A l'évidence, elle savourait sa propre liberté. Elle était vêtue avec son habituelle élégance d'un ensemble tricoté bleu-vert qui mettait en valeur sa fine silhouette. Sa coiffure et son maquillage étaient sans défaut, et elle portait un bijou, même pour une soirée à la maison, un gros diamant au ras du cou. Fiona passait ses journées à s'occuper d'elle-même. Elle chassa le chien d'un coup de pied, et fit entrer Stern en le prenant par la main tout en lui assurant, en réponse à la question de ce dernier, qu'il n'interrompait pas leur dîner. Elle semblait ravie de le voir.

— Comment vas-tu, Sandy ? (Elle lui tapota le visage, le geste excessif de quelqu'un qui a bu.) Nous pensons tellement à toi !

Déjà Stern réagissait en adoptant une expression impénétrable. Il avait toujours été très doué pour cela : il haussait les sourcils sans un mot pour suggérer des sentiments complexes. A présent, ses traits paraissaient plus tirés, ils évoquaient mieux son chagrin.

— Je vais aussi bien qu'on peut s'y attendre en de telles circonstances, Fiona. Est-ce que Nate est là ? J'espérais lui dire un mot.

Stern avait décidé qu'une visite personnelle aurait davantage de chances de retenir l'attention de Nate. Après ce que lui avait dit Cal, il était déterminé à être plus direct pour tenter de démêler les affaires embrouillées de Clara.

— Il ne t'a pas téléphoné ? Je lui ai rappelé ton message au moins vingt fois... Il est sorti pour la soirée, Sandy. Mais reste donc une seconde ! Prends un verre avec moi. Il y a une question que je voulais te poser, justement. Je suis contente que tu sois là.

Sans attendre sa réponse, elle s'avança dans le vestibule pour faire entrer le chien dans la cuisine. Fiona était de ces gens qui obtenaient toujours ce qu'ils voulaient. Elle ne lui avait laissé aucune échappatoire.

Les Stern vivaient maintenant depuis dix-neuf ans à côté des Cawley. Ils les avaient vus agrandir leur ranch moderne à trois reprises, si bien que celui-ci avait aujourd'hui un premier étage sans grande élégance qui faisait penser à un petit chapeau planté sur une grosse tête. Les Stern avaient vu pousser les enfants Cawley qui, à présent, fréquentaient tous les deux l'université. Ils avaient pris plaisir à discuter avec les Cawley, par-dessus leur clôture, les week-ends ; ils avaient même, à l'occasion, bu un apéritif ensemble ou fait un barbecue ; vingt ans à se garder mutuellement le courrier et à se prêter les outils de jardin — et pourtant les Stern avaient traité le couple Cawley comme beaucoup d'autres couples, avec réserve. Des années auparavant, quand le médecin qui l'avait accouchée avait pris sa retraite, Clara avait commencé à consulter Nate, qui était devenu son gynécologue et le médecin de famille. En cas d'urgence — une chute d'un arbre, une infection bénigne —, Nate était le conseiller médical officieux de toute la maisonnée. D'une certaine manière, cette relation professionnelle arrangeait assez bien les Stern, puisqu'elle leur offrait un prétexte diplomatique pour profiter de Nate sans Fiona. En tant que médecin, Nate était bien informé, efficace, affable. Chez lui, en revanche, il avait tendance à se laisser déborder par sa femme. Lorsqu'elle était plus jeune, Fiona avait sans doute été d'une grande beauté et c'était toujours une jolie femme, mince et élégante, avec d'impressionnants yeux clairs, presque jaunes. Mais elle était, en un mot, insupportable : nerveuse, une voix aiguë, toujours en train de se démener, toujours bouillonnante de conflits intérieurs et de ressentiments évidents. C'était quelqu'un à éviter.

— Whisky ? proposa-t-elle.

Stern se laissa tomber sur une causeuse recouverte d'un tissu décoré de pivoines. Le living des Cawley était d'un style que Stern considérait comme de l'irlandais contemporain, une modernisation timide du style colonial américain. Les pièces étaient encombrées de tables et de commodes de couleur sombre, dont la plupart étaient ornées de napperons en dentelle. Fiona s'activait dans un petit fumoir contigu, où elle avait installé une table roulante avec des bouteilles. Elle buvait avec élégance : elle avait servi l'alcool dans des verres ballon ciselés et placé un gros seau à glace en argent comme ornement central.

— Un peu de xérès sec, si tu en as, Fiona. Et un glaçon. Il faut vraiment que je travaille ce soir.

— Travailler ? s'étonna-t-elle. Vraiment ? Sandy, tu devrais courir ta chance...

C'était un commentaire qu'il entendait fréquemment. Mais personne ne lui disait comment s'y prendre. Aller danser ? Les boîtes de nuit ? Il avait dû rater le coche quelque part. Qu'est-ce qu'il fallait faire quand on souffrait ? Dédaigner un travail utile et regarder des inepties à la télé ? En fait, Stern était déjà fatigué de ces efforts conventionnels pour orchestrer ses sentiments.

Lorsqu'elle lui tendit son verre, il lui demanda si elle allait bien.

— Oh, moi ? Oui, super ! répondit-elle en contemplant son verre.

Stern venait de se souvenir qu'il s'était juré machinalement, des années auparavant, de ne pas poser à Fiona ce genre de questions. Le chien grattait et grognait dans la cuisine où il était enfermé ; on entendait ses griffes sur le carrelage.

— Qu'est-ce que tu voulais à Nate ?

— J'avais simplement une ou deux questions à lui poser à propos de Clara. Dis-lui que je n'abuserai pas de son temps. J'avais besoin de savoir s'il la soignait pour une maladie quelconque.

— Il y avait quelque chose, dit Fiona.

Elle termina son verre et fit un grand geste d'ivrogne.

— Quelque chose ?

— Il avait l'habitude de faire un saut chez vous, le matin. Elle avait besoin de médicaments, ou de je ne sais quoi.

Fiona agita la main, suggérant par là la façon dont Nate l'avait probablement envoyée promener à ce sujet.

— Ah ah, murmura-t-il.

C'était bien ce qu'il pensait. Il resta immobile. Puis, satisfait de voir qu'il avait eu raison, il se leva pour partir.

— Oh, tu ne peux pas t'en aller tout de suite. Tu te souviens ? Je voulais te demander quelque chose.

— C'est vrai, dit Stern, qui avait déjà oublié.

Elle disparut un instant dans une pièce voisine, et revint avec un petit paquet.

— Sandy, tu n'es sans doute pas encore prêt pour ça, mais lorsque tu le seras, permets-moi de te présenter Phoebe Brower. Elle est charmante. Et vous avez des choses en commun. Son mari, tu vois... (Elle bougea la main et ébaucha une petite grimace.) Somnifères.

Il fut incapable de rester totalement silencieux, et ses lèvres laissèrent échapper un petit bruit. Si Fiona n'avait pas été soûle, ou si elle n'avait pas tout simplement été Fiona, il aurait pu se sentir vraiment offensé. Peut-être pensait-elle qu'il voulait fonder un club — les Conjoints anonymes insupportables. Il reconnut l'emballage du paquet que tenait Fiona : c'était celui du magasin de photos local. Des photos, aussi ? Il devrait mettre une pancarte sur sa maison. En rade. Naufragé. Hors d'usage.

— Tu l'as dit, Fiona. C'est beaucoup trop tôt.

Elle haussa les épaules.

— J'aurais cru que c'était ce que la plupart des hommes attendaient avec impatience. Être libres de nouveau.

Bon, cela ne s'était pas trop mal passé jusqu'à présent, mais Fiona était en train de déraper. Stern tapa sur ses cuisses, pour indiquer qu'il allait partir, maintenant.

— Peut-être que tu as raison, Fiona. Les femmes s'y connaissent toujours mieux en hommes.

— Ne me mets pas en boîte, Sandy. Tu fais ça trop souvent. J'ai une raison pour t'interroger là-dessus.

Elle était très forte, aucun doute. Stern resta assis, silencieux, sur ses gardes, tandis qu'elle reprenait ses esprits.

— Sandy, je voudrais que tu regardes ça. J'ai une question à te poser.

Elle lui tendit le paquet.

— Qu'est-ce que c'est, Fiona ?

Elle secoua la tête et ajouta :

— Jette juste un coup d'œil là-dessus.

Elle n'avait aucune envie de s'expliquer. Il ne savait trop pourquoi, mais, en cet instant, il ressentit violemment l'absence de Clara. Cette scène ne se serait jamais produite quelques semaines plus tôt. Fiona, même ivre, se serait moins senti le droit de le dominer ainsi.

Il défit l'emballage et découvrit une cassette vidéo.

— Visionne-la.

Elle fit un geste vers une voûte ouvrant sur un petit salon adjacent. Stern pensa résister, puis renonça. Avec Fiona, c'était inutile.

Il trouva le magnétoscope et appuya sur les boutons qu'il fallait. Il se débrouillait bien avec les machines. Les images apparurent sur l'écran, au beau milieu d'une séquence. C'était un film de mauvaise qualité, réalisé par un amateur. La peau des personnages était beaucoup trop rose. Mais c'était suffisamment éloquent. On voyait une jeune femme. Elle était nette, puis floue, mais restait aussi nue que le jour de sa naissance. Mince, avec de petits seins. Assise sur un lit, elle souriait à la caméra d'une façon inoffensive. Il fut d'abord trop surpris pour comprendre l'importance que pouvait avoir cette femme nue pour Fiona. Mais il reconnut bientôt la voix de Nate sur la bande-son ; ce qu'il disait était à peine audible et Stern, debout, avala soudain une gorgée d'alcool ; il n'avait aucune envie de monter le son pour en entendre davantage. Il en savait assez : c'était Nate qui tenait la caméra.

Curieusement, sa première réaction fut de se sentir désolé pour son voisin. Pourquoi avait-il fait une chose pareille ? Les poses de la fille n'avaient rien de particulièrement salace. A un moment, elle croisa une jambe avec nonchalance. Elle portait des chaussures noires à talons hauts, et comme Nate promenait la caméra sur elle, le triangle sombre de son pubis fut davantage visible, fendu par le rose vif des lèvres de son sexe. Ces images avaient quelque chose de presque innocent. Décontracté, en tout cas. Nate et la jeune femme devaient bien se connaître. Elle souriait comme si elle était à la plage.

Au moment où Stern allait appuyer sur le stop, l'image sauta, l'écran devint noir, puis il y eut de la neige, et d'autres images apparurent enfin. Stern ne comprit pas immédiatement de quoi il s'agissait et le trouble s'empara de lui avant qu'il n'acceptât de mettre un nom sur ce qu'il voyait. Nate, semblait-il, se filmait lui-même. La flèche rosâtre de son pénis en érection était floue, mais néanmoins reconnaissable. Les perspectives étaient difficiles à discerner, mais Nate paraissait généreusement doté par la nature. Soudain, l'image sauta de nouveau, et se fixa enfin sur ce que Nate, sans nul doute, voulait filmer depuis le début. Les distances étaient trop courtes pour la focale de la caméra, et l'on voyait surtout les cheveux de la jeune femme qui, avec leurs contours indistincts, faisaient penser à un tapis de salle de bains tressé. Mais on ne pouvait s'y tromper : ses lèvres rougies étaient collées sur le gland de Nate. *C'est super,* disait Nate sur la bande-son, *c'est super.* Stern le comprenait fort bien. La fellation dont profitait Nate était fixée à jamais sur la pellicule.

— Je vois..., murmura Stern, qui avait arrêté le magnétoscope.

Fiona était restée près de la table roulante, le dos tourné à l'écran.

— Plutôt dégueulasse, tu trouves pas ? Ce fils de pute me racontait qu'il passait ses soirées aux Alcooliques anonymes. Qu'en dis-tu ?

— Fiona..., commença-t-il.

Il n'avait pas la moindre idée de ce qu'il aurait pu lui répondre.

— Voilà ce que je veux savoir, Sandy. (D'un geste rapide, elle ajouta des cubes de glace dans son verre. Elle ne s'était toujours pas retournée.) Si je demande le divorce, est-ce que je peux utiliser ce truc-là devant le tribunal ?

Stern fut immédiatement évasif. Il n'avait aucune envie d'être pris en sandwich entre ses deux voisins. Il lui expliqua qu'il n'avait jamais d'affaires matrimoniales. Et que les procédures en la matière étaient différentes suivant les tribunaux.

Elle l'interrompit, sans chercher à dissimuler la dureté de son expression.

— Ne me raconte pas d'histoires, Sandy, d'accord ? Oui ou non ? Qu'est-ce que tu en penses ? Je veux savoir où je mets les pieds.

Il se rendit compte, soudain, qu'il était inquiet. La cassette vidéo l'avait perturbé. Et il était plus ennuyé que ce qu'il n'aurait imaginé de découvrir que le couple Cawley, un autre des points d'ancrage de son existence, partait en morceaux. Il finit pourtant par répondre :

— Je dirais que cela pourrait, en effet, être admis par un tribunal.

La chose, en fait, ne posait pas le moindre problème. N'importe quel avocat avec un brin de jugeote trouverait une douzaine de façons de faire accepter cette cassette à titre de témoignage.

— Eh bien ce jour-là, ce *salaud* va s'en mordre les doigts, pas vrai ? Ça fait des années que je dis à Nate qu'il ne peut pas *se permettre* de divorcer. Maintenant il va vraiment comprendre ce que ça veut dire.

Elle avançait le menton avec un air plein de défi. Il était difficile de ne pas s'effrayer du plaisir évident qu'elle montrait à l'idée de la souffrance qu'elle avait l'intention d'infliger.

— Tu sais où je me trouvais la première fois que j'ai vu ça, Sandy ? Dans le magasin. En fait, Nate m'avait demandé de donner la caméra à réparer. Le garçon qui était derrière son comptoir m'a montré la cassette restée à l'intérieur et il m'a dit : « C'est quoi ? » Il l'a visionnée directement dans l'appareil — tu savais que c'était possible ? — puis il m'a lancé un drôle de regard. Un gamin de vingt ans. Et devine ce que j'ai fait ? Tu ne vas pas me croire. J'ai joué la comédie, Sandy. Il ne m'est pas venu de meilleure idée sur le moment. J'ai raconté que c'était moi, la femme du film.

Et brusquement, elle fondit en larmes. A vrai dire, Stern était surpris qu'elle eût réussi à se contenir si longtemps. L'idée que Fiona avait eu raison d'agir ainsi le frappa. La jeune femme lui ressemblait beaucoup. La même sveltesse, le même joli visage aux pommettes hautes. Est-ce que c'était une raison d'espérer ? Ou quelque chose de triste ? Ou simplement une preuve supplémentaire que certaines personnes faisaient toujours la même erreur ? En tout cas, il n'avait plus besoin de se demander quelles distractions avaient empêché Nate de le rappeler.

— Fiona, tu es bouleversée, dit Stern.

— Bien sûr que je suis bouleversée ! s'écria-t-elle. Arrête de me traiter avec cette condescendance, bon sang !

Pensant essayer de la consoler, il s'était lentement avancé vers elle. Du coup, il s'immobilisa.

— Nate ne sait pas que j'ai vu ça. Ce serait *au-dessus de mes forces* de l'entendre s'expliquer. (Elle regarda Stern avec une expression féroce.) Et toi, pas un mot, hein ? Je ne sais toujours pas ce que je vais faire.

— Non, non, bien sûr que non, répondit-il, encore qu'il lui était difficile d'imaginer que Nate fût parfaitement innocent sur tous les plans — après tout, c'était lui qui lui avait confié la caméra.

Mais Fiona n'était pas le genre de femme à réfléchir à la complexité des intentions humaines. Elle avait une certaine étroitesse d'esprit et une vision limitée — la gamme de ses émotions oscillait entre la légère hostilité et la rage absolue. Elle en était arrivée au point où elle allait se flageller, ce qui l'amènerait certainement à se faire du mal, comme elle venait de l'expérimenter à l'instant en forçant Stern à visionner cette cassette, croyant rabaisser Nate devant son respectable voisin et découvrant, au lieu de cela, que son humiliation à elle était bien au-delà du supportable...

Oui, sans doute valait-il mieux pour elle éviter une confrontation avec son mari. Un jour, comme par jeu, Clara et Stern s'étaient promis de ne jamais s'avouer leurs infidélités réciproques, au cours des ans. Une blague, bien sûr, mais qui ne manquait pas de bon sens. Il était difficile d'imaginer de tendres explications dans ce genre d'affaires. Sur ce plan-là, il avait eu la chance de vivre tant bien que mal toutes ces années de mariage sans connaître la trahison — au moins du point de vue de la chair.

Stern essaya la sollicitude. Il lui assura que certains couples s'en étaient sortis, mais elle ne l'écoutait pas. Assise sur un coin de canapé, pas très loin de lui, elle sanglotait dans son verre. Il voyait les taches rouges sur ses joues et la raie parfaite de ses cheveux.

— Et tu sais ce qui me fait le plus souffrir ? Qu'il fasse ça aujourd'hui. Aujourd'hui ! Il y a vingt ans, il y avait toujours des hommes qui me tournaient autour. Je descendais de ma voiture, et les types me suivaient des yeux quand je m'éloignais dans la rue. Ils me lorgnaient. (A la façon dont elle avait insisté sur le « o », on les imaginait bien les yeux hors de la tête.) Je le sentais. Et maintenant, voilà qu'il faut qu'il parte à la recherche de la fontaine de Jouvence. Pour quoi faire ? Qu'est-ce qu'il y trouve de si merveilleux ? Qu'est-ce que ça lui apporte ? Est-ce que tu arrives à croire à cette dernière saleté ? Ce foutu macho ! (Ses sanglots augmentèrent. Elle appuyait son verre contre sa joue.) Tu ne penses pas que j'arriverais encore à en faire autant ? Je me suis toujours imaginé qu'il attendait de moi que je conserve une certaine dignité. Mais je peux faire un truc pareil. Je laisserai Nate le filmer. Je m'en fous. Baisse ton pantalon, Sandy, et je te le fais. Ici.

Pendant un bref instant, Fiona eut l'air bien plus déterminée que ne l'aurait laissé supposer l'effet de l'alcool et Stern fut certain qu'elle allait se jeter sur lui. Peut-être même fit-elle un pas dans sa direction — il se sentit défaillir. Il se passa quelque chose, en tout cas, mais sa panique l'empêcha de suivre clairement la succession des événements.

— Oh, et puis qu'est-ce que ça peut bien te faire ? grommela-t-elle alors.

Elle s'était levée, mais à ces mots elle s'écroula de nouveau sur le canapé. Il ne comprit pas exactement ce que signifiait sa remarque — probablement qu'il n'avait pas la moindre compassion ; mais sa voix, avec ce ton autoritaire qui lui était habituel, laissait planer un étrange sous-entendu — l'idée bizarre qu'il était une chose abjecte, qu'il n'avait pas le droit de lui résister.

— Fiona..., murmura-t-il.

Elle agita la main.

— Rentre chez toi, Sandy. Je perds les pédales.

Il attendit un instant, pour lui laisser le temps de se reprendre.

— Je dirai à Nate que tu es venu le voir, ajouta-t-elle finalement.

— Oui, s'il te plaît.

Et ils se séparèrent sur cet étrange échange de politesses.

Cette nuit-là, Stern fut incapable de trouver le sommeil. Pendant leur mariage, Clara avait connu de longues périodes d'insomnies, et elle passait souvent ses journées avec un air inquiet et les yeux gonflés. Parfois, il émergeait du sommeil en pleine nuit et il la trouvait complètement réveillée, sa petite lampe de chevet allumée. Au début, il lui demandait ce qui n'allait pas. Ses réponses étaient toujours rassurantes, bien qu'elliptiques, et il se contentait alors de réagir en grommelant qu'elle devrait éteindre sa lumière. Elle obéissait, mais elle restait assise dans le noir. De temps à autre, quand la crise durait plusieurs nuits d'affilée, il lui faisait de discrètes suggestions, mais Clara était bien trop méfiante pour se laisser aller sur le divan d'un psychiatre. Comme Stern, elle pensait qu'en fin de compte chacun devait régler ce genre de problèmes tout seul. Qu'il en soit ainsi. Et maintenant, c'était lui qui passait de mauvaises nuits.

Il s'assit, les oreillers remontés contre la tête du lit ; le petit rayon de sa lampe de chevet était la seule lumière de la maison. Il prit un livre de Braudel, mais l'abandonna bientôt sur sa table de nuit. Il allait avoir du mal à oublier cet épisode chez Fiona. Il avait l'impression que son corps donnait naissance à un faible champ de force — presque une aura électrique. Dans l'obscurité, il se dirigea vers la véranda pour se servir un verre. Vodka-soda, quelque chose qu'il avait entendu commander, un jour, dans un bar. Écartant le rideau, il regarda la maison des Cawley. La BMW de Nate était garée dans l'allée, et il n'y avait aucune lumière, hormis les réverbères de la rue et la lune qui se reflétait sur leurs fenêtres sombres. Est-ce qu'en ce moment Fiona tournait en rond elle aussi, ou dormait-elle profondément, épuisée par la colère et la violence de ses passions ?

Il se traîna jusqu'à sa chambre, son verre à la main. L'alcool aiguisait ses sensations. Il avait une terrible conscience de son sexe. Avec une certaine honte, il repassa la cassette vidéo dans sa tête. Une image précise le fascinait, un alignement particulier de l'objectif de la caméra filmant, par au-dessus, la tête de la jeune femme sur les genoux de Nate et la raie de ses cheveux, l'arête brillante de son nez, le sexe luisant et rosâtre que ses lèvres découvraient au fur et à mesure qu'elle se penchait en arrière. Légèrement ivre, Stern ne pouvait résister à l'excitation qui s'était emparée de lui. Son membre pulsait, soulevait les couvertures. Trois semaines auparavant, il aurait juré qu'il était définitivement insensible à ce genre de stimulation.

Il pensa soudain : *Que s'est-il passé là-bas, vers la fin ?* Si la colère et le désespoir avaient donné davantage de courage à Fiona, l'aurait-il arrêtée ? « Oh, qu'est-ce que ça peut bien te faire ? » Il ne savait toujours pas ce qu'elle avait voulu dire par là, mais quand il s'en souvint, cette remarque le fit frissonner, comme le message tentateur d'une permission libertine. Oui, justement, qu'est-ce que ça lui *avait fait ?*

« Absurde ! » dit-il à haute voix, et il essaya de se rendormir, humilié à la pensée que, dans sa semi-ivresse, il fantasmait sur Fiona.

Fiona ! Elle faisait partie de ces créatures qu'il n'avait jamais trouvées attrayantes. Mais à présent qu'il rôdait aux confins du sommeil dans une ville fantôme, elle se confondait d'une façon inquiétante avec la jeune femme avec laquelle Nate l'avait trompée. Clara avait pris dix kilos de trop depuis la naissance de Peter et Stern ne se rappelait pas avoir souhaité même une seconde qu'il en fût autrement. Mais à présent, il s'attardait en pensée sur le corps svelte de cette femme beaucoup plus jeune et, dans son délire, il le prêtait à Fiona. Vers cinq heures du matin, il s'endormit profondément, puis il s'éveilla en sursaut. Il venait de faire un rêve érotique dans lequel il prenait la place de Nate. Le désir sexuel et l'envie d'uriner enflammaient son pénis en érection. Quel mouvement agile, se demanda-t-il avec une soudaine langueur, aurait-elle utilisé pour répondre à cette envie ? Il pensa, sans trop savoir pourquoi, au doigté d'une flûtiste.

Il n'était pas encore six heures du matin lorsqu'il se rendit à son bureau en voiture. Le ciel commençait à se colorer de gris et de rose et il lui fit penser à une vaste prairie.

Il était épuisé par sa nuit d'insomnie. Il avait du mal à se concentrer, hanté qu'il était par les sensations de ses rêves fumeux. Assis derrière son bureau, il était encore si excité que même l'extrémité de ses doigts et les poils, à leurs articulations, étaient terriblement sensibles. Et il entendait, lointaine mais insistante, cette voix suggestive qui disait :

Oh, qu'est-ce que ça peut bien te faire ?

6

Trois ans auparavant, Stern avait défendu le premier adjoint du procureur de Kindle County, accusé d'avoir assassiné une de ses collègues de travail. Ç'avait été le procès de la décennie dans leur mégalopole tricéphale, et il avait mis au jour des passions et des intrigues politiques d'une extrême violence. Le rôle qu'il avait joué dans cette affaire avait brièvement attiré sur lui l'attention du pays tout entier. Du coup, son cabinet, qui n'avait jamais été négligeable, s'était encore considérablement développé. Avant, il n'avait qu'un seul associé, et aujourd'hui il employait trois jeunes avocats — qui tous disaient qu'il leur fallait un collaborateur supplémentaire. L'un d'eux, Alec Vestos, s'occupait exclusivement de droit civil et se débrouillait en grande partie tout seul. Stern, même après trente ans de pratique, ne se sentait pas à l'aise avec les verbiages sans fin de la procédure civile — dépositions, interrogatoires, recherches d'aveux. Les deux autres collaborateurs de Stern, Raphael Moya et Sondra Duhaney, étaient d'anciens avocats de la partie civile qui avaient rejoint le cabinet à peu près au même moment, deux ans plus tôt. Ils se chargeaient des dossiers criminels devant le tribunal de l'État, tandis que Stern, lui, suivait généralement les affaires fédérales.

Alec, Raphael et Sondra étaient capables de gérer la plupart des dossiers sans lui et depuis la mort de Clara c'étaient eux qui avaient pris les commandes du navire. Les heures que passait Stern au bureau s'étaient terriblement réduites.

Après ses nuits sans sommeil, il se retrouvait, au petit matin, en proie à de sombres visions échappées de ses rêves, souvent trop effrayantes pour qu'il osât s'en souvenir. Allongé dans son lit, il avait l'impression d'être recouvert d'un voile, et il avait une vision vague et abstraite de lui-même, comme s'il flottait dans l'air, à la façon de ces *dibbouks* qui traversaient en dansant l'arrière-plan des tableaux de Chagall, ou d'un cosmonaute relié par un câble à sa capsule — oui, comme s'il n'était nulle part, en apesanteur, capable à tout moment de partir à la dérive pour l'éternité dans un univers sans limites. Lorsqu'il réussissait enfin à se lever, il se sentait pris de faiblesse dès qu'il franchissait la porte de son bureau.

Les inclinations d'une vie entière lui interdisaient de traiter les problèmes légaux avec légèreté. La loi l'avait toujours fasciné, exactement comme certains enfants l'étaient par un jouet particulier. Et aujourd'hui encore, ses facultés lui paraissaient intactes, et pourtant il prenait du retard vis-à-vis de ses engagements. Les clients, avec leurs problèmes, leurs urgences — tout cela lui semblait pour le moment au-dessus de ses forces. Il n'y avait qu'un nombre limité d'affaires auxquelles il était invariablement attentif. Les autres, il les abandonnait à ses jeunes associés. Chaque jour, il écoutait leurs rapports, il rencontrait les clients qu'il avait besoin de voir, il étudiait les conclusions, passait les coups de téléphone qu'il fallait et faisait au tribunal les apparitions indispensables, puis il passait le reste de son temps en rêveries décousues. Il aurait pu dire qu'il pensait à Clara, mais ce n'aurait pas été tout à fait vrai. Il pensait, en fait, à tout et n'importe quoi : les publicités à la TV ; des graffitis aperçus sur un mur ; ses enfants et leurs ennuis ; les courses à faire ; les factures ; les plantations au jardin pendant qu'il était encore temps ; les quatre ou cinq fois où il avait promis à Clara de retourner au Japon avec elle et où il n'en avait rien fait. La semaine précédente, il avait même perdu une journée entière à lire des brochures sur un nouveau système de traitement de texte.

Il avait déjà refermé son attaché-case et se préparait à rentrer chez lui pour une nouvelle nuit d'errance, quand Alec lui apporta une télécopie qui venait d'arriver. Il était près de dix-neuf heures et le bureau avait retrouvé son calme ; seuls les autres avocats étaient là, à étudier tranquillement leurs dossiers, maintenant que les téléphones avaient cessé de sonner. Le message — un avis d'expédition et une lettre — avait été envoyé par Dixon, depuis sa magnifique résidence tout en pierre de Greenwood County, où son bureau débordait de gadgets : fax, ordinateurs, téléscripteurs, modems, Patron moderne, Dixon était joignable partout, à tout instant. Le téléphone privé de Stern sonna.

— Tu as reçu mon truc ? demanda Dixon.

— J'étais en train de le lire.

Comme promis, l'affaire de Dixon était l'une des

rares auxquelles Stern avait continué à accorder une attention soutenue. Il avait retrouvé les trois autres clients de Dixon cités dans l'assignation du gouvernement. Par leurs avocats respectifs, il avait su que le FBI les avait contactés tous les trois ; mais un seul avait été d'accord pour fournir à Stern des copies des documents que le grand jury voulait examiner. Puis, au début de cette semaine, Al Greco, qui travaillait au bureau de Dixon, ici, à DuSable, l'avait appelé pour lui donner les noms de deux gros clients locaux qui, eux aussi, avaient reçu des assignations leur réclamant le même genre de documents. Ce qui intéressait le gouvernement n'en était pas plus clair pour autant.

La lettre que Dixon venait de lui faxer l'éclairait tout de même un peu plus. Elle émanait du banquier personnel de son beau-frère, à First Kindle. Celui-ci lui annonçait qu'une assignation du grand jury lui avait été délivrée, il y avait un peu plus d'un mois. Des agents du FBI étaient venus à la banque et ils avaient rapidement étudié les relevés de compte de Dixon ; puis, conformément aux ordres de l'assignation, ils avaient demandé la copie de tous les dépôts de Dixon et de tous les chèques qu'il avait signés l'année précédente. C'était un travail minutieux, qui obligeait les employés à faire de longues recherches dans les bobines de microfilms, mais la banque était obligée de remettre ces informations la semaine prochaine. Le FBI, comme à son habitude, avait demandé que son intervention restât confidentielle, mais le directeur de la banque, après avoir consulté ses avocats, avait décidé de prévenir Dixon, pour le cas où celui-ci aurait souhaité s'y opposer d'une façon ou d'une autre. La lettre décrivait ce geste comme un défi particulièrement courageux, en l'honneur d'un client important, mais ce n'était, en fait, que routine.

— Qu'est-ce que ça signifie ? demanda Dixon.

Beaucoup de choses, Stern le savait. Certainement que c'était bien Dixon qui était visé par l'enquête de l'administration fédérale. Et que, d'une façon ou d'une autre, celle-ci avait découvert où Dixon déposait ses fonds personnels. Quelques mois plus tôt, à ce moment de la discussion, Stern aurait allumé un cigare pour se donner un délai supplémentaire de réflexion. Ses doigts se tendirent d'eux-mêmes vers le joli cendrier en cristal trônant sur son bureau, comme si ses nerfs avaient leur propre instinct. Cela faisait maintenant vingt-neuf jours, selon ses calculs, qu'il avait fumé son dernier cigare, lorsqu'il avait pris l'avion pour Chicago. C'était une conception sud-américaine lugubre, il en était conscient, l'idée d'une pénitence, un bagage catholique mangé aux mites qu'il trimbalait depuis son adolescence — bien qu'il fût juif. C'était typique de la façon totalement imprévisible dont l'Argentine revenait épisodiquement le hanter.

— Ça signifie, je dirais, répondit-il, que le gouvernement cherche à suivre la piste de l'argent. Il croit, Dixon, que tu as trouvé un moyen ou un autre de tourner la loi pour tirer profit de ces énormes opérations commerciales qu'il étudie.

Dixon resta silencieux un instant, puis s'exclama finalement :

— Des conneries, tout ça ! Qu'est-ce qu'ils croient ? Que j'ai volé tout ce pognon et que je l'ai versé directement sur mon compte pour être sûr que quelqu'un allait s'en apercevoir ? Est-ce que je suis censé être aussi stupide que ça ?

Stern ne fit aucun commentaire. L'indignation de Dixon paraissait sincère. Mais la succession des événements décrits par le directeur de sa banque — le fait que les agents du FBI avaient d'abord examiné les relevés de compte — indiquait clairement qu'ils croyaient être sur la bonne piste. Dixon avait admis, l'autre fois, que les commandes étudiées par le gouvernement étaient suffisamment importantes pour modifier d'une façon significative les prix du marché. Peut-être Dixon avait-il touché de l'argent d'opérateurs en Bourse en échange d'informations sur les projets de ses clients ? Cela se tenait. Le procureur désirait certainement examiner tous les chèques personnels que Dixon avait reçus des membres des différentes Bourses.

— Et s'ils suivent la trace du fric que je dépose, pourquoi ont-ils besoin des foutus chèques que j'ai payés ? demanda Dixon.

— En général, ils veulent les chèques pour ce qui est noté *au dos,* pas pour ce qui est écrit dessus. (A l'autre bout du fil, Dixon sembla ne pas comprendre.) En examinant les endossements, Dixon, ils réussissent à identifier d'autres comptes, d'autres organismes financiers avec lesquels tu es en affaires. Et ainsi, s'ils ne trouvent pas ce qu'ils cherchent sur ce compte-là, ils passeront aux autres.

— Super, grogna Dixon.

Et il se tut de nouveau. Stern en profita pour griffonner en vitesse un brouillon de lettre à envoyer à la banque de façon à avoir des copies de l'assignation et de tous les documents fournis par ses soins au gouvernement. Les avocats, là-bas, le savaient bien : rien n'interdisait à leur établissement d'accéder à cette demande.

— Cette nana est vraiment un sacré pistolet ! (Manifestement, Dixon parlait de Klonsky.) Il lui faut tout ! Margy m'a dit que les dossiers qu'ils veulent remplissent déjà la moitié d'une pièce.

A Stern, Margy avait annoncé : « Quelques cartons. » Mais il verrait bien lui-même. Il allait faire un saut à Chicago la semaine suivante pour étudier tous ces papiers avant de les remettre au gouvernement.

— Tu sais comment on la surnomme, n'est-ce pas ?

ajouta Dixon. La Klonstadt ? Tu es au courant ? La « Merveille sans Miches ! »

Dixon éclata de rire. Oui, Stern avait déjà entendu ce sobriquet certains vendredis soir, chez Gil, où, entre les murs couverts de métal d'une fausse élégance de l'établissement, les praticiens fédéraux se réunissaient pour échanger des informations sur les procès en cours et les aléas du métier. Mais il n'avait jamais spécialement apprécié ce genre d'humour cruel.

Dixon était très affligé. Exaspéré. Traqué. Les ressources de Mme Klonsky dépassaient ses prévisions. Et dans son effort méchant pour souligner la drôlerie de cette vulgarité, Stern décela pour la première fois quelque chose qu'il reconnaissait. Cela faisait des décennies qu'il l'entendait. La trouille. La chair de poule. On pouvait appeler cela comme on voulait. C'était la preuve d'une corrosion intérieure naissante, de l'effritement des fortifications. Le tranchant incontrôlé de la voix de Dixon produisit sur Stern un frisson glacé — de la peur, ou ce qui s'en approchait. De toute évidence, si Dixon connaissait maintenant le surnom du procureur, c'était qu'il avait été incapable de suivre ses recommandations — ne parler à personne de cette enquête. Au lieu de quoi, dans le sauna de son club, ou dans un coin quelconque des vestiaires où il avait l'habitude de discuter du prix des céréales ou des filles travaillant à la Bourse qu'il aurait bien voulu avoir dans son lit, Dixon avait mis ses problèmes sur le tapis devant quelqu'un — un avocat, sans doute, à en juger par l'information qu'il avait découverte. Maintenant, on pouvait seulement espérer que ce quelqu'un serait discret.

— Est-ce que tu connais la dernière ? demanda Dixon. Je ne suis pas censé être au courant, mais deux agents du FBI ont passé la semaine à Datatech à examiner les documents concernant l'un des comptes de MD. J'ai appris ça aujourd'hui.

Stern grogna. Pas étonnant que Dixon se sentît cerné ! Datatech lui fournissait tous ses ordinateurs et faisait les programmes informatiques de toutes les comptabilités de MD.

— Quel compte, Dixon ?

— Celui des pertes et profits de la société.

— Ce qui signifie, s'il te plaît ?

— Juste ce que ça dit. C'est le compte où nous corrigeons nos erreurs. Un client veut deux chargements de haricots, mais, à la place, nous lui achetons du maïs. Lorsque nous nous en apercevons, nous lui prenons des haricots et nous faisons passer le maïs sur le compte des pertes et profits de MD, si bien que c'est nous qui possédons finalement ce maïs, au lieu du client.

— Et l'administration veut avoir les registres de ce compte ?

— Mieux que ça. Ces rigolos ont demandé à Datatech de créer spécialement un programme pour eux. Ils veulent juste les erreurs qui concernent les transactions du KCFE.

Il s'agissait du marché à terme de Kindle County.

— Du KCFE ? répéta Stern.

— Exact. Ça n'a aucun sens, pas vrai ?

— Non, se contenta de répondre Stern.

Toutes les transactions pour lesquelles le gouvernement avait jusqu'à présent demandé des éclaircissements par assignations avaient été passées à la Bourse de Chicago. Les erreurs qu'il voulait maintenant contrôler s'étaient produites, si l'on en croyait Dixon, sur les opérations moins importantes menées avec la Bourse locale. C'était comme s'il menait une enquête sur les marchés de la Bourse de New York en demandant les dossiers de celle du Pacifique, à San Francisco ! Plutôt déroutant. Mais il y avait quelque chose dans le discours inquiet de Dixon qui laissait croire à Stern que le gouvernement était sur la bonne piste.

— Qui t'a donné ces renseignements, Dixon ? Sur la visite du FBI à Datatech ?

— On m'a refilé ça en douce. Ils se sont chié dessus, chez Datatech, quand ils ont reçu les assignations. Je paye ces branleurs trois cent mille dollars par an et voilà qu'ils promettent aux flics de fermer leur gueule sur cette histoire !

— D'accord, dit Stern. Mais tu as des raisons de croire que cette information est digne de confiance ?

— Une jeune femme, répondit Dixon finalement. Je la connais depuis un certain temps. Elle ne me raconterait pas de salades. Je lui ai promis qu'elle n'aurait pas d'ennuis avec ça. Je ne veux pas que Mme Sans-Miches apprenne ce truc.

— Bien sûr, dit Stern.

Pour Dixon, comme pour tous ceux qui travaillaient avec les différentes Bourses, la parole donnée était sacrée. On pouvait planter tranquillement un couteau dans le dos de n'importe qui, mais on ne trahissait pas une promesse faite les yeux dans les yeux.

— Elle va rester collée à ça combien de temps, de toute façon, cette comment-elle-s'appelle-déjà, Kronstadt ? demanda Dixon.

— Klonsky, fit Stern. Impossible à dire.

— Des mois ?

— Des années, en théorie.

— Doux Jésus ! Et ils peuvent continuer à envoyer, comme ça, une assignation après l'autre ? Même à moi ?

— S'ils ont la moindre raison légitime de poursuivre leur enquête, oui. (A l'autre bout du fil, Stern entendit le déclic métallique du briquet de Dixon.) Dois-je comprendre que tu as une raison particulière de t'inquiéter, Dixon ?

— C'est rien. (Il respira profondément.) Ils peuvent obtenir ce qu'ils veulent avec une assignation ?

— Je ne te suis pas bien, Dixon.

— Suppose que j'aie des trucs personnels. Ça aussi, ils peuvent exiger de le voir, avec leurs assignations ?

Stern attendit. Qu'est-ce que Dixon était en train de lui raconter ?

— Où est-ce que tu gardes ces affaires personnelles, Dixon ?

Il entendait son beau-frère tirer sur sa cigarette, tout en réfléchissant sans doute à ce qu'il pouvait avouer ou pas.

— A mon bureau. Tu sais. Il y a un petit coffre. En haut de ma bibliothèque.

— Qu'est-ce qu'il y a dedans ?

Dixon émit un son ambigu.

— Disons, en gros ? insista Stern.

— Affaires personnelles, répondit Dixon. Des trucs, tu vois.

Stern passa sa langue sur ses lèvres. Dixon n'avait nul besoin de leçons pour être moins bavard... Il y avait parfois une entente très particulière entre Stern et son beau-frère. Dixon était un homme intelligent et il avait un sens de l'humour agréable ; on pouvait prendre plaisir à sa compagnie. Stern et lui allaient voir des matches de football ; il leur arrivait aussi de faire du sport ensemble et de se lancer des défis aussi violents que Stern pouvait se le permettre. Ils étaient aussi, tous les deux, passionnés de gadgets, et il y avait deux magasins, sur East Charles, où ils allaient ensemble, une fois l'an. Et cependant, il avait toujours existé entre eux une frontière infranchissable, marquée par la rivalité, la désapprobation et l'absence de confiance — autant de sentiments sourds et inexprimés.

Stern s'accommodait du fait que Dixon le laissait souvent dans l'ignorance. Il n'avait aucune envie d'avoir la liste détaillée de ses rendez-vous clandestins ni de ses pratiques douteuses en affaires. Au fil des ans, cette relation d'avocat à client s'était révélée plus agréable pour chacun d'eux qu'une jovialité forcée née d'une pseudo-intimité familiale. Stern lui demandait uniquement les informations que la loi, dans sa rigueur et sa rectitude, exigeait. Dixon l'écoutait attentivement et ne lui répondait que le strict minimum, en fonction de ce qui l'arrangeait.

— Parlons-nous vraiment d'affaires strictement personnelles, Dixon ? Des choses qui n'appartiennent qu'à toi, en propre, et non pas à ta société, des choses qui n'ont pas ta société pour origine, auxquelles tes employés n'ont pas accès ?

— Ouais, exact. Est-ce qu'ils peuvent demander à voir ça avec une assignation ?

Stern prit le temps de réfléchir. Il n'aimait pas donner ce genre d'avis à l'emporte-pièce. Le client avait toujours tendance à s'accrocher au détail qui changeait tout.

— En général, on ne peut pas t'obliger à produire des affaires personnelles, en l'absence d'une levée de l'immunité. Ce qui ne se produira sans doute pas à ce niveau de l'enquête. Un mandat de perquisition, bien sûr, c'est différent.

— Un mandat de perquisition ?

— Ces enquêtes sur les sociétés de courtage sont parfois fort déplaisantes, Dixon. En fonction de ce que cherchent les procureurs, ils peuvent aussi bien trouver plus pratique d'essayer de saisir tous tes dossiers à la fois. S'ils commencent dans tes bureaux et estiment qu'il leur manque des pièces, c'est ton domicile personnel qui sera leur objectif suivant.

— Je ferais mieux de déménager ces trucs ? C'est ça que tu veux dire ?

— Seulement si ça t'inquiète qu'ils tombent entre les mains du gouvernement. Si cette idée te pose problème pour une raison ou pour une autre, tu peux peut-être penser à transférer ton coffre à un endroit qui risque moins d'être perquisitionné.

— Où ça ?

— Il est gros comment ? fit Stern.

Dixon lui répondit qu'il faisait trente centimètres sur trente.

— Tu pourrais l'apporter ici, alors. Les procureurs fédéraux hésitent davantage, même de nos jours, à venir fouiner dans les bureaux des avocats. Le mandat pour ça demande un accord spécial du département de la Justice, à Washington, et son exécution a toujours un petit goût de violation des droits de la défense. Ça fait très désordre, de leur point de vue.

— Et comment j'aurai accès au coffre, si j'ai besoin de quelque chose dedans ?

Stern se refusa à énoncer l'évidence. Dixon avait déjà fait comprendre qu'il n'avait aucune envie d'en révéler le contenu à quiconque.

— Je te donnerai une clé du bureau. Comme ça, tu pourras venir quand tu voudras. Ou encore mieux : que dirais-tu d'un autre avocat qui ne serait pas partie prenante dans cette histoire ? La boîte de Wally Marmon serait parfaite.

C'était l'importante société d'avocats qui représentait Dixon pour les affaires courantes dont Stern ne voulait pas se charger. Mais à cette idée, Dixon se mit à grommeler.

— Il va me faire payer un loyer, dit-il. Et à l'heure, en plus. Et puis ça le rendra trop nerveux. Tu connais Wally.

A la réflexion, Dixon avait probablement raison.

— Si ça t'embête, Dixon, alors laisse ce coffre où il est, ou fais-le transporter ici. En tant que ton avocat je préférerais le savoir ici.

Stern se dit qu'il valait mieux définir clairement les limites du domaine de la vie privée de Dixon. Dieu seul savait où ils finiraient, si Dixon avait un accès permanent à une quelconque boîte noire dans laquelle il pourrait planquer les documents réclamés par la justice et dont le contenu le gênerait. Cela pourrait mal tourner à la fois pour l'avocat et pour son client.

Dixon annonça finalement qu'il lui ferait parvenir son coffre la semaine suivante.

— Occupe-toi de ça tout seul, lui dit Stern. Si personne ne sait où il est, personne ne pourra indiquer au gouvernement où aller le chercher.

— Qu'est-ce que ça veut dire ? demanda Dixon.

Stern resta silencieux un instant. Il ne voulait pas l'alarmer. Mais d'un autre côté...

— Dixon, je dois t'avouer que je suis convaincu qu'ils ont un indic.

— Un indic ?

— Oui. Quelqu'un proche de toi ou de tes affaires. Les informations du gouvernement sont trop précises. Les transactions. Ta banque personnelle. Ton fournisseur en informatique. Et il y a une progression bizarre dans ce qu'il veut bien laisser savoir. D'après moi, il veut brouiller les pistes en ce qui concerne ses sources.

— Je crois surtout qu'ils ont envie de montrer à quel point ils sont foutrement malins, répondit Dixon.

— Tu devrais y réfléchir, Dixon. L'identité de cet indic pourrait être d'une grande importance pour nous.

— Laisse tomber, Stern. Tu n'as pas vraiment idée de la situation. Tous les chacals, à la Bourse de Kindle, qui ont cherché un jour ou l'autre à planter leurs crocs dans mon cul sont probablement en train d'abreuver ces mecs d'informations. (Le ton de Dixon était toujours plus amer lorsqu'il se mettait à parler de ses adversaires et de ses concurrents.) Mais j'aurai le dernier mot. Souviens-toi de ce que je te dis. Y a qu'à attendre. Pour l'instant, je garderai le silence, parce que tu me l'as demandé. Mais lorsque tout ça sera fini, je serai toujours sur mes pattes. Et y aura quelques comptes à régler.

Dixon n'avait pas l'habitude d'être vulnérable — ni pris au piège. Ces deux idées le mettaient en rage. Il resta en ligne encore un instant, en respirant bruyamment comme un taureau. Une fois proférées ses promesses de triomphe et de vengeance, il semblait n'avoir plus rien à dire. Peut-être avait-il conscience de la futilité de ses menaces ? La justice suivrait son cours malgré tout, elle demanderait ses documents, elle effraierait ses clients, courtiserait ses ennemis, fourrerait son nez dans toutes les relations auxquelles il attachait de l'importance. A l'autre bout du fil, Dixon semblait réfléchir à son univers de secrets qui diminuait comme une peau de chagrin. C'étaient eux qui l'avaient toujours protégé, et non pas ses amitiés, ni ses alliances — il n'en avait pas beaucoup —, pas plus que sa richesse ou sa forte personnalité. Dixon était comme Caliban ou comme Dieu — insondable. Les circonstances présentes étaient une terrible insulte.

— Y a qu'à attendre, répéta-t-il avant de raccrocher.

7

— Ne prépare rien, lui dit la femme, à l'autre bout du fil. Je t'apporte à manger.

— Qui c'est ? demanda Stern. Helen ?

— Bien sûr que c'est Helen. Est-ce que ça t'embête ? Je te dépose juste ça, et je repars. J'ai une réunion.

Elle avait dû appeler tous les quarts d'heure, car il n'était pas chez lui depuis longtemps.

— Tu es gentille, dit Stern en jetant un coup d'œil à un plat non identifiable qui décongelait déjà sur la paillasse, à côté de l'évier. Je t'attends.

Et voilà, pensa Stern. Le tam-tam de la nation femelle, une fois de plus... Helen Dudak, bien sûr, n'avait probablement aucun intérêt à l'appeler. Les Dudak et les Stern se rendaient divers services depuis vingt ans. Les deux couples s'étaient connus grâce à leurs enfants. Kate était depuis toujours la meilleure amie de la fille aîné d'Helen, Maxine. Les deux familles avaient les mêmes idées sur ce qui semblait important sur l'éducation des enfants : s'excuser avant de quitter la table ; le nombre de bonbons autorisés chaque jour ; l'âge convenable pour conduire une voiture ou pour sortir le soir avec un garçon. Les Dudak étaient des gens bien, ils avaient des principes, des valeurs raisonnables et ils faisaient attention à leurs enfants. Les rapports des deux couples reposaient sur ces bases solides — quoique restreintes. Stern n'avait qu'une connaissance superficielle du monde intérieur d'Helen. Clara, elle, n'avait jamais semblé considérer Helen et Miles comme des gens intéressants, et au cours de ces dernières années riches en changements, leurs relations s'étaient quelque peu relâchées. Maxine était entrée dans une école de commerce, puis elle s'était mariée ; elle travaillait maintenant à Saint Louis. Helen et Miles avaient divorcé trois ans plus tôt. Helen avait un petit air branché et rigolo, et elle était indépendante ; elle avait tout fait pour oublier le ridicule et l'humiliation des tristes circonstances dans lesquelles son mari, avec qui elle vivait depuis près de vingt ans, propriétaire d'une entreprise d'emballages qui marchait bien, l'avait quittée pour, quelques mois plus tard, épouser sa secrétaire âgée de trente ans.

Depuis la fenêtre de la cuisine, Stern la regarda arriver, avec un gros sac et un arsenal de boîtes en aluminium. *Faudrait acheter de la bauxite,* pensa-t-il, en la voyant se diriger, toute pimpante, vers sa porte d'entrée avec son chargement coincé sous le menton.

— Helen, mon Dieu, mais je n'ai qu'un seul estomac ! s'exclama-t-il en la débarrassant de son fardeau et en la précédant à la cuisine. Tu as au moins amené à manger pour six !

Il ôta le papier d'aluminium d'une part de poulet et la bonne odeur du plat lui chatouilla les narines. De l'ail et du thym. Si on lui avait demandé de parier, il aurait dit qu'Helen était une excellente cuisinière. Cela faisait partie de son image de sérieux.

— Il faut que tu dînes avec moi, dit-il alors. Ce serait dommage de mettre tout ça au congélateur, non ? Tu as le temps, avant ta réunion ? Reste, s'il te plaît. Je serais ravi de passer un moment avec toi.

Helen hésita, puis se laissa persuader de lui abandonner son manteau. Est-ce qu'elle avait prévu le coup ? Stern en doutait. Helen n'était pas du genre à faire des plans de ce genre — même si, manifestement, elle avait l'air contente d'être invitée. Il alla ranger son manteau dans la penderie — un vêtement, couleur fauve, d'un couturier connu : Miles n'avait pas acheté la liberté d'Helen à bon marché.

Quand il revint dans la cuisine, elle avait déjà trouvé des assiettes et des plats, et elle mettait le couvert. Il apprécia la retenue d'Helen ; elle n'avait pas cherché à faire de ce repas un moment plus... favorable en dressant la table dans la salle à manger, et cependant il y avait de l'électricité dans l'air tandis qu'elle faisait des allers-retours entre la table et les placards. Ils étaient là, tous les deux, un homme et une femme dans la cinquantaine. Il y avait cinq semaines que Clara était morte. Mais maintenant il était célibataire et

Helen était libre et pour cette raison ils paraissaient étrangement — presque douloureusement — excités.

Et elle l'intéressait, il devait l'avouer. Depuis sa soirée chez Fiona, il se sentait stimulé, dans une certaine mesure, par chaque femme qu'il rencontrait. C'était pour lui une obsession très déconcertante. Il le reconnaissait volontiers, il n'était plus sur cette longueur d'onde depuis longtemps... Oh, il y pensait, bien sûr. Il admirait une bonne centaine de femmes par jour, quand il se promenait dans le centre-ville. Mais il avait volontairement fait l'impasse sur la question. Il était ce genre d'homme ravi de sa cinquantaine, cette partie de la vie bien établie où les préoccupations sexuelles pouvaient être facilement mises de côté sans que la virilité en souffrît. Et pourtant, presque malgré lui, son corps lui envoyait à présent des messages vivifiants. Il ne se voyait pas vraiment avec une autre femme — c'était beaucoup trop tôt — et cependant, il ne put s'empêcher de considérer Helen d'un œil quelque peu égrillard en allant chercher une bouteille dans le placard où il rangeait son vin.

Helen était, somme toute, une femme plutôt belle, même si elle avait pris un peu de ventre avec l'âge — mais il pouvait difficilement se permettre d'être critique à ce sujet, vu son propre état. Elle paraissait un peu durcie par ses expériences et paradoxalement cela avait quelque chose d'attirant. Ses cheveux avaient le roux du renard, teinte qu'elle renforçait ces temps-ci avec un colorant ; hélas, avec l'âge, ils se desséchaient et semblaient de plus en plus difficiles à coiffer. Elle avait de belles jambes, pas assez de fesses, et elle était très maquillée. Elle arborait son air habituel — humour, angoisse et dignité. Stern pensait qu'elle avait été complètement perdue lorsque Miles était parti, mais qu'elle était forte, peut-être pas très intellectuelle, mais les pieds sur terre, en tout cas. Elle avait fait preuve de courage, convaincue, et avec raison, qu'elle ne méritait pas d'être maltraitée.

— Eh bien, c'est un plaisir inattendu, dit-il lorsque le repas fut servi. Qu'est-ce que tu as fait avec ces pommes de terre, Helen ? Vraiment. Elles sont formidables.

Helen lui expliqua la recette. Et Stern l'écouta attentivement. Il adorait les pommes de terre.

Elle lui parla de son travail. Elle avait appris sur le tas le métier d'agent de voyages, mais elle rêvait de quelque chose de moins banal et elle était devenue organisatrice de congrès. D'importantes sociétés faisaient désormais appel à ses services pour s'occuper du choix des lieux, des hôtels, des programmes. Elle travaillait chez elle, avec un fax et plusieurs téléphones. Les débuts avaient été difficiles, mais maintenant son affaire marchait bien. Elle racontait tout cela avec humour, ses histoires étaient intéressantes et elle n'avait pas peur de prendre les devants pour sauvegarder l'atmosphère fragile et conviviale de leur repas.

La sonnette de l'entrée retentit. Stern jeta un coup d'œil par la fenêtre à côté de la porte, et il découvrit qu'il s'agissait de Nate Cawley. Il eut l'impression de le surprendre dans un moment de réflexion. Il se tenait sous le porche dallé d'ardoises, le nez en l'air. Il était tout petit. Le peu de cheveux qui lui restaient étaient gris. Le vent agitait ses dernières mèches. Il allait pleuvoir. La fin avril, ici, était toujours humide. Nate était sorti sans son manteau, et il ne cessait de bouger pour se réchauffer. Il portait un pull de golf et un pantalon en tissu écossais bleu.

— Salut, Nate.

Helen s'était levée et, depuis la cuisine, elle observait les deux hommes dans l'entrée. En dépit de la distance, Stern essaya de faire les présentations.

— Tu connais Helen Dudak ? demanda-t-il à Nate.

— Certainement.

Il y eut un moment de gêne. Nate ne bougeait pas. A l'évidence, il était sûr de les avoir interrompus. Stern, lui, eut une brève réaction d'aversion, ridicule mais violente, car il était mécontent d'être surpris chez lui en tête à tête avec une femme. Ce n'était pas le message qu'il voulait voir Nate rapporter à Fiona, qui s'empresserait de se pendre au téléphone pour en informer le voisinage. Il fit un grand geste de la main, très cabotin, pour reprendre l'avantage.

— Nous étions au beau milieu d'un magnifique repas qu'Helen a apporté, Nate. Que dirais-tu d'un morceau d'un merveilleux poulet Vésuve, ou peut-être que tu préfères boire quelque chose ?

— Non merci, Sandy. Je suis passé en coup de vent. Fiona m'a dit que tu voulais me voir.

Nate s'excusa alors d'être si difficile à joindre. Il arrivait tant de choses... *Oui, effectivement,* pensa Stern. Dieu seul savait ce que Fiona lui avait dit de leur conversation, mais à l'évidence, elle lui en avait donné une version plutôt résumée. Nate paraissait préoccupé et n'avait pas l'attitude de quelqu'un qui savait que vous aviez commenté avec sa femme une vidéo de son érection.

Stern le fit entrer dans son bureau, où il avait rangé la fameuse facture du laboratoire.

— Tu as une idée de ce que ça signifie ? lui demanda-t-il.

— Hum, marmonna Nate. Westlab. (Il étudia longuement le papier avant de le rendre à Stern.) Je ne fais pas souvent appel à eux.

— Apparemment, Clara est allée voir un toubib, ce dernier mois.

Natc mit un moment pour digérer la nouvelle. Puis il dit :

— Où est-ce que tu as été pêcher cette idée ?

Stern lui parla de ce qu'il avait vu sur l'agenda de Clara et ajouta :

— Franchement, Nate, j'étais sûr que c'était toi. Je n'ai pas trouvé de feuille d'honoraires de médecin.

Nate, docteur de la vieille école, et voisin de surcroît, travaillait souvent au pied levé, et ne faisait payer Clara qu'épisodiquement — voire pas du tout. Après leur réunion chez Cal, Stern avait étudié attentivement le carnet de chèques de Clara. Et, bien sûr, il avait aussi épluché le courrier. Il expliqua à Nate qu'il lui était venu à l'esprit que Clara pouvait être malade.

— Quelque chose de grave, dit-il. (Et il ajouta, plus bas :) D'insupportable...

Nate, Dieu merci, saisit la perche. Il eut brusquement l'air plus doux, l'attitude de quelqu'un habitué à se trouver au chevet des malades.

— Non, non, Sandy. D'après ce que j'en sais, ce n'était rien de tout ça.

— Je vois...

Ils se faisaient face dans le bureau, et l'atmosphère, entre eux, était devenue étrangement pesante. Peut-être Nate jugeait-il inconvenant que Stern eût fouillé dans les papiers de Clara ; ou peut-être, tout simplement, était-il décontenancé par la présence d'Helen.

— Je suppose que ce que Fiona m'a raconté m'a induit en erreur. Que tu apportais de temps en temps des médicaments à Clara.

— Fiona..., répéta Nate. (Sur son visage passa en un éclair une évidente expression de répugnance. Stern comprit que c'était inutile de répéter à Nate quoi que ce fût des discours d'ivrogne de sa femme.) Cet hiver, Clara a eu des problèmes avec son genou, Sandy. Je lui ai prescrit un anti-inflammatoire.

— Ah..., fit Stern.

Ils s'observèrent un moment en silence, puis Nate proposa :

— Sandy, et si je passais pour toi un coup de fil à Westlab ? Je saurais ce qu'il y a.

— Je peux le faire moi-même, Nate.

— Non. Laisse-moi m'en occuper. Ils me parleront plus volontiers qu'à toi. A condition qu'ils acceptent de parler, bien entendu. Si ce n'était pas pour quelqu'un comme toi, je...

Nate, à son habituelle manière douce et familière, allait accabler Stern avec les récriminations propres aux médecins sur les avocats et les récentes conséquences de leur travail sur la pratique médicale, mais il s'interrompit brusquement.

— Tu sais, ajouta-t-il un instant plus tard, c'est peut-être simplement une erreur. J'ai déjà vu d'horribles mélis-mélos dans des facturations. Ils ont pu confondre un Stern avec un autre.

Stern estima immédiatement l'idée tirée par les cheveux. Puis, tout aussi vite, une évidence s'imposa.

— Mon Dieu ! (Il plaqua une main sur sa bouche.) Je pense à quelque chose.

Clara avait reçu une facture — mais pas d'analyses. Comme venait de le suggérer Nate, cela pouvait concerner quelqu'un d'autre. Kate, par exemple. Pré-grossesse. Pré-quelque chose. Kate lui avait dit qu'elle avait eu des problèmes en cours de route. Elle en avait probablement parlé à sa mère, et celle-ci, comme elle le faisait souvent, avait dû insister pour l'aider à couvrir les frais médicaux. Voilà pourquoi, sans doute, Kate était si bouleversée — l'idée que Clara fût morte sans savoir que ses ennuis de santé étaient réglés — et pourquoi, aussi, ils n'avaient reçu ici aucune facture de médecin. Il en fut certain, puis il douta, et finalement tout se mit en place, aussi solidement qu'une évidence.

— Je suppose que ça a quelque chose à voir avec la grossesse de Kate, dit-il à Nate.

— Oh, bien sûr. (Son visage s'éclaira d'un coup.) Ça doit être ça, en effet.

Nate se dirigea aussitôt vers la porte, satisfait d'avoir résolu ce mystère.

— Peut-être que si j'ai d'autres questions, Nate, je te demanderai quand même d'appeler ce labo.

— Sûr. Pas de problème, répondit Nate. Tu n'as qu'à me passer un coup de fil.

En partant, Nate se retourna et adressa un rapide signe de la main à Helen. Lorsque Stern la rejoignit, elle avait toujours le bras en l'air, et cette expression un peu triste qui n'appartenait qu'à elle. Elle était restée assise, devant son assiette, sans manger ; elle semblait avoir réalisé que la magie, entre eux, était brisée. Stern, visiblement, baignait dans le mystère qui entourait Clara et dans les nombreuses complications qui s'ensuivaient — comme un poisson pris dans un filet. Rien ne pourrait plus rien y changer, à présent.

— Excuse-moi, lui dit Stern. Mais je devais lui poser certaines questions. Nate était le médecin de Clara.

— C'est le mien aussi, dit Helen.

— Ah, fit Stern. C'est pour ça que tu le connaissais.

Helen se mit à manger. Il y avait de la musique à la radio. Brahms. Il s'assit sur la chaise cannée, conscient du poids de son corps, de sa substance terrestre. Et comme souvent, le chagrin était là, dans son essence même.

— Clara était malade, Sandy ? Je n'étais pas au courant.

— Non. Apparemment pas.

Il expliqua brièvement. La facture. Ses pensées. Helen, qui connaissait les Stern depuis si longtemps, hochait la tête, le regard vif, attentif.

— Je vois, murmura-t-elle.

Puis ils restèrent silencieux.

— Je ne sais pas pourquoi c'est arrivé, lui dit-il brusquement.

Aux milliers d'autres questions de tous ces gens, tacites ou non, il avait opposé un silence plein de dignité qui impliquait, sans fausseté de sa part, qu'il trouvait le sujet trop douloureux. Mais il avait trop confiance en Helen Dudak, elle avait été trop intime avec eux, pour pouvoir avec elle éluder le sujet aussi facilement.

— Je suppose que les gens en parlent, ajouta-t-il.

Cela faisait un certain temps qu'il voulait le demander à quelqu'un.

— Est-ce que tu me croirais si je t'affirmais le contraire ?

Il eut un faible sourire.

— Et qu'est-ce qu'ils disent ?

— Des trucs idiots. Et d'autres gentils. Qu'est-ce qu'on sait de la vie des gens, Sandy ? Vraiment ? Au fond ? Ils sont déconcertés, bien sûr. Et personne n'est certain d'avoir réellement connu Clara. Elle était très secrète.

— Exact, dit Stern doucement.

Sur son visage se marqua un soupçon d'amertume.

Helen, avec sagesse, laissa passer un moment après cette remarque.

— Tu dois être très en colère, dit-elle enfin.

Au bouillonnement de ses sentiments, à cette angoisse irritante, à sa violente tristesse, Stern n'avait pas, jusque-là, donné ce nom — colère. Mais, bien sûr, elle avait raison. Au plus profond de sa chair, il sentait la brûlure irradiante d'une intense et puissante émotion, et colère était en effet le mot juste pour la qualifier. Tout au long de sa vie, il n'avait jamais tiré beaucoup de soulagement de cette attitude. Digne fils de sa mère et digne frère de Jacobo, il avait grandi avec l'idée que la colère était faite pour les autres, par un arrangement préalable. Lui, il était solide. Et à présent, une certaine bienséance l'empêchait encore d'être totalement d'accord avec Helen.

— Je suppose, dit-il, sans s'avancer.

— Ce serait compréhensible, insista Helen.

Tout en mastiquant doucement, il secoua la tête.

— Ce n'est pourtant pas ça qui prédomine, dit-il.

— Non ?

Il agita de nouveau la tête. La puissance de ses émotions, leur présence permanente lui firent oublier un instant sa réserve habituelle.

— Je doute de moi, avoua-t-il. J'ai échoué. (Et en prononçant ces mots, en réalisant leur absolue précision, il eut l'impression qu'il venait de se donner un coup de couteau.) C'est assez évident.

— Et en ce qui la concerne, elle ? demanda Helen.

Elle l'observa par-dessus sa fourchette, mais il se rendit bien compte qu'elle pesait ses questions, qu'elle sondait les régions sensibles pour voir jusqu'où elle pouvait s'aventurer. C'était, décida-t-il, une performance impressionnante.

— Clara a-t-elle échoué ? précisa-t-elle.

Elle se contenta de poser la question ; elle n'y répondit pas, bien sûr. Elle l'observa, tandis qu'il réfléchissait à ce qu'elle venait de dire. Il comprenait ce qu'elle suggérait par là, mais il se sentait incapable de prononcer à voix haute le mot qui planait au-dessus d'eux comme un nuage de fumée : trahison. En fait, c'était pour lui un mystère encore plus profond et plus compliqué. Il se rendit compte alors, pour la première fois, des efforts qu'il avait faits pour n'émettre aucun jugement à ce sujet, pour le moment. De nouveau, sans un mot, il secoua la tête : c'était quelque chose qu'il valait mieux ne pas savoir, ne pas exprimer.

Helen attendit, puis ajouta :

— Tu ne peux pas tout juger en fonction de la façon dont ça a fini, Sandy.

Stern acquiesça. C'était aussi une façon de voir les choses.

— J'en parle d'expérience, murmura-t-elle. Vous avez accompli beaucoup de choses ensemble. Et vous faisiez un merveilleux couple, tous les deux.

— Oh oui ! dit Stern. J'adorais discuter, et elle non.

Helen lui sourit, mais se laissa aller contre le dossier de sa chaise pour le regarder avec un certain recul.

— Tu es trop dur avec toi-même. (Elle lui prit le poignet, et, en dépit des circonstances, la sensation d'un contact féminin ne le laissa pas indifférent.) Est-ce que je suis vraiment une amie ? Puis-je faire une suggestion ? (Ses mains étaient bronzées, puissantes ; pas de vernis sur ses ongles.) Tu vois quelqu'un, en ce moment, Sandy ?

Mon Dieu ! Encore ! Où était la moralité contemporaine ?

— Helen ! Certainement pas.

Elle regarda son assiette et réprima un sourire.

— Je voulais dire un thérapeute.

— Ah..., fit-il. (Sa première réaction fut de nier catégoriquement, mais en fait il se contenta de répondre :) Pas pour l'instant, non.

— Ça aide, des fois.

— Dois-je considérer cela comme une opinion avisée ?

— Bien sûr, dit-elle. Un divorce entre deux personnes de la cinquantaine est plus dur qu'un match de hockey.

Stern ne put s'empêcher de sourire à cette réflexion prononcée d'un cœur qui se voulait léger. Il voyait qu'Helen était partisane des progrès personnels à l'école de la vie. Une vraie citoyenne de la fin de ce siècle. Elle croyait en la puissance de la Volonté, ou, comme on disait en langage plus moderne, à l'autodétermination. Tous existentialistes. On pouvait devenir ce que l'on voulait, une fois qu'on connaissait le mode d'emploi. Quelque chose en vous vous dérange ? Débarrassez-vous-en. Laissez votre psy remettre votre cervelle à neuf... Mais une tendance profondément conservatrice empêchait Stern de croire à tout cela. Tout était beaucoup plus dur à vivre que ce que l'on prétendait. Helen et lui, il le constatait, étaient abonnés à des philosophies différentes. Pour s'en sortir diplomatiquement, il choisit l'humour.

— Je préfère t'en parler à toi.

— Vendu, répliqua Helen.

Ils échangèrent un nouveau sourire, heureux de s'être tirés d'un moment difficile, mais ils s'abandonnèrent encore un instant à la mélancolie. Helen, finalement, demanda des nouvelles de Kate. Et jusqu'à la fin du repas, ils parlèrent de leurs enfants, ce qui leur permit de se maintenir sur un terrain moins mouvant.

A vingt et une heures, elle se leva brusquement. Elle était en retard pour sa réunion, dit-elle. Stern la raccompagna jusqu'à l'entrée, la remerciant avec enthousiasme pour le repas.

— Tu es une amie, Helen.

— C'est bien mon intention, dit-elle.

— C'est la meilleure soirée que j'aie passée depuis un bon moment. (En prononçant ces mots, il se rendit compte que c'était l'exacte vérité et, emporté par un brusque élan de gratitude, il ajouta :) Il faudrait recommencer.

— D'accord, répondit Helen.

Ils restèrent un instant à se regarder. Il était trop novice dans ce genre de situation pour avoir réalisé, avant de parler, dans quoi il venait de s'engager. Finalement, assez désorienté, il prit sa main et y déposa un baiser rapide et respectueux.

Helen fit les gros yeux, tout en ouvrant la porte.

— Ô mon Dieu ! s'exclama-t-elle. C'est charmant, vraiment charmant.

Elle secoua la tête et, avec son grand sac à main et son manteau fauve, s'éloigna sans cesser de rire.

8

A l'occasion, Stern allait manger chez Kate et John. Leur pavillon, de construction récente, aussi fragile et minuscule qu'un jouet d'enfant, était si loin du centre-ville qu'il était encore entouré de champs de maïs. On trouvait des mottes de terre jusque devant la porte d'entrée car John et Kate n'avaient pas encore pu s'offrir un gazon. Devant la maison, près de l'allée, poussait un petit arbre maigrichon et solitaire ; ses feuilles s'agitaient comme la frange d'un tissu au moindre souffle de vent.

Kate se démenait pour réconforter son père, mais comme à l'accoutumée le meilleur de son attention allait à son mari. Les journaux, de temps à autre, racontaient des histoires de jumeaux si proches l'un de l'autre qu'ils développaient un langage qui leur était propre. Il en allait de même pour eux : ils semblaient à jamais engloutis dans leurs petits bruits — chuchotements, murmures, rires étouffés de Kate. Un univers à deux. Stern avait déjà rencontré des couples de ce genre, où chacun était branché sur les particularités de l'autre comme sur quelque musique étrange, et planait comme s'il avait fumé de l'opium. Ils étaient ensemble depuis le lycée, et, pour ce qu'il en savait, aucun d'eux n'avait vraiment connu quelqu'un d'autre. Cette naïveté avait son charme. Chacun était pour l'autre le morceau qui lui manquait — Adam et Ève, le yin et le yang.

Il était difficile d'imaginer l'irruption d'un enfant

dans ce monde à deux dimensions, mais il semblait en tout cas que la grossesse de Kate avait encore intensifié l'électricité de leur amour. John se précipita vers la chaise de sa femme pour l'aider à se lever et il l'embrassa tendrement tandis qu'ils s'échappaient ensemble vers la cuisine pour débarrasser les assiettes. En voyant les yeux sombres de sa fille accrochés à ceux de son mari, Stern se sentit soudain étrangement affecté par l'amour qu'elle lui portait. Car John était un raseur de premier ordre. Sa principale réussite, dans ce monde, resterait sans doute d'avoir été le meilleur joueur de football depuis dix ans dans un lycée, qui, traditionnellement, n'alignait que des équipes médiocres. Les athlètes de plus haut niveau, avec leurs rêves gourmands d'agents et de bonus, et la NFL [1] l'avaient littéralement piétiné à l'université du Wisconsin. John, disaient les entraîneurs, avait la carrure et le talent, mais pas le dynamisme. Cela n'avait pas vraiment été une surprise pour Stern qui s'était fait sa petite idée sur la question, des années auparavant. Mais il y avait un important addenda de dernière minute : il traitait sa femme avec une gentillesse sans faille. Dans un monde sans pitié, où les convenances périclitaient, dans un royaume de brutes et de durs à cuire — voire d'individus bien intentionnés mais émotionnellement coincés, comme Stern lui-même —, John était hors concours, un homme doux et très tendre. S'il n'avait pas réussi à trouver en lui-même la cruauté d'un battant, au moins avait-il découvert autre chose qu'il faisait prospérer avec Kate. Qui aurait refusé un tel échange ?

Tandis que John sortait la poubelle, Stern resta avec sa fille dans la cuisine. Elle venait juste de terminer la vaisselle avec son mari et elle rinçait l'éponge.

1. National Football League (*N.d.T.*).

— *Cara*, je voulais te poser une question, dit Stern. J'ai reçu quelque chose au courrier, l'autre jour, et je me suis demandé si ta mère ne serait pas allée avec toi chez le docteur, récemment.

Kate le regarda sans comprendre. Même en sandales, elle le dépassait de quelques centimètres. C'était une jeune femme brune et magnifique, avec ses cheveux raides et ses traits parfaits.

— Récemment ? répéta-t-elle.

— Ces derniers mois.

— Non. Bien sûr que non. Je te l'ai dit, elle n'était au courant de rien.

— Mais peut-être... Est-ce que ce n'est pas possible que ta mère ait reçu la facture pour un de tes examens, d'une façon ou d'une autre ?

— Papa, bon sang !

Kate s'éloigna de l'évier. Elle se tendait et l'émotion revenait chaque fois qu'on parlait de Clara avec elle. Stern décida qu'il valait mieux ne pas insister. Sa réponse était suffisante, après tout.

Il posa la main sur son épaule, dans un geste d'apaisement, et regagna la salle de séjour encore encombrée de cartons et de chaises pliantes ; John s'était installé devant la télévision. En de tels moments, Stern éprouvait une gratitude quasi religieuse pour l'inventeur des émissions sportives — qui lui permettaient de meubler les rares instants qu'il se sentait obligé de passer en tête à tête avec son beau-fils. Ce soir, un match des Trappers, l'équipe de base-ball professionnelle de Kindle County, généralement malchanceuse, était retransmis sur une chaîne, et Stern discuta avec John de leurs chances pour la saison qui commençait. L'histoire, avec les Trappers, était toujours la même : les jeunes stars se vendaient ailleurs dès que leurs salaires augmentaient et les choses marchaient très fort pour les lanceurs dès qu'ils s'échappaient du royaume des Trappers, pas plus grand qu'un mouchoir de poche. Stern, qui avait jadis étudié avec passion le base-ball pour comprendre le mode de vie américain, appréciait la perspicacité de son beau-fils. John considérait les performances physiques des joueurs et leurs nuances avec les yeux d'un athlète. Le receveur avait renvoyé la balle en déséquilibre ; Tenack, le magnifique ailier droit, essayait comme chaque année, en avril, de frapper la balle de bas en haut. De temps en temps, John remontait sur son nez les lunettes qu'il mettait pour regarder la télévision, et les images de la pelouse du stade se reflétaient dans ses verres. Il était comme cloué sur place, à la façon d'un gosse, prisonnier corps et âme de la gloire et de la beauté du jeu. Lorsqu'il suivait un match, on avait l'impression qu'on pourrait entendre les rugissements furieux de la foule en s'approchant de ses oreilles.

Un long moment s'écoula, pendant lequel Stern attendit les remarques occasionnelles de John, auxquelles lui-même ajoutait quelques commentaires savants. Stern lui posait rarement des questions sur son travail. Il était clair depuis longtemps que, de toute façon, il ne lui aurait pas répondu franchement, parce qu'il craignait que Dixon finît par avoir connaissance de ses réponses — qui risquaient de tourner aux récriminations. John avait démarré doucement chez MD, il était passé, avec son air ahuri, par la comptabilité et les services de gestion avant de trouver sa place au bureau des commandes où, d'après ce qu'en savait Stern, ses performances n'avaient encore rien de cosmique. Ils étaient assis de chaque côté de l'écran luminescent. L'intérêt de zombie que John portait au jeu était sans doute multiplié par la gêne qu'il ressentait à la présence de son beau-père ; Stern se souvenait qu'à son âge il avait des réactions similaires, qu'il était frappé de mutisme en face de son propre beau-père, l'impressionnant Henry Mittler. Tout en se faisant ces réflexions, Stern compatit aux malheurs de John, spécialement parce que en son for intérieur il était toujours prêt à invectiver son beau-fils qu'il aurait voulu meilleur, plus dégourdi, plus expert, capable d'éveiller chez Kate quelque chose d'intéressant, au lieu, semblait-il, de la laisser dériver tranquillement sur le calme océan des lieux communs.

Un temps suffisant s'étant écoulé pour le respect des convenances, Stern souhaita bonne nuit à John et, avant de partir, alla dire au revoir à Kate à la cuisine. En la voyant, pourtant, il se rappela soudain combien leur conversation, quelques instants plus tôt, l'avait contrarié. Si la facture de Westlab ne la concernait pas, pour qui était-elle, alors ? Il était revenu à la case départ.

Il embrassa sa fille, puis il lui demanda doucement :

— Katy, tu es certaine qu'aucune facture pour toi n'aurait pu arriver à ta mère ?

— Aucune chance, Papa. Qu'est-ce que tu as ?

Elle le fixa d'un air incrédule ; il haussa les épaules, un peu sur la défensive, tout à coup. Il lui avait semblé si évident, si typique de la part de Clara que les enfants fussent impliqués dans cette histoire.

Puis il lui vint soudain une autre idée et il s'immobilisa au milieu de la cuisine.

Maintenant, il savait.

Il était passé à côté. Mais oui ! il savait désormais pourquoi Clara n'avait pas reçu de note d'honoraires d'un médecin ! Pourquoi Peter avait eu l'air si tourmenté ce jour-là, à la perspective d'une autopsie : parce que c'était lui, son fils, qui était le docteur, lui qui avait demandé l'examen de laboratoire, lui, Peter, qui restait, même aujourd'hui, résolu à respecter une promesse de discrétion qu'il avait faite à sa mère. Stern comprenait la nécessité du secret professionnel, mais il ne pouvait s'empêcher de penser que son fils en tirait avantage vis-à-vis de lui en gardant pour lui l'un des derniers moments de la vie de Clara... Est-ce que les autres étaient au courant, eux aussi ?

— Katy... (Elle lui faisait face, toute son attention concentrée sur le regard préoccupé de son père.) Sais-tu si Peter soignait ta mère ?

— Quoi ?

Sa bouche s'était entrouverte et son visage semblait soudain paralysé par l'angoisse. A l'évidence, elle trouvait cette suggestion absurde. On lisait sans mal dans ses yeux la question qu'elle se posait : son père n'était-il pas en train de dérailler, de lâcher prise ? Elle semblait très inquiète de l'entendre formuler ces idées folles, plus invraisemblables les unes que les autres.

Se trompait-il ? La lumière de la cuisine lui parut soudain plus violente. Pour la première fois de sa vie, il eut la sensation de partir en morceaux, ce qui, il le savait instinctivement, était propre aux personnes qui prenaient de l'âge. Kate avait raison. Absorbé par ses préoccupations, il avait perdu le nord. Qu'étaient devenues ses habitudes de toute une vie — sa prudence, son tact, sa discrétion ? Il ne pouvait pas se précipiter chez Peter et l'ennuyer avec cette idée stupide. S'il accusait son fils de manipulations — même les mieux intentionnées du monde —, il lui faudrait s'attendre à le voir répondre par l'indignation ; et les conséquences de tout cela ébranleraient le peu qui restait de leur équilibre familial. Il allait donc devoir recommencer à courir après Nate Cawley et lui demander de faire une enquête auprès du laboratoire. C'était la meilleure solution et la plus discrète.

— C'était juste une idée en l'air, dit-il à sa fille. Laisse tomber.

Il lui prit la main et l'embrassa sur la tempe. Il la remercia pour son dîner et lorsqu'elle lui demanda s'il se sentait bien, il écarta la question d'un geste de la main. Mais tandis qu'il s'éloignait à pied dans la nuit tiède, il sentit croître son irritation. Sur l'autoroute, la même émotion pénible ne cessa de le torturer. Il avait pris la Cadillac, sa voiture à lui, une Sedan de Ville ; celle de Clara avait été emportée par le concessionnaire ; cela avait fait partie du processus de changement de scène et de décor, à l'époque de sa mort — qui lui apparaissait aujourd'hui comme un montage cinématographique. Il était las des surprises macabres de Clara et de son monde secret — avec sa fortune dilapidée et ses maladies cachées. Dans sa confusion actuelle, il avait même commencé à soupçonner ses enfants... *C'est sa faute,* pensa-t-il soudain, *sa faute !* Il crut même entendre une voix, en lui, prononcer ces quelques mots.

Il était toujours dans cet état d'esprit lorsqu'il s'arrêta dans une épicerie, non loin de chez lui. Certaines tâches ménagères restaient au-dessus de ses capacités. Claudia téléphonait ses listes de courses à un magasin, dont un employé déposait obligeamment les commandes à son domicile, à la porte de derrière ; mais il manquait toujours quelque chose — du fromage blanc, du lait. Il n'avait jamais assez de jus d'orange. En faisant la queue, ce soir-là, il admira deux jeunes Noires, devant lui, vêtues de simples corsages, malgré la fraîcheur du printemps ; elles parlaient à toute vitesse un argot be-bop, désarmantes de désinvolture et de sexualité évidente. A nouveau électrisé par la haute tension de la sensualité, il se demanda ce que tout cela signifiait. Les marques de la vie, se dit-il. C'était naturel, mais il y avait quelque chose de sauvage et d'imprévisible dans l'urgence de cette pulsion. Il était si profondément stimulé par n'importe quelle femme, ou presque ! Était-ce une vanité raciste de penser qu'il serait, pour ces deux-là, aussi étranger qu'un Martien ? Il laissa pourtant libre cours à son imagination. Quel effet cela ferait-il de regarder et de caresser ces lourdes poitrines noires à la peau douce et aux larges mamelons ? A cette pensée, ses idées s'emballèrent. Il resta immobile, dans le magasin, la bouche entrouverte, excité.

De retour au parking, il s'installa dans sa voiture, choqué par son attitude. Comment osait-il, vraiment ? On aurait cru, à cette ardeur adolescente, qu'il n'avait pas connu la passion, avec Clara — ce qui était faux. Lorsqu'il était jeune, il l'avait ardemment désirée, et davantage encore, peut-être, après leur mariage qu'avant, quand tant de choses semblaient en jeu. Et même lorsque l'âge et le temps avaient calmé leurs désirs, cette faim n'avait jamais complètement disparu. Finalement, un homme et une femme représentaient toujours cela l'un pour l'autre, des contraires mystérieux, et l'acte d'amour, avec cette fusion, cette exploration, était toujours plus magique et plus solennel encore que le plus ancien rituel. Certains couples qu'il connaissait, des gens de son âge ou plus vieux, faisaient des allusions à la disparition du désir. Dick Harrison, un voisin, lui avait dit, un soir : « Je la tiens droite, et le jour passe à travers. » Mais Clara et lui, trois ou quatre fois par mois, réalisaient cet accord fondamental — deux vieux corps tout craquants et tout grumeleux, selon les propres termes de sa femme, venaient l'un vers l'autre, dans le lit, et se mêlaient comme les dix mille fois précédentes.

Récemment, il avait essayé de se souvenir de leur dernière occasion et se rappela avec une quasi-certitude qu'elle remontait à plus d'un mois avant la mort de Clara. Un signe de plus qu'il aurait dû comprendre. Mais il était sur un procès, tendu, l'esprit ailleurs — et qui, après tant d'années, aurait été assez stupide pour déclencher de petites crises ? On s'éloigne, puis on se retrouve. L'image ressemble à quelque photo aux rayons X, une forme dans un espace négatif ; s'ouvrant, respirant, se fermant, s'enlaçant, comme les ailes d'une mite dans l'obscurité, les murailles du cœur...

Et voilà que cette même femme l'avait abandonné, en cette Amérique de fin de siècle, où les normes des performances sexuelles s'étalaient sur les couvertures des journaux vendus à la caisse des supermarchés. Était-il préparé à cela ? La vérité — difficile à avouer —, c'était qu'il n'avait aucun passé dont il pût se vanter, aucun souvenir réconfortant des formidables fredaines du jeune Alejandro Stern.

En fait, quand il y repensait, la géographie avait joué contre lui. L'Argentine, avec ses gauchos, ses machos et ainsi de suite, aurait sans doute été un lieu plus propice pour y passer son adolescence. Le désir masculin était bien mieux accepté, là-bas, héritage national venu des ancêtres italiens et espagnols. Et son frère, en effet, déjà à quinze ou seize ans, était un sacré débauché. Il avait beaucoup de femmes, ou du moins le prétendait-il : des prostituées, des Indiennes, des femmes plus âgées en quête de jeunes corps. Stern se revoyait toujours en train d'écouter, stupéfait, le récit de l'initiation sexuelle de Jacobo, à treize ans, par une jeune fille toute menue, dans une robe du soir noire sans bretelles, qu'il avait rencontrée dans le hall du Roma, un hôtel miteux du centre-ville, à Buenos Aires. Des mois plus tard, Jacobo affirma qu'il l'avait reconnue dans la rue — elle marchait, en habit de religieuse, les yeux creux, au milieu de novices qui sortaient du couvent de Santa Margarita. Stern, quarante-cinq ans plus tard, était encore perturbé et excité à la pensée de cette femme aux yeux enfoncés et aux petits seins.

Hélas ! sa jeunesse à lui, dans l'Amérique des *fifties*, n'avait pas été aussi exotique. C'était le puritanisme, une fois de plus, qui y régnait en maître, et les pulsions sexuelles semblaient un trait malvenu, surtout pour un étranger à la peau brune, une impulsion tout aussi suspecte que des sympathies pour le communisme. Le désir était une autre de ces faims sauvages qu'il contenait volontairement pour une satisfaction future, même avec Clara — avec laquelle il n'aurait pas couché avant le mariage si elle n'avait pas insisté, sous prétexte qu'ils apprécieraient davantage leur lune de miel s'ils se débarrassaient d'abord de l'angoisse particulière de « la première fois ». Et ainsi, deux semaines avant la cérémonie, dans le salon de Pauline Mittler, débordant de brocarts orientaux et de verreries viennoises, toutes lumières allumées dans la crainte que quelqu'un, dans la maison, ne se doutât de quelque chose, Clara s'était extraite de sa gaine, avait retiré ses bas, et avait soulevé sa jupe avant de se laisser aller sur le divan rouge de sa mère... Pour de nombreuses raisons, cela avait frappé Stern qui y avait vu un étonnant acte de confiance. Et lui ? Lui, il était terrifié à cause de cela, il se sentait aussi quelque peu offensé et irrité par l'indignité de ces mécanismes méprisables. Trente et un ans plus tard, ces émotions étaient toujours bien réelles en lui, là, tout près de la surface, dans la voiture obscure, le vertige bizarre d'une nuit d'émotions fortes, au cours de laquelle il avait été tout à la fois confus, excité et contrarié. Mais il avait poursuivit. De cela aussi, il se souvenait. Il avait farfouillé interminablement pour dégager son sexe en érection de son pantalon et Clara Mittler était devenue la première — et unique — femme de sa vie.

9

Stern avait vu Chicago pour la première fois à treize ans, quand il était arrivé d'Argentine avec sa mère et sa sœur Silvia. Ce voyage avait été décidé à la suite de la relation de sa mère avec un homme du nom de Gruengehl, un avocat qui lui portait un grand intérêt, semblait-il, depuis la mort de son mari. Gruengehl était une personnalité dans l'un des rares mouvements opposés au péronisme et, après son emprisonnement, ses amis et ses camarades s'étaient précipités chez la mère de Stern, afin de les aider, elle et ses enfants, à faire leurs bagages — l'itinéraire de leur exil était déjà au point. En 1947, alors que des réfugiés, dans toute l'Europe, réclamaient à cor et à cri le droit d'entrer aux États-Unis, et vu les liens diplomatiques discutables existant entre ce pays et l'Argentine depuis la fin de la guerre, l'immigration légale était devenue fort problématique. Ils préférèrent donc se rendre en train jusqu'à Mexico, et, de là, franchir la frontière en voiture, comme une famille de *braceros*[1] parmi d'autres. A Brownsville, ils prirent un second train pour le Nord.

Bien que très jeune à cette époque, Stern savait déjà que son destin n'était pas en Argentine. Son père, qui était médecin, avait quitté l'Allemagne en 1928 et il ne cessait de se plaindre parce que les nazis empêchaient son retour. Pour lui, la vie en Argentine était dans tous les domaines moins bonne que celle qu'il avait connue avant. Les biens de consommation, la musique, les matériaux de construction et les gens eux-mêmes étaient, à ses yeux, d'une qualité inférieure, et cela l'attristait. Jacobo, que Stern admirait tant, était devenu un sioniste militant ; Stern avait neuf ans quand son frère se mit à glorifier *Eretz Israël*[2].

Au moment où Stern posa le pied sur le quai de la gare de Chicago, il pensa que sa vie commençait

1. Ouvriers mexicains entrés légalement pour travailler aux États-Unis (*N.d.T.*).
2. Le Grand Israël (*N.d.T.*).

vraiment. Ils s'installèrent à Kindle County, où les attendaient des cousins de son père, mais Chicago resta toujours pour lui le symbole de l'Amérique, avec ses immeubles de brique, de pierre et de granit, ses foules grouillantes et tristes, le pays de Gary Cooper, de l'acier, des gratte-ciel, des automobiles. Ce jour-là, il reconnut sur chaque visage la lutte des enfants d'immigrés.

Plus de quarante ans plus tard, quand Alejandro Stern retourna à Chicago, c'était un homme important, avec ses propres problèmes. Au quatrième étage de la Bourse de Chicago, assis dans la salle de conférences en noyer de la Maison Dixon, il feuilletait des documents qu'il ne comprenait pas. A côté, la vaste salle des transactions de MD était en effervescence, avec ses quatre-vingts personnes des deux sexes, habillées de façon décontractée, devant leurs consoles téléphoniques dont les vingt lignes clignotaient à la fois, et leurs colonnes d'ordinateurs. Des successions de chiffres passaient à toute vitesse sur ces écrans phosphorescents, lançaient un bref éclair comme un poisson dans l'océan, une matrice de dollars et de cents, de haricots et de pétrole, de marchés fixes et de communiqués — hausses, baisses, ouvertures, volumes, changes. Les téléphones chantaient comme des grillons et on entendait parfois une voix plus forte que les autres : « Quelqu'un veut acheter de vieilles obligations à plus 6 ? » « Ça bouge, ça bouge. » « Je vous aligne sur le mark. » Entre deux appels, tous ces jeunes gens, qui travaillaient avec des comptes clients et des comptes de gestion, lançaient à la cantonade des commentaires branchés et sardoniques. Un type se lamenta avec un accent volontairement ridicule : « Oh, le marché, c'est juste comme une femm-mme, d'abord elle te désire, puis elle te désire plus, elle ne saura jamais ce qu'elle veut. » Une jeune fille blonde, à côté de lui, lui répondit en inclinant son majeur.

— Vous avez tout compris ?

Margy Allison, directrice de la gestion de Dixon, revenait en coup de vent pour vérifier ses progrès. Elle avait toujours travaillé dans ce domaine, et presque uniquement pour MD, et, à l'évidence, elle trouvait cela toujours aussi palpitant. Rien de bien compliqué, semblait-elle suggérer, tout en se dirigeant vers les piles de papiers qui encerclaient Stern — même une vieille péquenote de l'Oklahoma aurait pu comprendre tout ça ! Margy adorait faire ce genre de numéro, pour amuser ses amis du Nord. Avec sa maîtrise de gestion, elle préférait entrer en scène comme une dure à cuire habituée aux champs pétrolifères. *Mar-gee,* disait-elle lorsqu'elle se présentait. *Une fille qui rigole pas.*

— Je crois que nous allons avoir besoin d'un comptable, lui dit Stern.

Margy fit la grimace. Elle était la trésorière de ce département et son avarice était légendaire. Chaque fois qu'elle signait un chèque elle vous répétait ce qu'on pouvait acheter avec un dollar, dans ce pays.

— Je peux classer tout ça pour vous, si vous voulez, dit-elle.

Elle en était capable, en effet, mais il y avait peu de chances qu'elle en trouvât le temps. Entre les transactions outre-mer et les séances de nuit des marchés, la Maison Dixon tournait vingt-quatre heures sur vingt-quatre et il y avait des problèmes à régler à tout instant. En général, il y avait la queue devant la porte de son bureau, à n'importe quelle heure : des employés, des secrétaires, des garçons arrivés de la Bourse avec leurs chemises informes et leurs gros badges en plastique accrochés à leurs poches. Stern lui répondit donc qu'elle ne pouvait pas se permettre de gaspiller les nombreuses heures que nécessiterait ce travail.

— Si vous nous facturez ça à votre tarif horaire habituel, Sandy, je vous assure que je peux donner pas mal de mon temps. (Elle prononça cela en souriant, mais sa remarque était sérieuse, évidemment.) Je suis sûre que vous avez ce genre de chambre d'hôtel que vous prenez quand nous payons, assez vaste pour contenir toute la troupe de l'Opéra et des éléphants en prime... Nous pouvons faire transporter tout ce fouillis là-bas pour l'étudier. Si, bien entendu (ses yeux cernés se fermèrent un instant), vous êtes prêt à prendre le risque de vous retrouver seul avec moi.

Elle avait adopté un rôle de vamp — une fanfaronnade sexuelle. Cela faisait partie de son répertoire vulgaire, lorsqu'elle jouait le jeu de la femme dure et grossière, le style de fille que l'on pensait rencontrer, une cigarette aux lèvres, au comptoir des bars du centre-ville. Stern ne savait pas si c'était une blague ou non, mais elle y allait très fort, avec lui, depuis des années, peut-être pour le flatter, ou simplement parce qu'elle s'imaginait qu'il était inoffensif. Aujourd'hui, bien sûr, cette allusion enflamma la nouvelle libido qui le démangeait depuis peu. Il préféra changer de sujet.

— Est-ce que certains de ces documents ont un rapport avec le compte des pertes et profits de la boîte, Margy ?

Il se souvenait de sa récente communication téléphonique avec Dixon.

— Ils veulent ça aussi, maintenant ?

Margy, presque aussi irritée que Dixon par l'obstination du gouvernement, sortit sur-le-champ à la recherche d'un employé qui réunirait ces dossiers. C'était pour cela que Stern avait estimé nécessaire de venir voir sur place. Il manquait toujours quelque chose.

Stern savait qu'au cours de ces vingt dernières années, à un moment ou à un autre, Margy avait été la maîtresse de Dixon. Elle était bien trop attrayante pour ne pas avoir attiré son attention. Mais leur bonheur n'avait pas duré bien longtemps. La quantité d'hypothèses qu'il avait échafaudées en secret à ce sujet le surprenait lui-même. Il avait peu à peu rempli les blancs, confronté ses suppositions à ce qui était visible, puis les avait considérées comme vraies. Il s'était longtemps imaginé que Margy avait attendu interminablement que Dixon quittât Silvia, et qu'elle était, d'une façon ou d'une autre, au centre de la crise qui avait éclaté des années auparavant, quand Silvia avait condamné la porte de leur maison à son mari. Il pensait aussi que Margy avait estimé avoir perdu la bataille le jour où Dixon avait réintégré le domicile conjugal. Elle avait alors disparu un an ou deux, et était allée travailler pour une autre société. Mais il n'y avait vraiment aucun moyen de faire tourner MD sans elle. Silvia elle-même aurait été obligée de le reconnaître. On lui offrit donc de faire du bureau de Chicago son domaine personnel et de prendre la présidence d'une demi-douzaine de filiales — sans parler d'un énorme salaire annuel. Et elle s'était remise à travailler dur, se dévouant aux affaires de Dixon, et, sans doute encore, à lui-même, femme héroïque dépossédée, rejetée, sortie tout droit d'une de ces ballades de *country music* qu'elle avait fredonnées dans son adolescence. C'était à cela qu'elle faisait penser — ces femmes du Sud qui restaient en scène avec leurs voix nasillardes, leurs cheveux bien coiffés, leurs maquillages parfaits, tristes et séduisantes, intransigeantes et sages.

Finalement, l'employé arriva. Les comptes des pertes et profits de MD furent étalés sur la table avec le reste. Stern y jeta un coup d'œil, mais il savait qu'il ne parviendrait à rien. A chaque fois qu'il se retrouvait dans une pièce pleine de documents, il maudissait la cupidité qui l'avait poussé à faire ce que l'on appelait, quand on y mettait les formes, un travail de col blanc, et qui l'avait dirigé vers une clientèle d'arnaqueurs en costume-cravate qui dévastaient la planète en douce.

Margy réapparut à temps, appuya son visage contre sa main soigneusement manucurée et se laissa aller avec langueur contre le chambranle métallique de la porte ; à l'évidence, elle était étonnée, mais cela ne l'empêcha pas de lui adresser un sourire indulgent ; elle avait toujours aimé Stern.

— Vous voulez que je vous aide ? Je veux bien, je vous assure. On fera comme j'ai dit. Fichez le camp de ce foutu bureau et donnez-moi un quart d'heure.

Cela avait pris plus d'une heure et demie, mais un coursier avait finalement chargé quatre mallettes bourrées de documents dans la voiture de Margy. Elle descendit en trombe les rues du Loop [1] en direction du Ritz. Elle conduisait sa voiture rouge, une marque étrangère, comme un pilote de stock-car. Sa mère était une femme hypernerveuse et hystérique ; elle, elle était douce et digne. Pour Stern, c'était l'éventail parfait des comportements féminins. A vrai dire, cette femme était plus solide que lui. Elle était capable de foncer plus vite que lui dans une course d'obstacles, ou de tenir plus longtemps sous la torture... A la voir derrière son volant, il l'admirait et se sentait intimidé.

Il pensa soudain que les capacités de Margy en disaient long sur Dixon lui-même. Ç'aurait été une erreur de le considérer seulement comme un conquistador obsédé, ne cherchant qu'à ajouter de belles pièces à son tableau de chasse, des papillons à sa collection. Dixon appréciait les femmes à leur juste

1. Le centre de Chicago (*N.d.T.*).

valeur, il avait confiance en elles, il comptait sur leurs conseils. En présence de quelqu'un du sexe opposé, il donnait libre cours à son charme, à son humour, et une force énorme, presque électrique, émanait de lui. Même Stern, malgré leur rivalité innée, se sentait plus proche de lui en ces moments-là. Et les femmes répondaient aux attentions de Dixon. C'était une des symétries de la nature.

Bien sûr, ces attentions n'étaient pas désintéressées. Avec Dixon, mieux valait toujours garder à l'esprit les éléments de base. Les marchés boursiers, la corbeille, la tension, la vitesse, les efforts — ce monde était plein de cocaïnomanes et de types branchés sur la bouteille. La soupape de Dixon était plus naturelle : la baise. Un jour, quelqu'un l'avait surnommé : la-Braguette-la-plus-rapide-de-l'Ouest. Stern n'avait d'ailleurs pas souvent de détails là-dessus. C'était le beau-frère, l'allié de Silvia par le sang, et Dixon était trop malin pour tenter de mettre sa loyauté à l'épreuve. Mais personne, et encore moins Dixon, n'aurait pu garder totalement secrète une obsession si tenace. Parfois, succombant à un pur ravissement, il se confiait à Stern, comme il le faisait avec tant d'autres hommes. Par exemple, il pratiquait un sport très personnel : il gardait une trace du nombre exact de femmes entrevues dans une journée qui lui avaient inspiré les fantasmes les plus primaires... « Trente et une », vous disait-il, alors qu'une employée d'hôtel vous saluait ; « trente-deux », lorsqu'il apercevait par la fenêtre une femme montant dans un bus. Une année, au Rose Bowl, il revendiqua le chiffre de deux cent soixante-trois à la mi-temps, parmi les étudiantes et les filles qui encourageaient les supporters — et ce, sans avoir rien perdu de la partie.

Généralement, le degré d'intérêt de Dixon pour toutes ces femmes était moins drôle. Un jour, Stern était avec lui dans un aéroport, lorsqu'il fallut franchir le détecteur de métal : vidant ses poches dans le plateau destiné aux objets de valeur des voyageurs, Dixon y jeta des préservatifs aussi naturellement que s'il s'agissait d'un paquet de chewing-gums. Cela s'était passé il y avait des années, lorsque ce genre de choses n'était pas encore un sujet de conversation poli. Stern comprit ensuite que Dixon était un pionnier en matière d'hygiène personnelle, comme dans bien d'autres domaines, méticuleux dans sa façon de se protéger lui-même, longtemps avant la manie actuelle. Mais le garde chargé de la sécurité, une jeune femme, rougit à cette vue, et eut l'air encore plus horrifiée que si Dixon avait sorti un couteau. Et lui aussi, tandis qu'il se dirigeait vers l'embarquement, était contrarié.

— Faut bien que j'emballe mon machin dans un bout de plastique...

Comme une carte de membre ou une photo. Apparemment, s'abstenir ou se retenir ne lui paraissaient pas des alternatives viables.

Lorsqu'il était témoin de ce genre de mésaventures, Stern essayait de n'y accorder aucune importance. Mais il y faisait attention. Qui ne l'aurait pas fait ? Il avait parfois l'impression qu'il était capable de se souvenir des détails de chacune des histoires sexuelles de Dixon. Et celui-ci, qui n'était pas homme à ignorer un point faible chez autrui, avait depuis longtemps remarqué cette tendance chez Stern. Un jour, alors qu'ils étaient allés ensemble à New York, Dixon fit des efforts particuliers pour courtiser une serveuse, une jeune Portoricaine au visage très doux et à la beauté obsédante, qui semblait ne pas être indifférente à ses sourires par en dessous et à son humour provocant. Il la regarda s'éloigner de leur table et surprit dans les yeux de Stern une expression pas très différente de la sienne.

— Tu sais ce qu'on ressent quand on tripote une fille de cet âge-là ? lui demanda-t-il.

— Dixon, je t'en prie !

— C'est différent.

— Dixon !

Stern se rappelait s'être alors emparé de son couteau et de sa fourchette avec une vigueur particulière et s'être mis à mâcher sa nourriture avec une concentration bovine. Mais lorsqu'il releva les yeux, Dixon était toujours en train de l'observer, avec un petit air astucieux et satisfait de lui-même, ravi de voir le trouble qu'il avait causé chez son beau-frère.

A l'hôtel Ritz, Margy s'installa comme si elle était chez elle. Le garçon d'étage n'avait pas encore amené les quatre mallettes, qu'elle avait déjà lancé ses chaussures à travers la pièce et abandonné sur le lit la veste de soie paille de son tailleur. Elle attrapa le menu et commanda le dîner par téléphone, puis ouvrit le minibar.

— Bon Dieu, j'ai vraiment besoin d'un verre !

Stern lui demanda un xérès, mais il n'y en avait pas, aussi prit-il un scotch, comme elle.

Quand il commença à sortir les documents, elle lui prit la main.

— Alors, comment ça va, Sandy Stern ?

Elle l'observait avec un air gentil et plein de sollicitude ; à aucun moment il n'avait été question entre eux de la mort de Clara ; Stern s'était même demandé si elle était au courant. Et là, soudain, elle semblait touchée au point de se mettre à pleurer, et montrait une disponibilité qui laissait ouvert le champ des possibles. Stern ne savait jamais très bien comment réagir avec elle. Elle avait une apparence impressionnante — ce que les autres femmes nommaient « ravalement » : cheveux bouclés et laqués, vêtements de prix. Ses sourcils étaient soulignés au crayon, si bien qu'ils rejoignaient presque les coins de ses yeux et lui donnaient le regard mystérieux d'un chat siamois. C'était une grande et belle femme, solidement bâtie, avec un derrière bien en chair agréable à regarder. Elle avait un petit quelque chose d'irrésistible dans son mouvement de hanches, que Stern appréciait depuis un certain nombre d'années, lorsqu'il la regardait marcher dans ses jupes de tweed, ou se pencher sur le tiroir d'un classeur.

Margy était brillante et ambitieuse ; elle avait commencé comme simple secrétaire et s'était élevée jusqu'à un poste de direction. Mais elle avait l'air marquée par la vie. Je suis l'ardoise vide. Écrivez. Et le message qu'on y avait laissé était triste.

— Je fais aller, Margy..., répondit Stern. J'ai connu des temps meilleurs, bien sûr. C'est une simple question d'ajustement, il me semble. Jour après jour.

— C'est ça, fit-elle en hochant la tête. (Stern comprit qu'elle se considérait comme une spécialiste des tragédies bien informée sur la question.) Vous êtes un gars sympa, Sandy. C'est toujours ceux qui ne le méritent pas qui ont toutes les emmerdes du monde...

Cette formule campagnarde le fit sourire. Il l'observa : elle était un peu affaissée sur elle-même, assise sur le lit, sans chaussures.

— Je survivrai, assura-t-il.

En prononçant ces mots, il se dit que cette seule prédiction était déjà un progrès en soi.

— Sûr. (Elle finit par lui lâcher la main.) La vie continue. Vous allez avoir toutes ces vieilles nénettes au cœur tendre qui vont bientôt se mettre à vous tourner autour, et du coup vous ne vous sentirez plus aussi abandonné. Vous savez, des veuves et des divorcées qui passent en coup de vent pour dire « Salut, j'espère que vous n'avez pas trop le blues », en revenant de leur institut de beauté...

Margy avait toujours pensé que les gens n'avaient pas de secrets pour elle. Stern éclata de rire. Malgré lui, il se souvint de la visite d'Helen Dudak. Il lui semblait soudain que Margy elle-même flirtait davantage avec lui qu'elle ne l'aurait fait deux mois plus tôt. De toute façon, il n'était pas habitué à ce genre d'attentions. Les femmes l'avaient toujours trouvé solide et charmant, socialement parlant, mais il n'avait jamais eu l'impression de les attirer.

Ils travaillèrent un moment, en attendant le dîner. Stern classa les documents sur le tapis, suivant les catégories définies par l'assignation, et les indiqua à Margy. Elle était étendue sur le lit, décontractée, tête baissée, et elle remuait les jambes comme une gamine. Elle avait trouvé une boîte de pistaches dans le minibar et elle les décortiquait à petits coups d'ongles brillants ; les coquilles faisaient un petit bruit lorsqu'elles atterrissaient dans la corbeille à papier. Le serveur arriva avec le repas et tira les deux rallonges de son chariot pour faire une table. Margy avait aussi commandé du vin. Le garçon voulut en servir un verre à Stern — à qui le scotch avait déjà fait tourner la tête.

Elle repoussa les dossiers et attaqua son plat de bon appétit dès que le serveur retira le couvercle qui tenait son assiette au chaud. Les gens la taquinaient, disait-elle, parce qu'elle mangeait trop vite, mais elle avait été élevée avec quatre frères plus âgés qu'elle et elle avait appris qu'il valait mieux ne pas traîner... Lorsqu'elle eut terminé, elle jeta sa serviette à côté d'elle et se laissa aller en arrière sur le lit.

— Bon, qu'est-ce qui se passe avec tout ça ? demanda-t-elle. Je n'ai pas pu tirer grand-chose de Dixon.

Stern, qui avait encore la bouche pleine, hocha la

tête. Il appréciait ce repas et n'avait pas envie de se presser. Cela faisait un moment qu'il n'avait rien mangé qui valût la peine d'en parler, à cette heure de la soirée où il aimait se nourrir.

— Vous croyez qu'il a mis un orteil dans le piège à ours ? Notre vieux renard est trop malin pour se laisser prendre.

Margy, comme tous ceux qui connaissaient bien Dixon, n'imaginait pas qu'il suivait toujours des lignes droites. Ils n'étaient pas aussi bêtes.

— Ce n'est pas la discrétion de Dixon qui m'inquiète, répondit Stern. Mais celle des autres. (Margy pencha la tête un peu plus, en signe d'incompréhension.) Étant donné la précision avec laquelle agit le gouvernement, je le soupçonne d'avoir un informateur chez nous.

— Tous ces contrôleurs de la Bourse, ils peuvent faire pas mal de choses avec leurs ordinateurs.

— C'est ce que dit Dixon. Mais ils ont trop d'informations personnelles sur son compte. Je chercherais plutôt du côté de quelqu'un qui aurait eu, à un moment ou un autre, la confiance de Dixon... Un collègue de travail. (D'un ton aussi égal que possible, il ajouta :) Un ami.

Une partie de lui-même, sur ses gardes, guettait une réaction révélatrice de Margy — dans ce genre d'affaires, personne n'était au-dessus de tout soupçon.

— Non..., fit Margy. Je ne crois pas que vous trouverez beaucoup de types, dans la rue, qui aient vraiment envie de s'attaquer à M. Dixon sur ce terrain. Ils connaissent l'histoire. Ils ne sont pas aussi fous que ça.

— Quelle histoire ? demanda Stern.

— Vous voulez dire que vous n'êtes pas au courant ?

Elle éclata de rire, puis leur reversa du vin. Stern protesta, mais il prit son verre dès qu'il fut plein. Il lui sembla qu'il avait beaucoup bu, trois scotches avant le dîner et pas mal de vin, mais cela ne se voyait pas.

— Ça, c'est la meilleure ! ajouta Margy, en recommençant à rire.

— Je suis le beau-frère, dit Stern. Pendant toutes ces années, j'ai certainement manqué beaucoup d'histoires.

— Vous pouvez le parier, murmura Margy en lui lançant un regard qui en disait long, les yeux à demi fermés.

Elle s'assit sur le lit, les jambes croisées, visiblement indifférente, pour l'instant, à son image habituelle de vamp-femme d'affaires, avec ses cheveux décoiffés, son maquillage outré, et son parfum. Au lieu de quoi, elle paraissait survoltée, un peu ivre, prête à faire des confidences sur Dixon, se dit Stern.

— Laissez-moi vous parler de M. Dixon Hartnell. Ce bon vieux Dixon, il peut prendre soin de lui-même, Sandy. Vous vous souvenez de sa bagarre avec le fisc ? C'était vous l'avocat, pas vrai ?

Le problème, comme Dixon aimait à le répéter, c'était que sa femme avait changé tout le mobilier de leur maison : c'était le prix à payer pour qu'il eût le droit de réintégrer le domicile conjugal. Et quand Silvia eut fini, le décorateur leur présenta la facture définitive — moins les avances —, qui s'élevait à cent soixante-quinze mille dollars. Si on en croyait les livres comptables de Dixon et de l'artisan, cette somme n'avait jamais été payée. Au lieu de cela, ce dernier, un type sympathique et toujours sur des charbons ardents, dépensant chaque cent qui lui passait entre les mains, s'intéressa tout à coup aux marchés des contrats à terme et ouvrit, à la Maison Dixon, un compte qui connut soudain un étonnant accès d'activité. Sur une période de dix jours, on y dénombra soixante transactions. Lorsque cette frénésie se calma, les quinze mille dollars de capital avaient atteint cent quatre-vingt-dix mille dollars et des poussières, soit un profit net de cent soixante-quinze mille dollars, dont la majeure partie était un revenu de capitaux à long terme, deux fois et demi moins taxé que la somme que Dixon aurait pu simplement payer en chèque au décorateur. Le fisc passa près de deux ans à essayer de débrouiller les stratagèmes qu'il soupçonnait Dixon d'employer — des courtiers intermédiaires, des sociétés d'investissement à l'étranger —, et puis fut obligé d'abandonner la partie. Pendant toute l'enquête, pas un instant Dixon ne perdit sa bonne humeur, alors que Stern était très mal à l'aise, car il avait découvert (au contraire du fisc) que le concessionnaire Mercedes de Dixon et l'entrepreneur qui avait rajouté une aile à sa maison n'avaient pas été payés non plus, tandis que, dans le même temps, ils connaissaient de grands succès respectivement dans les marchés à terme du mazout et du coton.

— Est-ce que vous savez comment tout ça a commencé ? Vous n'avez vraiment jamais entendu cette histoire ? demanda Margy.

— On ne m'a pas fourni ce que je nommerais des... détails précis. Pour autant que je m'en souvienne, la position de Dixon c'était que les impôts avaient eu des informations par un employé. Un tuyau. Merle Brady ? Ce n'était pas ça, son nom, déjà ?

— Exact. Vous voyez Merle ? Avec sa petite moustache séparée en deux ? Il a géré toutes nos opérations pendant un temps. Un magicien de l'ordinateur, un malade de l'informatique, un *hacker* — je crois qu'on dit comme ça. (Elle agita la main.) Vous voyez ?

Stern haussa les épaules : oui, vaguement. Chez Dixon, les employés allaient et venaient. Le départ de Merle Brady, à cause d'un problème d'augmentation de salaire, avait bizarrement correspondu avec le début de l'enquête du fisc. Il était furieux et il avait lancé des menaces, avant de partir : ce que je sais, ce que je peux faire. Il allait saborder le vaisseau de Dixon et tout ça.

— Je suppose, dit Stern, que Merle avait très bien pu avoir reçu certaines instructions critiques.

— Non, non ! s'exclama Margy, avec un sourire évasif. Dixon n'est pas du genre à tendre à quelqu'un le bâton pour le battre. Mais Brady, vous voyez, restait tout le temps collé à son bon vieil écran. Et il découvrait toutes sortes de machins. C'est comme ça qu'il a compris pas mal de choses sur Dixon.

Stern grogna. Ça se tenait. Brady en savait assez pour faire des ennuis, mais pas suffisamment pour donner le *coup de grâce.*

— Bon, on avance de deux ans. Le fisc a laissé tomber sa foutue rectoscopie de Dixon...

— Selon ses propres termes, la coupa Stern.

— Ses propres termes, oui.

Ils échangèrent un sourire. Dixon, avec ses excentricités et ses passions, et ses secrets bien gardés — c'était un domaine qu'ils avaient tous les deux exploré. C'étaient des initiés. Des acolytes. De leur connaissance commune de ce phénomène naissait une étrange intimité.

— Et ça, comme on dit chez moi, c'est le meilleur morceau. (Elle prononçait *marceau.*) Un jour, Dixon est à l'Union League Club, à DuSable, et devinez qui est là ? Eh bien, ce vieux Brady. Vous pensez peut-être que Dixon a pris un cendrier ou un machin de ce genre et qu'il s'est mis à taper sur la tête du mec, mais non, monsieur, il se conduit au contraire tout à fait amicalement. Il lui serre la main. Lui dit qu'il est enchanté de le revoir, et désolé, aussi, d'avoir perdu le contact, tout un tas de trucs gentils entre bons copains. Et Brady, vous savez, il est exactement comme tout le monde, il ne sait jamais s'il doit sourire ou pisser dans son froc quand Dixon se pointe ; et du coup, il est vraiment rassuré. Dixon prend sa carte professionnelle. Brady bosse comme expert-conseil et Dixon commence à lui donner des petits boulots. Je n'en ai pas cru mes yeux quand j'ai vu les chèques, j'ai pris immédiatement mon téléphone et j'ai demandé : « Dixon, bon sang, qu'est-ce que vous fabriquez ? » Il m'a juste répondu : « Laissez-moi vivre, ma chère, je connais mon affaire. » Je me suis imaginé qu'on lui avait greffé une autre personnalité, ou un machin dans ce genre, qu'il se mettait à pardonner, peut-être qu'il avait trop écouté les sermons de Billy Graham...

Elle but une gorgée de vin et Stern leva son verre avec elle. Il n'avait encore jamais eu l'occasion de connaître cet aspect-là de Margy. C'était une conteuse dans la vieille tradition. Il lui fallait une véranda et une cruche de whisky de maïs. Il se faisait une idée, en l'écoutant, de la façon dont elle avait grandi, à regarder les hommes, à les admirer, à être séduite par eux d'une certaine manière. C'était peut-être l'explication de son attachement de toujours à Dixon et aux corsaires fanfarons des marchés boursiers.

— Bref, j'apprends ensuite que Dixon et Brady sont redevenus copains comme cochons. Ils sortent ensemble, avec leurs femmes. Brady est le genre de type marié à une petite nénette maigrichonne qui n'est jamais contente de rien. Vous voyez ce que je veux dire ? Faut qu'elle se rattrape pour quelque chose, mais on ne sait pas quoi. Mais bon, ils vont au théâtre, ils dînent ensemble. Je vous jure. Peut-être qu'ils sont sortis aussi avec vous et Clara, non ?

— Jamais vu le bout d'une oreille de ces gens.

— Non, c'est vrai, dit Margy en se corrigeant, ça n'aurait pas tenu debout. Puis un jour, je discute avec un gars, me souviens plus qui, et il me dit : « On raconte que Brady revient chez MD pour gérer les opérations à Kindle. » Dixon ne veut pas me répondre, vous voyez comment il peut être des fois, mais je fais mes vérifications et c'est vrai que tout le monde est au courant. Et puis on apprend des bureaux de Kindle qu'il va y avoir une grande déclaration de la direction. Dixon organise un déjeuner chic chez Fina. Il réunit tous les gens qui comptent vraiment pour lui. Un avion transporte jusque là-bas mon petit cul d'Oklahoma. On est tous assis à table et on se paye du bon temps, vous voyez. Puis, à un moment, ce vieux Dixon se tourne vers Brady. « Au fait, il lui dit devant tout le monde, gai comme un pinson (Margy but une gorgée de vin et ses yeux brillants et durs dévisagèrent Stern), j'ai baisé votre femme, la nuit dernière. » Juste comme ça. Et il l'avait fait. Aucun doute avec Dixon, le bon copain. Est-ce que vous vous rendez compte ? Y a huit personnes autour de la table qui entendent ça. Le repas était fini avant même qu'on serve la soupe. Je rigole pas. Croyez-moi, ça a fait quelques vagues par ici. Donc, c'est pourquoi je vous dis : personne ne raconte des conneries sur Dixon.

Stern ne fit pas immédiatement de commentaires. Il prit la bouteille et la termina. Puis il murmura :

— Remarquable.

Et il le pensait vraiment. Cette histoire l'emplissait d'un étrange mauvais pressentiment. La vérité sur Dixon était toujours plus répugnante que ce qu'il était capable d'imaginer.

— Et pourtant, mon gars, ajouta Margy, il m'arrive de penser que notre vieux Dixon devrait se faire couper la quéquette... Parce qu'il a une drôle de façon de régler les problèmes.

Stern gloussa, mais Margy le gratifia d'un regard éloquent, libéré par l'alcool, et réprobateur, comme pour le mettre en garde pour tout ce qu'il n'avait pas saisi. Cette fille, il le savait, comprenait des choses sur les hommes et les femmes, sur leur sexualité, dont il ne soupçonnait rien.

— Continuons avec toutes ces paperasses chiantes..., dit-elle soudain.

Elle sourit, s'assit sur le lit, arrangea son chemisier et sa robe. Mais elle n'en avait pas tout à fait fini. Elle parut un peu perdue, pendant un instant, détourna les yeux. A un moment ou un autre de son histoire, une bonne part de sa propre douleur vis-à-vis de Dixon avait resurgi de sa cachette. La détresse avait entamé sa belle prestance, crispé et comme alourdi ses traits.

— Ce fils de pute..., grommela-t-elle brusquement.

Stern fut touché par son air malheureux et par la pensée de la séduisante Margy, là devant lui — quarante ans bien sonnés et toute sa carrière et son existence à vivre dans l'ombre de Dixon, cette montagne.

Il se pencha vers elle et lui prit la main un instant.

— Mais c'est que vous êtes un bon vieux gars bien gentil, pas vrai ? demanda-t-elle.

Stern devinait ce qui allait se passer maintenant.

Oui, maintenant qu'il avait assez bu, il réalisait qu'il le savait depuis des heures, depuis qu'elle l'avait regardé de cette drôle de façon, et qu'elle lui avait posé des questions, d'un air apparemment détaché, sur les femmes qui lui tournaient autour. Derrière tout cela, il y avait peut-être le déchirement polaire de la solitude, le douloureux et ardent désir de l'âme isolée, mais à présent, dérivant sur les vapeurs de l'alcool, il était soudain en proie à la démangeaison brûlante de l'anticipation. Ses mains semblaient animées d'une pulsation rapide, tandis qu'il attendait le prochain mouvement.

Et il n'eut pas longtemps à attendre. Margy revint aux dossiers pendant quelques instants ; elle parla ;

marmonna ; puis elle le fixa soudain d'un regard ivre et intense — où passaient la chaleur, l'appétit et la confusion. Si Stern avait été sobre, à ce moment-là, peut-être aurait-il trouvé la chose comique — une femme qui lui jetait un regard assez brûlant pour décoller la peinture. Mais il ne l'était pas. Simplement, il ne lâcha pas pied et l'observa lorsqu'elle se leva, puis se pencha au-dessus du fauteuil de brocart de l'hôtel pour l'embrasser. Ses lèvres étaient gercées et, comme il le pensait, très rêches. Le dîner leur avait laissé un goût de sel.

— Comment tu aimes ça ?

Elle attira sa tête contre sa poitrine. Une douceur de colombe. L'odeur puissante et sucrée de son parfum l'entoura et sa joue sentit un dessous en soie qui glissait sous son corsage. Il ne fit aucun mouvement. Il était certain de recevoir d'autres instructions.

Elle l'embrassa de nouveau et le repoussa, puis se dirigea vers la salle de bains où il entendit un bruit d'eau. Il s'approcha du bord du lit en rassemblant toutes ses forces. Mon Dieu, il était soûl ! La chambre ne tanguait pas encore, mais il avait l'impression qu'elle partait en morceaux, qu'elle commençait à glisser, à la périphérie de son regard... Comment disait-on, déjà ? Une larme de courage ? Bon, alors il se sentait courageux. Il était prêt.

Les lumières de la chambre s'éteignirent. Margy était immobile près de l'interrupteur. Elle ne portait plus, maintenant, que son corsage en soie jasmin, déboutonné et entrouvert sur sa poitrine. Elle avait les jambes nues, les cheveux défaits et, sans ses habits à la mode ni ses chaussures à talons hauts, elle paraissait beaucoup plus fragile. A la main, elle avait sa jupe et un autre vêtement en soie, roulés en boule. Elle pencha la tête.

— Eh bien, regarde un peu qui est un petit veinard ? dit-elle.

Stern éteignit aussi la lampe, derrière lui. Il traversa la pièce pour la rejoindre et, ce faisant, trébucha sur deux ou trois piles de dossiers. Elle était beaucoup plus petite qu'elle ne paraissait, deux ou trois centimètres de moins que lui, mais elle était solide, entre ses bras. Sa bouche était râpeuse et sentait le tabac.

Tout cela semblait étrange et amical à la fois. A un moment, elle s'écarta même un peu de lui et laissa échapper un petit rire. Il ouvrit son chemisier, caressa sa poitrine, puis se baissa bravement pour embrasser le petit bouton sombre dont ses années avec Clara lui avaient enseigné qu'il y avait beaucoup à attendre. Ivre comme il l'était, ce n'était pas facile et ils roulèrent presque immédiatement sur le lit. Corps à corps, il y avait dans les petits détails — la texture de la peau, l'emplacement exact des coudes et des genoux — les informations excitantes d'un contact avec une structure féminine nouvelle, mais, curieusement, il se sentit submergé par une sensation familière. Il était bien plus décontracté en ces circonstances qu'il ne l'aurait imaginé.

C'était cette vieille et mystérieuse alchimie humaine qui recommençait — un homme et une femme, rien de plus compliqué que cela.

Elle ôta sa cravate puis sa chemise. Tandis qu'elle s'embarquait dans cette entreprise, une jambe au-dessus de lui, la main de Stern glissa presque fortuitement jusqu'à la peau douce et chaude des fesses de Margy. Elle s'était lavée et ses doigts glissèrent un peu dans son entrejambe et cela, cette ancienne sensation, oh oui, cela ! déclencha en lui une vague si spectaculaire qu'il se mit soudain à gémir.

Quelques instants plus tard, il était en elle. Margy s'abandonna à son plaisir personnel. Elle avait les yeux clos et pendant que Stern roulait en elle, elle émettait un curieux bourdonnement intérieur et s'ouvrait à lui toujours plus profondément à chaque coup de reins. Tout cela avait quelque chose de bizarrement appliqué et solitaire. Margy savait très bien comment s'occuper d'elle-même. Vers la fin, elle posa la main sur le derrière de Stern et le guida là où elle désirait qu'il fût, plongea en lui une dernière fois et atteignit l'orgasme avec un terrible trémolo, tandis que ses mains et ses doigts aux longs ongles rouges tâtonnaient dans son dos. L'idée de ces mains aux pointes cramoisies s'enfonçant dans sa chair blanchâtre et molle lui parut tout à coup follement excitante, et cette image, autant que l'agitation de Margy et sa respiration de plus en plus rapide, tout cela le fit exploser enfin, si bien qu'il perdit momentanément la notion de sa partenaire qui se débattait encore tout contre lui, avant de reprendre conscience d'elle, cette douce femme au parfum sucré, sous lui, qui s'immobilisa presque à la même seconde que lui. Elle l'attira à elle dans une espèce d'étreinte amicale et ravie.

— Super ! murmura-t-elle.

Stern pensa que cet éloge allait davantage à l'acte sexuel qu'à lui-même. Les yeux toujours fermés, elle souriait doucement. Son maquillage était fichu. Son aisance en tout cela, dans les bras d'un homme inconnu, était étonnante. Une fois, voilà longtemps, elle avait dû faire le vœu de prendre tout ce qui pouvait être à elle.

Elle l'embrassa près de l'oreille et s'écarta de lui en roulant sur elle-même et en attrapant au passage les oreillers, de son côté du lit. Aussi familière que n'importe quelle épouse, elle installa tranquillement ses fesses de façon à s'encastrer contre Stern et plongea dans le sommeil si vite qu'il comprit que, d'une certaine manière, bien plus que tout ce qui venait de se passer, c'était ce moment de refuge qu'elle avait recherché. Un homme aux côtés duquel elle pouvait dormir tranquillement. Elle murmura en s'assoupissant. La lumière, supposa-t-il. Il se pencha sur elle, respirant son étrange odeur pour essayer de saisir ce qu'elle chuchotait.

— Ô mon Dieu ! s'exclama-t-il, lorsqu'il comprit ce qu'elle avait dit, puis il l'enlaça, se laissa aller contre son corps, et quand toutes les lumières furent éteintes, il s'endormit à son tour.

Ne nous facture pas ça, avait-elle murmuré. *Ne nous facture pas ce moment.*

Au milieu de la nuit, il se réveilla. Il se redressa d'un bond, fixant l'obscurité, aveugle. Il n'avait pas la moindre idée de l'endroit où il se trouvait, puis il reconnut un fauteuil où pendait son costume et se souvint de l'hôtel, de Chicago, de Margy. Il sentait le poids de son corps à côté de lui, mais il n'osa pas la toucher. Une douleur lui barrait le crâne, à partir de la tempe. Il attrapa sa montre, sur la table de nuit, puis se rendit compte qu'il pouvait lire les hiéroglyphes des chiffres bleus du radio-réveil. 3:45. Ce ne fut pas cela qui le frappa, pourtant, mais la date, écrite en plus petit.

Il s'assit au bord du lit, et fit un rapide calcul, alors que dans l'obscurité lui parvenait la respiration profonde de Margy.

Quarante, pensa-t-il. Depuis ce jour où il l'avait trouvée en rentrant chez eux. Quarante jours exactement.

10

Lorsqu'il s'éveilla, elle était assise sur le lit, les jambes croisées ; elle avait enfilé la chemise de Stern. Des piles de photocopies étaient étalées partout autour d'elle, dans une monstrueuse pagaille. Elle tenait son menton avec sa main.

— C'est bon, j'ai compris, dit-elle. Dixon est une tête de nœud, OK.

Stern, tout nu, ramassa son slip par terre, à côté du lit et alla entrouvrir les rideaux. Le soleil apparaissait à peine dans un ciel bas. Il passa brièvement à la salle de bains. Il avait la bouche pâteuse et la tête cotonneuse. Une gueule de bois ? Il tâtonna dans la poche de sa veste à la recherche de ses lunettes.

— Et c'est quoi, alors ? demanda-t-il.

— Le compte des pertes et profits de la maison n'a pas très bonne mine.

Elle se retourna et s'allongea sur le ventre. Elle avait le derrière nu et sa position mettait sa poitrine en valeur. En un éclair, Stern essaya de résumer la situation : un veuf, en slip, en pleine réunion de travail — et dont le sexe durcissait déjà. Elle prit une copie de l'assignation et cocha d'une croix, au crayon, quatre transactions, de grosses sommes, quatre dates différentes.

— Maintenant, ces types vont faire bouger le marché, pas vrai ?

Peut-être parce qu'il pensait à autre chose, il fut momentanément désorienté. Puis il se souvint des explications de Dixon, le mois précédent. D'énormes commandes, un millier de contrats à la fois, provoquaient un mouvement brusque des prix des marchandises à terme.

— L'offre et la demande, murmura-t-il.

— C'est ça, répondit Margy. Maintenant, suppose qu'un de tes clients arrive à la Bourse avec un gros ordre d'achat qui fait que les prix crèvent le plafond. Et toi, tu es une tête de nœud et tu veux te faire quelques dollars. Comment tu te débrouilles ?

Stern réfléchit et répliqua :

— J'achète ce que ce client désire lui-même acheter ?

— Foutrement exact.

— Et je revends lorsque le marché a monté.

— Pour sûr ! Ils ont toutes sortes de noms pour ça. « Passer en tête. » « Négocier en amont du client. » On joue à ce petit jeu depuis que le marché existe.

Elle releva le menton. Ses cheveux décoiffés paraissaient plus foncés et ses yeux avaient l'air un peu gonflés par le manque de sommeil. Elle était pourtant encore bien belle à regarder, cette grande femme robuste, élégante, énergique. Il remarqua soudain qu'à aucun moment elle n'avait ôté ses boucles d'oreilles, de petites boules d'or.

— J'imagine que les contrôleurs de la Bourse ont l'œil là-dessus ? dit Stern.

— Sûr. S'ils t'attrapent, tu te retrouves sur le cul en moins de deux. Et ils ne dorment jamais.

— Et alors, comment a-t-on réussi à leur échapper, dans le cas qui nous occupe ?

— Le compte des pertes et profits.

— Le compte des pertes et profits ? répéta Stern, simplement pour le plaisir.

Margy avança un peu sur le ventre en se tortillant, et la chemise découvrit un de ses seins — qui reposait, pâle et rond, sur les draps. Stern s'était momentanément laissé prendre à leur discussion, mais ce nouveau spectacle raviva d'autres désirs. La libido, décida-t-il, était comme un portail rouillé : difficile à refermer quand on avait enfin réussi à l'ouvrir. Il attrapa une feuille de papier, sur le lit, et avec le plus grand naturel s'en servit pour dissimuler son érection.

— Je dois accorder ça à notre vieille tête de nœud, dit Margy. Je n'aurais jamais pensé à un truc pareil. Ce compte nous sert à rectifier nos erreurs, d'accord ?

Parfois, nous vendons ou nous achetons une marchandise alors que le client en veut une autre. Ou nous prenons trois chargements, quand il n'en avait demandé que deux. N'importe quelle erreur idiote. Un numéro de compte incorrect ou autre. Dès que quelqu'un s'en aperçoit, en bas, à la Bourse, ou à la compta, ou quand un client râle, l'opération en question est transférée sur le compte des pertes et profits. Si on ne peut pas remettre la transaction dans ses rails, on liquide la position — tu vois le topo, on vend ce qu'on a acheté ou on achète ce qu'on a vendu. OK ?

— OK, fit Stern.

— Maintenant, suppose que je sois un trou-du-cul vraiment malin et que je veuille doubler mes clients sans me faire choper. J'achète à Kindle une petite quantité d'une marchandise que l'on va, je le sais, acheter en grande quantité à Chicago. Les prix vont bouger de la même façon aux deux endroits. Tout ce que j'ai à faire, c'est d'attendre que le marché monte en flèche. Et bien sûr je ne le fais pas à mon nom. Je me trompe. Délibérément. Un mauvais numéro de compte, disons. Ensuite, une fois que le marché a grimpé, je liquide la position.

— Et là aussi avec un mauvais numéro de compte ?

— Exact. Un ou deux jours plus tard, quand la fumée s'est dissipée, les deux transactions figurent sur le compte des pertes et profits. Les inspecteurs de la Bourse ne viendront jamais vérifier sur Kindle, et même s'ils le faisaient, ils ne trouveraient personne qui achète en anticipant sur le marché. Tout ce qu'ils verraient, c'est une erreur idiote. Mais lorsqu'on liquide les deux positions, l'achat et la vente, on a un foutu joli petit profit sur le compte des pertes et profits...

Stern secoua la tête, stupéfait. Il lui demanda à combien s'élevait ce *joli petit profit.*

Margy haussa les épaules.

— Je n'ai pas encore fini de calculer. Les quatre transactions, ici, doivent donner dans les cent mille dollars, pourtant. Je dirais que ça te fait sans doute à peu près six fois ça. Pas mal, tu vois, pour quelques coups de téléphone que tu passes tout en te grattant tranquillement le cul.

Six cent mille dollars ! pensa Stern. Mme Klonsky ne s'était pas lancée à la poursuite de n'importe quel délit.

— La seule chose, ajouta Margy, c'est que cette arnaque ne ressemble pas vraiment aux méthodes de notre sympathique tête de nœud...

Stern avait eu la même idée. Ces gains, pour un homme de la richesse de Dixon, ne valaient pas les risques courus. Mais Margy éclata de rire lorsqu'il lui dit sa pensée.

— Oh, ce type te baiserait jusqu'au trognon pour un dollar et quelques cents ! Et encore plus pour un demi-million de dollars. Non, c'est pas ça. C'est juste que ça ne lui ressemble pas, voilà tout. Nos clients ? C'est un vrai sacerdoce pour lui. Je ne l'imagine pas en train de les prendre pour des cons. Il est loyal. (Elle lui saisit les mains.) Mais je sais qu'il l'a fait.

— Parce qu'il est d'usage qu'on le prévienne avant n'importe quelle grosse transaction ? demanda Stern.

Cela, il y avait pensé aussi. Et Dixon l'avait admis, l'autre fois, dans son bureau.

— C'est le premier point, oui. Mais y a beaucoup de gens, chez nous, qui savent ce que nous faisons. Seulement si je piquais cinq ou six cent mille dollars, est-ce que je les planquerais dans *ma* poche ? C'est le compte des pertes et profits de *la maison.* Et la maison, c'est notre Dixon Hartnell. C'est lui qui possède MD Clearing Corp., MD Holding Corp., la Maison Dixon. Tout le bataclan, c'est à lui. Cette histoire, c'est probablement un jeu stupide auquel il s'est amusé, pour voir s'il pouvait se payer une ou deux rigolades supplémentaires.

Stern essaya d'imaginer Dixon en train de commettre des infractions juste pour le plaisir. Ce n'était pas impossible. Avec Dixon, rien ne l'était.

— Et où est passé l'argent ?

Stern pensait aux assignations qu'avait reçues la banque de Dixon.

Margy se retourna sur le dos, et secoua doucement la tête pour indiquer qu'elle n'en savait rien. Ses seins nus roulèrent sur son torse. Sous son menton, là où s'arrêtait le maquillage, on voyait une espèce d'anneau de chair plus blanche, d'une curieuse pâleur, comme si des années de cosmétiques l'avaient vidée de toute sa couleur. Mais ces imperfections n'avaient pas d'importance pour Stern — l'excitation demeurait.

— Je ne peux pas dire grand-chose sans examiner tout ça plus sérieusement. Mais tu veux connaître mon idée sur ce qu'il a fait de ce pognon ?

— S'il te plaît.

— Rien.

— Rien ?

— C'est ça, rien. Il l'a juste laissé à sa place. C'est ce que moi j'aurais fait aussi. Un compte des pertes et profits tourne toujours avec du déficit. Parce que quand tu te plantes sur un ordre et que ton client gagne de l'argent, il ne va pas venir te dire que tu t'es trompé. Il accepte la transaction, un point c'est tout. Y a que ceux qui ne s'y retrouvent pas qui se mettent à râler. Et c'est OK. C'est le prix à payer pour faire des affaires. Mais tu peux perdre quarante mille dollars par mois et si tu commences à faire des bénéfices, tout à coup ne plus y laisser que deux mille dollars par mois. Tu vois ? Personne ne remarque la différence. Sauf notre vieux branleur. Parce qu'à la fin de l'année, ces six cent mille dollars vont se retrouver dans les profits. Une façon de s'offrir une prime.

— C'est une combine très astucieuse, dit Stern. Et toi, Margy, faut vraiment que tu sois experte pour arriver à comprendre tout ça.

Il lui embrassa les deux mains.

— Disons que je suis une pute ingénieuse, murmura-t-elle en souriant.

Stern se demanda ce que cela voulait dire, et qui l'avait déjà appelée ainsi. On avait l'impression que c'était une phrase qu'elle répétait. Naturellement, il était facile de deviner de qui c'était.

— ... Mais pas la plus maligne, conclut-elle.

— Non ? demanda Stern. (Il s'assit à côté d'elle, sur le lit, et elle resta étendue sur le dos, pour l'observer.) De qui parles-tu ?

— Du vieux tu-sais-qui. Ils ne l'attraperont jamais. Tout ce qu'il avait à faire, c'était d'appeler le bureau des commandes et d'indiquer ces positions qui finissaient sur le compte des pertes et profits. Il fait ça vingt fois par jour. Et personne n'ira se rappeler qu'il a passé précisément ces ordres-là. Et il n'y a pas un seul morceau de papier, dans tout ce bordel, qui soit signé ne serait-ce que de ses initiales. S'il le faut, il donnera le nom de quarante autres personnes susceptibles d'avoir fait ça à sa place. Des standardistes. Des représentants de clients. Ça aurait même pu être moi. (Elle eut un petit sourire.) Ils ont le droit de penser que c'est lui. Et même en être persuadés. Mais ils n'ont aucun moyen de le *prouver*.

Margy avait regardé la télévision, elle avait déjà entendu ces phrases-là quelque part ; peut-être même était-elle en train d'imiter Stern. Et elle s'en était certainement convaincue elle-même. Dixon aussi était sûr de lui, se dit Stern, qui se souvint de ses promesses de justifications formulées au téléphone. Son client se sentait plus fort parce qu'il l'avait déjà emporté contre le fisc et qu'il savait que l'administration s'était précipitée pour fouiller dans ses comptes personnels alors que cet argent, en fait, n'était jamais sorti de sa société. Stern, pourtant, n'était pas aussi optimiste. Les procureurs des États-Unis étaient souvent des spécialistes des enquêtes financières. Peut-être qu'ils tâtonneraient au début, mais si les soupçons de Margy sur la façon dont Dixon avait manipulé ces gains illicites étaient fondés, ils finiraient par les retrouver entre ses mains et par tirer les mêmes conclusions qu'elle sur l'identité du coupable. Dixon continuait donc à courir des risques importants.

— Il faudrait peut-être que je parle aux employés de MD qui ont reçu ces ordres à Kindle, pour voir si leurs souvenirs sont aussi vagues que tu le supposes, dit Stern.

Il pensa qu'il serait prudent de rappeler à tous ceux qui avaient travaillé directement avec Dixon que ces événements étaient anciens et que chaque jour on passait un nombre extraordinaire d'ordres ; et il faudrait le faire rapidement, avant que le FBI ne se mît à rassembler des souvenirs contradictoires. Margy promit de récupérer aux archives les récépissés des ordres et de les faire parvenir à Stern : de cette façon, il identifierait ceux qui les avaient enregistrés et pourrait les contacter personnellement. Elle enverrait un mémo à Kindle pour demander à tous les employés de ce département de coopérer avec leur avocat.

— Bien sûr, tout ceci n'a rien de drôle, dit Margy. La Bourse va s'en prendre méchamment à la société. Ils vont nous coller des tas d'amendes et d'interdictions, et faire une putain d'histoire. Puis ils vont repasser l'affairc à la CFTC et la laisseront faire aussi du grabuge. Mais le vieux qui-tu-sais, ça ira pour lui. Il sera là à râler et à se mettre en rogne contre tout le monde pendant tout le temps que ça durera, avec l'air du type qui se demande comment une chose aussi affreuse a pu arriver sous son nez et puis il finira par virer quelqu'un pour garder au frais ses fesses de plouc.

Margy baissa légèrement la tête, si bien qu'elle fut plus ou moins nez à nez avec la zone en feu du caleçon de Stern. Elle le regarda et eut une petite grimace entendue qu'il prit pour lui, mais il se trompait : elle était toujours en train de se demander qui Dixon allait mettre à la porte.

— Moi, probablement, ajouta-t-elle alors avec un sourire triste et pincé. Probablement moi, répéta-t-elle.

Et puis elle se mit à rire et tendit de nouveau les bras vers Stern, et elle l'attira à elle pour être réconfortée.

En se quittant, à la porte de la chambre d'hôtel, il lui promit de l'appeler.

— Ça serait sympa, répondit-elle simplement.

Il était évident qu'elle n'en croyait rien ; les hommes disaient toujours la même chose. Dès que son taxi le déposa à l'aéroport d'O'Hare, il feuilleta les pages jaunes de l'annuaire et lui fit envoyer un énorme bouquet de fleurs à son bureau, mais sans un mot. Assis dans l'étroite cabine téléphonique, derrière les cloisons perforées en Inox, il était visité par les images de la nuit précédente et de la matinée et l'excitation bouleversante de tout cela le fit presque frissonner. Est-ce que ç'avait vraiment été lui, Alejandro Stern, avocat distingué, enfant d'un pays catholique, qui baisait comme un fou, quelques heures plus tôt ? Oui, assurément. Le cerveau en alerte, il se sentait en pleine forme. Il avait encore sur les lèvres le goût du tabac de Margy, et ses mains sentaient encore la soie de ses vêtements. Quand reviendrait-il à Chicago ? Il se mit à rire de lui-même, tout haut, si bien qu'une femme dans une autre cabine, de l'autre côté, le regarda fixement. Un peu confus, il découvrit soudain en lui la trace de quelque chose de plus éternel. La gratitude. Oh, oui ! il était reconnaissant à Margy et à la race féminine tout entière qui, à son grand étonnement, étaient prêtes à l'accueillir une fois encore. La main toujours posée sur le téléphone, il réfléchit à la pure bénédiction qu'était l'étreinte d'un autre être humain.

A la porte d'embarquement, un employé annonça que l'avion qui devait assurer la courte liaison avec Kindle County avait du retard. « Problèmes techniques. » Comme d'habitude ! Malgré son humeur enjouée, Stern ne put, une fois encore, réprimer sa haine pour cet aéroport, avec ses couloirs interminables et son éclairage souffreteux, ses masses grouillantes et pressées et ses visages inquiets. Il trouva le salon classe affaires de sa compagnie aérienne, tout de cuir noir et de granit, puis téléphona à son bureau.

— Claudia, s'il vous plaît, appelez Mme Klonsky et organisez-moi un rendez-vous pour vendredi. Dites-lui que je lui apporte les documents dont elle a signifié l'assignation à MD.

Stern n'avait eu aucun contact avec elle depuis maintenant un mois. Raphael avait quémandé auprès d'elle un délai supplémentaire d'une semaine pour la remise des dossiers et il avait raconté à Stern qu'elle était prête à éclater. Stern n'aimait pas les rapports de forces avec les adjoints du procureur des États-Unis, ce n'était pas son genre et, en outre, une inimitié entre avocats compliquait toujours un procès. Il allait devoir faire amende honorable d'une façon ou d'une autre auprès de Klonsky. *La vie d'un avocat,* pensa-t-il... *Toujours à lécher les bottes de quelqu'un. Juges. Procureurs. Certains clients.*

— Vous voulez vos messages ? demanda Claudia.

Stern était assis sur un canapé ; la console téléphonique était astucieusement encastrée dans le plateau en granit d'un bar. Claudia lui fit part d'un appel de Remo Cavarelli, un vieil escroc sous le coup d'une nouvelle accusation ; Remo voulait connaître la date de sa prochaine comparution devant le premier président Winchell. Il y avait eu aussi un appel d'une certaine Mme Helen Dudak, qui voulait lui parler — c'était personnel. Et Cal Hopkinson avait téléphoné. *Du nouveau,* pensa Stern. Lorsqu'il entendit le nom de Cal, il sentit monter en lui un sentiment indéfini, de l'intérêt ou de l'appréhension. Il demanda à Claudia de l'appeler, mais la secrétaire de Cal répondit que son patron était en ligne. Stern attendit un moment, puis il décida de passer un autre coup de fil et il composa avec une certaine violence le numéro qu'Helen avait laissé. Elle lui avait dit qu'elle travaillait chez elle, avec un casque branché sur son téléphone — des écouteurs reliés et un minuscule micro, plus petit qu'un dé à coudre. Il l'imagina ainsi.

— Je reprends la fin de notre conversation de l'autre soir, dit Helen.

— Oui, bien sûr, répondit-il, pas vraiment certain de savoir de quoi elle parlait.

— Je voulais t'inviter à dîner chez moi. Samedi en quinze. Tous les deux.

— Ah ! fit Stern, qui sentit immédiatement son cœur battre plus fort.

Et maintenant, quoi ? Il pensa qu'Helen voulait bien faire. Et elle *était* charmante. Mais allait-il être capable d'affronter toutes ces complications ?

— Oui, s'entendit-il répondre, soudain. Oui, d'accord.

Et pourtant, une fois qu'il eut accepté, il pensa à Margy et raccrocha, mal à l'aise. Manger avec quelqu'un, après tout, n'avait rien à voir avec des rapports sexuels. Et pourtant, il devenait un drôle de type ! Et dans cette salle d'aéroport pleine de monde, avec tous ces voyageurs en attente qui murmuraient autour de lui, il éclata de rire.

Il reprit alors le téléphone et, cette fois, réussit à joindre Cal.

— Sandy ! s'exclama celui-ci. Où êtes-vous ?

Cal lui raconta la dernière fois où il était resté bloqué à O'Hare, puis Stern lui demanda s'il avait des nouvelles de la banque.

— C'est pour ça que je cherchais à vous joindre. Juste pour vous donner les détails de l'histoire.

La River National, expliqua-t-il alors, devenait folle avec cette transaction sur le portefeuille de Clara. Chaque fois qu'un testament était en jeu, la banque s'inquiétait pour tout — le tribunal des successions, le bureau du procureur. Et elle tenait absolument à retrouver le moindre petit bout de papier avant de le rencontrer. Cal avait insisté pour qu'une conférence sur la question eût lieu la semaine suivante. Il parlait avec cet air autosatisfait que Stern adoptait souvent, lui aussi, avec ses clients, tandis qu'il décrivait ses conversations téléphoniques avec les banquiers et les documentalistes comme s'il s'agissait d'autant de combats mortels.

— Sans blague, Cal..., dit Stern.

Comme il n'avait aucune envie d'être un client râleur comme les autres, il préféra mettre fin à la discussion plutôt que de lui dire ce qu'il avait sur le cœur. Cal était trop tatillon pour être vraiment énergique — lui aussi il voulait voir le moindre morceau de papier — et en plus il n'était sans doute pas en position de force avec ces banquiers qui, selon toute vraisemblance, lui donnaient du travail, des clients qui voulaient faire rédiger des fidéicommis, remettre à jour des testaments. Mais c'était injuste, décida Stern aussitôt, d'en vouloir à Cal pour les complications causées par Clara. Il avait vécu des dizaines d'années sans savoir vraiment ce que dissimulaient le calme et la courtoisie de Clara. Et il se posait encore des questions à ce propos, aujourd'hui. Toutes ces vieilles frustrations qui couvaient en lui revenaient à la surface.

Il refit le numéro de son bureau.

— Claudia, est-ce que le Dr Cawley m'a rappelé ?

Après sa soirée chez Kate et John, Stern avait désespérément essayé de joindre Nate et lui avait laissé des messages à son cabinet, à l'hôpital, chez lui, pour lui demander de contacter le labo. Il ne savait même pas s'il les avait eus, et il n'était pas sûr que Nate ferait ce qu'il lui demandait. Nate, après tout, avait d'autres soucis.

— Vous voulez que j'essaie de joindre quelqu'un à son cabinet ? s'enquit Claudia.

Stern fit tambouriner ses doigts sur la table de granit et ne répondit pas. Un 747, que nettoyaient des ouvriers juchés sur une série d'échafaudages amovibles, lui bouchait la vue, par la fenêtre. Il pensa à des gardiens de zoo avec une girafe. Il pouvait évidemment aller lui-même chez Westlab — où que ce labo fût situé. En tant qu'exécuteur testamentaire de Clara, la loi lui donnait le droit de se renseigner. Mais si les administrateurs de Westlab étaient pointilleux sur la vie privée de leurs clients, comme Nate le supposait, il aurait besoin de preuves — ce qui signifiait qu'il devrait impliquer Cal dans l'histoire. Il estima préférable d'être patient. Nate finirait bien par se charger de cette histoire.

Finalement, il ressentait une certaine colère, plus tenace encore que sa curiosité, vis-à-vis de Clara, une rage qui semblait descendre et remonter avec la marée de son chagrin.

Il lui fallut un instant pour mettre le doigt dessus : Peter. Le soupçon qui lui était venu chez Kate et John — que son fils avait été plus fort que lui — n'avait pas été facile à oublier. Oh! il savait que c'était injuste, invraisemblable, voire inconvenant, de penser que, dans sa profonde angoisse, Peter avait pu avoir la présence d'esprit ou la duplicité de manipuler son père à propos de l'autopsie. Mais Stern s'en souvenait, Peter avait été si insistant! Il entendait encore sa voix pleurnicharde résonnant dans les couloirs de la maison lorsqu'il s'en était pris à ce pauvre flic abasourdi, et il revoyait cette lueur un peu folle dans ses yeux. On pouvait se poser des questions. Stern se dit qu'avec Peter, de toute façon, ce serait toujours le cas.

— Claudia, voulez-vous me mettre en communication avec le central de la police municipale de Kindle, s'il vous plaît ?

Dès qu'il le lui eut demandé, Stern sut qu'il faisait sans doute une erreur. Tout au long de sa carrière, il avait été assez vigilant pour éviter, autant que possible, tout contact avec les policiers. Ces gens-là finissaient en général par créer des problèmes. Au standardiste qui lui répondit, il donna le nom du lieutenant qu'il voulait joindre et il pensa, pour se rassurer, que le vieux policier était sans doute absent. D'après le qu'en-dira-t-on, ils l'étaient toujours.

— Ici Ray Radczyk.

— Alejandro Stern, lieutenant.

— Bon sang! Comment allez-vous, Sandy?

— Je me maintiens.

Il entendit le bip de l'enregistrement de la communication, par-dessus l'habituel bruit de fond d'un poste de police. A l'évidence, le vieux flic semblait ravi d'avoir de ses nouvelles. Stern ne savait toujours pas d'où ils se connaissaient. Il y avait réfléchi une fois ou deux, une pensée fugitive parmi beaucoup d'autres lorsqu'il se remémorait cette fin d'après-midi.

— Vous avez toujours ce dossier avec mon nom écrit dessus, lieutenant ?

— Voyons ! dit Radczyk en riant. J'ai un boulot, exactement comme vous. C'est pas simplement un dossier. Vous savez ça.

— Bien sûr.

Ce Radczyk, il s'en souvenait, n'était pas un mauvais bougre. Compte tenu de sa profession, naturellement.

— Dites, où vous êtes ? demanda Radczyk. On dirait qu'on se parle à travers deux boîtes de conserve.

Stern lui expliqua : O'Hare. Coincé.

— Je vois, murmura Radczyk.

— Il y a une question avec laquelle je ne vous aurais probablement jamais ennuyé si je n'étais pas bloqué avec un peu de temps devant moi.

— Vous inquiétez pas. Envoyez.

Stern se tut un instant, puis demanda :

— Est-ce que le coroner a trouvé quoi que ce soit d'inhabituel lorsqu'il a examiné ma femme ?

— Ho ! s'exclama Radczyk.

En posant sa question, Stern comprit combien elle allait paraître extraordinaire — un cheveu sur la soupe.

Le policier prit son temps avant de répondre.

— Je sais qu'il a déclaré que c'était un suicide, évidemment. J'ai failli vous appeler pour vous le dire, et puis j'ai pensé que ce n'était pas vraiment nécessaire...

— Sûr, fit Stern.

Ils restèrent silencieux un moment. Stern éloigna d'un geste un serveur en veste blanche qui lui proposait un verre. Il ajouta :

— Je comprends que cette demande puisse paraître singulière...

— Pas de problème. Laissez-moi retrouver le rapport sur cette affaire. Il est juste revenu de la frappe il y a une semaine ou deux. Donnez-moi un numéro. Je vous rappelle en deux temps, trois mouvements.

Stern lui communiqua le numéro inscrit sur la console. Qu'allait faire Radczyk ? Un signe, peut-être, pour demander à quelqu'un de prendre une autre ligne ? Vérifier que l'enregistrement de leur communication fonctionnait ?

Une femme passa devant Stern, grande, la cinquantaine, entièrement vêtue de rouge — un tailleur en soie avec une jupe droite serrée, et un boléro assorti, rayé de noir ; des bas noirs. Une silhouette élégante. Elle regarda vaguement dans sa direction, puis détourna les yeux, mais à ce contact d'une seconde, Stern se souvint de Margy, et il fut de nouveau absolument prisonnier d'elle — comme s'il venait d'entrer dans un cinéma et qu'il était inondé par la lumière et les images de l'écran : Margy, debout près de l'interrupteur, ses jambes nues, son derrière bien en chair, sa chemise ouverte, le triangle noir de son sexe visible en dessous ; ses ongles rouge vif se promenant sur certaines parties de son corps ; la façon dont elle ouvrait la bouche, avec une espèce de mollesse, et son cri dans la lumière du matin et ses yeux clos, tandis qu'elle se laissait porter par ses sensations.

Il y eut un drôle de bruit, une sonnerie. Il réalisa qu'il s'agissait du téléphone.

— Nous y sommes, dit Radczyk. Voyons. Qu'est-ce que vous cherchez exactement ?

— Simple curiosité, lieutenant. J'ai pensé que le coroner pouvait avoir noté un truc inhabituel.

— Pas grand-chose, ici. Pas d'autopsie. C'est ce que vous désiriez. Je lui ai dit qu'il y avait des objections religieuses. Je n'ai pas eu de meilleure idée.

Stern se rendit compte soudain que Radczyk l'avait

rappelé sur une ligne privée. Pas de signal sonore : pas d'enregistrement. Apparemment, en tout cas. Il resta silencieux.

— C'est clair et net, Sandy, reprit le policier. Gaz carbonique dans le sang. Copie du mot de votre femme. Déclaration du coroner. Rien dans les rapports de police. Je les ai lus quand ils sont arrivés.

— Je vois.

Radczyk prit une profonde inspiration.

— Ça vous ennuie si je vous demande ce qui se passe ?

— Un problème mineur. Rien d'important.

— Sûr ? fit le policier. Quel genre de problème mineur ?

Il avait posé ces deux questions avec une certaine autorité. Après tout, il était flic et cette affaire lui avait été confiée. Stern se maudit lui-même, puis se lança dans une explication volontairement précise : une facture d'un laboratoire médical était arrivée chez lui, et il ne savait pas à quoi elle correspondait. Mais cela, sans aucun doute, n'avait aucune importance, lui répéta-t-il.

— Peut-être que je pourrais y aller et vérifier pour vous, proposa Radczyk.

Stern fut surpris par l'idée — qu'il trouva particulièrement intéressante. En théorie, les dossiers médicaux ne pouvaient être communiqués sans une assignation. Mais la plupart des cœurs se mettaient à battre plus vite à la vue d'une étoile de police. Les employés diraient presque tout à un flic, s'ils ne lui abandonnaient pas le document en question. Radczyk risquait d'en apprendre autant que Nate, voire davantage. Mais Stern se sentait trop mal à l'aise avec ce policier et tout particulièrement dans cette étrange tentative de familiarité.

— Je ne voudrais pas vous ennuyer, lieutenant.

— Vous ne m'ennuyez pas, répondit Radczyk, qui ajouta, en baissant un peu la voix : J'ai toujours une dette envers vous, vous savez. (Stern, au bout du fil, resta silencieux.) Westlab, d'accord ? Je vais y aller moi-même, Sandy. Ça reste entre nous. Et je découvrirai ce qui se passe. Faut relier tous les fils de cette affaire, vrai ?

Stern attendit un instant, puis répondit :

— Certainement.

— Oui, sûr, reprit Radczyk. J'aurai quelque chose vendredi, normalement. Lundi au plus tard. Je vous rappellerai. Bon voyage de retour.

Stern tenait le combiné téléphonique du bout des doigts. Les objets qui l'entouraient — les cendriers, les lampes — lui paraissaient soudain hostiles. Il avait l'impression d'étouffer, une sensation qui remontait à son enfance.

Il était certain qu'il venait de commettre une erreur.

11

La salle d'attente du bureau du procureur des États-Unis était minable. On se serait cru chez un médecin indépendant en perte de vitesse. Le tapis à poils longs faisait penser à un animal atteint de la gale ; les bras en bois des fauteuils étaient fendillés, et les gens présents en ces lieux auraient pu se rencontrer sur n'importe quelle place publique. Un ou deux cinglés étaient pelotonnés dans les coins de la pièce ; ils jetaient des coups d'œil furtifs autour d'eux et rédigeaient des plaintes interminables et incompréhensibles contre divers hommes politiques ou à propos d'un complot ourdi par la FCC[1] pour les « lobotomiser » à travers les

1. Haute autorité de l'audiovisuel (*N.d.T.*).

ondes. Des témoins, ou des prévenus trop pauvres ou trop peu informés de leurs droits pour être accompagnés par un avocat, tripotaient une assignation du grand jury, guettant la venue des adjoints du procureur qui allaient faire d'eux ce qu'ils voudraient. De temps à autre, des agents fédéraux ou un avocat de la défense sortaient des bureaux, avec des allures de chien battu, l'air déçu. Et puis, bien sûr, aujourd'hui, M. Alejandro Stern, éminent avocat d'assises, était assis là, lui aussi, entouré de mallettes pleines de documents, et attendait Mme Klonsky qui, d'après la réceptionniste, était au téléphone.

Ce bureau avait toujours évoqué pour Stern un endroit heureux. Les avocats étaient jeunes et brillants, et la plupart d'entre eux savaient qu'ils ne faisaient qu'y passer. Ils ne restaient pas des AUSA [1] bien longtemps — cinq, six ans en moyenne. Suffisamment pour apprendre à plaider une affaire devant un grand jury et pour que chacun d'eux, homme ou femme, eût le sentiment d'avoir fait un effort sincère pour améliorer le bien-être de la communauté tout entière, avant de rejoindre les vallées plus fertiles du secteur privé... Stern considérait toujours qu'il s'agissait d'un vrai métier, un métier attirant. *Un bon boulot,* pensa-t-il. Il avait perdu le meilleur jeune avocat qu'il eût jamais eu, Jamie Kemp : celui-ci l'avait quitté pour passer au service du bureau du procureur des États-Unis, à Manhattan, où il allait plaider seul des affaires tout en collaborant à une comédie musicale rock qui donnait une seconde vie à certaines chansons écrites par lui, vingt ans plus tôt, lorsqu'il avait été, un temps, une espèce de rock star.

Kemp n'était pas le seul à avoir choisi de travailler

1. Assistant United State Attorneys, adjoints du procureur des États-Unis (*N.d.T.*).

avec l'État fédéral. Avant la mutation, ici, par le département de la Justice, de l'actuel procureur des États-Unis, Stan Sennett, qui était auparavant à San Diego, on avait proposé ce poste à Stern. Le bras droit du plus ancien sénateur de l'État l'avait invité à un petit déjeuner de travail dans un club de centre-ville. Ce jeune homme, qui ressemblait un peu au chanteur Art Garfunkel, avec une tignasse déjà blanche dressée sur sa tête comme un pissenlit monté en graine, lui avait sorti les pires platitudes du monde — encore pires qu'une nécrologie. Cette proposition, avait-il insisté, était un moyen de faire l'éloge de ses capacités et de la sagesse, Stern le savait, d'une existence où il n'avait jamais cédé à aucune allégeance politique. Le sénateur ne permettait pas au maire Bolcarro de remercier ses serviteurs avec des postes fédéraux, mais ses ennemis connus avaient rarement de l'avancement.

Stern n'avait pas facilement renoncé à l'idée de devenir procureur fédéral ; pour un avocat, il s'agissait d'une fonction qui donnait un pouvoir considérable. Pendant quatre ans, Stern aurait pu diriger les armées en civil du fisc, des stups et du FBI et les déployer à sa convenance. Plus de manigances révoltantes de la part de la brigade des stupéfiants ; finies les poursuites sans pitié contre les veuves et les pompiers qui oubliaient de déclarer les revenus de leur travail à temps partiel ou de leurs coupons. Mais, bien entendu, il aurait dû être aussi un *vrai* procureur. Se consacrer à l'arrestation, la mise en accusation, la punition, cette triade des dessous du métier qu'il méprisait par un vieux réflexe. Alejandro Stern aurait-il été capable de se dresser dans un tribunal, en sa qualité de juge, dans l'espoir d'exciter les horribles passions d'un jury, oui, aurait-il été capable de les supplier d'infliger des souffrances qu'ils n'auraient pas le courage de supporter eux-mêmes ? Non, impossible. Non, vraiment. Cette idée l'avait rendu vraiment malade. Oh ! il n'avait aucune haine pour les procureurs. Il avait dépassé ce stade-là, tout au début de sa carrière. Parfois, il lui arrivait même d'admirer le zèle ardent de ces jeunes gens qui tentaient de châtier le mal au bénéfice de l'étroite vertu. Mais ce n'était ni son rôle, ni sa vocation. Lui, Sandy Stern, était le fier défenseur de la déviance. Aucun Argentin de naissance, aucun juif contemporain de l'Holocauste ne pouvait enfourcher les bottes de l'autorité sans se mettre à douter vraiment de lui-même ; mieux valait garder sa voix au milieu de toutes les autres voix, et défendre quotidiennement ces fragiles libertés, tellement incomprises, dont l'existence, bien plus qu'aucune accusation, faisait de nous des êtres respectables, civilisés, en un mot : des êtres humains. Il n'avait pu renoncer en un instant au credo qui avait mené toute sa vie.

Mme Klonsky avait enfin raccroché. Au-delà de l'unique porte de son bureau qu'un gardien solennel, assis derrière une vitre à l'épreuve des balles et teintée en jaune, ouvrait électroniquement, il y avait un bon demi-pâté de maisons en proie au fracas. Les téléphones sonnaient et les machines à écrire — qu'ici on utilisait encore, dans un monde de traitement de texte — cliquetaient. Les adjoints du procureur des États-Unis, de jeunes avocats distingués, spécialistes des textes juridiques, devenaient dans cette ambiance des voyous et s'apostrophaient en hurlant dans les couloirs.

Stern venait souvent dans ce bureau, généralement dans un seul but : faire obstacle, contrecarrer, retarder. A certaines occasions — mais rarement, et la plupart du temps au tout début d'une enquête —, il faisait une description sincère de ce qu'il croyait être la vérité. Mais le but de la défense était presque toujours de passer au travers. Son intention, ici, c'était d'en apprendre le plus possible et de ne révéler au procureur que ce qu'il savait déjà, ce dont il n'avait nul besoin ou ce qui pouvait le troubler ou distraire son attention. Certains procureurs croyaient encore à la franchise et présentaient leur affaire comme une bataille à mains nues. Pourtant la plupart d'entre eux ne résistaient pas aux attraits de la dissimulation. Stern ne pouvait que suggérer des idées, poser des questions, tomber par hasard sur un fait ou sur un autre, comme un insecte parasite dévorant un fruit.

— Enchanté de vous voir, dit Stern à Klonsky en pénétrant dans son petit bureau.

L'air énergique et sombre, elle s'était levée pour l'accueillir. Stern fut surpris de découvrir qu'elle portait une robe de grossesse, d'un bleu uni, qui ne la serrait pas encore. Si on la regardait d'un œil distrait, elle était assez attirante — de grands yeux, un nez droit, des pommettes proéminentes, le style de beauté banale que l'on s'attend à trouver chez une serveuse de restaurant. Elle avait un corps solide de paysanne, aux membres puissants, et une poitrine imposante, encore que cette dernière caractéristique, à en croire certaines mauvaises langues, pût être trompeuse. Chez Gil, on racontait qu'elle avait subi une mastectomie lorsqu'elle était encore étudiante en droit. D'où son surnom, la « Merveille sans Miches ». Stern n'avait jamais été convaincu de la véracité de cette information — chez Gil, les blagues sur les procureurs devenaient plus cruelles, semblait-il, au fur et à mesure que la nuit avançait. Et là, en sa présence, ses doutes lui revinrent. Une femme qui aurait eu un cancer du sein prendrait-elle le risque d'une grossesse, avec les changements hormonaux et les importantes modifications de son corps que cela entraînait ?

— Ma fille, Kate, se trouve elle aussi dans cette merveilleuse situation, lui dit-il. Notre premier petit-enfant.

Il s'entendit dire « notre », mais il n'eut pas la force de se reprendre. Il lui faudrait encore un certain temps pour apprendre à formuler les choses d'une façon différente.

Klonsky sembla elle aussi avoir remarqué cette fausse note. Elle félicita Stern pour cette nouvelle et lui demanda comment se sentait Kate. Stern avait remarqué depuis longtemps que les affinités entre femmes n'étaient jamais si puissantes que lorsqu'elles étaient enceintes — cet univers où aucun homme ne pouvait pénétrer. Mais elle ajouta aussitôt, avec cette logique imprévisible qui ramenait toujours les gens à l'actuelle situation de Stern :

— Mes condoléances pour cette perte.

Il inclina la tête sans un mot. Les deux mallettes pleines de documents, de la taille d'un accordéon, étaient posées à ses pieds. Ils attendirent un instant, une fois terminées les civilités, aux frontières de l'adversité. Il s'assit.

— Vous semblez, madame Klonsky, avoir des idées fausses sur mon client.

Elle eut un petit sourire, lèvres serrées, qui voulait être la preuve de son sang-froid et son courage. Au fil des ans, Stern avait commencé à plaider contre des hommes et des femmes de l'âge de ses propres enfants. En général, il avait l'impression qu'ils le trouvaient charmant. Ses nombreux succès lui avaient fait une quasi-stature d'homme d'État. Les adjoints se montraient souvent pleins de déférence envers lui, sans pour autant abandonner l'attitude qu'exigeait leur concurrence. Parfois, il se demandait comment réagiraient Marta ou Peter s'ils voyaient le naturel, l'honnêteté foncière qu'il mettait dans ses relations avec des individus comme eux. Oui, qu'en penseraient-ils ? Y verraient-ils une espèce de cadeau de Noël ou se rendraient-ils à l'évidence ? Ces gens-là n'étaient pas ses gosses.

— A quel niveau, monsieur Stern ?

— Je sais que vous le suspectez d'avoir commis un délit. Oui ? (Son hochement de tête pouvait passer pour un acquiescement.) Dites-moi, madame Klonsky...

— Vous pouvez m'appeler Sonia, monsieur Stern.

Il prit cette amabilité pour la preuve qu'elle croyait ne pas s'en laisser remontrer par lui.

— Faites-en autant, alors, répondit-il. S'il vous plaît, dites Sandy.

— Merci.

— Je vous en prie.

Elle lui sourit alors si brusquement, avec l'air de trouver leurs manœuvres d'approche si amusantes qu'il en fut déconcerté.

— Vous préférez ne rien me dire, c'est ça ?

— Je ne peux pas, Sandy.

— Vous avez un informateur ? C'est pour ça que vous hésitez, n'est-ce pas ?

— Pas de commentaires.

— Parce que j'en ai déjà deviné pas mal.

— S'il y a un informateur, Sandy, je n'ai pas la moindre idée de son identité...

C'était une réponse habile, Stern le savait. Les adjoints étaient souvent dans le noir le plus absolu en ce qui concernait les indics, surtout ceux à qui on avait promis qu'ils n'auraient pas à témoigner. Le secret était bien gardé par les agents du FBI, qui pouvaient rencontrer secrètement leurs sources et rédiger des rapports aux procureurs des États-Unis en identifiant les C/I — *les individus qui acceptaient de coopérer* — par un simple numéro de code conservé à leur quartier général à Washington, DC.

— M. Hartnell n'est pas du genre à se laisser marcher sur les pieds, dit Stern. Le monde des affaires est plein de gens qui ont eu des problèmes avec lui, c'est certain. Des gens qu'il a virés. Des concurrents jaloux. Vous êtes consciente, j'en suis sûr, qu'il faut considérer avec beaucoup de prudence les commentaires de telles personnes.

Mme Klonsky appuya délicatement son joli visage sur l'extrémité de ses doigts et lui adressa un sourire aimable. Elle écoutait chacune de ses paroles, le regardait faire son travail.

— Il a eu des problèmes, dans le temps, fit-elle. La CFTC. L'une des Bourses, ou même deux, peut-être ? (Elle s'interrompit un instant.) Sans parler du fisc.

Oh, oui, pensa Stern, *elle a dû rassembler un gros dossier. C'était à prévoir.*

— J'ai représenté Dixon dans toutes ces occasions. Il y a eu des moments où il a fait passer ses affaires avant ses livres de comptes. Sincèrement, madame Klonsky, les instances boursières et le fisc font preuve d'une maniaquerie à laquelle tout le monde, ici, aurait eu du mal à se soumettre...

Il indiqua la porte d'un geste de la main. Parfois, ici, on pouvait apprendre les secrets les plus importants du grand jury rien qu'en se déplaçant à la vitesse appropriée dans les couloirs. Les jeunes adjoints se tenaient sur le pas de la porte de leur bureau et discutaient sans se gêner de leurs enquêtes. On lançait des noms. On empilait les anciens dossiers comme de vulgaires vieux papiers à jeter, sans tenir compte des confidences qu'ils pouvaient contenir. Quelques années plus tôt, Stern avait même aperçu deux grosses chemises en accordéon avec le nom du maire, Bolcarro, qui attendaient d'être archivées, et il avait ressenti une douloureuse pointe de regret à l'apparent échec du gouvernement. Sa remarque fit rire Klonsky.

— Vous êtes merveilleux, Sandy. Stan Sennett prétendait que vous n'aviez qu'à franchir la porte pour que je succombe à votre charme, et c'est ce que vous êtes en train de faire.

— Moi ?

Il veilla à prendre un air d'innocence, mais il n'en enregistra pas moins l'allusion à Sennett avec intérêt. Les deux hommes n'avaient pas, l'un pour l'autre, une admiration mutuelle. Leurs relations remontaient à une douzaine d'années, à l'époque où Sennett était procureur dans un tribunal d'État et qu'il semblait incapable de gagner un procès contre lui. Et dernièrement, cette blessure s'était encore aggravée. Lors d'une de ses rares apparitions au tribunal, en janvier, Sennett avait instruit une affaire dans laquelle Stern représentait un conseiller municipal local accusé d'avoir exercé une pression sexuelle et financière sur certains membres de son personnel. Stern s'en était pris au témoin principal du ministère public, qu'il avait qualifié d'indic professionnel, un soi-disant enquêteur privé qui paraissait trouver quelqu'un d'important sur qui rapporter des ragots chaque fois que lui-même avait des problèmes avec la justice, en raison de ses activités douteuses. Le conseiller municipal en question ne fut inculpé que d'une infraction à la législation fiscale et resta à son poste, tandis que Sennett criait victoire sans conviction — une fanfaronnade que la presse ridiculisa.

Lorsqu'ils se croisaient, il se montraient aimables — Stern l'était avec tout le monde —, mais Stan avait une bonne mémoire et il était rancunier. Voilà pourquoi, dans le cas présent, l'aveu involontaire de Klonsky — qui venait d'admettre qu'elle avait parlé de cette histoire avec le procureur — était significatif. Avec cinq cents inculpations chaque année, et trois fois plus d'enquêtes du grand jury, seules les affaires de première importance remontaient jusqu'au bureau du grand patron. Dans tous les cas, c'était une très mauvaise nouvelle. Dixon avait des ennemis là où il ne fallait pas.

Klonsky lui demanda les documents qu'elle avait réclamés par assignation et Stern posa ses deux mallettes sur son bureau. Elle se leva un peu maladroitement — elle n'était plus très capable d'estimer les dimensions de son propre corps —, et disparut dans le couloir pour récupérer son dossier. Abandonné à lui-même, Stern en profita pour examiner discrètement les objets qui se trouvaient dans son petit bureau. Travaillant avec des horaires invraisemblables comme n'importe quel jeune avocat, elle ne faisait aucune différence entre son bureau et sa maison : on découvrait ici les passions de sa vie privée. Au milieu des diplômes et des licences inévitables, il y avait une grande peinture dans le style de Kandinsky, et en travers de sa bibliothèque était tendue une banderole d'un rassemblement pour la paix. Parmi les gros traités de droit et les recueils de jurisprudence habituels, il y avait aussi plusieurs rangées de livres de poche. Beaucoup de romans américains, semblait-il, et un certain nombre d'œuvres politiques. Plusieurs Betty Friedan. Et Carl Jung. L'étagère du bas semblait être la place d'honneur. D'un côté, il y avait une photo de Klonsky et d'un homme imposant, aux cheveux frisées, nettement plus jeune qu'elle. Quatre ouvrages étaient coincés entre deux serre-livres en argent : trois minces volumes qui avaient l'air d'être de la poésie, tous d'un dénommé Charles, et un livre relié intitulé *Illness As Metaphor*. A l'autre bout, dans un cadre de Plexiglas, trônait la photo d'un garçon aux dents écartées ; collé à elle, un dessin d'enfant maladroit, aux couleurs vives, représentant un personnage, au-dessus de lettres mal formées : S.O.N.N.Y. Les jambes des deux N étaient à l'envers.

— Votre fils ? demanda-t-il en désignant la photo lorsque Klonsky revint.

Elle serrait contre elle un classeur marron extensible. Et comme le craignait Stern, il était très gros.

— Sam est le fils de mon mari. Il vit avec sa mère. Et celui-là sera notre premier.

Stern dit que c'était merveilleux. Une joie toute particulière. Il désirait vraiment être aussi aimable avec elle qu'elle l'était avec lui.

— Merveilleux ou cinglé, répondit-elle. Pour moi, ça reste une grossesse de vieille. Mon gynéco est absolument terrorisé. Une avocate de quarante et un ans avec un passé médical ! Il a peur de voir doubler ses cotisations d'assurance pour faute professionnelle...

Stern lui adressa un sourire gentil, mais, bien entendu, n'osa aucun commentaire. *Un passé médical,* nota-t-il.

— Des fois, je pense que je suis cinglée de commencer à mon âge.

— Mais vous dites que votre mari a de l'expérience en la matière.

— Oh, Charlie ? Je ne suis même pas sûre qu'il ait remarqué que je suis enceinte.

Elle rit, mais ses yeux se détournèrent, comme si elle pensait à quelque chose de personnel — et Stern sut qu'ils avaient brusquement épuisé ce sujet.

Elle s'intéressa alors aux documents, triés et attachés avec des élastiques, que Stern avait empilés sur son bureau. Il les avait classés par transaction et elle les vérifia en utilisant l'assignation. Tandis qu'elle travaillait, Stern recommença à la questionner sans la brusquer. Il lui expliqua qu'il avait examiné tous ces dossiers avec attention ; ils ne contenaient rien d'exceptionnel. Aucune apparente manipulation de marché, pas de transfert douteux sur des comptes disponibles, aucun double paiement de client, pas d'escroquerie à la suite de laquelle un client aurait payé un prix plus élevé que celui que la société aurait eu à la Bourse...

— C'est très difficile, à partir de tous ces papiers, d'imaginer ce que vous a raconté votre informateur, dit-il. Vous n'avez demandé aucun document d'un seul compte contrôlé par Dixon. Il n'y en a pas un seul, ici, qui lui soit personnellement lié.

Ses yeux marron si sérieux semblèrent cligner légèrement — une espèce de contraction réflexe. Stern ne fit aucune allusion au compte des pertes et profits de la société, ni aux documents que Klonsky essayait d'obtenir de la banque de Dixon. Il n'avait pas l'intention de démentir l'impression qu'il était aussi ignorant que ce qu'espérait le gouvernement.

— Puis-je vous poser une question ? fit-elle abruptement.

— Bien sûr.

— En quoi est-ce important qu'il y ait ou non un informateur ? En supposant qu'il y en ait un.

En effet, pensa Stern.

— Vous ne croyez pas que la personne visée a le droit de connaître l'infraction qu'on lui reproche ? (Il avait failli l'appeler par son prénom, mais il n'était pas à l'aise avec « Sonia » et il pensait qu'il serait trop guindé de revenir à « madame Klonsky ».) M. Hartnell est-il obligé de se tourner les pouces pendant que le gouvernement décide qu'il peut prendre un bout de papier ici et un autre là, jusqu'à ce qu'il ait son affaire et qu'il soit prêt, au sens propre du terme, à détruire le gagne-pain et la vie de mon client ?

— Je ne vois pas en quoi ça le gêne d'attendre, maintenant.

— Il pourrait vous aider. Si je comprenais ce que raconte votre indic, j'aurais peut-être moi aussi des informations pertinentes à vous livrer.

— Et la possibilité d'identifier les témoins à l'avance, d'essayer de les influencer, et de faire de votre mieux pour contrôler le flux d'informations.

Il la dévisagea une seconde.

— Exact, dit-il alors doucement.

Mais il ne put s'empêcher de prendre un instant un air renfrogné. Les petits rigolos du barreau avaient raison à son propos. Non qu'elle se trompât dans son estimation de ses intentions ; très peu, en fait. Mais il y avait une certaine naïveté dans sa manière de croire qu'elle allait pouvoir lui mettre des bâtons dans les roues. Qu'elle en eût conscience ou pas, elle était engagée dans une bagarre, dans un procès, et pas dans la quête du Saint-Graal ! Lorsqu'elle convoquait des témoins effrayés dans la salle où siégeait le grand jury, et qu'ils n'avaient pas droit à l'assistance de leurs avocats, lorsque l'idée de chaque indiscrétion, de chaque erreur, les effrayait comme un vrai croque-mitaine, ces gens se montraient serviles et désiraient avant tout plaire aux procureurs — et cela, pour Klonsky, n'avait pourtant rien à voir avec une *influence* sur les témoins... A ses yeux, c'était simplement la justice au travail. Mais si l'avocat d'un accusé s'adressait aux témoins, étudiait leurs déclarations et essayait de comparer leurs souvenirs, alors on frisait la subornation. Le problème était simple : elle était encore nouvelle à ce poste. Pauvre Sonia Klonsky ! Quarante ans passés et encore tant de choses à apprendre. Il était un peu déçu.

— Vous êtes en colère, dit-elle.

— Mais non.

— Je n'ai pas suggéré que vous pourriez faire quelque chose de contraire à l'éthique.

— Et je ne l'ai pas entendu comme ça.

Stern prit son temps pour ouvrir ses mallettes et en retirer des documents dont les bords étaient noircis par le photocopieur. Klonsky avait l'air encore étonnée par le changement d'humeur de son interlocuteur.

— Je pensais que... (elle agita la main)... nous étions en train de discuter.

— Nous sommes en désaccord, répondit Stern. Considérez cela comme une histoire d'obligations, de rôles respectifs que nous devons tenir... (Il se leva.) Quelle direction dois-je m'attendre maintenant à vous voir prendre ?

Elle l'observa en silence.

— Je ne suis pas satisfaite, Sandy.

Comment diable Stan Sennett avait-il pu confier ce poste à cette femme ? Avait-elle envie de jouer un psychodrame devant le grand jury ? Elle était si bizarre ! Il avait du mal à l'admettre, mais elle possédait un certain magnétisme. Son sourire, surtout quand elle le faisait malicieux, était attachant ; dans ses yeux se lisait une intelligence profonde et sérieuse. Mais ce qui venait de se passer, à l'instant, le mettait mal à l'aise. Avec Sonia Klonsky, on avait l'impression qu'en dépit de son calme de femme prête à tout, une partie d'elle-même frôlait toujours l'hystérie. Il y avait chez elle quelque chose de tourmenté, d'explosif, d'incontrôlé, d'inconnu. D'ailleurs, cela était émouvant aussi, d'une certaine façon — une femme de quarante ans passés qui planait toujours comme une adolescente.

— Madame Klonsky, dit-il, il n'est vraiment pas nécessaire de s'abandonner au désespoir. Je vous promets que nous resterons en bons termes.

A ces mots, il lui tendit la main. Mais elle ne la prit pas et se laissa aller contre le dossier de son siège, puis avec un air toujours mécontent et troublé, elle ouvrit bruyamment un tiroir.

— Il y a autre chose, fit-elle. Puisque vous représentez M. Hartnell, nous ne pouvons accepter de vous notifier lorsque nous assignons d'autres témoins, chez MD. Les risques de contrariétés d'intérêts sont trop graves.

Il réalisa qu'il se passait quelque chose de nouveau. Klonsky était en train de lui expliquer qu'elle allait bientôt s'intéresser aux employés de Dixon, dans l'espoir de les faire témoigner contre leur patron. Cela voulait dire que si le gouvernement s'engageait dans cette voie, chacun d'eux serait obligé d'avoir un avocat différent. C'était la tactique habituelle des procureurs. Diviser pour régner. Sous le couvert de l'éthique professionnelle, ils essayaient de s'assurer que tous ceux qui avaient peut-être quelque chose à leur confier ne seraient pas influencés par l'avocat de l'accusé. Stern approuvait de tout cœur ce respect de l'éthique, mais estimait que le droit de décider s'il risquait d'y avoir des contrariétés d'intérêts en première instance lui appartenait à lui, et non au procureur des États-Unis. Il protesta, mais Klonsky reprit son air sévère, interdisant ainsi toute discussion supplémentaire.

— De toute façon, dit-elle, Stan pensait qu'une copie de cette assignation devait vous être délivrée à vous aussi. Par politesse. (Elle ouvrit une chemise en papier bulle et en sortit un feuillet, qu'elle lui tendit.) Nous lui avons accordé un long délai, presque un mois. Vous aurez donc assez de temps pour l'aider à trouver un autre avocat.

Stern acquiesça en silence. Lorsqu'il la regarda de nouveau, elle remplissait une signification d'acte au dos de son exemplaire du dossier, indiquant à qui et à quel moment l'assignation avait été remise.

Stern pensa, avec un soudain désespoir, qu'il avait fait preuve de bien trop d'optimisme, en se moquant de cette jeune femme si capable, et en essayant de sonder son caractère. Et maintenant, voilà. Il se sentait presque paralysé, tandis qu'il regardait son assignation. Il maudissait Dixon et ses méthodes nécessairement compliquées. A la façon dont cette affaire était traitée — Klonsky était claire —, Stern soupçonna immédiatement ce qui se tramait.

— Vous avez l'intention d'entendre d'autres employés du bureau des commandes ? lui demanda-t-il, comme si de rien n'était, espérant qu'elle ne saisirait pas l'importance de cette question.

Elle fit non de la tête en continuant à écrire. Stern sentit immédiatement que la situation s'aggravait. Il n'avait pas encore reçu les récépissés des transactions que Margy avait promis de demander pour lui à Kindle, mais il devinait maintenant ce qu'ils allaient révéler. Dixon n'avait pas appelé n'importe qui au bureau des transactions pour traiter en amont des clients, comme Margy l'avait imaginé ; cela, apparemment, lui aurait fait courir trop de risques ; un petit malin moins docile aurait pu protester. Mais non : Dixon avait passé ses ordres à un unique idiot complaisant — le seul à qui la justice voulait parler, désormais. Et bien sûr, sa fille avait épousé ce gars-là. Stern plia l'assignation en trois parties égales. « John Granum » avait été tapé à la machine sur les parties en pointillé prévues pour les noms et les adresses. Son beau-fils avait maintenant une date précise pour témoigner devant le grand jury. La ruse de Klonsky, son inquiétude de voir influencer les témoins importants devenaient plus compréhensibles.

— Il est visé ? demanda Stern.

— Peut-être qu'il a quelque chose à nous dire.

— L'immunité est-elle possible ?

— Je pense. (Elle baissa les yeux, une fois encore. Elle en disait trop.) Je comprends où est votre intérêt, Sandy. Mais cette conversation serait plus appropriée avec quelqu'un qui le représente. Comme je vous l'ai dit, c'est une politesse envers vous. Stan ne voulait pas un autre incident comme celui qui s'est produit chez vous.

— C'est très aimable à vous, dit-il. Je vous remercie tous les deux.

Il ne voulait pas avoir l'air spécialement brutal, mais il avait le sentiment de perdre de plus en plus le contrôle de lui-même.

Klonsky le regarda d'un air triste. Il voyait ce qu'il représentait à ses yeux — un veuf au foyer naufragé avec, en plus, un énorme problème familial.

Elle avait pitié de lui — mais cela n'avait vraiment rien à voir avec ce qu'il était venu chercher ici.

Il sortit du bureau et attendit l'ascenseur, qui arriva, s'ouvrit puis refusa de bouger. Stern, encore en colère, posa ses mallettes vides et pressa sur tous les boutons. Montée. Descente. Porte ouverte, porte fermée. Le nouvel immeuble fédéral avait été terminé dix ans plus tôt, et le maire Bolcarro avait arrosé du bout des doigts ses vieux copains avec les contrats de construction, un peu comme on saupoudre une pâtisserie. Au départ, il s'agissait d'un palais de justice, mais les juges, après une brève période d'occupation des lieux, émirent des injonctions et des ordres divers et se réinstallèrent d'eux-mêmes dans l'ancien Federal Square Building, de l'autre côté de la rue.

Rien ne marchait, ici. Les ascenseurs. Le chauffage. Par grand vent, ou lorsqu'il faisait très froid, les fenêtres éclataient et arrosaient les passants de débris de verre... L'achèvement de la construction avait pris six ans, et dix ans plus tard, tous les litiges n'étaient pas encore réglés. L'architecte, les ingénieurs, l'entrepreneur général et pratiquement tous les fournisseurs qui avaient eu quelque chose à voir avec ce chantier étaient co-plaignants, co-accusés, ou parties croisées dans quatre ou cinq procès différents. De temps en temps, Stern voyait arriver le troupeau des avocats pour les différents appels des causes. Ils se tenaient devant le juge, vingt ou trente personnes à la fois qui jouaient des coudes et se chamaillaient. Lorsque le froid arctique envahissait la ville, l'immeuble devenait si glacial que, durant les brèves périodes où la cour y siégeait, un juge fédéral montait sur l'estrade avec des mitaines et indiquait aux avocats qu'ils n'étaient pas obligés d'ôter leurs chapeaux.

Finalement, cette fichue boîte d'acier accepta de bouger. Ensuite, elle s'arrêta à chaque étage. Stern, qui avait rendez-vous pour déjeuner avec Radczyk, bouillonnait, au bord de l'explosion. Dixon. John. *Gevalt!* Quel horrible gâchis avait fait son beau-frère !

Il était presque l'heure de déjeuner, l'étroite cabine était comble. Les ascenseurs, naturellement, étaient trop justes par rapport à la fréquentation de l'immeuble. Dans l'état d'agitation dans lequel il était, Stern, écrasé contre la paroi du fond, ne réagit pas immédiatement lorsqu'une femme, une grande brune d'une trentaine d'années, se recula, si bien que leurs corps se touchèrent — ce qui était, à vrai dire, une manière bien délicate de décrire la chose : elle ne l'avait pas frôlé, ni écrasé par inadvertance ses orteils avec ses talons aiguilles. Non, elle avait juste placé la raie de ses fesses contre sa main. Le Sandy Stern qu'il était un mois plus tôt aurait-il poliment déplacé sa main ? Évidemment. Mais aujourd'hui, il n'en fit rien ; il était certain qu'elle le prenait pour la cloison. A l'arrêt suivant, l'ascenseur trembla sur ses câbles et se balança insensiblement. Chercha-t-elle une meilleure position en se reculant encore plus ? C'était ce qu'il semblait. Stern, alors que les étages défilaient, se trouva-t-il presque involontairement en train d'incliner la main selon l'angle le plus subtil ? Oui, il le fit. Si bien qu'au quatrième étage, ses doigts — deux ou trois — étaient délicatement pressés contre la raie de son derrière, les plis vaporeux de sa robe verte et les élastiques de son sous-vêtement. Grâce au mouvement normal de la cabine, cette position lui permettait la plus discrète des caresses chaque fois que la machine tressautait à un arrêt.

Stern essaya d'étudier cette jeune femme qui lui tournait le dos. Faisait-elle partie de tous ces gens qu'il croisait au tribunal ? Une avocate qui se donnait du bon temps d'une drôle de façon ? Il ne la reconnut pas. Elle avait les yeux verts ; une de ses joues avait de petites taches sombres. Elle était de la partie, pensa-t-il, avec sa coûteuse robe de soie et son attaché-case. A chaque arrêt, elle paraissait se pencher un peu plus en arrière ; l'expression de son visage restait abstraite, mais à moins d'être paralysée, il était impossible qu'elle n'eût pas remarqué ce qui se passait. Au rez-de-chaussée, elle se laissa aller de tout son poids contre lui, si bien que, pendant un instant très bref, sa main s'emboîta confortablement entre ses fesses et — était-ce possible ? — fut même vaguement pressée juste au moment où la femme se déplaça pour sortir de la cabine. Passé le seuil métallique, elle tourna la tête pour s'orienter et quand ses yeux croisèrent ceux de Stern, elle eut une expression trop indéfinie pour que l'on nommât cela un sourire. Tout en s'éloignant, elle se pencha un peu en arrière et donna une petite secousse à sa jupe pour la libérer de la raie de ses fesses où le tissu s'était collé.

Étourdi et excité, impressionné et même inspiré par cette effronterie, Stern sortit à son tour de l'ascenseur et entreprit de la suivre. C'était donc ainsi que vivaient les hommes et les femmes, aujourd'hui ! Cincinnatus avait été rappelé de ses champs pour retourner au combat, réarmé, remis en selle, chargé de la guerre et de la tactique. C'était la même chose pour Stern — excepté que Cincinnatus avait été un héros et un officier dans sa jeunesse alors que Stern n'avait jamais été rien de plus qu'un simple soldat... Au cours des quatre derniers jours, il venait de connaître davantage d'expériences sexuelles que pendant toute son existence. Et il ne pouvait se dissimuler son plaisir. Le doux interlude qu'il s'était offert avec Margy l'avait revivifié, comme de l'eau sur une plante assoiffée : dans tout son être, il sentait la puissance de sa vitalité. Pas étonnant que les gens fissent si facilement des folies. S'il ne l'avait jamais su, maintenant il le comprenait : c'était la fête. Comment continuer ce genre d'aventures ? Un café ? Une chambre d'hôtel ? Et ensuite, que se passait-il ? Stupéfait de sa propre attitude, ses mallettes à la main, il suivit la jeune femme le long d'un pâté de maisons, puis il se souvint de son rendez-vous avec Radczyk. Pas une seule fois elle ne se retourna ; apparemment, son plaisir était d'allumer les hommes. Et lorsque Stern s'arrêta enfin, il n'avait toujours pas une idée bien nette de ses propres désirs. Il ne savait pas de quels excès il était capable ; il pouvait lui pousser des ailes et il se mettrait à voler ; il pouvait danser tout nu au carrefour ; il se sentait comme une bulle légère montant dans l'air, une fine enveloppe emplie de l'excitante apesanteur de la liberté.

12

Au bord de la Kindle, près des docks situés sur la rive de Kewahnee, s'était développé un véritable monde souterrain. Chaque fois qu'il descendait les escaliers de fer depuis les boulevards, au-dessus, Stern éprouvait une sensation de chute ; cela s'expliquait sans doute en partie par le fait de se retrouver dans l'obscurité en plein jour. Ces jetées où les mariniers déchargeaient leurs cargaisons de fruits, de riz, ou de charbon qui arrivaient du Sud avaient eu une importance économique pour Kindle County jusqu'aux premières décennies de ce siècle. Dans les années 20, les entrepreneurs locaux, pleins de l'improbable espoir que les trois cités, comme une Cendrillon urbaine, pourraient être transformées et ressembler à Paris, décidèrent d'oublier les docks. On étendit alors le centre-ville de Kewahnee en plantant des piliers de béton jusque dans les rives sablonneuses de la Kindle ; on traça de grandes routes et on éleva de modestes gratte-ciel. En dessous, dockers et bateliers continuèrent à travailler dans un monde où la lumière du jour parvenait à peine, tandis que la foule des costards-cravates se bousculait à la surface, faisant des affaires et des procès, achetant et vendant la main-d'œuvre et les marchandises que l'on distribuait en ville depuis l'obscurité inférieure.

A cette époque, ce secteur, connu sous le nom de Lower River, était un endroit inquiétant, avec la violente lueur jaune de ses lampes à soufre. A l'origine, les entrepôts des transporteurs avaient été implantés dans une zone parallèle aux rues pour distribuer ce que les péniches débarquaient — puis, finalement, cette activité supplanta le trafic fluvial. Les lieux étaient désormais perpétuellement jonchés de détritus et de cageots. L'air retentissait des pneus lancés à toute allure sur les routes et des vrombissements de la circulation, loin au-dessus. Pendant des années, c'était là, aussi, que l'on se débarrassa des cadavres et que l'on vendit de la drogue. La rumeur disait que les marchandises illégales continuaient à circuler en ces lieux. Au début de sa carrière, Stern était toujours fourré dans le coin, sur la scène d'un crime ou d'un autre ; il y avait toujours un millier de gens qui passaient par là, mais personne n'avait rien vu — une situation généralement bien plus frustrante pour la police que pour lui.

Plutôt que de se frotter aux embouteillages de midi, Stern avait franchi le pont à pied ; il transportait toujours ses deux grosses mallettes vides. Il retrouva Radczyck dans un endroit nommé Wally. On n'y avait pas vraiment une vue panoramique. Comme dans tous les établissements de Lower River, on entrait par-derrière, là où les fenêtres donnaient sur la rivière — qui n'était pas accessible autrement —, et sur les piliers et les soutènements métalliques des routes. A l'horizon, perçaient quelques rares rayons de lumière qui, suivant la position du soleil, éclairaient parfois la surface de l'eau couleur ardoise, suffisamment en tout cas pour révéler la boue et les déchets industriels qui y flottaient. Radczyk était assis à une table, il fumait une cigarette et, pour une raison connue de lui seul, il était en train d'examiner sa chemise lorsque Stern arriva.

— Ah, Sandy !

Le visage campagnard et rubicond du flic s'illumina à sa vue. Stern ne parvenait toujours pas à s'expliquer cette cordialité qui le mettait mal à l'aise. Radczyk lui avait téléphoné ce matin-là pour lui dire qu'il avait quelques informations pour lui. Il lui avait proposé de le retrouver chez Wally, un restaurant où traînaient volontiers les policiers, ce qui convenait parfaitement à Stern, qui n'avait aucune envie de le rencontrer au commissariat. En ces lieux, Stern fut encore plus impressionné par la carrure de l'homme que lorsqu'il l'avait vu chez lui. Radczyk tenait à peine sur sa chaise, une silhouette formidable qui donnait l'impression de se rétrécir lentement avec l'âge. Il portait un manteau de sport en tweed et cette chemise de golf rouge vif qu'il regardait lorsque Stern était entré. Il lui expliqua que c'était un cadeau que ses gosses lui avaient fait à Pâques.

— Vous avez vos petits-enfants qui se ramènent et qui mettent la piaule sens dessus dessous. Et vous êtes ravis quand vous pouvez les renvoyer chez eux...

Stern lui adressa un sourire aimable. Il lui vint à l'esprit que lui aussi, bientôt, pourrait formuler ce genre de plaintes affectueuses. Mais aujourd'hui, cette perspective lui paraissait nettement moins réconfortante. La pensée de John lui fit mal une seconde.

— Alors ? dit Stern. Vous avez réussi ?

Il voulait ramener Radczyk au sujet. C'était le genre de personnage à bavarder de tout autre chose.

Le vieux policier plongea la main dans une poche intérieure de son costume et en ressortit une seule feuille de papier grisâtre — une photocopie. Il mit ses lunettes et considéra le bout de papier comme s'il le voyait pour la première fois. Puis il retira ses lunettes et désigna sa tempe du doigt, à l'intention de Stern.

— Vous avez eu l'idée de parler avec ses médecins ? C'est ce que je ferais, si j'étais vous.

Stern, de nouveau, ressentit cette même contrariété qui l'avait déjà envahi en sortant du bureau du procureur des États-Unis. Pourquoi perdait-il son temps avec ce flic ? Il était vieux, et sans doute n'avait-il jamais été très compétent... On pouvait lui faire confiance pour suggérer un point de départ par lequel Stern était déjà passé. Celui-ci ne parvint pas à dissimuler totalement son irritation.

— J'ai bien peur, hélas, d'avoir déjà suivi cette piste, dit il.

— Ça vous embête si je vous demande ce que ça a donné ? fit Radczyk.

— Le médecin personnel de ma femme m'a assuré qu'il n'avait pas prescrit cet examen. Et j'ai été incapable de découvrir qui avait bien pu le faire.

— Hum... (Radczyk se perdit de nouveau dans la contemplation de sa photocopie.) Je n'ai pas de nom, ici. Je suppose que j'aurais dû poser la question quand j'étais là-bas.

L'idée que l'identité du médecin aurait pu être d'une quelconque utilité semblait lointaine à Radczyk, comme la notion de la vie sur d'autres planètes. Stern avait de plus en plus de mal à se contenir.

— Vous êtes allé à Westlab ?

— Oh, bien sûr ! J'ai fait exactement comme je vous avais dit. Suis parti là-bas, j'ai déniché la directrice, vous savez, et je lui ai montré mon étoile. Chouette fille. Liz quelque chose. Très professionnelle. Une petite nénette mexicaine ou italienne, vous voyez le topo. Je lui ai dit que c'était une enquête de routine. Lui ai demandé ce qu'ils avaient comme dossiers. Elle m'a tout montré dans son bureau, sans problème. M'a donné une copie des résultats de l'examen.

Radczyk brandit la feuille et, de l'autre côté de la table, sans y avoir été invité, Stern s'en saisit en silence.

Une serveuse avec un air de chien battu s'approcha d'eux avec son bloc vert et leur demanda simplement :

— Pour vous ?

Stern passa sa commande tout en étudiant la photocopie de Radczyk. Un en-tête de Westlab sur la moitié de la feuille. Sur le reste, des chiffres d'ordinateur. Des nombres. Des codes. Un mélange incompréhensible. Stern se sentit tellement frustré qu'il grogna presque.

— Est-ce qu'ils vous ont dit, lieutenant, à quoi servait cet examen ?

— Sûr, répondit Radczyk. Culture de virus.

Il récupéra le papier et son ongle sale se posa sur une petite case cochée.

— Un virus ? s'étonna Stern.

Radczyk acquiesça d'un signe de tête.

Clara avait consulté un médecin à propos d'un virus. C'était donc cela, le résultat de deux mois de recherches ! Sa femme avait un rhume. Une toux qui durait. Pas étonnant qu'elle n'eût dérangé que Peter. Il eut un petit sourire. Malgré la douleur qu'il ressentait, c'était burlesque.

— Et ils n'ont rien ajouté d'autre ? demanda Stern.

Radczyk semblait ailleurs. Il considéra Stern avec son air gentil et enjoué et se pencha vers lui.

— Vous ne vous souvenez toujours pas de moi, n'est-ce pas ?

Stern, qui en temps normal aurait tout fait pour éviter d'admettre une chose si peu flatteuse, se contenta de hausser les épaules. Il avait trop de bon sens pour essayer de raconter des histoires à un vieux flic.

— C'est bien ce que je pensais..., reprit Radczyk. (Il se pencha davantage.) Marv Jacoby.

Tout revint à Stern d'un coup.

— Le frère..., dit-il. (Et il pensa : *l'orphelin.*) Y a pas mal de temps.

Content comme un gosse que l'on ne l'eût pas oublié, Radczyk le regarda en souriant.

— M'ont pas encore arraché mes galons de sergent...

C'était donc l'orphelin ! Stern se rappela instantanément toute l'affaire. Radczyk avait été élevé par son grand-père, qui tenait un kiosque à journaux, une de ces cahutes de tôle, au coin d'une rue. L'hiver, ils se chauffaient en faisant un feu dans un bidon d'huile. Un jour, deux voyous du coin, à la recherche de trois sous, tentèrent de dévaliser le grand-père et, finalement, ils l'abattirent d'un coup de revolver. Le flic qui faisait la ronde, ce jour-là, se nommait Harold Jacoby — les juifs ne montaient pas en grade, à cette époque. Il ramena le petit-fils chez lui et l'éleva avec ses propres gosses. Harold avait deux enfants naturels, Stern s'en souvenait. Ils devinrent policiers tous les trois. Ray Radczyk était l'aîné. Eddie finit par laisser tomber les forces de l'ordre et partit pour la Californie, où il s'en était bien sorti dans le gardiennage. Ce fut le plus jeune, Marvin, qui fut le client de Stern.

Bon Dieu, quelle brute c'était! se rappela Stern. Toujours à mâcher du chewing-gum et à sortir des vannes. Il avait de petits yeux noirs, et, comme on dit dans la rue, *il frimait*. Du jour où il eut son étoile, Marvin fut un mauvais flic. Et il fut un crève-cœur quotidien pour Ray qui avait pris sur lui de s'en occuper, à la mort de Jacoby.

Une douzaine d'années plus tôt, certains officiers de police, mécontents des habituelles rivalités entre services, commencèrent à rassembler des preuves des méfaits commis dans un quartier de la ville, North Branch. Une action qui n'exigeait nulle intrépidité. La North Branch était ouverte à tous les vents : des flics qui touchaient des pots-de-vin, des responsables des libérations sous caution qui réglaient des affaires, des juges qui se laissaient acheter. Marvin n'était pas le pire, mais c'était l'un des moins populaires, et lorsque Stern le rencontra, il avait été assigné à comparaître devant un grand jury d'État, qui voulait vérifier s'il avait effectivement été mensualisé par certains trafiquants de drogue pour les prévenir lorsqu'il y avait une descente de police.

— J'ai toujours une dette envers vous pour tout ça..., dit Radczyk.

Stern secoua la tête. Ça n'avait pas été grand-chose. Il avait simplement appuyé sur les points sensibles.

Comme au jiu-jitsu. Il avait rendu des visites discrètes à certains politiciens, dont il estimait que les alliances auraient été mises à mal par des dégâts dans le nord de la ville. Le procureur du comté, Raymond Horgan, qui avait des amis comme tout un chacun, avait jugé qu'il valait mieux en effet étouffer l'affaire. Radczyk avait été démesurément reconnaissant des efforts de Stern. Il avait assisté à chacune de ses visites auprès de Marvin, inquiet comme une maman ; à l'époque, il était aussi volubile que maintenant. Marvin était simplement assis, en uniforme, à faire claquer son chewing-gum, tandis que Ray Radczyk réinterprétait chaque remarque et se battait pour que Marvin fût disculpé. Il paraissait déterminé à ne pas croire le pire, comme le grand frère dévoué que chaque homme aurait dû avoir. Mais rien de tout cela n'avait beaucoup aidé Marvin que l'on découvrit, quelques années plus tard, dans le coffre d'une voiture ramassée par la fourrière sur un parking du North End. D'après ce que Stern avait appris, Marvin était nu comme un ver, et il avait des trous noirs de brûlures faites avec un chalumeau dans les parties.

Stern lui dit qu'il n'avait peut-être pas été d'un bien grand secours pour Marvin, finalement.

— Vous lui avez donné une chance, dit Radczyk. Il n'avait que vingt et un ans. On ne peut pas ne pas donner une chance à un type. (Stern et lui méditèrent un instant en silence sur cette observation. Puis Radczyk poursuivit :) J'aurais dû me douter qu'il ne f'rait jamais un bon flic, bon Dieu ! Je ne sais même pas quel genre de flic j'ai fait, moi.

Absorbé dans ses tendres réflexions, il eut un pauvre sourire. Il y avait quelque chose d'inévitablement touchant dans cette confession — sa réelle simplicité. Radczyk approchait de la retraite, et il doutait toujours de ses idées fondamentales. Stern ne partageait pas ce genre d'angoisses. Il ne se demandait pas s'il était à la hauteur de sa vocation et n'avait aucun regret sur ce qu'il aurait pu réaliser en s'acharnant davantage. C'était les coûts de cette espèce de dévouement qu'il tentait maintenant d'évaluer. Cette idée le ramena à leur point de départ. Il chercha ses deux mallettes des yeux et se leva.

— Je vous remercie pour l'excellent travail que vous avez fait sur cette affaire, lieutenant, dit-il. J'ai une dette envers vous.

Apparemment toujours perdu dans ses souvenirs, Radczyk jeta un regard triste et hésitant à Stern et, pour la première fois, ne fit aucun commentaire.

— Ma femme avait un virus, au fait ? ajouta alors Stern.

Il se demanda si la lueur à la poursuite de laquelle il s'était lancé était encore loin.

Pour lui répondre, Radczyk lui montra la photocopie. Il avait posé son gros doigt sur la partie du formulaire réservée aux résultats. Stern loucha pardessus la table : « HSV-2 positif. » Lorsqu'il regarda Radczyk d'un air interrogateur, le policier haussa les épaules. Ça pouvait signifier n'importe quoi. Charabia médical.

— Peut-être que je devrais retourner là-bas et vous trouver le nom de ce toubib, proposa Radczyk.

Cette fois, Stern remarqua l'éclair d'intelligence qui traversa le visage fatigué mais joyeux de Radczyk, un éclair vif et rapide comme le reflet d'une lame — quelque chose que l'on voit, et puis qui disparaît. Il avait déjà aperçu cette espèce de lueur astucieuse chez Radczyk, et il l'avait laissé passer. Étonnant qu'après toutes ces années il fût encore fasciné par la police, pensa-t-il.

Il posa ses mallettes et se rassit. Il essaya de parler avec précision, comme il l'aurait fait au tribunal.

— Il faut me pardonner, lieutenant, mais je crois bien que vous n'avez pas répondu à ma question.

La bouille réjouie de Radczyk prit brusquement une expression butée. Coincé, il regarda à droite et à gauche, comme pour se donner le temps d'essayer une autre feinte — par exemple demander : « Quelle question ? » Mais il ne le fit pas.

— Ouais, c'est vrai, dit-il finalement. Je n'y ai pas répondu.

— De quel examen s'agissait-il ? insista Stern.

— Oh..., souffla Radczyk. (Il repoussa les dernières mèches agglutinées sur son crâne rougeaud.) C'est ça que le docteur devrait vous dire personnellement, Sandy. Moi, j'aime mieux pas.

— Je vois. Vous refusez de me répondre ?

Radczyk regarda de nouveau autour de lui, lourdaud et malheureux.

— Non, je ne refuse pas, Sandy. Vous me demandez, bon, j' vais vous dire la vérité.

— Alors, c'est quoi ?

Le visage usé de Radczyk semblait tout mou et vidé de sa substance.

— Herpès, dit-il enfin.

— Herpès ?

— J'ai demandé à la dame. C'est ce qu'elle m'a dit. Herpès. (Il essuya sa bouche d'une drôle de façon et précisa :) Herpès génital.

Stern se surprit à observer le bois pourri, les cartons en décomposition, l'écume blanchâtre que charriait la rivière sale. Il avait déjà eu cette même sensation récemment, pensa-t-il avec une vaine précision. Quand était-ce ? Puis il se revit en train d'ouvrir la porte du garage... En baissant les yeux, il se rendit compte que sa main était crispée sur le rebord de la table grise pas très propre.

— Examen positif ? s'enquit-il encore.

Bien sûr. Il avait lu ce qui était écrit sur la feuille.

— Sandy, vous interrogez un type qui n'y connaît rien. Je répète seulement ce que m'a dit la dame. Qui sait ? Qui sait de quoi nous parlons en ce moment ? J' retourne là-bas tout de suite et je vous trouve le nom de ce toubib. Ce sera fait en un rien de temps.

— Je vous en prie, ne vous donnez pas cette peine, lieutenant.

— Ça m' dérange pas.

— Vous en avez déjà assez fait.

Bien sûr, Radczyk dut mal interpréter la phrase. Mais Stern était debout devant lui, chancelant, souffrant, et incapable de dire quelque chose pour se rattraper.

Mon Dieu, Clara, songea-t-il.

Il insista pour payer l'addition. Il serra avec solennité la grosse main rugueuse du vieux policier. Radczyk, dans une sorte de geste de conciliation, prit la photocopie et l'enfonça dans la poche du costume de Stern.

Et ensuite, Alejandro Stern s'éloigna avec ses deux mallettes vides, se demandant où, si tôt dans la journée, il pourrait trouver un endroit où être seul.

DEUXIÈME PARTIE

13

Clara Mittler était déjà trop âgée lorsqu'elle fit sa connaissance. C'était en 1956.

Leur relation se développa d'abord dans le cadre favorable du bureau juridique de son père : Stern avait loué une pièce dans les locaux d'Henry Mittler. A cette époque, Stern éprouvait une véritable adoration pour Henry. Vers la fin, il considérait que son beau-père n'était pas assez honnête pour mériter d'être admiré. Mais en 1956, avec sa forte personnalité, parfois volcanique, et, plus sûrement, avec son pouvoir et sa richesse, Henry Mittler se dressait devant Stern — qui sortait juste de l'Easton East School — comme quelque géant de diorama, comme un emblème majestueux des résultats possibles d'une vie passée au service du barreau. C'était un homme de belle taille, avec un estomac formidable et des cheveux blancs coiffés en arrière à partir du front où ils poussaient en forme de V, telle une pointe de flèche ; ses manières étaient, suivant les moments, drôles, érudites, impitoyables. A beaucoup de points de vue, Henry était le plus raffiné des gentlemen. Il collectionnait les timbres, par exemple, et pendant des années Stern le regarderait avec stupéfaction étudier et classer ses petites vignettes, avec ses lunettes et ses pinces de bijoutier. En d'autres occasions, il pouvait se montrer d'une terrible vulgarité. Mais quelle que fût son humeur, il émanait de lui l'aura imposante d'un chef d'orchestre.

Ce nombre impressionnant de qualités et — comme Stern l'apprit plus tard — un mariage avec une femme d'un standing conséquent avaient fait de lui un avocat d'affaires dont la perspicacité et la discrétion étaient appréciées dans la petite — mais fortunée — communauté juive allemande de la cité. Il travaillait pour deux des plus grosses banques indépendantes du centre-ville ; et aussi pour les familles Hartzog et Bergstein qui, en ces années-là, commençaient à peine à conquérir les premiers territoires de leurs futurs royaumes dans le trafic aérien et l'hôtellerie. Henry était devenu adulte à une époque où ceux qu'il servait défendaient encore les ateliers clandestins, l'annihilation des syndicats et les saisies inhumaines des logements — l'empire originel de la richesse, accepté comme faisant partie de l'Ordre des Choses.

Mais le monde avait changé, aujourd'hui : en Amérique, Capital n'était plus synonyme de Pouvoir, du moins d'une manière aussi brutale. Henry, pourtant, ni plus ni moins que ses contemporains, était à l'image de son temps. On s'attendait à ce qu'un avocat d'affaires de son envergure fût un gentleman avec ses clients et un salaud avec le reste de l'humanité. Sept jeunes collaborateurs travaillaient pour Henry dans le vieil immeuble LeSueur dont les pièces en enfilade s'ornaient de lambris et de cuivres Arts-Déco. Diplômé de la faculté de droit, Stern avait répondu à une annonce parue dans un journal juridique et avait loué une pièce à Henry. C'était un arrangement prometteur. Mittler n'allait pas lui-même au tribunal. Il y aurait de temps en temps des affaires pas très importantes qu'il confierait à Stern. Recouvrements, droits de rétention, saisies-arrêts. Petits divorces, peut-être. Accidents de personnes mineurs, contraventions. Cela faisait peu de différence. Si les rentrées étaient assez régulières, Stern pourrait payer son loyer de trente-cinq dollars par mois.

Pour cette somme, Stern avait aussi l'autorisation d'utiliser la bibliothèque de droit de Mittler — ce qui, au début, lui avait semblé une concession importante, bien que les traités aux tranches dorées sur les questions commerciales ne lui fussent d'aucune utilité pour le domaine du droit criminel dans lequel il voulait œuvrer. Et pour le même prix, la secrétaire de Mittler prenait ses communications téléphoniques. Durant les premiers mois, il ne fut pas assez riche pour s'offrir une ligne personnelle. Les appels pour Stern étaient reçus au numéro de Mittler, et Stern pouvait y répondre, pour dix cents la communication, à partir d'une cabine en bois, dans le hall de l'immeuble, trente-deux étages plus bas.

Cet accord, pratique pour Stern, se révéla bientôt inacceptable pour Henry. Mittler n'avait pas à se plaindre de la façon dont Stern s'occupait des affaires qu'il lui confiait, mais il n'avait rien à faire de la clientèle que Stern ramenait du tribunal de simple police dont, une ou deux fois par semaine, il arpentait les couloirs dans l'espoir de racoler des clients. Après deux ou trois tentatives ratées, il avait pu attirer l'attention d'un policier du nom de Blonder; contre cinq dollars pour chaque réussite, Blonder avait commencé à chanter, dans un style lyrique, les nombreux triomphes de Stern et à distribuer sa carte de visite aux détenus que le panier à salade emmenait en ces lieux. Ces clients — chauffeurs de taxi clandestins, voleurs à la tire, ivrognes pris dans des rixes de bar — débarquaient dans les bureaux d'Henry Mittler pour attendre M. Stern, en même temps que le client d'Henry, Buckner Levy, avec son pince-nez et son chapeau mou, le président de la Cleveland Street Commercial Bank. Il n'y avait jamais le moindre incident, mais Henry devenait fou à la vue de ces brutes, qui s'asseyaient là en maillots de corps, fumaient des cigarettes et allèrent même, une ou deux fois, jusqu'à prendre les cendriers pour des crachoirs. A l'époque où Stern commença à rencontrer Clara, ses clients avaient été relégués sur un banc, dans le couloir, tandis qu'Henry envisageait une éviction plus définitive de Stern lui-même. En fait, dans sa crise de rage initiale, Henry lui avait enjoint de se mettre à la recherche d'un nouveau bureau — même si, ensuite, il n'en fut plus jamais fait mention.

Quant à Clara, elle travaillait dans le bureau de son père deux ou trois fois par semaine. La première fois que Stern l'aperçut, il passait dans le couloir : il vit une jeune femme mince, assise bien droite devant Henry Mittler, un bloc sténo vert à la main. Il s'arrêta : il y avait quelque chose de bizarre dans ce spectacle. Elle avait une apparence soignée, et des vêtements de prix — un corsage en soie et une jupe marron de laine fine ; et des perles. Il remarqua alors qu'elle n'était pas installée sur une chaise, mais sur le repose-pieds du fauteuil bergère de Mittler.

— Oui, Stern ?

Henry l'avait vu sur le pas de la porte. Stern, qui n'avait pas eu l'intention de s'arrêter, dit qu'il reviendrait plus tard, mais Mittler était d'une humeur communicative à ce moment-là et il lui ordonna plus ou moins d'entrer.

— Ma fille, lui dit-il, la main levée, tout en regardant autre chose par-dessus son bureau.

Les cheveux de Clara, d'une teinte rousse un peu sombre qui faisait penser au bois de cerisier, étaient courts — une coupe démodée. Son teint pâle était marqué par une ou deux petites taches livides près d'une de ses pommettes. A première vue, Stern ne fut pas capable de dire si elle était jolie ou ordinaire. Son expression, en tout cas, semblait lointaine. Elle lui adressa un signe de la tête sans lui accorder plus d'intérêt qu'elle n'en aurait eu pour un meuble.

C'était sa pipe qu'Henry cherchait.

— Je suppose que vous vous êtes arrangé autrement, maintenant ? dit-il à Stern tout en allumant le fourneau en écume.

— Pas vraiment, répondit Stern.

Des années plus tard, Stern se souvenait encore de la rapidité choquante avec laquelle il avait calculé les avantages qu'il trouverait à gagner les attentions de cette jeune femme. C'était Henry, pourtant, et pas lui, qui avait démarré le processus.

— Stern vient d'Argentine, dit-il à sa fille.

Elle s'illumina.

— D'où ça ? demanda-t-elle.

En 1956, la plupart des Américains considéraient tous les étrangers avec appréhension, quelle que fût leur origine. De l'Argentine, ils ne voulaient pas connaître autre chose que le tango. Stern lui fut reconnaissant de son intérêt.

— Buenos Aires, principalement. Nous avons vécu dans diverses parties du pays. Mon père était capable de transformer la médecine en un commerce itinérant.

— Votre père était médecin ? s'étonna Henry. Vous avez toujours fait croire que vous étiez un pauvre bâtard quelconque sans fortune. Pardon, Clara.

— Vrai, hélas ! dit Stern.

— C'est lui qui va toujours se servir du téléphone dans le hall, ajouta Henry à l'intention de Clara.

— Ah, fit celle-ci.

Le rouge de la honte envahit les joues de Stern. Clara lui prit le bras.

— Papa, tu embarrasses M. Stern.

Henry grimaça. Cela n'avait aucune importance pour lui.

Dès ces premiers jours, certaines choses lui parurent incompréhensibles. Clara était trop sophistiquée, trop riche pour être sténo, et pourtant elle faisait deux ou trois apparitions par semaine, pour taper à la machine et répondre au téléphone. Lorsque Stern passait par là, elle lui adressait un sourire fatigué ;

elle était peu communicative et difficile à saisir derrière son apparence triste et stoïque.

— Vous êtes étudiante ? lui demanda-t-il, sur un coup de tête, un jour qu'il se trouvait dans l'entrée, devant le petit bureau qu'elle partageait avec deux autres employées.

— Moi ? Non. J'ai quitté le collège il y a trois ans. Quatre. Pourquoi me posez-vous cette question ?

— Je m'étais imaginé..., commença Stern.

Mais comme d'habitude, il ne trouva pas les mots qui convenaient.

— Que j'étais plus jeune ? dit-elle.

— Oh, non ! (Cela ne lui était vraiment pas venu à l'esprit, en effet — mais Clara eut un mouvement de recul. Elle s'était mise dans l'embarras en lui révélant cette vulnérabilité.) Je me demandais simplement à quoi vous vous occupiez lorsque vous n'étiez pas ici.

— Vous pensez que j'ai mieux à faire que de taper à la machine pour mon père ?

— Mademoiselle..., répondit-il. (Puis il comprit qu'elle essayait de le provoquer mais qu'elle n'était pas experte à ce petit jeu.) Je suis certain que vous avez beaucoup de capacités.

Elle ne fit pas de commentaire. Il s'éloigna, morose. Vraiment, il n'avait pas de chance avec cette famille. Trois jours plus tard, cependant, elle l'appela alors qu'il passait dans l'entrée.

— Monsieur Stern ?

Il regarda dans le bureau ; il n'était pas sûr que c'était sa voix qu'il venait d'entendre. Elle avait les yeux baissés et tapait à la machine, une grosse masse de fonte noire. Finalement, elle se remit à parler, bien que cela parût déclencher en elle un débat intérieur considérable :

— Dites-moi, monsieur Stern, qu'est-ce que vous pensiez que j'étudiais ?

Oh, mon Dieu ! Quoi encore, maintenant ? *Il*

s'empressa de se rabattre sur quelque chose qu'il jugeait inoffensif.

— Mon idée, c'était que vous étiez musicienne.

Elle rayonna immédiatement.

— C'est mon père qui vous l'a dit.

— Non, fit Stern, terriblement soulagé.

— Vous aimez la musique ?

— Beaucoup.

Ce n'était pas vraiment un mensonge. Qui pouvait prétendre qu'il n'aimait pas la musique ? Elle lui expliqua alors qu'elle étudiait le piano depuis des années ; elle cita des compositeurs que Stern ne connaissait que de nom. Ils se mirent vaguement d'accord pour écouter de la musique ensemble, un jour prochain. Et pourtant, alors qu'il s'éloignait, une fois la conversation terminée, Stern fut frappé de nouveau par la bizarrerie de cette jeune femme. Études supérieures, presque oisive, et une telle sensibilité à fleur de peau ! Quel âge avait-elle ? Vingt-quatre ou vingt-cinq ans, calcula-t-il, un an ou deux de plus que lui. C'était étonnant, même pour un pays comme les États-Unis, qu'elle ne fût pas encore mariée.

La semaine suivante, Henry le fit appeler dans son bureau. En s'y rendant, Stern se disait que son expulsion définitive était proche, mais il comprit immédiatement à la façon dont Henry grognait et piaffait qu'il avait autre chose en tête. S'il avait voulu mettre fin à un contrat entre eux, il l'aurait fait sans la moindre hésitation.

— On ne peut pas les utiliser, lui dit-il. Pauline et moi. (Des billets pour un concert classique. Il les tendit à Stern.) Je suis sûr que Clara aimerait y aller. (Stern était sidéré.) Vous savez, ajouta-t-il, c'est Clara qui m'a poussé à ça. Elle était trop intimidée pour le demander elle-même.

— C'est très gentil, monsieur Mittler. Je suis ravi.

— Pardi que vous l'êtes. Écoutez, je n'ai pas à juger ma fille, bon sang, Stern. Je ne sais pas si cette idée est bonne

ou pas. Vous pouvez penser que Clara est brillante, mais en réalité la moitié du temps elle ne sait pas où elle en est. Pouvez me croire. J'ai promis à sa mère qu'il n'y aurait pas de problème, de ce côté. Je lui ai dit que vous étiez inoffensif.

Un éclair jaunâtre passa dans les yeux de Mittler, qui dévisagea Stern.

Aurait-il dû refuser ? Des décennies plus tard, au plus fort de son chagrin, il était en droit de se poser la question, mais il ne pouvait pas les condamner, Clara et son père, en répondant par l'affirmative. Il avait pris les deux billets, tout en confirmant en un murmure qu'elle ne risquait rien avec lui, en effet. Si quelqu'un avait entendu, il aurait pensé qu'il avait acquiescé.

14

Dès qu'il croisa le regard de Peter, Stern sut que son fils était inquiet — un air qui lui était familier, pas très loin de la panique, qu'il réussit à chasser en un clin d'œil par un effort de volonté. Peter examina sa salle d'attente, pour savoir qui d'autre était là, puis il demanda doucement :

— Qu'est-ce qui ne va pas ?

Stern n'était jamais venu voir son fils à son cabinet. Quand il était interne, Clara et Stern avaient dîné une ou deux fois avec lui à la cafétéria de l'hôpital. Avec sa blouse verte, son stéthoscope dépassant de sa poche, il paraissait indispensable, intelligent, remarquablement à l'aise. Stern avait été frappé par le fait que son fils semblait tout à fait à sa place en ces lieux ; il en fut heureux pour lui ; Peter était si souvent de mauvaise humeur ! Mais, apparemment, ces quelques rencontres n'avaient pas procuré le même plaisir à Peter. Depuis un an et demi qu'il travaillait dans le privé, il n'avait jamais invité son père à venir le voir. Clara, elle, avait sûrement déjeuné avec lui. Mais Stern, aujourd'hui, avait erré un bon moment dans ce quartier de bureaux à la recherche de l'endroit, une HMO assez petite, et pendant tout ce temps, il s'était senti inquiet, certain qu'à n'importe quel moment l'énervement et l'angoisse risquaient de le faire s'en retourner. Ce n'avait pas été le cas. Malheureusement, il avait un besoin précis, un authentique problème.

— Il me faut ton avis sur une question, expliqua Stern à son fils. Quelque chose d'un peu délicat.

Gêné, Peter le précéda dans un labyrinthe de couloirs aux couleurs criardes jusqu'à un petit bureau, pas plus grand qu'une alcôve. Dans cet environnement, Peter avait capitulé devant la banalité. Son bureau était bien rangé, propre, et occupé seulement par quelques gadgets offerts par des sociétés pharmaceutiques : un porte-stylos en onyx, un objet en plastique octogonal qui se révéla être un calendrier. Il y avait une toile de ramie sur un mur, une sérigraphie pas très intéressante, et ses diplômes étaient alignés sur une colonne de plâtre. Sur l'étagère la plus haute, Stern vit la seule photo du bureau, un petit cliché de Clara dans un cadre ovale pris quelques années plus tôt. Il l'avait rajoutée récemment, sans doute. Les hommes de la génération de Peter n'exhibaient pas ainsi des photos de leur mère, même aussi discrètement, tant qu'elles étaient vivantes.

— Alors, de quoi s'agit-il ? demanda Peter. Est-ce que tu vas bien ?

— Plus ou moins, répondit Stern.

— D'après Kate, Claudia raconte qu'on ne te voit pas au bureau, certains matins.

Stern ne savait pas que sa fille et Claudia se parlaient. C'était touchant de les imaginer à discuter de son bien-être — et typique de Peter que leur secret fût trahi ainsi avec une telle désinvolture. Stern n'était pas allé travailler après avoir déjeuné avec Radczyk, et hier non plus, lundi. Aujourd'hui encore, il n'était pas certain de pouvoir échapper à sa torpeur. Mais il n'était pas venu ici pour se faire plaindre. Il dit à son fils qu'il allait aussi bien qu'on pouvait l'espérer, et celui-ci acquiesça d'un mouvement de tête. Une fois épuisées les amabilités, Peter n'était pas forcé de poser d'autres questions à ce sujet.

Stern aurait-il répondu, d'ailleurs, si son fils avait insisté ? Peter lui indiqua une petite chaise rembourrée, où il se laissa tomber lourdement, l'air morose. Non, il n'aurait pas répondu. Quelque part, en son cœur, existait un Peter idéal, le fils que tout homme désirait, fait de sympathies faciles, qui n'avaient nul besoin de mots pour s'exprimer, et d'intérêts semblables à ceux de son père pour toutes les choses vraiment importantes. Mais cette image n'était plus guère qu'une ombre, tellement éloignée du quotidien qu'il n'avait même pas réfléchi à sa forme. Et il devait se débrouiller avec l'homme réel du mieux qu'il pouvait. Il respectait ses capacités : Peter était brillant — il avait toujours été un élève modèle — et d'une grande intelligence. Comme les femmes, Stern avait envie de l'appeler quand il avait un problème. Mais il n'était pas prêt — incapable même de lui offrir quelque chose en retour. C'était cela, la vérité. Voilà, Peter réagissait et Stern se posait, comme une pierre. C'était ainsi, et cela ne changerait jamais.

— Il se passe encore quelque chose avec le testament de Maman ?

— Non, dit Stern.

Il avait conscience de l'impatience dans la voix de Peter, mais celui-ci demandait simplement à son père d'exposer les faits. Dispensateur de soins et de connaissances, Peter était le maître du jeu, en ces lieux. La visite de Stern, à l'évidence, était une intrusion qui lui déplaisait.

— Il y a des questions, Peter, que je dois poser à quelqu'un. J'ai confiance en ta discrétion.

— Des questions médicales, tu veux dire ?

Tout en parlant, Peter s'agitait derrière son bureau, jeune médecin efficace, avec ses cheveux séparés par une raie bien droite et sa longue blouse blanche. Même en comptant Kate, c'était peut-être lui le plus beau des trois enfants. Il semblait être au mieux de sa forme physique, athlétique et mince comme une lame.

— Oui, des questions médicales. Techniques.

— A quoi sert Nate, alors ?

Une interrogation sensée. Stern avait passé le week-end à téléphoner à Nate, qui restait son meilleur conseiller médical. Mais l'actuelle vie privée du Dr Cawley semblait l'avoir rendu aussi peu digne de confiance qu'un adolescent, et Stern en avait assez de lui laisser des messages inutiles.

— Il s'agit d'un problème du genre contemporain, Peter. J'ai pensé que je pouvais te déranger avec ça. Si tu préfères que je revienne une autre fois...

Peter chassa cette suggestion d'un geste.

— Je demandais comme ça. Alors, de quoi s'agit-il ?

Stern sentit sa bouche s'affaisser, comme par avance. Son corps fut en proie à divers malaises. Mais il était décidé à aller jusqu'au bout. Il cherchait des informations pas seulement pour satisfaire un macabre appétit de savoir : au cours du week-end, il avait réalisé aussi que sa propre santé était peut-être en jeu dans cette histoire. Il connaissait d'autres médecins, mais il était difficile d'aller les voir pour des questions de cette nature. Et, finalement, le côté le plus exécrable de son caractère revint à la surface à cause de son fils, et spécialement vis-à-vis des relations de celui-ci avec sa mère. D'un point de vue rationnel, Stern ne pouvait accepter aucun véritable soupçon. Qu'importait Clara Stern ? A un moment donné, le vendredi précédent, il avait perdu toute capacité de prévoir la façon dont elle s'était conduite. Mais aucune femme du rang social de Clara, de son expérience ou de sa réserve, aucune *mère* ne pouvait s'être tournée vers son fils pour soigner un problème de ce genre. Et pourtant Stern était assis dans ce bureau, impatient, entre autres choses, d'en finir avec ses derniers doutes.

— J'ai besoin d'informations.

— Pour toi ?

— Je pose les questions.

— Je vois.

— Considère que j'enquête pour le compte de quelqu'un qui a besoin de savoir.

Peter, comme c'était généralement le cas avec son père, était incapable de dissimuler ses émotions. Sa bouche se crispa avec aigreur pour indiquer qu'il jugeait ce tact stupide. Stern, selon son habitude, n'ajouta rien. Il avait simplement l'intention de poursuivre dans cette voie suggérant qu'un de ses clients, inquiet, avait besoin de ces réponses. Estimant que son fils n'était pas impliqué dans cette histoire, il ne ferait jamais mention de Clara — dans son propre intérêt tout autant que dans celui de Peter. A son idée, cette rencontre ressemblait à une confrontation avec un témoin de l'accusation — une autre de ces dangereuses promenades sur une corde raide, courantes dans la vie d'un tribunal, lorsque l'on expose la répugnante inconduite d'un témoin sans donner le moindre indice que son client fait la même chose.

— Peter, est-ce que dans ta profession tu connais bien la gamme complète des... *(Quel mot devait-on employer ?)* De mon temps, l'expression, c'était « maladies vénériennes », mais je crois qu'elle n'est plus très populaire aujourd'hui.

— Maladies sexuellement transmissibles, précisa Peter.

— Oui, c'est ça, dit Stern.

— Laquelle ?

— Herpès.

Dès que Stern avait abordé cette question, l'attitude de Peter s'était modifiée. Il avait retrouvé son rôle de médecin. Il était assis très droit dans son fauteuil, les sourcils froncés, l'air grave. Mais maintenant que le mot avait été prononcé, ses arrière-pensées semblaient plus compliquées. Il gardait les mains jointes, dans l'attitude typique du médecin, mais ses yeux semblaient changer de couleur comme la surface de l'océan, si bien que Stern eut soudain l'impression fugitive qu'après tout ses soupçons avaient peut-être un certain fondement.

— C'est un sujet qui ne t'est pas étranger ? reprit Stern.

— Non. Quel est le problème ?

— Si quelqu'un est contaminé, dit Stern.

— Oui ?

— Il faut combien de temps avant que la maladie ne se déclare ?

Peter attendit un instant, puis répondit :

— Écoute, Papa. C'est pas le genre de chose avec laquelle on peut déconner. Tu penses que tu as un herpès ?

Stern essaya de rester impassible, mais en son for intérieur, il ressentit tout à coup un mouvement — aussi faible qu'un battement d'ailes. Avec ces jours passés à broyer du noir, ses émotions torturantes, il n'avait pas réussi à évaluer avec précision ce qui sortirait de cette rencontre. Mais à présent ce n'était que trop évident, avec son fils qui le regardait de haut. Ils se connaissaient trop bien, tous les deux. Bien sûr, Peter avait compris immédiatement que son père était la partie intéressée — et comme l'aurait fait n'importe quel médecin, n'importe quel fils, il était inquiet, c'était à prévoir. Si la chose le choquait, c'était que sa mère n'était morte que depuis à peine deux mois et que le père de famille était là, devant lui, à demander un rapport complet sur les conséquences du péché. Le malaise grandissait lentement entre eux, tandis que Stern comprenait que si les choses empiraient il n'aurait pas d'autre choix que de continuer à pousser son fils dans cette fausse direction. Il tenta pourtant une fois encore d'orienter la conversation sur un terrain plus neutre.

— Ce qui m'intéresse, Peter, ce sont les faits essentiels. Une femme est contaminée. Un homme vit avec elle. J'aimerais simplement savoir dans quelle mesure il peut, lui aussi, attraper ce mal.

— Écoute, c'est trop vague, répondit Peter avant de fixer son père de nouveau. Parlons de quelqu'un en particulier, d'accord ? Cette personne, comment sait-elle qu'il y a un problème ?

— Considérons qu'on a une preuve positive. Elle a passé des examens.

— Des examens. Je vois. (Peter s'interrompit un bon moment.) Et tu es au courant ? (Il secoua la tête.) Et l'homme est au courant ?

— Exact.

— C'est cette femme qui le lui a dit ?

Au ton de Peter, il était clair qu'il faisait référence à quelque courtisane dévergondée.

— Comme je te l'ai expliqué, considère que nous possédons un rapport faisant autorité.

— D'accord, fit Peter. Et sa maladie est en phase d'activité au moment du contact ? Le virus se manifeste ?

— Ce qui signifie ?

— Des signes nets de la maladie. Des lésions. Des cloques. Des ulcères. Une éruption.

Stern, malgré lui, eut un léger mouvement de recul. Il n'avait rien remarqué de cela. Mais il comprit alors que ce n'était pas par hasard qu'il ne pouvait pas se souvenir de la date de ses derniers rapports avec Clara.

— J'ai bien peur que mon information ne soit pas aussi précise, Peter.

— Peux-tu demander ?

— Je pense que non.

— Tu penses que non ?

Peter dévisageait son père. Cette contamination hypothétique, Stern le reconnaissait, commençait à donner l'impression que toute l'affaire s'était passée dans la rue. Peter, troublé, regarda ses mains croisées, avant de poursuivre.

— Le virus se communique uniquement par un contact direct avec la peau de quelqu'un chez qui la maladie est déclarée ou prodromique, c'est-à-dire arrivant en fin d'incubation. L'infection apparaît entre deux et vingt jours après le contact. Beaucoup plus fréquemment au cours de la première semaine. Si on l'attrape. Certains individus sont immunisés. Si on dépasse cette période et que l'on n'a pas de symptômes, il n'y a probablement pas de raison de s'inquiéter. Probablement, répéta-t-il.

— Je vois, murmura Stern. (Peter l'observait avec attention pour savoir comment il prenait ces informations.) Et si on est contaminé, combien de temps ça dure ?

— A l'extérieur, l'éruption initiale est habituellement de deux à trois semaines. Mais il s'agit d'une de ces infections virales qui peuvent revenir. Je suis sûr que tu en as entendu parler. La récidive se produit en général entre le septième et le dixième jour.

— Et maintenant, Peter, comment quelqu'un peut-il savoir qu'il est atteint ?

— Eh bien, la première chose à faire, c'est de regarder.

— Regarder quoi ? demanda Stern.

Peter avait posé sa main sur son menton, avec son air revêche. Finalement, il se leva de derrière son bureau et alla fermer la porte. Puis il tendit un doigt vers son père.

— Baisse ton pantalon.

— Peter...

— C'est complètement idiot, ça fait chier. Lève-toi. Allons-y.

Il était bien trop sûr de lui pour permettre la moindre discussion. Stern se souvint soudain de la façon dont il avait envisagé cette rencontre avec son fils : il était si sûr de maîtriser la situation ! Il fut sensible à l'ironie de la chose — ou peut-être simplement déçu.

— Peter..., répéta-t-il faiblement.

— Vite, vite !

Peter claqua dans ses mains. Il se montrait indifférent et efficace. Ses yeux étaient déjà posés sur la ceinture de Stern.

La chose se passa sans incident. Stern commençait à apprendre que les questions concernant le corps étaient terriblement artificielles et irréductibles. Peter se baissa sur un genou et tira une petite lampe de la poche de sa blouse. Il lui donnait des instructions comme un professeur de danse. Gauche. Droite. Fais ci, fais ça. Son comportement médical était d'une froideur aseptisée, et il menait son examen minutieux avec une expression intense et pure.

— Aucune irritation ?

— Non.

— Ça te brûle, des fois ?

— Non.
— Aucun ennui fonctionnel d'aucune sorte ? Miction ? Éjaculation ?
Stern décida d'oublier les remarques concernant les problèmes de l'âge. Il répondit non.
— Pas de pertes ?
— Non.
— Érection ?
J'espère bien, pensa Stern, et il répondit :
— Ça va.
Peter le toucha une fois, avec précision et rapidité, à l'aine, pour examiner les glandes lymphatiques.
L'examen prit fin une fois que Stern se fut tenu avec son sexe en l'air, comme on prend un poisson par la queue, et que Peter eut fait courir sa lampe le long de cette colonne flasque et de son scrotum.
— Tu as l'air normal, dit finalement Peter à son père, tout en lui faisant signe de se rhabiller. (Puis il ajouta :) Attends une seconde.
Il se glissa discrètement hors de son bureau et revint bientôt avec un petit tube en plastique.
— Je voudrais avoir un échantillon, dit-il.
Stern protesta. Était-ce bien nécessaire ?
— Oui, c'est une bonne idée, Papa. C'est rare, mais il arrive que des patients, et surtout des hommes, aient un HSV-2 sans montrer les symptômes habituels. On peut se balader avec une infection de la prostate ou du canal urinaire et finir par la refiler à quelqu'un...
Peter le regarda avec un air plein de sous-entendus, puis ajouta qu'il voulait aussi faire une prise de sang, pour un examen nommé « test de titre de sérum vital », où les niveaux actuels de ses anticorps pourraient être comparés à ceux que l'on trouverait dans cinq ou six semaines, de façon à s'assurer ainsi qu'il n'y avait pas eu d'infection.
— Tout ça est vraiment obligatoire ? répéta Stern.

Peter se contenta de lui indiquer d'un geste les toilettes, au bout du couloir. Stern, obéissant, s'y rendit. Il se tenait dans cet endroit minuscule, tripotant son membre pour le stimuler, expérimentant la difficulté habituelle de l'exécution sur commande. De l'autre côté de la porte, il entendait deux infirmières qui jacassaient sur le compte d'un patient.

Est-ce que Peter était homo ? La question, qu'il se posait souvent, le frappa comme la foudre, et bien sûr comme toujours au moment où elle avait le plus de chances de le mettre vraiment mal à l'aise. Il n'avait pourtant aucun moyen d'oublier cette pensée. Peter avait trente ans et sa mère et ses deux sœurs avaient toujours semblé être les seules femmes de sa vie. Il n'avait jamais vécu avec une petite amie ; en fait, lorsque ses parents le voyaient, il était rarement, sinon jamais, en compagnie d'une femme. Ce qui, d'ailleurs, ne voulait pas dire grand-chose. Qui aurait eu envie d'introduire une étrangère dans l'étrange cercle névrotique que formait sa famille ? Malgré tout, par moments, Stern notait certains signes à sa façon — en amateur et en sectaire : l'attachement exclusif de Peter pour sa mère. Une certaine préciosité. En fait, même cette supposition était vicieuse. Et déplacée, du moins pour quelqu'un de sa famille. La réalité, c'était (et là, au moins, se situait la vérité, avec sa capacité explosive, comme une charge de dynamite placée dans un coffre-fort) que cette idée avait toujours plus ou moins plu à Stern : ç'aurait été un avantage permanent par rapport à Peter. Et bien fait pour lui. Stern, reprenant un peu ses esprits, secoua la tête, tandis que cette vague de ressentiment le submergeait. Aujourd'hui, en ces lieux étroits et malodorants, l'évidence de ses mauvaises pensées était triste et durable.

Lorsqu'il revint dans le cabinet de consultation de Peter, celui-ci l'attendait avec un garrot en caoutchouc et une seringue. Une fois le tube confié à l'infirmière, Peter fit la prise de sang à son père. Stern se concentra sur une autre question qui était obligatoire, il le savait :

— J'imagine que c'est le genre de sujet dont les partenaires devraient discuter ?

Lorsqu'il regarda de nouveau son fils, celui-ci avait la bouche entrouverte et les yeux écarquillés. Incapable de maîtriser sa propre hypocrisie, Stern n'avait aucune idée de l'impression qu'allait produire cette question. Il y avait une femme numéro un qui avait le problème. Et voilà qu'il parlait d'autres partenaires — en utilisant le pluriel. Il venait de passer deux sacrés mois !

— Ce serait judicieux, sans doute, répondit enfin Peter. Globalement. Si le sang réagissait plus vite, j'aurais dit que tu pouvais éviter le problème. Mais cinq, six semaines... (Il secoua la tête.) Vaudrait mieux que tu en parles. Juste au cas où. Tu es tranquille à quatre-vingt-dix-neuf pour cent. Mais s'il y avait une emmerde, tu voudrais qu'elles sachent de quoi il s'agit.

— Je vois, murmura Stern.

Dieu seul savait ce que Margy connaissait à ce sujet, mais l'idée de la mettre au courant l'inquiétait. Il ne pourrait jamais expliquer les véritables données du problème, pas plus à elle qu'à quelqu'un d'autre. Ce serait pour elle une preuve de plus de la mauvaise foi dont sont toujours capables les hommes.

— Et je suppose que pour le moment tu me recommandes l'abstinence ? demanda Stern à son fils, presque avec espoir.

Il avait décidé, au cours du week-end, de faire retraite.

Peter ébaucha un sourire, amusé à l'idée que son père avait encore une vie sexuelle ou, plus vraisemblablement, qu'il avait le droit de faire ce qu'il voulait à ce sujet.

— Bon, la maladie n'est pas déclarée, chez toi. Et

nous saurons bientôt si tu es prodromique ou non. A mon avis, pour l'instant, il suffit d'un préservatif pour assurer la protection de ta partenaire. En gros. Dans la mesure où tu es d'accord.

— Oui, bien sûr.

Il agita la main pour signifier que cette conversation était purement théorique. En fait, il n'en avait plus rien à faire.

Peter récupéra sa seringue, secoua le sang, l'examina, puis revint à son bureau pour prendre des notes. Pendant ce temps, Stern pensait à sa dernière question.

— C'est une maladie qui ne peut pas s'attraper par hasard, n'est-ce pas, Peter ?

Il n'avait pas pu s'empêcher de le lui demander, mais son interrogation sonnait, même pour lui, ridicule et pathétique.

— Parce que c'est comme ça que tu crois que tu l'as chopée, Papa ?

Peter fut incapable de dissimuler son amusement, en le regardant. Cette remarque ne semblait d'ailleurs pas particulièrement fielleuse... Peter était toujours acerbe et sarcastique. Et pourtant Stern réalisa que ses filles avaient des chances d'entendre parler de cette histoire — en partie, du moins. On ne pouvait pas s'attendre à ce que le sens du secret professionnel de Peter allât aussi loin. Cette anecdote piquante était bien trop délicieuse. On ne s'appesantirait pas sur les détails, mais on la raconterait en gros. Kate, par exemple, avait besoin d'être réconfortée. « Tu te souviens du souci que tu te faisais parce que papa se levait tard, le matin ? » Les petits rires, au moins, seraient naïfs — et bien éloignés du problème réel.

— Je ne pensais pas à moi, fit Stern.

— A ta bonne amie, alors ?

Stern acquiesça d'un bruit de bouche. Sa bonne

amie... Peter s'absorba un instant dans l'étiquetage du tube.

— J'aimerais t'aider à conserver tes illusions, mais il y a peu de chances. Si ton amie a été examinée, cela signifie que l'on a effectué une culture virale, et si c'est le HSV de type 2 qui a été identifié, alors la source de contamination la plus probable, c'est le contact sexuel. Tu sais, la vieille histoire du siège des toilettes ne...

Peter ne termina pas sa phrase. Il se contenta de grimacer.

Stern, malgré lui, soupira. Il s'attendait à un verdict de ce genre. La Clara qu'il avait connue était attirante et même, elle acceptait de le reconnaître, elle était devenue encore plus belle avec l'âge. Quand la graisse et les pattes-d'oie, tous les ennuis du vieillissement, s'emparaient des autres, Clara, elle, conservait sa beauté éternelle, calme et majestueuse. Stern l'avait toujours admirée parce qu'à n'importe quel âge, elle avait été plus belle que lui. Mais certaines femmes, des femmes mariées, des mères idéales, se laissaient trop piéger par leurs activités contraignantes — l'éducation, l'organisation, l'action, les soins — pour posséder encore une quelconque aura sexuelle. En trente ans, il ne se souvenait d'aucun moment de véritable jalousie, à cause d'un homme dont les attentions, pour une raison ou pour une autre, l'auraient excitée. Sa vie quotidienne était le contraire du caprice : elle était sur un plan autrement plus élevé.

Ainsi, même plusieurs jours plus tard, les informations de Radczyk restaient un mystère. C'était, d'une certaine façon, au-delà du bien et du mal. L'idée d'une femme de cinquante-huit ans — et bientôt grand-mère — avec une maladie sexuellement transmissible était aussi horrible qu'un monstre de foire. Les pratiques anciennes ne devenaient-elles visibles qu'à la fin de la cinquantaine ? Peut-être avait-il vécu toute sa vie maritale sans s'apercevoir de rien ? Il se refusait à le croire. C'était comme l'idée de la quatrième ou de la cinquième dimension. Au-delà des capacités d'un esprit ordinaire — ou, au moins, du sien. Que l'on nommât cela machisme ou limitation personnelle, il ne pouvait imaginer la femme dont il se souvenait précisément dans les bras d'un autre homme.

Et c'était pour cette raison qu'elle avait fait ce qu'elle avait fait. Dans l'état affreux où il était ces derniers jours — tourment, colère, incrédulité absolue et insultante —, il n'avait jamais perdu de vue ce fait. Elle avait eu l'intention de le ménager. Et cette idée, ce n'était ni du sentimentalisme ni de l'aveuglement. Il avait eu beau réfléchir à tout, la conclusion restait la même. Il y avait une erreur, ici, une déloyauté essentielle — qu'il ne lui aurait peut-être jamais pardonnées, jusqu'à la fin de son existence. Ainsi s'était-elle épargné une grande souffrance. Mais à la fin, sa gentillesse, sa gentillesse fondamentale, restait son étoile, la lumière qui la guidait.

Oh, Clara ! Assis dans son fauteuil, avec sa manche de chemise relevée et son bras qui le picotait encore vaguement, il fut un moment au bord des larmes. Avec cela, sa vie, ou ce qu'il en restait, et ses nombreuses petites illusions disparaîtraient. Il faudrait le dire à Peter — ou celui-ci pourrait le deviner. Il en fut conscient, soudain, et, pris dans les vagues d'un puissant remords, cela lui fut égal pendant un instant. Puis son orgueil reprit possession de lui, avec l'écrasante précision d'une monstrueuse machine-outil, et l'aida à retrouver ses esprits. Il redescendit sa manche de chemise sur le petit morceau de coton que Peter avait appliqué au creux de son coude.

— Et si cette maladie se déclare, demanda-t-il, il n'y a pas de traitement ?

— Si. Un médicament appelé Acyclovir. Pommade

ou pilules. Ça donne de très bons résultats pour réduire la période active de la maladie, et chez beaucoup de gens ça évite même la rechute. En général, le mal se cache dans les ganglions nerveux et attend le moment de montrer son horrible petite tête. Parfois, il ne revient jamais. Et parfois il se manifeste tous les quelques mois, de plus en plus faiblement. C'est le processus habituel. Mais on connaît aussi des tas de variantes cliniques extraordinaires. Des cas aigus. Une violente recrudescence des années plus tard. La partie la plus difficile de la maladie, c'est la phrase prodromique — on est contagieux pendant un jour ou deux avant l'apparition des signes visibles, et à moins d'une culture du virus, on ne peut jamais être absolument certain qu'on ne contaminera pas quelqu'un d'autre. Ça peut mettre une belle panique dans une vie. En plus du fait qu'on est pas bien du tout.

— Oui, murmura Stern, qui ne cessait de penser à Clara.

Avec ce que venait de lui dire son fils, les événements semblaient peser de nouveau sur lui de toute leur densité d'étoile morte. Les faits, les faits. Il avait toujours cru aux particularismes. Eh bien, maintenant, il en avait, il en avait beaucoup. De nombreux faits et, supposait-il, certaines conclusions inévitables.

Il se leva, et sans lui laisser le temps de réagir, s'approcha de son fils et effleura le visage dont la peau était si douce.

— Tu es un bon toubib, Peter. J'apprécie ta sollicitude.

Peter acquiesça d'un signe de tête, sérieux et triste. Il ne quittait pas son père des yeux. Il semblait avoir un don, un sens de la nuance humaine, du pathétique accompagnant chaque maladie, du fil lugubre de la mort. Stern était heureux de le voir si prosaïque. Il y avait rarement de la subtilité dans leur relation.

— Écoute, je suis sûr que tu vas bien, dit Peter. On te surveillera. D'accord ?

— Parfait, fit Stern, en jetant sa veste sur ses épaules. Je te remercie. Et désolé, Peter, de t'avoir embarqué dans une histoire si désagréable.

— Bon sang, tu sais ce qu'on dit.

— Qu'est-ce qu'on dit ? demanda Stern qui était déjà à la porte.

— La vie est pleine de surprises.

Son fils souriait. A l'évidence, il pensait déjà à raconter cette visite à ses sœurs.

15

Comme on pouvait s'y attendre, Dixon adorait la compétition ; depuis des années, il trouvait tous les prétextes possibles pour entraîner Stern à pratiquer avec lui les sports les plus divers. Stern le disait : une réunion de travail avec Dixon signifiait presque toujours qu'on allait suer. Quand Stern était plus jeune, et nettement plus mince, ils jouaient au handball au club de Dixon, en ville. Stern était plus souple que ne le laissait supposer son apparence, mais il n'était pas de taille face à son beau-frère. Plus massif, plus fort et de loin plus athlétique, Dixon ne se lassait jamais de gagner, semblait-il. Pendant la saison, il emmenait Stern pêcher sur le lac Fowler. Stern passait son temps à emmêler sa ligne, et à lancer son hameçon dans les buissons ou les nénuphars ; lorsqu'ils revenaient sur la rive, Dixon décrivait la stupidité de Stern à tous les gens qu'ils rencontraient.

— C'est le seul homme qui soit parti à la pêche et qui ait failli attraper un oiseau. Sans blague ! Un cardinal perché dans un arbre ! Stern a manqué de le prendre à l'hameçon de quelques centimètres !

Stern disait souvent à Clara qu'en réalité c'était lui, le trophée que Dixon voulait voir empaillé et fixé sur un socle.

Désormais, Stern avait réussi à limiter au golf cette rivalité. Il était plus à l'aise avec ce jeu-là. Il se sentait mieux sur terre que sur mer. Mais, comme toujours, il ne s'entraînait pas assez régulièrement pour être un concurrent sérieux face à Dixon qui, lui, était un golfeur émérite. Il aimait les difficultés, les coups où il était obligé de poser un pied dans la fourche d'un arbre ou de réaliser un fade pour éviter un réverbère, et il se montrait particulièrement téméraire ici, sur son parcours habituel. Le golf du Greenwood Country Club avait été dessiné un siècle plus tôt dans les douces collines qui s'étendaient à une soixantaine de kilomètres de la ville. C'est une région de chevaux, de monts couverts d'ormes et de chênes, de peupliers et de pins. L'université d'Easton n'est qu'à dix minutes. Ici, sur les rives du lac Fowler, les riches respiraient un air plus frais et pouvaient se donner l'illusion que la ville qui assurait leur bien-être était loin. Dixon adorait cette existence, comme toutes les autres marques de supériorité, et il possédait sa résidence principale tout à côté, une immense maison en pierre de taille sur une vingtaine d'hectares, au bord du lac.

Ils jouaient avec une voiturette électrique et étaient accompagnés par un caddy. Dixon, en général, avait un ou deux favoris, des gamins en âge d'aller au lycée, des jeunes gens pauvres ; il pouvait les taquiner à propos de leur vie sexuelle, et il leur exposait ses théories golfiques chaque fois qu'il réussissait un tir. Il les traitait avec gentillesse et leur donnait des pourboires énormes à faire honte. Ce jour-là, c'était un dénommé Ralph Peters, un jeune Noir qui vivait à DuSable et faisait une heure et demie de train, tous les week-ends, pour venir au Greenwood Club. L'année prochaine,

Dixon allait lui avoir une bourse pour étudier le golf, car Ralph était le meilleur caddy du club. Et avec Dixon, ce n'étaient pas des paroles en l'air. Si nécessaire, il financerait cette bourse de ses propres deniers. Mais il s'attendait aussi au concert de remerciements et aux diverses marques de respect qui convenaient à un monarque bienveillant.

Stern ne commença à évoquer l'enquête du gouvernement qu'au troisième tee.

— Je suis passé voir Margy, dit-il.

— C'est ce que j'ai appris, répondit Dixon.

Il s'entraînait à son swing, mais Stern crut détecter quelque chose de curieux dans l'expression de son beau-frère. D'un autre côté, il ne doutait pas de la discrétion de Margy.

Ce troisième trou, comme la plupart de ceux de Greenwood, était court et étroit, un petit dogleg d'environ trois cents mètres au milieu des bois. Le green était à droite du fairway, si bien que le trou, dessiné sur le dos de la carte du parcours, ressemblait à un *p* minuscule. Dixon fit un waggle majestueux avec son driver, au-dessus de sa balle, puis joua un pull vers les arbres.

— Et merde ! Bon, Ralph la récupérera. Par là.

Il pointa son driver vers le creux, en contrebas, où Ralph venait de sortir du bois pour indiquer que la balle était localisée.

Stern toucha le sol en tirant son drive, mais sa balle parvint à l'extrémité du fairway. Compte tenu de l'angle, Dixon serait loin. Il appuya sur la pédale de leur voiturette et ils descendirent rapidement la colline. Stern, qui portait un béret écossais, fut obligé de le tenir ; il hurla pour se faire entendre :

— J'ai étudié les dossiers que demande le gouvernement avant de les lui communiquer. Et j'ai examiné aussi ce que je crois que les agents du FBI ont trouvé à Datatech.

— Et ?

— Et je suis inquiet.

Dixon lui jeta un coup d'œil rapide, puis il rejoignit Ralph avec la voiturette.

— C'est là, monsieur Hartnell, annonça celui-ci. Vous feriez mieux de taper fort.

Dixon entrait et sortait des buissons ; Stern ne voyait pas le lie, mais il n'était pas pressé de suivre son beau-frère. Il avait déjà assisté à cela : Dixon faisant des grimaces, marmonnant, discutant avec Ralph avec le sérieux d'un général en campagne.

— Je vais tout rater ! hurla Dixon.

Rien de neuf. On entendait Ralph protester. Il disait à Dixon qu'il ne réussirait jamais son tir. Le soleil étincelait entre les feuillages, derrière leurs deux silhouettes.

Le coup, frappé sur des feuilles mortes et des brindilles, sonna clairement, mais une ou deux secondes plus tard, la balle heurta un arbre avec un son de marimba, puis ricocha dans les cimes, cassa quelques branches et retomba lourdement sur le sol, comme un don du ciel, à vingt ou trente mètres du green. Dixon émergea avec fracas des buissons, juste à temps pour la voir atterrir. Il se retourna et adressa un magnifique sourire à Stern :

— Le coup d'un habitué.

Ralph arriva, avec le club, en secouant la tête.

En regardant Dixon qui traversait le fairway d'un bon pas en direction de la voiturette sans cesser de se féliciter lui-même, un souvenir lui revint, aussi léger qu'un soupir : il revit le jeune soldat qu'il avait rencontré des décennies auparavant, dans le désert, à Fort Grambel, au cours de leur service militaire. Ils s'étaient connus, d'une façon ou d'une autre, dans les baraquements ou les latrines du camp. A ce stade, il aurait préféré se rappeler quelque détail positif, mais il ne se souvenait pas de grand-chose, sinon de ces jugements évidemment faux que l'on porte quand on est jeune. Il avait aimé Dixon, alors ; pire, il l'avait admiré. C'était un de ces grands personnages dominateurs que Stern, lui, ne serait jamais, un gars de la campagne malin comme un singe, un beau parleur avec un accent montagnard et nasillard, qui avait fière allure dans son uniforme, un type large d'épaules, avec le menton en avant et des cheveux frisés d'un blond foncé. A la déclaration de la guerre et à la suite de la mort de sa mère, Dixon s'était engagé, plein d'une formidable ambition. L'armée, avec ses solides traditions, ses médailles et ses légendes, ressemblait au moule d'un lingot. Dixon se considérait comme un héros américain en puissance.

Stern, lui aussi, s'était engagé, mais avec des prétentions moindres : lorsqu'il serait — avec honneur — rendu à la vie civile, il aurait automatiquement la nationalité américaine, ce qui lui permettrait de régler ainsi les perpétuelles préoccupations de sa famille concernant les visas arrivés à expiration. Il avait vingt ans, et il était déjà diplômé de l'université, après avoir traversé à toute allure les années d'études ; c'était un garçon au teint sombre, aux joues creuses, aux épais cheveux noirs, beaucoup plus mince qu'aujourd'hui. A l'armée, il avait été meilleur que ne le supposeraient ceux qui le connaissaient aujourd'hui. Il avait escaladé les murs et porté les sacs sans plaisir, mais il avait l'habitude de résister à l'inconfort, à cette époque. Ses désirs le soutenaient.

Il ne sut jamais ce qui, en lui, avait attiré l'attention dc Dixon — c'était sans doute qu'il sortait de l'université et qu'il avait rapidement été dirigé vers l'OCS[1]. Mais cela importait peu, à vrai dire. Les amitiés militaires naissaient rapidement, et en 1953, un péquenot ou un juif avec l'accent sud-américain avaient un choix d'entrée limité au grand buffet social américain. Une nuit, Dixon et lui s'étaient assis sur un banc et avaient discuté en se repassant une bouteille de Jack Daniel's qu'ils s'étaient procurée en fraude, et un paquet de Camel. De quoi ? Du futur, se rappelait Stern plus ou moins. Chacun d'eux avait ses plans.

Pour Stern, l'avenir était plus proche qu'il ne pensait. Un jour, vers la fin de son service, alors qu'il se préparait à entrer à l'OCS, son commandant lui annonça qu'il était attendu chez lui. Il ne lui donna aucune explication, mais les ordres que reçut Stern avaient une brutalité toute militaire. Sur le formulaire, quelqu'un avait inscrit : « Permission de rigueur — mère dans un état critique. » Elle avait eu une attaque. Lorsqu'il arriva à l'hôpital, elle était paralysée et incapable de parler. Son regard sombre et perdu sembla se fixer sur le visage de son fils, mais il ne sut jamais si elle l'avait reconnu ou non. Moins d'une semaine plus tard, elle était morte et Stern, qui était désormais le seul soutien de Silvia, fut honorablement réformé. Il ne retourna jamais à Fort Grambel. Il laissa derrière lui tout ce qu'il possédait là-bas, ses affaires et son paquetage, les sergents sadiques, l'OCS — et Dixon Hartnell. Et aujourd'hui, plus de trente ans plus tard, Dixon avait pour lui autant de visages qu'un totem indien — mari de Silvia, client important, homme dynamique du commerce local, l'un des rares individus qu'il connaissait bien et dont les réalisations, pensait-il, faisaient manifestement ombrage aux siennes. Il se souvenait rarement de cet adolescent

1. Officer Candidate School, l'école des élèves officiers (*N.d.T.*).

ardent qui s'était attaché à lui d'une manière vaguement suppliante.

Dixon remonta dans la voiturette, encore ravi de son coup miraculeux. Il n'allait certainement pas revenir de son propre gré à cette enquête. Mais comme quelqu'un qui apprend en dormant, il attendait de Stern qu'il le forçât à écouter. Ils en étaient maintenant arrivés à un point où Dixon — un client comme un autre — devait reconnaître qu'il avait des problèmes de plus en plus graves.

— Dixon, il s'agit d'une affaire sérieuse, dit Stern. Ces dossiers sont extrêmement préjudiciables.

— Peut-être que j'aurais dû y jeter un coup d'œil avant que tu les leur transmettes. Certains de ces problèmes auraient pu disparaître, répondit Dixon avec un sourire laconique.

— Dixon, je suggère que tu laisses tomber ce genre d'idées. Si tu suis cette voie, autant te présenter directement à la porte du pénitencier en sautant les étapes intermédiaires. Trop de gens ont vu tes dossiers. La société qui les a mis sur microfiches. Margy. Moi. (Stern lui laissa le temps de se pénétrer de cette idée.) Sans parler de notre copain bavard qui a été le premier à conseiller au gouvernement d'y jeter un œil.

Dixon dévisagea Stern. Ses yeux étaient verts, gris — une couleur difficile à définir.

— Mon truc est arrivé chez toi ? fit soudain Dixon.

Stern mit un instant à comprendre qu'il parlait de son coffre. Il décida de ne pas lui demander pourquoi la présente discussion l'y faisait penser.

— Il est en lieu sûr, répondit-il.

— J'ai fait ce que tu as suggéré. M'en suis occupé personnellement. J'ai même demandé à Margy de signer un chèque à Chicago pour payer le transporteur.

Ce dernier, et c'était caractéristique, avait abandonné le coffre au milieu du bureau de Stern et avait refusé de le porter plus loin. C'était un cube en bronze, d'une trentaine de centimètres carrés, qui devait bien peser dans les soixante-dix kilos. Une semaine plus tard, Stern avait bataillé avec Claudia pour l'apporter où il était à présent, derrière son bureau. Sous le coup d'une impulsion malicieuse, Stern avait commencé à l'utiliser comme repose-pieds.

— Au fait, où est ma clé ? Tu avais promis de m'en envoyer une.

— Bientôt, répondit Stern.

Il allait devoir le rappeler à Claudia, puisque Dixon continuait à vouloir en conserver le contenu secret. Le bouton de chrome et d'acier, sur la porte du coffre, paraissait capable de résister à une charge de dynamite. Stern l'avait examiné à ses moments perdus.

Dixon avait remis la voiturette en marche et se dirigeait à toute vitesse vers la balle de Stern. Celui-ci recommença à tenir son chapeau et à hurler pour se faire entendre dans le vent :

— Je t'avertis, c'est une situation dangereuse.

— Tu as déjà dit ça à d'autres occasions.

— Et j'avais raison. Mais tu as eu de la chance.

— Alors, j'en aurai encore ce coup-ci. (Arrivés près de la balle de Stern, ils s'immobilisèrent brutalement.) Tu ne peux pas faire quelque chose ? Déposer une requête ? Proposer une motion quelconque ?

— Pour l'instant, Dixon, je ne vois aucune motion qui tienne la route. Le premier président Winchell n'acceptera aucune tactique qui viserait à retarder l'affaire. Et il serait idiot de l'énerver, parce que nous aurons sans doute besoin de sa patience plus tard.

Dixon descendit du petit véhicule et alluma une cigarette ; il tourna le dos à Stern et se mit soudain à étudier les bois. Stern poursuivit, néanmoins :

— Dixon, tes dossiers indiquent clairement que

quelqu'un, chez MD, faisait des affaires en amont des plus grosses commandes de tes clients.

Dixon pivota. Avec son menton baissé, il ressemblait à ces lutteurs menaçants que l'on voit parfois sur la couverture des magazines ; le blanc de ses yeux, large et lumineux, était plein d'une colère retenue et mauvaise. Il n'avait jamais aimé être démasqué ; c'était une des nombreuses raisons pour lesquelles Stern avait évité de faire d'autres allusions à Margy.

— Sans blague ! grommela Dixon.

— Je ne plaisante pas. C'était fait très astucieusement. De petites commandes étaient passées sur la Bourse de Kindle juste avant que tu arrives sur les marchés de Chicago avec des ordres importants qui affecteraient les prix partout. Et ces ordres, sur Kindle, étaient toujours rédigés avec des numéros de compte trafiqués, si bien qu'après la liquidation, ils finissaient par être crédités sur le compte des pertes et profits. Une fois équilibrés les achats et les ventes, cela a laissé un bénéfice d'un peu moins de six cent mille dollars. Un procédé génial.

— Six cent mille..., répéta Dixon. (Puis, montrant la balle :) A toi.

Ralph se tenait derrière la voiturette, à respectueuse distance, avec le fer numéro cinq de Stern. Le drive de celui-ci avait dévalé la colline, mais il avait roulé sur la droite du fairway — la mauvaise position pour ce trou-là — si bien que Stern devait jouer sur sa gauche. Il réalisa donc un slice et il se positionna en angle par rapport au trou.

Dixon attribuait la malchance à diverses déités, comme les elfes de la forêt. Le dieu du haricot était responsable des pertes sur le marché boursier. Là, il rendait hommage à la divinité des balles.

— Par le dieu des balles ! hurla-t-il en voyant

Stern réussir à s'extraire de la zone où les arbres étaient le plus touffus.

Ralph se retourna pour suivre la trajectoire, comme un joueur placé au fond d'un terrain de base-ball à se languir pendant un homer[1]...

Stern prit une autre balle dans sa poche et la frappa correctement. Celle-ci fit un fade, mais pas tout à fait suffisant, vers la partie gauche du green, frappa le sol inégal à cet endroit, et se rua, comme attirée par magnétisme, vers un bunker.

— Sur la plage..., dit Dixon, au cas où Stern ne s'en serait pas aperçu.

Ils arrêtèrent leur voiturette dans le rough gauche tandis que Ralph se perdait dans les bois, partant à la vaine recherche de la première balle de Stern.

— Qu'est-ce qui se passe, alors ? demanda Dixon. Pour ce machin. Ils veulent qu'on leur rende le pognon, c'est ça ?

— Ça, c'est juste le point de départ, Dixon. Si les procureurs ressortent la loi RICO, comme je m'y attends, le gouvernement tentera de confisquer l'entreprise racketteuse — tu comprends ? Te l'enlever, pour te punir.

— C'est qui, l'entreprise racketteuse ?

— MD.

— Toute la putain d'affaire ?

— Possible. Sans parler d'un passage au pénitencier.

— Pardi, fit Dixon, en sautant de nouveau du véhicule pour frapper sa balle. Inutile de s'attendre à ce qu'ils y aillent mollo.

Le courage de Dixon était admirable. Au cours de sa carrière, Stern avait été consulté deux fois par des clients sur les conséquences juridiques d'un suicide,

1. Tour complet de la balle (*N.d.T.*).

face aux rigueurs d'une confiscation légale : la justice pouvait-elle toujours saisir leur pognon s'ils étaient morts ? Il avait évité de répondre, craignant les conséquences de sa sincérité — puisque, effectivement, toutes les étapes d'une enquête criminelle s'interrompaient définitivement à la mort du prévenu. Avec Dixon, bien entendu, on ne courait aucun risque d'autodestruction. Il était incapable, sans aucun doute, de concevoir un monde où il n'aurait pas vécu. Mais Stern savait néanmoins qu'il avait touché un point sensible. Menacer les affaires de Dixon, c'était jouer avec l'obsession d'une vie entière. Celui-ci avait commencé, trente et quelques années auparavant, en parcourant le Middle West en voiture pour trouver des clients, sollicitant les hommes d'affaires des petites villes, dont le gagne-pain dépendait du prix des denrées agricoles — les marchands, les propriétaires de stocks de fourrage, les banques rurales qui pouvaient utiliser les marchandises à terme pour couvrir leurs portefeuilles d'emprunt. La stratégie de Dixon — comme celui-ci l'avait expliqué plus tard à Stern — consistait à convaincre le capitaine des pompiers. Les pompiers étaient des volontaires, ils luttaient contre les flammes et contre la mort ; leur chef était le responsable de leurs âmes ; s'il aimait quelque chose, tous les autres l'aimeraient. Aucune ruse n'était trop basse pour Dixon. A l'époque, il avait toujours un casque de pompier dans le coffre de sa voiture.

Aujourd'hui, il voyageait en avion d'une côte à l'autre du pays et faisait des affaires, mais ce qu'il préférait encore, c'était rester dans son bureau à trouver des plans concernant les comptes gérés, les fonds communs des marchandises, les ordres des gros clients. Il faisait de l'argent et en perdait sur chaque crédit, chaque contrat à terme, mais il n'avait jamais cessé d'apprécier ce jeu-là, un mélange de bon sens populaire et de coups de poker. Trois ou quatre fois par an, il enfilait sa veste sombre et son badge et descendait passer une partie de la journée à la corbeille. Même au cœur du chaos de la Bourse, on savait vite qu'il était là. Il se promenait dans les divers gradins, serrait des mains et saluait, comme Frank Sinatra sur scène, imposant le même respect ou, chez certains, la même répugnance. Mais il s'en moquait. Stern s'était trouvé dans le bureau de Kindle un jour où Dixon avait perdu quarante mille dollars en moins d'une demi-heure, et pourtant celui-ci était toujours grisé par le tumulte de la Bourse, les bonds et les hurlements des gens qui faisaient des affaires — il considérait cela comme un moment essentiel de l'existence.

Dixon donna de la hauteur à sa balle pour la faire passer entre deux branches d'un arbre. Mais celle-ci ne partit pas bien et roula à trois mètres environ du creux du terrain.

— Un par difficile, fit Dixon, qui pensait à son putt.

Ralph se tenait au bord du bunker, comme un vrai petit soldat en armes, le sand-wedge de Stern dans une main et le râteau dans l'autre. Stern piétina consciencieusement le sable du bunker, puis il s'y nicha, comme un chien, en remuant son derrière. Ces coups, frappés à trois centimètres derrière la balle, étaient un acte de foi. Stern pensa à un mouvement fluide, puis swingua. La balle quitta le bunker dans un nuage de sable ; elle avait presque une trajectoire oblique lorsqu'elle atterrit sur le green, mais elle s'arrêta à environ deux mètres du drapeau.

— Tu me mènes la vie dure, grommela Dixon.

Stern finissait toujours chaque trou en un coup.

Ralph leur passa leurs putters, puis conduisit la voiturette vers le tee suivant.

— Ils sont obligés de prouver que c'est moi, pas vrai ? demanda Dixon, tandis qu'ils se tenaient, tous les deux, sur le green. Toutes ces conneries, confisquer mon affaire... Ils ne peuvent pas me la prendre parce que quelqu'un d'autre a fait ça sans que je sois au courant, d'accord ?

— C'est exact, dit Stern. (Il approcha son putter de ses pieds.) A condition que ça se soit passé comme ça.

— Écoute, Stern, tout le monde, chez moi, fait des transactions qui finissent dans le compte des pertes et profits. Il y a cent, cent cinquante opérations qui y aboutissent tous les mois. (C'était ce que Margy avait mis en évidence.) Peut-être que quelqu'un essaie de m'entuber, de me faire passer pour un arnaqueur.

— Je vois..., dit Stern. Dixon, le gouvernement est rarement convaincu qu'un employé est prêt à voler des centaines de milliers de dollars pour finir par les donner, par dépit, à son employeur. Et un grand jury le sera encore moins.

— Moi ?

— C'est ton compte, Dixon.

— Oh, merde ! C'est le compte de la boîte.

— C'est *ta* boîte, Dixon. Et il est logique de te mettre tout ça sur le dos, si ce pognon reste sur ce compte.

Dixon eut un bref sourire méprisant.

— C'est ce qu'ils pensent ?

Il jeta sa cigarette et ôta un petit morceau de tabac de sa langue, tout en fixant Stern d'un regard froid. Le message était simple : « Je ne suis pas stupide à ce point. » Apparemment, Dixon avait pris plus de précautions que ne l'avait imaginé Margy. Il y avait un niveau supplémentaire de complexité dans le plan de Dixon qui, d'une façon ou d'une autre, séparait le compte des pertes et profits et les bénéfices illégaux. Quelque chose, un sourire peut-être, s'échangea très vite entre les deux hommes, qui se positionnèrent ensuite chacun d'un côté du drapeau.

Dixon joua d'abord, il fit un putt et se mit à jurer

tandis que la balle tournait autour du trou. Stern, avec un putt court, pour arriver à mi-chemin, fut le premier surpris de réussir le coup.

— Bon Dieu ! s'exclama Dixon pour la énième fois.

Ils se dirigèrent vers le tee suivant, et s'assirent sur un banc, à l'ombre d'un arbre, leurs drivers à la main, pendant que les joueurs de la partie de double qui les précédaient approchaient de leur second coup. Le fairway était long, il brillait sous le soleil sur le trou du par cinq. Il y avait dix pièges — Stern nommait ce trou « la traversée du désert ». Comme il avait un instant de répit, il réfléchit de nouveau à l'examen minutieux du compte bancaire de Dixon par le gouvernement. Cela avait peut-être un rapport avec les stratagèmes utilisés par Dixon pour dissimuler l'argent. Selon toute vraisemblance. Ils cherchaient toujours.

— Il y a un autre problème, dit Stern.

— Naturellement, répondit son beau-frère.

Stern lui expliqua que John avait reçu une assignation.

— Ce qui signifie ?

— Ils désirent l'interroger à ce sujet.

— Et alors ? C'est un brave type. Laisse-les lui poser autant de questions qu'ils veulent.

— Ils suggèrent qu'ils pourraient bien lui accorder l'immunité.

Dixon lui jeta un regard de côté et l'étudia.

— Qu'est-ce que tu es en train de me raconter ?

— Qu'ils croient qu'il connaît des choses essentielles. Ils veulent l'utiliser pour témoigner contre toi.

— Et je suis censé dire quoi ?

— Est-ce une perspective ennuyeuse, pour toi ?

Dixon, toujours sibyllin, eut une moue — un philosophe n'aurait pas fait mieux. Qui savait quoi sur qui ?

— Ça se pourrait.

— Je vois.

Stern détourna brièvement les yeux. Mais il était sûr que cela allait venir. Les reçus des ordres passés à Kindle avant les importantes transactions de Chicago étaient arrivés la veille à son bureau et sur chaque formulaire, il avait reconnu les griffonnages maladroits de John, parfois même ses initiales. Les espoirs des procureurs en ce qui concernait son gendre étaient évidents : ils voulaient le voir désigner Dixon comme l'homme qui, à chaque fois, avait commandité les opérations de Kindle. Mais que John puisse les aider n'était pas encore sûr. Il prenait des centaines d'ordres par jour. Il y avait toujours la possibilité que Dixon eût régulièrement utilisé John parce que celui-ci était aussi impassible qu'une pierre, qu'il était le plus à même d'oublier et qu'il n'y avait rien eu d'exceptionnel ou d'évident dans leurs échanges capable, aujourd'hui, de raviver ses souvenirs. Et il était inutile de demander à Dixon. Il n'aurait pas su dire ce que John se rappelait, et de toute façon il n'aurait jamais répondu avec précision à cette question.

— Alors, nous ferions mieux de lui trouver un autre avocat, ajouta finalement Stern.

— Si tu le penses.

— Oui. Il m'est impossible de représenter quelqu'un qui aurait toutes les raisons de témoigner contre toi. Comment être tout à la fois loyal envers John et envers toi ? Ce serait une contrariété d'intérêts sans espoir...

Les deux hommes furent confrontés un instant au sombre marécage des difficultés familiales ainsi résumées. Même Dixon eut soudain un air légèrement penaud.

— Qui vas-tu prendre pour lui ? demanda-t-il.

— C'est à lui de choisir. Mais je lui proposerai quelques noms. Des avocats que je connais bien.

Des avocats qui le tiendraient au courant des développements de l'affaire, qui feraient de leur mieux pour limiter les dangers du témoignage de John. C'était très délicat. Malgré tout, Stern ne put s'empêcher de sourire à la pensée qui lui vint ensuite.

— La charte du personnel stipule que ses frais de justice seront pris en charge...

Dixon fit les gros yeux.

— Super.

Cette touche d'humour sembla néanmoins incapable de détendre l'atmosphère.

— Écoute..., commença Dixon.

Il fut sur le point de s'expliquer, mais il surprit quelque chose dans le regard de Stern qui l'arrêta. La sévérité avec laquelle Stern jugeait Dixon pour avoir entraîné John dans ce bourbier lui fut soudain évidente. Dixon endura ce reproche encore un instant, puis se détourna.

Ralph, près de leur voiturette, leur annonça qu'ils pouvaient recommencer à jouer. Dixon s'approcha du tee à grands pas, fit un swing puissant, mais ne réussit qu'un hook lamentable, au beau milieu des arbres. Il se précipita sur le tee, furieux, frappa plusieurs fois le gazon avec la tête de son bois, puis le lança loin de lui.

Stern s'était levé, lorsqu'il regagna le banc.

— Tu as quelque chose à me dire ? demanda Dixon.

Rien ne laissait penser qu'il faisait référence à son dernier coup.

— Les sermons ne sont pas compris dans mes honoraires, Dixon.

— Tu crois que c'était une vraie connerie de faire ça, hein ? Toute cette putain d'idée. Aussi stupide que possible. Et tu te serais attendu au moins à ce que je sois plus malin.

Stern resta silencieux un instant, puis répondit :

— C'est ça.

Il se dirigea alors vers le tee avec son driver, mais Dixon le retint par le bras, de sa main gantée. Il semblait tout à coup trop contrarié pour continuer à être courtois. Brusquement, il révélait sa personnalité naturelle — imposante, brutale, expansive. Puisque Stern était au courant depuis le début, il acceptait ce secret désagréable : en dépit de son coiffeur hors de prix et de ses chemises de coton Sea Island, Dixon était un être vulgaire. Il pointa son doigt sur son beau-frère.

— Stern, tu sais pourquoi un chien se lèche les couilles ?

Stern réfléchit un moment à la question, puis répondit :

— Non, Dixon, je ne sais pas.

— Parce qu'il peut le faire, dit Dixon en regardant son beau-frère dans les yeux.

Avant de se diriger, seul, vers leur voiturette, il répéta :

— Parce qu'il peut le faire.

16

Quelqu'un a dit un jour qu'il est plus difficile de deviner les soucis d'un homme lorsqu'il a son chapeau. Stern estimait que ce lieu commun rigolo était d'une justesse étonnante. Sous son canotier de paille clair au ruban de couleurs vives, rouge, blanc et bleu, il marchait en direction de la River National Bank où il avait rendez-vous avec Cal Hopkinson et l'agent responsable des fidéicommis de Clara. C'était une journée radieuse, de cette douceur parfaite à laquelle on s'attend, fin mai, à Kindle County.

Le chapeau appartenait à Marta, un vestige d'une pièce de théâtre qu'elle avait jouée au lycée dix ans plus tôt. Stern l'avait trouvé dans la chambre de sa fille, et, au cours d'une de ces longues conversations téléphoniques qu'ils avaient ces temps-ci, tard dans la soirée, elle l'avait poussé à le porter, dans l'espoir que cela améliorerait son humeur. Il était certain qu'il aurait l'air d'un clown dès qu'il poserait un pied hors de chez lui ; mais, au contraire, il se révéla étrangement encourageant de penser que les gens qui le connaissaient n'iraient pas imaginer que c'était lui.

A l'autre bout du hall en marbre de la River National Bank, Cal Hopkinson agita la main dans sa direction. Stern et lui se rendirent immédiatement dans le bureau du vice-président de l'établissement, Jack Wagoner. Celui-ci était le type même du banquier classique, un gentleman inoffensif et d'une grande politesse, toujours vêtu à la perfection. Henry Mittler, il y avait longtemps de cela, avait définitivement démoli l'idée que Stern pouvait avoir des banquiers, avec ses considérations rancunières toutes personnelles sur ce genre de clients qui avaient fait de lui un homme riche. Mais en dépit de toutes les banalités peu flatteuses qu'Henry avait pu énoncer jadis sur Jack, ce dernier était tout de même suffisamment intelligent pour savoir qu'il y avait un problème. Sa mission était d'expliquer à un homme ce que sa femme avait fait, à son insu, avec la majeure partie d'un dépôt d'un million de dollars. Et cet homme, en outre, était avocat. Et il y avait un suicide et un testament en jeu. Amère pilule à avaler pour un banquier — ou pour quiconque. Aussi l'atmosphère était-elle nettement au malaise dans le bureau dc Wagoner, décoré de copies de meubles anciens et d'un tapis oriental de grande qualité. Une seule chemise trônait au centre du bureau totalement vide du vice-président.

— Mme Stern nous a donné le 20 mars des instructions écrites pour liquider au moins huit cent cinquante mille dollars d'avoirs de son compte de placements.

Wagoner lui montra alors un petit mot manuscrit,

rédigé par Clara sur son papier à lettres personnel. Cal et Stern le parcoururent ensemble sur un coin du bureau de Wagoner, puis Stern s'en empara. L'écriture était sûre et nette : une seule phrase d'instructions, indiquant la somme et laissant à la banque toute latitude pour liquider ces titres dans les meilleures conditions. Ce texte à la main, Stern se rappela l'autre message que Clara en était venue à rédiger quelques jours plus tard. Beaucoup de petits mots, mais pas de véritables explications. Stern, malgré lui, s'inquiéta un instant.

— Puis-je savoir qui s'est occupé d'elle ?

Wagoner avait préparé toutes ses réponses. C'était son assistante, Betty Fiori, qui avait reçu l'appel de Mme Stern et lui avait dit que les instructions écrites étaient nécessaires pour une opération portant sur une telle somme.

— Et que sont devenus ces fonds ? demanda encore Stern.

— Ils sont sortis, dit Jack, suivant les instructions de Mme Stern.

— De quelle façon ? intervint Cal.

— Un chèque certifié tiré sur son compte.

Wagoner qui, manifestement, avait consulté son avocat, ne répondait qu'aux questions qu'on lui posait. Il leur montra alors le bordereau blanc avec lequel Clara avait sollicité la certification ; elle avait voulu assurer à quelqu'un que son chèque était crédité. Stern reconnut sa signature, sur le formulaire, mais la somme, légèrement supérieure à huit cent cinquante mille dollars, avait été écrite par une autre main.

— C'est l'écriture de qui ? s'enquit-il en indiquant la feuille du doigt.

— De Betty.

— Et à qui ce chèque était-il destiné ? poursuivit Stern.

— Nous avons cherché le chèque compensé.

Wagoner enfonça un bouton de sa console téléphonique et convoqua Mme Fiori. Elle apparut presque immédiatement, vêtue d'un costume bleu sombre. Elle énuméra les diverses étapes suivies pour retrouver le chèque qui posait problème. Leur département de recherches s'en était occupé ; ainsi que leur banque ; la banque centrale. Les responsables des portefeuilles — qui, normalement, recevaient les chèques payés et les relevés concernant ces comptes — avaient regardé, eux aussi, et dans tous les coins. A l'évidence, c'était cette enquête qui était en cours pendant que la banque faisait traîner Cal.

— Je suis affirmative : il n'a pas été payé, dit finalement Mme Fiori.

— Est-ce que nous pouvons l'arrêter ? dit Cal.

— L'arrêter ? répéta Wagoner. C'est un chèque certifié. Nous avons garanti son paiement.

— Il n'a pas été présenté, ajouta Cal.

— Comment pourrions-nous le bloquer ? demanda Wagoner.

— Il est périmé, n'est-ce pas ?

Stern reprit alors la parole : personne n'avait encore répondu à sa dernière question.

— En général, nous ne conservons pas trace de ça, dit le vice-président. Nous n'avons aucune raison de le faire.

— Vous ne le savez pas ?

Stern s'adressait à Mme Fiori. Sans doute Wagoner ne répondrait-il jamais directement.

— Non, fit-elle. D'habitude, le chèque nous revient, une fois payé. Nous mettons de temps à autre une note sur la demande. Il n'était pas payable à Mme Stern, si ça peut vous être utile. Je me souviens de ça.

— Vous vous en souvenez ?

— Oui.

— Nettement ?

— Oui.

Il avait retrouvé, à présent, ses manières de contre-interrogatoire. Un terrain familier. Il avait l'impression que quelque chose l'avait marquée, à ce sujet.

— Il y a une raison particulière pour que vous vous en souveniez ?

Elle haussa les épaules.

— Non, pas vraiment.

— Vous vous rappelez le nom ?

— Non, monsieur Stern. Et pourtant, je me suis creusé la tête.

— Mais ce n'était pas une personne morale ? Un organisme ? Une association ?

— Non, je suis sûre de ça.

— Une société de bienfaisance ? Une fondation ?

— Non.

— Un particulier, alors ?

— Il me semble que oui.

— Je vois, dit Stern.

Il connaissait la suite. Maintenant, la raison pour laquelle elle n'avait pas oublié était évidente.

— Un homme, ajouta-t-il finalement.

Madame Fiori, sans s'en rendre compte, laissa ses dents mordiller légèrement sa lèvre supérieure.

— Oui, dit-elle.

Oui, pensa Stern. *Bien sûr.*

Pendant un moment, plus personne ne parla.

— Ainsi, il y a un type qui se balade dans la nature avec, en poche, un chèque de huit cent cinquante mille dollars signé par ma femme ?

C'était absurde, bien sûr, mais l'humiliation était insupportable. Il sentait la chose courir en lui, comme des vapeurs âcres, et se frayer un chemin vers ses yeux. Il avait conscience d'avoir rougi.

Cal reprit enfin la parole :

— Jack, il doit bien y avoir un moyen d'arrêter ce chèque...

— Cal, c'est un chèque certifié. On s'expose à des poursuites judiciaires pour un refus de paiement injustifié. Nous ne savons quel genre de transaction peut être en jeu ici. (Wagoner, irrité par la question de Cal, jeta un coup d'œil à Stern, comme s'il venait soudain de réaliser qu'il avait manqué de délicatesse.) Je ne peux que vous promettre une chose : nous vous contacterons quand le chèque sera présenté. Et si, à ce moment-là, vous voulez faire opposition, Dieu vous bénisse.

Stern s'était déjà levé. Il parla encore un instant avec Mme Fiori et Wagoner, les remercia pour leur aide, puis il dit à Cal qu'il le contacterait plus tard, et il quitta le bureau. Il avait — de nouveau — le vertige.

Dès qu'il eut franchi la porte à tambour de la banque, il remit le canotier de Marta sur sa tête, mais le vent l'emporta et il alla rebondir sur le trottoir, au milieu des passants. Lorsque Stern se retourna, Cal était derrière lui et regardait le chapeau s'éloigner.

— Je vais l'attraper, dit Cal, sans faire pourtant le moindre mouvement.

Stern indiqua d'un geste qu'il n'avait nul besoin de se donner cette peine. Ils marchèrent côte à côte, sans un mot, dans la direction où s'était envolé le chapeau.

— Je parie, dit Cal finalement, que lorsque tout sera réglé, il nous restera encore une chance d'annuler cette transaction. Elle n'avait certainement aucune idée des conséquences fiscales de ce qu'elle faisait...

Stern se contint avec peine. Quel imbécile, ce Cal, toujours à se féliciter de long en large de ne pas être encore plus idiot ! Qui se souciait du pognon ? Finalement, au bout de trente ans, Clara avait trouvé le moyen de mettre fin à l'intérêt de son mari pour sa fortune. Dès qu'il se retourna, Stern se surprit à fixer une fois de plus la tache noire derrière l'oreille de Cal.

— Je m'en moque, Cal. Quoi qu'il se soit passé, laissons faire les choses...

Il aperçut alors le bandeau coloré de son chapeau ; le canotier s'était arrêté à une centaine de mètres devant eux, contre une poubelle grillagée.

Stern s'immobilisa brusquement lorsque cette affreuse interrogation lui traversa soudain l'esprit comme une brûlure : *Qui ?* Oh, oui, le moment était revenu de recommencer à se poser la question ! *Qui était-ce ?* Les tout premiers jours, grâce à une discipline considérable et au refus d'une souffrance inutile, il n'avait pas voulu s'abaisser à ce genre de devinette avilissante. Mais, finalement, l'indignation avait fini par bouillonner trop fort, et il lui avait été impossible de réprimer plus longtemps sa curiosité morbide. Ç'aurait été plus noble de sa part d'être capable de prétendre qu'il désirait venger la mémoire de Clara — de trouver et de punir la crapule sans cœur qui était la cause de ce qui était devenu une maladie mortelle. Qu'il s'agît ou non d'un intérêt détestable, il voulait simplement compléter le tableau.

Quand il était dans cet état d'esprit, il soupçonnait pratiquement chaque homme qu'il croisait. Était-ce le postier, ou, comme dans une histoire cochonne, un représentant faisant du porte-à-porte ? Aujourd'hui, en tout cas, il avait appris que c'était quelqu'un qui avait besoin d'argent — peut-être un des élèves pauvres de Clara, dont elle se serait éprise, un adolescent à la recherche d'une mère ? Un musicien tirant le diable par la queue, dans sa mansarde, qui désirait un revenu régulier ? Ou encore un jeune homme qui lançait une affaire ? Un type marié, plus âgé, qui avait besoin de liquide pour financer son divorce ?

Une ou deux fois, chez lui, il s'était emparé du carnet d'adresses de Clara, recouvert de cuir, et il l'avait étudié, page après page, réfléchissant à chaque homme dont le nom y était inscrit, même le plus improbable. Oui, n'importe lequel pouvait faire l'affaire. Et pourquoi pas Cal ? Sa surprise, devant la disparition de cet argent, n'était peut-être qu'une feinte ? Avec la gratitude de l'amante, Clara aurait fait cadeau à Cal de ce dont il s'occupait depuis longtemps ? Mais dans ce cas, Mme Fiori n'aurait certainement pas manqué de se souvenir de son nom, alors qu'il était assis là, devant elle. Ce pouvait être Dixon, aussi. Bien sûr, la répugnance que Clara lui montrait semblait sincère. Et Dixon, avec son pénis recouvert de caoutchouc, n'aurait ni communiqué ni attrapé, si l'on en croyait Peter, une telle maladie. En outre, Dixon n'avait nul besoin de l'argent de quelqu'un d'autre. Et pourquoi pas Nate Cawley ? Il avait une vie sexuelle de chimpanzé. Qu'il fût si difficile à joindre pouvait être un indice de culpabilité. Le rabbin pontifiant de la synagogue ? Il était, c'était sûr, objet d'estime et de générosité de la part de Clara.

Au coin de l'avenue, Stern ne put s'empêcher de mettre sa main sur son cœur, misérablement. Cal, un peu plus loin, agitait le chapeau pour indiquer qu'il avait réussi à le récupérer en bon état. Stern examina la foule pressée de tous ces hommes en costume qui passaient autour de lui. *Qui ?* pensa-t-il de nouveau, bouillant de haine et miné par la honte. *Qui ?*

17

Dans les bureaux de MD du Kindle County Futures Exchange, la Bourse des marchandises à terme de Kindle County, Stern demanda John Granum à la réception et s'assit pour l'attendre. Dixon avait un autre bureau, un modèle du genre, à quelques rues de là, vers le sud, avec des murs de brique, des tentures et des cloisons d'isolation, un domaine dont les photos paraissaient souvent dans les magazines d'architecture ; c'était là qu'étaient installées la salle des opérations pour les marchés locaux et la direction centrale de MD. Mais le bureau des commandes et l'administration étaient ici, dans un espace clair et fonctionnel de l'immeuble du KCFE.

Quelques instants plus tard, ce fut Al Greco qui vint l'accueillir. Le numéro deux de Dixon à Kindle était un homme sympathique, presque chauve et trop gros. Redoutant cette rencontre, Stern l'avait repoussée plus longtemps qu'il n'aurait dû. Finalement, il avait laissé le matin même un message annonçant sa visite, mais John Granum, manifestement, avait été appelé à la corbeille. Il fallait aller le chercher là-bas. Al sortit du tiroir de son bureau son badge en plastique rouge avec ses initiales et le numéro de compensation de MD, et il décrocha d'un portemanteau sa veste bleu marine de boursier. En bas, au bureau de la sécurité, Stern fut accrédité pour quinze minutes. Deux ans plus tôt, un type avec une perruque avait placé plusieurs douzaines de transactions, puis il avait disparu sans régler celles qui étaient déficitaires. Aujourd'hui, si Stern dépassait de plus d'une minute le temps auquel il avait droit, un groupe d'agents de sécurité se répandrait dans la salle et le jetterait dehors, sans plus de cérémonie, comme un vulgaire malfrat.

C'était un lieu excitant, où les couleurs et le bruit atteignaient un niveau invraisemblable. On avait l'impression de se retrouver sur le terrain d'un stade d'athlétisme bondé. Les énormes panneaux noirs des cotations, à dix mètres au-dessus du sol, s'illuminaient d'orange, de rouge, de vert et de jaune au fur et à mesure que les chiffres tombaient, tandis qu'au-dessous défilait une bande rouge donnant des informations locales et internationales. Des jeunes gens —

coursiers, opérateurs, employés aux commandes — couraient dans tous les sens, avec leurs vestes colorées et leurs pantalons de velours côtelé, inquiets, surexcités, obstinés. Les ordres déjà passés jonchaient le sol comme des confettis. Dans les gradins de la corbeille, les affaires importantes se déroulaient sans interruption ; les courtiers, les agents fixes, les gens qui comptaient, achetaient et vendaient dans une mêlée hurlante et une forêt de mains houleuses, sur une cinquantaine de rangs. Les doigts en l'air et pointés vers l'extérieur, ils appelaient ou refusaient. Depuis leurs postes d'observation en fer forgé noir, les rapporteurs de la corbeille notaient les ordres. En dépit de tous les circuits électroniques, des téléphones, des fax, des ordinateurs qui apportaient des informations jusqu'ici et en diffusaient à l'extérieur, on dépendait toujours, au moment décisif, de leurs qualités physiques : de bons yeux, des poumons puissants, une ouïe fine. L'endroit baignait dans un vacarme et des hurlements incroyables. Trois étages au-dessus, des gens observaient la scène de l'extérieur, pressant leurs visages contre les fenêtres.

Dans cet univers, la cupidité se mêlait à une espèce de virilité ignorante, si bien qu'y régnait parfois une atmosphère de véritable sauvagerie. Des jeunes gens de vingt-huit, trente ans — parmi lesquels un grand nombre de juifs, ce qui n'était pas sans mettre Stern mal à l'aise — se déplaçaient avec un air conquérant qui étonnait. Des gamins qui, à peine sortis du lycée, avaient acheté un siège à la Bourse, faisaient des affaires pour leur propre compte et gagnaient souvent des millions de dollars. D'autres y laissaient leur chemise ou dépensaient en quelques jours la fortune qu'ils avaient accumulée. Cela ne faisait d'ailleurs aucune différence. Ceux qui venaient à la corbeille arboraient la fierté macho des toréadors. Comme les hommes des cavernes, ils dépendaient des caprices du vent et de la pluie, des marchés, des saisons. Et ils pensaient que cela les rendait plus forts. Les risques les faisaient planer. Stern avait entendu certaines histoires, amusantes, à défaut, peut-être, d'être véridiques. On disait que certaines employées féminines masturbaient des hommes dans la bousculade de la corbeille. Ce n'était d'ailleurs pas la vérité de ces récits qui comptait : ils donnaient simplement une dimension supplémentaire à l'air revivifié que beaucoup pensaient respirer en ces lieux. Ces gens-là étaient persuadés qu'ils vivaient mieux que les pékins ordinaires — l'argent, le sang de la vie, leur passait sans cesse entre les mains, en quantités stupéfiantes. Un jour, il y avait des années de cela, lorsque Dixon venait encore souvent à la Bourse, Stern l'avait retrouvé pour déjeuner ; il était en grande discussion avec quatre collègues plus jeunes que lui, tous des opérateurs.

— Je prends celui-là, avait annoncé l'un d'eux, en se plaçant devant un des ascenseurs.

— Contre quoi ? demanda un second.

— Un billet.

— Un gros billet ?

— Exact.

Dixon éclata de rire et fouilla dans les poches de sa veste. Puis il vint se mettre devant le second ascenseur.

Finalement, les cinq hommes confièrent leurs enjeux à Stern. Mille dollars par personne. En liquide. Ils venaient de parier sur l'ascenseur qui arriverait en premier...

Al Greco, qui se trouvait à trois ou quatre mètres devant Stern, montra John du doigt, dans la cabine de transactions de MD, un étroit guichet gris qui ressemblait au kiosque à journaux d'un hôtel. Entre les corbeilles, les différentes sociétés de compensation possédaient ce genre de petits espaces réservés où les ordres et les exécutions des commandes pouvaient être reçus et passés par téléphone avec la Bourse. Chaque centimètre, ici, était inestimable. Dix personnes pouvaient travailler ensemble dans un endroit plus étroit qu'une cabine de troisième classe, sur un bateau.

John était au téléphone, il notait quelque chose très vite tout en répondant à son interlocuteur. Quelque part dans les étages, à l'autre bout du fil, Dixon, dans ses vilaines œuvres, avait réussi à le joindre. Il devait avoir demandé John en personne. Comptait-il sur sa loyauté ou sur son ignorance ? Les deux, probablement. John était toujours désireux de lui plaire. Dixon avait raconté à Stern que John lui demandait sans arrêt un avancement — sa mutation dans le tohu-bohu de la corbeille. Mais Dixon prétendait qu'il n'était pas encore prêt, qu'il n'était pas dans le bain depuis suffisamment longtemps. Il gardait donc John au bureau des ordres — même si John descendait à la corbeille pour un remplacement chaque fois qu'il en avait l'occasion. John partageait manifestement le rêve commun à tous les coursiers, tous les employés, tous ces gens ballottés par la marée des affaires : acquérir de l'expérience, acheter un siège, devenir riche. La corbeille restait l'un des rares endroits où un jeune homme sans avenir, un lycéen malchanceux, un gosse sans guitare électrique ni engin à trois ou quatre vitesses, pouvait encore emporter le gros lot. John, se dit Stern, voulait mettre de son côté une chance de plus pour d'y arriver.

John sortit de derrière son guichet et Al le remplaça un moment. Son beau-fils accueillit Stern avec le même air consterné, ou presque, que Peter, peu de temps auparavant. Ils tentèrent vainement de discuter un instant, puis se réfugièrent dans les locaux de MD. Le seul espace à la disposition de John était un petit bureau noyé dans le tumulte de l'administration de la société. John s'y arrêta une seconde pour se débarrasser de divers papiers, puis entraîna Stern vers une salle de réunion. Au milieu des dossiers de John trônait une superbe photo de Kate. Une fois de plus, Stern ne put s'empêcher de penser que sa fille était vraiment d'une beauté exceptionnelle.

Même en bavardant avec son beau-père, John avait l'air mal à l'aise, comme un enfant. Ses larges épaules étaient affaissées et il ne cessait de tripoter machinalement une enveloppe, qui traînait sur le bureau. Il portait l'uniforme de la Bourse, une veste flottante bleu marine en coton, un pantalon de velours côtelé et une cravate dont le nœud avait été fait assez bas sous le col ouvert. Un badge avec une photo d'identification pendait de sa poche.

Qu'y avait-il, chez ce jeune homme, qui rendait Stern si furieux ? Il lui faisait penser parfois à un de ces lourdauds qu'on voit dans les bandes dessinées, si costaud et si gentil qu'il méritait un surnom dans une bulle au-dessus de sa tête : Meuh, ou quelque chose de ce genre. Et pourtant John n'était pas idiot. Pendant des années, Clara s'était efforcée de le prouver. Il avait terminé son université sans problème, longtemps après la fin de sa carrière sportive. Mais il y avait quelque chose d'irréfléchi, en lui. Blond et costaud, il avait les joues plus rondes et il était plus grassouillet que lorsqu'il jouait avec son équipe — il faisait penser maintenant à un bébé bouffi, naïveté comprise. Stern était convaincu que la présente affaire allait le faire rentrer dans sa coquille. Il n'aurait aucune idée de la façon de procéder, et guère de ressources pour affronter les tensions des mois qui suivraient. Stern avait souvent connu ce genre de situations au cours de sa vie professionnelle : un membre de la famille de l'accusé ou un de ses collègues de travail auxquels un procureur tendait la perche : la liberté en échange d'un témoignage à charge. Certains rejetaient l'offre avec une royale indifférence. Mais pas beaucoup. La plupart essayaient d'abord de sauver leur peau ; ils s'arrangeaient avec la vérité et réclamaient la compréhension de ceux qu'ils impliquaient. Ils finissaient par être méprisés par tout le monde. Il était difficile d'imaginer que John aurait la force de supporter une tempête de ce genre.

Stern se leva pour fermer la porte et après une brève entrée en matière, il en vint au fait.

— Dixon Hartnell a une enquête d'un grand jury fédéral sur le dos.

— Oh, souffla John.

On aurait dit un charpentier qui se serait mis un coup de marteau sur le pouce.

— Oui. Et c'est très ennuyeux..., poursuivit Stern.

— Pourquoi ?

— Eh bien, je crois que je devrais laisser quelqu'un d'autre te donner les détails. En gros, la justice semble soupçonner certaines transactions malhonnêtes en amont des ordres des clients. As-tu été contacté par quelqu'un du FBI ? Un type nommé Kyle Horn ?

John secoua la tête. Non, il ne pensait pas.

— A quoi il ressemble ? demanda-t-il.

— Un gros.

Un imbécile blond et adipeux, avec un air de goy et un costume sport bon marché, pensa Stern. Mais ça ne passerait pas.

John agita de nouveau la tête, mal à l'aise. On aurait pu penser que des pièces d'identité du FBI auraient fait impression, même sur quelqu'un comme John, mais allez savoir ? Stern sortit l'assignation de sa mallette et essaya de lui expliquer ce que cela signifiait.

— Vu nos relations — toi et moi —, les procureurs ont été assez gentils de me transmettre ce document à ton nom. Mais comme je représente déjà Dixon, il te faudra consulter un autre avocat avant de répondre aux questions du gouvernement.

— Quel genre de questions ?

— Je pourrais formuler quelques hypothèses, John, mais ce ne serait sans doute pas la meilleure chose à faire...

John lui lança un regard de biais. Il ne saisissait pas, bien sûr. Stern lui précisa que le gouvernement était persuadé qu'il possédait des informations importantes.

— Ils veulent se servir de moi pour le coincer ?

— Exactement.

La stupeur que Stern prévoyait passa effectivement dans les yeux de John. Un daim au milieu de la route : il n'avait aucune idée de ce qu'il fallait faire. Toutes les notions simples qu'il considérait comme harmonieuses étaient brusquement en conflit : loyauté, bonne foi, instinct de conservation.

— John, reprit Stern, ton avocat et toi, vous devrez décider si tu veux négocier ton immunité avec le gouvernement. Et si c'est le cas, ton avocat fournira aux procureurs un aperçu de ce que tu te proposes de révéler.

— Ouais, grommela John. Et si je ne veux rien dire, que se passera-t-il ?

— Autre bonne question qu'il te faudra poser à ton avocat... Mais le gouvernement peut toujours décider de t'accorder cette immunité sans s'occuper de ce que tu désires. Dans ce cas-là, il te faudra choisir entre répondre ou aller en prison.

— En prison ? (John encaissa aussi cette idée-là avec la même expression balourde.) Vraiment, je n'en sais pas tant que ça.

Au fur et à mesure de la conversation, Stern avait senti son cœur se serrer — et cette réponse fut le coup de grâce. *Pas tant que ça,* avait-il dit. Ce qui signifiait :

un peu plus que rien du tout. Et plus précisément : que Dixon ne risquait rien seulement si John était victime d'une soudaine amnésie. Or, le plus vague des souvenirs de la personne qui était derrière ces tractations serait utile au gouvernement, surtout s'il réussissait à faire remonter la piste des bénéfices illégaux jusqu'à Dixon. Et là, devant lui, voilà que son beau-fils révélait un malaise qui en disait long à un œil exercé. John ne semblait pas vraiment outragé qu'on lui demandât de s'expliquer sur ce que ces opérations en amont des commandes avaient à voir avec lui, ni sur la façon dont les procureurs avaient bien pu avoir son nom. Il savait que l'intérêt que lui portait la justice était justifié.

— Que dit-il de tout ça ? Dixon ? Tu peux m'en parler ? demanda John.

Stern, à son tour, secoua la tête. Mais, pendant un instant, il eut envie de retenir sa respiration. On arrivait au moment le plus délicat. Avec quelqu'un d'autre, n'importe quel employé de MD, Stern aurait fait un commentaire aussi léger — mais pourtant significatif — qu'une brise : « C'est là, bien sûr, un problème grave pour Dixon qui y joue toute sa vie et la totalité de ses affaires. » Mais John était fermé aux subtilités. Il pouvait tout aussi bien se mettre à poser une question impossible — « Tu veux dire que je devrai mentir ? » — ou prendre les commentaires de son beau-père pour des ordres... De toute façon, Dixon et Stern allaient devoir faire confiance à l'avocat de John pour une évaluation correcte de la situation, et pour lui proposer la ligne de conduite qui convenait.

— Où est-ce que je vais trouver cet avocat ? demanda John.

— J'ai quelques noms à te soumettre, si tu veux.

— Oh, d'accord.

— MD t'indemnisera, je veux dire il paiera tes frais. Tu n'as donc pas de souci à avoir de ce côté.

Stern lui fit immédiatement une liste. Sur une feuille à en-tête du bureau, il nota des noms et des numéros de téléphone. George Mason. Raymond Horgan. Aucun d'entre eux ne réussirait tout à fait à concilier tous les besoins de John aussi bien qu'il y serait parvenu lui-même, mais c'était hors de question, et de toute manière il savait qu'il était sage de ne pas lui servir de guide dans cette jungle. Ces quelques minutes de conversation avaient suffi à modifier définitivement l'idée qu'il se faisait de John.

John prit la liste que lui tendit son beau-père et haussa les épaules.

— Vaudrait mieux que je retourne à la corbeille, dit-il.

Il affichait toujours son expression sournoise et ahurie habituelle. En le regardant s'éloigner lourdement vers l'ascenseur, Stern sentit de nouveau monter en lui une terrible colère contre Dixon. Comment avait-il osé ? Comment avait-il pu embarquer ce garçon dans ses saloperies de réjouissances habituelles du marché boursier ? Hélas, la réponse à cette question n'était que trop évidente. Dixon, infaillible calculateur pour ce qui était le plus profitable à ses intérêts, avait sans aucun doute compris que sa meilleure protection, dans cette histoire, était de choisir un membre de sa propre famille, sans grande expérience du métier... Sans doute lui était-il plus facile de donner des instructions à mi-voix, sachant qu'elles ne seraient pas remises en question ou alors, le moment venu, facilement annulées. Et bientôt Stern aurait à affronter une autre question : quand et comment se sortir de cette affaire ? S'il y avait une inculpation et que John était un des témoins à charge du gouvernement, il ne pourrait jamais s'occuper de cela lors du procès. Faire le contre-interrogatoire du mari de sa fille était tout bonnement impensable... Peut-être devrait-il fournir aussi à Dixon une liste d'avocats et se tirer à toute allure. Mais il devait reconnaître qu'il manquait de conviction, en ce domaine. Pour le moment, il n'avait envie de rompre aucune autre de ses longues relations ; et cela faisait des années qu'il résistait à l'envie de cesser tout commerce avec Dixon.

C'était en partie, bien sûr, par égard pour Silvia. Mais il n'était pas possible, non plus, de négliger la puissance de la reconnaissance. Beaucoup de ses affaires actuelles, pour lesquelles il représentait le plus souvent des notaires, des banquiers et des dirigeants d'entreprise, pouvaient être attribuées au fait qu'on le connaissait comme l'avocat de Dixon. C'était cela qui lui avait permis d'échapper à l'univers minable des tribunaux de simple police pour entrer dans l'arène des crimes haut de gamme — les fraudes et les détournements de fonds, les problèmes fiscaux, les affaires de corruption, et, de temps à autre, un crime passionnel. Dixon, spéculateur à la mode, toujours à la limite de la légalité, lui avait permis de s'élever, en raison de la logique particulière de tout cela, et c'était chez lui, pour ainsi dire, un instinct : ne jamais renvoyer avec perte et fracas quelqu'un qui lui avait donné un coup de main dans sa profession.

Il avait bien conscience, pourtant, que ce qui le reliait à Dixon n'était pas seulement matériel, visible. Après trente-deux ans d'exercice de la loi, bien que les gens qu'il connaissait fussent légion et ses admirateurs nombreux, Stern se trouvait parfois un peu abandonné — oui, comme livré à lui-même —, et il ne se sentait pas souvent capable de réfléchir là-dessus. Oh, il y avait des centaines de personnes qui comptaient pour lui et dont l'existence et les idées l'intéressaient, des individus avec lesquels le courant passait bien. Lorsqu'il prenait l'ascenseur, il y avait toujours une demi-douzaine de personnes pour le saluer. Il était apprécié, aimable, désireux de plaire et il essayait de ne jamais froisser personne. Il avait son cercle d'amis, principalement des hommes de sa génération, et d'abord des avocats et des juges. Nombre d'entre eux parlaient yiddish, comme sa mère, des individus raffinés et intelligents avec lesquels il avait souvent l'occasion de discuter lors de déjeuners ; et il appréciait vraiment leurs propos sur la littérature, les sports, les affaires. Une compagnie agréable. Mais en réalité, il désirait davantage : l'espèce d'affinité masculine sans réserve que partageaient les jeunes gens des équipes sportives, des gangs, ou de la rue. Est-ce que c'étaient les femmes ou la vie familiale qui détruisaient cela ? Ou les luttes féroces, dans la vie de tous les jours, quand chaque homme était votre ennemi ? Comment savoir ? Malgré tout, Dixon était là. Voilà. Bien présent. Stern ne pouvait pas lui faire de plus grand compliment. Comme une borne de granit le long d'une route, Dixon semblait avoir toujours été là, tout proche.

Mon beau-frère selon la loi..., pensa Stern, seul dans la petite pièce minuscule où John l'avait abandonné. Frère. Selon la loi. Quelle sorte de formule très spéciale était-ce là ?

18

Pour sa première soirée avec Helen Dudak, Stern pénétra dans la salle de concerts de Kindle County, avec son plafond givré de volutes d'or et ses balcons ressemblant à un gâteau de mariage. C'était ici, aussi, que Clara Mittler et Alejandro Stern avaient passé leur première soirée. La coïncidence ne le frappa que lorsque le vieux chef d'orchestre, Adolph Fronz, leva sa baguette — et cette pensée amplifia alors son malaise. Il avait vraiment failli ne pas donner suite à ce rendez-vous ; seules la bienveillance qu'il ressentait pour Helen et sa répugnance à l'offenser lui avaient fait tenir sa promesse. C'était triste, honteux, atroce — on pouvait qualifier cela comme on voulait —, mais les informations de Radczyk lui avaient arraché quelque chose que même le spectacle qu'il avait découvert dans son garage, ce fameux soir, n'avait pas réussi à lui prendre... Ç'avait été un échec plus grave, plus fondamental qu'il ne l'avait imaginé. Le sexe était important. Depuis toujours et à jamais. Il était en train de l'apprendre, et ses sentiments actuels — qui oscillaient entre une rage vertigineuse et le chagrin — le détournaient absolument des personnes du sexe féminin. L'idée de passer une soirée entière à essayer d'être le gentleman charmant et séduisant qu'il avait été pour elle quelques semaines plus tôt était tout simplement hors de question. Au dernier moment, il était tombé par hasard sur les billets pour le concert de ce soir, punaisés sur le pense-bête de la cuisine — vestige d'un des nombreux abonnements de Clara à la saison musicale —, et il avait alors téléphoné à Helen pour lui proposer ce changement de programme.

— J'ai fait la cuisine, répondit simplement Helen. Concert, puis un souper ensuite, peut-être ?

— D'accord.

Helen était arrangeante. Il se sentit terriblement soulagé.

Dans la salle obscure, tandis que Fronz se démènerait et que les musiciens donneraient le meilleur d'eux-mêmes, il serait tranquille, il n'aurait nul besoin de faire la conversation. Et ensuite, il pourrait toujours dire que toute la fatigue d'une semaine de travail lui tombait dessus brusquement.

— Je ne sais pas pourquoi, lui dit Helen, plus tard, pendant l'entracte, mais je ne serais pas venue te chercher pour une symphonie. J'aurais plutôt pensé à un quartette, ou à un concert de guitare.

Ils étaient dans le hall, éblouis par la lumière. Des couples que Clara et lui avaient rencontrés ici pendant des années lui dirent bonjour d'un geste de la main. Mais pas un ne s'approcha. Il fut soudain submergé par le chagrin et le remords, avec une violence totalement imprévisible, au moment où il réalisa que sa nouvelle existence avait commencé. Mais, par égard pour Helen, il s'obligea à sourire — un sourire triste.

— Oh, ça ne fait pas de différence, pour moi, avoua-t-il. (Il toucha son oreille.) Je suis sourd aux timbres musicaux. Je serais incapable de faire la distinction entre l'orchestre symphonique de Kindle et le groupe de mon lycée.

Il avait caché la chose à Clara pendant trente et quelques années, encore que lorsqu'il apparut que Marta ne pouvait pas reconnaître les notes Clara eût dû concevoir quelques soupçons.

— Oh, Sandy !

Helen lui tenait le poignet, tandis qu'ils riaient ensemble de ses problèmes. D'où venait qu'il oubliait toujours à quel point il appréciait Helen Dudak quand il n'était pas avec elle ? Elle était superbe. Ses cheveux couleur renard étaient légèrement crêpés — ce qui trahissait une récente visite dans un salon de beauté — et elle était vêtue d'une robe noire toute simple, dégagée sur les épaules. Et contre toute attente, lorsque les lumières s'éteignirent de nouveau, il se sentit heureux d'être là.

— Ça veut dire que tu as assisté à des concerts pendant tout ce temps sans jamais savoir ce que tu écoutais ? demanda Helen un peu plus tard, tandis qu'ils rentraient en voiture.

Elle s'était tournée vers lui, pour lui faire face, agenouillée sur son siège dans une pose enfantine.

Helen avait un instinct très sûr pour les nuances importantes et c'était typique de sa part qu'elle fût ainsi revenue sur le sujet. Ils rentraient chez elle, pour dîner. Finalement, Stern n'avait pas trouvé le moyen de refuser. En outre, la compagnie d'Helen l'apaisait. Et après toutes ses lamentations sur la déloyauté des femmes, il ressentait quelque chose de familier qu'elles avaient toujours su efficacement satisfaire : il était affamé.

— Clara aimait ça, répondit-il.

— Je m'en souviens. Mais...

Helen se tut brusquement.

— Oui ?

— C'est rien.

— Je t'en prie, insista Stern.

— Je crois que je me demandais pourquoi tu y étais allé aujourd'hui.

— Ah..., fit Stern.

Il espérait lui donner une réponse pleine de tact, mais il était inquiet, parce que Helen semblait si pénétrante.

A travers le pare-brise, le centre-ville, vide et fantomatique, passait de l'ombre à la lumière, au fur et à mesure que la voiture traversait les mares lumineuses de l'éclairage urbain et longeait les entrées sombres des immeubles. Helen, au grand soulagement de Stern, poursuivit sans attendre ses explications :

— Je suppose que j'allais te donner mon avis là-dessus.

— Ne te gêne pas, dit-il.

— Il n'y a vraiment aucune comparaison entre mon histoire et la tienne, murmura-t-elle.

— C'est vrai. Tu pensais à quoi ?

— Oh, juste un détail. Aussi horrible que ça paraisse, il y a des choses qu'on apprécie lorsqu'on se retrouve seul de nouveau. La liberté que ça représente.

S'occuper de soi-même. (Éclairée par les lumières de la rue, elle le regarda droit dans les yeux pour mesurer sa réaction.) Je suis sûre que c'est terriblement blessant.

— Non, non..., assura Stern.

Il avait très envie de lui donner raison ; et il était heureux de lui montrer qu'il comprenait ses bonnes intentions, heureux d'entretenir l'idée qu'il avait proposé cette sortie sans arrière-pensée. En outre, ce qu'elle disait n'était pas idiot. C'était une femme sur qui on pouvait compter, et ses jugements étaient sérieux. Elle venait de mettre le doigt sur quelque chose qui, autrement, lui aurait échappé. Il avait beau être infiniment malheureux, une part — une large part — de lui-même avait accepté ce célibat avec soulagement. Et pas seulement les moments rapides des galipettes. Des instants comme celui-ci étaient un exemple de plus de l'intérêt de cette nouvelle liberté — il se sentait calme, bien dans sa peau, et capable de parler de lui d'une façon que Clara n'avait jamais beaucoup encouragée. L'emploi du temps de Clara était réglé à la minute près et elle dansait toujours les mêmes pas tranquilles. Pendant des années (*trop d'années !* pensa-t-il, et il ne put s'empêcher de ressentir de nouveau la brûlure de la culpabilité), il avait admis, sans éprouver le besoin d'en parler, qu'elle utilisait ce planning silencieux pour échapper à l'abattement et à la dépression. Mais l'important c'était qu'elle agissait ainsi, qu'il le savait, l'acceptait, et qu'aujourd'hui il n'y avait plus rien de tout cela, comme un métronome devenu silencieux. Il était blessé, il chancelait, et pourtant son âme avait repris de l'ampleur, au cours de ces derniers mois, et elle avait réinvesti des zones qui lui étaient interdites depuis bien longtemps.

Le souper d'Helen était merveilleux. Salade de crevettes rémoulade, poisson fumé. Elle était debout devant sa poêle à frire, et discutait tout en buvant son vin, comme le cuisinier d'une émission télévisée. Rick, son plus jeune fils, en seconde année à Easton, rêvait, comme beaucoup de gosses de dix-neuf ans, de devenir avocat d'assises. Helen se mit à lui transmettre ses questions. Stern croyait-il que la plupart de ses clients étaient innocents ? Comment pouvait-il les défendre s'il ne le croyait pas ? Comment se sentait-il lorsqu'il découvrait qu'ils étaient coupables ?

C'étaient des interrogations qu'il entendait depuis toujours, des énigmes d'une vie entière, et pourtant il prenait plaisir à répondre à Helen, qui l'écoutait avec attention. Certains faisaient référence à la noblesse de la loi. Lui, il n'y croyait pas. Trop d'affaires véreuses, une trop forte odeur d'abattoir émanaient de toutes les salles d'audience où il était entré. C'était souvent un sale boulot, en effet. Mais la loi tentait au moins de régir le malheur, les affronts et les blessures de nos existences sociales qui, sans elle, se seraient déroulées totalement au hasard. Le but de la loi était de laisser les océans n'engloutir que ceux qui avaient été choisis pour couler, sur une base prévue à l'avance... Dans les affaires humaines, la raison ne triompherait jamais complètement, mais il n'y avait pourtant pas de meilleure cause à défendre. Helen s'était assise ; elle l'écoutait en sirotant son vin.

Pour le dessert, elle apporta des mûres. Elle leva la bouteille dc vin en direction de Stern, mais celui-ci refusa. Helen avait bu sans se poser de questions ; lui, il s'était contenté d'un seul verre. Il buvait trop, ces derniers temps — alors que ce n'avait jamais été son habitude. Il avait trop souvent la gueule de bois.

— Comme toujours, dit-il finalement, je n'ai pas cessé de parler, et de moi en plus.

— C'est formidable de t'écouter, Sandy. Et tu le sais bien.

— Ah bon ? C'est vrai que j'aime avoir un auditoire attentif...

Elle le dévisagea.

— Avec moi, tu en as un, dit-elle d'une voix douce. (Ils restèrent un moment silencieux, à s'observer.) Bon, reprit Helen. Tu le sais. Je le sais. Alors pourquoi ne pas le dire. Je suis libre. D'accord ?

— Voyons, bien sûr.

Ses noirs sourcils se dressèrent, et elle ajouta :

— Dans tous les sens du terme.

L'espace d'un instant, Stern eut vraiment l'impression que son cœur cessait de battre. Que se passait-il avec Helen ? Sa façon de considérer la réalité était parfois absolument désarmante. Elle disait ce qu'elle pensait avec aussi peu de cérémonie qu'un boucher lançant la viande sur la balance. Ils savaient tous les deux qu'ils étaient arrivés à un moment favorable.

— Tu n'es pas prêt, reprit-elle immédiatement. Je comprends ça. (Elle s'empara de son verre de vin et le vida d'un trait — son premier geste nerveux de la soirée.) Mais quand tu l'es, tu l'es. Nous sommes en route pour le vingt et unième siècle, Sandy. Il n'y a plus vraiment de convenances dans ce genre de situation. Tout le monde ne fait pas une dépression nerveuse en cas de deuil.

Il n'était pas certain de ce qu'il lui aurait répondu si elle lui en avait laissé l'occasion. Il ne lui aurait certainement pas expliqué sa situation — que, tel un vampire, il avait abusé d'une femme alors qu'il était censé être mort, allongé dans sa crypte avec un pieu planté en plein cœur. Heureusement, il n'avait à l'évidence pas besoin de préciser tout cela : il sentait que le scénario était déjà écrit et qu'Helen s'était attribué toutes les tirades. Elle s'était choisi le rôle de la missionnaire. Elle allait le guérir. Lui faire accepter ce qu'il était. Dans un instant, elle allait lui dire qu'il était encore attirant. Il connaissait Helen depuis plusieurs dizaines d'années et elle ne l'avait pas habitué à cette hardiesse. Ce n'était pas sa véritable nature — il avait devant lui la nouvelle Helen améliorée, psychanalysée et réorganisée. Une bonne part de cette histoire avait un petit air politique. Les anciennes nations colonisées se devaient d'acquérir leur indépendance. Dites ce que vous pensez. Assumez vos désirs. Vous êtes égaux en droit. Stern, pourtant, était moins sûr qu'elle que des vertus naîtraient de cette révolution. Mais, pour cette soirée, c'était tout aussi bien. Il allait jouer son rôle. Ici siégeait Alejandro Stern, la première coquette chauve de l'Histoire.

— Tu es encore un homme très attirant, Sandy.

Il ne put réprimer un sourire — qu'une fois encore elle ne comprit pas.

— Tu crois que les femmes ne sont attirées que par les corps de vingt ans ?

Et voilà : c'était là l'un des quelques grands mystères de l'existence. Qu'est-ce que les femmes *trouvaient* attirant ? La prévenance. Cela, il le savait. Et la force, d'une façon ou d'une autre, il l'avait toujours supposé. Mais la question physique entrait aussi en ligne de compte.

— Je ne sais pas, Helen, mais il me semble qu'il me manque certains éléments essentiels.

— Je ne crois pas. Je pense que tu les as. Et peut-être même certains qui ne le sont pas...

Ses mains firent un geste vague, et ils se mirent à rire tous les deux de bon cœur.

Mon Dieu, ç'aurait été idiot de prétendre qu'il ne prenait pas plaisir à cette situation. Parce qu'il l'appréciait, oui. Vu l'état d'esprit dans lequel il avait commencé cette soirée, la franchise d'Helen, son affection, son excitation lui paraissaient un formidable miracle. Il lui prit la main.

— Helen, c'est une offre délicieuse. Je suis sûr que je ne vais pas cesser d'y penser.

Comme d'habitude, il ne lui déplaisait pas d'être évasif. Il était revenu à sa personnalité essentielle : l'étranger, l'inconnu difficile à cerner. Mais, apparemment, son ambiguïté était trop pour elle. Elle se déroba et secoua la tête.

— Mon Dieu, quel gâchis j'ai fait !

— Mais non, c'est idiot.

— Oh, Sandy... (Elle cacha son visage dans ses mains.) Je suis soûle. Je n'arrive pas à y croire.

Elle s'assit, les yeux fermés, le visage en feu, avec l'air de souffrir vraiment. Il fut terriblement ému par cette image de sa chère et honnête Helen en proie à une telle humiliation. Il avait l'impression d'être revenu à l'instabilité émotionnelle de l'adolescence. Mais, pour l'instant, aucune importance. Il se leva brusquement, vint derrière elle et l'entoura de ses bras.

— Helen..., murmura-t-il à son oreille.

— Je suis soûle, répéta-t-elle. Je me suis laissée aller comme une poivrote dans un bar...

— Mais non. Tu t'es montrée telle que tu es, quelqu'un de sincère et de gentil. Je suis vraiment très fier et... énormément intéressé par ta proposition.

— C'est vrai ?

Elle pencha la tête en arrière, si bien qu'elle le regarda par en dessous, une attitude coquette qu'on aurait plutôt attendue de quelqu'un de beaucoup plus jeune qu'elle. Et elle souriait, aussi, comme une jeune fille.

— Oui, c'est vrai, déclara Alejandro Stern.

Il l'aimait trop pour ne pas l'embrasser. Il se pencha vers son visage, affectueusement — et il fut pris au dépourvu par les merveilleuses sensations qui l'illuminèrent dès ce premier contact. A l'évidence, Helen ressentit la même chose et gémit. Il contourna la chaise et la prit dans ses bras. Il lui caressa les seins.

— En haut..., lui murmura-t-elle un moment plus tard.

Et elle le conduisit par la main jusqu'à sa chambre à coucher. Il lui ôta sa robe, son corsage, et l'aida à dégrafer son soutien-gorge. Elle avait une lourde poitrine, un peu aplatie par l'âge et les épreuves de la maternité, mais pourtant ce spectacle excita terriblement Stern. Elle le laissa retirer le dessus-de-lit ; elle avait desserré sa cravate ; il l'enleva.

Et soudain, il se souvint de l'avertissement de Peter. Il s'immobilisa. Il n'avait pas l'équipement indispensable. Ce serait affreux.

— Helen..., murmura-t-il. (Elle l'observa, mais ses lèvres se tendaient vers lui.) Helen... C'est très embarrassant...

— Ohhh..., dit-elle. Tu n'es donc pas à la page ? (D'un geste de la main, elle indiqua la table de nuit, de l'autre côté du lit.) Le tiroir du haut.

Au milieu des slips, il y avait un paquet de préservatifs. Il s'efforça de ne pas avoir l'air surpris. Helen avait glissé ses bras sur le haut de sa robe, si bien qu'elle était langoureusement drapée dans son vêtement ; elle eut un petit sourire.

— Je ne me sens pas offensée, si tu ne l'es pas non plus. A vrai dire, c'est une nécessité. (Comme il ne semblait pas comprendre, elle ajouta :) Contraception.

— Oh, la la, Helen !

Cette nouvelle, pour une raison ou une autre, lui plaisait.

— Ne t'excite pas, dit-elle, en repoussant la couverture. Ma ménopause a commencé. Comme pour n'importe qui. Mais pas au point de ne plus rien risquer.

Stern tripota le paquet. Modèle économique. Vingt-quatre pièces. Et la plupart disparues. Mon Dieu, la vie moderne était vraiment déconcertante ! Helen avait fait le tour du lit et s'était approchée. Elle libéra ses bras des manches de sa robe.

— Où en étions-nous ? demanda-t-elle.

Plus tard, il était allongé avec Helen. Cette fois, il en avait conscience, il avait été moins habile. Il avait cafouillé avec cette stupide chose en latex et leur nervosité réciproque s'était exprimée avec une politesse presque comique. « Est-ce que ça va ? » « Oh, oui, oui, je t'en prie. » Et pourtant, maintenant, ils étaient allongés, calmes et collés l'un à l'autre, parfaitement heureux. Il se dit qu'il était censé rentrer chez lui. Mais il n'avait aucune envie de s'en aller tout de suite. Il pensa, avec une certaine nonchalance, qu'il était vraiment une vile créature, une de ces canailles hypocrites et sans morale sorties tout droit de quelque coucherie à la française, faisant vœu de chasteté puis se jetant sur la première femme venue... Qu'est-ce qui n'allait pas chez lui ?

Et pourtant, il ne se sentait pas abject — et il ne pensait pas se tromper. Il avait supposé, à en croire la télévision, les films et les conversations de cocktail — il ne savait plus exactement d'où lui venaient ce genre d'idées — que ces accouplements, « de hasard » comme on disait, étaient censés être froids et sans amour. Mais ici, dans la douce obscurité de la chambre d'Helen, il débordait de tendres sentiments. Cette femme, comme Margy, lui serait chère pour le reste de son existence. Était-ce de l'aveuglement ? Ou était-ce seulement que la mythologie populaire se trompait ? Était-ce cette intimité et ce contact que tout le monde recherchait ? Curieusement, il pensa soudain à Dixon. Ce cavaleur de première passait-il ainsi ses milliers d'intermèdes ? Oui. Probablement. Même pour Dixon, il devait y avoir dans ce papillonnage autre chose que des occasions de vantardise. Il désirait ardemment être accepté, il poursuivait la tendresse et le soutien féminins avant de s'aventurer de nouveau dans cet univers que les hommes rendaient terrible.

C'était la même chose, donc, pour Alejandro Stern. La vie qu'il avait toujours connue était finie, et le chemin qu'il empruntait désormais était largement mystérieux. Qu'avait-il devant lui ? Ces derniers mois, il s'en rendit compte soudain, avaient été dominés par la peur. Mais c'était terminé. Pour l'instant, avec Helen lovée dans le creux de son bras, Helen dont la respiration s'apaisait au fur et à mesure qu'elle plongeait dans le sommeil, il avait fait un pas de côté, il avait pris son temps, il était allé se rafraîchir dans l'air nocturne... Oui, aujourd'hui, cette nuit, pour la toute première fois depuis que c'était arrivé, il pouvait affirmer qu'il était en paix, même brièvement.

Pour l'occasion, Stern emprunta la Chevy 1954 d'un de ses camarades de la fac de droit, George Murray. En Amérique, ce fut à cette époque que les automobiles cessèrent de ressembler à des théières, et Stern trouvait ce véhicule aérodynamique et impressionnant. Il ne connaissait pas beaucoup de filles, aux États-Unis ; il semblait y avoir dans ce pays si peu d'occasions pour en rencontrer ! Pendant des années, il avait été en avance à l'école et, par conséquent, il n'intéressait guère les filles plus âgées qui l'entouraient. Et dès l'âge de dix-sept ans, il avait travaillé tous les week-ends sur la route avec ses planches de loterie, un itinéraire compliqué qui l'avait conduit aux quatre coins du Middle West dans un camion délabré et puant, propriété de Milkie, son patron crasseux et borgne. Avec le temps, son inexpérience était devenue une seconde nature. Né à l'étranger, parlant avec l'accent espagnol, juif, il pou-

vait, en compagnie des filles, se sentir comme quelqu'un qui venait de débarquer d'une autre galaxie.

Clara, elle, était à l'aise avec lui et il lui en était reconnaissant. Il s'emmêla les pieds en la conduisant jusqu'à la voiture, mais elle avait l'air amusée et décontractée. D'une manière ou d'une autre, il réussissait à détendre cette jeune femme à l'apparence sévère. Tout autant qu'il désirait aveuglément et instinctivement la conquérir, peut-être estimait-elle qu'il était tout ce qu'elle méritait ?

— Vous savez, dit-elle dès qu'ils furent assis dans la voiture, c'était vraiment mon idée. J'ai supplié mon père de vous demander ça.

— Ça, répondit Stern en les englobant tous les deux d'un geste de la main, c'était mon idée. Mais c'est vous qui l'avez mise en action.

— Oh, vous êtes gentil. (Elle lui sourit.) Papa dit ça. Il pense que vous êtes très brillant.

— Vraiment ?

Stern, qui n'avait pas l'habitude de conduire en ville, gardait les yeux désespérément fixés sur la rue. Si cette voiture avait le moindre problème, il n'aurait plus qu'à se réfugier dans l'État voisin. Murray avait été clair là-dessus.

— Que pensez-vous de lui ? demanda Clara. De mon père ?

Stern, trop occupé à conduire, laissa échapper un grognement.

Clara éclata de rire. Elle lui toucha le bras alors qu'il manipulait le levier de vitesse.

— Je suis terrible, n'est-ce pas ? Mais je ne suis pas comme ça vraiment, monsieur Stern. Tout est de votre faute. Savez-vous qu'en général je suis très calme ? Les gens vous le diront.

— Et ils me diront quoi d'autre ?

Il se sentait sociable, tout à coup. Elle recommença à

sourire, mais, à l'évidence, ce n'était pas une question à lui poser.

— Racontez-moi l'Argentine, dit-elle, un moment plus tard.

On jouait du Ravel, ce soir-là. Clara lui parla de musique, faisant sans façon des références à des passages qu'elle supposait aussi évidents pour lui que s'il s'agissait de mots écrits sur une feuille de papier. A l'entracte, il acheta du jus d'orange. Une seule bouteille, pour elle. Son manque de moyens habituel l'avait fait agir sans réfléchir et il se rendit immédiatement compte qu'il l'avait gênée en affichant si clairement sa misère. Mais elle refusa de l'être. Elle lui tendit la paille qu'elle avait enfoncée dans la capsule en carton de la bouteille et lui permit d'aspirer une gorgée à son tour. Et là, il se passa quelque chose. Le hall était bondé ; l'acoustique particulière de l'immeuble amplifiait le brouhaha, et les lumières faisaient mal aux yeux après le noir de la salle. Pourtant, ce geste parut à Stern plus intime qu'une étreinte. D'une façon ou d'une autre, sa personnalité lui était devenue aussi claire que, pour elle, les notes de la musique qu'on avait jouée : elle était gentille. Ardemment. Continuellement. La gentillesse lui importait davantage que son image sociale. Cette vision d'elle l'envahit et, comme pris d'un étourdissement, il se sentit soudain immergé dans ce courant tiède, tandis que son cœur volait vers elle.

— C'était merveilleux, lui dit-elle, tandis qu'ils avançaient sur le trottoir, dans les lumières du bâtiment, à la fin du concert.

Elle était sortie avec son manteau sur le bras, maintenant ils étaient immobiles au milieu de la foule qui les bousculait et elle bataillait avec l'une de ses manches. Prenant son courage à deux mains, Stern lui proposa d'aller dîner à Chinatown. Il avait réfléchi à cet instant pendant toute la semaine. Il lui fallait l'emmener quelque part. Chinatown, avait-il finalement décidé, combinait les impératifs de l'économie et du romantisme. L'idée de ce repas — il était maigre à cette époque et avait toujours faim — l'avait tourmenté pendant des jours. De toute façon, elle refusa. Elle avait certainement pensé à ce problème d'argent, elle aussi.

— Je dois vous dire, mademoiselle Mittler, que j'ai l'intention d'installer un téléphone la semaine prochaine.

Et c'était vrai. Il ne l'avait pas fait plus tôt simplement parce qu'il n'était pas certain qu'Henry lui permettrait de conserver son bureau. Mais cette remarque, faite sur le ton de la plaisanterie, amusa Clara. Cela, et Stern s'en était aperçu immédiatement, était un pouvoir rare qu'il avait sur elle. Sous les lumières du fronton de la salle de concerts, Clara se mit à rire, parfaitement à l'aise. Elle avait un tout petit chapeau rose avec une voilette blanche ; de la main, elle l'empêcha de tomber.

— La semaine prochaine, dit-elle alors, nous ferons une sortie spéciale au restaurant. Pourquoi se précipiter, cette nuit ?

Accepté. Il lui offrit son bras et elle le prit. Ils fendirent d'un bon pas la foule des auditeurs, des hommes en pardessus, des femmes avec des étoles de fourrure et des bijoux. Stern ressentit une bouffée de plaisir. Il était certain qu'à les regarder on pensait : « Quel beau couple de jeunes Américains ! »

19

Le message téléphonique disait : « Margy Allison ». S'il avait lu simplement « Margy », sans doute aurait-il réalisé une seconde plus tôt de qui il s'agissait, et aurait-il alors été un peu moins angoissé. Depuis qu'ils s'étaient quittés, à l'hôtel, il n'avait plus eu le moindre contact avec elle. Finies les fleurs — et il ne lui avait même pas passé un petit coup de fil pour lui dire bonjour, et encore moins pour lui annoncer qu'il lui avait peut-être transmis une maladie vénérienne. Il en avait vraiment eu l'intention, pourtant. Mais il lui aurait été plus facile de lui faire envoyer une carte postale par le département de la Santé publique que de lui expliquer ce sujet par téléphone. Et comment lui donner le détail des faits tout en sauvegardant l'intimité de Clara — et la sienne ? Peter l'avait déjà appelé pour lui dire que le premier échantillon de sang n'était pas contaminé ; après le second examen sanguin, qu'il lui faudrait faire dans une quinzaine de jours, son bilan de santé serait peut-être normal, et il n'aurait alors aucune mauvaise nouvelle à lui annoncer. Stern avait donc pensé qu'il valait mieux attendre. Mais à présent, avec ce message, il était coincé. Eh bien, il avait effectué un tour complet en quelques mois — du mari fidèle au parfait goujat. Il soupira, et demanda à Claudia d'appeler Margy.

— Salut, toi ! s'exclama-t-elle. (Il crut déceler une note de bonne humeur dans sa voix. Mais ses espoirs furent vite anéantis. C'était de l'ironie.) Longtemps sans nouvelles, hein ?

Le commentaire semblait raisonnable. Qu'est-ce qui avait bien pu lui faire penser qu'il était habile avec les femmes ?

— Si je te dis que je suis terriblement embarrassé, est-ce que tu me croiras ? demanda-t-il.

— Sûr. Je le croirai. Je dirai même que ça a pas mal de sens.

Elle était en colère. Indignée. Stern se tassa un peu plus dans son fauteuil, essayant de résister tant bien que mal à la culpabilité qui lui nouait le ventre. Elle allait lui en faire baver. C'était parti.

— J'ai bien peur..., commença-t-il, puis il se tut.

Il voulait lui expliquer que tout cela était très

nouveau pour lui et, donc, qu'il était perturbé. Mais c'était une excuse trop lamentable.

— Peur de quoi ? Tu vas me dire qu'il y a quelque chose qui te fout la trouille ?

— Margy, je te jure que je suis vraiment désolé. Tu es quelqu'un de trop bien pour être traitée avec tant de mesquinerie.

— Un peu, que je le suis !

— Je le sais. Vraiment, je...

— Mais c'est quand même moi qui t'ai contacté.

— Et je suis très content que tu l'aies fait.

— Je ne t'ai pas appelé pour que tu sois content. J'ai quelque chose que j'aimerais bien que tu voies.

— Moi ?

— Ouais, toi. Que ça te plaise ou non. J'imagine que tu es le type à qui je dois en parler.

Lorsqu'il comprit enfin, il eut l'impression qu'on le poignardait. *Oh, mon Dieu !* pensa-t-il. *Oh, Dieu !* Il ferma les yeux. *Elle l'a attrapé.*

— J'étais assise, là, à regarder ce foutu machin, et voilà ce que j'ai pensé : Faut que je parle tout de suite à ce salopard.

— Oh, Margy ! (Il attendit un instant, en proie à une honte insupportable.) De quand ça date ?

— Hier.

Naturellement. On pouvait compter sur Peter pour avoir tout faux.

— Je suis responsable, dit Stern. Il ne faut pas que tu aies le moindre doute à ce sujet.

— Pourquoi j'en aurais ? Je t'appelle, non ?

Stern gardait les yeux fermés. Il n'avait jamais vécu un moment aussi affreux de toute son existence. Jamais. Il avait toujours tenu à son honneur. Sa main, d'un geste automatique, se promena sur son bureau, puis il se souvint que cette recherche furtive était vaine. Il allait acheter des cigares aujourd'hui même. Il se le promit. Oui, juré.

Comme il ne parlait plus, elle dit :

— J'ai besoin que tu me dises ce que je dois faire.

— Bien sûr.

— Combien de temps cette saloperie va durer, de toute façon ?

Qu'avait expliqué Peter, déjà ? Trois semaines ou une vie entière. Il lui répondit donc simplement qu'on ne pouvait jamais être certain. Il n'avait aucune envie d'entrer dans les détails.

— Super. J'imagine qu'il faut que je vienne, alors.

— Ici ?

— Où, sinon ?

A l'évidence, elle ne savait trop que faire en ce qui concernait le traitement ou le diagnostic.

— J'aurais cru que tout le nécessaire pouvait être fait à Chicago, dit-il.

— Eh bien, je l'ai pensé aussi, mais ce n'est pas comme ça que ça va se passer.

Il ne comprenait pas du tout la colère à laquelle elle s'abandonnait maintenant.

Et puis il pensa tout à coup à Helen, et cela lui coupa la respiration. Il se laissa aller contre le dossier de son fauteuil, raide, abasourdi. Il ne pouvait certainement pas y avoir un problème, là aussi. Peter lui avait pratiquement promis. Et s'il se plantait deux fois ? Stern avait rouvert les yeux, maintenant.

Margy voulut savoir s'il était toujours là.

— Désolé..., répondit-il.

Il lui demanda de l'excuser une seconde et se rapprocha de son bureau en s'accrochant au bord de la plaque de verre. Tout ce contrôle et cette regrettable pression excessive et obsédante qu'il avait toujours exercés sur lui-même et qu'il avait toujours tranquillement méprisés, cela avait un but. Il s'en rendait compte à présent.

— Tu sais que j'ai seulement trois semaines, reprit-elle.

— Trois semaines ? répéta-t-il, étonné.

— Jusqu'au jour où je suis censée être chez vous. Ce truc dit le 27 juin.

Quel truc ? faillit-il murmurer. Mais il se retint. Un miraculeux processus de reconstruction se mit immédiatement au travail. Oh, il était toujours vivant. Et il comprenait, maintenant : elle avait reçu une assignation du grand jury ! Il se frappa la poitrine, à l'endroit où il sentait son cœur cogner.

Il la questionna et elle lui fit un rapide résumé des événements de la veille. L'assignation lui avait été remise par des agents du FBI de Chicago, des fonctionnaires locaux qui n'étaient pas impliqués dans cette enquête ; ils s'étaient contentés de lui donner le papier et de lui annoncer qu'elle devrait aller témoigner le 27 de ce même mois au sujet des documents réclamés par la justice.

— Tu as parfaitement raison, dit Stern. Il faut que tu viennes ici. J'ai pensé un instant qu'ils n'exigeraient peut-être pas une comparution personnelle devant le grand jury, mais puisqu'ils t'ont dit le contraire... (Il mentait fabuleusement, à présent. Dans un instant, il aurait réorganisé la totalité de leur conversation.) Donc, tu dis le 27... (Il chercha son carnet de rendez-vous, mais c'était Claudia qui l'avait. Il jugea inutile de le récupérer.) Oui, c'est parfait. Bon, je te verrai ce jour-là.

— Et c'est tout ? demanda-t-elle.

— Non, non, bien sûr que non. Il faut que je te voie, que je réétudie les documents, que je comprenne pourquoi ils t'importunent.

— Mais tu es mon avocat. Ce n'est pas pareil qu'avec John. Comme tu as dit — tu es responsable.

— Il faut que je vérifie auprès de l'adjoint du procureur des États-Unis. Mais je dirais que... (*Stop!* pensa-t-il. *Arrête.* Il parlait à tort et à travers, encore électrisé par le soulagement.) Margy, envoie-moi l'assignation par fax. Maintenant.

Ils restèrent un instant sans parler, avec une infinité de petites choses compliquées qui s'accumulaient dans le bourdonnement étouffé de la ligne. Puis Stern lui expliqua que Claudia voulait lui passer un autre appel — un mensonge cousu de fil blanc — et il la mit en attente jusqu'à ce que le fax de l'assignation fût devant lui, sur son bureau. Le gouvernement demandait des documents de la société, et, normalement, dans ce cas, elle aurait dû lui être remise à lui, puisqu'il était l'avocat de ladite société. Il n'avait pas imaginé, à entendre l'avertissement de Klonsky, qu'ils iraient aussi loin, mais le premier président Winchell avait laissé les procureurs employer cette tactique, déjà utilisée dans d'autres affaires : ils prétendaient qu'il fallait s'assurer que les employés feraient leur possible pour produire les documents. Et là encore, nota Stern, l'informateur du gouvernement avait mis dans le mille : il avait trouvé la personne qui connaissait le mieux les dossiers de MD.

La majeure partie du contenu de l'assignation était prévisible. En tête de la liste figuraient à peu près deux douzaines de dates ; le gouvernement voulait avoir chaque bordereau enregistré ces jours-là au bureau central des ordres. Il exigeait les documents concernant la totalité des affaires du MD pour chacune de ces dates, et continuait ainsi à dissimuler ce qui l'intéressait vraiment, en ne concentrant pas ses efforts sur des transactions précises. Mais dans tous ces papiers se trouveraient les fiches établies par John selon les instructions de Dixon pour les ordres qui avaient fini par le compte des pertes et profits. De nouveau, l'indic avait frappé juste.

Dans le second paragraphe de l'assignation, le grand jury réclamait tous les chèques encaissés de MD d'un montant supérieur à deux cent cinquante dollars pour les quatre premiers mois de l'année. Stern comprit qu'il s'agissait là d'un pas supplémentaire que faisait le gouvernement pour établir que c'était Dixon le bénéficiaire des bénéfices illégaux des opérations en amont des gros clients. Mais c'était aussi un signe encourageant : apparemment, ainsi que Dixon l'avait prévu, l'assignation remise à sa banque personnelle n'avait rien donné. Stern avait passé une ou deux soirées à étudier les copies des relevés fournis par la banque, et il n'y avait rien trouvé de plus extraordinaire que les rares chèques personnels à six chiffres pour des investissements et des achats qui faisaient partie du style de vie de millionnaire de Dixon. Il n'y avait aucun gros dépôt dont les sources restaient inexpliquées.

— Que signifie ce dernier truc ? demanda-t-il à Margy lorsqu'il reprit la ligne. (Les battements de son cœur étaient redevenus normaux. Il lut :) « Tous les documents d'ouverture de compte, les documents d'achat et de vente, les entérinements et les relevés mensuels du compte Wunderkind, n° 94044315. » Est-ce que nous savons ce que c'est ?

— J'ai vu ça, en effet, dit Margy.

— Et alors ?

— Alors, c'est un vieux chien rusé. Tu as le relevé du compte des pertes et profits que je t'ai donné ?

Stern remit Margy en attente un instant, tandis que Claudia lui sortait le dossier.

— Regarde au 24 janvier, fit Margy lorsqu'il reprit la ligne. Tu vois l'endroit où il signale un achat et une vente de cinquante mille boisseaux d'avoine ?

Il l'avait. Dixon — ou plutôt *quelqu'un*, pour reprendre la formule normale des présomptions — avait passé ces ordres à l'occasion d'une montée du prix de l'avoine, le jour où Chicago Ovens avaient acheté plus de deux millions de boisseaux à Chicago.

— Ces transactions ont généré un profit d'environ quarante-six mille dollars, d'accord ?

Stern n'était pas en mesure de suivre et encore moins de discuter l'arithmétique de Margy. Il se contenta d'acquiescer.

— Maintenant, regarde le lendemain. Tu vois l'endroit où il y a un achat de deux marchés sur l'argent d'avril 90 dans le compte des pertes et profits ?

— Oui.

A en croire les libellés du relevé, cette transaction, comme celle sur l'avoine de la veille, avait été passée sous un numéro de compte pour lequel MD n'avait pas de dossier ouvert. Du coup, tout avait été crédité sur le compte des pertes et profits.

— Maintenant, devine quelle est la valeur de la transaction sur l'argent ? Est-ce que ça te surprendrait si je te disais que c'est un petit peu en dessous de quarante-sept mille dollars ?

A ce point, tout était surprenant pour Stern, mais il joua son rôle et répondit :

— Non.

— Ensuite, regarde au bas du relevé, poursuivit Margy. Tu retrouves les deux transactions sur l'argent ?

— « Récépissé de virement sur le compte 94044315 », lut-il sur le relevé en question.

Puis il se reporta à l'assignation. C'était le numéro du compte Wunderkind. Il ne comprenait toujours pas.

— Regarde, dit Margy, il a utilisé les profits réalisés sur l'avoine le 24 pour acheter de l'argent le 25. Le prix de l'argent est débité sur le compte des pertes et profits ; une fois que c'est payé, il établit les entrées comptables et met l'argent sur cet autre compte, Wunderkind. Tu vois le coup ? Il a transformé son profit sur l'avoine en argent et il s'est ramassé un jeu du tonnerre.

— Est-ce que la même chose s'est produite en d'autres occasions ?

— Pour autant que je sache, ça n'arrête pas. Il fait du fric en spéculant en amont de grosses transactions, puis il s'enfile dans une position d'erreur pour faire disparaître le profit et il le vire sur le même compte.

— Wunderkind ?

— Tu paries ?

Stern repassa le processus dans sa tête pour être sûr d'avoir enfin bien compris. C'était un stratagème compliqué pour sortir du compte des pertes et profits les bénéfices réalisés avec des transactions en amont. Une fois qu'ils étaient en sûreté, il traitait d'autres contrats en s'arrangeant pour faire encore une erreur quelconque qui les feraient aboutir sur le même compte ; et quand la nouvelle position était à jour sur ce compte-là, l'argent était viré sur Wunderkind. C'était sans doute pour cette raison que Dixon l'avait regardé avec cet air rusé, l'autre fois, sur le terrain de golf.

— Qu'est devenu le pognon du compte Wunderkind ?

— J' sais pas. J'ai pas encore tous les registres. Il les a probablement fermés aussitôt, et il a empoché le blé.

— Et que signifie Wunderkind ?

— Ça me dépasse. C'est peut-être le nom du compte. La seule chose que je peux dire d'après le numéro, c'est que c'est une société.

Stern hocha la tête. Les coureurs atteignaient la dernière ligne droite. Si le gouvernement pouvait prouver que Dixon contrôlait Wunderkind, il avait le chaînon manquant dont il avait besoin pour tout lui mettre sur le dos. Mais vu son expression de l'autre jour, au golf, on pouvait parier, sans gros risque de se tromper, qu'il tirerait de son chapeau une autre ruse finale, une autre esquive ingénieuse pour empêcher les Feds de faire remonter jusqu'à lui cet argent sale. Le compte d'une société, avait dit Margy. Il s'agissait peut-être d'une société d'investissement dont les actifs étaient déposés et contrôlés dans un paradis fiscal ? Lors de l'enquête du fisc, quelques années plus tôt, Stern avait vu Dixon employer des manœuvres semblables, dont la CIA elle-même aurait pu s'enorgueillir, tellement elles étaient tordues. Maintenant, c'était John qui restait le principal sujet d'inquiétude. Que dirait-il aux enquêteurs du gouvernement ? S'il faisait obstruction, ou s'il ne révélait pas toute la vérité, Klonsky et Sennett le menaceraient de le poursuivre — et ils le feraient. A l'évocation de la situation délicate dans laquelle se trouvait son gendre, Stern secoua la tête de nouveau.

Il demanda à Margy de veiller à rassembler tous les dossiers pour au plus tard le lundi précédent sa comparution.

— Sûr. Faudra simplement que je travaille tout le week-end. Quoi de neuf, autrement ? Je pense que j'arriverai peut-être dans la nuit de dimanche, ajouta-t-elle tranquillement. Je descendrai au Gresham.

— Ah, oui ! dit Stern. Mais Claudia me fait des signes désespérés. Merci beaucoup, merci beaucoup.

Et à ces mots, il raccrocha. Il se sentait nauséeux, reconnaissant et libre.

20

La semaine précédente, Stern avait passé deux fois la nuit chez Helen, il était rentré chez lui le matin pour se changer avant de partir au travail et pour jeter un œil sur son courrier de la veille. Ils étaient sortis ensemble à trois reprises depuis le fameux concert — dîner, théâtre. En chacune de ces occasions elle avait prouvé sa capacité de lui faire oublier les restes frustrants de son existence ruinée. Quand il était avec elle, il avait tendance à n'entendre que son rire musical, enjôleur, sa voix claire et ferme, à ne plus ressentir, bien sûr, que l'irrésistible pulsation de sa vie sentimentale renaissante. Chère et douce Helen, décidée à le faire progresser.

Ce matin-là, dans le courrier de la veille, il trouva un rappel de la facture de Westlab, un formulaire de couleur rose, cette fois, avec un gros tampon en lettres capitales rouges : IMPAYÉ. *Oui, c'est vrai !* pensa-t-il alors. Sa dernière hypothèse, c'était que Clara avait consulté un médecin femme, vu la nature de son problème ; il avait donc feuilleté de nouveau son carnet d'adresses, à la recherche d'un nom, alors même qu'il sentait que cette recherche serait vaine. Que pourrait lui dire ce docteur, de toute façon ? Qu'y changerait-elle ? Mais sa curiosité n'avait rien à voir avec la raison. Il considéra cette facture impayée comme un signe du destin, aussi, dès qu'il fut habillé, il prit le rappel de Westlab et son chéquier et il partit vers ce lieu où, à la mi-février, un prélèvement de Clara Stern avait été mis en culture, analysé puis identifié avec une exactitude clinique. *Et si ç'a été une erreur ?* pensa-t-il soudain, tout en conduisant — puis il se dit, pour la centième fois, sans doute, que le diagnostic, en fait, n'était pas la question essentielle. Clara avait eu une raison de soupçonner qu'il y avait un problème. Il n'y avait que dans la Bible et dans la légende arthurienne que les vertueux avaient des rapports dans leur sommeil.

Stern ne savait pas où se trouvait le laboratoire, mais son plan le situait dans une petite impasse coincée entre deux grosses avenues commerçantes à cinq ou six pâtés de maisons de chez lui, pas plus, dans le quartier de Riverside. C'était un immeuble pas très haut, en brique, au toit plat, avec des fenêtres à battants, une construction de style années 50. Il était passé cent fois en voiture près de Westlab sans jamais y faire attention. Une fois franchies les portes vitrées, il y avait peu d'espace réservé au public, juste une petite salle d'attente avec quatre sièges baquet en plastique boulonnés à une barre d'acier et une cloison en verre. Il s'en approcha et demanda Liz. On l'appela et elle ne tarda pas à apparaître, exactement comme dans la description de Radczyk, une petite femme brune, avec des cheveux coupés court, dont la frange entourait le visage. Elle était très maquillée et portait un pantalon gris ; de l'eye-liner barbouillait même ses cils inférieurs. Visiblement habituée à avoir affaire au public, elle lui adressa un sourire avenant.

— Je suis monsieur Stern, dit-il. Cette facture a été envoyée à ma femme, avant son décès, fin mars. Dans la confusion qui a suivi l'événement, j'ai bien peur de l'avoir négligée.

— Oh, ce n'est pas grave, assura Liz, d'une voix ferme.

D'un geste désinvolte mais éloquent, sa main passa distraitement devant son nez et lui offrit l'absolution.

Il attendit un instant et ajouta :

— Il y avait probablement aussi la facture d'un médecin, d'ailleurs. Ou nous ne l'avons jamais reçue, ou elle a été égarée. Je voudrais le contacter pour m'assurer qu'il a bien été payé, mais je ne suis pas vraiment sûr de savoir qui c'est. Vous pouvez me donner le nom du docteur qui a ordonné les examens ? Je suis l'exécuteur testamentaire des biens de ma femme, s'il y a la moindre difficulté...

— Oh, non, évidemment.

Liz recommença à agiter la main de la même façon et s'éloigna aussitôt avec la facture de Stern, dans l'espace réservé à l'administration, illuminé, comme la plupart des bureaux de cette époque, par une trop forte lumière fluorescente criarde. De plus loin, quelque part à l'intérieur du laboratoire, une vague odeur d'antiseptique arriva jusqu'à Stern. Tout en cherchant bruyamment dans le meuble où étaient classées les fiches des clients, Liz interpella une autre employée à propos de quelque chose qui n'avait rien à voir, puis elle revint vers Stern en feuilletant un dossier. Elle n'avait pas encore tout à fait atteint la cloison vitrée lorsqu'elle lui parla.

— *Calling,* crut-il entendre.

— Pardon ? fit-il.

— Vous le connaissez ? Dr Nathaniel Cawley ? Son cabinet est là-bas, vers Grove. A trois pâtés de maisons, à peu près. Voilà l'adresse.

Entre-temps, elle avait posé le dossier devant Stern ; elle lui montra l'ordonnance pour l'examen, un long formulaire en petits caractères, avec des espaces remplis de l'écriture illisible habituelle aux médecins. Le nom et l'adresse du cabinet de Nate étaient imprimés en haut de la feuille, mais de toute façon il n'y avait aucun doute, c'était bien lui qui avait rédigé cette ordonnance : il avait griffonné une signature et avait écrit : « Culture virale pour HSV-2 » dans une case réservée aux commentaires, au bas de la page.

Stern se sentit soudain faible et glacé. Il leva les yeux et vit que Liz le considérait d'un air bizarre. Peut-être réagissait-elle à son air stupide, ou s'était-elle tout à coup souvenue de Radczyk ? Peut-être, tout simplement, venait-elle de réaliser ce pour quoi l'examen avait été prescrit. Stern pensa pourtant qu'il devait continuer à faire comme si de rien n'était et il sortit son stylo en or de la poche intérieure de sa veste pour recopier l'adresse de Nate. Mais il n'avait rien pour écrire et, du coup, il tourna le dos à Liz et, sans un mot, fit mine de s'éloigner.

— Est-ce que vous réglez ça ? appela Liz en tendant la facture dans sa direction.

Il rédigea un chèque d'une main hésitante. Mais il fut incapable d'écrire les chiffres correctement, et il dut recommencer un second chèque.

Nate ! Stern se laissa aller lourdement sur le siège en cuir cerise de sa Cadillac. Il y avait sans aucun doute une explication. Nate buvait trop, ou il était trop bousculé par sa vie personnelle et, du coup, il avait oublié cette histoire... Et pourtant, Stern était bouleversé. Nate était parfois éméché, exact, mais c'était quelqu'un de sérieux. Pour une raison quelconque, Stern fut soudain inquiet à l'idée que l'on pouvait douter aussi d'un médecin. Il s'empara de son téléphone de voiture ; ce modèle de Cadillac en était équipé à l'origine. Stern n'en avait pas le moindre besoin — il n'avait qu'un trajet d'une dizaine de minutes entre chez lui et son bureau, et il allait généralement à pied aux deux tribunaux où il travaillait. Mais il aimait les gadgets ; Claudia s'était donc occupée de lui avoir une ligne, et depuis, il s'en servait à n'importe quelle occasion. Il alluma le contact de la voiture, appela les renseignements, puis le cabinet de Nate.

— Il n'est pas là, répondit une secrétaire. Puis-je vous être utile, monsieur Stern ?

— Il faut que je lui parle. (Il s'était montré suffisamment courtois avec Nate ; il se sentait en droit maintenant de pouvoir le joindre sur-le-champ.) C'est une urgence, en quelque sorte.

La femme, au bout du fil, resta silencieuse un instant. Il était sûr qu'elle était en train de penser quelque chose du genre : *Les patients ! C'est toujours un cas d'urgence, avec eux.*

— Il est à l'hôpital. (Elle lui répéta le numéro.) Essayez de le faire appeler. Mais je vous préviens qu'il est en train de faire ses visites. Je ne suis pas sûre que vous réussirez à l'avoir.

Il lui laissa ses coordonnées — bureau, voiture, maison —, puis il contacta l'University Hospital. Lorsqu'il obtint le standard, il expliqua que c'était un appel urgent. Derrière lui, près de l'entrée de Westlab, il aperçut une mère qui tirait un bambin en larmes le long de l'allée menant au laboratoire. Stern se retourna pour suivre la scène. Le petit garçon, apparemment, savait ce qui l'attendait, car il résistait de toutes ses forces ; il était presque allongé par terre. La mère était dépassée ; finalement, Stern remarqua qu'elle aussi, elle pleurait.

— Dr Cawley à l'appareil.

— Nate, Sandy Stern.

— Sandy ?

Dans sa voix, Stern nota quelque chose de spécial, déception ou incrédulité.

— J'en ai pour une seconde, Nate. Mais c'était important que je te parle de Clara.

— Clara ? Mon Dieu, Sandy, je suis au beau milieu de mes visites ! (Nate se tut un instant, comme pour se contenir.) Sandy, est-ce que je ne peux pas discuter de ça avec toi plus tard ?

— Nate, excuse-moi, mais...

— Écoute, Sandy, c'est au sujet de ce truc avec

Westlab ? C'est pour ça que tu m'appelles ? J'ai eu tes messages.

Nate, comme Stern s'en était douté, allait s'expliquer. Dans un moment de lucidité, Stern se rendit compte qu'il devait paraître obsessionnel et insensé.

— Je sais que c'est une idée fixe un peu ridicule, Nate, mais...

Pressé, Nate l'interrompit de nouveau :

— Non, non, Sandy, c'est de ma faute... Je suis désolé. Je t'ai obligé à me courir après... Mais je me suis occupé de ce que tu m'as demandé, d'accord ? J'ai vérifié dans mes dossiers, j'ai appelé Westlab, personne ne sait de quoi il s'agit. Ils n'ont aucun document là-dessus, chez eux, et moi non plus. Alors je ne vois vraiment pas quoi te dire. Ce doit être une erreur, sûr. OK ? Nous avons tout contrôlé avec soin. Alors laisse tomber. D'ac ?

Stern réalisa qu'il était en train de contempler la paume de sa main, une paume rose, vide. *Qu'est-ce qui se passe ?* pensa-t-il. *Quoi encore, maintenant ?* Il sentait quelque chose qui grondait en lui, si bien qu'il ne tarda pas à accepter l'évidence : Nate était en train de lui mentir. Et il lui mentait depuis le début. Pendant une fraction de seconde, il oublia de respirer, tandis que le discours de Nate se faisait de plus en plus hésitant. *Que me reste-t-il à entendre encore ?* se demanda-t-il. Et puis, comme cela lui arrivait très souvent ces derniers temps, il décida qu'il n'avait aucune envie de savoir.

Par la suite, il ne réussit pas vraiment à se souvenir de la fin de leur conversation. Il raccrocha le téléphone au clavier lumineux et il contempla sa main un moment, encore posée dessus, avant de retrouver ses esprits. Il commença à recomposer le numéro de l'hôpital, mais une petite voix avisée, dans sa tête, lui conseilla d'abord de redescendre sur terre. Au tribunal, il avait appris quelque chose : un menteur, pris en flagrant délit de mensonge, continuait à mentir. Nate nierait l'avoir trompé. Et si on lui mettait la preuve devant les yeux, il prétendrait qu'il pouvait bien y avoir n'importe quoi sur l'ordonnance, c'était faux. Stern savait qu'il avait besoin d'être plus calme pour affronter ce mystère.

Il passa doucement la première et sortit du parking. Quand il eut roulé un moment, un ou deux pâtés de maisons, sous les gros arbres vigoureux, le long du *parkway*[1] qui traversait cette partie de la ville, une pensée le déchira soudain, brutale et tranchante comme si on venait de le poignarder : elle l'avait haï. Méprisé. D'une façon ou d'une autre, c'était cela que sous-tendait toute cette machination. Il était capable de comprendre les motivations de Nate ; il n'avait pas besoin d'y réfléchir longtemps : il mentait par lâcheté — parce qu'il ne voulait pas courir le risque d'affronter Stern avec la réalité des faits. Et pas seulement l'infidélité de Clara. Cela, c'était le symptôme, pas la cause. Mais la maladie, un sujet de mécontentement matrimonial, brutal et ininterrompu, était trop douloureuse à dévoiler. Et pourtant, elle était évidente, désormais, dans chacun de ses actes, dans cet horrible gâchis qu'elle avait laissé à son mari le soin de découvrir. Incapable, comme toujours, d'exprimer ce qu'elle pensait, elle avait choisi pour cela de faire une démonstration au tableau noir : une vie, un foyer salis, souillés.

Et oserait-il prétendre à présent qu'il n'en avait jamais rien su ? Sur River Drive, il approchait de l'un des nombreux panoramas de cet itinéraire, un espace de béton, avec un vieux mur Greystone bordant la rivière, et une rangée de bancs de jardin tournés vers les verdoyantes collines de Moreland et les banlieues

1. Route reliant les différents parcs d'une ville américaine (*N.d.T.*)

chics de la rive occidentale. Il se gara brusquement et traversa la route. Se penchant par-dessus le mur épais, il regarda les eaux rapides qui se bousculaient, avec leurs courants invisibles et tourbillonnants, le cours scintillant de la Chandelle la bien nommée, puis il se laissa tomber sur un des bancs.

C'était seulement à l'époque où les enfants étaient partis à l'université, l'un après l'autre, que quelque chose était devenu clair. Lorsque Kate s'en était allée à son tour, un sombre désespoir s'était emparé de Clara, un voile douloureux, de plus en plus lourd. Elle restait d'une politesse sans faille, mais elle était sans cesse mal fichue et il ne pouvait rien faire pour l'aider. En prenant des voies détournées, il lui avait suggéré de voir un psy — une idée qu'elle avait immédiatement repoussée. Toujours muette sur ses problèmes, elle avait commencé ensuite à se plaindre du manque de disponibilité de son mari. Le bureau. Ses procès. Ses cigares — ce fut au cours de cette période qu'il n'eut plus le droit de fumer à la maison. Rétrospectivement, le message était clair : il avait sa vie à lui, et elle en avait toujours été exclue. A elle, il ne restait que peu de chose. Choqué d'être mis en cause si directement, Stern, alors, l'avait évitée. Il avait accepté diverses propositions qui devaient lui permettre de quitter la ville : un procès interminable à Kansas City, des séminaires et des manifestations juridiques. Il avait parcouru l'Amérique en avion, pendant des mois, puis il avait été assez malin pour lui suggérer une chose qu'elle ne pouvait refuser, un voyage en Extrême-Orient. Au Japon, avec ses villes monstrueuses et ses jardins mystérieux, ils se retrouvèrent.

Mais avant cela, pendant la période où il plaidait à Kansas City, à l'occasion d'une des rares journées qu'il passa chez lui, il avait eu ce qu'il voyait aujourd'hui comme l'opportunité de lire en elle. Ce procès, une vilaine magouille de politiciens et de représentants syndicaux, avait duré quatorze semaines. Il rentrait en avion le vendredi soir et repartait le dimanche midi. Et seule son enveloppe physique était présente à la maison : il passait la quasi-totalité du week-end au téléphone, et allait travailler à son bureau en ville pour se préparer à affronter les témoins du gouvernement. Un dimanche, Clara lui avait demandé de l'accompagner à une exposition de poteries japonaises, des *raku* — des céramiques cuites directement à la flamme puis roulées dans de la paille pour l'impression des motifs. Clara admirait passionnément tous les arts japonais. Stern n'avait guère de temps pour ce genre de sortie, mais il avait accepté, dans l'espoir de lui apporter quelque apaisement, sachant qu'elle ne se sentirait libre d'acheter une pièce de prix que s'il était à ses côtés. Elle lui indiqua les poteries, les unes après les autres. Est-ce qu'il aimait celle-là ? Il fit une ou deux fois l'erreur de laisser percer son impatience, mais lorsqu'il vit l'effet que cela produisait sur elle, il se mit, lui aussi, à faire des gestes en direction des étagères. Celle-ci ? Ou celle-là ? Elle estima ce nouvel empressement trop condescendant et suggéra brusquement de s'en aller.

— Il doit forcément y en avoir une..., dit-il.

En fait, Clara n'aspirait qu'à peu de possessions matérielles. Elle secoua la tête sèchement et le précéda pour sortir. Un moment où leurs aspirations étaient tout à fait contraires — comme tant d'autres, en ces temps-là. En haut de l'escalier de l'immeuble mal éclairé où était située la galerie, il trébucha et voulut lui attraper la main pour se retenir. Il fut sauvé par la rampe en fer. Lorsqu'il leva les yeux, il vit la mimique irritée de Clara, l'exceptionnel agacement de son regard. Elle aurait tout aussi bien pu déclarer alors : *Il me déplaît profondément.* La main de Clara qu'il avait essayé de saisir était restée immobile, le long de son corps, il s'en souvenait.

Il avait pensé que c'était du passé. Que les choses avaient fini par s'arranger. Mais, au lieu de cela, il lui semblait aujourd'hui que cela avait dû être le regard d'adieu de Clara. Elle avait eu honte de son attitude, finalement, et elle avait laissé derrière elle un message lui demandant de lui accorder son pardon. Mais elle s'excusait seulement pour sa conduite. On ne pouvait plus changer le reste. Le cœur de Clara, lui aussi, avait été cuit directement à la flamme et marqué avec cette hideuse rancune. Il aurait préféré la voir saccager la maison, briser toutes ses porcelaines, taillader les tableaux, sur les murs. Au lieu de cela, pleine de rage et de désespoir, elle s'était fait du mal à elle-même, elle s'était détruite et l'avait laissé se blesser à chaque fois qu'il se penchait sur l'un des fragments qui restaient d'elle.

Il lui parla de l'Argentine.

Son père était arrivé de Berlin en 1928, et il avait travaillé comme médecin dans les colonies agricoles des juifs russes installés dans ce pays vers la fin des années 1880, non loin de Santa Fe. Ce fut là que Bruno Stern rencontra Marta Walinsky. De remarques ultérieures, Stern avait compris que sa mère croyait, en épousant un docteur, avoir atteint ce que la vie pouvait lui offrir de mieux. Jacobo naquit presque aussitôt, Alejandro quatre ans plus tard et Silvia cinq ans après le second garçon.

De même que certains acteurs sont toujours en représentation, de même son père était toujours médecin. Il avait une grosse barbe touffue, et ne vivait que pour sa profession, perpétuellement agité et angoissé. Il parcourait les rues d'Entre Ríos vêtu de sa blouse blanche qu'il rapportait à la maison pour la faire laver par sa femme. En toute saison, il portait des costumes trois-pièces en lainage. Ses ongles étaient d'une propreté maniaque et chaque matin, avant de partir, il lavait ses mains blanchâtres dans de l'eau de Cologne de lavande. Il accrochait son stéthoscope autour de son cou, prenait sa sacoche, et descendait, chaque jour, les deux rues qui le séparaient de son infirmerie. Sa mère disait à Alejandro que son père était un homme important. Il soignait les gens. Et on le respectait. Son père aimait le respect. Quelque chose qui avait un rapport avec le respect — Stern ne sut jamais la véritable dimension de l'échec paternel — amena la famille à Buenos Aires, une ville à l'élégante atmosphère cosmopolite. Alejandro avait alors presque cinq ans. Une manœuvre malheureuse de plus. Les habitants de B.A. les prirent pour des péquenots et les parents de sa mère, restés à la campagne, les traitèrent dès lors comme des porteños détestables.

Aux États-Unis, lorsque Stern disait qu'il avait grandi comme juif en Argentine, cela suggérait des dangers à peine moins grands que si son père était resté à Berlin. Bien sûr, beaucoup d'Argentins étaient antisémites. Dans son rocking-chair, Ritella, la cousine de sa mère, racontait avec des embellissements pleins d'emphase la Semana Trágica, la semaine tragique : lorsqu'elle avait dix ans, des bandes armées de barres de fer et de longailles de tonneau avaient fait irruption dans le quartier juif de Buenos Aires et avaient attaqué tous les bolcheviks qui avaient croisé leur chemin — un terme qui, interprété très librement, englobait l'ensemble des juifs.

Mais, en gros, les années passées à B.A. dont Stern se souvenait n'étaient ni très différentes ni plus dramatiques que celles qu'il aurait pu vivre s'il avait grandi à Chicago ou à New York. Dans les quartiers nord et ouest, Corientes et Callas, environ trois cent mille juifs — dont bon nombre, comme sa mère, étaient les enfants d'immigrants russes qui s'étaient installés dans les provinces du littoral vers la fin du XIXe siècle — formaient une *communauté dont la vie était bien remplie. Il y avait trois quotidiens en yiddish, des boucheries et des boulangeries kascher, de petites synagogues dans les devantures des magasins. C'étaient des gens pauvres — boutiquiers, ouvriers, dockers, employés de conserveries — qui, comme disait sa mère, gagnaient leur vie à la sueur de leur front.*

Pour Clara, assise en face de lui dans le box d'un restaurant chinois aux parois magnifiquement décorées de dragons aux yeux rouges et aux longues queues vertes, il n'insista pas sur les détails personnels. Il parla plutôt des Indiens qui allaient nu-pieds dans Entre Ríos; des gauchos frustes des campagnes. Il lui expliqua l'invraisemblable patchwork de la culture argentine, constituée de divers éléments européens : la rectitude britannique, l'excentricité italienne, la bravoure et la culpabilité espagnoles. L'évocation de cet endroit lointain et de ses coutumes l'excitait et la troublait; cela se voyait à son visage, mais elle restait aussi silencieuse qu'un chat. Par moments, on aurait pu croire qu'elle était muette. Lui, il continuait à parler avec animation de ce que, le plus souvent, il gardait pour lui. Et il considérait son regard lumineux comme une sorte d'hommage.

Ensuite, elle accepta son bras et ils traversèrent le parc jusqu'à la Chevy de George Murray.

— Il faudrait vraiment que vous cessiez de me dire monsieur Stern.

— D'accord. Comment vous appelle-t-on, alors ? Alejandro, c'est ça ?

— La plupart des gens disent Sandy.

— Parfait, murmura-t-elle. Sandy.

En dépit de ses manières parfaites, il vit bien qu'elle avait du mal à ne pas réagir à l'ineptie de ce diminutif. Il plaisanta : il était temps de faire les présentations.

— Oh, mais je savais qui vous étiez, répondit-elle.

— Pardon ?

— Je vous ai reconnu. Easton.

— Vraiment ?

Il était très surpris. D'après ses calculs, elle était trop âgée pour être à l'université lorsqu'il faisait son droit, et il était certain qu'elle n'avait jamais été étudiante en droit. Il n'y avait eu que neuf filles pendant ses trois ans d'études et il décida qu'elle était trop attirante pour qu'il l'eût oubliée.

— Je suis sûre que c'était vous, ajouta-t-elle. Vous passiez votre temps à la bibliothèque de la fac de droit. On avait l'impression que vous n'en sortiez jamais.

— Ah, oui, fit-il d'un air désolé. Ce devait être moi, en effet.

Il lui demanda alors ce qu'elle faisait à la faculté de droit.

— A cause d'un ami. (Elle baissa les yeux et regarda le sol de l'allée.) Il était dans votre classe. Il était comme vous. Il avait été dans l'armée. (Stern voulut savoir son nom, mais elle agita la main. Sans importance.) Il n'a pas réussi.

Stern laissa échapper un soupir de sympathie. Sur sa classe de trois cents élèves, cent vingt, environ, avaient eu leur diplôme. Il lui arrivait encore de rêver de l'atmosphère surexcitée de la faculté et de ses craintes, là-bas. Ils avaient rejoint la voiture ; Stern lui ouvrit la portière.

— Ce que vous me dites m'étonne, ajouta-t-il lorsqu'ils furent à l'intérieur. Je ne pensais pas être si mémorable...

— Oh ! (Un léger sourire passa sur ses lèvres.) Vous aviez une coupe de GI.

Stern devinait ce qu'elle pensait : il était si terriblement déplacé, en ces lieux, à l'époque ! Toute l'histoire de sa vie. Jeune homme d'origine étrangère. Boursier. Coupe de cheveux militaire. A Easton, il devait avoir l'air d'arriver directement du quai où débarquaient les immigrants ! Elle lui effleura le bras. Il n'était pas surpris de voir qu'elle avait percé à jour l'orgueil qui était en lui.

— Je vous en prie..., dit-elle simplement.

Il tenta de sauver la situation.

— Je suis flatté d'avoir fait impression. N'importe laquelle.

Elle contempla ses genoux. Et il vit cela pour la première fois : Clara Mittler qui ravalait ses paroles. Elle vivait un moment où ses rapports sociaux étaient difficiles, et elle avait une intuition infaillible de l'instant précis où il fallait faire machine arrière. Plus tard, il avait appris à l'imiter en cela, comme cela se passe dans les vieux couples : comment garder le silence quand c'était préférable, mais il n'avait pourtant jamais acquis la même maîtrise qu'elle en ce domaine. Ils changèrent de sujet, la douleur s'estompa. Il démarra et conduisit, en concentrant de nouveau toute son attention sur la route.

— Vous avez aimé la fac de droit ?

— Supporté, pas aimé, répondit-il.

— C'est aussi ce que dit mon père. J'avais pris l'habitude d'aller travailler à la bibliothèque là-bas, quand j'étais étudiante. Je désirais faire mon droit, moi aussi, mais il n'a jamais voulu en entendre parler. (Elle sembla s'attarder un instant sur cette idée.) Et que pensez-vous d'Easton, Sandy ? (Elle utilisait exprès son surnom.) Ça vous a plu de vivre au grand air dans les collines ?

Cette fois, Stern fit plus attention à sa réponse. C'était là, manifestement, qu'elle avait fait ses études. Que pouvait-il bien en dire ? L'université d'Easton avait été construite en 1870, au milieu de la campagne aux doux reliefs, à une cinquantaine de kilomètres du centre de Kindle County ; c'était la réponse épiscopale aux universités bénéficiant de dotations foncières du gouvernement. Aujourd'hui, c'était une faculté magnifique, de réputation mondiale. Mais elle était pleine de dandys en manteau de tweed, de gosses de Brooklyn et de l'Iowa qui se prenaient pour des princes et des ducs. Easton était encore plus Yale que Yale elle-même, un royaume de prétention. Stern y avait passé trois années vraiment étonnantes. Certaines personnes le trouvaient exotique ; d'autres le prenaient pour un miséreux.

— Easton, dit-il enfin, j'ai trouvé que c'était bien plus loin de la ville que la simple géographie pourrait le suggérer.

— Oh ! oui ! (Elle hocha la tête avec enthousiasme.) J'ai toujours pensé la même chose lorsque j'enseignais.

— Vous enseigniez ?

Il apprit alors une ou deux choses à son sujet. Il s'avéra qu'après l'université, elle avait été institutrice à l'école Prescott de DuSable. Les élèves y étaient presque exclusivement noirs — en 1956, on disait « de couleur » —, des enfants démunis coupés du reste du monde par la pauvreté. Lorsqu'il faisait très froid, le matin, l'absentéisme grimpait en flèche, car bon nombre d'entre eux ne possédaient pas de manteaux.

— Rien n'était perdu, expliqua-t-elle. Chaque moment valait la peine. Qu'on réussisse ou qu'on échoue.

— Pourquoi avez-vous arrêté ? demanda Stern.

Dans l'obscurité de la voiture, elle laissa échapper un profond soupir.

— J'ai démissionné il y a presque deux ans de ça.

A éliminer car ne répondant pas à la question, *pensa Stern. Il avait toujours en tête des termes juridiques à cette époque — un jargon américain de plus qu'il désirait maîtriser à la perfection.*

— Pour une raison particulière ?

— J'ai estimé que j'avais quelque chose de mieux à faire...

Le silence s'installa entre eux, dans la voiture de George.

Lorsqu'il lui souhaita bonne nuit, près des grilles de fer pointues entourant l'élégante demeure géorgienne d'Henry Mittler, à Riverside, elle lui serra la main, lui sourit et lui fit promettre de l'appeler pour dîner ensemble quelque part, la semaine suivante. Il la regarda monter les marches quatre à quatre, tenant sa robe et ses jupons un peu relevés. Elle franchit en courant, sans se retourner, les portes de la maison assez larges pour servir d'entrée à une mission. Était-elle au bord des larmes ? Il s'était passé quelque chose. Elle avait été là, puis elle était partie, prisonnière de ses problèmes. Une jeune femme fascinante, brillante, et sensible ; comme elle avait tant insisté pour le revoir, il était certain qu'elle n'avait pas eu l'intention de le vexer. Mais tandis qu'il fixait dans l'obscurité les jardinières en brique ocre et en fer accrochées à la maison d'Henry Mittler, une terrible conviction pesa soudain sur lui : il ne parviendrait jamais à savoir vraiment qui elle était.

21

Avec son air triste habituel, Remo Cavarelli attendait dans le corridor en marbre, devant l'entrée de la salle du tribunal où siégeait le juge de la cour fédérale des États-Unis, Moira Winchell. Stern était attaché à Remo comme à une vieille cravate — trop tapageuse et de proportions trop bizarres pour accompagner la garde-robe courante. Avec ses grosses mains et son parler du North End, Remo était un sujet d'embarras pour les jeunes avocats du cabinet de Stern, habitués qu'ils étaient à leur clientèle habituelle — des hommes d'affaires et des gens de leur milieu professionnel, victimes de leur appétit matériel ou pris dans des situations pas très claires. Mais Remo était client de Stern depuis bientôt trente ans, et il n'était pas question de le laisser tomber. Il était entré pour la première fois en contact avec Stern dans les salles bondées du tribunal de simple police du North End. Par la suite, cet homme taillé d'un seul bloc, au visage buriné et endurci de marin, avait fait sa réapparition au fil des ans, à intervalles réguliers, toujours dans un pétrin ou un autre.

Remo était un voleur. Il avait fait du vol son métier, et son comportement était assez proche de celui des chasseurs professionnels : il admirait ce qu'il dérobait, aimait ce qu'il faisait et était impatient de recommencer. Il considérait les arrestations comme faisant partie de son travail. Chaque fois qu'il allait en prison — et il y avait déjà fait trois séjours —, il se lamentait sur les conséquences que cela entraînait pour sa famille. La dernière fois, Stern s'en souvenait, Remo avait pleuré toutes les larmes de son corps parce qu'on le séparait de son jeune fils. Mais il avait grandi parmi des hommes qui se vantaient du temps passé en prison. Aussi, lorsqu'il était pris, Remo Cavarelli plaidait-il coupable.

C'était d'ailleurs de cette façon qu'il comptait répondre à la nouvelle enquête qui venait d'être ouverte contre lui pour association de malfaiteurs, à la suite du pillage d'une cargaison de marchandises inter-États. Tel un homme en proie à une rage de dents, la seule chose que Remo redoutait encore plus que sa situation actuelle, pourtant déjà fort ennuyeuse, c'était la conclusion de celle-ci. Mais tôt ou tard, une fois que Stern aurait réussi à obtenir un ou deux ajournements du procès, Remo viendrait à la barre et admettrait publiquement sa culpabilité... Et cette fois, ce serait contre l'avis de son avocat. Car le dossier du gouvernement était très mince — l'entente délictueuse reposait entièrement sur la coïncidence de l'apparition de Remo à un endroit où on déchargeait de sa cargaison de quartiers de bœuf un camion frigorifique détourné. Stern avait encouragé Remo à accepter ce procès ; il lui avait même proposé de baisser ses honoraires — mais Remo n'était pas intéressé. Les procès, c'était fait pour les gens qui avaient des raisons de se plaindre. Remo, lui, n'en avait pas. Et cependant, à ce stade de son existence délinquante, avec une quatrième condamnation il avait des risques d'être incarcéré pour un bon nombre d'années. Mais il était décidé.

Devant la porte de la salle du tribunal, Remo salua Stern en lui écrasant la main, et celui-ci prit un instant pour lui expliquer ce qui allait se passer. La période des requêtes avant le procès était close, désormais, et le juge Winchell allait fixer la date de la comparution. Remo n'avait qu'à se tenir debout devant le juge, aux côtés de son avocat, rien de plus. Sa présence n'était pas obligatoire, mais néanmoins Stern lui conseilla fortement d'être là. Il allait avoir l'air d'une brute apprivoisée au milieu d'hommes de loi parlant un langage qu'il était incapable de comprendre. Il flottait dans un manteau qui n'avait pas l'air d'être le sien. Un nœud de cravate énorme relevait les pointes du col de sa chemise en polyester. La tête de Remo serait légèrement inclinée tout le temps que durerait l'audience et ses deux grosses mains se balanceraient le long de son corps d'une manière pathétique tels des détecteurs disgracieux capables de sentir le poids glacé des barreaux. Stern avait déjà vu Remo ainsi, c'était désormais une espèce de routine — et, il le savait, son apparence briserait le cœur le plus endurci.

Aujourd'hui, il allait avoir l'occasion d'essayer. Moira Winchell avait commencé sa carrière comme procureur fédéral, puis, pendant un certain nombre d'années, elle s'était occupée des litiges pour le compte d'une grosse société, ce genre d'avocats qui suivent des affaires civiles d'une grande complexité, en exploitant des montagnes de documents et en s'arrangeant pour n'aller pratiquement jamais jusqu'au procès. Dix ans plus tôt, elle fut la première femme nommée juge fédéral dans ce district. Depuis, ses collègues l'avaient élue premier président. Moira était célébrée — et à juste titre — comme celle qui avait vaincu de nombreuses générations judiciaires de discrimination sexiste. Mais, hélas, il y avait une raison pour que Moira eût réussi là où d'autres avaient échoué : c'était une dure à cuire. Et le tribunal l'avait rendue plus coriace encore. A force d'affronter les vicissitudes sans fin de l'existence quotidienne d'un juge fédéral — trop de dossiers, des avocats hargneux, un salaire médiocre, et un pouvoir presque illimité —, certains d'entre eux ne réagissaient pas très bien. Ils arrivaient au tribunal sous les acclamations de leurs pairs et devenaient très vite aussi fantasques que Caligula. Moira Winchell appartenait à cette catégorie ; elle était mordante, sarcastique, et même, par moments, franchement vicieuse. Stern avait plaidé des affaires contre Moira, des années auparavant, lorsqu'elle était procureur, et une relation faite d'estime mutuelle s'était développée entre eux. Plus récemment, Stern et Clara avaient rencontré le juge Moira et son mari, Jason, un professeur de droit, au concert. Et là, apaisée par la musique, Moira s'était montrée aimable, quoique légèrement hautaine. Mais, au tribunal, elle était plus dure que du granit.

— Monsieur Stern, où cette histoire va-t-elle nous mener ?

Depuis sa haute et sombre estrade, le premier président Winchell s'adressa à lui dès que le greffier appela l'affaire. Elle n'accorda apparemment aucune attention à Moses Appleton, le procureur adjoint des États-Unis, debout à côté de Stern. Moses, un jeune Noir, était un avocat brillant — il aurait certainement un grand avenir —, mais les juges considéraient les procureurs, tous autant qu'ils étaient, comme ces Indiens en bois sculpté servant d'enseignes aux bureaux de tabac : de jeunes fonctionnaires interchangeables réclamant vengeance par habitude.

Stern s'empressa de se plaindre de l'accusation, affirma que le gouvernement n'avait pas apporté d'informations suffisantes sur cette affaire pour que l'on déterminât si elle pouvait être « réglée sans procès », référence indirecte à une plaidoirie de culpabilité. Le juge Winchell, qui avait déjà entendu tout cela auparavant, lui ordonna de se taire. Dans la vaste et vieille salle du tribunal, les avocats assis sur la douzaine de banquettes laquées de noir attendaient leur tour pour venir à l'estrade, prêtant attention aux paroles du juge comme une congrégation confite en dévotion — et enregistrant l'augmentation de leurs honoraires toutes les six minutes.

— Le gouvernement a deux semaines pour déposer un arrêt d'ordonnance 801, appuyé par l'article 302 et un témoignage devant le grand jury. Le procès se tiendra deux semaines plus tard. Pas d'ajournement. Fixez-leur une date, dit Winchell à son greffier, qui était assis pratiquement au niveau du sol, un peu plus d'un mètre en dessous d'elle.

Wilbur, le greffier, qui devait s'aligner sur le juge, lança une date pour le mois suivant, sur un ton qui ressemblait à un avis de décès.

Remo, à côté de Stern, ouvrit la bouche pour la première fois.

— Si tôt ? murmura-t-il.

— Chut..., dit Stern.

Le juge Winchell repoussa brusquement ses cheveux noirs et raides en arrière.

— Monsieur Stern, puis-je vous dire un mot ?

Elle descendit les marches de l'estrade et, lorsque Stern s'approcha, fit signe à Appleton de s'éloigner. On n'avait pas besoin de lui. Stern devina ce qui allait suivre.

— Sandy..., dit Moira Winchell, soudain près de

lui, à sa hauteur. J'ai été vraiment désolée d'apprendre la nouvelle, pour Clara. Nous pensons tous à vous.

Elle posa sa longue main sur l'épaule de Stern et le regarda droit dans les yeux. Sa tristesse était réelle. Il se sentit étrangement ému par la sincérité du juge. Ici, sous la violente lumière de la salle du tribunal, en ce lieu où Moira n'estimait pas nécessaire de se maquiller, il fut impressionné aussi par ses traits fatigués. Son joli visage d'Irlandaise était profondément marqué, et il n'y avait aucune joie dans ses yeux. Tout le monde avait tendance à oublier le sérieux qui sous-tendait ses efforts. On la guettait, elle le savait, on attendait de lui voir faire une grosse erreur.

— Votre Honneur est très aimable, répondit Stern.

— Appelez-moi, dit-elle. Qu'on déjeune ensemble.

Puis elle ramena sa robe noire autour d'elle, tout en remontant à sa place, là-haut. Son visage était déjà plissé, de nouveau, par son habituelle expression d'irritation. D'autres avocats. D'autres litiges. D'autres décisions. Toujours plus. Toujours de l'avant.

Remo et Appleton attendaient à quelque distance.

— Moses, fit Stern lorsqu'ils furent dans le couloir, nous discuterons plus tard.

Puis il emmena Remo dans la salle réservée aux avocats, un endroit paisible, avec ses vieux bureaux de chêne, et ses photos en noir et blanc des juges de l'ancien temps, poussiéreuses, accrochées de guingois sur les murs. Stern lui fit un résumé rapide de ce qui s'était passé. Le juge demanderait bientôt une décision définitive, désireux de savoir si Remo allait plaider coupable. Stern, une fois encore, le pressa d'accepter le procès, mais il était clair que Remo se moquait de son conseil.

— Ce truc-là, dit Remo, c'est comme le vendredi saint. Voyez c' que je veux dire ?

Stern ne voyait pas. Il secoua la tête.

— C'est quoi, votre religion ? demanda Remo. Catholique, d'acc ?

Stern hocha la tête de nouveau. Il avait remarqué que beaucoup de gens faisaient la même erreur que Remo, à cause de son accent sud-américain. Mais après toutes ces années, le pauvre Remo aurait certainement été bouleversé d'apprendre la vérité. De toute façon, celui-ci n'insista pas, concentré sur ce qu'il disait.

— Vous voyez, dans la religion catholique, pendant toute mon enfance, les prêtres disaient : « Pas de viande le vendredi. Ne mangez pas de viande le vendredi ! Des machins en gelée, OK, mais pas de viande. » Et des types l'ont fait quand même. Un paquet de types. Des fois, vous dérapez sans faire attention, vous comprenez. Z'êtes en train de boulotter un steak et soudain, vous pensez un truc du genre : « Bon sang, mais quel jour on est ? » Des fois, c'est fait exprès. J' me souviens, quand j'étais à Saint-Viator, on était toute une bande et on allait boulotter des burgers *juste* le vendredi. On s'asseyait dans un box près de la vitre et on faisait des signes aux bonnes sœurs quand elles passaient. J' plaisante pas. (Il se mit à rire tout seul et agita sa grosse tête basanée.) Oh, on était mauvais !

» Et puis, tout à coup, les prêtres changent d'avis, voyez ? Maintenant, on peut. Vous bouffez c' que vous voulez. Pas de problème. Mais qu'est-ce qui est arrivé à tous ces pauvres mecs qui brûlent en enfer parce qu'ils se sont enfilé de la viande le vendredi, hein ? Vous pensez qu'on les laisse se tirer ? J'ai demandé au Père, vous savez, parce que ça me turlupinait. Oui, je lui ai fait : Ces types, ils sortent ou quoi ? Oh non ! qu'il a répondu. Les lois de Dieu sont les lois de Dieu. On peut pas les baiser. Enfin, il a pas dit ça exactement comme ça, bien sûr, mais vous voyez le topo.

» Alors, bon, c'est pareil avec ce truc, ici — c'est

vendredi saint. C'est des conneries. J'ai rien fait. Devant Dieu, j' vous jure, c'était pas mon job, cette histoire. Vous voyez, j'en ai entendu parler, alors je me suis pointé et tout ça, en me figurant que j' pourrais peut-être en avoir un morceau.

» Mais p't'être que ces gars et moi, p't'être qu'on a fait certaines choses avant. Vous voyez ? Alors, c'est comme ça qu' ça marche. C'est vendredi saint, sur le compte de c' qu'on a fabriqué avant. Alors qu'est-ce que vous pourriez bien faire, hein ?

Il haussa ses énormes épaules et leva les mains. Il n'avait aucun pouvoir sur l'univers de Dieu ; il comprenait tout juste quelques-unes de Ses lois. Dans ses doux yeux marron, il y avait une profonde conviction.

Stern faillit se mettre en colère contre lui, mais il se retint. Derrière son client, il venait d'apercevoir Sonia Klonsky qui passait, ployant sous le poids de ses dossiers. Il l'appela et, serrant rapidement la main de Remo, il abandonna le seul homme de ce tribunal qui ne doutait pas de la justice.

— Il faut que je vous parle à propos de Margy Allison, lui dit-il dès qu'il parvint à sa hauteur.

De toute évidence, Klonsky venait de passer la matinée habituelle d'un adjoint du procureur des États-Unis : elle avait couru d'une salle à l'autre, laissant des messages aux greffiers et aux autres jeunes procureurs, de sorte de régler le passage de ses affaires, au stade de l'appel des causes ou des requêtes, pendant qu'elle faisait la navette entre les différentes audiences. Stern essaya de se plaindre de la conduite du gouvernement qui aurait dû lui donner *à lui* l'assignation de Margy, mais elle n'exprima aucun remords.

— Vous connaissez notre position. (Elle marchait

doucement devant lui, absorbée par sa prochaine intervention.) Qui sera son avocat ?

— Est-ce qu'elle est visée ?

— Pas pour le moment.

— Alors j'ai l'intention de la représenter.

Klonsky s'était préparée à cela, aussi.

— Stan pense qu'il y a un risque de contrariétés d'intérêts.

— Vous pouvez préciser ?

— Non.

— Alors soyez assez aimable de remercier le procureur des États-Unis de sa vigilance en ce qui concerne l'éthique de notre profession et de l'informer que je serai l'avocat de Mme Allison. (Il lui adressa un sourire engageant. Il voulait paraître ferme, mais pas insolent.) Maintenant, me permettez-vous de vous poser, en tant que représentant de Margy, quelques petites questions ?

— Si vous insistez.

— Qu'est-ce que vous attendez d'elle ?

— Certains documents. (Klonsky sourit à son tour, mais continua son chemin.) Qu'elle réponde à certaines de nos interrogations. Excusez-moi, mais faut que j'aille chez Pivin, à présent...

Elle indiqua d'un geste la salle où siégeait le juge Albert Pivin, soixante-dix-huit ans — et un emploi du temps toujours très chargé. Stern la suivit à l'intérieur, mais le greffier aperçut Klonsky et il appela aussitôt son affaire. Stern ressortit donc pour aller l'attendre de l'autre côté du hall, en face des portes d'entrée. Elle en émergea quelques minutes plus tard et le gratifia d'un regard un peu ulcéré. Apparemment, elle avait pensé avoir réussi à s'en débarrasser.

— Sandy, écoutez. Personnellement, je me moque de ce que je pourrais vous dire ou non. Mais vous savez bien comment Stan prend les choses. Il veille au grain.

Stern la suivit jusqu'au vestiaire où elle récupéra un imperméable léger, puis ils descendirent ensemble le grand escalier central de marbre du tribunal. A l'évidence, son travail ici était terminé pour l'instant.

— Que vous a raconté exactement Stan Sennett à mon propos ?

— Oh, ne soyez pas comme ça. Il a beaucoup de respect pour vous. Comme tout le monde, ici. Vous le savez bien. Franchement, il a eu l'air très embêté lorsque je lui ai dit, au début, que vous étiez partie prenante dans cette affaire. Je ne suis pas censée vous révéler une chose pareille, n'est-ce pas ?

— M. Sennett n'a pas peur de moi. Simplement, les vieux procureurs adorent faire l'éloge de leurs adversaires. Cela ajoute beaucoup à l'émotion de la victoire.

Cette politesse, bien sûr, était destinée à être rapportée au procureur des États-Unis. Comme tous les individus manquant de confiance en eux-mêmes, Sennett était sensible à la flatterie et Stern, en digne Sud-Américain, veillait toujours à tranquilliser les gens au pouvoir.

Mme Klonsky éclata de rire.

— Voyons, c'est seulement qu'on vous considère avec tout le sérieux qui vous est dû.

Elle poussa les portes du palais de justice. Le printemps tirait à sa fin, les vents étaient encore doux et l'air léger, juste avant la ruée de la chaleur estivale.

— Ce que vous êtes en train de faire, dit Stern, c'est que vous limitez intentionnellement les informations que je reçois, et ce de façon à protéger votre indic.

Il vit, à son égard, qu'elle croyait qu'il avait l'intention de la piéger. Elle ne répondit pas.

— S'il vous plaît, poursuivit Stern en la prenant un instant par le bras. Il faut que je vous pose encore une ou deux questions à propos de Margy. Permettez-moi de vous offrir un café. Je n'ai pas eu de petit déjeuner.

Il lui indiqua un petit restaurant, au coin de la rue, Chez Duke. A son grand étonnement, elle le suivit sans protester. Il n'avait pas menti — il avait vraiment faim — et malgré lui, il trouvait la compagnie de Klonsky plaisante, stimulante même. D'abord, bien sûr, il espérait que dans une ambiance plus décontractée elle se montrerait peut-être moins déterminée à garder pour elle les grands secrets de l'Amérique. Elle n'était pas vraiment d'une discrétion absolue — elle venait à l'instant d'en donner la preuve avec cette remarque sur Sennett. Elle avait compris ce qu'impliquait le rôle, mais son tempérament ouvert et expansif n'était pas encore très à l'aise dans l'espace étroit imposé par les convenances des gens de robe. Comme beaucoup de jeunes procureurs, elle imitait un mentor — Stan Sennett, en l'occurrence — au lieu d'être elle-même.

Chez Duke n'était guère plus qu'un simple comptoir où prendre un repas rapide, une gargote avec un gril ouvert sous une hotte en aluminium toute maculée de graisse et quelques vieilles tables en Formica. Klonsky s'assit, posa ses dossiers et leva la tête pour respirer les odeurs de friture.

— Merveilleux, dit-elle.

— C'est un peu exagéré. Je dirais plutôt : digne de confiance. Vous n'étiez jamais venue ici ?

Elle fit non de la tête.

— Le propriétaire, c'est le petit brun que vous voyez dans la cuisine. Un Roumain. Réputé pour ses saucisses, qu'il fait lui-même et qu'il nomme la « Ruine » dans le menu, avec d'ailleurs un certain à-propos. Vous voulez manger ?

Stern s'était déjà emparé de la carte.

— Je ne devrais pas. J'ai déjà pris presque six kilos. (Et pourtant, elle se mit à étudier, elle aussi, la carte plastifiée.) Votre gendre a pris un avocat, vous savez ? J'ai été un peu surprise par sa constitution.

— Oh, vous savez..., dit Stern, avec un sourire rapide.

Il était très entraîné à paraître agréable, tout en restant silencieux. La façon dont John avait choisi son avocat, ce n'était pas les oignons du procureur. De ne pas avoir de nouvelles de son beau-fils l'avait inquiété, mais la remarque de Klonsky lui fit comprendre que John avait décidé de suivre son conseil, et qu'il avait opté pour Raymond Horgan... Beaucoup de gens, dans les milieux judiciaires, étaient intrigués en effet par les affinités entre Stern et Horgan. Certaines de leurs confrontations étaient restées célèbres, quand Raymond était l'avocat général de Kindle County. Elles avaient atteint un point culminant, en des jours difficiles, trois ans auparavant, lorsque Stern avait mené le contre-interrogatoire de Horgan, qui comparaissait en tant que témoin à charge lors du procès pour meurtre de Rusty Sabich, l'ancien premier adjoint de Raymond. Mais la loi, comme la politique, donnait parfois naissance à des associations étranges. L'importante société d'avocats de Horgan transmettait volontiers à Stern des affaires qu'elle ne pouvait accepter pour des raisons de contrariétés d'intérêts ; et Stern, qui n'était pas de taille pour certains problèmes légaux des grosses sociétés, lui renvoyait tout naturellement l'ascenseur.

— Qu'est-ce qu'il y a de vraiment bon, ici ? demanda-t-elle.

— La saucisse, si votre estomac résiste. Mais je ne suis pas sûr que cela convienne à votre état.

— J'en doute aussi, dit-elle. Je viens juste de recommencer à manger de la viande. Pour les protéines.

— Végétarienne ?

— Oh, j'ai fait très attention à ce que j'avalais, pendant des années. J'ai été très malade, dans le temps. (Elle regarda Stern en face ; et dans ses yeux, il lut la trace d'une hésitation.) Cancer.

La serveuse arriva juste à ce moment-là, évitant à Stern de répondre. Klonsky était d'une franchise déconcertante, elle franchissait les frontières convenues, avec l'air de ne pas s'en soucier — un trait de caractère qui mettait Stern mal à l'aise. Elle commanda un seul œuf brouillé, et lui, il prit deux portions de saucisses. Il promit de lui en donner un petit morceau.

— Qu'est-ce que je disais ? (Stern resta silencieux, mais elle s'en souvint finalement et dit :) Ah, oui !

— Vous semblez l'image même de la santé, maintenant.

— Oui, je crois. Je veux dire que sinon je ne serais pas enceinte... (Elle leva la main.) Mais une bonne partie de tout ça dépend de la façon dont on voit les choses. On n'oublie jamais vraiment un truc pareil. On se dit à soi-même qu'on va bien. On cherche des symptômes qui prouveraient le contraire, et quand on n'en trouve pas, on est joyeux de nouveau et on se dit qu'on peut recommencer à s'imaginer qu'on est éternel, comme avant.

— Vous aviez quel âge ? demanda-t-il.

Elle leva les yeux pour essayer de se souvenir.

— Trente-cinq, trente-six ans.

Stern secoua la tête. Il lui dit que c'était bien jeune pour avoir ce genre de problème.

— Oh ! vous savez ce que c'est. On va à l'hôpital en pensant : « Pourquoi moi ? Comment ça a pu m'arriver ? » et puis là-bas on voit plein de gens dans le même état, ou encore pire. (Elle avait commandé un thé, et lorsque la serveuse le lui apporta, elle s'interrompit pour plonger un instant le petit sachet dans sa tasse et l'en ressortit aussitôt.) Ça n'avait pas l'air si exceptionnel, là-bas. Mais j'étais encore très immature pour mes trente-six ans. Ma vie était un véritable chaos. J'étais à la fac de droit, mais c'était les quatrièmes études supérieures que j'entreprenais. Je n'avais aucune idée de ce que je faisais. Ma relation avec Charlie traversait sa millionième crise... (Elle leva les mains pour donner plus de portée à ses paroles ; elle avait plusieurs bracelets en plastique brillant à un poignet.) Ça m'a paru tellement incroyable qu'ils me montrent la porte en me disant que j'avais fini, alors que je n'avais même pas encore l'impression d'avoir eu le temps de poser mes affaires.

L'idée fit rire Stern.

— Et c'était quoi, les trois autres études que vous aviez commencées ?

— Voyons voir... (Elle leva de nouveau la main pour compter sur ses doigts, puis regarda les plaques d'insonorisation crasseuses collées au plafond de Chez Duke.) En quittant l'université, je suis allée en Californie pour préparer un diplôme de philosophie, mais je n'étais pas prête pour ça, alors je me suis engagée dans le Peace Corps[1] — vous vous souvenez de ça ? — et je suis restée deux ans aux Philippines. A mon retour, je me suis attaquée à un diplôme de littérature anglaise. C'est là que j'ai rencontré Charlie. J'ai arrêté parce que je ne me voyais vraiment pas en train de rédiger un mémoire. Mais bien sûr, avant de m'en rendre compte, j'avais suivi *tous* les cours jusqu'à la fin. Ensuite, j'ai enseigné pendant à peu près un an et demi, puis je suis revenue à l'université pour travailler dans le domaine de l'éducation. Après, j'ai laissé tomber la bureaucratie éducative parce que c'était sans espoir. Naturellement, à ce stade de mon existence, je devais une fortune en emprunts d'étudiants. Alors j'ai commencé à me dire qu'il fallait que je trouve un boulot qui paie correctement. C'est ça qui

1. « Les volontaires de la paix », créés en 1961 par J. F. Kennedy pour aider les pays sous-développés (*N. d. T.*).

m'a amenée au droit. Il y a encore eu d'autres choses, entre-temps, mais elles n'ont pas duré assez longtemps pour mériter qu'on en parle.

— Je vois, dit Stern. Il semblerait que vous ayez eu du mal à démarrer.

— Oh, non ! pas à démarrer. Ce n'était pas du tout ça, le problème. C'était *terminer* qui était difficile. J'ai toujours pensé que je n'étais pas quelqu'un qui était fait pour finir les choses, mais quand je suis tombée malade, j'ai été vraiment malheureuse de n'avoir jamais rien achevé, avant. Comme si j'étais passée à travers la vie sans laisser la moindre trace. C'était pathétique. On me faisait des rayons. J'étais allongée dans mon lit, avec les cheveux qui tombaient, et je me remettais de mon opération. Et Charlie m'apporta des bouquins d'Hart Crane[1]. C'est là que j'ai vraiment commencé à écrire mon mémoire. Et bien sûr, un matin, j'ai vomi dessus. Inutile de dire que c'était une mauvaise passe... (Elle se laissa aller contre le dossier de sa chaise, toute à sa propre histoire. Elle ramassa une fourchette, sur la table, et la fixa.) Je parle trop, dit-elle finalement.

— Mais non, vous êtes adorable, Sonia, répondit-il.

Immédiatement, il sut qu'il s'était laissé prendre, lui aussi, à sa manie à elle d'en dire plus qu'il était nécessaire. Il s'empressa de revenir à quelque chose de plus neutre :

— Vous êtes donc devenue une adepte des aliments naturels, à la suite de votre maladie ? Ma fille, qui est avocate à New York, arrive toujours à la maison avec un sac à dos bourré de paquets et de bouteilles de ce genre de machins. J'ai appris à ne plus poser de questions.

— Oh, oui, je suis comme ça. Je vous présente

1. Poète homosexuel américain, 1899-1932 (*N.d.T.*).

Mme Natural[1]. Il nous faut toute la journée pour faire nos courses, le samedi. Charlie a écrit des poèmes là-dessus. Mais c'est vraiment meilleur pour la santé, non ? Pourtant, mon toubib a fait des allusions assez lourdes au fait qu'il me fallait davantage de protéines.

— Votre mari est poète ?

— Il vit, il respire et il écrit la poésie à chaque seconde de son existence. C'est même ce qu'il indique sur notre déclaration de revenus : « Poète. » Il a un autre boulot, évidemment. Faut bien. Il dit volontiers que nous avons le même employeur. (Elle sourit.) Il est fonctionnaire des postes... Avant, il a été prof de fac pendant des années, mais il ne supportait plus la politique interne du département d'anglais où il travaillait. Il gagne davantage aujourd'hui et il a plus de temps pour écrire. C'est une existence absolument impossible, invivable, à laquelle il se consacre à temps complet.

Elle recommença à sourire, mais par intermittence, cette fois. Peut-être se sentait-elle déloyale vis-à-vis de son mari ? Elle contempla de nouveau ses couverts, et décida de prendre une seconde pour faire l'éloge de la poésie de Charles.

On apporta leurs plats.

— Mon Dieu ! s'exclama Klonsky. C'est quoi cette espèce de gros truc noir ?

— La « Ruine », répondit-il. Qu'est-ce que ça pourrait être d'autre ?

Il coupa un morceau de sa saucisse et le lui mit sous le nez, mais elle fit une horrible grimace et leva les deux mains, comme pour se protéger.

— Rien que de voir ça, j'en ai la nausée. Ça ressemble à des excréments...

1. Mr Natural est le célèbre personnage écologiste et hippie du dessinateur underground américain Robert Crumb (*N.d.T.*).

Stern reposa sa fourchette dans son assiette.

— Jeune dame, dit-il d'un air menaçant, n'oubliez pas que vous parlez de mon petit déjeuner.

Elle éclata de rire, une espèce de joli roucoulement, délicat, plein de joie de vivre. Il se mit à rire, lui aussi, elle se laissa prendre au jeu et fut incapable de s'arrêter — au point d'en avoir les larmes aux yeux et d'être obligée de les essuyer avec sa serviette. Entre deux hoquets, elle parvint à dire :

— Bon appétit !

Et elle s'esclaffa de plus belle.

Malgré cela, il commença à manger.

— C'est ça, dit-elle. Ne laissez pas cette chose-là refroidir.

— C'est très bon, vous savez. Et en plus, je suis complètement affamé.

— Faut l'être, en effet.

Nouveau fou rire. Elle tenta plusieurs fois de se contrôler — mais en vain.

— Vous êtes sûre que vous ne voulez pas goûter ?

Il lui tendit sa fourchette avec une expression très pince-sans-rire. Elle explosa de nouveau. Cette fois encore, il ne put s'empêcher, lui non plus, de rire un bon moment.

Elle avoua qu'en tout cas il était beau joueur.

— Oh, je suis habitué, fit-il. Ma fille, celle qui est à New York, n'arrête pas de me faire des sermons à propos de la viande. Elle a fichu en l'air un certain nombre de mes repas.

— Comment s'appelle-t-elle ?

Il le lui dit.

— Marta. C'est joli. Je pense tout le temps aux prénoms, en ce moment, ça paraît si important. C'est primordial, même. Et je ne voudrais pas que mon gosse ait l'impression que je lui ai fait ce que ma mère m'a fait à moi.

— Vous n'aimez pas Sonia, comme prénom ?

— Je le détestais, quand j'étais petite. Ma mère était une révolutionnaire pure et dure. Du genre obsédé par les intérêts des travailleurs, du moins jusqu'à ce que son syndicat fiche les cocos dehors. On m'a donné le nom d'une révolutionnaire russe tuée lors de la révolution de 1905 et je n'ai jamais apprécié d'être le symbole de quelqu'un d'autre. Moi, je voulais qu'on m'appelle Sonny. Ce qui faisait enrager ma mère. Elle pensait que j'étais antiféministe. Puis j'ai eu quarante ans, je suis devenue avocate. Tout à coup j'ai voulu un nom qui fasse professionnel. Alors, au bureau, c'est Sonia, d'accord ? Mes vieux amis, eux, continuent à dire Sonny. (Elle se mit à rire toute seule.) C'est un peu comme vous : Alejandro au tribunal, mais Sandy quand vous vous présentez.

Si Stern eut un sourire plein de sous-entendus, qui trahissait sa volonté de protéger sa carapace, il était flatté de voir qu'on l'avait observé avec tant d'attention. Il se dit alors qu'il était tout naturel d'étudier un adversaire potentiel.

— Ma mère, elle, était plutôt du genre complaisant, expliqua-t-il. Elle nous donnait des noms différents selon les circonstances. J'ai un nom yiddish. Un nom espagnol. Et, bien sûr, elle avait désespérément envie de me voir m'adapter à ce pays. Je n'avais que treize ans, et pourtant je me rendais déjà bien compte que ce n'était pas le meilleur moment pour les Alejandro, aux États-Unis. Je suppose que vous pouvez considérer l'utilisation de Sandy comme une faiblesse de ma part.

Et c'était bien ainsi qu'il voyait la chose, lui aussi — il avait cédé. Sa mère était très puissante chez eux. Il parlait rarement d'elle, mais elle était encore à ses côtés chaque jour, avec ses yeux sombres pleins de douceur, ses ambitions sociales, débordantes, et son espoir désespéré, douloureux de voir son mari devenir d'une façon ou d'une autre l'homme dont elle avait rêvé, plutôt que le pauvre être blessé qu'il était. Stern se souvenait d'elle surtout telle qu'elle lui apparaissait les soirs où elle allait à l'Opéra avec son père. Sa robe luxueuse était, en quelque sorte, la vitrine opulente de ses larges proportions ; ses cheveux tirant sur le roux étaient retenus par un peigne constellé de diamants et son personnage tout entier semblait sous-tendu par la féroce détermination d'être regardée — et inoubliable. Stern savait depuis toujours que toutes ses forces lui venaient d'elle.

— Comment vous êtes-vous décidé pour Marta, alors ? demanda Klonsky. Le pays était donc devenu plus favorable aux Alejandro, à cette époque-là ?

— C'est le nom de ma mère, expliqua Stern.

Il rit, et partagea avec elle un regard complice, la complexité de tous ces faits ne semblant leur échapper ni à l'un ni à l'autre. Et puis il brandit sa fourchette et annonça :

— Dernière bouchée.

Elle couvrit sa bouche, comme si elle étouffait un haut-le-cœur. Stern continua à jouer le jeu.

— Je dois vous faire savoir, jeune dame, que c'est mon meilleur petit déjeuner depuis des jours !

Pour accentuer ses effets, il fit sonner sa fourchette contre le plat, mais cette remarque, sur le ton de la plaisanterie, n'en suggérait pas moins les difficultés de sa vie actuelle. Klonsky lui jeta un regard de côté, doux, triste et insistant, et il se sentit soudain très embarrassé. Il s'était obligé à ne jamais avoir ce genre d'approche avec personne : *Ayez pitié de moi. Plaignez-moi.* Il replongea le nez dans son assiette.

— Vous alliez me dire ce que vous attendiez de

ma cliente, Margy Allison, fit-il un instant plus tard, sans relever les yeux.

Il l'entendit soupirer. Mais lorsqu'il la regarda à nouveau, elle avait croisé les mains et s'était reprise.

Elle le corrigea :

— Pardon, c'est vous qui vouliez me poser quelques questions.

— Je pensais que vous pourriez me parler du compte Wunderkind.

— Le numéro est sur l'assignation.

— Pourquoi ce compte vous intéresse-t-il tant, Sonia ?

Elle secoua la tête avec une certaine violence.

— Rien à faire, Sandy.

— Vous attendez de moi que j'accompagne cette femme devant un grand jury sans la moindre idée de ce à quoi elle s'expose ?

— Je vous l'ai dit, elle n'est pas directement concernée. Je serais heureuse de le mettre par écrit. Si elle nous dit la vérité, elle n'a rien à craindre. Vous connaissez la musique, Sandy.

— Mais ce secret...

— Ordre du patron, dit-elle. C'est ainsi que nous procédons.

Sennett, de nouveau... Malgré lui, Stern laissa échapper un petit soupir. Depuis le début, il pensait que c'était une affaire trop importante pour être confiée à un adjoint sans expérience. A présent, il comprenait clairement que Stan Sennett se tenait dans les coulisses, à tirer les ficelles et à manipuler les leviers, tout excité à l'idée que cette histoire le ferait citer dans le *Wall Street Journal* et jetterait le trouble un moment dans cet antre de voleurs qu'était la Bourse, puisqu'il les voyait ainsi, tous autant qu'ils étaient, dans leur palais de granit au bord de la rivière.

Sennett était un petit homme nerveux, sans humour,

avec le physique étriqué et l'ossature d'oiseau d'un coureur à pied. Il était marié à une avocate au tribunal des successions et des tutelles, Nora, du genre ascétique et mâchoire serrée. Stern ne pouvait s'empêcher de les imaginer tous les deux dans une maison avec très peu de meubles, sans un grain de poussière, mangeant avec d'infinies précautions et partant faire du jogging le week-end. Stan avait commencé comme premier avocat adjoint de l'accusation à Kindle County à l'époque de Ray Horgan, mais il avait été pris d'une envie folle de partir en Californie et était ainsi allé travailler au département de la Justice de San Diego. Comme procureur des États-Unis, on lui avait fait très bon accueil, car il était intelligent, expérimenté et plus ou moins indépendant vis-à-vis du maire et de sa sombre coterie.

Néanmoins, l'un des faits attristants des réformes politiques, c'était qu'un bon gouvernement ne dépendait pas seulement de l'intégrité de ses membres. Stan appartenait à cette sorte de bureaucrates sinistres, disciplinés, sans grand courage et aux vues étroites, qui traînaient trop souvent, semblait-il, chez les procureurs. Directeur adjoint de l'ensemble du service, il n'avait jamais tout à fait réalisé qu'il était arrivé aux commandes. Aux yeux de Stern, il possédait un dangereux mélange de traits de caractère pour un homme de pouvoir : il était vaniteux et pas très sûr de lui, il émettait trop rapidement ses jugements — dont certains n'étaient pas toujours justes —, et une fois qu'il avait pris une décision, il était impossible de le faire changer d'avis. Quand vous vous asseyiez en face de lui pour lui exposer un problème — pour demander l'indulgence ou simplement lui décrire les faits —, il vous fixait de ses petits yeux brillants, avec un air menaçant. « Non », disait-il à l'instant même où vous finissiez un discours de dix minutes, « rien à faire ».

Quelques rares paroles d'explications, peu de cordialité. Aucune discussion. Il se levait et vous serrait la main tout en vous raccompagnant à la porte.

Et aujourd'hui, il se servait de Klonsky pour tirer les marrons du feu. La jeune femme lui servait de couverture. En réalité, il s'agissait de *son* affaire. Stern se demanda si Klonsky savait comment il s'empresserait de la mettre sur la touche lorsque la salle serait sous les feux des projecteurs. Un terrible et sombre regret l'envahit — en un mot, de la mélancolie. Sennett allait être un chasseur sans merci et Dixon, malgré toutes ses manœuvres pour lui échapper, était embarqué pour un long et sanglant combat. Perdu dans ses réflexions, Stern se pencha pour ramasser l'addition.

— Oh, non ! dit-elle.

Tandis qu'ils se dirigeaient vers la sortie, elle insista pour payer sa part. Stern finit par reconnaître qu'il fallait respecter les convenances et il accepta deux dollars. Duke, les cheveux pleins de friture, encaissa l'argent et, avec son accent à couper au couteau, leur dit qu'il espérait les revoir.

Une fois dehors, Stern serra la main de Klonsky et lui rappela que Margy et lui la rencontreraient donc le mardi suivant. Elle lui fit face avec une expression qui lui devenait déjà familière — ambiguïté et regrets.

— Merci de m'avoir invitée. J'ai apprécié notre conversation

— Moi aussi.

Et Alejandro Stern, le gentleman étranger, fit alors l'ébauche d'une révérence. Elle lui sourit, puis, avec ses gros dossiers sanglés, s'éloigna vers le nouveau bâtiment fédéral, un pâté de maisons plus loin. Des pigeons aux têtes grises et luisantes s'envolèrent sur son passage, une bouffée d'air, échappée d'une grille du trottoir, agita sa jupe un instant. Tout en la regardant partir, il ressentit à nouveau sa solitude, aussi clairement que l'arrivée du printemps. Les occupations de la journée, le tribunal, ses enfants — tout cela n'y semblait rien changer. Comme une nausée ou une sensation de faim, une réaction du corps surgie des profondeurs, il fut envahi par le sentiment d'un décalage, quelque chose qu'il éprouvait certains matins en se levant, et, à sa grande surprise, il resta immobile un moment à regarder la silhouette de Sonia Klonsky, amenuisée par la distance et par sa vue qui avait baissé avec l'âge, jusqu'à ce qu'elle cessât d'être discernable au milieu des formes sombres de la rue.

22

Le soir, il rejoignait Helen — de plus en plus souvent chaque semaine. La logique de la chose semblait irréfutable. Pourquoi serait-il resté chez lui dans une maison vide alors qu'Helen, une charmante compagne pour le dîner, était libre ? Diverses intuitions d'adolescent lui disaient qu'il se dirigeait trop vite vers une destination non désirée. Mais c'était si agréable d'être avec elle ! Et qui, raisonnablement, aurait choisi la solitude ? Il n'avait que cinquante-six ans et il était encore en pleine possession de ses moyens.

Et comme un adolescent aussi, il baisait à s'en faire péter la cervelle. En cette Amérique *fin de siècle*[1], c'était semblait-il de cette façon que les hommes et les femmes se présentaient leurs respects. Au diable les messages et les fleurs ! Allons-y gaiement ! Un jour, Helen vint déjeuner avec lui à son club, aux Morgan Towers. Dans cette ambiance très collet monté, avec ses serveurs en costume à brandebourgs, tous ses banquiers et ses hommes d'affaires qui devenaient

1. En français dans le texte.

soudain cordiaux en ces lieux, Helen lui prit la main et lui dit : « J'ai envie que tu me baises, Sandy. » Elle avait bu un verre de vin et ses yeux paraissaient très verts.

Est-ce qu'il résista ? Jamais de la vie ! Alejandro Stern, à treize heures vingt-sept de l'après-midi, loua immédiatement une chambre, sous son nom, à l'hôtel Gresham, de l'autre côté de la rue. Ils étaient dans l'ascenseur lorsque Stern réalisa qu'il n'avait pas le matériel nécessaire. Dans la boutique de l'hôtel, la vendeuse était une femme plus très jeune, vêtue d'un tailleur sans élégance et qui parlait avec un fort accent allemand. Déjà tout étourdi par la perte de son inhibition et par le vin qu'il avait bu au déjeuner, Stern, prenant son courage à deux mains, fut capable d'annoncer, d'une voix qui ne tremblait pas :

— Préservatifs, s'il vous plaît.

— Bien sûr.

La femme hocha la tête et se mit à fouiller dans les multiples recoins de ses placards démodés pour trouver les préservatifs qui y étaient cachés. Finalement, elle lui présenta une boîte pleine de condoms de différentes marques et ajouta, dans le style hôtelier le plus cordial :

— C'est bien de s'en servir.

De retour dans l'ascenseur, Helen et Stern n'avaient pas pu s'empêcher d'éclater de rire. Par la suite, ce fut leur mot de passe. Au moment le plus intime, Helen disait en ronronnant : « C'est bien de s'en servir ! »

Faire l'amour avec Helen était toujours une entreprise joyeuse et pleine d'enseignements. Elle avait lu tous les livres sur le sujet ; elle avait expérimenté chaque position. Elle ne voulait passer à côté de rien. Certains développements prenaient Stern par surprise. Cela venait de trente ans de pratique avec une seule partenaire, avec laquelle les zones d'exploration étaient délimitées depuis longtemps. Il fut stupéfait la première fois où Helen se libéra de son étreinte pour le renverser sur le dos et descendre plus bas. Sa première pensée fut qu'il était l'objet d'une inspection visuelle, quelque chose qui se révéla bien plus excitant qu'il n'aurait imaginé, mais elle fut bientôt occupée d'une manière totalement différente, avec sa bouche et l'extrémité de ses doigts.

— Tu as aimé ça ? lui demanda-t-elle ensuite.

Il répondit lentement :

— Les ailes d'une colombe.

Et pourtant, même en prenant en compte son manque d'expérience antérieure, il estimait qu'Helen montrait une détermination et un intérêt déconcertants pour l'acte sexuel. Et cela n'était pas pour lui une façon d'adresser des reproches *post mortem* à Clara. S'il avait ressenti des insuffisances — et comment aurait-on pu douter de la chose ? —, il n'avait jamais été frustré avec elle. Mais pour Helen, l'instant précis de la rencontre, l'acte lui-même, comptait plus que tout, et ressemblait à une extase totalement coupée du réel, comme un rêve — quelque chose que Stern avait parfois connu en visitant un musée. Ils étaient, tous les deux, des objets d'observation, de purs phénomènes : son corps et celui d'Helen, avec leurs réactions tumescentes et rosées et leurs zones veineuses palpitantes, son membre rougeoyant et luisant qui fouaillait et disparaissait... Il la regardait, et elle approuvait avec impudeur. Et elle glissait sa main vers le bas, pour une stimulation supplémentaire.

Comme dans une tombola, il y avait toujours quelque chose de nouveau. Un jour, elle pinçait les mamelons de sa poitrine tandis qu'il s'activait au-dessus d'elle. Une autre fois, elle levait les jambes et guidait doucement ses mains pour permettre à ses pouces de pétrir le merveilleux petit bouton tandis qu'il allait et venait en elle. Elle se présentait à lui par-derrière, sur le côté... Elle lui faisait face, à califourchon sur une chaise de la salle à manger. Nu, excité, il traînait les meubles à travers la pièce, suivant ses ordres, prélude à sa dernière trouvaille. Il lui expliqua un jour qu'il risquait l'infarctus avec cette combinaison de l'effort sexuel et de l'obligation de se contorsionner.

— Mais non, tu es en pleine forme, répondit-elle, avant de le caresser avec admiration.

Stern se rendait bien compte qu'Helen était très fière de son rôle d'initiatrice. Parfois, pourtant, l'invraisemblance de ces singeries l'accablait. Dans la chambre de l'hôtel où, en ce fameux début d'après-midi, ils avaient reçu la bénédiction très particulière de la vendeuse allemande, Helen avait grimpé sur une commode, et Stern vit leurs formes se refléter sur l'écran vert ardoise de la télévision : un homme de petite taille, le sexe en érection dressé avec vigueur juste au-dessous d'un ventre blanchâtre qui pendait comme un sac de farine, avec ses mains plantées dans les fesses aplaties d'Helen, un homme légèrement penché en avant et pressant son visage et sa langue vers le haut, vers les étendues humides et odorantes de ce passage mythique. Cela lui fit penser à un numéro de cirque ou à la mise en images des phantasmes démodés d'un pornographe minable. Cette vision le hanta pendant des heures, colorée, fascinante — mais néanmoins gênante. En ces moments-là était-il profondément lui-même, ou n'était-il qu'une stupide imitation de ce à quoi aspiraient les autres ? Qu'étaient-ils, tous les deux ? Une partie de lui-même restait gênée par cette extrême importance accordée aux choses physiques, qu'il n'avait jamais considérées comme son domaine de prédilection. Et cependant, malgré tous ses doutes à ce sujet, il prenait plaisir à ces rencontres lorsqu'elles se produisaient. Il admirait l'abandon d'Helen et son agilité. Quand il pensait à elle, il éprouvait de la reconnaissance et du désir, alors même qu'il se gardait bien d'analyser exactement l'état de ses sentiments pour elle.

Ses amis et ses connaissances faisaient bon accueil à Helen. Cela compensait la quasi-absence d'allusions à Clara et à sa disparition — qu'à l'évidence personne n'avait vraiment envie d'évoquer. Un jour, les Hartnell invitèrent Helen et Stern à un luxueux cotillon estival que Silvia donnait au Greenwood Club. D'abord ravie d'être acceptée dans cette société, Helen fut vite mal à l'aise lorsqu'elle découvrit la prétention de cette soirée. Chaque fois que quelqu'un s'éloignait, elle roulait des yeux et faisait des grimaces à Stern — une attitude qui le contrariait, lui qui avait, sa vie durant, cultivé une espèce de politesse guindée.

— Tu n'aimes pas toutes ces simagrées, tout de même..., lui avait-elle murmuré, à un moment de la soirée.

La franchise d'Helen était merveilleuse et attachante, mais elle le déstabilisait, il en avait conscience. Helen était capable de le crisper une bonne douzaine de fois par nuit, avec ses observations directes, et particulièrement en ce qui le concernait, lui. Était-il assez courageux pour faire face à cette femme et à sa façon d'être ? Elle voulait tout connaître de lui, et puis tout améliorer... Pendant la fête, il s'éloignait du bar quand, en regardant par hasard de l'autre côté de l'énorme tente dressée pour l'occasion, il vit Helen en grande conversation avec Silvia. Cela l'inquiéta immédiatement. Il se dit que cette rencontre était une erreur : qu'elles n'étaient pas bien assorties. Sa sœur avait toujours été protégée par un cocon raffiné, comme les pétales du cœur d'une rose. Sa première impulsion fut de penser qu'elle était en danger... Il s'empressa de l'inviter à danser.

— Alors ? demanda-t-il à sa sœur.

Silvia n'avait connu Helen que de loin, au cours de toutes ces années ; elle ne l'avait rencontrée qu'au cours de fêtes de famille.

— Charmante personne, répondit-elle sur un ton quelque peu cérémonieux.

Il se serait plutôt attendu à quelque chose de ce genre de la part de Clara, qui, sans nul doute, aurait pensé qu'une comtesse ou un professeur aurait fait une compagne plus convenable pour lui. Helen arriva alors près d'eux en tournoyant dans les bras de Dixon ; elle avait un air plus heureux que celui qu'elle affichait depuis le début de la soirée. Comme la plupart des femmes, elle appréciait la compagnie de Dixon.

— C'est lui qui a tant d'ennuis ? demanda-t-elle à Stern alors qu'ils rentraient en voiture par l'autoroute qui coupait à travers de sombres collines.

— Oui, c'est lui, se contenta-t-il de répondre.

Avec ce sens infaillible qu'elle possédait pour découvrir ce qui était important pour lui, elle avait toujours attentivement écouté tout ce qu'il voulait bien lui raconter de son métier ; mais sur le moment, il fut incapable de se souvenir de ce qu'il lui avait dit à propos de Dixon, de ce qui motivait cette question.

— Eh bien, on ne s'en douterait jamais, reprit Helen. Il est très amusant.

— Quand il en a envie..., grommela Stern.

Dans l'obscurité de la voiture, elle posa la tête sur son épaule. Clara, élevée à la fin d'une époque où une femme se devait encore d'avoir une conduite très stricte, n'aurait jamais été capable d'un tel geste. Pendant cette heure qui les ramena en ville, il conduisit avec Helen assoupie contre lui, un poids tiède et réconfortant.

Deux jours plus tard, ils eurent une soirée fort différente. La fille d'Helen, Maxine, arriva avec son époux, Rob Golbus. Ils n'étaient mariés que depuis quelques mois. Comme Maxine était l'amie d'enfance de Kate, Helen proposa une sortie à six : Maxine et Rob, Kate et John, et eux deux. Avec cette merveilleuse ingéniosité qu'on pouvait attendre d'elle, Helen imagina une distraction qui plairait à tout le monde ; elle prit donc des billets pour un match des Trappers. Stern était toujours heureux de passer un moment dans ce vieux parc superbe avec ses murs d'enceinte en brique et ses tribunes supérieures en encorbellement, un endroit où même des balles en chandelle pouvaient de temps en temps faire un tour complet.

Mais il y eut bientôt entre eux un sous-entendu irritant. Trop de choses semblaient déjà décidées à l'avance. Maxine ne cessait de parler d'une visite d'Helen et de Stern à Saint Louis, si bien que ce dernier commença à se sentir tout à la fois abusé et pris au piège ; Kate, elle, parut agitée et un peu fofolle toute la soirée. Quand Helen, d'une façon désinvolte — trop désinvolte — fit allusion à une remarque que Stern lui avait faite un matin de cette semaine au petit déjeuner, Kate laissa échapper un de ces petits rires nerveux qu'on aurait plutôt attendus chez une jeune adolescente. Si bien que lorsque John proposa de descendre acheter à boire, Stern se leva et s'empressa de lui prêter main-forte.

Leur commande posée devant eux sur le comptoir, à un stand, ils restèrent un moment silencieux. John, plus laconique que jamais, mit ses lunettes pour suivre la version télévisée du match sur l'écran installé au-dessus du vieux gril.

— Comment va ton affaire ? s'enquit enfin Stern, cherchant désespérément un sujet de conversation.

Il pensa un instant lui demander si Kate tenait bon ; il s'était dit que le stress occasionné par les problèmes judiciaires de John expliquait son air épuisé et son humeur nerveuse.

— L'affaire ? répéta John en se tournant vers lui.

— L'histoire du grand jury, précisa Stern en baissant légèrement la voix.

— Oh ! (John repoussa ses lunettes sur son nez et s'intéressa de nouveau à la télévision.) C'est OK.

— Klonsky, l'adjointe du procureur des États-Unis, m'a dit que tu avais trouvé un avocat.

— Je pense.

Il haussa une épaule. C'était le moment du sport. Le reste n'était que nouvelles désagréables, le train-train du boulot.

— Tu es entre d'excellentes mains, poursuivit Stern. Raymond a beaucoup d'expérience.

John ôta ses lunettes.

— Oh, ce n'est pas lui que j'ai pris, en fin de compte, mais un type nommé Mel.

— Mel ? fit Stern. Mel Tooley ?

C'était une question de dignité professionnelle de ne jamais dire du mal d'un collègue à un client, mais Stern fut incapable de retenir la note de mépris dans sa voix. Mel Tooley ne figurait pas sur la liste qu'il avait donnée à John. La seule liste de Stern où Mel apparaîtrait jamais serait celle qui comptabiliserait les méprisés de la Terre. Tooley, qui avait été le responsable de la division des Investigations Spéciales au bureau du procureur des États-Unis avant de se tourner vers le privé, environ un an plus tôt, était l'un de ces avocats qui avaient choisi cette profession parce qu'elle légitimait une certaine forme de tromperie. Pendant toutes ces années, les désaccords entre Stern et Tooley avaient été célèbres — légendaires, même. Pas étonnant que Klonsky eût été stupéfaite par ce choix. Comment John avait-il pu tomber ainsi dans les griffes d'un tel individu ?

Son beau-fils avait ramassé les bières et le paquet de hot-dogs enveloppés dans une serviette en papier, et il remontait déjà les marches en béton conduisant aux loges. Écartelé entre les angoisses paternelles et les règles déontologiques, Stern le suivit tout en se sermonnant silencieusement. La façon dont John avait choisi son défenseur n'était, en un mot, pas son affaire — même si, en l'occurrence, il s'agissait de Mel Tooley.

Au milieu de l'escalier, il se jeta littéralement contre Kate qui arrivait dans l'autre direction. Ils poussèrent ensemble un petit cri. Stern se mit à rire, mais sa fille parut alarmée à sa vue et se recula. Ici, sous une lumière plus violente que dans les tribunes, Stern la détailla de nouveau. Elle était vêtue avec goût d'une sorte de costume marin de maternité avec un gros nœud rouge, mais elle avait l'air épuisée et — ce qui le choqua davantage — elle paraissait avoir perdu son joli teint rosé de jeune fille... Il pensa immédiatement qu'il y avait un autre problème, en dehors de sa grossesse. La situation de John lui pesait. Il songea que c'était là le véritable visage de l'adulte qu'elle était devenue. Ce à quoi il s'attendait depuis longtemps était arrivé. Il lui effleura la main et murmura :

— Kate, est-ce que tu vas bien ?

Elle répondit que oui, qu'elle allait simplement aux toilettes. Elle caressa son estomac en précisant que c'était déjà la troisième fois ce soir.

— Mais est-ce que tout le reste est...

— John, c'est ça ? (Il acquiesça d'un signe de tête, et elle tressaillit légèrement puis répondit simplement :) Je ne devrais rien dire...

Il comprit qu'on lui avait fait la leçon. Elle était parfaitement informée de la situation. Au courant des faits, des procédures. Et selon toute vraisemblance, elle en savait bien plus que lui.

— Je suis tout à fait d'accord. Je voulais juste te rassurer...

— Papa...

— J'ai souvent connu ce genre de situations, Kate. Fais-moi confiance. Tout ira bien.

— C'est ce que je souhaite, Papa.

— Sois patiente. Ça va certainement durer plus longtemps que nous ne le souhaitons tous. Mais il ne faut pas t'inquiéter.

— Papa, je t'en prie. Là, tu commences à parler comme Maman. Elle non plus, elle ne voulait jamais que je m'inquiète. Elle répétait ça sans arrêt. (Elle avait levé les mains pour imiter Clara, et elle les bougeait rapidement — on aurait dit des oiseaux.) Des fois je me demande ce qu'elle s'imaginait : que j'allais me casser, ou quoi, si j'avais trop de problèmes ?

Il réfléchit à ces reproches, très inhabituels dans sa bouche, et il ne sut pas vraiment comment y répondre.

— Papa, reprit-elle, ce n'est pas aussi facile que ça, tu peux me croire. (Elle soupira — une note désespérée — et descendit une autre marche.) Il faut vraiment que j'aille aux toilettes, ajouta-t-elle avant de s'éloigner.

Stern la regarda partir. Qu'est-ce qui se passait encore ? Et puis il se dit que rien qu'à son humeur il pouvait parfaitement imaginer les difficultés de la situation. Elle n'était pas seulement tracassée par ce qui arrivait à John — c'était son mari lui-même qui lui posait problème. Kate, comme lui, en avait sans doute appris davantage sur John qu'elle ne l'aurait voulu. John avançait lourdement, il n'avait pas de problèmes de sommeil, mais sa femme, à présent, savait. Stern ne put s'empêcher de pousser un petit gémissement et il marmonna une des expressions yiddish de sa mère. Il émergea dans l'air de la nuit au moment où la foule hurlait pour célébrer un arrêt fabuleux de l'ailier droit, Tenack. En montant l'escalier, il avait vu la balle le dépasser comme une étoile filante.

Comme c'était prévu, Rob et Maxine allèrent passer la nuit chez Kate et John — une occasion de faire mieux connaissance. Helen supplia Stern de rester avec elle : « Juste pour dormir », lui dit-elle, alors qu'elle fut à peine capable de sortir de la voiture tant elle était fatiguée. La grande maison un peu isolée que Miles et elle avaient fait construire un ou deux ans avant la fin de leur union semblait parfois l'inquiéter, surtout après la visite d'un de ses enfants.

Quand ils furent dans la chambre, Helen se déshabilla sans cérémonie, abandonnant ses vêtements en tas sur le sol, puis elle se jeta toute nue sur le lit. Ce genre d'intimité lui plaisait, Stern le savait : pouvoir se dénuder sans réfléchir et sans crainte d'être examinée sous la lumière qui tombait du plafond. Vois ce que tu aimes. A l'évidence, Helen avait fait de son mieux pour échapper au poids des ans, mais elle semblait encore abîmée par ses expériences : elle était couperosée et ramollie de-ci, de-là, et quelques varices marquaient ses jambes jusqu'aux fesses. Rien de critique, d'ailleurs, de la part de Stern, dans ces observations. Physiquement, lui-même n'était pas vraiment un bon exemple — et encore n'avait-il pas eu à affronter deux grossesses. Quelque temps plus tôt, il avait été étrangement troublé en découvrant des poils blancs sur son pubis. En fait, Helen et lui arrivaient au même point — pas tout à fait au bout du rouleau, mais ils étaient meurtris, flageolants, vaincus par les forces principales de la physique, de la gravité et du temps... C'étaient là des réalités qui l'emportaient même sur la puissance de la volonté d'Helen.

Stern, qui avait déjà ses petites habitudes en ces lieux, borda Helen, mit le chat dehors et ferma les portes à clé. Pourtant, pour des raisons qu'il était incapable de comprendre, il n'était pas à l'aise, ce soir. Il était troublé à l'idée de ce que signifierait pour Dixon de retrouver John entre les mains d'un avocat hostile ; mais c'était le genre d'inquiétude qu'il avait été capable, des décennies durant, de calmer la nuit. En s'assoupissant, il pensa un instant à Kate, qui avait l'air métamorphosée par l'univers du malheur des adultes, puis à Nate Cawley qu'il cherchait toujours à coincer. Il se promit de l'attraper demain. Bientôt. Chaque fois qu'il allait sombrer dans le sommeil, il revenait à la surface comme un flotteur. Ce fut une nuit de rêves agités. Dans l'un de ceux dont il se souvint au matin, il y avait un oiseau inanimé dans la neige, sous les branches d'un sapin. Une main féminine ramassait doucement cette vieille chose épuisée au plumage noir et blanc. Elle caressait la poitrine de la pauvre bête et déclarait que son aile, qui était à la verticale de son corps, était cassée, mais pouvait être guérie. Sa voix faisait résonner sur la scène une note joyeuse. En s'éveillant dans la chambre d'Helen, avec la violente lumière du petit jour qui auréolait les bords des épais rideaux, Stern ne se rappela rien d'autre de cette femme que cette prédiction encourageante. Helen, toujours endormie, respirait doucement. Il se pencha pour caresser son épaule, mais il était certain que la voix qu'il avait entendue dans son rêve n'était pas la sienne.

23

Kate avait acheté un répondeur à son père. Malgré tout son amour pour les gadgets, il s'était juré que c'était le genre d'appareil qu'il ne posséderait jamais. Il était déjà assez esclave du téléphone. De plus, il avait horreur d'entendre sa voix enregistrée sur une cassette ; son accent était bien plus évident qu'il ne l'imaginait. Mais comment refuser un cadeau de sa fille ? Chaque jour ou presque, elle lui laissait un ou deux messages joyeux (mais, ces temps-ci, les problèmes de John allant croissant, Stern avait parfois perçu dans les bonjours de Kate une certaine lourdeur). Helen, elle aussi, lui laissait souvent un petit mot gentil ; du coup, Stern envisageait — à son corps défendant — de rentrer chez lui avec plaisir pour tripoter les touches de la machine. Ce soir, cependant, la première voix qu'il entendit sur la bande fut celle de Peter : « C'est le moment de penser à faire ton examen de sang. » Une brutalité et une indiscrétion typiques. Stern, bien qu'il fût seul, ne put s'empêcher de baisser le son.

Mais ce message faisait naître en lui des souvenirs familiers. Il guettait Nate Cawley derrière sa fenêtre. Il avait passé plusieurs soirées à travailler sur la table de la salle à manger dans l'espoir de surprendre Nate quand il rentrerait chez lui ; il avait renoncé à le joindre par téléphone. Tout en épiant une fois encore son retour, il ouvrit son courrier. Il y avait une petite carte de Marta ; sa fille lui rappelait qu'elle serait chez lui dans deux semaines, après le 4 Juillet, pour finir de trier les affaires de Clara.

Par écrit, Marta était concise, mais elle avait pris l'habitude de lui téléphoner tard le soir, juste avant de s'endormir — il lui arrivait même de le réveiller —, pour de longues conversations songeuses. Marta pensait toujours à la mort de sa mère — elle estimait qu'il s'agissait d'un passage très important pour elle. Et dans cette recherche, dont elle parlait volontiers, Stern se découvrait comme à l'accoutumée bien des points communs avec sa fille aînée. Assis dans son lit, il l'écoutait parler et lui répondait en marmonnant, somnolant à moitié, mais très proche d'elle.

Marta avait toujours été assez pessimiste ; Stern ne se la rappelait pas espiègle. Déjà, à sept ou huit ans, les problèmes fondamentaux de l'existence semblaient la laisser perplexe. Pourquoi une femme épouse-t-elle un seul homme ? Pourquoi mangeons-nous des animaux puisque ce n'est pas bien de les traiter cruellement ? Dieu voit-il l'intérieur des choses, ou seulement leur surface ? Stern, bien plus que Clara, faisait grand cas du côté renfermé et contemplatif de sa fille et ses combats intérieurs le touchaient. Des trois, c'était d'elle qu'il se sentait le plus proche. Comme il était lui-même le second enfant de sa famille, il comprenait les terribles querelles qu'elle avait parfois avec Peter et la rancœur formidable — quoique passagère — qu'il lui arrivait d'éprouver pour son frère.

Il avait été si heureux lorsqu'elle avait commencé son droit — et pas seulement parce que cela le flattait d'être imité : il pensait que la loi, avec sa substance, ses traditions vénérées, et son impitoyable analyse des relations sociales, serait peut-être capable de lui procurer des débuts de réponses aux questions qui l'avaient si longtemps préoccupée. Mais ni la faculté de droit, ni l'exercice de sa profession n'avaient pourtant paru diminuer sa distraction et ses incertitudes. Elle passa l'examen dans quatre États avant de décider de rester à New York ; et elle trouva trois emplois différents avant d'accepter son poste actuel, le moins payé, le moins solide, le moins prometteur. C'était une célibataire active, prise dans l'habituel tourbillon new-yorkais de la consommation — les restaurants, les boutiques et les événements à la mode —, mais lorsqu'il l'entendait parler, tard dans la nuit, elle ne cherchait pas à dissimuler la frustration qui perçait dans sa voix. Elle était malheureuse dans ses relations avec les hommes, bloquée dans sa carrière, frustrée par la vie, et plus ou moins seule. Stern relut son petit mot, plein du sentiment de sa présence. La quête de Marta, sa Marta sentimentale, troublée, ardente, n'était pas près d'aboutir.

Au-delà de la fenêtre, dans le crépuscule qui se prolongeait, sous un magnifique ciel bariolé, la BMW des Cawley se gara dans leur allée. Stern avait déjà parcouru une bonne moitié du chemin vers la voiture lorsqu'il s'aperçut que c'était Fiona qui était au volant. Il s'immobilisa.

— Sandy !

Elle lui sourit et descendit du véhicule, avec, à la main, un petit sac coloré venant d'une quelconque boutique.

Stern était debout dans l'herbe. Il portait son pantalon de costume et une chemise faite sur mesure, avec son monogramme brodé sur la poche ; il avait retiré sa cravate. Il se rendit compte soudain qu'il avait toujours la lettre de Marta à la main. Il expliqua à Fiona qu'il pensait que c'était Nate.

— Non, j'ai pris sa voiture, aujourd'hui. La mienne tombe en panne chaque fois que je branche l'air conditionné.

— Ah, dit Stern en se balançant sur la pointe des pieds.

Il se sentait toujours embarrassé en présence de Fiona.

— En fait, dit-elle, je voulais te montrer quelque chose. Tu viens à la maison une minute ?

Et elle se dirigea vers la porte d'entrée, ses clés à la main, sans lui laisser la moindre chance de refuser. Il la suivit à contrecœur dans l'allée de gravier. Quelle nouvelle traîtrise de Nate voulait-elle encore lui révéler ? Elle posa son paquet sur un guéridon, dans le vestibule, et alluma quelques lumières. Stern lui expliqua qu'il avait un rendez-vous bientôt, une remarque que Fiona, comme il s'y attendait, feignit de ne pas entendre.

— C'est un truc vraiment des plus curieux, dit-elle. Monte. Je veux vraiment que tu voies ça.

Elle s'arrêta pour faire sortir son colley de la cuisine. Elle proposa quelque chose à boire à Stern, qui refusa ; elle, elle prit quand même le temps de se servir un bourbon sec avec de la glace, dont elle avala la moitié d'un trait, comme si c'était de l'eau, en disant :

— Il fait tellement chaud !

Le chien sautait autour d'eux ; elle le gronda et il les accompagna gentiment jusqu'à l'escalier. Au premier, Fiona ouvrit la porte de la chambre et s'engagea dans le couloir menant à la salle de bains. Stern resta en arrière, hésitant à la suivre. Il y avait une intimité assez excitante à se trouver avec une femme dans sa chambre à coucher — cela venait moins du lit que du côté privé des lieux. La pièce, à l'évidence, était l'œuvre de Fiona, décorée suivant son goût, avec du crêpe de Chine, dans des tons roses suggestifs. On sentait les odeurs fortes des cosmétiques et des eaux de Cologne, ces parfums américains toujours trop douceâtres. Un long déshabillé terre de Sienne était abandonné, comme une invite inconsciente, sur le bras d'un fauteuil capitonné, suggestion d'une forme langoureuse.

— Là, c'est ça, dit Fiona. Viens par là. (Elle était entrée dans la salle de bains, dont la porte se referma à moitié derrière elle. Lorsque Stern la poussa à son tour, Fiona étudiait un petit sac en papier. Elle avait posé son verre près du lavabo.) Je l'ai trouvé la semaine dernière. Je n'ai pas compris pourquoi Nate gardait dans sa pharmacie personnelle ce truc avec le nom de Clara écrit dessus...

Stern, surpris lui-même par la violence de sa réaction, le lui arracha presque des mains. Le sac imprimé venait d'une chaîne locale de pharmacies. Deux reçus d'ordonnance informatisés, de petites étiquettes qui rassemblaient pour plus de commodité toutes les informations nécessaires à Medicare ou aux assurances médicales, étaient agrafés au bord du sac, l'un sur l'autre. Sur celui du dessus on lisait le nom, l'adresse et le numéro de téléphone de Clara. A l'intérieur, Stern sentit une grosse fiole. Il était inutile de demander à Fiona pourquoi elle fouillait dans l'armoire à pharmacie de Nate ; il ne faisait aucun doute qu'elle avait déjà mené de nombreuses expéditions de ce genre — les poches de son costume, son agenda, sa corbeille à papiers... Fiona s'adapterait fort bien aux manœuvres minables et hostiles que demandaient les procédures de divorce.

Stern lut l'étiquette du flacon :

— Indométhacine. Ça, c'était pour l'arthrite de Clara. Je crois. Nate m'a dit qu'il lui en avait apporté.

Fiona lui lança un regard bizarre.

— S'il lui en a apporté, comment se fait-il que ce soit toujours dans le sac ?

Stern poussa un soupir. Elle avait raison. Mais la réponse à cette question était évidente. On avait servi à Nate deux prescriptions : c'était pour cela qu'il y avait deux reçus. Stern passa à celui du dessous et lut : « Acyclovir. » Son cœur s'accéléra. Il sortit très vite le flacon marron clair du sac. Au nom du ciel, que pouvait bien faire Nate Cawley avec ce machin ?

— C'est quoi ? demanda Fiona.

Stern était perdu dans la contemplation de l'étiquette. Dans l'espace vierge qui suivait le mot « patient », on avait noté : « Dr Nathan Cawley, médecin », ainsi que l'adresse et le numéro de téléphone de son cabinet. 85 GÉLULES D'ACYCLOVIR 200 MG DEUX (2) GÉLULES CINQ FOIS PAR JOUR PENDANT CINQ JOURS PUIS UNE (1) GÉLULE CINQ FOIS PAR JOUR, SI NÉCESSAIRE.

Lorsque l'idée le frappa, Stern se tourna brusquement vers Fiona :

— Est-ce que Nate prend ces médicaments ?

Elle haussa les épaules.

— J'imagine. C'est son armoire à pharmacie, non ? C'est quoi ?

— Acyclovir, répondit Stern, en prononçant le mot exactement comme Peter l'avait fait lorsqu'il lui avait expliqué que ce produit était souvent efficace pour diminuer la période active de l'infection.

L'infection de l'herpès. Le Dr Nate se l'était prescrit à lui-même.

Quand elle avança la main pour prendre le médicament, Stern, sans réfléchir, le mit hors de sa portée. L'ordonnance datait de deux jours avant la mort de Clara. Il secoua la bouteille. Presque vide. Il arracha le couvercle et en répandit le contenu sur un mouchoir en papier ; il restait six gélules, compta-t-il. On en avait utilisé soixante-dix-neuf. Il réfléchit à ce chiffre : cela signifiait que Nate prenait encore ce médicament plus d'une semaine et demie après la mort de Clara. Il fixa avec une formidable attention ces petites gélules jaunes. Le nom du laboratoire était gravé sur chacune d'entre elles.

Fiona insistait :

— Sandy, ça soigne quoi ?

Oh, oui..., pensa-t-il. Il l'avait deviné, n'est-ce pas ? Tout était là, devant lui. Les mensonges de Nate, toutes ses dérobades et ses fuites — c'étaient des signes qui ne trompaient pas. A l'évidence, il s'agissait de quelque chose dont Nate ne voulait pas discuter. Et c'était là. Là ! Pas seulement ce qui avait fait souffrir Clara. Mais aussi le fait que Nate, qui continuait à avaler tranquillement ses gélules après son enterrement, avait transmis la maladie. Il lui avait fallu vraiment faire preuve de volonté, d'une opiniâtreté délibérée, pour ne pas deviner le rôle de Nate. Après tout, son voisin avait eu d'évidentes facilités pour commencer ce vilain badinage. « Déshabillez-vous, s'il vous plaît, et enfilez cette blouse. Le docteur sera là dans un instant. » Un homme aussi dominé par sa femme que l'était Nate avait sans doute trouvé irrésistibles le calme et le mystère de Clara. Oui, et il semblait aussi — s'il pouvait encore prétendre savoir quelque chose de la nature de cette femme — que quel que fût son rôle avec Clara, il avait fallu du temps, un don de soi, de la confiance, une érosion graduelle. C'était obligatoirement quelqu'un qu'elle connaissait bien. Oh, oui ! Nate rendait parfois visite à Clara le matin, lui avait dit Fiona, il y avait longtemps.

— Sandy, s'exclama Fiona, pour l'amour de Dieu ! A quoi servent ces pilules ?

Il n'avait pas lâché la bouteille ; il regarda à nouveau l'étiquette. La femme, se dit-il, avait le droit de savoir.

— Herpès, répondit-il.

— *Herpès,* répéta Fiona. (Elle resta bouche bée un instant, puis se recula de quelques centimètres.) Quoi ! Le salaud !

Elle se mit soudain à renifler et elle fondit en larmes d'une façon aussi imprévisible que la première fois.

— Asseyons-nous un moment, proposa Stern.

Stern ramassa les gélules et replaça la fiole sur une étagère de l'armoire à pharmacie de Nate. Puis il entraîna Fiona dans sa chambre et s'installa à côté d'elle sur le bord de son lit, impeccablement fait. Le couvre-lit en épais tissu mauve avait une frange. Fiona tenta, tant bien que mal, de retrouver ses esprits. Elle tapota le dos de ses mains sur les ombres pourpres de ses yeux. Il tendit le bras vers elle pour essayer de la consoler, et elle laissa aller son corps mince contre lui l'espace d'un instant, si bien que les fragrances variées de ses parfums chatouillèrent les narines de Stern. Dès que sa main s'appuya sur son épaule fragile, il eut le premier pressentiment. Il ne sut pas d'où lui vint cette pensée. *Quelque instinct vicieux,* se dit-il — encore qu'un plan de ce genre, quoique informulé, lui trottât dans la tête depuis un moment, semblait-il.

Fiona se leva pour aller chercher un mouchoir en papier, mais elle revint s'asseoir près de lui, sur le lit.

— Herpès..., marmonna-t-elle pour elle-même.

Stern, du coin de l'œil, vit le début d'un faible sourire passer sur ses lèvres lorsqu'une autre pensée, limpide, lui traversa l'esprit. *Bien fait pour lui. Bien fait pour ce salopard.* Puis, fixant Stern dans les yeux, elle demanda :

— Est-ce que je vais l'attraper ?

— Ça dépend, j'en ai bien peur.

— De quoi ?

— De ta relation.

— Ma relation ?

Fiona ne comprenait pas ; elle lui lança un regard irrité.

Stern essaya de trouver les mots justes. Dieu, que c'était difficile ! Les avocats chargés des divorces devaient passer leur temps à poser ce genre de questions. Ils étaient probablement crus et directs. « C'était quand, la dernière fois que vous l'avez laissé vous fourrer, chérie ? »

— Je ne voudrais pas être indélicat...

— Tu veux dire, notre vie sexuelle, Sandy ?

— Exactement.

— Pas souvent.

— Je vois.

— Ce n'est pas que je n'aime pas ça, Sandy. Au contraire, s'empressa-t-elle d'ajouter, craignant comme à son habitude d'être jugée. Mais tu sais bien comment ça se passe. Je ne l'ai pas laissé m'approcher depuis que j'ai vu cette chose. (Elle fit un geste vers le rez-de-chaussée, la salle de séjour, la télévision.) Remarque, ça n'a pas paru le déranger.

— Et c'était quand, Fiona ?

— Mars ? (Elle haussa une épaule.) Je ne prends pas de notes, Sandy.

— Non, bien sûr que non.

— Franchement, je pense qu'il avait renoncé à l'idée d'essayer, à ce moment-là. Il est comme ça.

Elle sourit de nouveau, tristement.

Stern s'imaginait que Nate avait renoncé depuis bien plus longtemps encore. Il avait ses propres problèmes. Ce n'était d'ailleurs pas vraiment une bonne excuse. Ici, néanmoins, dans la chambre bien tenue de Fiona, Stern se sentit soudain dépassé par les mystères du mariage. C'était comme la culture, ou la préhistoire — un milliard d'arrangements non écrits. Nate et Fiona. Quel couple invraisemblable. Lui, doux et désinvolte, et elle tellement sévère. Elle était toujours jolie, pourtant. Sa beauté devait avoir eu de l'importance pour Nate, avoir flatté son orgueil. Son petit trésor personnel restait à la maison, pendant que lui, il allait jouer les chats de gouttière dans le voisinage, attrapant des maladies et baisant les femmes de tout le monde — et celle de son ami Stern, aussi. Admettre ce fait fit naître chez lui une espèce de délire passager. Il n'avait pas envie de se laisser emporter par la colère, mais le désir urgent d'une vengeance lui faisait mal — une vengeance puissante et grandiose — et il se sentait aussi fort qu'un boxeur professionnel. Cette idée le submergea comme un accès de fièvre. Était-il réellement capable d'une chose pareille ? Oh, oui ! Il se sentait excité, inspiré et méchant.

— Donc, je suis en mesure de l'attraper ? demanda Fiona.

— A mon avis, il y a peu de chances, Fiona, si j'en crois ce que tu m'as raconté.

Elle réfléchit un instant.

— Je suppose que je devrais lui être reconnaissante de m'avoir abandonnée.

Toujours assis près d'elle, Stern répondit lentement :

— Je dirais plutôt qu'il a commis une grande injustice, Fiona.

Elle eut l'air dubitative, comme si Stern était soudain devenu fou. Stern lui sourit bravement et il répéta :

— Une grande injustice.

En même temps, il leva la main doucement. Il attrapa le bouton du haut de la robe tricotée de Fiona, et il se pencha pour embrasser sa peau brune, en haut de sa poitrine.

Elle se recula brusquement, mais elle souriait.

— Sandy, murmura-t-elle.

Lui, il la fixait avec intensité — il prenait la chose très au sérieux. Il ouvrit le bouton et tira légèrement le vêtement en arrière pour la caresser.

— Ô mon Dieu ! dit Fiona en éclatant de rire. Je n'en crois pas mes yeux.

Fiona, semblait-il, avait du mal à se retenir ; c'était à mourir de rire. En cet instant, il savait qu'il était maître du jeu. Elle ne l'arrêterait pas. Fiona était un être faible. Son seul ressort résidait justement dans la fragilité de son caractère, elle n'avait aucune confiance en elle. Prise par surprise, elle s'en tirait en riant, elle n'aurait pas su comment faire autrement. Et lui-même ? Comment se sentait-il en cet instant ? Bizarre, très bizarre, chers amis américains. Oh, c'était violent, invraisemblable, absurde. Mais l'audace sexuelle était plus excitante que le vol. Il se mit à lui caresser la poitrine, et découvrit bienheureusement, remarquablement, fantastiquement, qu'il n'était plus lui-même.

Il ouvrit un second bouton et fit descendre son soutien-gorge. Ses seins, petits et blancs, étaient aussi surprenants qu'un poisson passant comme une flèche dans l'eau ; il se pencha et posa ses lèvres sur le petit bouton de son mamelon...

Quelqu'un l'observait !

Sur le lit, il sursauta. Il se retrouva à demi dressé, les bras en avant dans une position défensive.

Le colley, effrayé, avait fait lui aussi un bond en arrière, en traînant un peu les pattes avant, mais il n'aboya pas.

Lorsque les yeux de Stern revinrent sur Fiona, il découvrit qu'elle s'était levée et qu'elle lui faisait face. Elle n'avait pas arrangé son soutien-gorge, si bien que sa blanche poitrine ressemblait à un paquet à moitié défait. Quand il rencontra son regard, il se produisit quelque chose — peut-être que la peur de Stern, même passagère, l'avait dissuadée, ou peut-être, plus simplement, qu'elle avait eu le temps de retrouver ses esprits. Mais il vit sa pupille se contracter légèrement ; ce fut alors qu'elle bougea le bras. Il sut ce qui allait arriver, mais estima indigne de se défendre. Il ressentit un éclair de douleur lorsque sa main ouverte s'écrasa sur sa joue et il comprit aussitôt que ses dents de devant s'étaient entrechoquées, et qu'une d'elles devait même avoir été ébréchée.

— Tu ne vaux pas mieux que lui ! souffla-t-elle. Toi, espèce de salaud !

Elle lui tournait le dos et bataillait avec ses vêtements. Il savait qu'il devait répondre quelque chose, mais sur le moment il en fut incapable. Il se rassit sur le bord du lit, soudain plein de honte.

— Pardonne-moi, murmura-t-il.

— Jésus ! s'exclama-t-elle.

Il voulut lui dire qu'elle était attirante, mais il devina que cela aurait été déplacé, en la circonstance.

— J'ai succombé, préféra-t-il expliquer — l'une de ses habituelles formules ambiguës.

— Tu as profité de la situation, oui.

Cette pensée, dès qu'elle l'eut formulée, la fit fondre en larmes, sans plus d'avertissement que les fois précédentes. Elle se laissa tomber dans une chaise blanche en osier, près de la fenêtre, et pressa sur son visage son mouchoir en papier roulé en boule. Elle avait récupéré son verre, qu'elle vida d'un trait pour se consoler, puis elle se releva, sans doute pour s'en servir un autre. Elle lui lança un regard furieux — une malédiction muette de plus — mais elle s'en alla sans ajouter un mot. Elle disparut dans le couloir, le chien bondissant sur ses talons.

Tandis qu'il l'entendait descendre lourdement l'escalier, il contempla le plafond de la chambre des Cawley. Quelques toiles d'araignées y pendaient. Ô mon Dieu, comme il se dégoûtait ! Comme il s'en voulait ! Il avait l'impression d'être très ivre, et il savait que ce serait encore pire lorsque la poussée d'adrénaline se calmerait et qu'il reviendrait à la réalité. Bon sang, qu'est-ce qui avait bien pu lui passer par la tête ? Oh, il savait qu'il allait se détester...

Il s'approcha de la chaise en osier où Fiona s'était installée un instant plus tôt. Par la fenêtre, il voyait sa propre maison. Depuis trente ans qu'il y vivait, il ne l'avait jamais aperçue sous cet angle, et, impressionné par cette vision, il se perdit un moment dans la contemplation du toit d'ardoises de l'aile où se situait la chambre à coucher. Lorsqu'il repéra le pignon de sa propre chambre, il essaya d'imaginer Nate et Clara emmêlés à cet endroit. Mais cette image, heureusement, refusa de se matérialiser dans son cerveau.

Et l'argent ? pensa-t-il soudain. Pourquoi, pour l'amour du ciel, Nate aurait-il eu besoin de huit cent cinquante mille dollars ? Mais, en fait, Fiona avait répondu à cette question des semaines auparavant : pendant des années, elle avait menacé Nate de le ruiner s'il divorçait. Et elle allait se battre avec la rage du fox-terrier, pour chaque cent, juste pour le plaisir de se venger. Mais maintenant qu'il avait mis de côté une partie de la fortune de Clara, Nate était en mesure d'affronter la colère de Fiona. Cela signifiait-il qu'il y avait eu un pacte entre Clara et Nate ? Chacun d'eux avait-il décidé d'abandonner son conjoint ? Avait-elle prévu de laisser Stern tout seul, à vagabonder — comme il le faisait, en effet ?

Il entendit claquer la porte d'entrée au rez-de-chaussée. Fiona était partie, peut-être pour aller traîner en voiture, ivre, à travers la ville, à maudire les hommes et leurs vices. Ou peut-être, plus simplement, pour lui laisser le temps de s'échapper de chez elle comme un voleur. Le chien, sans sa maîtresse, revint dans la pièce en trottinant. Imaginez la vie d'un chien, toujours à la limite de la soi-disant compréhension.

Cette nouvelle hypothèse le rendit incapable de bouger. C'était cela, vraiment, l'héritage que lui avait laissé Clara : des instants d'horreur à recoller les morceaux dans le gâchis qu'elle avait abandonné derrière elle. La méthodologie de sa profession l'avait habitué à essayer de découvrir précisément ce qui s'était produit dans le passé. Les personnes concernées, clients ou témoins à charge, fournissaient rarement des comptes rendus dignes de foi. Elles étaient attirées hors des chemins de la vérité par la frayeur, le transfert de culpabilité, le désir de se justifier. Mais à l'occasion, en travaillant sur une affaire, Stern parvenait à deviner ce qui s'était vraiment passé. Un mot par-ci, par-là. Un bout de papier. Et les morceaux du puzzle s'ajustaient.

Bien qu'encore faible et étourdi, il avait à présent la même impression. Pauvre Clara ! Oui, maintenant il comprenait. Elle avait utilisé son énorme talent pour ourdir le complot — quel qu'il fût — qu'elle avait imaginé avec Nate, et c'était ensuite seulement qu'elle avait appris la nature de sa maladie. Ce fut peut-être d'abord par elle que Nate avait eu connaissance du problème, mais en ces circonstances, il avait dû être obligé d'avouer son autre centre d'intérêt — sans doute la jeune femme de la vidéo. L'infidèle parmi les infidèles. Oh, oui ! Il le voyait, maintenant. Quel drame ! Aussi tragique que *Madame Butterfly*. Trompée. Abandonnée. Contaminée. Honte et malheur à chaque fenêtre, derrière chaque porte, avec pour tout avenir l'écho sans fin d'événements minables : la colère d'un mari, la fuite d'un amant, et la découverte atroce que l'on a dilapidé une part de sa propre fortune pour acheter à son partenaire une liberté qu'il avait en fait l'intention d'utiliser à d'autres buts. Quelle humiliation ! Comme l'héroïne d'un mythe, Clara avait tout perdu sous l'emprise de l'orgueil et du désir. Assis sur le coûteux couvre-lit de Fiona, Stern posa sa main sur son cœur ; il était douloureux et battait irrégulièrement.

Il fallait appeler Cal. Immédiatement. Quelle histoire à raconter ! Cal Hopkinson, le notaire, s'en creuserait un second trou dans la tête. Il fallait faire tous les papiers maintenant. Avec le chèque, Nate était dans une situation délicate. Son plan, depuis le début, était sans doute de le garder pour dissimuler cet argent à Fiona et à l'avocat qu'elle chargerait du divorce. A présent, avec la mort de Clara, avec les banquiers et les exécuteurs testamentaires, avec la procédure de validation, il allait pourtant être obligé de se manifester, de peur que quelqu'un n'entendît parler de cette transaction et n'essayât de l'empêcher. Mais le jour où Nate aurait le courage de présenter ce chèque, Stern le poursuivrait en justice. Il y aurait de la fumée et des éclats d'obus dans tous les coins. Il broierait Nate Cawley comme la meule moud le grain.

Dans cette explosion de haine, Stern fut soudain frappé, irrésistiblement, par le sentiment de la totale absurdité de tout cela. Rien n'était arrivé. Son esprit le lui disait clairement. Dans une seconde, il chercherait l'interrupteur en tâtonnant, il allumerait la lumière et découvrirait où il se trouvait vraiment. Mais lorsqu'il regarda autour de lui, il vit que le colley était là pour de bon, à l'observer, et que la maison où il vivait depuis trente ans était de l'autre côté de la vitre, sous un angle qu'il ne connaissait pas. Sa lèvre commençait à enfler et à bleuir, là où l'une des bagues de Fiona l'avait frappé. Il retrouva le chemin du rez-de-chaussée, enferma le chien dans la cuisine, puis, sentant que quelque chose dont il ne parviendrait jamais à se rappeler était irrémédiablement perdu, il sortit.

Les souvenirs les plus évocateurs de la période où ils se firent la cour étaient ceux où il était assis dans le salon de la demeure des Mittler, tandis que Clara jouait du piano. Sa douce chevelure aux reflets roux suivait les mouvements de sa tête, qu'elle penchait parfois ; ses yeux parcouraient rapidement son clavier, ou bien ils restaient clos quand elle s'abandonnait à la musique. Son intelligence supérieure chantait par l'intermédiaire de l'instrument. La première fois qu'elle joua pour lui, il ne sut absolument pas quoi dire. Il était venu la chercher et elle l'avait invité à entrer un instant. Ses parents étaient absents et, à l'évidence, elle se sentait libre de lui faire visiter son domaine.

— Mon piano, dit-elle.

Il lui demanda de jouer quelque chose et au lieu de faire des difficultés, comme il s'y était attendu, elle accéda volontiers à sa requête. Il était assis sur le divan rouge et pelucheux, avec son écharpe autour du cou et son manteau, ignare en musique, mais très ému par la conviction avec laquelle elle frappait les touches. Il éprouvait pour elle une formidable admiration.

— Magnifique, dit-il.

Elle se tenait timidement près de son instrument, appréciant son compliment.

Ensuite, ils sortirent comme ils l'avaient prévu. Le film — il n'avait toujours pas oublié — fit naître beaucoup d'émotions en lui. Marty. L'histoire de cet homme stupide, solitaire, plein d'envies, le remua. C'était lui. Lui ! Ensuite, alors qu'ils retournaient vers la Chevy de George Murray, garée assez loin, il s'aperçut que cette histoire avait touché Clara, elle aussi, qu'elle l'avait rendue triste. Elle s'accrocha fermement à son bras tandis qu'ils marchaient sans se presser en discutant de certaines scènes poignantes.

Quand ils arrivèrent à la voiture, Stern ne put se retenir. Il jura et s'agita pendant un moment.

— Oh, George ! répétait-il.

La personne qui avait embouti la voiture de George avait fait beaucoup de dégâts. Les éraflures commençaient à l'arrière de la porte et s'élargissaient jusqu'à l'endroit de l'impact sur le pare-chocs avant ; celui-ci était écrasé et la lampe d'un des phares pendait au bout de son fil. Et l'automobile rangée devant la Chevy était dans un état encore pire : son coffre était écrasé comme un vulgaire carton.

— Ô mon Dieu ! s'exclama-t-elle, quand elle se rendit compte de la catastrophe. La voiture ne t'appartient pas, n'est-ce pas ?

— Non.

Le désastre semblait incalculable. Son esprit cherchait en vain une idée sur la façon dont il pourrait arranger tout cela.

— Je suis tellement désolée..., ajouta-t-elle.

Il haussa les épaules, en fixant les débris.

— Je ne prendrai pas mon téléphone ce mois-ci, voilà tout.

Il fallait prévenir la police. Ils marchèrent jusqu'au drugstore le plus proche pour trouver un téléphone. Lorsqu'ils revinrent à la voiture, il y avait déjà une patrouille sur place. Il avait appelé George Murray, aussi ; heureusement, il n'était pas chez lui. Stern avait l'impression qu'il serait capable d'affronter toute l'histoire — mais pas d'annoncer la nouvelle à George. Cette jeune fille, avec sa compassion, lui redonnait courage. Le flic était un type gentil, un homme d'un certain âge, aux cheveux blancs, qui était déjà sur la touche. Il questionna Stern sur son accent avec une curiosité pleine de franchise, puis il s'allongea par terre, sur le boulevard, pour essayer de redresser le pare-chocs — et éviter à Stern de salir son costume. Celui-ci s'était assis derrière son volant et il le faisait tourner, pendant que le policier tirait sur la tôle cabossée.

— Ça sera suffisant pour rouler, annonça finalement le flic. Et ça vous évitera la dépanneuse. Ces types sont des pirates.

Il se nommait Leary. Il inclina sa casquette lorsqu'ils démarrèrent. Stern n'avait aucune idée de l'endroit où ils allaient.

— Je te ramène chez toi ? demanda-t-il.

— Oh, pas encore ! répondit-elle avec une énergie qui le surprit. (La voiture n'avait pas de radio, mais une petite pendule. Il était minuit cinq.) Je dois d'abord être certaine que tu vas bien. Dis-moi...

Il grommela. Il était ébranlé, en effet. Néanmoins, il constatait avec étonnement que cette simple attention féminine le soutenait. Il se souvint soudain des dessins animés de Popeye mangeant des épinards, qu'on voyait au cinéma, à l'époque... Oui, avec elle, avant d'affronter George et des mois de factures, il se sentait presque invincible.

— Où allons-nous, alors ? demanda-t-il. Tu as faim ?

— Non, vraiment pas. Je ne pourrais pas. Pas maintenant. Cette histoire m'a coupé l'appétit. Je ne bois pas souvent, mais là, j'aimerais bien. Pas toi ?

Il grommela de nouveau.

— Étant donné les circonstances, avoua-t-il, je pourrais boire un petit coup, moi aussi.

— Tu sais ce qui serait sympa ? On pourrait s'arrêter à un magasin d'alcool, puis aller s'asseoir un moment au bord de la rivière. Je connais un endroit magnifique. Je t'indiquerai le chemin.

Ils achetèrent une bouteille de Southern Comfort et deux verres, et ils roulèrent jusqu'à un parking surplombant un peu la rivière qui, à cet endroit, était très large, sombre et bruyante. La lune était levée ; plantée au-dessus des arbres, elle inondait la Kindle de lumières mouvantes.

Lorsqu'elle ouvrit la bouteille, il la mit en garde.

— Attention, George ne veut pas voir revenir sa voiture en morceaux !

Elle le regarda par-dessus le goulot, peu impressionnée par sa tentative d'humour.

— Tu vas avoir de gros problèmes, pas vrai ?

Il hésita un instant, puis il secoua la tête avec courage.

— Tu n'envisagerais pas de me laisser payer les réparations, n'est-ce pas ? demanda-t-elle.

Il secoua la tête de nouveau.

— Je pourrais, tu sais. J'ai pas mal d'argent. La sœur de ma mère m'en a laissé. Il a été disponible quand j'ai eu vingt-cinq ans, et maintenant il est là, à attendre.

— Et que dirait ton père ?

— Je me moque de ce que pense mon père.

Une fois encore, Stern émit un grognement. Il songea à la première fois où il l'avait vue sur le bras du fauteuil d'Henry.

— Tu tiens à lui ? fit-elle.

— J'ai bien peur que oui.

— Moi aussi, avoua-t-elle, après un silence. Il aurait mieux valu que je dise le contraire, mais c'est vrai que je tiens à lui. Je pense que la plupart des filles sont plus attachées à leur mère, mais Maman l'adore. C'est pareil dans ta famille ?

Stern se mit à rire : il repensa à son père, vers la fin, un être humain troublé et sans énergie, toujours au bord de la dépression.

— Non, répondit-il.

— Tu aimes mon père ?

Stern réfléchit un instant à cette question. Le moteur de la voiture tournait, un ronronnement sourd, parce qu'ils voulaient profiter du chauffage.

— Je crois que j'ai trop peur de lui pour pouvoir te répondre.

Elle se mit à rire.

— Tu sais ce que j'aime chez toi, Sandy ? Tu es très différent des autres.

Il fut tenté de faire une remarque sur les fautes changées en vertus. Et puis il réalisa que son aveu lui plaisait. Il était ce qu'il était. La voiture, l'accident avaient fait naître une remarquable complicité entre eux. En outre, comme c'était généralement le cas en ces rares occasions où quelqu'un pouvait lui inspirer une réponse sans détour, il venait d'en apprendre beaucoup à son propre sujet.

— Et toi, dit-il, qu'est-ce que tu ressens pour ton père ?

— Pareil que toi. Je l'admire. Quand j'étais petite, je voulais lui ressembler. Et puis j'ai compris qu'il ne le permettrait pas. Je le déteste, je suppose. C'est difficile à dire. Mes parents ont été en colère contre moi pendant un bon moment.

Stern s'appuya contre la portière pour l'observer.

L'alcool commençait à le réchauffer et à lui tourner un peu la tête.

— Tu sembles avoir quelque chose à raconter ? interrogea-t-il. Je devine un grand chagrin.

— Vraiment ?

— Pardonne-moi. Je suppose que ce que j'ai dit là est plutôt brutal.

— Plutôt, fit-elle.

Dans l'obscurité, il eut peur. Il était allé trop loin. Il était toujours sur le fil du rasoir avec elle. A n'importe quel moment cette intimité pouvait s'évanouir et Clara redevenir la fille d'un homme fortuné, hors de sa portée. C'était cela qu'elle avait voulu expliquer avant, il le savait — qu'elle ne savait pas comment elle devait le regarder. Comme tous ceux qui étaient nés riches, elle était capable d'un brusque excès de zèle — elle pouvait le repousser à un million de kilomètres si elle le désirait.

— Je ne crois pas que je sois quelqu'un d'heureux, avoua-t-elle enfin. Je suis terriblement timide. Sauf avec toi. (Elle lui sourit.) Et toi, tu es heureux ?

— J'aime mon travail. Je tiens à ma sœur. Mais non, je ne me considère pas non plus comme quelqu'un de particulièrement joyeux par nature.

— Je ne pensais pas que tu l'étais, dit-elle. (Ils restèrent silencieux un instant. Puis elle ajouta :) Je vais tout te raconter.

Il attendit un moment avant de murmurer :

— D'accord.

24

— Mel ? Sandy Stern à l'appareil.

— San-dy ! cria Mel.

L'habituelle sonnerie de clairon. Mel était toujours à tu et à toi avec tout le monde. De face, Tooley avait une seule expression, il rayonnait d'une bonne volonté illimitée. Mais dès qu'on lui tournait le dos, il sortait ses couteaux, et la méchanceté pointait. Un traître, Tooley disait qu'il était irlandais — dans cette ville, comme dans bien d'autres, c'était un avantage politique, surtout au barreau. Mais son teint noiraud faisait penser à un héritage plus méridional. Il portait une perruque, fournie, brune et bouclée comme le poil d'un caniche — ce que Stern, malgré ses efforts de tolérance, trouvait minable et hypocrite. Comme il transpirait tout le temps, il s'inondait d'eau de Cologne. Mel était trop gros — non que Stern fût vraiment bien placé pour critiquer la chose — et, malgré ses mensurations qui rappelaient celles de certains bovins, il n'en continuait pas moins à porter des costumes croisés et des pochettes tape-à-l'œil, et refusait de se plier aux exigences de la biologie. Engoncé dans des chemises serrées, il restait assis là, devant vous, avec son estomac poilu et basané qui débordait entre les boutons, et avec son sourire onctueux qui laissait voir sans la moindre ambiguïté son hypocrisie.

Stern avait eu affaire à Mel Tooley pendant des années, lorsqu'il était procureur ; ç'avait été une relation épineuse, marquée par de nombreuses luttes féroces. En un mot, Mel était sournois, une exception dans un bureau où les avocats étaient très agressifs, mais en général respectueux des lois et des droits. La querelle la plus terrible entre les deux hommes s'était produite cinq ans plus tôt : Stern représentait un entrepreneur, que Mel voulait désespérément voir témoigner contre deux gentlemen dont les noms se terminaient par des voyelles. L'entrepreneur avait été assuré de l'immunité, mais il continuait à donner une version des faits que Stern lui-même considérait en privé comme fort improbable. Quand il comparut aux côtés de Stern devant le grand jury, cet homme qui était du genre dur à cuire, avec les lèvres serrées, pâlit brusquement : sur son front, la sueur ressemblait à des gouttes de pluie. Il était membre des Chevaliers de Columbus, père de neuf enfants — et Tooley avait demandé à l'ancienne maîtresse de l'accusé, une femme à l'air guindé, de s'installer sur un canapé, devant la salle où siégeait le tribunal. Par égard pour son client, Stern — alors qu'il hésitait toujours à critiquer publiquement les méthodes d'un procureur — déposa une demande disciplinaire devant le comité exécutif de la cour fédérale. Les juges avaient fait les gros yeux et ils avaient pris des sanctions contre Tooley, mais finalement l'entrepreneur avait témoigné, et dans le sens que désirait Mel. Tooley avait eu le dernier mot. Lorsqu'il se retrouva en face de Stern, il affirma ne pas lui en vouloir et il s'empressa de faire l'éloge de sa compétence. Mais dans un monde où l'ego avait tant d'importance, Stern aurait été idiot de le croire. Stern se demandait encore par quel hasard John était tombé entre les mains de ce type-là.

Tooley était en train de lui expliquer, au téléphone, qu'il avait été sur le point de l'appeler — une affirmation que Stern prit pour ce qu'elle était : à cent lieues de la vérité. Tooley, évidemment, voulait discuter des honoraires que lui paierait MD. Il désirait une provision de quinze mille dollars; c'était une demande exorbitante pour quelqu'un de son âge, mais Stern s'y attendait. Ils discutèrent de l'affaire dans les limites de leurs possibilités. Stern ne lui parla pas du compte des pertes et profits de la société. Il devait partir du principe que chacune de ses paroles serait répétée aux procureurs et que Tooley en userait comme bon lui semblerait, dans l'intérêt de John, ou simplement comme un moyen de s'attirer les bonnes grâces des uns et des autres en prévision de l'avenir. Stern lui décrivit les ordres de clients que le gouvernement suivait à la trace, et lui expliqua que les procureurs semblaient penser que Dixon, d'une manière ou d'une autre, avait fait des profits illicites.

— J'ai cru comprendre que d'après eux ces ordres-là passaient par John, ajouta-t-il.

— Est-ce que c'est exact ? s'enquit Tooley, comme s'il n'avait pas un client à qui le demander. Je veux dire, je n'ai aucun document à étudier. Ça ne me dérangerait pas de jeter un œil sur ce que vous avez pu feuilleter.

Stern en prit bonne note et lui promit de les lui faire parvenir.

— Bon, il se peut, bien sûr, qu'il ait effectivement reçu ces ordres, mais qu'il soit incapable de s'en souvenir, étant donné la folie du travail de tous les jours, là-bas, précisa Stern. Je ne sais pas du tout si c'est possible, mais n'importe quel individu raisonnable est capable de comprendre une chose pareille. (Tooley était très vif — il n'avait certainement pas raté l'allusion —, mais il ne prit pas la peine de répondre ; Stern estima que les choses s'annonçaient mal. Il poursuivit :) Klonsky vous a dit ce qu'elle attendait exactement de lui ?

— En réalité, je n'ai pas eu affaire à Sonny. J'ai juste discuté un petit peu avec Stan. *(Encore Sennett,* se dit Stern *in petto.)* C'est lui qui tire les ficelles, dans cette histoire, vous saviez ça ?

Tooley aurait eu grand plaisir à marquer un point sur Stern en lui apprenant la nouvelle.

— J'avais senti le truc. J'imagine qu'il a son propre plan, pour ce dossier.

— C'est toujours comme ça, avec lui, dit Tooley, reprenant, sur un ton qui voulait passer pour confraternel, les reproches habituels des avocats de la défense vis-à-vis de l'actuel procureur des États-Unis. Mais chez Tooley, c'était en grande partie du cinéma. Il avait travaillé avec Sennett pendant plus d'une année, avant de se tourner vers le privé, et Stan l'avait nommé responsable de la division des Investigations Spéciales. Il avait fait de Mel un gros *macho*. Il y avait une raison pour que Tooley eût choisi Sennett comme interlocuteur.

— Alors, reprit Mel, qu'est-ce que ça vous fait de traiter avec Funny Sonny ? (Visiblement, il louvoyait.) C'est une œuvre d'art, pas vrai ?

— Mme Klonsky ? demanda Stern. Je n'avais jamais entendu ce surnom.

— C'est comme ça que moi je l'appelle. Tout le monde lui a trouvé un petit sobriquet. C'est de ma faute, vous savez. C'est moi qui l'ai engagée, juste avant de laisser tomber le bureau. Enfin, c'est Stan, je veux dire. Mais c'est moi qui ai mené l'entretien d'embauche. Je me suis dit qu'elle avait des couilles. Vous voyez le truc ?

— Oui, se contenta de répondre Stern.

Il comprenait ce point de vue.

— Mais je ne crois pas qu'elle soit encore une vraie star, pour le moment, poursuivit Tooley. Quel est le mot, déjà ? Ambivalente, c'est ça. Ils ne parviennent pas à lui faire prendre une seule décision. Elle passe son temps à se tordre les mains, vous voyez ? Elle plaide bien les bonnes affaires, malgré tout. Une jolie femme a un foutu avantage devant un jury, vous ne trouvez pas ?

Stern émit un son inintelligible. Peut-être. Mel poursuivit. A l'évidence, il n'avait pas très envie de parler de John.

— Vous voyez, c'est à vous que je devrais reprocher de l'avoir engagée. J'ai dit que c'était de ma faute, mais c'est de la vôtre, en fait.

— La mienne ? s'étonna Stern. Klonsky ?

— Je viens juste de me souvenir d'un truc. Je lui ai demandé pourquoi elle voulait devenir avocate d'audience et elle m'a alors raconté l'histoire suivante : quand elle était en première année, à la fac de droit, elle suivait chaque jour le procès Sabich. Elle adorait vous voir plaider. Je ne me rappelle plus très bien la façon dont elle vous a décrit : « Prestidigitateur », il me semble. J'ai pensé à l'époque que c'était une expression charmante.

Vraiment ? songea Stern. Tooley devait plutôt se tenir les côtes de rire.

— Alors, vous voyez, Sandy, vous êtes son idole. Je parie qu'elle a des bouffées de chaleur chaque fois qu'elle vous appelle.

— Ce n'est pas très évident, dit Stern.

— Comment savoir, avec elle ? C'est quelqu'un de très émotif. Elle vous a déjà parlé de son mari toqué ?

— Pas vraiment.

Il commençait à sentir une sorte d'alliance avec Klonsky. Plus Mel poursuivait dans ce sens, plus il augmentait la bonne opinion qu'il pouvait avoir d'elle.

— Elle le fera, assura Tooley. Elle en parle à tout le monde. Vous connaissez ce type ? Il est facteur. Je plaisante pas. Il écrit des poèmes et distribue le courrier. Il se prend pour Omar Khayyâm [1], ou quelqu'un dans ce genre. Apparemment, il est encore plus cinglé qu'elle. Quand j'étais là-bas, tous les deux jours

1. Poète persan du XIe siècle, traduit dans les années 1860 par l'Anglais Edward Fitzgerald. (*N.d.T.*)

elle se mettait à brailler et à pleurer toutes les larmes de son corps, en disant qu'elle allait divorcer! Et maintenant voilà qu'elle est en cloque parce que son horloge biologique fait ding-ding-dong. Oh, bon! ajouta Mel. (Finalement, il en avait assez du sujet.) Soyez gentil avec elle, Sandy.

— Ce serait plutôt l'inverse, grommela Stern, essayant tant bien que mal de dire quelque chose en faveur de Klonsky.

— Je suis sûr que Sennett la tient à l'œil comme un faucon.

— Ça en a l'air, fit Stern. Puis-je vous demander ce qu'il vous raconte?

— Pas clair. Vraiment pas clair. Je crois qu'ils cherchent des témoignages en échange de l'immunité. Je ne sais pas sur quoi.

Stern était pendu au téléphone, et il se sentait exactement comme un insecte minuscule en train de faire vrombir ses ailes dans un vent violent. Il ne pouvait guère poser d'autres questions à Tooley. Parce qu'il avait sa fierté. En outre, comme il craignait ce qui pouvait revenir aux oreilles du gouvernement, il hésitait à discuter avec Mel des zones d'ombre dans sa connaissance de l'enquête. Et il n'avait guère d'autres moyens de se renseigner. Ce que John avait dit à Mel — s'il lui avait dit quelque chose — n'était pas accessible dans ce genre de situation. De nombreux avocats de la défense trahissaient maladroitement les confidences de leurs clients, comme s'il s'agissait de vulgaires petites annonces dans un journal local, mais Stern n'avait jamais eu ce penchant. Dans l'adversité, il ne demandait pas à ses clients de partager leurs secrets et il ne disait rien de ce qu'il pouvait savoir. Cette intransigeance éthique était acceptée telle une particularité de plus de Sandy Stern et de son comportement formaliste d'étranger...

— Je suis nouveau dans cette affaire, dit Tooley. Peut-être que je pourrais vous rappeler la semaine prochaine lorsque je me serai un peu orienté.

— Oui, bien entendu, répondit Stern.

Il savait qu'il n'entendrait plus parler de Tooley jusqu'à la veille de la signification de la mise en accusation, et que ce jour-là Mel lui donnerait une vague description des raisons qui obligeaient John à poignarder Dixon. Stern avait déjà été confronté à pareils dilemmes, lui aussi, lorsqu'il représentait des témoins, mais il avait toujours essayé d'apporter à ses collègues, pendant toute l'affaire, le peu d'aide dont il était capable. Il se prépara à mettre fin à cette conversation, en résumant la liste de ce que Tooley attendait de lui. Mel avait adroitement réussi à renverser la situation et c'était lui, maintenant, qui engrangeait toutes les informations.

— John est un brave type, conclut Tooley. Il n'a peut-être pas inventé le fil à couper le beurre, mais il devrait pas trop mal s'en tirer.

— Espérons-le, grogna Stern.

Il était irrité, pourtant, car il avait le sentiment que Tooley dépassait ses attributions en émettant ce vague jugement sur son beau-fils.

— C'est dingue, la façon dont il est arrivé jusqu'à moi, expliquait maintenant Mel. Vous lui aviez donné quelques noms, d'après ce que j'ai pu comprendre.

— Oui, dit Stern.

Il était clair, pour tous les deux, que Mel ne faisait pas partie de cette liste.

— Il a appelé ces types, mais personne n'était là. Apparemment, vous lui avez fichu une trouille de tous les diables. Il sentait qu'il devait se grouiller de trouver un avocat. Alors il a téléphoné à tous les gens qu'il connaissait et il a fini par avoir mon nom par votre fils.

— Par Peter ?

— Mon frère Alan et Peter étaient comme cul et chemise au lycée. Vous vous souvenez d'Alan ? Faut encore que j'appelle Pete pour le remercier.

Alan était un beau garçon, sain et gentil. Il semblait impossible que la famille d'Alan eût produit quelque chose d'aussi venimeux que Mel Tooley. Stern se tint la tête d'une main tandis qu'il assimilait ces informations. Encore Peter ! Mais c'était aussi inévitable que le retour du printemps qu'il se fût mêlé de cela si on le lui avait demandé. Compétent ou pas, son fils estimait que tout problème familial entrait dans ses attributions. Stern imaginait Mel à l'autre bout de la ville, dans son bureau frimeur, avec son petit sourire satisfait... Un client de Stern payait ses honoraires, John envisageait de coincer Dixon et l'origine de ce boulot était le propre fils de Stern. Un vrai coup de pot.

Un point de plus pour le gouvernement, pensa Stern en raccrochant.

Il existait des confrères qui auraient été bienveillants pour l'accusé ou pour son avocat ou, par nature, peu enclins à aider l'accusation, qui auraient examiné deux ou trois fois la situation avec John, lui auraient rappelé combien les lacunes dans ses souvenirs étaient importantes et combien c'était ingrat de témoigner en faveur du ministère public... Mais cela, à l'évidence, n'entrait pas dans les plans de Mel. Il livrerait John sur un plateau aux procureurs, en l'encourageant à ne négliger aucun soupçon, même le plus vague. Et John — si Stern interprétait correctement le silence de Mel et les signes dans ses propres conversations avec son beau-fils — devait avoir beaucoup à dire.

Il réfléchit vaguement à la façon dont les choses avaient dû se passer entre John et Dixon. Celui-ci ne lui avait certainement pas avoué ce qu'il manigançait ; il était trop secret pour cela. Il avait dû se contenter de passer des ordres, que John avait eu peur d'annuler.

Mais un comportement sournois avait sans doute accompagné ce processus. *Juste entre toi et moi, hein ? Garde ça pour toi.*

Et comme Clara disait toujours, John n'était pas stupide. Tôt ou tard, il avait certainement appris que ces transactions étaient traitées différemment des autres. Alors sans doute les deux hommes continuèrent-ils dans les eaux troubles de la collaboration et de la duplicité, chacun ayant quelque raison de mépriser l'autre en silence : *Tu es faible. Tu es malhonnête.* John était le témoin à charge parfait, un sous-fifre qui ne posait pas de questions, et les convictions d'un cornichon. Dès que Tooley lui expliquerait les choses de la vie — que son numéro d'immatriculation sur le marché à terme et son droit de faire des affaires sur les places financières étaient en jeu —, ses doutes actuels se réduiraient à rien. Au moment où il se retrouverait à la barre des témoins, il ne serait plus qu'un individu sans conscience parmi tant d'autres, témoignant qu'il s'était contenté de suivre les ordres, sans avoir jamais eu le temps d'y réfléchir. Avec son petit air d'innocence enfantine et sa relative inexpérience, il jouerait ce rôle mieux que personne.

A la pensée de tout cela et de la façon dont la situation s'emballait, Stern se sentit soudain nauséeux. L'espace d'une seconde, il fut en proie à une étrange vision — toute sa famille passait devant le tribunal fédéral, témoignait, montrait du doigt, impliquée jusqu'au cou. Et dans cette scène, d'une certaine façon, c'était lui la victime : non pas l'accusé, mais celui qu'on abandonnait dehors dans le froid. Tout le monde en savait plus que lui. Il chassa ces images, mais ne put s'empêcher de contempler son téléphone ; il était plein, à nouveau, du pressentiment d'une blessure à venir qu'il ne pourrait éviter.

25

Margy semblait avoir fait quelque chose à ses cheveux. Ils jaillissaient, près de ses épaules, en boucles vaporeuses et ils paraissaient d'un blond plus brillant lorsqu'ils étaient dans la lumière. Elle était plus grande que dans le souvenir de Stern — une femme florissante, solide, pleine de vie. Il empêcha immédiatement sa mémoire ou son imagination de l'entraîner plus loin.

— Parfait, répondit-elle lorsqu'il lui demanda comment s'était passé le vol. Charmant hôtel, ajouta-t-elle. Bien dormi.

Une déclaration toute simple, mais riche en implications : tout était oublié, pardonné, balayé. Margy était forte à ce jeu : prétendre que rien ne s'était passé. Stern pressentit qu'elle l'avait fait des dizaines de fois. Quelles que fussent ses convulsions et ses protestations intérieures, rien ne venait jamais se répercuter à la surface. Elle était assise là, devant lui, toute pomponnée, vêtue d'un ensemble de soie écrue et d'un corsage orange avec un énorme nœud. Elle était arrivée au bureau de Stern avec une grande serviette et, sanglé sur son épaule, un sac plein de ses affaires de voyage. Devant la secrétaire de Stern, elle avait eu assez de jugeote pour lui tendre une main aux longs ongles rouges, afin qu'aucun d'eux ne fût gêné par un bonjour plus intime. La vraie femme d'affaires de l'Oklahoma, décidée et posée. Hello tout le monde !

Installé derrière son bureau de verre fumé, Stern décrivit le programme de la journée. Ils buvaient un café. Ensemble, ils allaient passer au crible les documents réclamés par le gouvernement et essayer de prévoir les questions que poserait Klonsky. Puis ils se rendraient au bureau du procureur des États-Unis, où

Klonsky interrogerait Margy pour préparer sa comparution devant le grand jury, qui suivrait immédiatement.

— Faut vraiment que je fasse ça ? grommela Margy. M'asseoir et bavarder avec elle ?

— Ce n'est pas une obligation, mais c'est la routine. En fait, ça arrange les deux parties. Je ne suis pas autorisé à pénétrer dans la salle du grand jury ; donc, en acceptant cette entrevue, nous apprendrons à l'avance ce que le procureur a derrière la tête et j'aurai ainsi une chance de t'aider là où pourraient se présenter des difficultés particulières. Klonsky, de son côté, découvrira les questions qu'elle ferait mieux de ne pas te poser officiellement.

— J'ai pigé.

Margy était satisfaite. Elle lui demanda par quoi il voulait commencer, et il indiqua la serviette.

— Le plus dur, dit Margy avec un sourire.

— Un problème ? fit Stern.

Il n'aimait pas la façon dont elle avait dit cela. Il reposa sa tasse de café et sortit l'assignation du dossier. Margy, elle, prit d'abord les chèques que voulait voir le gouvernement — ceux qui avaient été rédigés au cours des quatre premiers mois de l'année, et dont le montant dépassait deux cent cinquante dollars. Elle avait fait neuf liasses ficelées, chacune de la taille d'une brique ; d'un côté, les petits trous de la partie déchirée au talon du chéquier leur donnaient l'aspect strié de certains poissons.

— Qu'est-ce qu'ils vont faire de tous ces trucs ? dit-elle.

— Je suppose qu'ils cherchent des fonds qui auraient été transférés sur le compte de Dixon. Est-ce qu'il y a une trace de ça ?

— Sûr, répondit-elle. Un paquet. Salaires. Primes.

— Rien d'autre ?

— *Nada.*

— Est-ce que tu sais s'il y a eu des versements sur des sociétés ou d'autres comptes qu'il contrôle ?

— Non, y a rien.

Bon, pensa-t-il. Il feuilleta les piles, davantage pour sentir les chèques qu'autre chose. Elle avait réalisé deux jeux de photocopies, un pour elle, un pour Stern, et avait fait tamponner par un employé un numéro d'identification sur chacun des chèques. On n'avait pas besoin d'expliquer deux fois les choses à Margy.

Stern se reporta de nouveau à l'assignation. Comme bon nombre de dossiers étaient déjà à son bureau, il avait pris sur lui, la semaine précédente, de rassembler les documents concernant les transactions que les procureurs avaient exigés. D'autres dossiers lui avaient été apportés et, en préparation de ce jour, il les avait étudiés avec beaucoup d'attention, puis il avait replacé avec soin, exactement où il les avait trouvés, les récépissés des ordres que le gouvernement recherchait à coup sûr — les quatre ou cinq douzaines que John avait signés. Cet ensemble de documents, photocopiés et numérotés comme les chèques, attendait dans une mallette de transfert blanche. Il les montra à Margy, puis demanda à Claudia d'appeler un des employés du bureau pour les lui faire livrer dans la salle du grand jury, avant leur arrivée.

Stern lut alors à haute voix la dernière requête du gouvernement concernant les registres du compte Wunderkind Associates.

— C'est la partie bizarre..., dit Margy.

Margy avait sa mallette sur les genoux. Elle en sortit une chemise en papier bulle. La Maison Dixon, comme beaucoup d'autres sociétés, utilisait ce qu'on appelait des « relevés groupés », où étaient rassemblés les achats et les ventes, les confirmations des transactions, les caractéristiques des provisions, et les positions.

L'ordinateur fournissait un document unique, envoyé au client à chaque mouvement sur son compte. Le double restait chez MD et était mis sur microfilm. En ouvrant la chemise, Stern fut surpris de découvrir les relevés originaux qui, normalement, auraient dû être partis pour Wunderkind.

— C'est étrange, non ? fit-elle. Tu as vu l'adresse ?

En haut, il lut : *Wunderkind Associates* et : [*A conserver*]. Il demanda à Margy ce que signifiait cette formule.

— Tu sais bien. Un truc du genre : « Ne le postez pas, je passerai le prendre. »

— Ça arrive souvent ? dit-il.

— Parfois. Un type est en train de divorcer, et il ne veut pas que sa femme se mette à compter sur ses doigts ou sur ses orteils ce qu'il possède. Ou il pense que le fisc ouvre son courrier. Ou il ne fait pas confiance au facteur de son quartier. Des tas de raisons.

Stern hocha la tête.

— Et personne n'est jamais venu chercher ces documents-là ?

— Ils étaient dans le dossier, expliqua-t-elle.

— Le compte de Chicago ?

— Kindle, répondit-elle. 05. (Elle se redressa légèrement sur son fauteuil pour lui indiquer le numéro du compte.) C'est Greco qui les a trouvés.

— Bizarre, murmura Stern.

— Oh, ce n'est pas le plus étrange.

— Non ?

— Jette un peu un coup d'œil.

Ce qu'il fit — et comme d'habitude, il ne remarqua rien.

— Regarde les mouvements. Et le solde. Tu te souviens ? C'est là qu'il dépose tout cet argent qu'il gagne en faisant des opérations en amont de ses clients. J'aurais mis ma main à couper qu'il retirait en liquide le fric transféré sur ce compte, en nous faisant encaisser un chèque après l'autre. Tu sais : prends le pognon et tire-toi.

Il était clair, pourtant, que ce n'était pas ce qui s'était passé. Les relevés montraient de nombreuses transactions, deux ou trois mouvements par jour. Sans la moindre concentration inhabituelle de positions. Obligations. Argent. Haricots. Sucre. Yens : c'étaient les favoris, semblait-il, mais tous connaissaient des transactions fréquentes, souvent avec de multiples mouvements quotidiens. Stern lut la liste jusqu'à la fin février de cette année.

— Il a perdu de l'argent ? demanda-t-il.

— Pas seulement de l'argent, dit Margy. Tout. Chaque *centavo* volé a fini par revenir directement sur le marché. Et, bon sang, il n'a pas seulement perdu la totalité du fric. Il a perdu davantage. Regarde le dernier relevé.

Stern feuilleta de nouveau les documents. Sur le relevé en question, il lut, en caractères gras, un bilan déficitaire légèrement supérieur à deux cent cinquante mille dollars. Lorsque l'on faisait des opérations en jouant sur les marges bénéficiaires — emprunter de l'argent à la société en misant sur des positions plus importantes que ce que vous aviez investi sur le compte —, il était toujours possible de perdre très rapidement de grosses sommes, et c'était bien ce qui s'était passé ici, dans des proportions formidables. Tout avait été englouti dans des contrats de sucre, un marché qui s'était effondré plusieurs jours durant, en février, quand la Bourse était devenue folle. Le temps que M. Wunderkind récupère ses billes, ses pertes étaient énormes : elles dépassaient d'un quart de million de dollars le capital investi au départ.

— Et le débit a été couvert ? demanda Stern.

— C'est ce que dit le relevé. La totalité des deux cent cinquante mille dollars. Et je n'ai jamais entendu parler de tout ça.

— Tu aurais dû ?

— Tu paries ? (De nouveau, elle se redressa un peu sur son fauteuil.) Une balance déficitaire de plus de cent cinquante mille dollars ? Soit j'en entends parler, soit Dixon est informé immédiatement par la comptabilité.

— Ah, dit Stern.

Il réfléchissait. Dixon aurait certainement pu éponger avec une simple signature ce genre de dette envers sa société. Mais le relevé montrait que des fonds avaient été versés pour la couvrir — Wunderkind avait payé ce qu'il devait à MD.

Stern fixa les papiers un instant et avec la précision glacée dont il faisait preuve en général lorsqu'il voulait vraiment comprendre quelque chose, il récapitula cette affaire à haute voix. Margy hocha la tête à chaque étape du processus. L'homme avait maladroitement passé des transactions en amont de ses clients, ce qui était une infraction majeure. Pour le dissimuler, on avait utilisé de faux numéros de compte, et les opérations, considérées comme des erreurs, étaient transférées sur le compte correspondant de la société, où s'accumulaient des profits coquets, des dizaines de milliers de dollars sur les achats et les ventes. Puis, pour contrôler ces profits illégaux, l'homme avait passé d'autres commandes, en faisant une fois de plus des erreurs délibérées sur les données d'identification du compte. Si bien que le compte des pertes et profits payait pour ces transactions-là. Ensuite, les fonds étaient virés sur ce nouveau compte grâce à diverses écritures comptables.

— Wunderkind Associates, dit Margy.

— Wunderkind Associates, répéta Stern. Et finalement, au lieu de se contenter de solder les positions, et de se tirer avec tout ce pognon acquis illégalement, il a fait d'autres affaires avec. Sans arrêt. Et il a tout perdu.

— C'est ça.

— Si bien qu'à la fin, le résultat net de douzaines de transactions interdites, toutes plus astucieuses les unes que les autres, c'est une perte sèche d'environ un quart de million de dollars.

— C'est ce que dit le relevé.

— Du bidon ! s'exclama Stern résolument.

Il avait l'inébranlable conviction qu'il y avait autre chose. Ces manigances avec le compte Wunderkind n'étaient que le maillon supplémentaire d'une longue chaîne emmêlée. Voler cet argent était devenu un sport, pour Dixon — c'était sa version personnelle du steeple-chase : combien d'obstacles était-il capable de franchir au petit galop ? Stern décida tout à coup que ces pertes devaient être simulées. Il y avait suffisamment de précédents à cela. D'après ce qu'il avait compris, il y avait tous les ans des dizaines de transactions de ce genre, dans les différentes Bourses, destinées à tromper le fisc. En infraction avec toutes les lois, des opérations étaient mises au point dans les couloirs, puis recommencées à la corbeille en une parodie vulgaire, de façon à ce qu'une perte fût enregistrée pour des raisons fiscales, tandis que l'argent, par un moyen ou un autre, revenait finalement à son propriétaire. Quelque chose de similaire s'était passé ici, sans aucun doute. Peut-être que Dixon voulait battre un record : violer le plus de lois possible en une seule opération illicite. Stern secoua la tête, certain de ne jamais réussir à comprendre les ultimes dédales de ce procédé. Mais d'un autre côté, il était possible que le gouvernement n'y parvînt pas non plus.

— Margy, je ne suis pas sûr de voir le même problème que toi dans tout ça, dit-il enfin.

— Oh, dit-elle. Mais ce n'est pas là que réside la difficulté. C'est juste la partie étrange de notre affaire.

— Ah, souffla Stern, qui sentit son ascenseur intérieur descendre un ou deux autres étages. (Mais pas aussi bas, ni aussi brusquement qu'il s'y serait attendu. Il commençait à s'habituer à tout cela.) Et c'est quoi, les mauvaises nouvelles, Margy ?

— Ce truc (elle se leva à demi de son siège pour indiquer l'assignation) demande toutes les informations concernant le compte. Tu sais, les papiers d'ouverture, les accords de découvert, les spécimens de signature.

— Oui. Ils veulent savoir qui détient ce compte.

— Tu vois, c'est justement pourquoi nous avons ici un problème, mon cher Watson. Car je ne trouve pas le moindre petit bout de papier qui me dise qui sont ces Wunderkind.

— Non ? fit simplement Stern.

— J' te l' dis. Tout a disparu. Normalement, ces formulaires vont sur microfiches. Mais celle du mois où ce compte a été ouvert est introuvable. Les trois copies. Ensuite on a un petit fichier informatique sur chaque client. Tu vois : nom, adresse, numéro de sécu. Quelqu'un a pénétré dans le système et l'a effacé. Quand tu tapes ce numéro de compte, tu n'as rien d'autre qu'une lumière clignotante. Et, bien sûr, les copies papier de tous ces documents ont été fauchées.

— Où étaient conservés ces dossiers ?

— Ça dépend. Le fichier central des microfiches est à Chicago, mais on a une sauvegarde ici. La copie d'écran pour ce compte devrait aussi être ici. On peut avoir une entrée ordinateur de n'importe où. Si on sait ce qu'on veut.

— Et Dixon avait accès à ces dossiers ?

Cette question paraissait stupide, même pour Stern. Et la réponse était évidente. Margy l'exprima à sa façon :

— Mon cœur, il n'y a rien dans ces trois villes à quoi Dixon n'ait pas accès, depuis le postérieur de la standardiste jusqu'au tiroir où je range mon Maalox. C'est la Maison Dixon. Tu me demandes si quelqu'un, en le voyant tourner autour d'un classeur, lui a dit : « Hé, là-bas, qu'est-ce que vous fabriquez ? » Aucune chance. Je te l'ai expliqué. Tout le monde a la trouille de lui

— Tu as vraiment cherché partout, Margy ?

— J'ai examiné les dossiers moi-même, ici, hier soir.

— Je vois.

Il ouvrit d'une chiquenaude la boîte à cigares, dont il examina le contenu : ils étaient sagement rangés, chacun dans son enveloppe marron, comme des militaires au repos. La semaine précédente, il avait demandé à Claudia de remplir la boîte, mais il n'en avait pas encore allumé un, il n'y avait même pas planté les dents.

— Bien sûr, reprit-il, il est déjà arrivé que des dossiers soient perdus au cours de la copie sur microfiche, exact ?

— Sûr.

— Et des effacements accidentels de données informatiques se produisent probablement tous les jours ?

— Peut-être.

— Et si on n'a aucune microfiche dans aucune de ces villes, ça se pourrait bien qu'on n'en ait pas eu dès le départ ?

Margy regarda Stern en avançant le menton, l'œil perçant, tandis qu'il lui posait toutes ces questions comme s'il menait un contre-interrogatoire serré. Mais son expression était facile à déchiffrer : que dalle !

Il but une longue gorgée de café et se tourna vers la

fenêtre. D'ici, au trente-septième étage des Morgan Towers, la rivière miroitait. Certains jours, elle était trouble, couleur de plomb. Par grand vent, le courant était plus violent et l'eau se faisait écumeuse et venait fouetter les bittes d'amarrage utilisées par les barges et autres embarcations de halage aux mouvements lents, qui naviguaient parfois vers l'amont. Avec le temps, il en était venu à connaître la signification de ces changements de couleur. Il pouvait dire, d'après l'intensité de celle-ci, si le baromètre était en train de baisser, si les nuages étaient bas ou si le ciel allait bientôt se dégager. C'était cela, l'intérêt de l'expérience, supposait-il — être capable de comprendre la signification des signes, de connaître les grands mouvements à partir de petites choses.

Cela allait mal se passer avec le gouvernement. Très mal. Il mettait Dixon en garde à ce sujet depuis des mois, sans grand succès. Dixon était assez malin pour savoir que même si les procureurs ne parvenaient pas à savoir ce qu'il avait fait de cet argent, ils auraient leur procès s'ils pouvaient prouver qu'il l'avait volé — et pour cela, la preuve qu'il contrôlait ce compte Wunderkind suffirait. Mais détruire ces documents avait vraiment été une réaction de désespoir. Le gouvernement ne pourrait pas ne pas y voir la responsabilité de Dixon. Comme le disait Margy, il n'y avait probablement pas deux personnes capables de tripoter les fichicrs en toute impunité dans deux villes différentes... Au fur et à mesure que la justice mettrait en évidence les possibilités d'accès de Dixon à chaque dossier manquant, le tissu des présomptions se tendrait et ce serait un spectacle horrible à voir. Et pour ce genre d'opérations, il n'y avait jamais d'explication innocente. Stern était doué : il ferait référence au compte des pertes et profits, aux demandes de provisions, aux chutes de prix maximum, et il parviendrait à donner le vertige à un jury. Mais quand les procureurs feraient rouler jusqu'à la barre la déchiqueteuse de chez MD, il n'y aurait aucun moyen de mener le contre-interrogatoire d'une machine... Dixon aurait tout aussi bien pu sauter dedans à pieds joints. Stern pensa une fois encore que l'on ne pouvait jamais protéger les clients contre eux-mêmes. Jamais.

Voilà que commençait le dernier acte du petit théâtre de Dixon Hartnell, un jeune homme issu d'une minuscule bourgade, qui avait reçu une éducation convenable mais avait fini par mal tourner. Dans chaque affaire qui se terminait en catastrophe, il arrivait un moment où Stern n'avait plus aucun doute sur l'avenir épouvantable attendant l'inculpé. Parfois, ce n'était pas avant que le jury commençât à parler, mais le plus souvent il y avait, en cours de route, un instant charnière où il était capable, comme disait la formule, de voir au-delà du virage. Dans le cas de Dixon Hartnell, mari de sa sœur, client, compatriote, compagnon de sport et d'armée, c'était aujourd'hui. Trop de choses s'accumulaient ici : les faits, le mobile, les opportunités; le compte des pertes et profits, les souvenirs de John, la disparition des documents. Désormais, Stern connaissait la fin de l'histoire.

Dixon allait se retrouver au pénitencier.

Il prit quelques minutes pour indiquer à Margy le comportement à adopter avec Klonsky : écouter la question et y répondre le plus précisément possible. Ne rien dire de son propre chef. Ne jamais dire « non » lorsque l'on vous demande si tel ou tel événement s'est passé, mais plutôt : « Je ne m'en souviens pas. » Nom, profession, numéro matricule. Faits. Pas d'opinions. Si on veut vous faire spéculer, refusez. Et devant le grand jury, Margy devait se souvenir que Stern attendait de l'autre côté de la porte : elle avait le droit absolu de consulter son avocat à n'importe quel moment, et elle devait exiger de lui parler s'il y avait la moindre question, même la plus anodine, à laquelle elle ne se sentait pas prête à répondre.

Il l'aida ensuite à ranger les documents dans sa mallette et il enfila sa veste près de la porte. Il lui ramassa son sac et lui demanda si tout allait bien. Margy s'attarda un instant dans son fauteuil.

— J'ai été un peu dure avec toi, dit-elle soudain, d'une voix douce. (Elle regarda sa tasse de café, contre laquelle elle avait posé un doigt à l'ongle brillant.) Lorsque nous nous sommes parlé il y a quelques semaines.

— C'était justifié.

— Tu sais, Sandy, je me suis blindée. (Elle leva les yeux une seconde et un sourire presque timide passa sur ses lèvres.) La seule chose que désire une fille, c'est qu'on joue un tout petit peu la comédie.

Stern fit un ou deux pas dans sa direction. Comme toujours chez elle, la pensée de son patron n'était pas loin. Dixon était certainement un simulateur très doué, capable de recourir à tous les gestes les plus éculés. Il aurait couvert une flaque avec son manteau, si cela avait été nécessaire, ou chanté sous une fenêtre. Et voilà que Margy était en train de lui expliquer que les femmes aimaient ce genre de choses. Il attendit, se mettant en garde lui-même. La meilleure façon de réagir était de se montrer diplomate.

— Margy, c'était une période de grands bouleversements. Beaucoup de développements inattendus.

— Sûr. (Un nouveau sourire, plus guindé. Elle inclina la tasse, dont le bord était marqué de son rouge à lèvres, et elle sembla considérer avec un grand intérêt son reste de café froid.) Sûr, répéta-t-elle.

Bon, pensa Stern. Là, on pouvait commencer à

comprendre son dilemme. Margy voulait voir ses amis jouer la comédie — pour pouvoir leur dire froidement qu'elle ne les croyait pas. Il était sûr d'avoir saisi ici un élément essentiel de cette femme. Il avait entendu l'accord et découvert les harmonies d'une composition parfaite dans la gamme de la souffrance personnelle. La création de Margy était aussi ingénieuse que des menottes chinoises. Empêchant tout mouvement. Comme d'habitude, il ressentit de la pitié pour elle.

Et donc, dans un élan de tendresse, il lui dit ce qu'il croyait être la vérité.

— Ces derniers temps, j'ai beaucoup vu une femme qui a été une amie de notre couple pendant de longues années.

Très bref. Droit au but. Il n'était pas très sûr de ce qu'il espérait de cette franchise, si ce n'était la vertu de l'honnêteté en tant que telle. En fait, après son étrange interlude avec Fiona — au cours duquel il n'avait eu qu'une pensée passagère pour Helen —, il ne savait pas si dire ainsi la vérité était autre chose qu'une commodité. Mais il fallait clarifier la situation et, quelle que fût l'admiration qu'il éprouvait pour elle, Margy ne faisait pas partie de sa destinée, il le savait. Cet aveu produisit les conséquences prévisibles ; les pupilles de Margy s'étrécirent comme sous l'effet d'une forte lumière. Il l'avait rejetée, lui aussi, dans un rôle qui lui collait à la peau : la perdante, une fois de plus ; la fille séduite et abandonnée. Elle n'était pas contente. Comme tout le monde, elle désirait une vie meilleure que celle qu'elle avait.

— Ravie pour toi.

Elle s'empara de son sac à main, ferma sa mallette, arrangea sa jupe en se levant et le gratifia d'un sourire tendu et acéré. Comment disait le poète, déjà ? Zéro sur toute la ligne. Elle avait repris cet air de dureté impénétrable qu'elle affichait dans les réunions de travail — la collaboratrice intraitable de Dixon Hartnell.

Ils parcoururent à pied les trois pâtés de maisons jusqu'au tribunal, sans pratiquement échanger un mot. Stern n'ouvrit la bouche que pour lui indiquer la direction : c'est là-bas qu'on tourne. A leur arrivée, on les conduisit immédiatement dans le petit bureau de Klonsky, et Margy s'installa dans le vieux fauteuil en chêne comme un cow-boy de rodéo. Elle était fin prête.

— Margy, fit-elle, lorsque Klonsky lui demanda comment elle voulait être appelée.

Elle prononça : « Hard g[1]. » *Hard g, en effet,* pensa Stern. *Comme une mèche à pointe de diamant.*

Ils étaient en retard, et à leur entrée Klonsky jeta un coup d'œil à la pendule. Le temps de comparution devant le grand jury était contrôlé par un greffier du tribunal, quart d'heure par quart d'heure, et les adjoints du procureur des États-Unis veillaient jalousement à ce que cet horaire fût respecté, car on les pressait toujours de conclure dans les délais prescrits les affaires dont ils étaient chargés. Klonsky se mit immédiatement à interroger Margy, alors que Stern n'avait pas encore fini d'étudier le document confirmant la non-inculpation de sa cliente. Il avait été signé par le procureur en personne et il assurait à Margy qu'elle n'était soupçonnée d'aucune menée criminelle, dans la mesure où elle dirait la vérité devant le grand jury. Stern fit disparaître cette feuille dans son attaché-case et observa Klonsky faire son travail. Elle posait ses questions à Margy, des questions de pure routine, et notait ses réponses sur un bloc jaune. Avec sa coiffe de procureur, Sonia ressemblait à ses collègues — inflexible, sans humour, tendue. Sa façon d'avancer était suffisamment méthodique pour que

1. Hard : dur. (*N.d.T.*)

Stern sentît grandir son espoir de ne pas voir venir sur le tapis la question des documents disparus. Cela lui permettrait d'avoir une conversation sérieuse avec Dixon Hartnell avant sa comparution. Mais au cours des quelques minutes qui restaient avant l'heure prévue pour leur passage devant le grand jury, Klonsky sortit du dossier sa copie pelure de l'assignation et la parcourut, point par point. En lui donnant les relevés du compte Wunderkind, Margy ajouta rapidement :

— C'est tout.

— C'est tout ? répéta Klonsky, brusquement sur le qui-vive, avant de se replonger dans ses papiers.

Stern prit alors la parole, pour la première fois. Il y avait un malentendu quelque part, expliqua-t-il. Les divers documents d'ouverture du compte — spécimens de signature, dossier de souscription, etc. — semblaient ne pas avoir été classés à la bonne place et étaient impossibles à localiser pour le moment. Mme Allison avait mené une recherche approfondie, qui allait être poursuivie ; il s'en occupait personnellement.

— Ils ont disparu ? fit Klonsky. Quelqu'un les a jetés, ou quoi ?

Au moment où Margy allait répondre, Stern l'arrêta en agrippant son poignet, auquel était passé un lourd bracelet. Il était beaucoup trop tôt, dit-il, pour affirmer que l'on ne retrouverait pas ces papiers. L'assignation avait été délivrée à peine trois semaines plus tôt, et MD était une grosse société, avec des centaines d'employés et un certain nombre de bureaux.

— Je ne crois pas à cette histoire, dit Klonsky.

Elle ignora totalement Stern et posa une nouvelle série de questions à Margy, pour identifier les documents et leurs doubles et connaître les endroits où ils auraient dû être conservés. Elle réussit à savoir, avec davantage de précisions que Stern n'en avait eu, le détail exact des recherches de Margy. Pendant cet interrogatoire, elle se tint très droite derrière son bureau et se montra particulièrement attentive. Quelle que fût sa cordialité occasionnelle, elle se mettait rapidement en colère lorsqu'elle se sentait provoquée.

Se tournant vers Stern, elle annonça alors :

— Je vais devoir parler de ça à Stan.

— Sonia, répondit Stern, encore une fois, je pense que vous réagissez inutilement...

Elle l'interrompit d'un geste de la main, avec irritation. Vêtue de son pull-over bleu habituel, elle heurta légèrement le bureau avec son ventre en se levant de son fauteuil, puis les précéda vers la salle où siégeait le grand jury, à l'étage inférieur.

Lorsque les juges avaient déserté le nouveau bâtiment fédéral, ils avaient laissé le grand jury derrière eux. Les avocats de la défense s'étaient plaints, alors, de la proximité de ce tribunal avec le bureau du procureur des États-Unis, mais cette protestation fut considérée comme une vaine procédure. Pour un grand nombre de raisons pratiques, le grand jury appartenait aux procureurs. Une porte sans la moindre indication ouvrait sur ce qui ressemblait à la salle d'attente d'un cabinet médical. On y trouvait le même mobilier bon marché, avec ses brûlures de cigarettes et son vernis écaillé, que dans le bureau du procureur à l'étage au-dessus. On franchissait deux portes supplémentaires pour pénétrer dans la pièce où siégeait le grand jury. Stern y avait souvent risqué un coup d'œil. A première vue, ce n'était guère impressionnant : une minuscule tribune surélevée, sur le devant, et des rangées de sièges disposés en gradins, comme dans une petite salle de classe. Les vingt-trois membres du grand jury, tirés au sort parmi un jury de tribunal habituel pour aider les procureurs à déterminer s'il y avait des preuves suffisantes pour inculper quelqu'un, étaient en général des ouvriers syndiqués qui n'avaient pas grand-chose à faire, ou des retraités et des femmes au foyer avec du temps libre, ou encore, souvent, des chômeurs qui appréciaient ces vacations à trente dollars par jour.

Pour Stern, ce grand jury censé défendre la veuve et l'innocent restait l'une des principales fictions de la justice criminelle des États-Unis. Parfois, la défense était rassérénée par les histoires d'un grand jury s'opposant au gouvernement et refusant une ou deux mises en accusation, ou se battant contre les procureurs dans une affaire... Mais, en général, comme on pouvait s'y attendre, les jurés s'inclinaient devant les collaborateurs jeunes et diligents du bureau du procureur des États-Unis. La rumeur disait qu'ils étaient sagement assis à leur place et qu'ils tricotaient, lisaient leur journal, se faisaient les ongles tandis qu'un citoyen, traîné devant eux par le pouvoir et la majesté de l'État, était cuisiné suivant le bon plaisir des adjoints du procureur.

— N'oublie pas que je suis là, dit Stern à Margy.

Elle entra avec nonchalance, sa mallette à la main, et ne se retourna pas. Elle lui en voulait toujours. Klonsky aussi était de mauvaise humeur, et elle claqua la porte au nez de Stern, peut-être sans le faire exprès, tout en déclarant l'audience ouverte.

Les débats se tenaient à huis clos. La pièce avait une seule porte et aucune fenêtre. Les jurés, les procureurs, le greffier — personne n'avait le droit de révéler ce qui s'y passait, sauf s'il y avait ensuite un procès au cours duquel le gouvernement devait donner connaissance des déclarations antérieures des témoins. Dans ce district fédéral, et c'était heureux, il y avait peu de fuites concernant les affaires traitées par le grand jury et il se disait beaucoup de choses entre ces quatre murs dont personne n'entendait jamais parler, ce qui était rassurant pour tous ceux qui faisaient l'objet d'allégations sans fondement, ou indémontrables. Mais c'était ce même principe du secret, au départ fort louable, que l'on invoquait pour interdire aux avocats des témoins d'assister aux sessions. Stern avait juste le droit d'attendre devant la porte, comme un chien bien dressé. Le témoin, qui lui n'était pas tenu au secret, pouvait, s'il en éprouvait le besoin, sortir après chaque question, pour demander l'avis de son avocat. Mais, intimidé par la mise en scène, et désireux d'apaiser celui qui l'interrogeait, il le faisait rarement. En général, les clients de Stern le laissaient monter la garde tout seul à la porte, sa mallette et son chapeau à la main — et l'estomac serré.

Parfois, avec certaines voix d'hommes d'un timbre particulier, le siège le plus proche de la porte permettait à Stern, s'il retenait sa respiration et que personne, dans le couloir, ne bavardait, d'entendre la séance, mot pour mot. Aujourd'hui, cependant, il n'aurait pas cette chance. Barney Hill, le greffier adjoint, qui minutait les séances et remplissait les formulaires de présence pour les témoins, vint discuter avec lui des Trappers ; en outre, les voix des femmes ne portaient pas aussi bien à travers la lourde porte. Il put seulement entendre Klonsky, quand ses déclarations avaient une certaine tonalité, ainsi que quelques réponses assurées de Margy. Au bout d'un quart d'heure, la porte s'ouvrit à la volée, et les deux femmes apparurent. Elles avaient fini. Comme Stern s'y était attendu, Margy avait préféré ne pas consulter son avocat.

— Cette histoire de documents manquants me gêne toujours, dit Klonsky, sur le seuil de la salle d'audience, tandis qu'un certain nombre des jurés se pressaient derrière elle. Mme Allison va recommencer ses recherches ?

— Bien sûr, répondit Stern.

— En ce qui me concerne, nous ouvrons une procédure d'OOJ.

Obstruction à la justice.

Stern tenta une fois encore de la calmer, mais Klonsky, qui ébaucha un sourire en entendant ses excuses habituelles, l'interrompit d'un geste. Elle répéta qu'elle allait en parler au procureur et s'éloigna, manifestement dans cette intention.

Stern, resté seul avec Margy, conduisit la jeune femme vers l'une des petites pièces, à proximité immédiate de la salle où siégeait le grand jury, destinées aux conversations entre les témoins et leur avocat. L'endroit, qui mesurait six mètres sur dix, était presque vide — une table usée et deux chaises, entre quatre murs gris minables et crasseux. Le travail de Stern, identique depuis des décennies, était d'obtenir de son client le compte rendu détaillé de l'audition, pendant que ses souvenirs étaient encore frais.

Stern ferma la porte et Margy s'assit, glaciale, mais calme. Il lui demanda comment les choses s'étaient passées.

— Bien, dit-elle tranquillement. J'ai menti.

Stern était resté debout, la main toujours sur la poignée de la porte. Ce genre de situation arrivait de temps à autre, évidemment. Pas aussi souvent qu'on l'imaginait. Mais de temps à autre, oui. Une cliente baissait le menton et lui avouait franchement avoir commis un crime. Malgré tout, Stern se sentit immédiatement faible et fiévreux.

Il s'assit en face d'elle. Elle était toujours amère et fâchée.

— Puis-je te demander, dit-il, de quelle manière tu as fourni des informations erronées ?

Elle agita sa main blanche, ses bracelets, ses longs ongles peints.

— Je ne sais pas. Elle m'a demandé si j'avais une idée de l'endroit où étaient ces documents...

Réalisant qu'il était, d'une certaine façon, visé par tout cela, il essaya de ne pas montrer son soulagement. Si on évitait d'autres stupidités — une confession pure et simple —, le gouvernement ne poursuivrait jamais Margy pour faux témoignage juste parce qu'elle avait gardé son opinion pour elle.

— Elle a voulu savoir si je connaissais quelque chose sur ce compte Wunderkind par une quelconque autre source.

— Tu lui as dit non ?

— Exact.

— Et ce n'était pas vrai ?

— Ouais.

Stern avait été assez stupide pour ne pas lui poser cette question lorsqu'ils étaient encore à son bureau. Peut-être que Margy lui aurait alors répondu franchement ? Mais à présent, elle n'était sûrement pas en état de s'épancher sur son épaule.

— Rien d'autre ? fit-il.

— Elle m'a demandé si j'avais discuté avec Dixon de ces dossiers. A ça aussi, j'ai répondu non.

— Mais tu en as parlé avec lui ?

— Sûr.

Qu'est-ce qui avait bien pu le persuader lui-même qu'il était malin, alors qu'il avait négligé l'évidence ? Évidemment qu'elle avait abordé la question avec Dixon ! Qui d'autre savait mieux que lui où étaient ces documents ? Selon toute vraisemblance, il lui avait fait quelques suggestions sur ce qu'elle devrait répondre au gouvernement — et à son avocat. En réalité, il n'avait aucun désir de savoir exactement ce que Dixon lui avait dit. Il était certain que cela allait le mettre en rage — et, en tout cas, la contrariété d'intérêts prédite par le procureur des États-Unis était maintenant patente. Le mensonge de Margy, vu d'une manière grossière, avait presque sans aucun doute fait progresser la cause de Dixon. Stern ne pouvait plus désormais représenter ces deux clients en même temps. Il savait que lui seul était à blâmer pour cette fâcheuse situation. En trente ans, ses relations personnelles n'étaient jamais venues interférer avec ses obligations professionnelles, mais d'une façon ou d'une autre, sa lubricité de veuf l'avait conduit là où il en était maintenant — et même ailleurs, aussi ? —, au point où Margy était suffisamment furieuse contre lui pour admettre ce qu'elle avait fait. Pour le moment, cependant, son humiliation devait le céder à ses devoirs — et ceux-ci étaient clairs.

— Margy, je voudrais te présenter à un autre avocat, qui, je crois, te conseillera de retourner sur-le-champ devant le grand jury, et de te rétracter.

— Me rétracter ?

— Rectifier tes déclarations. Si c'est fait immédiatement, tu ne risques rien.

— J'y suis allée, et maintenant je me tire.

Avec un air très amer, elle se leva. La colère donnait une force supplémentaire à son physique : ses cheveux, ses attitudes, ses ongles à la couleur vive, ses talons hauts, le doux reflet de ses bas. Margy était composée de différents fragments soigneusement assemblés, et maintenant chacune des couches qui la constituaient semblait comme galvanisée par sa mauvaise humeur.

— Tu n'as pas la moindre putain d'idée de ce qui se passe ici, pas vrai ? ajouta-t-elle.

Ses yeux se fixèrent sur lui d'une façon effrayante : il n'y avait pas seulement de la dureté dans son regard, mais du mépris. Elle avait, apparemment, imaginé certaines choses dont elle était désormais obligée de reconnaître, à sa grande tristesse, qu'elles étaient fausses.

— J'aimerais savoir..., répondit-il sourdement.

En cet instant, il se sentait terrorisé à cause de la fâcheuse situation dans laquelle se trouvait Margy, et plus encore à cause de la façon dont elle s'en prenait à lui, pour son ignorance. Il y avait tant de choses qu'il ne savait pas ! Tant de choses qu'il ne contrôlait plus ! John. Dixon. Et Margy elle-même. Ils lui faisaient penser à des morceaux de matière dérivant dans l'espace.

— Non, dit-elle. (Elle secoua la tête et ses boucles dansèrent.) Compte pas sur moi, collègue. Tu sais avec qui tu dois discuter. J'ai un avion à prendre. (Elle passa son bagage à son épaule, ramassa son sac à main et sa mallette.) Ce truc-là est un concours de dupes, à qui sera le plus fou. Souviens-toi que c'est moi qui t'ai dit ça, moi, Margaret Jane Allison, de Polk's Cowl, Oklahoma.

Ayant les deux mains prises, elle ouvrit la porte du pied, et puis elle s'éloigna sans se retourner.

26

A en croire certains avocats de la défense, le pire moment d'une affaire se situait après l'inculpation, lorsque l'on voyait les preuves réunies par l'État — cette montagne que l'on ne pourrait jamais escalader. Stern, lui, avait toujours bien accepté ce défi : une fois que l'on connaissait la direction prise par les procureurs, toutes les autres devenaient des lignes de fuite. En revanche, il lui arrivait de vivre des moments pénibles au beau milieu d'une enquête. Généralement, il y avait des gens à interroger, des dossiers à étudier, des requêtes à rédiger. Parfois, il réalisait quelque chose qui le paralysait brusquement : le gouvernement savait tout, alors que lui ne savait rien. Il appelait cela la « terreur de l'avocat » — terreur qu'aujourd'hui il ressentait plus que jamais. Vous êtes aveugle, ignorant, vous craignez que chacune de vos manœuvres ne soit mauvaise, et vous êtes sûr que la suivante vous fera dégringoler de la falaise. Vous êtes là, malheureux, assiégé — au sens propre du terme —, immobile dans l'obscurité, à attendre la tempête, en écoutant les vents se renforcer et en sentant l'air se refroidir. Stern était assis dans la salle réservée aux témoins, abattu, épuisé, conscient de son poids, de son âge.

Et il avait peur pour Dixon.

Lorsqu'il releva la tête, il vit Klonsky appuyée contre le chambranle de la porte. Elle l'invita à entrer.

— Sonia.

— Sonny pour mes amis, dit-elle en souriant.

Il pensa que son apparence devait être vraiment pitoyable pour que Klonsky s'adoucît si vite. Mais il apprécia cette gentillesse. Sonny, donc. Il s'installa dans le fauteuil où Margy s'était tenue un peu plus tôt.

— Stan voulait que je voie si je pouvais vous trouver, commença-t-elle.

— Et vous avez réussi. (Il lui adressa un sourire cordial.) On peut parler d'avocat à avocat, Sonny ?

— Bien sûr.

— J'ai été aussi consterné que vous d'apprendre que ces documents ne se trouvaient pas là où ils étaient censés être.

— C'est bien ce que j'ai pensé, Sandy. Mais c'est une situation très grave pour votre client.

Il eut un petit sourire, pour indiquer qu'elle n'avait pas besoin de le lui rappeler.

— C'est de ça que j'étais en train de parler avec Stan, poursuivit Klonsky.

— Ah, oui ! fit Stern. Le puissant procureur des États-Unis.

En cet instant, vu l'état d'esprit dans lequel il se

trouvait, il eut plus de mal que d'habitude à réprimer ses véritables sentiments : la pensée de Sennett, mesquin, plein de rancœur, était l'allumette qui mettait le feu aux poudres. Il se força pourtant à adopter un ton plus aimable pour parler du patron de Klonsky :

— Et que nous dit-il ?

— Il nous dit qu'il est persuadé que vous pouvez remettre la main sur ces documents.

— Ah oui ? ironisa Stern. Essayez de vous imaginer avec cinquante-quatre adjoints à superviser et obligée en plus de faire mon boulot...

Elle ne put s'empêcher de sourire.

— Il dit aussi qu'il a un message, ajouta-t-elle.

— Parfait.

— Trouvez le coffre.

Rien ne bougea. Aucun frémissement n'était possible. Peut-être son sang cessa-t-il de circuler une fraction de seconde. C'était l'entraînement du tribunal : ne jamais rien trahir.

— Savez-vous ce que signifie cette remarque ? lui demanda-t-il finalement.

— Je devrais ? s'étonna Sonny. Et dans l'affirmative, croyez-vous que je pourrais répondre à votre question ?

Bien sûr que non, pensa Stern. C'était évident. Elle n'était que le messager de Sennett. Stern savait ce que cela signifiait. *Ay, carajo !* Des mots anciens qui lui revenaient à l'esprit. Une exclamation de sa jeunesse. M. Sennett et son informateur. Ils semblaient tout savoir. Peut-être que ce n'était pas du tout un informateur, en fait ? Mais plutôt des écoutes téléphoniques. Ou des micros dans les murs. Ou une caméra dissimulée. Stern prit une profonde inspiration. En tout cas ses inquiétudes au sujet de Dixon augmentaient. Mais il était devant quelqu'un, et il sourit. Un réflexe primitif.

— Qu'y a-t-il de drôle ? demanda-t-elle.

— Oh ! c'est que ça fait longtemps, je crois, que je n'ai pas eu une affaire qui m'effraie autant.

— *Qui vous effraie ?*

— Oui, c'est le mot juste. (Il hocha la tête.) Et je n'ai jamais eu une affaire où on m'ait donné aussi peu d'informations.

— Le gouvernement ?

— Bien sûr, le gouvernement. Vous n'avez même pas confirmé officiellement la personne sur laquelle vous enquêtiez, ni le crime qu'on reproche à cette personne...

— Sandy, il n'y a pas de règles...

— Ce n'est pas une question de règles, l'interrompit-il. Je parle d'impartialité. Je parle de ce qui est normal. (Maintenant qu'il avait commencé, il ne pouvait plus contenir son indignation.) Vous ne croyez pas qu'une description élémentaire des soupçons du gouvernement serait bienvenue à ce point de la procédure ? Plutôt que de vous livrer à ces révélations minimales et hautement sélectives, dans l'espoir de me faire galoper dans une direction, puis dans une autre ? Parce que vous pensez sans doute que je ne vois pas que ces assignations sont rédigées dans l'évidente intention de dissimuler les informations sur ce que connaît l'accusation, et ce qu'elle cherche ?

— Sandy... Écoutez, vous savez bien que je ne suis pas responsable.

— Mais c'est vous qui êtes assise ici devant moi, maintenant. Et vous êtes adjointe du procureur depuis assez longtemps pour savoir ce qui est habituel et ce qui ne l'est pas. Donnez-moi au moins une ou deux indications.

— Sandy, Sennett est vraiment chatouilleux sur cette question.

— Je vous en prie, je ne vous demande pas d'enfreindre la règle du secret ni les usages en la matière. Je suis prêt à me contenter de la moindre information que vous serez autorisée à me fournir en toute sécurité. Si vous préférez, je peux vous dire quels sont mes soupçons sur votre tactique, et vous me répondez simplement si j'ai raison ou pas. Rien de plus. Il n'y a aucun mal à cela. Aucune violation de vos secrets. Vous pouvez faire ça, non ?

Le pouvait-elle ? L'incertitude se lisait sur son visage. La force de Sonny ne résiderait jamais dans sa capacité de dissimuler ses sentiments.

— Sonny, s'il vous plaît, insista-t-il. Vous êtes quelqu'un de chaleureux, et je sens qu'il y a de l'amitié entre nous. Il n'est pas dans mon intention d'en profiter. Mais je ne sais vraiment plus à quel saint me vouer, à présent, vous comprenez ?

— Sandy, j'en sais peut-être moins que vous ne pensez.

— Mais c'est encore plus que moi, certainement.

Ils s'observèrent un instant, par-dessus le bureau.

— J'ai un million de choses à faire, répondit-elle finalement. Mais je vous promets de réfléchir à ce que vous m'avez dit.

— Je n'ai besoin que de dix minutes de votre temps. Quinze au maximum.

— Écoutez, Sandy, en fait je n'ai même pas une seconde pour respirer. J'ai quatre affaires qui passent au tribunal dans les deux prochains mois. Plus cette histoire. Nous avons prévu, depuis mars, d'emmener le fils de Charlie dans la famille de sa mère, à Dulin, et de rester là-bas le 4 Juillet [1] pour ramasser des fraises. Et je dois être de retour ici lundi. J'ai remué ciel et terre pour me libérer pour ce week-end. C'est pourquoi il faut que vous me pardonniez si je vous dis que je suis un peu bousculée.

1. Fête de l'Indépendance américaine. (*N.d.T.*)

— Je vois, grommela Stern. Vous n'avez pas le temps d'être équitable, c'est ça ?

— Oh, allez, Sandy. (Il l'irritait, il l'exaspérait. Il faisait vibrer toutes ses cordes sensibles.) Mais si c'est tellement important pour vous de passer un quart d'heure à me poser des questions auxquelles je ne pourrai pas répondre, vous pouvez vous taper cent soixante kilomètres et venir à Dulin samedi. C'est tout ce que je peux faire pour vous.

Lorsqu'il lui demanda l'itinéraire, elle éclata de rire.

— Vous allez vraiment venir ?

— A ce stade de l'affaire, je suis obligé de suivre toutes les pistes qui se présentent. On dit samedi après-midi, donc ?

— Mon Dieu ! s'exclama-t-elle.

C'était dans le comté D, à dix kilomètres au nord de la route 60. Brace's Cabin. Elle décrivit l'endroit comme une « cabane améliorée ».

Tandis qu'il notait ces renseignements, elle pointa le doigt vers lui.

— Sandy, je ne plaisante pas. Je ne suis peut-être pas d'accord avec tout ce qu'a fait Stan, mais c'est son procès à lui. Ne croyez pas que je vais m'allonger au soleil et me mettre à faire quelque chose que je ne ferais pas ici.

— Bien sûr que non. Je parlerai. Vous n'aurez qu'à écouter. Si vous le souhaitez, vous pourrez prendre des notes et répéter chacune de mes paroles à Sennett.

— C'est un long voyage pour rien du tout...

— Peut-être pas.

Curieusement, il avait retrouvé un brin de fantaisie. Il lui avoua, en chuchotant comme un enfant, qu'il adorait les fraises.

Dans l'écouteur, Stern entendit la voix de Silvia résonner dans les longs couloirs de pierre de la demeure de Dixon, lorsqu'elle alla appeler son mari. Ces derniers temps, chaque fois qu'ils discutaient ensemble, il avait l'impression de déceler chez elle une certaine appréhension. Mais il existait entre eux un accord de longue date : ils ne parlaient jamais des affaires de Dixon. En réalité, Silvia était une femme d'une époque révolue : elle évitait toujours de s'immiscer dans les domaines qu'elle considérait comme réservés aux hommes.

— Qu'est-ce qu'il y a ? (Dixon n'avait pas peur de se montrer brutal.) Je suis à la bourre. Ta sœur nous oblige à recevoir la moitié du conseil d'administration du musée dans un quart d'heure.

Silvia, en digne fille de leur mère, ne se lassait jamais des complications de la vie sociale — associations de secours féminines, œuvres de charité et, bien sûr, son country-club. Dixon se moquait d'elle, plutôt que d'admettre publiquement qu'il adorait faire ce qu'il croyait être l'apanage des gens riches. Du coup, beaucoup de leurs soirées étaient occupées par des bals de charité et des fêtes pour collecter des fonds, des vernissages de galeries, des réceptions très fermées. Stern voyait souvent leur photo dans les journaux, un couple d'une élégance remarquable, qui semblait harmonieux, noble et insouciant. Silvia, au fil des années, avait commencé — comme le souhaitait Dixon — à se préoccuper davantage de jouer le rôle qui lui incombait ; elle se rendait en ville en limousine pour un déjeuner ou pour une présentation de maillots de bain dans une boutique chic, tous ces exercices habituels de frotti-frotta avec les autres épouses d'hommes très riches qui avaient accueilli les Hartnell dans leur coterie. En d'autres occasions, elle allait jouer au golf ou au tennis, ou même elle montait à cheval.

Si ç'avait été quelqu'un d'autre, Stern aurait eu

tendance à critiquer la frivolité de ce style de vie, mais il aurait pardonné volontiers toutes les imperfections de sa sœur. D'une certaine façon, Silvia lui faisait penser à Kate dont elle était, à vrai dire, exceptionnellement proche — elle aussi avait laissé la beauté diriger son destin. Elle avait bénéficié d'une éducation privilégiée et cela l'avait amenée à Dixon. Fin de l'histoire. Même durant les années où Dixon se promenait dans les champs de maïs pour constituer sa clientèle, il n'avait jamais voulu la voir travailler et Silvia, sans inquiétude apparente, avait obéi.

Cependant, elle était rachetée par sa gentillesse. Elle restait quelqu'un d'extraordinaire dont la générosité dépassait, et de loin, les habitudes en ce domaine. Clara, qui faisait peu de cas des gens vides, aimait et estimait Silvia. Elles se téléphonaient deux ou trois fois par semaine, et elles allaient déjeuner ensemble, écouter des conférences au County Art Museum, voir des pièces de théâtre. Pendant des années, elles avaient suivi les concerts symphoniques du mercredi après-midi. Et Stern n'avait aucun reproche à formuler. Silvia l'adorait, comme personne au monde. Suivant ses humeurs du moment, elle lui envoyait des petits mots, lui achetait des cadeaux, elle l'appelait tous les jours et il n'y avait qu'avec elle qu'il pouvait continuer à discuter de cette façon. C'était difficile à définir, mais leurs échanges étaient aussi naturels qu'un fredonnement. Pour elle, il était la lune, les étoiles — les galaxies, un univers. Comment aurait-il pu considérer comme ratée une existence dans laquelle il jouait encore un rôle si stellaire ?

— Il faut qu'on se voie, dit-il au mari de Silvia. Et le plus tôt sera le mieux.

— Des problèmes ?

— Un tas.

— Donne-moi une idée.

— Je préférerais le faire de vive voix, Dixon. Il y a beaucoup de choses dont il faut que nous discutions.

— Je pars demain matin pour New York par le vol de cinq heures quarante-cinq, et je resterai là-bas jusqu'à la fin de la semaine. (Il espérait toujours trouver une solution pour son idée de marché à terme basé sur l'indice des prix à la consommation ; pour cela, il se rendait à des réunions deux fois par semaine à New York et à Washington.) Ensuite, nous allons avec Silvia passer le 4 Juillet sur l'île...

Il faisait allusion à une autre de leurs résidences, une maison aux Caraïbes, un refuge paisible au bord d'une falaise dans un paradis fiscal. Le fisc, au cours de son enquête, quelques années plus tôt, était devenu fou parce qu'il ne réussissait pas à suivre la trace de l'argent qui partait là-bas. Stern, assis à son bureau, ne put s'empêcher de tambouriner des doigts sur la plaque de verre fumé. Dixon, apparemment, n'avait pas le temps d'avoir des soucis.

— J'ai passé la journée avec Margy et Mme Klonsky, dit Stern.

— J'étais au courant.

— Oui. (Bien sûr qu'il le savait. Et c'était cela, le problème. Stern se sentit terriblement désavantagé au téléphone.) Il y a eu un certain nombre de développements ennuyeux.

— Par exemple ?

— Les procureurs ont l'air au courant à propos de ton coffre, pour commencer. Je crois qu'ils vont bientôt se mettre à sa recherche, s'ils n'ont pas déjà commencé.

A l'autre bout du fil, Dixon n'eut pas l'air excité. Il se contenta de demander :

— Où est-ce qu'ils ont pu découvrir ça, putain ?

Oui, où ? Stern n'avait pas eu besoin de Dixon pour se poser cette question. Il y avait, dans tout cela, une certaine logique évidente, sinon inquiétante : Margy passe devant le grand jury et les dossiers disparaissent ; elle ressort, et le gouvernement parle du coffre. Dans sa colère, Margy pouvait avoir révélé n'importe quoi. Dixon avait peut-être été assez prudent pour ne jamais lui parler du coffre ou de ses déplacements, mais Stern en doutait. Dans son état d'esprit actuel d'affreuse suspicion, il avait même eu l'idée que Margy était peut-être, depuis le début, le fameux informateur du gouvernement. Une idée vraiment ridicule, mais dont il était incapable de se débarrasser. Jusqu'à aujourd'hui, tout, depuis des jours — et des nuits — était un parfait mélodrame, dans ce scénario. Hautement invraisemblable, bien entendu. Mais dans le passé, il avait déjà connu de tels puzzles. Il y avait eu des affaires où le gouvernement avait inculpé ses informateurs pour les protéger. Stern, à ce stade, n'écartait plus aucune hypothèse.

— J'espérais, Dixon, que tu pourrais me faire bénéficier de tes lumières.

— Difficile, répondit celui-ci.

— Est-ce que John...

— John ? Il est toujours en train de chercher les toilettes des hommes, Stern. Allons.

Les deux hommes se turent ; on entendit seulement leur respiration, dans le téléphone. Puis Stern reprit :

— Il y a aussi certains dossiers, Dixon, qui semblent avoir disparu.

— Des dossiers ? répéta Dixon, beaucoup moins spontanément.

— A propos du compte Wunderkind. Tu es au courant de ça ?

— Au courant de quoi ?

— Le compte. Les dossiers. Leur disparition ?

— Je ne suis pas certain de te suivre. Faudra qu'on discute de ça la semaine prochaine.

— Dixon, c'est la disparition de ces documents qui, manifestement, suscite l'intérêt de la justice pour ton coffre.

— Et alors ?

— Si on pouvait retrouver ces papiers...

— Aucune chance, répondit Dixon d'une voix dure.

De nouveau, ils restèrent silencieux, aussi paralysés l'un que l'autre, semblait-il, par les nombreuses implications de cette réponse et le ton sur lequel elle avait été prononcée. Puis Dixon reprit, faisant un effort symbolique pour être moins clair :

— Je ne crois pas qu'il y ait beaucoup de chances pour que cela se produise.

— Dixon, ça va aller très mal pour toi. Très mal. Je t'avais prévenu. C'est le comble de la stupidité. (Grâce à l'écart de langage de son interlocuteur, Stern se sentit capable d'être plus direct : il imagina qu'à l'autre bout du fil Dixon devait se sentir plus ou moins offensé, mais il poursuivit :) Dans le contexte actuel, Dixon, si on retrouve ce coffre, ça nous vaudra de nombreux problèmes. Sans compter que ce serait très gênant pour moi.

— Gênant ?

— Nuisible à ma crédibilité. Tu comprends ? Et c'est toi qui encourras le blâme, de toute façon. Les procureurs devineront que ce coffre n'est pas tombé du ciel là où il est actuellement.

Comme il était au téléphone, Stern était obligé d'être prudent. Même avec une écoute, le gouvernement n'avait pas le droit de faire état de ce genre de conversation entre un avocat et son client. Mais on ne savait jamais, surtout avec une maison aussi vaste que celle de Dixon, qui aurait pu les entendre par inadvertance.

— Tu veux dire qu'après m'avoir proposé de t'apporter la chose tu veux maintenant que je la récupère ?

— Pas du tout. Je veux dire que ton jugement est erroné et que tu crées une situation périlleuse.

— Je le reprends. Retourne-le-moi.

— Dixon !

— Écoute. Faut que j'enfile mon smoking. Je serai de retour le 6.

— Dixon, ce n'est pas vraiment le moment de prendre des vacances. Je dois te demander de revenir dès que tu en auras terminé avec tes affaires à New York.

— Allons. A moi, au contraire, ça me paraît une période idéale pour me tirer. Ça ne durera que quelques jours. Le reste attendra. C'est toujours comme ça avec les histoires judiciaires.

— Dixon, j'ai beaucoup de questions à te poser, et j'attends de ta part des réponses claires.

— Sûr. C'est bon, j'arrive ! cria-t-il alors, comme si Silvia l'appelait.

Mais Stern n'avait pas entendu le moindre écho de la voix de sa sœur.

27

En rentrant tard chez lui le vendredi soir, Stern resta un moment dans l'entrée de sa demeure vide. Helen n'était pas en ville ; un avion l'avait emportée quelque part au Texas pour visiter le site d'un congrès ; elle ne serait pas de retour avant dimanche. Avec une certaine fermeté, Stern se prépara à passer ce week-end en solitaire. Pendant qu'il faisait réchauffer une côtelette qui restait, il erra dans la maison, parcourut son courrier, et s'abandonna aux tourbillons d'un certain nombre de contrariétés. Il venait de passer une semaine éprouvante.

Il s'immobilisa un instant devant les immenses

fenêtres du solarium. Grâce aux soins antérieurs et à une pluie imprévue, le jardin de Clara avait refleuri. Les bulbes plantés l'automne précédent étaient à l'apogée de leur gloire — des pivoines rondes, des lis expressifs comme des mains. Stern, qui semblait avoir vécu tous ces mois sans se rendre compte de rien, fut soudain frappé par la perfection de ces rangées, et il sortit dans la douceur de l'air du soir. Là, dans la lumière qui baissait, et la brise encore humide de la pluie, il s'arrêta net, oscillant un peu sur ses jambes. De l'autre côté de la haie, Fiona Cawley travaillait dans son jardin.

Dire qu'il avait évité Fiona aurait été inexact : il s'était caché ; il se glissait dans sa maison et en sortait comme un soldat de commando. Dans son état d'esprit actuel, cet incident ne s'était absolument pas produit. Il fallait la perspective d'une confrontation pour l'obliger à y repenser, le cœur serré. Qu'avait-il fait ? Quelle formidable représentation de revanche macho avait-il pensé imiter ? Aujourd'hui, une semaine plus tard, il refusait cette image d'un Alejandro Stern dépravé et goujat faisant des avances importunes aux épouses du voisinage. D'autres hommes auraient sans doute été moins à cheval sur leur honneur, mais quelques heures à peine après cet épisode, tout ce qui concernait l'aventure semblait avoir été ficelé et rangé au grenier. Il n'avait pas téléphoné à Cal. Il avait cessé de courir après Nate et il avait même un peu oublié ce désir, si violent quelques jours plus tôt, de réduire le médecin en poussière. Aucun doute, il s'expliquerait tôt ou tard avec Nate. Mais seulement quand il aurait lui-même accepté sa propre conduite, lorsqu'il serait prêt à bavarder avec lui, entre canailles ; seulement, oui, lorsqu'il se contrôlerait mieux et maîtriserait davantage les mystères de ses intentions.

Pour le moment, il restait parfaitement immobile,

comme un animal sauvage, mais quelque chose, peut-être l'odeur de la peur, le fit repérer. Fiona dressa la tête, l'aperçut, et, avec une moue cruelle exprimant un profond déplaisir, elle s'avança vers la rangée inégale des troènes séparant la propriété des Cawley de celle des Stern. Elle tenait à la main d'énormes cisailles rouillées, et elle était vêtue de ce qu'elle considérait sans doute comme une tenue de jardinage, un ensemble uni vert avocat — un pantalon et un haut moulant. Sa chevelure, d'habitude aussi lisse qu'un casque, était décoiffée par le vent, et des feuilles et des brindilles étaient collées dans ses mèches qui pendaient en petites touffes. Elle se pencha à travers la haie, en gesticulant et en le sifflant, ce qui signifiait en fait : « Viens ici. »

— Sandy, j'ai besoin de te parler. (Elle progressa le long de la rangée d'arbres.) Je ne veux pas que tu m'évites.

Stern, au moins, ne s'enfuit pas. Il ne savait plus qui il était, mais l'être qui habitait la peau de Sandy Stern allait y avoir droit. Il eut un sourire apaisant. Fiona, entre-temps, semblait avoir perdu sa langue. Elle l'avait à sa merci, et soudain elle ne savait plus quoi dire.

— J'ai besoin de te parler, répéta-t-elle.

Décidé à lui faciliter la tâche, il dit :

— Bien sûr.

A ce moment-là, il aperçut Nate derrière elle. Il venait juste de rentrer, sans doute; son nœud de cravate était desserré, et il avait encore sa trousse à la main. Nate jeta un coup d'œil dans leur direction, depuis le coin, sous les bardeaux de la maison, et il resta là à les fixer, avec ses yeux écarquillés et son pâle visage étroit. Fiona surprit le regard de Stern et se retourna. Dès qu'elle reconnut son mari, son regard revint vivement sur Stern, avec une expression douloureuse.

— Oh, Seigneur..., murmura-t-elle en mettant ses deux mains sur ses joues, en un geste enfantin.

Stern attendit de voir qui parlerait le premier. Il avait de nouveau la sensation de quelque chose d'important. Et alors, à travers l'air doux du crépuscule, il entendit la sonnerie du téléphone, nettement audible pour tous les trois, à travers la porte ouverte du solarium. Il demanda d'un geste la permission d'aller répondre, leva les mains en une mimique futile — le mime Marceau n'aurait pas fait mieux — et pressa un peu le pas en se dirigeant vers la maison, ravi, excité même, d'avoir pu s'échapper. Mais une prémonition de l'issue probable de la scène qu'il avait laissée derrière le fit ralentir, et la pensée finit par prendre forme : Fiona allait le raconter à Nate. Si elle ne l'avait pas déjà fait. Il fallait voir l'avantage qu'elle en tirerait en lui narrant son refus : elle prouverait sa moralité supérieure, et par la même occasion elle punirait Nate en lui laissant entendre qu'elle n'était pas, elle non plus, à l'abri de la tentation. Avec sa compréhension grandissante de la vie de couple des Cawley — méchante, malheureuse, basée sur la rivalité —, Stern devinait que Fiona ne pourrait jamais garder cet épisode pour elle. Dans l'obscurité de sa maison, il resta immobile, tandis que le téléphone continuait à sonner et il sentit une boule dure d'appréhension et de honte se cristalliser tristement en son âme.

Oh, pensa-t-il, *c'est absurde !* Que pouvait-il craindre de Nate Cawley ? Quelle excuse pourrait exiger Nate, lui entre tous, qui avait *culbuté* sa femme et l'avait dépouillée d'une partie de sa fortune ? L'idée l'emplissait néanmoins d'anxiété. Il comprit soudain qu'à ce moment-là, surtout, il verrait tout ce qu'il avait en commun avec Nate Cawley et serait confronté à l'image même des échecs de son propre mariage. Et il n'était pas sûr d'être prêt pour cela, même aujourd'hui.

Le répondeur s'était enclenché. A travers la maison sans lumière, Stern entendit la voix amplifiée de Peter, qui parla volontairement sur un ton rauque et sinistre : *Ze veux te saigner!* Stern décrocha.

— Ah, tu *es* là ! s'exclama son fils. (Ils laissèrent passer le moment habituel de gêne, avant de se remettre à parler.) Alors, on le fait ou quoi ?

Stern, qui avait commencé à se dire que le second test n'était pas nécessaire, s'aperçut qu'il n'avait pas la force de discuter.

— Je suis à ta disposition, répondit-il.

— J'ai attaqué mon excitante soirée d'un vendredi comme les autres, à dicter des rapports. Tu peux venir tout de suite, si tu as le temps. A moins que tu ne sois avec Helen ?

Peter appréciait Helen. Les dernières fois où ils s'étaient retrouvés tous ensemble, Peter semblait avoir mis une certaine sourdine maladroite à ses habituelles remarques déplacées ou acerbes. Stern lui expliqua qu'elle était absente jusqu'à dimanche, et le prévint qu'il arrivait. Au moment où il ferma la porte du solarium, il marqua un temps d'arrêt. Les Cawley étaient toujours dans leur jardin, très près l'un de l'autre, et ils se disputaient. Lorsque la main de Fiona balaya l'air en direction de la maison de Stern, celui-ci s'éloigna précipitamment de la porte ; et il attendit, collé contre le mur, tout en faisant descendre le volet en silence.

Peut-être était-ce l'effet de la plaisanterie de Peter, mais il y avait peu d'endroits aussi étranges et inquiétants qu'un immeuble de bureaux plongé dans l'obscurité, un soir de week-end. Les deux portes vitrées de l'entrée principale étaient ouvertes, mais dès qu'il fut dans le couloir, une terrible sensation de solitude lui serra l'estomac ; le grand bâtiment sombre pesait sur lui de tout son poids. La pharmacie du rez-de-chaussée était dans le noir — fermée, grille baissée. Stern prit l'ascenseur, et en haut, il se retrouva dans un long couloir carrelé, simplement éclairé dans chaque direction par un seul tube fluorescent qui n'offrait guère plus de lumière que la veilleuse d'une chambre d'enfant.

Qu'avait dit Peter, déjà ? Une « soirée de vendredi comme les autres »... D'une façon aussi imprévisible que la plupart de ses sentiments envers son fils, l'absolue tristesse de cet aveu le submergea soudain. Les amis élégants qui admiraient Peter, pendant les années de lycée et de faculté, semblaient s'être évanouis. En dehors de Kate, Stern ne connaissait personne qui partageât régulièrement la compagnie de Peter. Comment passait-il son temps ? Stern n'en savait trop rien. Il avait hérité de l'amour de sa mère pour la musique ; il faisait du vélo ; il travaillait. Lorsqu'il rendait visite à ses parents, comme cela arrivait parfois du vivant de Clara, il aimait aller courir dans les forêts communales des environs de Riverside. Ensuite, dégoulinant de sueur, il s'asseyait dans la cuisine et lisait le journal à haute voix à sa mère, avec des remarques caustiques sur les événements. Clara lui servait des sodas, traînait pour préparer le repas. Stern assistait à tout cela, en se sentant très extérieur, frappé par la grande étrangeté de son fils. Peter aurait été offensé s'il avait su que son père avait pitié de lui ; car il émanait aussi une espèce de force de sa personnalité fermée et complexe. Pourtant, en approchant de la porte du bureau, Stern comprit la source sombre des sarcasmes de son fils et de sa réserve : la souffrance.

Comment, se demanda Stern, comment la situation

en était-elle arrivée là ? Brusquement, il pensa aussi à ses deux filles. D'une manière ou d'une autre, ses trois enfants s'étaient mis à exister — ils étaient devenus adultes avec ce bizarre assemblage de talents et de caractères qui était essentiel à chacun. Vers trois-quatre ans, ils avaient laissé derrière eux l'indétermination de la toute petite enfance et ils étaient déjà formés comme des tulipes au bout de leur tige, prêtes à s'ouvrir. Lui, en tant que parent, il semblait si souvent n'être rien de plus qu'un spectateur, ravi du développement de leurs capacités, espérant en silence d'autres évolutions. Lorsque Peter eut six ans, ils commencèrent à remarquer certains traits de son caractère. Une morosité. Une quiétude qui semblait confiner au désespoir. Peter, qui aimait désormais se poser en renégat, était aussi inflexible qu'un soldat coulé dans de l'acier. Et à leur heure, ses sœurs manifestèrent aussi, chacune à sa manière, des mécontentements qui leur étaient propres. Ils se rendirent compte que Marta, en apparence extravertie, se perdait aussi, comme n'importe qui, dans d'impénétrables rêveries maussades. Katy, que Clara insistait pour considérer, en privé, comme la plus brillante des trois, fut toujours rayonnante et gentille, mais montrait une inaptitude presque maladive à se battre pour réussir quelque chose.

Jusqu'à aujourd'hui, Stern trouvait tout cela choquant. Au cours de sa propre enfance, il avait vécu au milieu d'un désordre singulier en raison de la fragilité de son père et de l'intérêt attentif que portait toute sa famille aux hostilités d'une Argentine toujours au bord du gouffre. Mais le foyer qu'il avait créé avec Clara était paisible, prospère — normal, pour autant qu'il pouvait dire qu'il comprenait ce terme. Les enfants étaient choyés — et aimés. Aimés. Oh ! comme parent, il avait certainement eu des manques. Dans les meilleurs moments, il s'était montré trop réservé avec ses gosses, selon les goûts américains, mais même dans les périodes où il était le plus distant son amour pour ses enfants était sincère, et étincelant comme une pierre précieuse brûlante dans sa poitrine. Et personne n'aurait jamais pu mesurer les limites de l'attachement de Clara. Aussi, alors qu'il était encore jeune, avait-il été stupéfait d'apprendre que tout ce que le monde pouvait offrir de meilleur n'y suffisait pourtant pas : ses enfants souffraient quand même. Au fil des ans, leurs difficultés furent un trait de plus de leur comportement et, en dépit de toutes les tentatives pour régler le problème, une donnée à essayer d'assimiler. *Geh gezunderhayt,* comme aurait dit sa mère. Qu'ils aillent en paix et en bonne santé...

Peter lui fit visiter les lieux sans grande cérémonie. Le cabinet étant fermé, Stern put entrer dans une salle de soins, une minuscule pièce carrelée, à l'odeur d'antiseptique, avec une table d'examen en cuir, du matériel pour divers tests, des instruments médicaux.

— Remonte ta manche, *bitte,* dit Peter. (Ce soir, il faisait dans les accents. D'un geste sûr, il planta immédiatement l'aiguille dans le creux de son bras.) Tu es okay ?

Stern fit oui de la tête.

— Et toi, Peter ?

Son fils répondit d'une manière équivoque en ouvrant la paume de sa main. Qui savait ? Qui pouvait le dire ? Ils parlèrent de Marta, qui devait arriver d'un jour à l'autre. Stern lui demanda des nouvelles de Kate.

— Je pensais que tu étais allé au match avec elle, l'autre soir, dit Peter. Elle a l'air en forme, non ?

— En fait, son air me donne du souci, avoua Stern. Nous sommes confrontés à une situation difficile. En raison des circonstances, il faut que je reste un peu en retrait, mais j'ai peur que cela ne l'affecte.

— Je suis au courant, répondit Peter tranquillement.

En venant, Stern n'avait pas eu l'intention d'aborder la question de Tooley. Ce qui était fait était fait, et, en outre, il n'aurait pas été professionnel de sa part de se mettre à se plaindre. Et pourtant ils soulevèrent ce problème désagréable, comme si leur nature les y forçait. Il s'avérait que Kate, inquiète pour son mari, en avait parlé à son frère. Penser que cette situation l'avait amenée à s'adresser à Peter plutôt qu'à lui fit soudain souffrir Stern, contre toute attente.

— John voulait un nom, et je lui en ai filé un, expliqua Peter. (Il retira l'aiguille et donna une chiquenaude à la seringue avec une certaine irritation.) Mel est compétent, n'est-ce pas ? Qu'est-ce que j'ai fait de mal ? Tu avais déjà dit à John que tu ne voulais pas t'occuper de lui.

Comme c'est révélateur, pensa Stern. Sa faute à lui. Ses manquements. Une voix querelleuse — avec laquelle Stern aurait précisé à Peter les soucis éthiques qui l'avaient conduit à traiter John comme il l'avait fait — mourut dans sa gorge avant même de jaillir. Quel intérêt, vraiment ? Ce n'était pas la première fois qu'il apparaissait comme un pis-aller aux yeux des siens.

Il avait pensé proposer à son fils de dîner avec lui, mais Peter l'accompagna directement jusqu'à la porte d'entrée du cabinet, en lui faisant traverser la petite salle de consultation, où des rapports médicaux étaient empilés sur son bureau, sous son dictaphone au cordon noir. Dehors, sur le parking, Stern fut saisi par la vision du bureau de Peter, la seule fenêtre éclairée dans le carré noir trapu du centre médical.

Lorsqu'il était enfant, Peter chantait avec une voix magnifique — douce et pure, limpide. A l'adolescence, son registre vocal s'était réduit, sa tonalité était devenue plus rauque et avait perdu de son assurance. Mais à six-sept ans, Peter se produisait encore dans les spectacles de son école ou même dans les théâtres des environs. Avec ses talents musicaux, il avait trouvé un moyen supplémentaire d'ensorceler Clara. Celle-ci était devenue une véritable maman-imprésario, qui assistait à tous ses spectacles dans un état fiévreux, silencieux, tendu. Stern venait parfois, mais il ne savait pas comment se comporter. Du fond de l'auditorium, il regardait la petite silhouette de son fils sur la scène. Quelque reste d'instinct parental lui faisait croire aujourd'hui que ces moments-là avaient dû être les plus beaux de la vie de Peter — seul, admiré, debout dans l'unique tache de lumière de la salle obscure, il faisait jaillir cette voix musicale et expressive, il contrôlait chaque mot, chaque note, il nourrissait son chant d'un registre émotionnel inhabituel pour un enfant de son âge.

Mais c'était le passé, le passé de Peter, cette époque d'expression, d'attention, de spectacle. Dans l'obscurité, Stern leva les yeux vers cette pièce éclairée où son fils, adulte exigeant, continuerait son chemin tout seul au milieu de la nuit environnante, avec pour unique musique sa voix enrouée marmonnant des rapports médicaux.

28

Brace's Cabin s'élevait au bord d'un arroyo. Depuis la route, on n'apercevait que son toit couvert de mousse, comme une gelée de fruits brillant dans le soleil aveuglant, et le tuyau d'étain de la cheminée. Au volant de sa Cadillac qui cahotait sur la route dans un formidable nuage de poussière, Stern l'aurait sans doute dépassée sans le panneau de bois planté de travers dans la terre jaune. Il avait grimpé une éminence, puis il était redescendu dans un vallon, et il avait tapé à la porte, en jetant par la fenêtre un coup d'œil à l'intérieur, où son regard s'était perdu dans l'obscurité. Plus bas, près de la maison, la forêt était dense — des chênes, des pins, des peupliers et des bouleaux — et les sous-bois sombres et humides, à peine effleurés par la lumière du jour. Il remonta donc vers la route, sous le soleil qui tapait fort. Il chercha des traces de pneus sur l'aire de stationnement. Le petit drapeau rouge était dressé sur la boîte aux lettres ronde en aluminium.

Que faisait-il là ? Il s'était réveillé, le matin, avec un certain espoir. L'idée de partir en voiture vers le nord, à travers les vallées ondoyantes, au-delà de la frontière de l'État et de la folle congestion de la vie urbaine — sa ville — avait soulevé en lui un certain optimisme. Mais à présent, sous cette chaleur, bien plus forte ici dans la plaine, il recommençait à douter. Avait-il vraiment roulé pendant deux heures pour une conversation de quinze minutes qui, selon toute probabilité, n'aurait pas lieu ? Tout cela n'aboutirait à rien, sinon à un moment de gêne entre Klonsky et lui. En y réfléchissant, il se dit que Klonsky avait dû décider de ne pas venir. Il s'assit sur le coffre de sa voiture, leva son visage vers le soleil — c'était la première fois cette année que la langue brûlante de l'été se promenait sur sa peau —, puis, lorsque la chaleur devint pénible, il redescendit avec difficulté vers la maison et fureta de nouveau tout autour.

Il n'y avait certainement pas plus de trois pièces, peut-être même deux. Plus bas, dans l'arroyo, le bâtiment était bordé sur deux côtés par une large véranda, dont on avait remplacé la moitié des planches pourries. Le toit reposait sur des poteaux verdâtres traités avec un produit quelconque. A l'angle le plus éloigné, là où les buissons du ravin poussaient contre la maison, un curieux dispositif avait été installé dans un trou circulaire découpé dans le porche. Stern se pencha pour examiner les robinets et les tuyaux en caoutchouc protégés par une toile.

Ce fut alors qu'il entendit des pas sur le gravier, au-dessus de lui. Le temps de faire le tour de la construction, Sonny Klonsky arrivait dans l'escalier qui descendait de la route. Elle avait les bras encombrés par deux sacs d'épicerie et une demi-douzaine de livres pour enfants ; lorsqu'elle aperçut Stern, elle ne s'embarrassa pas d'un salut — elle lui jeta un regard tourmenté et complice où perçait une exaspération totale. La porte de la maison était ouverte, et elle disparut à l'intérieur. A l'évidence, le voyage avait été long pour une femme au milieu de sa grossesse.

Lorsque Stern franchit le coin, il découvrit qu'un enfant l'observait, un gamin de cinq ou six ans, vêtu d'un T-shirt déchiré et d'un jean, avec des yeux noirs, un visage constellé de taches de rousseur et de beaux cheveux soyeux coupés au bol. Il le regardait avec une expression de curiosité mêlée de tristesse.

— Sam ? demanda Stern.

Il ne savait jamais comment il pouvait se souvenir de ce genre de choses.

Le garçon gratta la poussière du bout du pied et s'enfuit, intimidé. Stern gravit les traverses de bois ancrées dans le sol qui tenaient lieu d'escalier, se préparant à saluer le père de Sam. Le gamin s'était réfugié sur le siège avant d'une vieille Volkswagen jaune décapotable, qui ne contenait pas d'autre passager. Stern l'interrogea à propos de son père, et Sam lui murmura une réponse inaudible.

— Il ne vient pas ? demanda Stern.

Sam, le menton rentré, agita la tête.

— Non. (Sonny répondit à sa place, derrière Stern,

en s'approchant d'un pas fatigué, sous le soleil.) Le poète est dans une phase critique, ou je ne sais quoi. La tyrannie de l'inspiration.

Elle prit Sam par l'épaule pour le faire sortir de la voiture et le présenta à Stern, puis elle se pencha vers le siège arrière, où il y avait deux sacs de couchage, d'autres provisions, et une grosse valise pas très pleine. Stern l'aida à transporter le tout dans la maison.

— J'espère que vous n'avez pas fait toute cette route rien que pour moi, dit-il.

— C'est pour Sam que je suis venue, répondit Sonny. (Elle pénétra dans la pénombre de la maison qui sentait le renfermé et fit face à Stern avec une expression trahissant la colère couvant en elle.) Et son père peut aller se faire foutre.

— Diable ! dit Stern.

— Diable ! répéta Sonny.

Elle abandonna ses paquets sur une table usée. L'endroit n'avait rien de sophistiqué. Le plancher de bois avait été peint et les cloisons recouvertes de lambris de pin. La pièce principale était meublée d'une table construite à partir d'une grosse bobine de câble, de chaises peintes et d'un lit à deux places avec un sommier en fer et un dessus en chenille propre. A gauche, il y avait une salle de bains et une autre petite pièce. Le vieux W-C taché, avec son siège noir, faisait un vacarme terrible — on venait de l'utiliser.

De sa voix aiguë, le garçonnet se mit à la harceler à propos de quelque chose.

— Oui, d'accord, murmura-t-elle.

Elle ouvrit une fenêtre, puis disparut à l'extérieur. Stern l'entendit se déplacer lourdement sous le porche, puis il perçut comme un violent gargouillis intestinal sous le plancher de la maison. De la fenêtre de derrière, il apercevait la crête boisée du ravin, les buissons couronnés de lumière. Lorsque le vent soufflait, on sentait une odeur merveilleuse.

— Les fraises sont là-bas ? demanda-t-il à Sonny lorsqu'elle revint.

— Oh, oui ! Le champ est à trois cents mètres. Elles poussent sur des hectares. Ça donne une odeur sucrée à l'air, n'est-ce pas ?

— Oui, c'est merveilleux.

— J'espère que ça ne vous dérange pas, mais j'ai promis à Sam d'aller en cueillir tout de suite après le déjeuner. Certains d'entre nous ont connu quelques déceptions, aujourd'hui.

Son regard vint se poser sur l'enfant, qui avait dû sérieusement se plaindre de l'absence de son père.

— Mais non, assura Stern.

— Vous êtes le bienvenu si vous voulez nous accompagner. A moins que vous ne préfériez aller faire un tour en ville.

Il ne répondit pas, mais se rendit compte qu'il n'avait pas le moindre désir de partir d'ici. Il n'était pas vraiment habillé pour se promener dans la nature. Il portait un pantalon de golf et une chemise en coton, avec une poche et un animal brodé sur le devant. Les tenues décontractées lui allaient assez mal. Même dans les couleurs sombres recommandées aux victimes de l'embonpoint, il se retrouvait avec une silhouette disgracieuse et il ressemblait plus ou moins à une prune. Mais il avait quitté la ville, la nature sauvage lui appartenait et il était prêt pour l'aventure.

Sonny chercha dans les sacs le pot de beurre de cacahuètes, puis s'assit à la table pour préparer un sandwich à l'enfant. Elle proposa à Stern de déjeuner, mais il avait déjà mangé en route. Lorsqu'on la regardait se mouvoir, on percevait le poids de ses multiples responsabilités : avocate, maîtresse de maison, voyageuse de week-end, femme enceinte. La scène avec son mari — sanglante, apparemment — l'avait vidée. Son corps paraissait s'être contracté autour de son abdomen ; elle se déplaçait pesamment, bien solide sur ses pieds, sans grâce. Dans la lourdeur de l'air estival, elle avait les joues roses et la chaleur semblait rayonner de son joli visage épanoui. Elle portait un short et un chemisier sans manches. Par moments, elle soulevait ses cheveux pour s'aérer.

Sam, rappelé à table, s'empara du sandwich sans s'être lavé les mains. Il resta muet en présence d'un étranger, ne brisant le silence que pour demander à Sonny :

— Tu l'as fait ?

— Ou-oui, répondit-elle, comme si elle cédait à quelque chose.

Sam adorait les bains chauds, expliqua-t-elle alors à Stern. Tandis que l'enfant mangeait, Stern posa quelques questions sur cette maison. Est-ce qu'ils venaient souvent ici ? Il apprit que la propriété, y compris le champ de fraises, avait appartenu à la famille de Charlie, des gens fortunés qui aimaient s'y retirer durant l'été. Lorsqu'ils s'étaient installés à Palm Springs, Charlie n'avait rien voulu d'autre, une cahute qui avait abrité des immigrants, avant que son père ne la transformât en retraite de vacances. Charlie, précisa-t-elle, avait gardé les idées des années 60 ; il estimait que posséder des choses n'était qu'une source d'emmerdements.

— Il existe une sorte de tradition. Quand les Brace ont vendu les terres, tout le monde s'est entendu pour que la famille continue à venir faire la récolte des champs qu'ils avaient plantés pour leur consommation personnelle. Vous pouvez être le Charlie honoraire pour aujourd'hui... Je suis sûre que ce sera une amélioration, ajouta-t-elle avec un ton très sarcastique qu'il ne lui avait jamais connu.

Elle débarrassa l'assiette de Sam et sortit de dessous l'évier un certain nombre de seaux en plastique. Sam en attrapa un immédiatement et la supplia de se dépêcher, mais elle prit le temps de nouer un foulard autour de son front. Elle tendit un seau à Stern, puis elle s'empara d'un chapeau de paille sur une étagère et le lui planta sans cérémonie sur la tête.

— Vous en aurez besoin à cause du soleil, dit-elle.

— Dois-je me regarder dans une glace ?

— C'est magnifique, assura-t-elle. Faites-moi confiance.

Elle leva à nouveau la main pour en incliner un peu le bord et lui lança un regard joyeux. L'espace d'une seconde, malgré ses formes lourdes, elle parut aussi séduisante que la meneuse des supporters d'une équipe sportive, le genre de fille qu'un homme attrape pour la faire tournoyer — même si elle n'avait sans doute jamais été ce genre de femme, à aucun moment de son existence. Dieu sait qu'il n'avait jamais été ce genre d'homme, lui non plus ! Puis, derrière Sonny et l'enfant, il sortit de la cabane humide et se retrouva clignant des yeux, dans l'éblouissante lumière de l'été ; son cœur faisait des bonds, avec une espèce de fébrilité juvénile.

Même dans son état, Sonny était plus agile que lui ; le gamin, bien sûr, grimpait comme une chèvre des neiges. Ils disparurent brièvement dans les sous-bois, puis gravirent un sentier escarpé dans le ravin. Stern avait du mal à suivre ; un peu essoufflé, il se retrouva dans le soleil, derrière eux. Après quelques centaines de mètres de hautes herbes, déjà jaunes et desséchées, ils atteignirent un autre chemin de terre, qui tournait, blanc et sec, et longeait les terrains sans limites de la ferme ; les fraisiers aplatis jaillissaient de leurs monticules, en rangs parfaits, avec leurs fruits rouges et lumineux, brillants comme des joyaux. Sam s'empara de la main de Sonny, puis, l'habitude aidant, tendit l'autre, petite et sale, à Stern qui la prit à son tour. *Et voilà,* pensa-t-il, toujours étourdi par la lumière et la chaleur qui l'écrasaient. Il aurait été incapable de se repérer. La maison était quelque part derrière eux, mais il n'avait aucune envie de se retourner. Sans lâcher la main de Sam, il traversa le chemin et pénétra avec eux dans le champ de fraises.

— Quand j'avais vingt ans, dit Sonny, je désirais rencontrer quelqu'un qui soit parfait. Et maintenant que je viens juste de dépasser la quarantaine, j'en viens même à me demander s'il existe quelqu'un de simplement normal en ce monde.

Tout en marchant dans le champ avec Stern, elle continuait à vider son sac, avec de grands gestes, parlant de son mari avec une franchise désarmante — comme toujours. Son couple semblait être de nouveau dans une impasse et elle considérait soudain son époux comme elle l'aurait fait d'un voisin qu'elle aurait épié en cachette, disons depuis une fenêtre ou une terrasse — ne le voyant que comme un individu particulier et impénétrable vivant à proximité.

— Il ne se passionne pour la réalité que dans la mesure où il peut la réduire à une expression littéraire, vous voyez ? (Elle se retourna pour regarder Stern et cligna des yeux dans le soleil. Plus loin, devant eux, Sam courait entre les rangées de fraisiers, en jean et en chaussures de sport, avec son seau jaune qui tressautait à son côté. Sa petite voix leur parvenait parfois au hasard d'un souffle de vent.) Et le but de l'expression, pour lui, c'est de contrôler les choses. Je suis certaine que c'est pour ça qu'il n'est pas venu.

— Comment ça ?

Stern s'efforçait en vain de suivre son raisonnement. C'était surtout à elle-même qu'elle parlait.

— Pure jalousie. Vous pouvez croire une chose pareille ? (Tout en avançant lourdement, elle éclata de rire : cette idée était ridicule, vraiment. Stern sentit son estomac le tirailler brièvement — pour une raison qu'il ne s'expliqua pas.) Je crois que l'idée de vous rencontrer était au-delà de ses possibilités. Vous voyez — mon adversaire, ça sonne tellement professionnel. Il est incapable de concevoir que je puisse avoir une vie en dehors de lui, que je m'intéresse à quelqu'un d'autre que lui. Je ne sais pas comment il vivra avec un bébé.

— Je vous prie de m'excuser. C'est certainement de ma faute. J'ai tellement insisté, dit Stern.

— Oh, non ! c'est de ma faute à moi. A moi. Croyez-moi. Je suis restée debout toute la nuit, à réfléchir à ça pour la milliardième fois. Je pense que c'est à cause de ma mère que je me sens obligée de supporter des personnes instables...

En écoutant Sonny, tiraillée par ses désirs et ses émotions — une Sonny suppliante, assiégée, ironique, furieuse —, Stern fut frappé par l'idée qu'avec Clara il avait bénéficié d'une certaine chance. A son époque, les choses étaient plus claires. Les hommes et les femmes des classes moyennes, n'importe où en Occident, voulaient se marier, avoir des enfants, les élever. Et ainsi de suite. Tout le monde suivait les mêmes ornières de la même route. Mais pour Sonny, qui s'était mariée tard, dans la Nouvelle Ère, tout était une question de choix. Elle se réveillait le matin et repartait à chaque fois de zéro, à se poser des questions sur ses rapports avec les gens, le mariage, les hommes, le compagnon fantasque qu'elle avait choisi — qui, d'après ce qu'elle en disait, était toujours plus ou moins un enfant. Il se souvint de Marta, qui racontait qu'elle se trouverait un homme dès qu'elle aurait compris pourquoi elle en avait besoin.

— Depuis combien de temps vous vous connaissez, vous et votre mari ? demanda Stern.

Il se tenait à quelques pas derrière elle, maladroitement agenouillé pour observer les fraisiers.

Elle lui donna des instructions pour la cueillette. Les fruits trop mûrs, foncés comme du sang, avaient un aspect merveilleux, mais ils ne tiendraient pas.

— Et vous pouvez remonter vos jambes de pantalon. Il n'y a pas de fierté ici, juste beaucoup de poussière et de boue. Qu'est-ce que vous m'avez demandé, déjà ?

Il répéta sa question.

— Nous ne sommes mariés que depuis quelques années, si c'est ça que vous voulez dire, mais je le connais depuis toujours. C'était une relation vouée à l'échec dès le début. J'étais l'étudiante chargée de ses travaux dirigés en première année d'anglais. Les gens, dans le département, ont été scandalisés lorsque j'ai commencé à sortir avec lui. Enfin, pas scandalisés. Ce département n'était choqué par rien. Disons qu'ils ont trouvé que c'était plutôt bizarre.

— Il était en première année ?

— Un étudiant de première année plus âgé que la normale, je dois dire pour ma défense. Il avait déjà fait son service militaire. Mais il était irrésistible. Il était très sombre, très grand, très calme. C'était comme si quelqu'un avait posé une montagne dans ma classe. (Elle secoua la tête, sous le soleil, apparemment submergée par ses souvenirs.) Parlez-moi de romantisme. Comment aurais-je résisté à un homme qui revenait du Viêt-nam avec des poèmes dissimulés dans les poches de ses tenues de camouflage ? *Je voulais* croire que la poésie était capable de changer le monde, mais Charlie, lui, il en était vraiment persuadé. Avez-vous jamais rencontré quelqu'un comme ça ?

— Mon frère, je dirais. Lui aussi il était poète, répondit Stern.

Il venait juste de remonter les jambes de son pantalon, ce qui révéla une bande de chair pâle au-dessus de ses chaussettes de nylon noires. Il devait être encore plus effrayant qu'un épouvantail. Le chapeau de paille qu'elle lui avait prêté, trop large pour lui, reposait de guingois sur ses oreilles.

— C'est vrai ?

— Oh, oui ! un jeune poète. Il écrivait des vers romantiques en un certain nombre de langues. Je crois qu'il était assez doué. Ma sœur a toujours les textes de Jacobo quelque part. J'aimerais bien les relire un jour, mais si je le faisais maintenant, ça me rendrait trop mélancolique.

L'expression tourmentée qu'il ne pouvait éviter, de temps à autre, passa sur son visage — un air fermé, une douleur qu'il assumait.

— Il est mort ? demanda Klonsky.

— Il y a longtemps. Je parle rarement de lui, en fait. Mais c'était un personnage extraordinaire, destiné à un grand avenir. Un jeune homme des plus remarquables. Beau, brillant. Il écrivait des poèmes. Il les disait en public. Prix d'excellence à l'école. Mais c'était aussi un *vrai* filou. C'était un aspect important de son caractère. Toujours dans une sale histoire ou dans une autre. Volant des fruits aux étalages, vous voyez ? Pendant un moment, à seize ans, il s'échappait de la maison la nuit pour aller tenir compagnie à la mère d'un de ses amis.

Sonny émit un petit bruit lascif : *Ooh la la,* et s'exclama :

— On dirait que c'était quelqu'un !

— Ça, c'est vrai. Vrai. C'était l'enfant que tout le monde adorait. Pour moi, bien sûr, c'était un terrible poids, puisque j'étais le cadet.

En tant qu'aîné des garçons, Jacobo était le centre

naturel de la famille — c'était la primogéniture royale. Beau, extraverti, volontaire, il menait tout le monde par le bout du nez, d'une façon ou d'une autre. Leur mère vivait sous son charme, appréciait chacun de ses exploits, et leur père pas plus que les autres n'était capable de l'affronter. Même lorsqu'il était enfant, Jacobo régissait plus ou moins toute la maisonnée ; ses humeurs et ses passions les gouvernaient, comme la grosse horloge qui trônait dans l'entrée.

A cinquante-six ans, Stern se souvenait encore de la jalousie qu'il éprouvait pour lui. De toute sa vie, il n'avait sans doute connu de fureur comparable au flot d'émotions que lui avait inspirées Jacobo. Lui aussi, il était dominé par son frère, terrorisé — mais animé en outre d'un féroce ressentiment. Jacobo se montrait souvent cruel. Il prenait plaisir à l'admiration d'Alejandro, mais il n'aurait jamais admis un égal dans son royaume. Combien de fois répétèrent-ils la même scène, où Alejandro versait des larmes d'humiliation et de rage, et où Jacobo se moquait un peu de lui avant de condescendre à le consoler ? *Che, pibe.*

— La vie tout entière de la famille, et plus particulièrement celle de ma mère, s'arrêta lorsqu'il mourut, conclut Stern.

Il se redressa en se frottant les genoux. Avec cette chaleur et ce vent, il se sentait distrait et rêveur. Le champ, avec ses buttes de terre irriguées et ses fraisiers émergeant de la paille qui recouvrait les monticules, s'étendait dans toutes les directions, au milieu d'une espèce de brume poussiéreuse. Il n'y avait personne aux alentours, on n'entendait aucune autre voix, excepté celle de Sam. Les seuls bruits étaient les cris des oiseaux et le bourdonnement des avions qui se posaient sur un aérodrome de campagne à une vingtaine de kilomètres de là. *L'Argentine,* songea-t-il brusquement. La cruelle histoire de ce pays, ses cycles fatidiques d'espoir et de répression, lui faisait encore mal, comme si une main broyait en lui un organe vital. Il en était toujours ainsi. Il pensait rarement à tout cela, mais lorsque c'était le cas, ses souvenirs faisaient naître en lui une passion pour les États-Unis aussi fraîche que celle d'un amant. Il avait encore des cousins en Argentine ; la plupart étaient prospères, aujourd'hui, mais ils avaient terriblement souffert, eux aussi. Ils lui écrivaient une fois par an et lui faisaient parvenir de l'argent qu'il investissait pour eux dans des banques.

— Jacobo avait quel âge alors ? demanda Sonny.

— Dix-sept ans et quatre mois.

— C'est horrible. Comment est-ce arrivé ?

— Les tristes conséquences de l'impulsivité de la jeunesse. Il avait rejoint un groupe de sionistes. De jeunes juifs aisés. Au début, ma mère était ravie de le voir avec des camarades aussi impressionnants. Mais lorsqu'elle a enfin réalisé la force des liens que Jacobo avait noués, c'était trop tard pour le sauver. C'était au milieu de la Seconde Guerre mondiale. L'Argentine était censée être neutre, mais elle avait de la sympathie pour l'Axe, et c'était une vérité politique dangereuse à dire. Jacobo décida de partir en Palestine, combattre avec la Haganah[1]. Et impossible de lui faire changer d'avis. Il savait, comme tout le monde, qu'il était destiné à devenir un héros. Ils étaient trente. Nous sommes descendus au port pour les regarder partir et leur bateau donnait vraiment l'impression qu'il allait couler avant d'avoir quitté la rade. Ma mère pleurait. Elle était certaine de ne pas le revoir. Et ce fut le cas, en effet. Les Allemands prétendirent que les Alliés avaient coulé le navire ; les Alliés accusèrent les Alle-

1. Organisation paramilitaire juive, ancêtre de l'armée israélienne. (*N.d.T.*)

mands. Ce fut peut-être une tempête. Nous ne l'avons jamais su.

Ici, au milieu de l'immense champ, à repenser à tout cela et à parler de ce qui était perdu pour toujours et pourtant si important pour lui, il réalisa soudain que sa vie actuelle avait la fragilité d'un château de cartes. En compagnie de Sonny, pour une raison quelconque, sa tristesse était moins violente. Mais c'était comme de laisser ses doigts glisser sur une sculpture — il en sentait toutes les aspérités et il avait à nouveau conscience de son secret le plus caché : Clara disparue, les enfants devenus grands, il se retrouvait sans la moindre alliance fondamentale. Il sentait la lutte désespérée que chaque jour avait représenté, à refaire la même chose que la veille en s'efforçant de ne pas y réfléchir. Ici, loin de la ville et de ses routines, il se retrouvait sous la puissante influence de cette jeune femme franche et chaleureuse. Les images qui lui venaient à l'esprit étaient des choses vigoureuses qui éclosaient dans la chaleur torride du début de l'été, comme s'il émanait d'elle un esprit fertile, semblable à ces odeurs d'humus qu'apportaient de temps en temps les bouffées de vent chaud.

— Charlie n'a pas ce genre, comment dire, de personnalité magnétique, reprit-elle. Il croit à l'importance de l'existence des poètes. Une essence supérieure. Il ne veut pas vivre comme tout le monde. Il est lugubre et silencieux et, si vous posez la question à sa femme, délibérément pénible.

Stern, qui avançait les jambes écartées au-dessus d'une rangée, leva la tête pour lui sourire. Il avait beaucoup progressé depuis l'endroit d'où ils étaient partis, soulevant les feuilles et cueillant les fruits, et Sonny, en cet instant, était derrière lui et elle mangeait tranquillement les fraises qu'elle puisait dans son seau. Cuites par le soleil, elles avaient un parfum extraordinaire et étaient incroyablement sucrées, fondantes et douces sur la langue.

— Ce n'est pas si drôle que ça, poursuivit-elle. Nous avons essayé de vivre ensemble pendant dix ans, et ça n'a jamais marché. Un de nous deux était toujours en train de déménager.

— Mais ça a changé, finalement, si je comprends bien.

— Quand je suis tombée malade, Charlie s'est pointé à l'hôpital avec une brassée de petits bouquets de fleurs, et il m'a suppliée de l'épouser. Suppliée — et je n'avais vraiment pas besoin d'être suppliée à ce point.

Elle avait quelques fraises à la main, et elle franchit la rangée pour les laisser tomber dans le seau de Stern. Elle lui avoua alors que se baisser lui faisait mal aux reins. Son foulard, sur son front, était trempé de sueur. Sam revint vers eux, comme il le faisait de temps à autre, en brandissant un fruit énorme. Ils s'interrompirent une seconde pour vanter cette merveille, puis Sonny reprit son histoire :

— Il s'est montré très convaincant. Et vous savez comment ça se passe — vous êtes en pleine crise, persuadé que vous voyez le cœur des choses. Je me suis dit que j'aimais Charlie et qu'il m'aimait. Le reste n'était que détails. (Elle secoua la tête.) Personne ne nous promet jamais que l'on sera heureux, n'est-ce pas ?

— Non.

— Non..., répéta-t-elle. De toute manière, c'était très compliqué, à ce moment-là.

— J'imagine, fit Stern doucement.

Il estimait que ce Charlie méritait quelque approbation, pour avoir eu le courage de demander la main d'une femme dont la vie était en jeu.

— Oh, ce n'était pas ce que vous croyez, dit Sonny.

(Un soupçon de sourire passa sur ses lèvres.) Il était marié. Je vous l'ai dit : il y avait des détails.

— Hum... (Stern prit un instant pour digérer l'information.) La mère de Sam ?

— Exact. Il l'avait épousée au cours d'une de nos ruptures. Je vous avais prévenu : notre relation a connu des hauts et des bas.

— Eh bien, vous connaissez les proverbes, fit Stern.

— Lesquels ?

— Il y en a beaucoup. Par exemple : « Pas de véritable amour sans épines. »

Sonny haussa les épaules. La chose n'avait pas l'air de la consoler. Elle demanda soudain :

— Et vous, comment avez-vous connu votre femme ?

— Oh, ça... (Il leva la main, prêt à avouer que ce n'était pas racontable, puis il se ravisa, estimant que ç'aurait été, en un mot, malhonnête.) Je travaillais pour le père de Clara. Il m'a loué une partie de ses bureaux. Et une chose en entraînant une autre...

— Et c'était quoi, vos épines à vous ?

— A peu près tout. Vous imaginez les complications, lorsqu'un immigrant sans le sou tombe amoureux de la fille du patron...

— Les parents n'étaient pas d'accord ?

Stern soupira ; il avait encore du mal, même trente ans après, à affronter ce souvenir.

— Et ils ne vous ont jamais accepté ?

— Au contraire. Après mon mariage avec Clara, son père m'a proposé de venir travailler avec lui. Il était assez en vue. J'avais peur de lui, mais j'enviais son succès et j'étais beaucoup trop jeune pour refuser.

— Qu'est-ce qu'il s'est passé, alors ?

— Nous en avons appris pas mal l'un sur l'autre. Mais en fin de compte, nous avons eu un sérieux désaccord.

— Sur quoi ? Je peux demander ?

— Oh, c'est une histoire très embarrassante. (Il se redressa pour lui faire face et arrangea son chapeau sur sa tête. Le bord était renforcé de bandes de paille dont certaines pendaient et venaient lui chatouiller le front lorsqu'il bougeait.) Un jour, mon beau-père m'a appelé dans son bureau et m'a expliqué qu'il voulait que je vole un certain dossier au tribunal du comté. Le divorce d'une cliente importante, vous voyez, dont le mari s'était débrouillé pour déclencher les hostilités le premier. Ça se passait il y a trente ans, et à l'époque, cette demande n'était pas aussi impensable qu'elle le serait aujourd'hui, mais c'était quand même grave.

— Vous voulez rire ! Et votre relation s'est détériorée quand vous avez refusé ?

— Non. Notre relation a souffert lorsque j'ai fait ce qu'il désirait. Parce qu'à partir de ce moment-là, nous en connaissions trop l'un sur l'autre. Il savait combien j'étais lâche, et moi je savais qu'il était corrompu. Je suppose que d'avoir trouvé le courage de faire cette chose-là me convainquit que j'étais capable aussi de me passer d'Henry.

Il lui jeta un coup d'œil. Il n'avait jamais raconté cette histoire à personne, pas même à Clara — ils n'étaient pas mariés depuis assez longtemps, à l'époque, pour qu'il pût se fier totalement à sa loyauté. Sonny s'était assise, le seau entre les genoux, le visage brillant à cause de la chaleur, et elle massait doucement le bas de son dos. Il semblait qu'ils avaient maintenant dépassé le point où il pouvait encore la choquer. S'il s'était mis à se promener tout nu entre les rangs de fraisiers, elle se serait sans doute contentée de hocher la tête et aurait accepté la chose avec le même sourire placide — comme s'il s'était agi d'un échange supplémentaire de révélations intimes.

Il se pencha à nouveau — les plus belles fraises se

trouvaient sous les feuilles, reposant juste sur le lit de paille — mais il était toujours sous le charme de son récit. Pendant un instant, l'image d'Henry, avec ses bretelles et sa pointe de cheveux blancs sur le front, fut aussi nette que s'il ne s'était trouvé qu'à un rang ou deux de lui. Il avait été aussi cynique que d'habitude le jour où il avait formulé cette requête : il l'avait faite en présence de la cliente en question, une femme à l'air maussade, avec des cheveux blonds bien coiffés et un ensemble vert sombre. Stern s'était demandé quel genre de relation pouvait bien avoir Henry avec elle. Il était de notoriété publique qu'Henry n'était pas un homme d'une vertu irréprochable ; mais cette interrogation, comme beaucoup d'autres, était restée sans réponse.

— Oh, ne me regarde pas comme ça ! avait dit Henry. Tout le monde fait ces trucs-là tout le temps. Je refile cent dollars à Griffin McKenna à chaque Noël pour m'assurer que personne ne se tirera avec les dossiers qui concernent la banque, et la moitié de ces foutus documents disparaissent quand même !

Stern lui fit remarquer qu'il fallait signer pour sortir le dossier.

— Parce que tu crois qu'ils vont aller vérifier ta plaque d'identité ? Tu n'as qu'à écrire un nom. Jones. Jablonsky. Pour l'amour du ciel ! Tu fais juste vachement gaffe à ne pas mettre Mittler, et pas Stern non plus, pendant qu'on y est.

Pour une raison quelconque, ces souvenirs semblaient vouloir revenir à la surface depuis quelques jours... Puis il se rappela : John et Dixon. Dans l'ambiance amicale du moment, cette pensée le troubla, et il la refoula immédiatement.

— Il donne l'impression d'avoir été un type pas commode, dit Sonny.

— Oh, ça c'est vrai ! Aucun doute là-dessus. J'ai

rarement rencontré des individus plus durs que lui. Il y a parfois des policiers comme ça. Par certains côtés, on aurait dit qu'il était taillé dans le roc. Résolu. Oui, c'est comme ça qu'il était. *Punkt.*

— Est-ce que Clara l'aimait ?

— Ah, ça c'est une autre histoire ! (Pendant un moment, il s'intéressa de nouveau aux plantes ; cette cueillette, fatigante pour le dos et les cuisses, était pourtant un travail agréable, qui procurait une immédiate récompense. Il trouva une fraise de la taille d'une petite pomme et la lui montra.) Clara éprouvait des sentiments violents à son égard. Elle a pleuré à son chevet, lorsqu'il est mort. Mais en beaucoup d'autres occasions, quand elle était jeune, elle l'a injurié, et probablement en des termes bien plus forts que ceux de la plupart des enfants qui critiquent leurs parents.

— On dirait ma mère et moi, murmura Sonny.

Un vent, des plus bienvenus, se mit alors à souffler, plus bas sur la route, soulevant la poussière, tel un fantôme. Lorsque Stern se tourna à nouveau vers Sonny, elle avait fermé les yeux, et ses deux mains étaient posées sur son ventre rond. Il eut peur qu'elle souffrît, et puis il comprit que c'était plutôt la détermination qui l'étreignait.

— Seigneur, dit-elle. Seigneur, moi je ferai mieux que ça.

Elle ouvrit alors les yeux de nouveau et lui adressa un sourire rayonnant — elle était heureuse d'être ici, d'avoir survécu à tout ce qui lui était arrivé, d'avoir prononcé son vœu et de savoir qu'il le partageait — ce champ qui n'appartenait qu'à eux.

29

Ils quittèrent le champ de fraises vers la fin de l'après-midi. Stern portait les seaux. Le vent avait brusquement tourné, rafraîchi par une masse d'air venue du nord. Lorsqu'ils arrivèrent à la maison, Sonny se laissa tomber lourdement sur une chaise et posa le dos de ses mains sur ses yeux. Stern lui suggéra de s'allonger.

— Ça ne vous dérange pas ? demanda-t-elle. Juste quelques minutes. Ensuite, nous pourrons essayer d'avoir cette fameuse discussion.

— Oui. Sam et moi, on va se débrouiller.

— Vous rincez les fraises. Sam aime ce travail. (Puis, à l'intention du garçon, elle ajouta :) Sam, regarde l'eau du tub. Vérifie que tout marche bien.

L'évier était simplement fixé contre le mur du fond sans la moindre boiserie pour dissimuler la tuyauterie. Sam se percha sur une vieille chaise en bois courbé et il insista pour passer chaque fruit sous le robinet. Lui qui n'avait pas dit un mot à l'arrivée de Stern, il se lançait maintenant dans une suite ininterrompue de commandements exprimés avec le sérieux d'un enfant de cinq ans.

— N'enlève pas le truc vert avant qu'on les mange.

— Je vois.

— Sinon, elles pourrissent.

— Je vois.

— Puis tu les essuies, mais tu fais attention de ne pas les écraser, hein ?

— Certainement pas.

Lorsque les fraises furent empaquetées et rangées au réfrigérateur, Sam proposa à Stern d'aller lui montrer sa grotte dans le ravin. Stern appela Sonny à deux reprises, mais elle ne répondit pas et ils quittèrent donc la maison sans bruit.

La caverne de Sam se trouvait dans le tronc creux d'un vieux chêne. Le garçon s'était construit un petit nid avec des feuilles sèches et des brindilles soigneusement triées, et dans un paquet de cigarettes vide, il avait rangé deux ou trois figurines en plastique, aux visages de gargouilles et aux corps musculeux moulés dans une résine élastique. Sam donna leurs noms à Stern — chacune, apparemment, était un héros important de dessin animé — et il se concentra un bon moment sur la mise en scène de diverses guerres interplanétaires, que Stern surveilla d'un lieu sûr et reposant — la grosse fourche d'un bouleau, à une dizaine de mètres de là. Les cow-boys et les Indiens, les distractions de la petite enfance de Stern, étaient désormais mis à l'index pour des raisons politiques. Les méchants d'aujourd'hui étaient des races extraterrestres et les désintégrateurs laser qui vaporisaient les objets avec un rayon rouge étincelant avaient remplacé les six-coups des westerns. Le jeu cessa brusquement lorsque l'enfant se désintéressa de ses personnages.

— J'ai faim, dit-il.

— Après toutes ces fraises ?

Sam leva les mains et répéta qu'il était affamé.

— Je suis sûr que Sonny préparera le dîner. On va voir si elle est réveillée ?

Dans la maison, pourtant, il n'y avait pas un mouvement. Stern appela Sonny doucement, et Sam joignit sa voix à la sienne, avec plus d'efficacité. Stern le fit taire et, après avoir retenu le garçon, il se glissa seul dans la petite pièce du fond, où elle était allongée, découverte, sur un étroit petit lit pliant, encore rouge à cause de la chaleur, mais profondément endormie. Ses cheveux faisaient une masse sombre sur sa peau, et une jambe de son short était remontée haut sur sa cuisse, révélant un peu du doux poids de sa grossesse. Sonia

Klonsky, sa terrible adversaire, dormait avec l'adorable innocence d'un enfant, ses lèvres roses tendrement entrouvertes. Sans y réfléchir, Stern lui effleura la joue du dos de la main.

Lorsqu'il se retourna, Sam l'observait depuis la porte.

— Je voulais être sûr qu'elle n'était pas malade, s'empressa de murmurer Stern.

Mais il sentait que son cœur battait fort, et il perçut une pointe d'urgence dans sa propre voix. Le garçonnet, toutefois, ne demanda aucune explication supplémentaire.

— J'ai faim, répéta-t-il, avec un air un peu pathétique.

Stern pressa un doigt contre ses lèvres et le fit sortir de la chambre.

— Tu sais comment faire à dîner ? demanda Sam.

— Qu'est-ce que tu aimerais manger, Sam ?

— Des hot dogs et des frites.

— Ça devrait être dans mes cordes.

Ils dévorèrent deux hot dogs chacun. Sam était un enfant volubile, sauf quand il mangeait, une activité qu'il menait à toute vitesse, mais avec une grande concentration. Lorsqu'il eut terminé, il reprit la conversation, et aux questions de Stern, répondit qu'il avait cinq ans et demi, qu'il allait à l'école maternelle de Brementon et qu'il savait lire, même s'il n'était pas censé déjà savoir. C'était un gosse remarquable, d'une intelligence chaleureuse et plein de curiosité. Cette vivacité d'esprit faisait penser à la flamme d'une bougie et il rayonnait physiquement, ce qui, chez un petit être si jeune, équivalait à de la beauté.

Il considéra Stern d'un œil à demi fermé.

— C'est quoi, ton nom, déjà ? fit-il.

— Sandy, fit Stern.

— Sandy, est-ce que je peux aller dans le bain, maintenant que j'ai dîné ?

— Faudra que tu demandes à Sonny, quand elle sera levée.

— Mais j'y vais *toujours*.

— Sam, pas si fort. Tu vas la réveiller.

Comme la lumière baissait, ils jouèrent à la bataille navale. Sam l'impressionna car il saisit toutes les règles, même s'il les traitait à l'occasion avec indifférence. A un moment, alors que Stern venait de repérer un de ses destroyers, il se mit à gommer furieusement son bateau.

— Sam, il me semble que tes navires doivent rester à l'endroit où tu les as dessinés.

— Oui, mais tu sais, j'allais vraiment le mettre ailleurs, répondit l'enfant en montrant sa feuille du doigt.

— Je vois.

— Je te jure que c'est vrai.

— Très bien.

Stern se souvenait que Peter, jusqu'à dix ans, avait refusé de suivre les règles de n'importe quel jeu. Il trichait avec une ruse inquiétante et éclatait en sanglots chaque fois qu'il perdait, en particulier contre son père. Une fois que Sam eut remporté leur combat naval, ils firent quelques parties de Go Fish. Sam était un joueur prudent, mais il ne s'intéressait qu'à faire des suites avec les cartes à figures ; les autres, de l'as au dix, il s'en moquait.

— Je veux aller au tub, répéta-t-il à Stern.

— Lorsque Sonny se réveillera.

Stern venait d'aller vérifier depuis la porte de la chambre qu'elle dormait toujours.

— Mais il faudra que j'aille au lit, à ce moment-là.

— Je vois. Qu'est-ce que tu fais quand tu es dans le bain, Sam ?

— Je regarde les étoiles.

— Peut-être que nous pourrions regarder les étoiles quand même ?

— D'accord.

Et il descendit sur-le-champ de sa chaise, sans plus accorder d'attention à la partie en cours.

Sur la véranda, Stern découvrit deux fauteuils à bascule au bois tout craquelé, et ils s'y installèrent côte à côte. Le changement de direction du vent avait balayé la brume, et le ciel, au-dessus de la campagne, était clair et magnifique. Après la chaleur de la journée, l'air était presque frais. Sam avait lu un certain nombre de livres d'astronomie et, à cinq ans, disait « les cieux ». Il connaissait le nom de quelques constellations et il demanda à Stern de lui indiquer leur emplacement.

— Où est Cassiopée ?

Oh, Seigneur ! pensa Stern. *Cassiopée !* Il n'avait pas passé beaucoup de soirées, dans sa vie, à étudier le ciel nocturne.

— Par là, je crois.

— Ça ?

— Oui.

— Un peu bleu ?

— Oui.

— C'est une planète.

— Ah ? dit Stern.

L'enfant accepta cette lacune sans se plaindre. Stern avait oublié ce genre de choses — que ce n'était ni une concurrence ni une confrontation que cherchait Sam, mais simplement des informations, et si elles n'étaient pas disponibles maintenant, il savait qu'il les aurait par d'autres sources tôt ou tard.

— J'ai froid, dit Sam tout à coup.

— Tu veux ta veste ?

— Je peux m'asseoir sur tes genoux ?

— Bien sûr.

Stern souleva le garçon en le prenant sous les aisselles et celui-ci s'installa immédiatement sur lui, se laissant aller contre sa poitrine et son estomac. *Doux Seigneur... Cette sensation!* Il avait oublié comment c'était. Pouvoir envelopper cette petite vie en devenir. Ses membres fragiles, l'odeur de cire de ses cheveux après sa promenade dans les bois. Il l'entoura de ses bras et le laissa se pelotonner contre lui.

— Est-ce que le soleil est une étoile? s'enquit l'enfant.

— C'est ce qu'on dit.

— Les étoiles sont chaudes ?

— Elles doivent l'être.

— Est-ce qu'on pourrait traverser une étoile avec un avion à réaction, si on allait vraiment vite ?

— Je ne crois pas, Sam. Les étoiles sont assez chaudes pour brûler à peu près n'importe quoi.

— N'importe quoi ? Comme la Terre tout entière ? (Sam avait soudain l'air troublé. Stern se demanda s'il ne lui en disait pas plus qu'il n'aurait dû.) Et si on jetait des millions et des millions de litres d'eau dessus ?

— Ça marcherait certainement.

Sam continuait à l'observer.

— Est-ce que tu n'es pas en train de me raconter des blagues ?

— Des blagues ? Mais non. Est-ce que c'est une blague ?

— Oh, oui ! là tu m'en racontes une, insista l'enfant.

Il appuya son doigt sur l'estomac de Stern, un geste qu'apparemment on avait dû lui faire souvent.

— Eh bien, alors, peut-être un petit peu.

Sam se retourna et s'appuya à nouveau contre sa poitrine.

Est-ce possible ? pensa Stern en proie à une émotion

soudaine. Vraiment possible ? Pouvait-il recommencer et faire mieux dans cette épreuve ? Oh, mais c'était dingue ! Avec le petit garçon qui, d'une certaine manière, se fondait en lui, Stern ferma les yeux dans la vaste obscurité de la campagne et résista au désespoir. Comment, sincèrement, une chose pareille pouvait-elle arriver ? Il voyait de mieux en mieux à quel point ses sentiments étaient immuables, à quel point il était coincé sur le chemin de l'aliénation mentale absolue. Il ne put s'empêcher d'émettre un gémissement.

Au bout d'un moment, Sam se tourna de nouveau vers lui.

— Je peux aller prendre le bain, maintenant ? S'il te plaît. S'il te plaît. S'il te plaît.

— Sam, je ne connais rien aux tubs.

— Moi si. Je te montrerai. C'est facile. (Il se dégagea en se tortillant et courut sur la véranda.) Il est plein et tout.

Stern le rejoignit lentement. Le tub dépassait d'une trentaine de centimètres du sol du porche. Sam avait déjà ôté la toile qui le recouvrait. La température de l'eau n'était pas brûlante — apparemment adaptée à Sam. Après tout, quel danger y avait-il ?

Sam le serra dans ses bras lorsque Stern finit par lui donner son accord et il s'empressa de se débarrasser de ses vêtements. Tout nu, il trempa un orteil dans l'eau.

— Allez, viens, dit-il.

— Pardon ?

— Viens. Enlève tes habits.

— Merci, Sam, mais je n'ai pas envie de prendre un bain.

Le garçon en resta bouche bée.

— C'est obligé. Sonny dit que je n'ai pas le droit d'y aller sans un grand. J'ai que cinq ans, tu sais.

— Oui, dit Stern.

Il resta immobile un moment, à fixer la lune qui se

levait derrière les petites branches des arbres du ravin. Il ne contrôlait pratiquement plus rien depuis un certain temps déjà. Dans l'obscurité, il enleva ses chaussures d'un brusque mouvement de pieds et défit sa ceinture.

Comme la vie le lui avait démontré à maintes reprises, il y avait généralement quelque chose à découvrir dans les plaisirs des autres. Si suspect qu'il pût être, le bain chaud était enchanteur. De petites volutes vaporeuses s'élevaient dans la clarté lunaire, et l'air nocturne était aussi doux qu'une respiration. Stern avait l'impression que son corps volumineux était plus léger, immergé dans le noir. Il s'assit sur un banc installé à l'intérieur du tub et Sam s'accroupit à ses côtés, de manière à garder le menton juste hors de l'eau.

— Quand est-ce que Sonny va se lever ? demanda-t-il.

— Bientôt, Sam. Elle devait être très fatiguée.

— Elle va avoir un bébé, dit Sam.

C'était la première fois qu'il abordait ce sujet.

— C'est ce que j'ai compris, fit Stern.

— Elle est malade ?

— Non, répondit Stern.

— Tu as dit qu'elle était malade.

— Non. J'ai dit que je voulais m'assurer qu'elle ne l'était pas.

Que raconterait-il à son père de ce qu'il avait vu ? Ou à Sonny, d'ailleurs ? Mais pour le moment, ce problème, comme beaucoup d'autres, paraissait lointain.

— Tu vas au travail de Sonny ?

— D'une certaine manière.

— Des fois, quand quelqu'un fait quelque chose de mal, les gentils doivent lui dire qu'il a fait quelque chose de mal, hein ?

Stern pensa un instant évoquer les droits de la

défense mais, en fin de compte, il se contenta de répondre :

— Oui.

Sam se dressa soudain d'un bond, luisant comme un poisson dans la lumière lunaire. Il se pencha par-dessus le bord du tub.

— Oh-oh, murmura-t-il.

— Qu'est-ce qu'il y a ?

Stern craignit un instant que le tub ne fût en train de fuir.

— Pas de serviettes, dit l'enfant.

Ensemble, ils grommelèrent dans la nuit.

Ce fut Stern qui, après un bref désaccord entre eux, fut désigné pour retourner en chercher à la maison. Vêtu seulement de son caleçon, il s'aperçut dans le miroir accroché derrière la porte de la salle de bains que ses fesses étaient toutes mouillées. Il entendit Sonny, pas très loin, grogner légèrement dans son sommeil.

Sam fut emmailloté dans la serviette et séché, puis Stern lui enfila son pyjama. Avant de dormir, le garçon lui demanda de lui lire une histoire. Dans son sac à dos, Stern trouva un illustré qui racontait une longue bataille entre deux héros d'un feuilleton télévisé, une brute blonde et une créature encapuchonnée qui ressemblait à un squelette. Ils étaient habillés de costumes médiévaux, mais ils se trouvaient dans l'espace, dans un lointain futur, et ils échangeaient des menaces. Le blond triomphait ; cela, au moins, n'avait pas changé.

Sam s'allongea dans son lit, puis il se redressa de nouveau, plein de cette curiosité familière qui se manifeste toujours chez les enfants au moment du coucher.

— Sandy, dit-il, est-ce que le bien gagne toujours ?

— Pardon ?

— Est-ce que le bien gagne toujours ?

Stern ne savait pas si cette question avait un rapport avec l'histoire ou avec leur conversation précédente. Il faillit lui demander à quoi il faisait allusion, mais il se retint, pensant qu'il n'était pas convenable de se montrer évasif avec un enfant de cinq ans. Marta avait l'habitude des questions de ce genre. Peter aussi, probablement, mais dans ce cas, il ne s'était jamais adressé qu'à sa mère.

— Non, répondit Stern enfin. Pas toujours.

— Mais à la télé, il gagne toujours, assura Sam, en partie pour le contredire.

— Eh bien, disons alors qu'il devrait gagner. Et c'est ce que te montre la télé.

— Et pourquoi il ne gagne pas ?

— Il ne perd pas toujours. Il gagne souvent. Mais pas à chaque fois.

— Pourquoi pas ?

— C'est que, parfois, l'autre camp est plus fort. Parfois, les deux camps sont composés de bons, en partie. (*Et parfois, ni l'un ni l'autre,* songea Stern. Il ne pouvait s'empêcher de penser à Dixon, tout à coup. Il regarda le garçon.) Sam, qui est-ce qui te parle de tout ça, le bien qui gagne ?

— C'est à la télé, répondit Sam en toute innocence. (Il ne réalisait pas qu'il était engagé dans une abstraction.) Combien de fois il gagne, le bien ? Beaucoup ?

— Oui, beaucoup.

Il avait voulu répondre : « Aussi souvent qu'il perd », mais il sentait que ce n'était pas approprié — et peut-être même incorrect. Il n'y avait aucune place pour l'honnêteté brutale, avec un enfant. Tout le monde le savait. C'était considéré, en Occident, comme une loi de la nature. Ainsi élevons-nous nos gosses dans l'amour et le confort pour un avenir qu'ils ne peuvent que trouver décevant. Il dit à Sam qu'il était temps de dormir et ajouta :

— Merci de m'avoir tenu compagnie, Sam.

— Sûr. (Il s'allongea et rebondit aussitôt.) Attends une seconde !

Il sauta du lit, fouilla un instant dans son sac et revint avec un petit ours en peluche et un morceau de couverture jaune. Au passage, il embrassa Stern aussi naturellement que s'il le faisait depuis toujours, puis il se coucha, et, sous les yeux de Stern, s'endormit instantanément.

Un enfant qui dormait, une femme qui dormait, et Alejandro Stern seul possesseur éveillé d'une maison silencieuse...

Il n'avait pas éprouvé ce plaisir particulier depuis de nombreuses années. Assis à la table improvisée, il mangea un bol de fraises en écoutant la respiration rauque de Sam et, de temps en temps, comme un écho lointain, Sonny qui émettait un petit sanglot proche du soupir. Oh, il faisait semblant. Il le savait. Rien de lui-même ne lui était vraiment étranger. Mais il se plaisait trop, ici, pour partir. Il sortit à nouveau se promener sur la véranda. Son sous-vêtement mouillé commençait à l'irriter et, après une brève réflexion, il retourna à l'intérieur récupérer sa serviette, ôta son caleçon, qu'il suspendit à la branche d'un arbre, dans l'espoir que le vent le sécherait avant le long trajet de retour qui l'attendait. Et puis il reprit sa place dans le tub. La lune, à présent, était complètement levée au-dessus du ravin, pleine d'artifices et de magie. Tous ses ennuis l'attendaient en ville, à la lumière du plein soleil. Mais pour l'instant, tandis qu'il contemplait les volutes de vapeur dégagées par l'eau chaude, il était libre.

Quelques minutes plus tard, il entendit claquer la contre-porte de l'entrée.

— Ah, vous êtes là !

La voix de Sonny, dans la nuit, lui parvint de quelque part derrière lui ; il se tourna dans une direction, puis dans une autre, sans parvenir à apercevoir la jeune femme.

— J'ai cru que vous étiez parti, poursuivit-elle. Et puis j'ai vu votre voiture. J'ai dormi longtemps ?

— A peu près cinq heures.

— Oh, Seigneur ! (Il la repéra enfin. Elle se tenait au coin du porche, à une certaine distance, par discrétion, sans doute.) Je suis vraiment désolée. Qu'est-ce que vous avez fait avec Sam pendant tout ce temps ? Vous lui avez donné quelque chose à manger ?

Stern lui raconta leur soirée.

— C'est un petit gars splendide, assura-t-il. Aussi brillant qu'un feu d'artifice.

— Le vrai fils de son père.

— Sans aucun doute.

— Je n'ai pas beaucoup d'estime pour Rebecca, sa mère. Mais elle a fait des trucs super, avec Sam. Je ne comprends pas bien, d'ailleurs. Il semble qu'on ne puisse jamais prédire lequel des deux parents sera le bon. Ça m'effraie.

— Vous vous débrouillerez très bien, Sonny, j'en suis sûr.

Elle s'était peu à peu rapprochée. Elle se trouvait à présent à quelques pas du tub ; finalement, elle vint jusqu'au bord. Elle se baissa légèrement, et sa main s'attarda dans l'eau sombre.

— Dieu que c'est bon. Sam vous a expliqué comment ça marchait ?

— Il a beaucoup insisté pour entrer là-dedans.

— Nous faisons le maximum pour l'y encourager. Il

ne semble pas avoir encore réalisé que c'est la même eau que dans la baignoire.

— Il a attendu d'avoir mon autorisation pour m'informer qu'il fallait absolument que je vienne avec lui. Mais je dois avouer que c'est très agréable. Une fois qu'il a été au lit, je n'ai pas pu m'empêcher de ne pas profiter de nouveau de l'occasion. Et me voilà, un samedi soir, dans les bois. Le ciel est clair et la lune est pleine. La solitude est magnifique.

Elle pencha la tête pour regarder les étoiles, comme Stern. Elle resta silencieuse une seconde, puis demanda à brûle-pourpoint :

— Vous allez mourir si j'entre là-dedans ?

Une émotion glacée, de la pure terreur, le traversa comme un carreau d'arbalète. Il secoua la tête avant de retrouver l'usage de la parole.

— Non, non, dit-il.

— Parce que vous voyez, je veux dire, les gens réagissent différemment. Vous avez tout à fait le droit de répondre que c'est trop embarrassant.

— Non, non..., répéta Stern, qui n'était pas certain d'être capable d'articuler autre chose.

Lorsqu'elle commença à faire glisser son chemisier, Stern détourna les yeux et se concentra sur le frémissement des branches sombres, dans le vent. Mais même cet effort de discrétion ne fut pas totalement couronné de succès. Dans la moitié ouverte de la fenêtre de la maison, il découvrit un reflet très net, et, se retournant, il eut, contre sa volonté, un bref aperçu de sa silhouette, léchée par le rayonnement bleuté de la lune. Ce n'était rien de plus que le haut de son torse lorsqu'elle se glissa dans le bain, le doux renflement de l'autre vie, les formes asymétriques de sa poitrine, où la subtile lueur bleue s'accrochait au satiné de son flanc gauche balafré, où les côtes apparentes ressemblaient un peu à des touches de piano ; comme toutes les choses humaines, cette vue était bien plus supportable qu'il ne l'avait imaginé. Elle s'installa dans l'eau et détacha ses cheveux.

— Ah, c'est génial !

— J'ai eu peur que vous n'ayez eu une insolation.

— Non, j'étais juste fatiguée. (Elle tendit la main et la posa un instant sur l'avant-bras de Stern. Elle ajouta :) C'était agréable, là-bas.

— Oui.

— Je suis contente que nous soyons devenus amis.

— Moi aussi.

Ces paroles venaient de Sonny tranquillement ; elle parlait avec son cœur comme si c'était normal. Et pendant ce temps, pour lui, tout était embrouillé. Il sentait, comme cela s'était déjà produit souvent dans sa vie, que ce moment important, plein d'une intense émotion, d'un sentiment profond, lui échappait, oui ; il n'était pas seulement hors de contrôle, mais totalement hors d'atteinte. Il ne pourrait jamais cesser d'être lui-même.

— Puis-je vous raconter une histoire qui vous gênera ? demanda-t-elle soudain.

— Si vous croyez que je la supporterai.

— Je pense que oui. (Elle considéra l'obscurité.) Quand j'étais à la fac de droit, je suis venue vous écouter au tribunal. Quand vous défendiez le juge Sabich. J'étais là tous les jours. C'était comme de la prestidigitation. Vous voyez — aucune importance de savoir si les balles disparaissent pour de vrai parce que c'est vraiment magique que le talent d'un être humain puisse en donner l'impression ? Voilà ce que j'ai ressenti alors. Qu'il soit coupable ou innocent ne m'intéressait pas. Je voulais juste être capable de faire ce que vous faisiez. Que pensez-vous de ça ?

— Je pense que c'est très gentil de votre part de me le dire. (Elle lui jeta un coup d'œil. Il voyait bien qu'elle ne comprenait pas ; il se tassa un peu dans le tub.) J'éprouve quelques difficultés, ces temps-ci, à considérer que ma vie professionnelle puisse être un exemple pour quiconque. Vu ce qu'elle a coûté.

— Vous parlez de votre femme ?

Il grogna.

— Hum..., fit Sonny. (Elle se tut un instant, puis :) Qu'est-ce que vous auriez pu faire ?

— Être plus attentif.

Elle ne parut pas désireuse de répondre à cela, et il craignit immédiatement qu'elle s'imaginât que là, il s'abandonnait à la morosité, ou pire : qu'il s'apitoyait sur lui-même. Pendant une seconde, elle disparut sous la surface, et elle en ressortit toute brillante, éclaboussant de l'eau et de la lumière, en soufflant et en se lissant les cheveux.

— Vous savez ce que je pense ? demanda-t-elle.

— Quoi ?

— Qu'on ne peut être que ce qu'on est. (Elle essora ses cheveux. *C'est la pensée de la nuit ?* se dit Stern.) Je me répète ça un millier de fois par jour. Tout le monde est paumé. Et il se passe des choses qui vous rendent encore plus paumé. Vous chopez le cancer. Ou quelqu'un meurt. Mais vous faites de votre mieux. Je donnerais n'importe quoi pour devenir un avocat aussi bon que vous l'êtes, pour penser que j'ai fait quelque chose d'important aussi bien. Je veux dire, regardez ce que vous avez réussi.

— Je regarde et j'ai le sentiment que ça aurait pu être mieux.

— Alors essayez la prochaine fois.

— Dans ma prochaine vie ?

— Dans la prochaine partie de celle-ci.

C'était, il s'en rendit compte, la seule réponse possible, la seule réponse sensée. Et cela aussi semblait être un thème qui se répétait.

— Et n'oubliez pas, ajouta-t-elle, que vous êtes un exemple pour des gens comme moi.

— Vous me flattez.

— Je suis sérieuse.

Il la regarda. Elle avait posé son bras sur le rebord du tub, et il le toucha, très vite, exactement comme elle l'avait fait, un peu plus tôt. Puis il poursuivit :

— Apparemment, pourtant, je n'ai pas été assez exemplaire, attendu que vous avez choisi le mauvais côté.

Elle se recula, comme il s'y attendait.

— C'est de l'humour ? dit-elle.

— Bien sûr.

— Oh ! (Elle sourit, pour faire oublier qu'elle avait été blessée.) J'ai toujours pensé devenir avocate de la défense. Mais les procureurs ont tellement plus de pouvoir. Pour faire de bonnes choses, vous voyez — pas seulement des mauvaises.

— Bien sûr, répéta-t-il. J'admire la droiture des procureurs.

— Mais vous ne songeriez pas à occuper ce genre de poste ?

— J'y ai réfléchi. Mais mon point de vue — purement personnel, j'insiste — c'est que je risquerais de causer simplement davantage de tort à ce qui est déjà écrasé et broyé. Comprenez-moi, je crois sincèrement que votre travail doit être fait — mais je préfère que ce ne soit pas par moi.

— L'histoire est vraie, alors ?

— Quelle histoire ?

— Que vous avez décliné l'offre d'être procureur des États-Unis, avant qu'ils donnent la place à Stan.

Il attendit un instant, perdu dans ses réflexions.

— Cette vieille rumeur recommence donc à circuler ? dit-il enfin.

Elle se rendit compte qu'il noyait le poisson.

— Figurez-vous que si je vous le demande, ce n'est pas pour m'amuser à le répéter à quelqu'un. (Elle et sa terrible fierté ! Il vit qu'il l'avait offensée.) J'ai une raison de vouloir le savoir.

Il lui raconta donc en quelques phrases sa rencontre avec l'adjoint du sénateur.

— Personne ne m'avait prévenu que c'était moi qu'on avait choisi en premier. Je n'avais aucune idée de la personne qu'ils auraient engagée, même si j'avais accepté.

— Vous savez bien que ç'aurait été vous, dit-elle. Et Stan aussi le sait. Je pense que ça le travaille. Que ça le travaille beaucoup, ajouta-t-elle.

En son for intérieur, Stern avait longtemps pensé la même chose. Elle eut l'air songeuse un instant, puis elle replongea sous l'eau.

— Je sors, dit-elle lorsqu'elle revint à la surface. Mon gynéco n'aime pas que je traîne là-dedans plus de dix minutes.

Stern se retourna donc pour contempler la lune et l'obscurité.

— Quand vous serez prêt, dit-elle derrière lui, nous pourrons avoir cette conversation.

Il l'entendit s'éloigner et, après s'être interdit de le faire, il regarda dans sa direction pour la voir partir, avec ses vêtements en tas serrés contre sa poitrine, ses cheveux dégoulinants, et le bas de son corps, élargi par sa grossesse, pourtant encore agréable à regarder, humide et brillant.

Il attendit une minute et se leva à son tour. Il était sur le bord du tub, dans toute sa glorieuse nudité, lorsque Sonny se pencha par la fenêtre avec une autre serviette.

— Dommage que vous ne puissiez pas voir votre expression, dit-elle en accrochant la serviette au châssis de la fenêtre.

Il l'entendit rire à l'intérieur de la maison.

Lorsqu'il entra, elle avait enfilé un peignoir blanc en éponge et était en train de se coiffer devant la table. Sans maquillage et à peine vêtue, elle restait elle-même, puissante et jolie, confiante en sa seule beauté. Elle s'approcha alors du lit pour transporter Sam dans la chambre d'à côté, mais Stern insista pour s'en occuper et, suivant ses instructions, il porta le petit corps tiède jusqu'au lit pliant de la pièce voisine. Plongé dans son profond sommeil d'enfant, Sam restait loin, très loin.

— Des fraises ? Du fromage blanc ? (Sonny mangeait. La nourriture était sur la table. Stern refusa son offre.) Bon, alors, comment on procède ? Vous me dites ce que vous savez, et je vous dis si vous vous trompez ? C'est ça, notre marché ?

— Sonny, je me suis peut-être montré trop insistant. Si...

— Non, assura-t-elle en attrapant une fraise. Sennett est en train de vous entuber. Je n'avais pas encore compris pourquoi avant. Votre client mérite un meilleur traitement. Mais je ne peux pas faire grand-chose.

— Je comprends.

— Très bien. Feu.

Il se trouvait à une frontière qu'il préférait ne pas franchir. Pourtant, il poursuivit, simplement parce qu'il lui était reconnaissant pour sa compagnie, pour leur conversation, parce qu'il était prêt à saisir n'importe quel prétexte pour ne pas partir tout de suite.

Il commença par les éléments de base, les ordres importants, les deux Bourses, les erreurs volontaires d'opérations. Lorsqu'il mentionna l'utilisation du compte des pertes et profits de la société, elle se recula un peu avec un sourire étonné.

— Hé, comment avez-vous mis le doigt là-dessus ?

Sennett était sûr que vous n'y arriveriez jamais. (Le voyant hésiter, elle agita la main. Pas d'importance.) Continuez.

— Le gouvernement peut-il prouver, pendant qu'on y est, que les prix du marché ont été affectés par une seule de ces opérations, ou que quelqu'un a été lésé d'une quelconque manière par ces pratiques ?

Cela faisait un moment déjà qu'il pensait à ce point précis. Car après la mise en accusation, une demande de non-lieu serait déposée, qui s'appuierait sur cette argumentation : le gouvernement ne pouvait pas prouver qu'un crime avait été commis.

— Nous avons vérifié la jurisprudence, répondit Sonny. Il y a un délit, en la matière. Si vous tirez profit des informations des clients, vous leur prenez quelque chose, d'une façon ou d'une autre. Que pensez-vous que ces clients diront ?

Stern leva les mains, sans s'engager. Dans l'abstrait, il était sans doute d'accord avec elle. Et il était encore plus certain qu'un juge le serait.

— Continuez, répéta-t-elle.

Il décrivit comment les profits successifs, après diverses manipulations, étaient investis sur le compte Wunderkind — où, avec le temps, ils étaient perdus, tous.

— Et vous soupçonnez Dixon de contrôler ce compte, ajouta-t-il.

— Poursuivez.

Elle n'avait pas fait d'autres commentaires lorsqu'il lui avait expliqué quelle preuve ils pouvaient avoir, selon lui.

— Je suis sûr que le gouvernement sera capable d'expliquer, dit-il sèchement, pourquoi quelqu'un volerait six cent mille dollars juste pour le plaisir de les perdre.

— Cela ne fait pas partie du délit en question.

Elle voulait dire par là que le gouvernement pouvait prouver le crime sans avoir besoin de résoudre ce mystère. Le fait que l'argent eût été perdu pouvait même ne pas être mentionné du tout.

— Ça n'en reste pas moins vrai, dit Stern.

— Continuez.

Elle était devenue grave et sérieuse, et, à l'évidence, elle n'avait nulle envie de polémiquer.

— En ce moment, vous semblez dépenser beaucoup d'énergie à chercher le document indiquant qui a ouvert le compte Wunderkind. Sans lui, bien sûr, vous n'aurez aucun moyen de relier Dixon à ce compte, aux profits, aux opérations en amont des ordres.

Pour la première fois, elle resta parfaitement silencieuse. Stern attendit, jusqu'au moment où il comprit qu'on l'informait ainsi qu'il avait manqué une étape.

— C'est là qu'intervient John ? demanda-t-il.

— Je ne sais pas quelle est sa place, Sandy. Honnêtement.

Cela correspondait à ce que lui avait dit Tooley. Mel n'avait affaire qu'à Sennett. Stern se demanda ce que cela signifiait : John se révélait-il extraordinairement coopératif — ou plus difficile que ce qu'ils s'étaient imaginé ? Ou peut-être que Sennett, comme à son habitude, se montrait simplement tyrannique et secret, même avec sa propre équipe ? Pourtant, même si John se souvenait très bien d'un Dixon ordonnant toutes ces opérations illicites, le gouvernement aurait besoin d'avoir la preuve qu'il contrôlait bien le compte Wunderkind, par où les bénéfices étaient brièvement passés. Sans cela, les procureurs auraient du mal à établir que Dixon n'avait pas agi en toute innocence, voire sur l'ordre de quelqu'un d'autre. Stern exprima cette pensée à haute voix :

— Mais il n'empêche que vous avez toujours besoin des formulaires signés pour établir un lien entre Dixon et le compte Wunderkind...

Là encore, elle ne répondit rien.

— Je me trompe ? insista Stern.

Sonny tendit la main vers le bol et mangea une autre fraise, tandis qu'il essayait de se concentrer. D'habitude, c'était sa force — la capacité de saisir les nuances des éléments à charge. Mais il avait raté quelque chose d'important. Il resta silencieux.

— L'année dernière, dit Sonny au bout d'un moment, quand j'ai commencé dans ce bureau, j'ai travaillé sur pas mal d'affaires de drogue.

— Ah oui ?

Il ne voyait absolument pas où elle voulait en venir.

— Vous savez comment se déroulent ces affaires. Les gens du DEA[1] repèrent une activité suspecte. Ils ont un informateur. Ils obtiennent un mandat, enfoncent la porte d'une planque, trouvent dix kilos de cocaïne — et personne dans les environs. Alors, ils viennent voir ce pauvre adjoint du procureur des États-Unis pour obtenir des assignations pour le grand jury afin de découvrir à qui appartiennent la maison et la dope.

— Oui, dit-il encore.

— Et quand vous mettez la main sur le titre de propriété ou sur le bail de l'appartement en question, ou tout ce que vous voulez, ça ne sert à rien. C'est toujours une petite vieille du North End, avec des moustaches et une bande de chats... Mais nous prouvons quand même que c'est leur maison.

Stern acquiesça d'un signe de tête. Il connaissait bien les techniques du gouvernement. Ses fonctionnaires rendaient visite aux compagnies de gaz, d'élec-

1. Le Service de la répression des drogues. (*N.d.T.*)

tricité, de téléphone et trouvaient grâce à elles qui payait les factures. Dans une affaire dont s'était occupé Jamie Kemp avant de partir pour New York, le gouvernement avait trouvé qui contrôlait les lieux en démontrant que l'accusé avait acheté les poubelles placées dans l'allée... Stern supposa que Klonsky venait de lui fournir un indice important, mais pendant un moment il ne vit pas lequel.

— Le découvert ! s'exclama-t-il soudain.

Elle sourit.

— C'est Dixon qui a comblé le trou d'un quart de million de dollars du compte Wunderkind, lui dit-il.

— Continuez.

— C'est pour ça que vous avez demandé par assignation à consulter ses dossiers bancaires. Pour trouver le chèque qu'il a signé afin de couvrir ce débit. En réalité, vous ne vous êtes jamais intéressée aux fonds qu'il y a déposés.

— Continuez, dit Sonny.

— Et vous avez le chèque ?

— Continuez, répéta Sonny.

Il attendit. Apparemment, Dixon s'était trompé lui aussi sur les motifs des recherches à la banque. Tout en protégeant son informateur, le gouvernement, avec ses diverses assignations, avait donné l'impression — et il avait été convaincant — qu'il était davantage intéressé par l'argent reçu par Dixon que par celui qu'il avait versé.

— Mais alors, pourquoi les documents d'ouverture de compte semblent-ils si importants pour vous ?

Bien sûr, elle n'allait pas répondre à cette question. Stern se tut à nouveau. Et si Dixon avait piqué ces papiers ? Pourquoi, alors, le gouvernement se serait-il lancé dans une recherche aussi acharnée d'un élément qu'il estimait superflu ?

Ou alors, les procureurs savaient par avance que

Dixon s'était débarrassé de ces documents. Bien sûr ! Une fois de plus, leur informateur les avait conduits directement au bon endroit ! Les procureurs — Sennett, du moins — n'avaient jamais cru que Margy pourrait fournir le dossier Wunderkind. C'était la raison pour laquelle Sonny était encore de bonne humeur après son entretien avec Sennett, l'autre jour — elle avait appris ce qu'il espérait depuis le début, que l'accusation allait finir avec ce qu'elle pouvait espérer de mieux dans tous les domaines ; la preuve que Dixon contrôlait ce fameux compte et celle qu'il cherchait à dissimuler ce fait. Avec ce genre de démonstration — on appelait ça une « preuve d'intention » —, le gouvernement pouvait démolir les conjectures les plus habiles que la défense essaierait au procès pour suggérer l'innocence ou la quasi-folie de la conduite de Dixon. Une fois l'accusation capable d'établir que Dixon tentait de dissimuler ses traces, il ne servirait pas à grand-chose d'argumenter sur l'idée qu'il avait de ses propres activités. John, à ce stade de l'affaire, restait bien le seul espoir de Dixon — et un espoir plutôt faible, en plus. Si sa mémoire lui jouait des tours en ce qui concernait un aspect essentiel de toute l'histoire — qui lui avait demandé de passer ces ordres erronés ? —, la défense aurait peut-être un espace minuscule où effectuer une pirouette maligne. Mais c'était peu probable, pourtant. A présent, l'accusation possédait les preuves essentielles. Les murs se resserraient autour de Dixon, comme sur le personnage de la nouvelle d'Edgar Poe ; et la lumière déclinait. En ces lieux, pourtant, sous la formidable emprise de la présence de cette jeune femme, le poids de ces nouveaux faits ne semblait pas réellement peser sur Stern.

— Vous avez vraiment de l'affection pour lui, n'est-ce pas ? demanda Sonny, après l'avoir observé un moment.

— Je me fais beaucoup de souci pour ma sœur. Quant

à mes sentiments pour Dixon, ils tiennent peut-être simplement à la force de l'habitude. N'empêche que je suis très triste d'apprendre ça.

— Ça reste entre nous, dit Sonny. Stan me tordrait le cou.

— Vous ne m'avez rien dit. (Il fit un signe de croix sur son cœur, une habitude d'écolier qu'il avait prise en Argentine, à une époque où ses amis non juifs exigeaient ce geste, sans jamais comprendre sa répugnance.) Je ne parlerai de ça à personne. Aucune allusion. Juré.

Il la regarda par-dessus la table. Il avait épuisé les excuses qui le retenaient ici. Il se leva donc en se battant les flancs.

Sonny bâilla.

— Croyez-le ou pas, mais je pense que je vais retourner dormir.

Elle l'obligea à emporter un énorme sac de fraises. Comme ils approchaient de la porte, il lui fit promettre de dire au revoir à Sam de sa part. Puis elle l'agrippa pour une rapide étreinte amicale, se rapprochant suffisamment pour cogner son ventre ferme contre lui et effleurer sa joue de ses cheveux mouillés. Les bras de Stern furent trop lents, et elle s'était déjà écartée lorsqu'ils se refermèrent. Une brève douleur — le sentiment d'avoir perdu quelque chose — naquit en lui, puis s'estompa.

— Ça a été très gentil à vous de me recevoir, dit-il, une fois la porte franchie.

— Nous recommencerons, répondit-elle.

Comme il gravissait péniblement l'escalier menant au parking, sa voix, pleine d'ironie sur elle-même, l'atteignit dans l'obscurité. Elle venait de penser à quelque chose.

— Si je suis toujours mariée avec Charlie, bien sûr.

30

Il arriva chez lui vers une heure du matin, après avoir parcouru de sombres petites routes de campagne, puis la nationale, comme aspiré à travers la nuit par le double faisceau de ses phares et les puissants courants de ses pensées. Il avait réglé sa radio sur le brouhaha d'un match des Trappers, mais au bout d'un moment, il éteignit le poste et roula dans un silence absolu, totalement dominé par les sensations de cette journée — la chaleur et les odeurs du champ de fraises, l'ondulation de l'eau quand Sonny s'y était laissée glisser si doucement. Par instants, bien sûr, il réfléchissait à Dixon. Ils allaient devoir envisager sérieusement des solutions de rechange. Pendant quelques minutes, il y travailla mentalement, retournant tout cela dans sa tête, mais sans découvrir la moindre échappatoire rapide. Il pensa alors, tout naturellement, à sa sœur. Silvia souffrirait. En proie à de violentes émotions, dans l'obscurité de la voiture, il endura à nouveau cette vieille douleur.

Une fois chez lui, il se laissa tomber lourdement sur le vieux fauteuil de ferme qui trônait dans l'entrée, ses grosses jambes repliées devant lui. Le sac de fraises, sur ses genoux, était humide car les fruits avaient un peu coulé. A l'autre bout du vestibule, il aperçut une partie de son reflet dans le miroir de la coiffeuse et il se rendit compte du ridicule de son apparence : il était resté plus d'une heure dans ce tub sans laisser une seule goutte d'eau mouiller sa tête. Ses petites mèches, de chaque côté de son crâne, desséchées par le soleil, se dressaient maintenant comme des ailes de chérubin, et deux ou trois coulées de sueur couraient de la racine de ses cheveux jusqu'à ses joues. Lorsqu'il passait sa langue sur ses lèvres, il sentait encore le sel accumulé dans le creux sous son nez.

Il était épuisé. Mais maintenant qu'il avait retrouvé la sécurité de sa maison, il ne pouvait plus résister à la violence de son excitation. Ici, dans cet espace clos, connu, n'appartenant qu'à lui, quelque chose finit par céder et il sentit enfin se libérer l'expression de ce qui avait attendu, dissimulé en lui, au plus profond, tout au long de cette journée. Il ne put retenir un gémissement, alors que ce besoin ardent rayonnait dans tout son corps et que la passion le paralysait. C'était impressionnant. Son sang charriait de l'électricité. Son cœur et son sexe étaient en proie à un désir qui ne se résumait pas simplement à ce puissant appétit physique, à cette envie qui ressemblait à un cri étouffé — oh, c'était quelque chose de plus exigeant, de plus doux et de plus tyrannique.

Il voulait, tout simplement, cette jeune femme.

Être avec elle. La serrer dans ses bras. Être serré par elle. Mon Dieu ! Cette sensation déferlait comme des vagues. Et ce sentiment si puissant, qui le métamorphosait, était un émerveillement. Ni la réalité, les faits, le concret, ni les frontières mouvantes de sa personnalité n'existaient plus. Ici, pour un moment, toutes les limites pouvaient être franchies. Il aurait été capable de chanter une sérénade sous sa fenêtre, ou, plus simplement, d'avouer la sauvagerie de cette passion. Il pensa un instant se précipiter sur le téléphone, et puis il se souvint qu'elle n'en avait pas dans sa maison des bois. C'était cela qui poussait les hommes à négliger leur famille, et les jeunes gens à commettre de folles imprudences. Il resta assis dans son fauteuil, à broyer les accoudoirs.

Oh ! toute cette histoire était insensée, mais ce n'était pas le problème. L'empire des rêves, ce royaume où les images précédaient les mots, où la sensation régnait en maître, avait fait naître cette obsession, qu'aucun raisonnement logique n'aurait pu vaincre. Qu'avait-on jamais compris, réellement, à ce sujet ? Tout le monde lui avait délivré des ordonnances, il n'y avait pas une personne, sur cette Terre, qui ne l'avait conseillé sur la manière de mener ce qui lui restait de vie. Mais c'était cela qu'il attendait — découvrir ce qu'il y avait au-delà des banales convenances ou des coutumes, et connaître ses véritables ambitions. Et son ambition, oh oui ! c'était cette jeune femme : un être inquiet, mais qui se battait à chaque seconde — et tant pis si par ailleurs elle chancelait — pour être authentique, pour découvrir son moi le meilleur, le plus vrai.

Mais, bien sûr, il n'arriverait rien.

Cette pensée le frappa, comme une lourde porte qui se referme. Il ne se passerait absolument rien. Il l'avait prouvé, de la manière la plus évidente possible, lorsqu'il était assis à quelques centimètres d'elle, nu comme au premier jour, et qu'il était resté impuissant, inerte. Et les propos inquiets de Sonny sur le fait de quitter son mari n'étaient que le discours de la colère. Elle était juste en train de s'habituer au fait que les sentiers de son existence étaient bornés, définis. Et lui, à cinquante-six ans, il avait réussi à retrouver la folie émotionnelle d'un gamin de dix-sept ans, débordant de phantasmes délirants qui ne s'accompliraient jamais. La douleur chanta en lui un bref instant, avec les vibrations parfaites de la note aiguë émise par le cristal.

Et, sans transition, il se mit à songer à Clara. C'était une association d'idées indirecte, des pensées aigres-douces — car à la tristesse s'ajoutait une certaine admiration pour la parfaite sensualité de son état présent. Il était resté immobile tout le temps que cela avait duré, mais un nouveau choc l'ébranla lorsqu'il comprit, avec une précision interdisant le moindre doute, que c'était ce que Clara avait cherché, elle aussi, lorsqu'elle s'était détournée de lui. Juste cela : les bienfaits de la passion. Et là, en cet instant, il était certain aussi — oui, certain, s'il avait appris la moindre chose à son sujet au cours des décennies — qu'elle n'avait pas connu ce bonheur, et qu'en outre elle avait découvert que pour elle — en elle — il ne serait jamais accessible. Jamais. Et il n'eut pas un soupçon de ressentiment, seulement une compréhension totale et absolue de la chose. Les yeux écarquillés, il se sentit vaguement mis en accusation par le formidable silence de sa grande maison et la sévérité des jugements qu'il portait sur lui-même, et sur sa vie tout entière. Son sang galopait dans ses veines : l'image de Sonny, à une centaine de kilomètres de là, semblait toujours si proche, si présente, qu'il avait presque envie de lever la main pour la saluer. Et pourtant, il conservait aussi cette vision de Clara en ses ultimes instants, luttant avec elle-même, désespérément, comme ces personnages bibliques des peintures baroques qui se battaient contre les anges de la Mort au service de Dieu. Jamais, avait-elle pensé. *Jamais*, pensait-il maintenant. *Jamais.*

— J'étais fiancée, expliqua Clara, cette nuit-là. (Ils étaient assis dans la voiture obscure, au-dessus de la rivière, baignés dans la douce odeur de menthe que dégageait le whisky autour d'eux.) Nous avons rompu, il y a un an, en juin dernier.

On approchait de décembre. La lumière des lampadaires et la clarté diffuse du ciel qui se réfléchissait vaguement sur la terre creusaient des ombres profondes ; il ne discernait que le mouvement de ses yeux, lorsqu'elle regardait à travers le pare-brise. Elle parut soudain plus courageuse. Elle avait une expression plus pure, plus noble, tandis qu'elle parlait. Stern fut impressionné par sa beauté, comme c'était souvent le cas, depuis quelque temps.

— Il se nommait Hamilton Kreitzer, poursuivit-elle. Tu te souviens ? A la fac de droit ? (Ce nom ne disait rien à Stern. Il lui revenait seulement la vague image d'un garçon au sourire immature et lumineux, aux cheveux blonds, raides et touffus.) Il est plus vieux. Que nous. Que moi. Il avait déjà quitté Easton quand j'y suis entrée. Mais enfin, il était terriblement attirant. Tu vois, il partait en voiture le week-end. Il avait une petite auto anglaise, je ne me rappelle plus le nom. Un roadster. Il arrivait à toute allure sur le campus, la capote relevée, en plein hiver, son écharpe flottant derrière lui. Il est sorti un moment avec la sœur de Betty Tabourney. Il avait une réputation épouvantable, mais les filles ne savent jamais vraiment ce qu'elles aiment, n'est-ce pas ? Il est très beau, il faut lui concéder ça. Il a une toute petite moustache à la Errol Flynn. Et pas de problème d'argent, bien sûr. Son père est un des clients de Papa. Ils font des confiseries. Tu vois ça dans tous les supermarchés. Des trucs en sachets. Chaque fois que j'en ai acheté, elles étaient éventées. Quoi qu'il en soit...

Elle s'interrompit pour se caler dans son siège. Sans doute n'avait-elle pas l'habitude de parler si longtemps. Pendant un moment, même dans le noir, Stern perçut son indécision : elle ne savait pas si elle avait envie de continuer. Pourtant elle se redressa un peu et, levant son visage au profil parfait vers le pare-brise, elle reprit :

— On le surnomme Ham. Joli nom pour un jeune juif[1]. (Elle eut un petit rire.) Bien sûr, mes parents aimaient ça. Tu sais comment ils sont. Ils n'aiment pas

1. Ham : jambon. (*N.d.T.*)

ce qui est « trop juif », comme ils disent, ce qui signifie juif tout court.

Stern acquiesça d'un grognement. Il savait de quoi elle parlait, en effet.

— Quoi qu'il en soit, je l'ai rencontré un soir, au bal du Grover Hospital. Il venait de terminer son service militaire et entrait à la fac de droit. J'étais venue avec un autre garçon, mais nous avons discuté, un peu flirté, tu sais comment ça se passe, et la semaine d'après il m'a appelée pour me demander de l'accompagner à un autre de ces bals. Je connaissais une demi-douzaine de filles qui étaient sorties avec lui, et pas une seule ne disait un mot gentil à son sujet, mais j'étais si excitée ! Oh ! (Elle ferma les yeux, secoua la tête, encore bouleversée.) J'étais si contente que toutes mes amies, tous les gens que je connaissais me voient avec Ham Kreitzer. (Elle se rendit compte soudain qu'elle avait son verre à la main — elle semblait l'avoir oublié — et elle avala une petite gorgée d'alcool. Il vit qu'elle n'aimait pas trop ce genre de boisson.) J'ai été très surprise qu'il me téléphone, après ça. Mais il semblait sincèrement prendre plaisir à être avec moi. Il m'a dit que je m'étais épanouie depuis l'université. (Elle leva une main, pour donner plus d'expression à ce qu'elle racontait, puis se ressaisit et émit un bruit de gorge qui amena Stern à croire que, dans le noir, elle avait rougi.) C'est vrai que j'avais pas mal grandi. Il était attiré, je suppose, par cette partie de moi qui estimait qu'il n'était pas aussi important que ça. Une part de moi, oui, qui était bien là, même si c'est difficile de s'en apercevoir en m'écoutant raconter cette histoire maintenant. Il aimait le défi d'avoir à me conquérir. Et, bien sûr, je l'écoutais. Il adorait parler de lui. Comme tant d'hommes.

Stern sourit. Mais elle était trop captivée par son récit pour que l'on pût trouver un sens particulier à cette remarque.

— *Mais quand on le connaissait, il était comme tout le monde, poursuivit-elle. Il avait tant de projets. Il détestait son père, il méprisait ce pauvre homme, mais naturellement lorsqu'il est renvoyé de la fac de droit il sent qu'il n'a pas le choix et il doit donc travailler tous les jours aux côtés de son père. Il a tellement envie de s'émanciper, mais bien entendu il ne le fera jamais. (Elle se tourna vers lui.) J'éprouvais quelque chose pour lui. Et je crois que c'était réciproque. Mais il était aussi à l'âge où on s'attendait à le voir se marier. Il avait fait ses fredaines, ou jeté sa gourme, quelle que soit la façon dont on appelle ça... Et moi, je suis socialement acceptable. Enfin, mes parents le sont, je veux dire. Nous nous sommes donc fiancés. J'adorais rester assise à côté de lui et lui tenir la main, juste à le regarder. Il est si bel homme. Je n'arrivais pas à croire qu'il était à moi. Ça semblait tellement magnifique ! Mon Dieu !*

Pour la première fois, elle porta les mains à ses yeux, puis elle replongea en elle-même, dans son récit, emportée par son élan.

— *Bien sûr, ce n'est pas la fin de l'histoire. Nous avons été fiancés pendant quatorze mois. Je voulais* absolument *me marier en juin. Deux semaines avant la cérémonie, j'ai reçu un coup de téléphone. Je me suis rendu compte qu'il était loin. « Ma chérie, m'expliqua-t-il, j'ai peur de n'être pas capable d'aller au bout de tout ça... » Ça ne me surprenait pas vraiment. J'avais compris, à ce moment-là, que c'était encore un gamin. Je savais bien qu'il serait terrifié. Ce jour-là, il ne m'a pas dit où il était. Il s'avéra qu'il se trouvait sur Catalina Island. Et qu'une des employées de son père avait disparu de la chaîne d'emballage — je suis certaine qu'elle était aussi sur cette île. Mais de ça, je m'en fichais. C'était moi qu'il ne voulait pas. Qu'il ait préféré quelqu'un d'autre n'était pas la question. Et puis, bien sûr, il y avait un problème supplémentaire. (Modifiant sa position sur son siège, elle se tourna vers Stern, tandis que le chauffage de la voiture pulsait l'air chaud et épais, sous le tableau de bord.) J'étais enceinte.*

Il s'aperçut qu'elle le fixait pour se faire une idée de sa réaction. Et elle l'avait jugé avec précision : à cette nouvelle, Stern ne fut pas seulement ébranlé — il fut proche de la panique. Mais, enfant d'un foyer tourmenté, il avait appris à dissimuler ses sentiments ; il ne révéla rien : pas la moindre ride à la surface.

— Ça te choque ? demanda-t-elle.

Il réfléchit un instant en retenant son souffle.

— Oui, avoua-t-il enfin.

Il n'y avait pas de place pour la diplomatie.

— Moi aussi, je l'ai été. Pas par la façon dont c'est arrivé, naturellement. Et je ne veux pas que tu penses qu'il a abusé de moi ou que j'ai été abandonnée comme une conquête d'un soir. Nous avons fait ça pendant plusieurs mois. Franchement, je crois que j'aimais surtout l'idée *de la chose, plus que tout le reste. Le secret. Le romantisme. N'est-ce pas ça qui est censé faire tourner le monde ? (Elle se tut un instant.) Eh bien, écoute-moi...*

Elle voulut le regarder, de nouveau, mais n'en eut pas le courage. Stern luttait contre la même panique froide. Il regretta, soudain, qu'elle lui racontât tout cela. Mais c'était justement ce qui importait, en réalité. Sur la rive, quelque part en dessous d'eux, des voix s'élevèrent — un homme et une femme —, puis s'éloignèrent.

— Bien sûr, je n'arrivais pas à croire que j'étais dans cet état. Je n'étais enceinte que d'un mois. J'ai espéré un moment qu'il se passerait quelque chose... Mais non. Alors, j'ai pensé me tuer. Et j'ai bien failli le faire. J'ai pu me procurer des somnifères. Je me suis endormie, un soir, avec le flacon à la main, et je me souviens... (elle secoua la tête avec un petit rire) ... qu'une heure ou deux plus tard je me suis réveillée en sursaut, et que j'ai cru que je l'avais vraiment fait. Alors, l'espace d'une seconde, j'ai

accepté totalement cette idée, et puis j'ai été heureuse d'avoir encore un peu de temps pour y réfléchir. J'étais certaine que de tout avouer à mes parents serait la chose la plus affreuse de mon existence — mais ce fut encore plus pénible que ce que j'avais imaginé. Seigneur, s'exclama-t-elle soudain, je ne veux plus jamais avoir à recommencer un truc pareil! (Elle se frotta les yeux à nouveau.) Mon père est entré dans une colère monstrueuse. Monstrueuse! Et, bien sûr, mes parents voulaient que j'épouse Ham, ce qui était hors de question. Nous nous sommes disputés à ce propos pendant une semaine. Et puis, finalement, mon père m'a emmenée à Mexico. Le vol a duré onze heures dans chaque sens. Il fallait passer par Chicago. Et au retour, j'étais si malade que j'ai cru mourir. Mais le problème était réglé.

» Et aujourd'hui je me sens très démunie. Je sais à quel point ça peut avoir l'air bête de dire ça. Mais j'ai beaucoup comparé avec ce qu'ont la plupart des gens. Et même comparé à ce que j'avais avant, ça ne fait pas une grosse différence. Mais je me sens comme si le monde entier avait changé. J'avais quitté mon travail avant notre mariage, parce que Ham me l'avait demandé. C'est pour ça que je traîne au bureau, aujourd'hui. Et, naturellement, j'ai honte. Je ne sais pas qui a pu entendre parler de cette affaire. La Terre entière, j'imagine. J'entre dans un cinéma, un magasin, une salle de concerts, et je pars du principe que tout le monde est au courant. Qu'on murmure sur mon passage. Tu sais à quel point les gens sont méchants.

» Voilà toute l'histoire..., conclut-elle. C'est terrible, n'est-ce pas ?

— Douloureux, dit Stern.

Un soupir, proche d'un sanglot, la secoua et elle hocha la tête.

— Et tu sais ce qui m'humilie le plus ? lui demanda-

t-elle encore. C'est de ne pas avoir su ce que je désirais. D'arriver à presque vingt-cinq ans et de ne pas en avoir la moindre idée. J'aurais dû avoir mieux à faire que de me laisser piéger par les mensonges d'Ham Kreitzer. J'avais mieux à faire. Mais je n'ai pas pu m'en empêcher.

Elle leva le bras, dans l'obscurité, pour regarder l'heure à sa montre.

Ils repartirent et roulèrent en silence. Ils arrivèrent devant chez elle. Sur le point de descendre de la voiture, elle s'immobilisa.

— C'était une très bonne soirée, dit-il.

— Oh, certainement..., répondit-elle en riant. Tu seras l'obligé de George Murray toute ta vie, et la fille que tu invites s'avère porter une lettre écarlate sur la poitrine.

Il la regarda dans les yeux.

— J'ai entendu la plus merveilleuse des musiques, au piano.

Elle retrouva la gestuelle des riches et l'embrassa, à la française, sur les deux joues. Elle descendit de l'auto sans attendre qu'il lui ouvrît la portière et grimpa en courant le perron de style géorgien de la demeure familiale. Depuis l'entrée, elle agita la main dans sa direction.

En s'éloignant, Stern sentait encore l'effet de l'alcool, mais il savait qu'il ne trouverait pas le sommeil. Une mallette pleine de travail l'attendait chez lui. Et il y avait la question de la voiture à régler — un problème qui l'attendait comme quelque énigme irritante qu'il devait obligatoirement résoudre. Mais il n'arrivait pas à se concentrer sur tout cela. Il n'était qu'à quelques pâtés de maisons de chez elle lorsqu'il sut ce qu'il ressentait. Il était excité. Excité. Son sang charriait cette froide folie. Oui, il était excité — par la franchise, la profondeur de Clara. Il y avait des informations incroyables et boule-

versantes dans le côté physique de sa confession. Mais ce qui excitait le plus Alejandro Stern, immigrant américain, fripon raffiné, tranquille comploteur, oui, ce qui l'excitait le plus, c'était qu'il savait désormais qu'elle était vraiment à sa portée.

TROISIÈME PARTIE

31

En accueillant Helen, à son retour, le dimanche soir, il fut surpris par la tendresse de ses sentiments pour elle. Comme il apprécia l'odeur de son parfum, les formes de son corps, quand il leva les mains pour l'étreindre ! Ah, Helen ! Dans l'entrée, il la serra dans ses bras et la souleva pour la bercer, jambes pendantes. Ils éclatèrent de rire. Et pourtant, même en cet instant, il savait que la douleur de l'absence de Sonny n'était pas loin.

— Raconte-moi ton voyage, insista-t-il.

Elle décrivit le Texas, chaud et désolé. Vous conduisez à cent vingt sur l'autoroute et, devant vous, les gratte-ciel de la ville vibrent dans l'air brûlant, sans jamais vouloir se rapprocher, semble-t-il.

— Tu n'as pas été gentil pendant mon absence, fit-elle.

Ils étaient dans la cuisine ; Helen tournait la salade et Stern faisait des efforts peu convaincants pour l'aider tout en buvant un verre de vin.

— Moi ?

— Je t'ai téléphoné hier soir et je suis tombée sur ton répondeur. A onze heures.

Elle leva un sourcil.

— J'étais en train de travailler, dit-il. L'affaire Dixon, précisa-t-il pour être plus crédible.

Il avait tenté de joindre Dixon toute la journée. Il

voulait le voir revenir immédiatement. Il l'avait appelé dans son île un certain nombre de fois, puis il avait joint Élise, sa secrétaire particulière, chez elle. Elle pouvait contacter Dixon vingt-quatre heures sur vingt-quatre, comme le président des États-Unis. Mais ce jour-là, pourtant, c'était impossible — il était perdu quelque part sous le soleil des Caraïbes. Peut-être avait-il fait le choix qu'il fallait et décidé de ne plus jamais revenir ? Ou alors voulait-il — ce qui était plus plausible — profiter sans être dérangé de ses derniers moments de liberté... Il devait sans aucun doute être conscient de la gravité de sa situation. Il avait une raison d'estimer qu'il devait prendre le large.

Stern, dans la cuisine d'Helen, ne mentait pas. Il s'arrangeait seulement pour ne pas lui dire la vérité. *Jusqu'à quel point ?* se demanda-t-il. Il n'avait aucune idée de ce qu'il devait faire. Continuer ? Longtemps ? Souffrir ? Il éprouvait en permanence l'impression de brûler de l'intérieur ; tôt ou tard, sa résistance s'userait ; il essaierait de joindre Sonny et commettrait quelque folie. Aujourd'hui, chez lui, il avait été totalement inefficace. Il s'assit, et resta la bouche entrouverte, le regard perdu, revoyant sans cesse les mêmes images en une espèce de défaillance de tout son être qui lui laissait le cœur prêt à éclater. Il était irrémédiablement amoureux... Mais le présent ? Le monde ? Helen était là, devant lui, aimable, capable, gentille. Comment devait-il la traiter ? Il n'avait aucun projet à son sujet, sinon une vague envie de ne pas dormir avec elle ce soir, par décence, peut-être, ou plus probablement parce qu'il ne se sentait pas en état de supporter une excitation supplémentaire.

Comme d'habitude, Helen prépara un superbe dîner — des crevettes rémoulade, son plat favori, avec deux légumes chauds et des pommes de terre. Elle voulait des retrouvailles flamboyantes. Pas plus tard que la semaine précédente, Helen avait dit en parlant de Miles, sur le ton le plus doux et le plus anodin, que lorsqu'elle avait divorcé elle n'avait pas pensé une seconde se remarier un jour. Elle n'avait pas insisté, mais il était évident qu'il était volontaire de sa part de parler au passé de cet état d'esprit. Stern n'avait pas manqué de le remarquer, mais il avait prudemment évité de relever la chose. Maintenant, il allait devoir manœuvrer sans la brusquer pour prendre ses distances.

Ils mangèrent en bavardant. Il appréciait, même dans l'état tourmenté qui était le sien et avec toute sa mauvaise conscience, la bonne entente régnant entre eux. Avec sa fourchette, il repoussa les pommes de terre au bord de son assiette.

— Tu les aimes, d'habitude, dit Helen.

Un visage à la Stern : un univers émotionnel trop difficile à exprimer.

— J'ai l'intention de faire un régime, admit-il.

— Un régime ? (Helen prit une bouchée de nourriture, et, tout en mâchant, le fixa avec intensité. Un éclair de compréhension passa dans son regard. Stern sentit son estomac se serrer. Qu'est-ce qui avait bien pu l'amener, au fil des ans, à penser qu'elle n'était pas quelqu'un de brillant ?) J'avais raison, laissa-t-elle tomber. Tu vois une femme plus jeune, Sandy, n'est-ce pas ?

Et maintenant ? Pourquoi mentir était-il si souvent la vérité ? Voir ? Oh, oui ! il voyait. Dans l'air, dans le ciel. Une projection holographique. Oui, il voyait une femme plus jeune, tout le temps.

Il resta immobile quelques secondes.

— Oui, répondit-il finalement.

Helen le regarda droit dans les yeux et s'exclama :

— Merde !

Ils restèrent silencieux un moment.

— Eh bien..., murmura Helen.

Il ne trouva pas un seul mot pour la réconforter.

— Je survivrai, fit-elle.

Bouger la langue. Parler. Il se contenta de la regarder. Elle quitta la table.

Il se leva et s'approcha d'elle, près du plan de travail, au centre de la luxueuse cuisine que Miles lui avait construite avant de reprendre sa liberté. Le menton levé, elle contemplait le ciel qui s'assombrissait, à travers la large fenêtre, dont la vue était en partie bouchée par un superbe pommier qui avait fleuri quelques semaines plus tôt.

Il se plaça derrière elle et lui prit les coudes.

— Helen...

Elle croisa les bras et se saisit de ses mains.

— Je savais que c'était trop tôt, grommela-t-elle. J'aurais dû te laisser en finir avec tout ça avant.

— Helen, je t'en prie, ne réagis pas... (Trop vivement ?) Helen, ce n'est pas...

— Oui, dit-elle. T'es accro. (Elle fit volte-face pour le regarder.) N'est-ce pas ?

Il préféra fermer les yeux plutôt que de répondre.

Elle se détourna et appuya son poing serré sous son nez. Elle essayait désespérément de ne pas se mettre à hurler.

— Je suis vraiment pitoyable, soupira-t-elle.

— Bien sûr que non.

— Tu n'avais rien promis. (Elle l'observa de nouveau.) Quel âge ?

Un instant, il pensa éluder la question, puis renonça.

— Quarante ans.

Enceinte, un sein en moins, mariée à quelqu'un d'autre. Et pas intéressée par moi. La totale folie de cette histoire faillit le faire se jeter face contre terre, tellement il avait honte.

Helen haussa les épaules.

— Au moins, tu es sain d'esprit.

Il faillit rugir.

Finalement, ils retournèrent s'asseoir à table. Il ne donna pas de détails sur son nouveau centre d'intérêt — comment aurait-il pu ? — et Helen, courageusement, s'interdit d'en demander. Elle lui dit que Maxine, après la journée qu'elle avait passée avec Kate, lui avait fait des remarques sur l'air abattu de cette dernière ; selon elle, elle n'avait pas l'expression rayonnante d'une femme enceinte. A ces mots, Stern pensa immédiatement à Sonny, puis son cœur se serra lorsqu'il réalisa la rapidité avec laquelle il avait écarté ses inquiétudes pour sa fille.

Dès qu'il eut terminé son café, il alla chercher son chapeau dans la penderie. Arrivé à la porte, il prit Helen dans ses bras et elle le serra contre elle un instant.

— Tu ne vas pas m'en vouloir si je te dis que je ne veux plus te voir, n'est-ce pas ? demanda-t-elle. Vu les circonstances ?

— Bien sûr que non.

Il lui donna un rapide baiser et s'éloigna dans l'air doux de la nuit, vers sa voiture, en proie à de terribles regrets. Vraiment, il perdait tout contrôle de lui-même. Il venait de renoncer à la meilleure part de sa vie actuelle pour s'abandonner à un fantasme de lycéen. Mais sous son angoisse présente, il sentait monter l'espoir. L'un des liens qui l'emprisonnaient était maintenant coupé. Il y en avait des milliers d'autres, mais ses intentions étaient claires. Il surmonterait tous les obstacles, tous. Il était vaillant comme un chevalier. Il descendit l'avenue d'un pas déterminé, plein d'une douleur momentanée et d'une impression aérienne de liberté, de rêves fous.

32

Le lundi suivant fut la journée des nouvelles imprévues.

La première attendait Stern à son bureau. Claudia l'informa que le Dr Cawley avait appelé. Il désirait le voir. En comparant leurs emplois du temps respectifs, elle avait convenu d'un rendez-vous à dix-sept heures, ce jour-là, au bureau de Nate.

— Il a dit que c'était personnel, expliqua-t-elle, et qu'il ne voulait pas vous rencontrer à son domicile. C'est tout.

Personnel, et pas chez lui. *Mano a mano*, en d'autres termes — à l'écart de Fiona. Nate évitait Stern depuis des mois, et maintenant il avait envie de discuter avec lui. Stern réfléchit un instant à ce que cela signifiait. Fiona lui avait-elle raconté, comme il le soupçonnait ? Nate et lui allaient-ils se battre ? Ou peut-être que Nate désirait régler définitivement la question — lui rendre le fameux chèque et signer une paix durable. Pour une fois, le goût de l'intrigue fut, pour Stern, plus puissant que son inquiétude.

Plus tard dans la matinée, il eut aussi des nouvelles de Mel Tooley. Stern, pendu au téléphone, tentait une dernière fois de persuader Moses Appleton, l'adjoint du procureur des États-Unis, d'adoucir sa position concernant Remo, lorsque Claudia lui passa une note l'informant qu'elle avait Tooley en ligne. Stern s'empressa de mettre un terme à sa conversation avec Moses.

— Tout ce qui va suivre restera entre nous, dit Tooley.

— Bien sûr.

— Sennett n'arrête pas de me tourner autour comme un vautour. S'il apprend que j'ai parlé, il va sortir son flingue. Je n'ai jamais appelé.

Stern, de nouveau, assura Mel de sa discrétion.

— Mon gars passe devant le grand jury la semaine prochaine.

— Je vois, murmura Stern. Puis-je demander les conditions ?

— Immunité. Promesse écrite du tribunal. Ordonnances. Je lui ai tout obtenu. C'était la grande braderie dans le bureau du procureur des États-Unis.

— Et le pronostic pour mon client ?

— Mauvais.

— Je vois.

— Très mauvais. Il y a des tas de papiers et de bordereaux que mon gars a écrits et que le vôtre lui a expliqué comment rédiger, jusqu'aux points sur les *i* et aux virgules.

— Je vois, répéta Stern. Et votre client en a conservé un souvenir clair ?

— Comme une vision. Il était nouveau dans le métier, il ne savait pas ce qui se passait, alors tout ça revient à la surface. (Tooley attendit une seconde.) Vous connaissez la musique.

Stern ne répondit pas. John avait fait ce qui était à prévoir. Il y avait une justice là-dedans. Dixon, après tout, méritait ce qui allait lui arriver.

— Il se sent vraiment le cul merdeux avec cette histoire, reprit Tooley. Vous voyez, c'est une affaire de famille. Le bordel. Enfin, je n'ai pas besoin de vous faire un dessin.

— En effet, approuva Stern.

— J'arrête pas de lui dire qu'il doit penser : « Moi d'abord. » Il n'a pas une grosse marge de manœuvre dans cette affaire. S'il déconne avec eux, ils vont lui sauter dessus à pieds joints.

Mel voulait dire par là que les dossiers de MD impliquaient John aussi. Celui-ci pouvait toujours protester que tout cela s'était fait par-dessus sa tête, les procureurs savaient pertinemment que personne, si naïf fût-il, ne pouvait considérer ces opérations comme normales. Mais le gouvernement voulait réunir un dossier en béton, et il préférait avoir le témoignage de John, plutôt que de voir un sous-fifre assis, avec une tête d'enterrement, à la même table de l'accusation et de la défense que Dixon. Cela aussi était parfaitement prévisible.

— Il ressemblera à un chien battu, là-bas, si cela peut vous consoler, ajouta Mel.

Mel parlait du témoignage de John lors du procès. Ce serait un autre problème d'avocat, en tout cas.

— Quand est-ce qu'il passe devant le grand jury, Mel ?

— Dans une semaine demain. Et je ne crois pas que l'inculpation tardera. Ils ont un dossier particulièrement bien ficelé. J'imagine qu'ils sont déjà en route pour Washington pour avoir le feu vert du RICO.

— Oui, dit encore Stern.

L'accusation d'escroquerie, grâce à laquelle le gouvernement dépouillerait Dixon de la société à laquelle il avait consacré son existence, demandait l'approbation de Washington, en effet. Stern allait devoir, lui aussi, solliciter une audience au département de la Justice. Les bureaucrates de Washington agissaient parfois avec plus de mesure que le procureur, même s'il y avait ici bien peu de chances de les voir se montrer tendres.

Ils terminèrent leur conversation sur la vague promesse de se recontacter. Cela ne ressemblait pas à Mel de se montrer si ouvert. En général, il avait toujours une motivation cachée — et même deux ou trois. Tooley pouvait-il agir, en réalité, sur instructions de Sennett ? Oui, peut-être — mais il serait difficile de tromper Stern sur le témoignage du mari de sa propre fille. Ce qui expliquait probablement la franchise de

Mel — il savait que Stern serait mis au courant ; il voulait donc s'attribuer le mérite d'être le premier à lui annoncer la nouvelle. Stern pianota un instant sur son bureau et prit un cigare. Depuis quelque temps, il avait l'habitude de les faire tourner entre ses doigts, sans les allumer ni même se permettre de les porter à ses lèvres. Il allait falloir convaincre Dixon de songer sérieusement à plaider coupable. Dans des cas comme celui-ci, ce que l'on pouvait en général espérer de mieux, c'était d'accepter de payer une vertigineuse amende, dans l'espoir de limiter grandement le temps passé en prison. A part ce qui devait être dissimulé sur les îles, la plupart de ses possessions matérielles sur le continent étaient menacées — la demeure en pierres de taille, les voitures avec chauffeur. Dixon aurait à cœur de sauver le maximum, pour Silvia. Stan accepterait peut-être une amende importante — des millions de dollars — et la disparition de Dixon des affaires, plutôt que d'imposer la totalité des sanctions.

En attendant, Stern devait appeler Kate et John pour les inviter à dîner, après la déposition devant le grand jury. Les errements de Dixon avaient suffisamment perturbé la vie de sa famille. Il voulait assurer à sa fille, et même à son gendre, qu'il désirait maintenir leurs relations intactes, malgré ce douloureux épisode. Et si Dixon décidait de résister au gouvernement, il l'aiderait à chercher un autre avocat ; ce moment était venu. Ce ne serait pas, toutefois, une solution complète. Il était difficile d'imaginer une réunion de famille où Silvia, dont le mari serait en prison, et John, qui l'y aurait envoyé, seraient assis face à face à la même table... A cette idée, un soupir de détresse échappa à Stern. Aucun d'entre eux n'oublierait cette terrible année.

Stern trouva un petit air familier à la secrétaire médicale de Nate qui l'introduisit dans le cabinet de consultation — il avait déjà vu quelque part son sourire timide et sa beauté gracile. Il l'étudia en se creusant la tête tandis qu'elle quittait la pièce, puis Nate l'invita à s'asseoir dans un fauteuil souple en cuir marron.

Respectueux des convenances, ils s'informèrent d'abord de leurs santés respectives, puis ce fut le silence. Stern n'était jamais venu ici, et cela accentuait encore la bizarrerie de cette rencontre — c'étaient les personnages prévus, mais pas dans le bon décor. L'ambiance se faisait de plus en plus lourde. Le cabinet de Nate était bien plus vaste que celui de Peter, et l'ameublement, comme celui du domicile des Cawley, venait de chez Ethan Allen, avec un imposant papier peint, aux bandes verticales vertes, et une grosse pendule à l'ancienne sur l'un des murs. Nate, vêtu d'une longue blouse blanche, était assis derrière un énorme bureau en noyer, avec tous ses diplômes accrochés autour de lui, et il se balançait doucement dans son grand fauteuil de cuir. Finalement, il se pencha en avant et entra dans le vif du sujet.

— Je veux que tu saches, Sandy, que je vais demander le divorce.

Stern en resta muet — pas à cause de la nouvelle, bien sûr, mais parce que c'était Nate qui la lui annonçait.

— Nate, tu es en train de me demander conseil, là ?

— Pas vraiment. Mais si tu en as un, je l'écouterai.

— Non, dit Stern, avant d'ajouter, avec une certaine perversité : Ça risquerait d'être coûteux.

Nate balaya l'air du dos de la main. Pas de problème. Il pouvait se le permettre. Stern sentit sa mâchoire se contracter, douloureusement, comme si on lui avait greffé un morceau d'acier. Il demanda :

— Tu l'as dit à Fiona ?

— Pas exactement. Je voulais que tu sois le premier à être au courant.

— Moi ?

— Toi. (Il tripota un instant des objets qui traînaient sur son bureau — un coupe-papier à la lame d'onyx et le presse-papiers assorti. Finalement, il croisa les mains.) Sandy, je me fiche de ce qui s'est passé entre Fiona et toi.

— Je vois, dit Stern.

— Elle m'a raconté.

— Apparemment.

Il avait les pieds fermement posés sur le sol, et les mains sur les genoux. Jusqu'ici, il tenait mieux le coup que ce qu'il avait imaginé.

— J'ai trouvé du courrier à toi dans le cabinet de toilette de notre chambre, il y a une quinzaine. C'est à cette occasion que Fiona et moi nous en avons terminé avec notre querelle.

— Du courrier à moi ? répéta Stern, étonné, avant de réaliser de quoi parlait Nate : le mot de Marta, avec lequel il était sorti de chez lui, ce jour-là.

Justement, il l'avait cherché récemment ; il n'avait pas réussi à joindre sa fille au téléphone, et il se demandait quand elle devait arriver.

— Comme je te l'ai dit, je m'en fiche. Vraiment. Ça peut sembler un peu bizarre, mais c'est exact.

— Parfait.

— Tu as couché avec elle, eh bien, d'accord, tu as couché avec elle...

Nate fit un geste magnanime de la main.

Stern s'aperçut qu'il agrippait les deux accoudoirs de sa chaise, et que ses doigts touchaient les clous. Peut-être craignait-il de le voir s'envoler tout à coup ? Couché avec sa femme ! Qu'avait-elle fait ? Il voyait que la combativité de Fiona l'avait entraînée bien loin de la réalité. Pensait-elle qu'en se mettant à égalité avec lui, leur couple pourrait prendre un nouveau départ ? Non, décida-t-il, sans doute que non. Fiona avait simplement déversé sa bile et, abandonnant toute prudence, décidé de prendre son plus grand plaisir, la vengeance. Du genre : je veux voir l'expression du visage de ce foutu salopard.

— Est-ce qu'il faut que je réponde ? demanda Stern au bout d'un moment.

— Tu n'es pas obligé.

— Parce que le moins qu'on puisse dire, Nate, c'est que tu n'as pas eu droit à une description exacte...

Il se tut, ne sachant pas comment continuer. Quelles devaient être ses répliques, ici ? « Ce n'est pas vrai, Nate, que j'aie baisé ta femme. J'ai juste essayé. » Ce ne serait pas là une défense particulièrement émouvante. Surtout que, de toute manière, Nate ne semblait pas décidé à le croire.

— Écoute, Sandy, ce n'est pas le problème.

Mais *quel* était *le* problème, alors ? Stern étudia Nate, qui n'eut pas tout à fait le courage de lui retourner son regard. Stern avait toujours considéré son voisin comme un homme dénué de méchanceté — un guérisseur, quelqu'un d'attentionné, avec ces manières calmes et accommodantes que beaucoup de femmes prenaient pour de la gentillesse masculine. Et l'un dans l'autre, en dépit des moments où Stern avait été en proie à une rage vertigineuse, c'était un jugement qui se tenait. Nate n'avait aucune réelle envie de faire du mal à quelqu'un. Il préférait vivre au jour le jour, plein de bons sentiments et de pulsions secrètes, bousculant les existences des autres sans le faire exprès, comme des assiettes en porcelaine dans un placard. Il avait grandi dans le Wyoming et il était venu en ville pour étudier la médecine et, par moments, il aimait encore jouer au cow-boy balourd.

Avec le temps, Stern avait décidé que cette attitude dissimulait de la paresse et un certain manque de volonté. C'était pourquoi Nate succombait si facilement aux tentations féminines, ou, plus justement, poursuivait cette relation si insatisfaisante avec Fiona. Et cela était encore vrai maintenant. A l'évidence, il savourait la parfaite simplicité de la solution qu'offrait la prétendue confession de Fiona : tu as baisé ma femme et je m'en fiche. Maintenant, tu m'en débarrasses et continuons à vivre en paix. En cet instant, il était bien loin de penser à Clara — c'était là un secret qu'il considérait comme enterré, donc oublié. Il ne se préoccupait que du présent. Il pouvait liquider Fiona et la caser en même temps, et à prix réduit. Il s'en laverait les mains et passerait à autre chose.

En faisant le compte de tout cela, Stern se sentit — bizarrement — dans une position très avantageuse. Pas tellement à cause des faits. Que Fiona mentît était presque sans importance. Elle avait dit ce qu'elle avait dit. Va prouver le contraire. Mais il était bien mieux armé que Nate pour affronter une situation de ce genre. Il eut la vision soudaine et évidente de la façon dont la partie allait se jouer, et il sut que Nate, en dépit de tous ses plans, serait sérieusement pris à revers. Il décida de le lui dire sans prendre de gants :

— Je crois, Nate, que tu as fait un mauvais calcul.

Celui-ci grimaça, sembla sur le point de protester de sa bonne foi, puis se ravisa et ne répondit rien.

— Si j'étais toi, Nate, poursuivit Stern, je serais très prudent en ce qui concerne une procédure de divorce.

Nate se raidit. Manifestement, il ne s'attendait pas à ça. Il fit de nouveau un geste de la main.

— Sandy, je... Écoute, ce n'est pas un hold-up. Ou ce que tu peux avoir en tête, je ne sais pas. Ne le prends pas comme ça.

— Non, bien sûr que non, dit Stern. Je sais bien que

tu n'as pas l'intention de me menacer. Pas plus que moi, d'ailleurs.

— Toi ?

— Oui, moi. Mais permets-moi néanmoins de t'avertir. N'essaie pas, Nate, de m'impliquer dans ton bain de sang avec Fiona. N'ose surtout pas un truc comme ça. Après tout, et nous le savons tous les deux, je serai incapable de témoigner de ta moralité ou de ta sincérité.

Nate secoua la tête comme s'il venait de recevoir un coup de pied.

— Jésus ! s'exclama-t-il.

— Si je dois prêter serment, Nate, je parlerai en toute franchise de tous les sujets. Y compris de ceux qui me sont les plus douloureux. Ne crois pas que ma fierté m'empêcherait de révéler la manière dont toi et Clara vous m'avez trompé.

Pendant un instant, Nate resta absolument immobile, et sa bouche ouverte faisait un petit O noir. Puis il se couvrit les yeux de la main. Il soupira.

— Écoute... (Il fixait le dessus de son bureau, étudiait son pouce.) Écoute..., répéta-t-il.

— Oui ? fit Stern. (Il avait su, d'instinct, que Nate serait réduit à l'impuissance.) Puisque tu as choisi la solution de la franchise, Nate, laisse-moi en faire autant : je crois que tu dois un chèque important à la succession de Clara.

Rien — ni le scrupule, ni le bon goût, pas même le souvenir de sa peine — n'aurait pu gâcher le plaisir de Stern à cet instant. Avec une expression de pure méchanceté, il considéra Nate, qui s'était redressé dans son fauteuil, les cheveux en désordre, parce qu'il avait brusquement passé ses mains sur son front ; il avait l'air accablé, terriblement déconcerté — et terrorisé.

— J'avais peur que tu dises ça..., avoua Nate.

— J'ai un avocat qui étudie le problème.

— J'avais peur de ça, aussi.

Stern hocha la tête. Il venait de comprendre le plan de Nate : celui-ci avait conservé le chèque sous le coude pour le cacher au futur avocat de Fiona, mais aussi à Cal. Il voulait savoir si la voie était libre ou s'il était découvert.

— Je te suggère de prendre, toi aussi, un avocat, et de le mettre en contact avec le mien, ajouta Stern.

Nate absorba cela sans piper mot, puis, finalement, il regarda Stern.

— Je savais qu'un jour ou l'autre tu trouverais, dit-il. Je me suis rongé les sangs avec toute cette histoire. Vraiment. J'y pense tous les jours. Je sais que tu me crois probablement responsable de ce qu'elle a fait. A la fin.

— Je ne blâme pas que toi, Nate. Je t'accorde cette consolation. Je suis certain que ce dénouement a été un choc pour toi aussi. Mais, néanmoins, je t'en veux énormément. Le choix d'un amant ne dépendait que de Clara, bien sûr. Mais en tant que médecin, Nate, et en particulier quelqu'un comme toi qui a l'expérience de cette sorte de... (il se tut un instant puis, retrouvant une force au fond de lui, s'obligea à poursuivre :) ... cette sorte de maladie sexuellement transmissible, je me serais attendu, en effet, à te voir prendre de plus grandes précautions. Et de ce que je peux constater, je déduis que tu étais complètement indifférent aux besoins de Clara, à la fin.

— Tu as le sentiment que je ne l'ai pas traitée correctement ?

— Je devrais penser autre chose ?

Tassé sur son siège, Nate hocha la tête, surtout pour lui-même, avec un air malheureux.

— Sans parler du fait que tu m'as trompé, Nate, et que tu as trompé notre amitié. Tu m'as menti. Sans vergogne.

Une fois de plus, Nate ferma les yeux, puis il passa sa langue sur ses lèvres pour pouvoir parler.

— J'avais peur de ta réaction quand tu découvrirais la vérité, je l'admets. Mais je veux que tu saches quelque chose : j'ai suivi ses instructions. Tout le temps. J'ai fait ce qu'elle voulait.

Acculé, dompté, Nate réagissait en lâche. Il accusait Clara. Il était trop faible, peut-être, pour avoir conscience de la pure cruauté de ce qu'il venait de dire. Mais cette cruauté, intentionnelle ou non, frappa Stern comme un coup de poing. Oui, bien sûr. C'était le reproche qu'il avait trouvé : elle aimait ça. Un instant, il fut sur le point de lui répondre les pires obscénités. Il se reprit mais sa façon de parler résonna de façon tranchante à ses propres oreilles :

— Nate, tu n'es qu'une fripouille.

— Jésus ! répéta Nate.

Stern se leva. Cette confrontation, longuement imaginée, lui semblait, comme beaucoup d'autres choses, bien plus difficile dans la réalité. Il n'avait aucune envie de la prolonger. Mais le commentaire de Nate le rendait impitoyable.

— Un dernier truc, Nate. Une sorte de conseil d'ami.

Nate, qui semblait totalement brisé par cette conversation, se redressa, en alerte. Il savait qu'un nouveau coup arrivait. Et il ne se trompait pas, car Stern avait eu un éclair de cette même intuition qui lui avait sauvé la vie pendant trois décennies au tribunal, une montée d'adrénaline qui connectait ses synapses, une aptitude pas plus explicable que le don des langues ou la capacité de piloter un avion.

— Je te suggère de virer ta secrétaire avant d'aller voir le juge des affaires matrimoniales. Fiona possède certaines preuves à même de te faire beaucoup de tort et le contre-interrogatoire sera certainement encore plus désagréable si cette jeune femme reste ton employée...

La collaboratrice en question était là, qui tripotait des diagrammes, lorsque Stern ouvrit violemment la porte. Elle avait reçu un message de son bureau, et elle lui tendit un petit bout de papier. Il ne prit pas la peine de l'examiner. Il était dans son rôle du tribunal et jouait sur les apparences, sachant que son attitude serait soigneusement rapportée. Il la regarda de haut en bas, comme ça, un examen complet, qu'elle prit presque en toute innocence, avec le même sourire hésitant, la même beauté sereine et douce.

Puis il sortit, ayant décidé, en repensant à la cassette vidéo de Fiona, qu'elle appartenait à cette petite catégorie d'êtres humains dont l'aspect était pire lorsqu'ils portaient des vêtements.

33

« Claudia a appelé — urgent », disait le petit papier rose que la secrétaire médicale avait donné à Stern. Il joignit donc Claudia avec son téléphone de voiture tandis qu'il regagnait son bureau.

— On vous a trouvé, dit Claudia.

— Moi aussi j'ai un appel urgent, dit Stern. S'il vous plaît, faites le numéro du domicile de M. et Mme Cawley et passez-moi la communication.

Ils restèrent en ligne, tandis que la sonnerie retentissait chez les Cawley. Fiona n'était pas là. Stern jura — de vieilles expressions espagnoles.

— On vous a transmis mon message au sujet de Mme Klonsky ? interrogea Claudia.

— Klonsky ?

— C'était ça, l'appel urgent. Elle a essayé de vous contacter trois fois en une heure. Elle prétend qu'il faut qu'elle vous voie aujourd'hui même. Personnel. Je ne savais pas où vous seriez ensuite, mais elle m'a dit qu'elle irait vous attendre chez vous. Je lui ai donné votre adresse personnelle. J'ai bien fait ?

Il était presque dix-huit heures. Stern écrasa la pédale de frein et colla la voiture contre le trottoir. Ses mains tremblaient. Il fit immédiatement demi-tour.

— Allô ? dit Claudia.

— Oui, oui. Combien de temps restez-vous au bureau, ce soir, Claudia ?

Elle lui répondit qu'elle serait encore là un certain nombre d'heures. Elle travaillait sur des conclusions pour Raphael. Il lui demanda d'appeler Mme Cawley tous les quarts d'heure, et de lui transmettre ce message : « M. Stern s'excusait de ne pouvoir la joindre directement, il n'était pas disponible pour l'instant, mais il estimait important qu'elle fût au courant : il avait vu le Dr Cawley cet après-midi et il avait eu avec lui une conversation franche et complète. »

— Et puis ajoutez que je veux savoir, avec tout le respect que je lui dois, si elle a perdu l'esprit. Répétez-lui ça tel quel.

Claudia marmonnait et riait en prenant des notes ; elle aimait bien Stern, depuis toujours.

Il reposa le téléphone et fonça dans la circulation. La montre de son tableau de bord indiquait 6:02. Urgent et personnel. Oh, oui ! il volait !

La Volkswagen jaune était garée dans l'allée circulaire, devant la maison de Stern. Il l'aperçut de loin, en arrivant, tandis qu'il roulait — trop vite — le long du pâté de maisons. Il lui fallut un instant pour repérer Sonny. Elle était assise sur le perron en ardoise, les jambes un peu écartées pour faire de la place à son ventre, le visage tourné vers le soleil — *Mme Natural,* comme elle lui avait dit le mois précédent. Il ne prit pas la peine de rentrer sa voiture dans le garage ; il se rangea derrière elle et se dirigea à pied vers la maison, excité et intimidé.

Il se trouvait, pensa-t-il, à l'un de ces moments remarquables de l'existence qui vous tombent dessus — une partie de l'infinie progression de la vie, comme tous les autres moments de celle-ci, mais riche en formidables changements potentiels. Il en avait vécu beaucoup ces derniers temps — mais il était prêt. Il n'avait sans doute rien ressenti d'aussi fort en trente ans, et pourtant il le reconnut immédiatement. Une certaine limite avait été franchie, et ils patientaient tous les deux à la frontière de la véritable intimité — pas seulement une relation sociale ou des échanges de vues, mais l'interprétation des bornes personnelles les plus fixes... Et là, dans l'attente de ce passage final, il ressentait la pleine complexité et le mystère de cette femme. Oh, il ne savait rien de ce qui l'avait façonnée. Ils venaient de deux parties différentes de la Terre, de deux ères différentes. Il lui faudrait des années pour déchiffrer l'empreinte, sur sa personnalité, de ce qu'elle avait vécu — couche après couche, comme on tourne les pages d'un livre. Mais son cœur se gonflait à l'idée de la tâche qui l'attendait ; et il ne doutait pas que l'énergie dont il aurait besoin était en lui. Toutes les métaphores banales et usées semblaient à propos. Cette perspective le soûlait, lui donnait le vertige.

— Un plaisir inattendu ! dit-il, rayonnant, tandis qu'elle se levait lourdement, en nettoyant la poussière de ses fesses et en clignant des yeux dans le soleil.

Il avait ouvert les bras pour l'étreindre lorsqu'il remarqua son expression, mordante et concentrée — qui l'arrêta net. Et il sut immédiatement qu'il venait de commettre un impair. Elle fit surgir une enveloppe de nulle part et la lui tendit, à bout de bras, comme pour le prévenir ou même, peut-être, le repousser.

— Je ne suis pas là par plaisir, Sandy. Je suis venue pour vous donner ça. (Elle tenait toujours l'enveloppe.) Je voulais le faire moi-même.

Il était figé, comme un mannequin. Comment avait-elle formulé ça ? A quarante ans, elle avait appris que personne n'était ne serait-ce que normal.

— Tenez.

Il finit par la prendre. S'il avait réfléchi un peu, il aurait deviné de quoi il s'agissait, mais au lieu de cela il ouvrit l'enveloppe avec maladresse, l'esprit vide, et étudia le document qu'elle contenait. C'était une assignation du grand jury qu'elle avait rédigée elle-même — il s'en rendit compte à ses initiales, au bas du texte. *Enquête 89-86*. Il la relut trois ou quatre fois avant d'en comprendre le sens. Elle lui était adressée à lui. On lui ordonnait de paraître en personne, obligatoirement, jeudi à dix heures du matin, et de produire « un coffre transporté le 30 avril, ou aux environs de cette date, depuis les locaux de MD Clearing Corp., et tous les documents en votre possession, garde ou contrôle, qui se trouvaient à l'intérieur dudit coffre au moment où vous l'avez réceptionné ». Elle avait coché les deux cases sur le formulaire — on lui intimait de témoigner et de produire l'objet. Tout en lisant, il éprouva, une fois encore, la prémonition d'un désastre de plus.

— Je dois vous dire, grommela Sonny, que je suis vraiment furieuse.

— Oh, Sonny ! s'exclama-t-il. C'est un malentendu. S'il vous plaît. Entrez un instant.

Il gravissait déjà les marches en ardoise de sa maison.

— Sandy, ça ne sert à rien.

— Juste un instant, répéta-t-il.

Ils pénétrèrent dans le vestibule ; autour d'eux, la demeure était fraîche et sombre.

— Sonny, je suis tenu, bien entendu, au secret professionnel, ajouta-t-il alors — signifiant par là qu'il ne pouvait lui rapporter aucune déclaration de Dixon —, mais je crois que vous faites une terrible erreur à ce sujet.

— Sandy, j'en dirais vraiment le moins possible, si j'étais vous. Je ne sais pas jusqu'où ira ce truc-là, et je ne voudrais pas avoir à témoigner. Je ne sais pas jouer le jeu aussi durement que vous le faites, vous, les hommes. Vous tous.

— Sonny, ce n'est pas un jeu.

— Oh, je vous en prie ! Comment pouvez-vous raconter une chose pareille ? Après m'avoir promis que vous alliez vous mettre à la recherche de ces documents, alors que vous les aviez dans votre bureau, depuis le début ! Et dire que je suis tombée dans le panneau ! C'est ça, surtout, que je n'arrive pas à croire. Vous savez ce que je me suis demandé toute la journée ? Qu'est-ce qui était si important pour que, pour le découvrir, vous vous sentiez obligé de faire cent soixante kilomètres en voiture ? Qu'auriez-vous fait de ces papiers si je vous avais dit que tout le dossier du gouvernement dépendait d'eux ?

Il ouvrit la bouche lorsqu'il réalisa ce qu'elle était en train de dire : on l'accusait. Il se laissa tomber lourdement sur le fauteuil de ferme, derrière lui.

— Vous ne comprenez pas, répéta-t-il.

— Au contraire, je comprends très bien ! Je croyais que vous étiez mon putain d'ami !

— Je suis votre ami.

— Pardonnez-moi, mais c'est de la *merde* ! Les amis ne se font pas ce genre de choses. Quels que soient leurs clients. Vous voulez savoir quand j'ai appris ça ?

Il hocha doucement la tête, craignant que s'il manifestait un plus grand intérêt elle refusât de le lui dire, furieuse comme elle l'était.

— Ce matin, quand je suis arrivée au bureau, je me sentais plutôt de bonne humeur ; il y avait Kyle Horn qui m'attendait là-bas. Lui aussi il avait eu un chouette week-end, il avait épluché tous les chèques de MD que la fille dont je ne sais plus le nom a produits devant le grand jury la semaine dernière. Et devinez ce qu'il a découvert ? Un chèque expédié depuis le bureau de votre client à Chicago à un transporteur d'ici, avec une brève annotation au dos : « DH, personnel. » Vous pensez que DH essaie de cacher quelque chose, peut-être ?

Encore Margy, pensa Stern. Horn avait-il simplement fait son boulot jusqu'au bout, ou quelqu'un lui avait-il fourni un indice sur ce qu'il trouverait dans ces liasses de chèques ?

— Du coup, bien sûr, il veut une assignation du grand jury et il est chez le transporteur avant midi et il revient avec le bon de livraison et le pose sur mon bureau. « Votre idole, il dit. La merde arrive. » Je ne suis pas naïve, Sandy, je comprends que vous ayez un travail à faire. Mais vous semblez vous moquer de la position dans laquelle vous me mettez...

— Oh, Sonny, je m'en soucie énormément, au contraire.

Son ton plaintif, chargé d'émotion, la fit hésiter — oui, elle hésita —, et elle le fixa un moment, réfléchissant à sa sincérité. Finalement elle grimaça et se tourna vers la porte.

— Mon client, ajouta-t-il, ne sera pas rentré avant jeudi soir tard.

Elle secoua immédiatement la tête.

— Ne demandez pas une prorogation. Parce que vous ne l'obtiendrez ni de Sennett, ni de moi. Vous, le coffre et tout son contenu, vous serez jeudi devant le grand jury.

— Impossible avant d'en avoir discuté avec mon client.

— Alors je vous conseille de prendre un avocat, Sandy. Je suis sérieuse. Nous ne sommes pas en train de nous amuser ou de jouer au plus rusé. Ne vous mettez pas en situation de faiblesse, face à Sennett. (Elle s'interrompit un instant.) Seigneur, voilà que je recommence. Écoutez, vous avez besoin d'un avocat.

— Un avocat ? répéta Stern.

C'est Sonny qui entendit les bruits la première, et elle se retourna d'un coup vers l'escalier. Stern n'avait pas pensé une seconde qu'ils n'étaient peut-être pas seuls. Mais il reconnut la coiffure échevelée et la robe ample avant même que le visage, si semblable au sien, n'apparût au-dessus de la rampe.

— Qui a besoin d'un avocat ? demanda Marta.

34

La scène qui suivit, au pied de l'escalier, fut brève et gênante. Stern, au plus fort d'une crise émotionnelle, fut très contrarié par l'attitude de Marta et lui reprocha de faire une entrée fracassante et de ne pas s'être manifestée plus tôt. Sa fille, qui n'avait jamais été du genre à supporter la critique sans réagir, se défendit énergiquement et lui rappela qu'elle avait pris la peine de lui écrire et qu'elle entrait dans la maison avec le même jeu de clés depuis près de vingt ans.

— J'ai appelé Kate, fit-elle. Elle m'a dit qu'elle t'avait laissé un message hier soir. Tu n'écoutes donc jamais cette machine ?

Vaincu, Stern ne répondit pas. Il remarqua que Sonny avait l'air intimidée par ce psychodrame familial imprévu ; il fit donc les présentations, tandis que Marta, égale à elle-même, lui prenait le papier des mains.

— C'est une assignation du grand jury, dit-elle.

— Mme Klonsky vient juste de me la remettre, répondit Stern.

— Encore ! s'exclama Marta. (Manifestement, elle se souvenait de la scène qui s'était déroulée le jour des funérailles de sa mère.) Vous êtes vraiment incroyables, vous autres ! Vous ne savez donc pas qu'il existe des bureaux ? (Avançant d'un pas en direction de Sonny, elle ajouta :) Fichez le camp !

— Oh, Seigneur ! murmura Stern en prenant sa tête dans ses mains.

Il tendit désespérément les bras vers Sonny, mais elle atteignit la porte avant lui et sortit sans autre remarque que : *Jeudi !* en pointant un doigt accusateur sur lui.

— Mon Dieu, Marta, soupira-t-il, est-ce que tu ne pouvais pas tenir ta langue ?

— Tu veux dire que tu es satisfait de tout ça ?

— Marta, il s'agit là d'une situation des plus compliquées.

Elle inclina la tête avec une expression chagrine, et son visage exprima soudain tout autre chose.

— C'est ça, ta petite amie ?

— Petite amie ? répéta-t-il.

Stupéfait, il réussit à lui demander qui lui avait parlé de ses « petites amies ». C'était un vrai roman à tiroirs... Maxine avait appelé Kate, la veille au soir, après avoir eu des nouvelles de sa mère. Et Marta avait parlé avec Kate cet après-midi même, lorsqu'elles n'avaient pas pu se retrouver ici comme prévu. Kate lui avait dit qu'elle n'allait pas bien, mais que leur père était prévenu de l'arrivée de sa sœur, puisqu'elle avait laissé un message sur son répondeur le soir précédent.

Évoquer cette soirée-là avait, semblait-il, entraîné tout le reste.

— C'est elle ? insista Marta. Ta petite amie ?

Profondément troublé par tous ces événements — Sonny, l'assignation, l'idée de ce réseau de femelles jacassant tard dans la nuit sur ses errements —, Stern fut incapable de contenir son irritation. Pourquoi ses enfants, désormais adultes, se permettaient-ils de se montrer irrespectueux envers lui, et même grossiers ?

— Est-ce qu'elle paraît en état d'être ma petite amie ? ajouta-t-il.

Marta haussa les épaules. Allez savoir. Qui pouvait comprendre les règles du jeu de cette fin de siècle ?

Stern, désireux de changer de sujet, lui demanda des nouvelles de Kate.

— Elle prétend que ce n'est pas un problème de santé. Qu'elle est simplement fatiguée. Mais elle a l'air soucieuse. Il se passe quelque chose, là-bas ?

— *Ay,* Marta, répondit-il à sa fille en la prenant dans ses bras.

Il voulut savoir alors si son vol s'était bien passé, si elle avait faim. Ils décidèrent de dîner à l'extérieur.

— Et ça ? fit Marta, en parlant de l'assignation.

— Faut que j'appelle quelqu'un demain, j'imagine.

— Je pourrais te représenter, proposa Marta. Quelques-uns de mes clients ont déjà reçu des assignations de ce genre, pour des raisons très différentes, et puis tu vois tu aurais la possibilité de me souffler la marche à suivre... Je n'ai guère d'expérience du tribunal, mais j'adorerais essayer. Et j'ai le droit d'exercer dans cette ville.

Bien sûr, pensa Stern. *Et dans trois autres États.* Néanmoins, comme méthode de défense, l'idée ne manquait pas d'attraits. Il ne se serait pas senti vraiment à l'aise comme client d'un de ses concurrents. Et les avocats de la défense étaient si friands de ragots ! Il n'aurait pas aimé du tout lire quelque remarque acerbe dans les journaux sur sa comparution devant un grand jury. L'un dans l'autre, c'était en effet le genre de péripéties qu'il préférerait gérer en famille.

— Emporte-la, répondit-il. Nous en parlerons en mangeant.

Marta se précipita à l'étage. Cet après-midi, elle avait rangé les commodes et y avait trouvé des objets appartenant à Clara qu'elle voulait montrer à son père.

— Ça, expliqua Stern, c'est un camée que ton grand-père Henry a donné à ta mère quand elle avait seize ans. Je ne l'avais pas vu depuis des années.

Il tenait le pendentif au-dessus d'une petite lampe au pied en argent posée sur la table du restaurant. Dans la lumière tamisée, Marta étudia la silhouette féminine dessinée sur le bijou.

— C'est beau, murmura-t-elle.

— Oh, oui ! dit Stern. Henry avait l'œil pour ce genre de trucs.

— C'est bizarre qu'elle ne nous l'ait jamais donné, à Kate ou à moi, tu ne trouves pas ?

Peut-être n'avait-elle pas supporté l'idée de s'en séparer ? Ou même simplement de penser à son père ? Peut-être le réservait-elle à sa première petite-fille ? Penser que Clara avait eu des projets qui n'avaient pas abouti lui fit mal. Il demanda à Marta ce qu'elle avait découvert d'autre.

— Ça, c'est incroyable, tu vas voir.

Elle plongea la main dans son énorme sac et sortit délicatement d'un chiffon roulé en boule un splendide saphir monté sur une bague. La pierre était vraiment grosse, doublée, de chaque côté, par des diamants ; la monture était en platine ou en or blanc.

— Doux Jésus ! s'exclama Stern. (C'était le genre

d'objet si magnifique que personne, aujourd'hui, n'aurait pu se permettre ne serait-ce que de l'assurer. Il l'étudia longuement.) Où as-tu déniché tout ça ?

— Il y avait un petit coffret japonais en laque noire au fond d'un tiroir. Je suppose que c'était sa cachette secrète ou quelque chose comme ça. (Elle caressa la bague.) Tu ne sais pas où elle a eu ça ? Elle a l'air ancienne.

Sa cachette, bien sûr, pensa Stern. Nate aurait-il pu lui offrir un cadeau aussi somptueux ? Une fois encore, comme il affrontait les secrets de Clara, il eut l'impression que le sol se dérobait sous ses pieds. Puis il ferma les yeux, poignardé en plein cœur par la culpabilité. Oh, il n'était qu'un individu misérable, mesquin et soupçonneux.

— C'est certainement la bague que ta mère a reçue la première fois qu'elle a été fiancée.

— Fiancée ! s'écria Marta.

Stern eut un petit sourire.

— Tu ne savais pas que ta mère m'a épousé à la suite d'un dépit amoureux ?

— Mon Dieu, non..., dit Marta. Raconte-moi cette histoire, elle a l'air juteuse.

Elle s'était penchée par-dessus la table, et la serveuse dut la repousser un peu pour poser le plat qu'elle avait commandé. Le restaurant s'appelait Baldini's ; c'était un endroit réputé à Riverside, décoré à l'italienne, avec de fausses cheminées et des nappes rouge vif. On pouvait se fier aux steaks de l'établissement. Stern resterait toujours un fils de l'Argentine pour apprécier un morceau de bœuf grillé. Mais ce n'était pas l'endroit qu'il pensait que Marta choisirait. Apparemment, elle avait fini par s'apercevoir, au fil des années, qu'on y proposait une salade composée plus que généreuse.

Il lui dit le nom du fiancé, Hamilton Kreitzer, et lui

parla de cette cour qui s'était terminée brutalement. Mais il n'alla pas plus loin. Si Clara n'avait pas voulu partager cette partie de son passé avec ses enfants, ce n'était pas à lui de le faire. Sa vie privée restait désormais le dernier et le plus précieux trésor de Clara.

Mais en même temps, ce genre de révélations risquait moins de blesser Marta que son frère ou sa sœur. Ses relations avec sa mère avaient été difficiles, mais c'était elle, pourtant, qui la connaissait le mieux, par certains côtés. Le souvenir le plus évocateur que Stern garderait de Clara et de sa fille, c'était Marta, à l'âge de quatre ou cinq ans, avec ses grands yeux noirs, debout près de l'évier, en train de poser des questions sur les habitudes domestiques : Pourquoi tu épluches les carottes ? Pourquoi tu te laves les mains avant de toucher à la nourriture ? Qu'est-ce qui se passerait si on sortait pour manger les légumes, comme ça, quand ils sont encore dans la terre ? Comment les microbes peuvent-ils nous faire du mal si on ne les voit même pas ? Et ainsi de suite. Clara, dont la patience avait des limites, finissait toujours par céder à l'épuisement. « Marta, s'il te plaît ! » Et cette exclamation devint le signal, en fin de compte, d'un interrogatoire encore plus serré. Certaines fois, Marta réussissait à chasser littéralement Clara de la cuisine.

Comme elle s'était familiarisée tôt avec les faiblesses de sa mère, Marta eut moins tendance que son frère et sa sœur à la vénérer; sa vision d'elle ressemblait davantage à celle qu'en avaient sans doute les autres. Et ce n'étaient pas, loin de là, des observations agréables ; avec le temps Stern s'était fait une bonne idée des opinions de Marta : un mot, probablement, résumait son point de vue sur sa mère — faible. Marta se souciait peu du royaume domestique de Clara, de sa musique et de son jardin, de ses occupations à la synagogue, ou de ses réceptions. Elle trouvait sa mère apathique, avec son comportement plein de dignité et ses habitudes cultivées qui la protégeaient du tumulte, intérieur et extérieur, qu'elle n'avait pas le courage d'affronter.

Marta voyait le monde selon les normes de son père : action, réalisation. Sa mère n'agissait pas — ce qui la diminuait donc aux yeux de sa fille. Toutes les deux, elles avaient pourtant réussi au fil des années à établir une relation qu'on aurait pu définir comme « adaptée ». Les reproches de Marta blessaient Clara, mais celle-ci restait accessible à sa fille. Dans un univers de désastres relationnels — entre Peter et son père, par exemple —, Marta et Clara étaient parvenues à trouver un arrangement. Malgré quelques doutes, parfois, elles avaient conscience de l'affection qui les liait et elles la révéraient.

— C'était à cause de ça, son cœur brisé ? demanda Marta en effleurant la bague que tenait son père.

— Peut-être, murmura Stern. C'est comme ça que tu la voyais — quelqu'un au cœur brisé ?

— Je ne sais pas. Parfois. (Ce jugement, comme la plupart des observations de Marta, le blessa profondément. Mais elle poursuivit sans s'en rendre compte :) J'ai du mal à vous imaginer en train de vous débattre avec tout ça. Avec vos tristes histoires d'amour. Quand j'étais petite, je pensais comme tous les enfants que vous étiez parfaitement assortis, que vous étiez là, à attendre de vous rencontrer, et que c'était arrivé. Idiot, hein ?

Elle leva la tête d'un air timide, regarda son père en clignant ses petits yeux. A l'évidence, au fil du temps, Marta avait, elle aussi, développé une vision sans pitié du mariage de ses parents. Stern avait longtemps considéré que celui-ci devait avoir contribué à l'ambivalence des sentiments de Marta pour les hommes, à ses affections changeantes. Mais là, subitement, l'horizon de sa fille le dépassa, et de très loin, emportée qu'elle était par ses souvenirs.

— Seigneur, reprit-elle, je n'ai pas oublié une certaine nuit... Je devais avoir onze ou douze ans. Je me suis retrouvée assise sur mon lit, dans le noir. Kate dormait, il faisait chaud et les volets claquaient à cause du vent et je me suis dit, tout à coup : « Oh, il est là, dehors, cet homme unique, cet homme parfait ! » Et c'était une pensée si excitante ! (Elle ferma les yeux, et secoua la tête, comme si elle souffrait.) Tu n'as jamais eu d'idées pareilles ?

Stern se posa la question. Son adolescence, pour autant qu'il se la rappelait, semblait avoir été le lieu de passions différentes : le méli-mélo de sentiments qu'éveillait le souvenir de Jacobo ; sa formidable détermination à devenir américain. La nuit, lui, quand il était couché, il faisait des projets : il pensait aux vêtements qu'il avait vus — par exemple, il avait été préoccupé pendant des semaines par des bretelles rouges —, à la façon dont les jeunes gens de ce pays enfonçaient leurs mains dans les poches ; il marmonnait des phrases en anglais, les mêmes mots, encore et encore, avec la même formidable frustration, car il avait à chaque fois l'impression de ne pas s'entendre vraiment à cause de son accent. Il ne pensait pas beaucoup à l'amour à cette époque, et pourtant il savait de quoi parlait Marta : ce rêve romantique de l'union parfaite — cœur contre cœur ; chaque mot, chaque geste immédiatement connu ; les âmes se réfléchissant l'une l'autre ; deux êtres emboîtés comme les pièces d'un puzzle.

Il gardait le silence, maintenant : son sang s'était mis, soudain, à courir plus vite, tandis que son esprit, une fois de plus, s'illuminait à l'image de Sonny. Mais, déjà, cette image était un peu plus floue, plus lointaine. Quelque sage principe de réalité avait commencé son travail, rongeant son cœur avec le désespoir et le sentiment de l'injustice. Il adressa un faible sourire à sa fille et se contenta de répondre, finalement :

— Je comprends.

— A présent, bien sûr, ce n'est plus à un homme particulier que je pense, mais à tous. Il y a quelque chose, là-dedans, que je ne parviens pas à saisir. Les hommes et les femmes ? (Elle secoua la tête de nouveau, et son épaisse chevelure indisciplinée partit dans toutes les directions.) Récemment, je me suis torturé l'esprit à essayer de découvrir si les hommes et les femmes pouvaient être amis sans relations sexuelles. Est-ce que tu connais la réponse à cette question-là ? lui demanda-t-elle avec son habituelle franchise.

— Je crains fort de ne pas appartenir à la bonne génération, dit-il. Je manque d'expérience. Les deux seules femmes que j'ai considérées comme de véritables amies sont ta mère et ta tante. Tu vois, ce n'est pas vraiment un point de vue d'une grande valeur.

— Mais il est toujours là, n'est-ce pas ? insista Marta. Le sexe, je veux dire.

— Oui, c'est le cas, semble-t-il.

Et en prononçant ces derniers mots, il repensa, d'une manière fugitive, à Sonny.

Sa fille se remit à manger sa grosse salade. Perdue dans ses pensées.

— Et tu considères toujours maman comme une amie ? reprit-elle. Même aujourd'hui ?

Eh bien, c'était certainement là une question qu'un enfant pouvait poser à ses parents. Quelles chances avait-il de s'y soustraire ?

— Suis-je autorisé à ne répondre à ça que par oui ou par non ?

Elle eut, pour la première fois, une expression impatiente ; la façon que son père avait de se défiler la fâchait.

— Marta, il semble que nous ayons beaucoup fait pour vous décevoir, s'empressa-t-il d'ajouter.

— Je ne suis pas en train de vous demander de vous excuser de ce que vous avez vécu, grommela-t-elle. Vraiment pas. Je m'interroge, voilà tout. Tout ça me paraît si déprimant. Tu vois, tu passes trente ans avec quelqu'un et à quoi ça aboutit ? A ce quelqu'un qui pourrit dans le garage... Je réfléchis à tout ça. Qu'est-ce qu'elle représentait pour toi, à la fin ? Et au début ? Était-elle l'Unique ? Probablement pas, hein ?

Sa première réaction, bien sûr, fut de ne pas répliquer. Mais en ces moments-là, Marta était d'une sincérité à laquelle il était difficile de résister. Malgré tout son attachement aux biens de ce monde, son humour acide, son effronterie, elle s'interrogeait avec la même urgence innocente que Sam contemplant le ciel étoilé. Ne pas répondre, pour Stern, était au-dessus de ses forces.

— Nous sommes dans ce monde, Marta. Pas ailleurs. Comme tu l'as dit, c'est décevant d'apprendre que la vie de tes parents n'est pas meilleure que la tienne. Tu ne seras pas promue, à un certain moment, à un ordre supérieur d'existence, voilà tout. (Lorsqu'il eut prononcé ces mots, ils lui parurent plus durs qu'il n'en avait eu l'intention, mais elle les accepta avec la même expression sérieuse.) Comment décrire en quelques phrases les sentiments que l'on a éprouvés pendant des années, et même des décennies ? Je suis incapable d'imaginer ta mère en dehors de ce que nous avons partagé. J'ai eu de la chance, comme la plupart des gens qui connaissent un certain bonheur, de déterminer ce qui avait de l'importance pour moi — et d'en accomplir une partie. Mon travail, ma famille. Je vous ai adorés, tous les trois — sans doute, et j'en ai conscience, ne l'ai-je pas montré suffisamment, mais ça a toujours été vrai. Et j'ai eu beaucoup d'affection pour ta mère, aussi. Je sais bien que je l'ai terriblement déçue avec le temps. Je n'ai pas été pour elle un aussi bon ami qu'elle l'a été pour moi. Et elle, elle m'a déçu aussi — surtout à la fin. J'admets, si horrible que cela puisse être, que je suis très fâché de cette fin. Dans mon sanctuaire secret, il y a beaucoup de pièces qui semblent interdites aux visiteurs — d'accord. Mais je crois, après des mois de réflexion, que je suis meilleur et plus capable qu'elle ne voulait bien le reconnaître.

Il lui avait dit cela d'une voix ferme, en la regardant bien en face et en détachant chacun de ses mots, emporté par sa conviction, même s'il savait qu'elle n'avait que peu d'informations sur tout ce à quoi il faisait référence. Il prit une bouchée de son steak et fit tourner son vin dans son verre, puis il en but la moitié — mais la violence de son émotion demeurait, si bien qu'il ne voulut pas en rester là et qu'il s'empressa de préciser :

— Nous avons fait de notre mieux, Marta. Tous les deux. Malgré les limites auxquelles nous sommes tous confrontés. Nous avons partagé énormément de choses. Et pas seulement des événements quotidiens. Des engagements. Des valeurs. Elle était la somme de ma vie entière. Je l'ai aimée. Parfois passionnément. Et je suis persuadé, encore aujourd'hui, qu'elle m'aimait aussi. Tous les parents souhaitent à leurs enfants une vie meilleure que la leur. Pourtant, je t'assure que j'aurais beaucoup de plaisir à te voir construire une relation aussi durable que celle que j'ai eue avec ta mère.

Marta hocha la tête avec un grand sérieux. Il avait répondu. Stern réalisa qu'il n'avait toujours pas lâché la bague, avec sa pierre qui étincelait même sous ce faible éclairage. Il l'admira encore un instant, puis la lui rendit. Quand Marta prit son sac, il lui demanda si elle avait découvert d'autres trésors au cours de son après-midi de recherches.

— Non, fit-elle. Pas d'autres trésors. (Elle regarda dans son sac et y replongea les mains. Puis elle ajouta :) Quel genre de médicaments prenait-elle ?

— Médicaments ? répéta Stern.

C'était une boîte à pilules en argent, ovale, avec un couvercle. Marta expliqua qu'elle avait trouvé ça aussi dans le fameux coffret japonais. Lorsqu'elle l'ouvrit, Stern savait déjà ce qu'il y aurait à l'intérieur... Il fit rouler les petites gélules jaunes sur la nappe. Le nom du laboratoire était gravé dessus. Il y en avait soixante-dix-neuf. Il les recompta deux fois.

Exactement ce qui manquait dans le flacon de l'armoire à pharmacie de Nate.

Marta le regarda avec une expression compatissante. Le trouble de son père était évident.

— Impossible, murmura Stern entre ses dents.

— Peut-être que tu devrais demander à Nate Cawley ? suggéra Marta.

Cette nuit-là, il resta éveillé très tard. Marta, ce qui était tout à fait compréhensible, préférait dormir dans sa propre chambre, si bien que Stern était retourné — pour la première fois depuis des mois — dans celle qu'il avait partagée avec Clara pendant vingt ans. Marta avait mis les commodes à sac ; les tiroirs ouverts débordaient de sous-vêtements de soie. Par terre, traînaient un certain nombre de cartons qui contenaient ce que les deux sœurs avaient déjà trié — elles avaient décidé de garder une partie des affaires de leur mère et de donner l'autre.

Il avait du mal à s'endormir, de nouveau. Du côté de la rivière, on célébrait bruyamment la veille de la fête nationale. Vers vingt-deux heures, les feux d'artifice commencèrent à quelques kilomètres de là. Par la fenêtre, il pouvait voir la lueur tremblotante des explosions qui se réfléchissait par moments dans les rares nuages traînant dans le ciel. Il faisait partie de ces immigrants qui éprouvaient encore de l'émotion et de la gratitude pour le 4 Juillet. Ce pays était une si belle idée ! L'épanouissement des démocraties libérales, avec leurs idéaux d'égalité, restait aux yeux de Stern, en même temps que les progrès de la médecine et l'invention de l'imprimerie, le plus superbe accomplissement de l'humanité au cours du dernier millénaire. Sa vie d'avocat, en particulier comme criminaliste, était d'une certaine manière liée à ces opinions.

Il gisait sur son lit, dans l'attente du sommeil. Il essaya de lire, mais l'agitation de la journée ne voulait pas le lâcher — sa confrontation avec Nate ; Sonny fumant comme un navire prêt à disparaître à l'horizon ; les complications légales fort vexantes qui l'attendaient ; et les fantômes réveillés par sa conversation avec Marta. Toute sa vie sa fille avait demandé à ses parents — exigé d'eux — qu'ils lui parlent du fond du cœur. Et c'était cela, par certains côtés, l'événément le plus dérangeant de ce jour.

A un moment, il redescendit en silence au rez-de-chaussée pour examiner de nouveau cette fameuse boîte à pilules, mais, apparemment, Marta l'avait prise avec elle. Il écarta les rideaux pour observer la maison des Cawley. Il était complètement dépassé, maintenant. Il allait devoir parler de nouveau avec Nate, mais comment, au nom du ciel, commencer une telle conversation ? « Écoute, Nate, pendant que nous y sommes, j'ai encore une ou deux questions à te poser sur ton aventure avec mon épouse... » Il secoua la tête dans l'obscurité.

Alors, il retourna dans la chambre ; même après des mois, l'odeur de Clara y demeurait. La présence de sa femme y était aussi sensible que celle du mobilier silencieux. Allongé dans leur lit, il s'attendait à la voir sortir de la salle de bains, à tout instant — une belle femme dans la cinquantaine, mise en valeur par les contours mouvants de sa chemise de nuit, avec ses cheveux brillants, son visage enduit de crème, distraite comme elle l'était souvent, fredonnant doucement quelque thème musical.

Ah ! pensa-t-il abruptement, ah ! comme il l'aimait ! Son souvenir le submergea et les détails les plus intimes lui revinrent avec une douloureuse précision. Les douces ondulations de la coiffure qu'elle avait eue pendant des années, le tendre parfum innocent de ses sels de bain français ; son chapeau rose de jardinage ; le minuscule et curieux relief, de chaque côté de son nez, qui faisait penser à une petite collerette. Il se rappelait la lenteur qu'elle mettait à lever ses mains avec leurs doigts fins et la mince alliance — des gestes empreints de grâce et d'intelligence.

Tous ces souvenirs le bousculèrent avec une telle violence qu'il eut l'impression d'être capable de la prendre de nouveau dans ses bras, comme si, en proie à cette douloureuse affection, il avait le pouvoir de l'arracher aux limbes. Que son amour fût encore si violent le stupéfia ; il lui tordait le cœur, le laissait sans forces. On ne pouvait rien savoir des profondeurs sombres et inquiétantes de la folie où elle s'était réfugiée. Il n'imaginait que la femme avec laquelle il avait vécu, la personne qu'il connaissait.

Et cette femme-là lui manquait terriblement.

En cet instant dense et puissant, il attendit jusqu'à ce que le fantôme de Clara se fût quelque peu estompé. C'était cela qu'il avait essayé de communiquer à sa fille, cet éternel océan des sentiments... Il resta allongé sous l'intense luminosité de sa lampe de chevet, enroulé dans sa robe de chambre en cachemire, parfaitement immobile, à se raccrocher le plus longtemps possible à la présence — mystérieuse, évidente, mouvante, profonde — de Clara Stern.

35

Le mercredi matin, Marta accompagna Stern à son bureau pour travailler avec lui. Claudia et Luke — deux collaborateurs qui étaient avec Stern depuis plus de dix ans — ne cachèrent pas leur admiration : elle était jolie, mûre, posée. Avec elle, il rédigea une requête pour le juge Winchell, où il lui demandait de bien vouloir repousser la date de sa comparution. Si le texte final faisait moins de trois pages, sa mise au point leur prit des heures parce que les problèmes posés par tout cela étaient fort complexes, comme Marta fut la première à le noter. Normalement, les échanges entre un avocat et son client tombaient sous le coup du secret professionnel — le gouvernement ne pouvait donc les obliger, ni l'un ni l'autre, à les révéler. Mais dans ce cas très particulier, pouvait-on évoquer cette immunité ?

— C'est ce truc-là ? demanda Marta. (Le coffre était toujours derrière le bureau de Stern.) Et tu dis que tu ne l'as jamais ouvert ?

— Je n'ai pas la combinaison. Ni l'autorisation de ton oncle.

Marta l'effleura du bout du pied ; elle portait des chaussettes roses, dans des sandales mexicaines. Quand sa jupe ample s'écarta, Stern se rendit compte que sa jambe était poilue.

— Seigneur, de quoi c'est fait ? C'est du plomb ? Ce truc a l'air capable de survivre à une guerre nucléaire !

— Dixon attache de la valeur à sa vie privée, se contenta de répondre Stern.

— Eh bien, c'est un problème, tu crois pas ? Comment pouvons-nous affirmer que tu en as réceptionné le contenu pour donner un avis juridique dessus, si tu ne l'as jamais vu ?

Stern, qui n'avait pas envisagé cet aspect de la question, tendit la main vers son cigare éteint.

— D'un autre côté, poursuivit Marta, est-ce que ce ne serait pas révéler des informations confidentielles si tu admettais n'avoir jamais touché à ce coffre ? Ne risquerait-on pas de divulguer les instructions de ton client et de démontrer qu'il a, en fin de compte, dit à son conseil que les documents étaient tellement sensibles qu'il ne voulait pas — ou ne pouvait pas — les lui montrer ? Et en outre, est-ce qu'on ne pourrait pas invoquer le Cinquième Amendement, là, en sa faveur ?

Marta développa un peu le sujet ; elle était subtile et voyait les choses dans leurs plus infimes développements. Stern, qui connaissait l'intelligence de sa fille, n'en fut pas moins impressionné par son aisance dans des matières auxquelles, jusque-là, elle n'était pourtant guère habituée. Dès qu'elle était arrivée dans le bureau, elle était allée à la bibliothèque de Stern et avait étudié la principale affaire de ce genre jugée par la Cour suprême — celle-ci faisant jurisprudence. Et Marta avait été capable d'absorber ses détails ardus sans avoir besoin de les étudier longuement. Elle était tout à fait à l'aise dans l'un de ces domaines complexes dont les abstractions légales devenaient parfois aussi inaccessibles à Stern que les hautes mathématiques.

Finalement, lorsque, assis côte à côte, ils rédigèrent ensemble leur requête, ils décidèrent que, pour le moment, leur position juridique était simple : vu la possible application, dans ce cas, du secret professionnel entre un avocat et son client, Stern ne pouvait pas convenablement agir sans instructions de Dixon. Ils demandaient donc au tribunal de prolonger le délai de l'assignation, de façon à permettre à Stern de consulter son client lorsque celui-ci reviendrait en ville. Marta nota chaque phrase sur un bloc-notes jaune, puis les lut à haute voix pour qu'ils puissent les corriger ensemble, en échangeant des formulations. Stern, qui avait l'habitude, depuis longtemps, d'effectuer ce travail tout seul, fut enchanté de la facilité de cette collaboration. Quand le texte fut achevé, Marta le signa, au titre d'avocate de Stern.

— Que se passera-t-il si elle t'ordonne malgré tout de témoigner demain ?

Elle parlait du juge Winchell.

— Je dois refuser, non ?

— Et le gouvernement te fera inculper pour injure au tribunal ? Elle ne va tout de même pas te faire jeter en prison, n'est-ce pas ?

— Pas demain, en tout cas. Je pense plutôt qu'elle me laissera le temps de changer d'avis, ou au moins qu'elle m'accordera un sursis pour que nous puissions aller en appel. En fin de compte, bien sûr, si je persiste après avoir reçu l'ordre de produire tout ça... (Il agita la main. Il arrivait parfois que des avocats soient incarcérés pour avoir résisté à des injonctions du tribunal préjudiciables à leur client. Au barreau de la défense, de tels emprisonnements, généralement brefs, étaient considérés comme un honneur, mais Stern ne voyait aucun intérêt à jouer au martyr, en particulier à la place de Dixon.) ...Mon sort est entre tes mains, dit-il à sa fille.

— Aucun problème, dit Marta. (Elle le serra contre elle.) Mais n'oublie surtout pas de prendre ta brosse à dents, hein ?

Le mardi matin, à dix heures, au moment exact où il était appelé à comparaître devant le grand jury, Stern pénétra avec Marta dans la salle d'attente des bureaux de Moira Winchell, premier président du tribunal fédéral. La distribution de l'espace, en ces lieux, avait des proportions d'un autre siècle ; alors que le cabinet du juge était un endroit immense et caverneux, les autres pièces, construites pour les secrétaires, les greffiers et les huissiers, étaient réduites à la portion congrue : tout y était emboîté comme dans un coffre de voiture trop bourré. L'étroite salle d'attente était délimitée par une balustrade rabattable à larges barreaux. Lorsqu'ils arrivèrent, Sonny Klonsky était assise sur l'unique siège disponible, rose et jolie en dépit de sa mine sévère. A sa vue, Stern sentit son cœur bondir dans sa poitrine, mais il s'apaisa dès qu'elle le fixa avec un regard sinistre. Il lui présenta Marta, de nouveau.

— Nous attendons Stan, dit-elle — et au moment même où elle prononça ces mots, le procureur des États-Unis franchit la porte, étriqué, la mise impeccable, comme toujours, et sérieux comme un pape.

Même pour Stern, qui estimait qu'il prenait tout particulièrement soin de son apparence personnelle — il s'offrait des chemises et des costumes sur mesure et, chaque année, une paire de chaussures chez un bottier de New York —, Stan Sennett était impressionnant : c'était le genre d'individu qui ne croisait jamais les jambes de peur de froisser son pantalon. Il respecta les convenances en serrant la main à Stern pour le saluer et en réussissant à sourire lorsque Marta lui fut présentée.

Ensuite, ils furent introduits chez Winchell. Comme les affaires traitées par le grand jury se tenaient à huis clos, l'audition — pour le plus grand bonheur de Stern — serait menée ainsi. Le sténotypiste du juge entra par une porte latérale, avec sa machine, mais la transcription serait conservée sous scellés, inaccessible aux journalistes, au public, et même aux autres avocats.

Dans l'intimité de son cabinet d'audiences, Moira

Winchell présentait bien. Elle portait une robe noire — et non pas une toge — et elle émergea de derrière son énorme bureau en acajou plus large que certaines petites voitures, pour leur dire à chacun un mot gentil. Elle avait déjà rencontré Marta, il y avait plus de dix ans — Stern n'en avait absolument aucun souvenir — et elle l'accueillit avec chaleur.

— Vous travaillez avec votre père, maintenant ? dit-elle. Ce doit être merveilleux pour lui.

Marta lui répondit que c'était un arrangement temporaire. Et tandis que les salutations se poursuivaient, Sonny finit par se retrouver à côté de Stern. Ils étaient tous les deux exactement de la même taille — ce qu'il n'avait pas remarqué auparavant — et, sans songer un instant à résister à son désir, il se tourna pour regarder son visage solide et ses traits fins. Comme chez tout bon avocat d'assises, son attention était entièrement concentrée sur le juge ; elle ne remarqua donc pas, au début, l'intérêt dont elle faisait l'objet de la part de Stern, et quand elle sentit enfin son regard, elle lui adressa un rapide petit sourire distrait, puis se détourna, obéissant à la suggestion de Winchell qui leur proposait de s'installer autour de la table de conférences.

Les meubles, ici, étaient parfaitement en accord avec le genre fédéral plutôt lourd, des objets massifs, en beau bois sombre, avec pour seule décoration des arêtes biseautées, dans le style américain. Sans les fioritures européennes. D'immenses fenêtres cintrées s'ouvraient des deux côtés de la pièce, mais l'éclairage restait indirect. Le juge, à son habitude, exprima son opinion sans les inviter à faire de commentaires.

— Écoutez, Stan, j'ai lu cette requête. Comment pouvez-vous refuser à M. Stern le temps de discuter avec son client ?

Marta, imperturbable, échangea un regard avec son père.

Ce fut Sonny, au lieu de Sennett, qui répondit au nom de l'accusation. En fait, le procureur des États-Unis n'était présent que pour bien montrer au premier juge que le gouvernement accordait une grande importance à ce dossier. Cette affaire durait depuis longtemps, expliqua Klonsky. Et le gouvernement cherchait depuis plusieurs semaines les documents qu'aujourd'hui il pensait se trouver dans ce coffre.

— Êtes-vous en train de dire à la cour, intervint Marta, que le grand jury a obtenu des informations sur le contenu de cet objet ?

C'était une question habile, qui retournait contre le gouvernement son propre argument, dans l'espoir qu'il révélerait peut-être quelque chose sur leur indicateur, pour étayer sa position. Mais Klonsky changea immédiatement de direction ; elle précisa qu'elle ne ferait aucun commentaire sur ce que savaient le gouvernement ou le grand jury.

— Sur quelles bases, alors, avez-vous lancé cette assignation ? contre-attaqua Marta.

Et les deux femmes continuèrent à argumenter ainsi un moment. Stern, qui avait décidé de suivre le conseil de sa fille — rester silencieux —, se cala dans son fauteuil avec un détachement insolite. Comme il n'avait pas à parler, il ne se sentait pas entièrement lui-même. A l'extrémité la plus éloignée de la table, Sennett écoutait lui aussi, les mains croisées, avec un air très collet monté ; de toute façon, il était en général peu loquace. Le sténotypiste de la cour n'avait encore rien noté, attendant l'ordre du juge pour se mettre à enregistrer la séance. Au bout d'un moment, Stern réalisa qu'il avait perdu le fil de la discussion. S'il ne les regardait pas, il était incapable de dire laquelle des deux femmes était en train de parler ; elles avaient, toutes les deux, les mêmes intonations sûres et animées. Cette idée, pour des raisons qu'il était incapable d'analyser, lui donna le vertige et la nausée.

— Écoutez, écoutez, intervint finalement le juge. Écourtons ce débat. Puisque des documents lui manquent, le gouvernement a manifestement le droit de les chercher. Je ne suivrai donc aucune requête d'invalidation, si c'était la prochaine démarche que vous pensiez entreprendre, Marta. Mais je dois avouer que les problèmes de secret professionnel posés ici ne sont pas simples, en effet — ils le sont d'ailleurs rarement lorsqu'un avocat est visé par une assignation —, et je ne conçois pas comment Sandy pourrait être contraint à répondre à celle-ci sans qu'on lui ait accordé la possibilité d'en discuter avec son client. Aussi, voici ma décision.

Winchell pointa un doigt vers le sténotypiste, qui se mit à taper. Les parties en présence déclinèrent leur identité pour le procès-verbal, et le juge autorisa Marta et Klonsky à préciser brièvement leurs positions respectives. Puis elle suivit la requête.

— Officieusement, là encore, précisa-t-elle d'abord pour son sténotypiste. (Puis, à l'intention de Sonny :) Quelle nouvelle date fixons-nous ? Quand a lieu la prochaine réunion du grand jury ?

— Mardi prochain, Votre Honneur, répondit Klonsky. Mais il s'agit d'une séance extraordinaire prévue pour n'entendre qu'un seul témoin.

Elle voulait parler de John. Le gouvernement ne voulait surtout pas que Stern fût près de son gendre lorsque celui-ci déposerait devant le grand jury pour compromettre Dixon. Apparemment, l'accusation pensait que ce témoignage serait long.

Après s'être informée de l'agenda du grand jury, Winchell repoussa de deux semaines la date de l'assignation donnée à Stern. Klonsky lança un coup d'œil à

Sennett — qui haussa les épaules : on n'y peut rien. A l'évidence, ils auraient voulu agir plus vite. L'inculpation, comme le supposait Tooley, ne devait pas être loin...

— Officiellement, reprit Winchell pour le sténotypiste. Stern, vous vous présenterez devant le grand jury le 20 juillet. Si des problèmes de secret professionnel sont évoqués, nous les aborderons au cas par cas. Je vais noter cette date et je resterai à votre disposition si vous avez besoin de moi. Ainsi en est-il décidé, conclut-elle.

Le sténotypiste replia le trépied de sa machine.

— Encore une chose qui vous concerne tous, ajouta le juge. (Elle renvoya d'un geste son collaborateur qui s'était immobilisé, pensant qu'il devait recommencer à enregistrer.) Je n'aime pas voir des avocats traînés devant un grand jury. Il s'agit d'une pratique dangereuse pour les deux camps. Je vous encourage donc à essayer de résoudre ce problème entre vous. Sandy, vous êtes représenté avec compétence. Beaucoup de compétence. Idem pour le gouvernement. J'ai du mal à croire qu'avec tous vos talents vous ne parveniez pas à trouver entre vous une solution acceptable. J'espère que la raison prévaudra.

Elle fronça les sourcils et les regarda, l'un après l'autre, autour de la table. En d'autres termes : attention à celui qui se montrerait inflexible.

Dans le couloir, tout le monde se sépara. Sennett, dès qu'il se retrouva loin du juge, abandonna son semblant d'amabilité et s'éloigna avec raideur, sans rien ajouter. Klonsky prit le temps de dire à Marta qu'elle attendait de ses nouvelles. Une fois de plus, elle n'adressa pas la parole à Stern. Dans l'ascenseur, Stern sentit tout le poids de ses soucis. Marta, elle, était enthousiaste.

— Quel pied ! s'écria-t-elle en sortant du bâtiment

du tribunal. (Winchell avait raison, elle s'était fort bien débrouillée. Stern la complimenta longuement.) Je peux revenir, si ça ne s'arrange pas ?

Elle comptait rentrer le soir même à New York.

— Tu es mon avocate, répondit Stern. Je ne peux rien faire sans toi.

Mais, en réalité, il n'avait pas l'intention de permettre qu'une telle scène se reproduisît, même si cela avait été excitant. Il avait appelé le bureau de Dixon, avant leur départ pour le tribunal, et Élise lui avait promis qu'il serait le premier que son patron contacterait à son retour. Il était temps que Dixon comprît la musique — un air rapide et triste. Cette partie était terminée. Stern embrassa sa fille, sur la place devant le tribunal, et lui dit qu'elle pouvait rentrer à la maison, où elle devait retrouver Kate pour trier les dernières affaires de Clara. Et lui, il regagna son bureau en pensant à son beau-frère — avec sa tristesse coutumière.

36

A dix-sept heures, il n'avait toujours pas de nouvelles de Dixon. Entre-temps, il avait appelé Élise à deux reprises, et la seconde fois, vers quinze heures, celle-ci lui avait expliqué que Dixon, ayant un grave problème à New York, avec son marché à terme sur l'indice des prix à la consommation, devait y faire un saut en avion le soir même.

— Dites-lui que s'il quitte la ville sans prendre le temps de me voir, je renonce à être son avocat.

Élise, habituée aux plaisanteries de Stern, se tut un instant, attendant la chute de l'histoire, puis se contenta de noter le message sans autres commentaires. Stern composa ensuite le numéro du domicile de Dixon, mais il n'y avait que Silvia. Ils parlèrent pendant près d'une demi-heure, des îles, d'Helen, de l'arrivée de Marta. Finalement, Stern lui demanda si elle savait où se trouvait son mari. Elle lui répondit qu'il n'allait pas tarder à rentrer pour préparer ses bagages. Stern lui fit promettre que Dixon le recontacterait à ce moment-là.

Plus tard, en fin de journée, assis près du téléphone, Stern relut les rapports du FBI sur l'affaire Remo Cavarelli — que Moses Appleton avait finalement accepté de lui communiquer.

Comme il s'y attendait, les mémos des agents contenaient peu de véritables preuves contre Remo. Ses trois complices avaient été, comme on dit, pris la main dans le sac — ils avaient été arrêtés dans le camion, alors qu'ils déchargeaient les quartiers de bœuf —, et ils avaient tous plaidé coupables, des semaines auparavant. Mais c'étaient des professionnels endurcis, de la vieille école, et ils resteraient bouche cousue. Les seules preuves que l'on pouvait retenir contre Remo, c'était son apparition complètement idiote — les agents affirmaient qu'il s'était dirigé droit vers le camion pour jeter un œil à l'intérieur, alors que l'arrestation était en cours — et une remarque de l'un des voleurs : « Notre gars s'est occupé des arrangements. » L'accusation prétendait que cette phrase faisait référence à Remo, qui devait se charger du butin, un rôle qui expliquait sa venue tardive sur les lieux. Mais pour autant que Stern pouvait en juger, le gouvernement n'avait pas de base sérieuse pour soutenir ces soupçons. Si l'on partait du principe que les procureurs n'auraient aucun prétexte valable pour ressortir, devant le jury, le casier judiciaire de Remo, celui-ci avait des chances raisonnables d'être acquitté. L'affaire valait donc le coup d'être plaidée. Stern, qui n'était plus intervenu au tribunal depuis près de quatre mois, depuis les semaines qui avaient précédé la mort de Clara, se réjouissait de cette perspective. Le seul problème, maintenant, c'était de convaincre Remo.

Le téléphone sonna.

— Stern à l'appareil.

— Papa ?

C'était Marta. Elle et Kate avaient fini les rangements pour aujourd'hui. Kate n'allait pas tarder à l'accompagner à l'aéroport et elles se demandaient s'il ne voulait pas venir les y retrouver pour dîner avec elles avant le décollage. Elles espéraient réussir aussi à joindre Peter. Comme il avait envie de voir Kate en tête à tête, Stern accepta. Il passa chez Sondra, au bout du couloir, pour savoir si elle pourrait assister, elle aussi, au procès Remo, et pour avoir son opinion sur la solidité du dossier du gouvernement.

Lorsqu'il revint à son bureau, Dixon était installé sur le canapé crème. Il portait un blazer croisé et des chaussettes jaunes et il fumait une cigarette, les pieds posés sur l'un des accoudoirs. Il était bronzé et très décontracté ; la peau de son front pelait. Stupéfait de cette apparition, Stern ne remarqua pas immédiatement le petit étui en cuir, abandonné sur le canapé, à côté de lui. Il avait oublié qu'il avait donné une clé à Dixon.

— Silvia m'informe que tu as rompu avec ton amie. Je croyais que tu avais davantage de bon sens, Stern. C'est une nana intéressante.

Stern avait entendu beaucoup de critiques similaires, cette dernière semaine, mais il n'avait aucune envie d'en discuter, et surtout pas avec Dixon — qui cherchait seulement à détourner son attention.

— Dixon, est-ce que je t'ai déjà dit que tu étais mon client le plus difficile ?

— Oui. (Il laissa tomber sa cendre dans le cendrier

de cristal, posé près de lui sur le canapé.) Que se passe-t-il ?

— Un grand nombre de choses.

Dixon fit pivoter son poignet et marmonna :

— J'ai dix minutes. La voiture est en bas. J'ai un rencart à La Guardia, ce soir à vingt et une heures pile. Ça fait deux ans que je travaille sur ce truc et voilà qu'il tourne en eau de boudin en une semaine. Parole.

Stern jeta un regard inflexible et sans humour à son beau-frère, puis il alla s'installer derrière son bureau.

— Tu vas aller en prison, Dixon.

— Bien sûr que non. Et c'est pour ça que je t'ai engagé.

— Je ne peux pas changer la réalité. Je ne comprends rien à tes motifs, mais je comprends les preuves. Il est temps que nous considérions les autres possibilités qui nous restent.

Dixon saisit immédiatement.

— Tu veux que je plaide coupable ? (Il écrasa sa cigarette tout en fixant Stern. Ses yeux jetaient une lueur jaune, lourde de violence. A l'évidence, il se sentait menacé.) Tu crois que je le suis ?

Ceci, bien entendu, était une clause supplémentaire de leur accord tacite. Dixon taisait les faits à Stern et celui-ci se gardait bien de le juger. Stern fut surpris de sa répugnance, même maintenant, à s'exprimer sur cette question, mais il n'avait aucun moyen de l'éviter.

— Oui, répondit-il.

Dixon fit tourner sa langue dans sa bouche.

— Écoute, poursuivit Stern, cette affaire prend des proportions désespérantes. John s'est vu accorder l'immunité et il témoigne devant le grand jury la semaine prochaine.

A la nouvelle, Dixon se figea.

— Et qu'est-ce qu'il racontera ?

— Qu'il a suivi tes instructions. Que chaque ordre

incorrect passé à Kindle émanait de toi. Qu'il n'a été qu'un pauvre mouton ignorant détourné du droit chemin. Je suis sûr que tu peux imaginer le genre de témoignage qu'il va faire.

— C'est lui qui t'a dit tout ça ?

— Dixon, comme tu le sais, je ne suis pas autorisé à aborder ce sujet avec John.

— D'où tiens-tu l'information, alors ? De son avocat ? C'est quoi son nom, déjà ? Toomey ? Tu disais que c'était une vipère. Peut-être qu'il raconte des conneries pour donner un coup de main à ses vieux copains.

— Avec le témoignage de mon propre gendre ? Je ne pense pas. Non, Tooley a fait ce qu'il avait à faire dans un cas pareil. Il a persuadé John de voir où étaient ses intérêts. Il est jeune. Sa femme est enceinte. Personne, Dixon, ne lui aurait conseillé de refuser cette immunité. Personne, répéta-t-il.

— J'en croirai pas un mot tant que je n'aurai pas entendu John me le dire en face. (Il leva le menton et tira sur la nouvelle cigarette qu'il venait d'allumer.) J'aurais pu avoir des millions de raisons de passer ces ordres-là.

Stern savait que s'il lui en demandait seulement une ou deux, Dixon resterait silencieux un moment.

— De plus, poursuivit Dixon, tu m'as expliqué qu'ils devaient démontrer que j'avais gagné de l'argent avec des opérations. Et que les profits avaient disparu de ce compte. Comment il s'appelle ?

— Wunderkind.

— Ils ne peuvent pas trouver les dossiers, conclut Dixon.

— Je crois qu'ils les ont localisés.

Dixon se leva brusquement. Il arrangea les jambes de son pantalon et contourna le bureau de Stern pour vérifier la présence de son coffre — sur lequel, par habitude, Stern avait posé un pied.

— Non, ils ne les ont pas, murmura Dixon.

Il secoua la tête et se fendit d'un large sourire triomphant.

Stern tâtonna dans ses papiers, sur son bureau, et il trouva l'assignation qu'il tendit à Dixon. Celui-ci mit un moment à la lire. Quand il eut fini, il était considérablement dégrisé.

— Comment ont-ils su où il était ?

— Ils ont leur propre version des choses, mais je soupçonne que cette découverte a la même origine que toutes les autres : leur informateur. Peut-être que tu as fait preuve d'imprudence et que tu en as parlé à quelqu'un ?

— La seule personne qui soit au courant de ce déplacement — et pas plus —, c'est Margy, parce que c'est elle qui a donné le chèque au transporteur. Je te l'ai déjà dit.

Ah bon ? pensa Stern. Dans ce cas, il avait oublié. Ce détail lui avait sans doute paru sans importance, à l'époque. Dixon étudiait de nouveau l'assignation.

— Ce truc indique la date d'aujourd'hui.

Stern lui raconta l'audience.

— Tu ne vas pas leur laisser mettre la main dessus, n'est-ce pas ?

— Je suivrai les instructions que tu me donneras, Dixon. A condition que Marta et moi les trouvions conformes à la loi.

— Qu'est-ce que tu me dis là ?

— Je peux revendiquer l'immunité avocat-client.

— Et ?

— Je ne crois pas que je serai obligé de témoigner sur nos conversations.

— Et le coffre ?

— C'est un point de droit très complexe, Dixon.

— Mais encore ?

— En fin de compte, je pense que nous devrons le leur donner.

Dixon siffla et alluma une autre cigarette.

— Écoute, Stern, tu m'as dit, lorsque je te l'ai fait apporter ici, que ces salauds ne pourraient pas l'avoir.

— Je t'ai dit que tes papiers *personnels* seraient plus en sécurité ici.

— Alors parfait. C'est personnel. Y a que des merdes personnelles, là-dedans.

Stern secoua la tête.

— Si je t'assure que c'est personnel, grommela Dixon, où vas-tu chercher une raison de m'assurer le contraire, bon sang ?

— Non, fit Stern. (Il n'aurait jamais osé prétendre qu'il n'avait jamais pratiqué le droit de cette manière, mais il s'était offert le luxe de conserver une conscience sans tache, depuis des années, et il n'était pas question qu'il ferme les yeux pour Dixon.) Même avec l'imagination la plus débridée, on ne peut empêcher que des documents internes à la compagnie, concernant le compte Wunderkind, appartiennent à cette compagnie. Et tous ces papiers auraient dû être présentés par Margy la semaine dernière.

— Oh, pour l'amour du ciel ! s'exclama Dixon. (Il se leva et ôta son blazer. Il portait une chemise avec des bandes verticales sombres, au col largement ouvert sur les poils blancs de sa poitrine. Ses bras musclés étaient bronzés.) Laisse-moi passer, bordel !

Il contourna le bureau de Stern, plia les genoux et souleva le coffre de quelques centimètres ; puis il commença à le déplacer.

— Dixon, cette assignation est dirigée contre moi, pas contre toi. Je dois m'y soumettre. Tu n'as pas le droit de le sortir de ce bureau.

Le coffre entre les jambes, Dixon se dirigea vers la porte, courbé comme un singe.

— Dixon, tu es en train de me mettre dans une situation vraiment impossible.

— Et vice versa, répondit-il.

— Marta est très maligne. Bien plus que moi. On pourra faire des requêtes. Avec un jugement en appel, on tiendra le gouvernement en respect pendant des mois. Je te promets que nous résisterons par tous les moyens légaux à notre disposition.

— Tu perdras. (Il avait le souffle court, mais il poursuivit son chemin en se dandinant.) Tu m'as déjà dit que tu n'avais pas d'argument valable.

— Dixon ! Pour l'amour de Dieu ! C'est de la folie. Tu pars du principe que le gouvernement n'a pas d'autre moyen de prouver que tu contrôles ce compte.

Dixon, qui avait dépassé le bureau, reposa le coffre par terre et se retourna.

— Quel autre moyen aurait-il ?

— Il doit y en avoir d'autres..., proposa Stern, d'une façon bien peu convaincante.

Pendant un instant, il avait pensé mentionner le chèque que Dixon avait signé pour couvrir le découvert du compte Wunderkind. Mais cette impulsion avait passé. Au cours d'une insouciante soirée dans les bois, il avait fait une promesse irrévocable. Et il pouvait arriver n'importe quoi, il ne reviendrait certainement pas sur sa parole. Au mieux, il pouvait se montrer indirect.

— Dixon, reprit-il, c'est sûr que le formulaire d'ouverture de ce compte n'est pas le seul moyen de déterminer qui en est le bénéficiaire. Peut-être que John est au courant de ça aussi ?

Dixon fixa Stern, dans un silence buté. Enfin, il secoua la tête, avec une lenteur volontaire — une mimique de refus absolu.

— Aucune chance, marmonna-t-il.

Il plia à nouveau les genoux et attrapa les deux côtés du coffre.

— Dixon, si je me présente devant le premier président Winchell sans ce truc ou si je ne suis pas capable de donner une explication plausible à sa disparition, je te promets qu'elle me fera mettre en détention provisoire.

— Oh, ils te jetteront jamais en prison ! Ils pensent tous que tu marches sur l'eau.

— Dixon, j'insiste.

— Moi aussi.

— Dans ce cas, je suis forcé de renoncer à être ton avocat.

Dixon mit un moment à digérer cette dernière phrase.

— Eh bien, renonce, dit-il enfin.

Il contracta ses épaules et, avec un grognement de professionnel, il souleva à nouveau le coffre.

— Dixon, tu commets une infraction fédérale sous mes yeux. Et en plus tu m'impliques dans cette infraction. Tu m'obliges à le notifier au gouvernement.

Dixon, depuis la porte, lui jeta un regard par-dessus son épaule. Ses yeux noirs, butés, le défiaient.

— Dixon, je suis sérieux. (Il décrocha son téléphone et composa le numéro du bureau du procureur des États-Unis, bien qu'à cette heure il fût peu probable qu'on lui réponde.) Sonia Klonsky, s'il vous plaît, dit-il dans le microphone, tandis que, dans l'écouteur, il entendait la sonnerie résonner dans le vide.

Tout près de l'entrée, Dixon lâcha le coffre. Il était écarlate et il haletait. Comme Stern reposait le combiné, Dixon lui adressa un geste dégoûté de la main. Il fit un pas dans le couloir, puis revint dans le bureau, jusqu'au canapé, où il ramassa ses cigarettes et ses clés, qu'il fit disparaître dans les poches de sa veste. Il agita un doigt en direction de Stern — mais il n'avait pas encore retrouvé assez de souffle pour parler et il partit sans prononcer un mot.

37

Stern s'était mis d'accord pour retrouver ses enfants au Bygone, l'un de ces établissements appartenant à une chaîne de restaurants qui avait été assez maligne pour planter ses constructions sur des emplacements commercialement intéressants dans toutes les grandes villes d'Amérique du Nord. Celui de Dallas, par exemple, ressemblait comme un frère à celui de Kindle County — les mêmes vieux réverbères en fer forgé, les mêmes verres en forme de cloche, au bar, et, joliment collées sous les plateaux en polyuréthane des tables, les mêmes cartes représentant des chatons, du genre de celles que collectionnent les fillettes. Le restaurant surplombait le réseau autoroutier près de l'aéroport de Greater Kindle County. Coincé dans la circulation, Stern l'apercevait à des kilomètres devant lui.

Aujourd'hui, l'aéroport représentait pour Kindle County ce qu'avait signifié la rivière un siècle plus tôt : le confluent des importants flux commerciaux de la région. De grands immeubles de bureaux, losanges de verre étincelants, avaient poussé dans des zones qui, moins de quinze ans auparavant, étaient encore des pâturages ; d'énormes entrepôts aux portes de tôle ondulée et divers hôtels en béton préformé se dressaient au bord de l'autoroute, au milieu d'innombrables panneaux annonçant d'autres projets qui seraient menés à bien d'ici à la fin du siècle. Ici, le trafic était dense à n'importe quelle heure du jour et de la nuit. Stern, bloqué par intermittence, coupa la radio de sa Cadillac pour donner libre cours aux diverses pensées qui lui venaient à propos de Dixon.

Il remonta aux racines de toute l'histoire et pensa

que si Silvia s'était sentie plus en sécurité après le décès de leur mère, elle aurait peut-être trouvé Dixon moins irrésistible. Stern avait fait de son mieux, à l'époque, en organisant soigneusement leur vie à tous les deux. Il avait vendu une partie des meubles de sa mère et deux bagues pour leur constituer un capital et, l'automne suivant, Easton University, le refuge champêtre de l'éducation privilégiée dans le Middle West, était devenu l'asile des deux orphelins. Silvia, douée pour les études, se surpassa comme son frère, et entra à l'université avec une bourse qui lui permit de couvrir toutes ses dépenses. Stern, en tant qu'ancien combattant, put fréquenter la faculté de droit aux frais du gouvernement fédéral. Pour faire des économies — et ne pas rompre la chaîne familiale —, Stern vivait dans l'appartement de leur mère, à DuSable, et prenait le train tous les matins. Silvia, elle, fut bientôt invitée à rejoindre un club d'étudiantes.

Pour mieux assurer leurs finances, Stern reprit les tournées de planches de loterie qu'il avait faites pendant toutes ses études supérieures. C'étaient des attractions publicitaires auxquelles faisaient appel certains commerçants des petites villes de la région ; pour dix cents, le client choisissait un minuscule rouleau de papier sur le panneau et y lisait une bonne blague ou, beaucoup plus rarement, y découvrait qu'il était l'heureux gagnant d'une machine à laver ou d'une télévision. Le vendredi matin, Stern chargeait les nouvelles planches et les prix gagnés la semaine précédente dans le camion fatigué que Milkie, son patron, mettait à sa disposition, et il partait vagabonder en quatrième sur les routes de la prairie, visitant les magasins de diverses bourgades pour livrer les lots éventuels et partager les recettes. Lorsqu'il revenait à Kindle County, le dimanche soir, Silvia était déjà rentrée en train et avait réintégré elle aussi l'appartement de leur mère, où elle préparait le dîner. C'étaient des moments précieux et réconfortants. Il abandonnait avec plaisir son volant, ses vêtements salis par la poussière de plusieurs États, et il attendait avec impatience de se retrouver en compagnie de sa sœur pour profiter pendant quelques heures de cette espèce de vie familiale.

Un dimanche soir, il ouvrit la porte, et découvrit Silvia assise à la table de la salle à manger avec Dixon Hartnell, qui à l'époque était encore sous les drapeaux. De passage en ville, lors d'une permission, il avait réussi à dénicher l'adresse de Stern, et Silvia l'avait laissé entrer. Elle prétendait qu'elle s'était souvenue de son nom, mais Stern n'avait aucun moyen d'en être sûr. Elle était prête à s'amouracher de tous les amis de son frère qui étudiaient le droit avec lui — et l'on pouvait voir, au premier coup d'œil, que ces deux beaux jeunes gens étaient attirés l'un par l'autre.

Stern fut véritablement horrifié de découvrir Dixon — qui, pour lui, appartenait désormais au passé — avec sa précieuse sœur. Dixon avait conservé le lustre tape-à-l'œil d'un costume bon marché, et comme il avait été blessé en Corée où il commandait d'autres hommes, il n'en était que plus présomptueux. Stern veilla pourtant à le recevoir correctement et, à son départ, après l'avoir invité à dîner, il était persuadé de ne plus jamais le revoir.

La correspondance entre Dixon et Silvia commença par respecter les convenances — il envoya un mot à son hôtesse pour la remercier de son invitation. Il ne vint même pas à l'esprit de Stern de lui suggérer de ne pas répondre. Mais huit mois plus tard, lorsque Dixon fit sa réapparition — il était revenu à la vie civile et s'était inscrit à l'université, lui aussi —, leur relation était devenue une histoire d'amour. Stern n'avait jamais imposé de discipline à Silvia, et il ne sut pas comment mettre un terme à cette aventure qu'il estimait désastreuse, même s'il se hérissait et ne cachait pas sa réprobation chaque fois qu'ils étaient ensemble, et même s'il adressait tout juste la parole à Dixon. Finalement, lorsque Silvia entra en troisième année, la crise éclata. Stern empêcha sa sœur de changer d'université pour retrouver Dixon. Elle accepta cet interdit avec une détresse silencieuse, mais, trois mois plus tard, Dixon et elle annoncèrent leurs projets de mariage. Ils répondirent point par point à toutes les objections furieuses que souleva Stern : Dixon se convertirait au judaïsme ; Silvia ne quitterait pas l'université ; Dixon, que de toute manière les études laissaient indifférent, y renoncerait et prendrait un emploi dans une agence de courtage. Stern, d'une obstination à toute épreuve, ne s'avoua pas vaincu ; il finit par dénoncer Dixon à sa sœur : c'était un profiteur, un truqueur, une illusion. Et pourtant leur détermination ne faiblit pas. Un dimanche soir, Dixon apparut à l'heure du dîner et supplia Stern d'assister à leur mariage : il voulait le voir accompagner la mariée à l'autel et être son témoin.

— Nous ne pouvons pas faire ça sans toi, lui avait dit Dixon. Tu es la seule famille qu'il nous reste à tous les deux.

Lorsque la conversion de Dixon fut effective, il épousa Silvia sous un dais. Et Stern se tenait juste derrière les jeunes mariés. Il se mit à pleurer au milieu de la cérémonie et il fut incapable de s'arrêter. C'était la première fois qu'il se laissait aller de cette manière en présence d'étrangers, et cela ne lui arriva plus jamais. Mais là, il était trop bouleversé par sa nouvelle condition : il avait vingt-quatre ans, à présent, et il se retrouvait totalement seul. Dès ce moment il commença à chercher une épouse — ce qui, jusque-là, n'avait jamais été une priorité consciente.

Quant au couple formé par Silvia et Dixon, des années plus tard, il n'était toujours pas possible de dire qui avait raison et qui avait tort. Silvia appréciait le bien-être matériel venu avec le temps et l'admiration quasi céleste de Dixon ; mais sa souffrance, en particulier à cause des aventures de son mari, était parfois intense. Vu ce qui s'était passé avant leur mariage, elle n'osa jamais dire du mal de lui à son frère — sauf au cours de cette brève période où Dixon avait été interdit au domicile conjugal. En rentrant chez lui un soir, Stern avait trouvé Silvia et Clara assises toutes les deux à la table de la salle à manger. Un petit verre de sherry était posé entre elles, et le regard d'avertissement que Clara jeta à son mari indiqua aussitôt à Stern qu'il y avait un problème. Pompette, les yeux rouges, Silvia se mit à lui parler dès qu'elle le vit :

— J'ai toujours été persuadée qu'une chose comme ça se produirait un jour ou l'autre, parce qu'il voulait tellement avoir des enfants...

C'était sa propre explication aux errements de Dixon. Cette stérilité, que les médecins ne parvenaient pas à expliquer, était un terrible chagrin pour Silvia, en ces années-là. Elle en discutait souvent avec Clara, mais seulement en tête à tête, car Dixon était bien trop humilié par leur échec pour supporter l'idée que quelqu'un pût être au courant.

— Mais il en profite, dit Silvia. Il l'a toujours fait. Je ne me suis rendu compte qu'il avait menti au rabbin que lorsqu'il a ôté son pantalon, lors de notre nuit de noces.

Au début, cette remarque parut à Stern complètement mystérieuse, puis très choquante. Cette révélation sembla résonner autour d'eux. On informait Stern de quelque chose de profondément révélateur, et cependant il était incapable de déchiffrer le message. A l'époque, il avait participé à des douzaines de compétitions d'athlétisme avec Dixon et il s'était souvent retrouvé avec lui dans les vestiaires de divers clubs sportifs. Dixon n'était pas pudibond, c'était clair. Sans doute estimait-il qu'entre hommes, créatures d'ici et maintenant, on pouvait considérer ce rituel plusieurs fois centenaire comme brutal et dépassé. Allez savoir, de toute façon, ce que pensait Dixon ! Mais une chose était certaine : il n'aurait jamais cru que Stern n'avait tout simplement pas remarqué qu'il n'était pas circoncis.

Assises près de la porte, sur un banc en pin — toute la décoration du restaurant imitait la salle de jeu d'une maison individuelle —, ses filles l'attendaient en buvant un soda, plongées dans leur conversation. Stern serra Kate dans ses bras.

Pendant qu'on les installait à une table, Marta excusa Peter. Il n'avait pas pu remettre ses dernières visites.

— Et où est John ? demanda-t-il.

Les yeux noirs de Kate se tournèrent brièvement vers sa sœur ; à l'évidence, elles avaient conclu un accord.

— Avec son avocat, répondit-elle alors. Tu sais où. Ils lui font éplucher des papiers toute la nuit.

Marta, manifestement, avait encouragé Kate à se montrer franche avec son père, mais le sujet la rendait triste et laconique.

— C'est une situation impossible, dit Marta, d'un ton largement dépourvu de reproche.

Stern lui avait donné de nombreux détails, mais elle en avait certainement appris d'autres de la bouche de Kate, au cours de la journée.

— Si tout cela n'est pas complètement résolu bientôt, je me retirerai de cette affaire, dit Stern.

Marta le savait, mais il le répétait pour Kate. Et la voir, ce soir, renforçait sa détermination. Il lui prit la main, qu'elle avait posée sur la table. Les yeux embués, elle étreignit brusquement son père et appuya son visage sur son épaule.

Ils discutèrent pour savoir qui, de Kate ou de Stern, conduirait Marta à l'aéroport et ils convinrent finalement d'y aller ensemble avec la Cadillac. Ils abandonnèrent Marta lorsqu'elle franchit le détecteur de métal, puis Stern raccompagna Kate jusqu'à sa voiture. Le parking du Bygone se trouvait sur le toit du restaurant et l'endroit offrait une vue impressionnante sur l'aéroport, le réseau routier, les collines environnantes et le ciel violet où les dernières lueurs du jour s'évanouissaient. Kate embrassa rapidement son père et s'éloigna, mais soudain, conscient qu'il ne lui avait pas dit tout ce qu'il désirait, il ouvrit sa portière et descendit. Il fit quelques pas vers elle en pressant un peu le pas et lui prit la main.

— Cette histoire avec ton oncle, Kate... Ce n'est pas John qui est à blâmer. Si cela peut le consoler, tu peux lui répéter mes paroles.

Kate ne répondit pas. Elle regarda autour d'elle, dans toutes les directions, puis, sans raison apparente, se mit à taper du pied. Stern eut l'impression qu'elle était sur le point de fondre en larmes. Elle farfouilla dans son sac. Il ne comprit ce qu'elle faisait que lorsqu'il vit la petite flamme.

— Katy, tu fumes, maintenant ?

— Oh, Papa !

Elle recommença à regarder tout autour d'elle.

— Depuis combien de temps ? insista-t-il.

— Depuis toujours, Papa. Juste quelques bouffées. Depuis la fac. En période d'examens. Tu vois — les moments de tension. C'est terrible pour le bébé, je sais. Il faut que j'arrête.

Mais, à ces mots, elle inhala profondément une longue bouffée et leva le visage vers le nuage de fumée.

— Kate, je comprends que ça a dû être pénible.

Elle émit un son, presque un rire — une certaine dérision.

— Papa, je préférerais que ça ne soit pas aussi facile pour moi de te choquer...

Elle prononça ces mots sur un ton presque dur, et se tut. Ils restèrent silencieux un instant. Puis elle tira une dernière fois sur sa cigarette ; dans l'obscurité, il vit tomber l'extrémité allumée de son mégot qui tourbillonna une seconde puis se cassa en trois sur le bitume. Elle mit longtemps à l'éteindre, l'écrasant à plusieurs reprises avec le pied.

— Écoute, Papa, reprit-elle. Nous nous en tirerons. Nous n'avons pas le choix.

Plus grande que lui de quelques centimètres, elle appuya sa joue toute douce contre la sienne, puis s'éloigna vers sa voiture, en faisant claquer ses talons hauts, ses clés tintaient dans sa main. Il s'attarda un instant sur le parking mal éclairé, à regarder la Chevrolet de sa fille faire une marche arrière rapide puis tourner, en laissant derrière elle un fantôme de fumée noire.

Qui est donc cette femme ? se demanda-t-il. De toute cette soirée, l'image qu'il conservait d'elle, c'était la manière dont elle avait écrasé cette cigarette, avec son pied qui pivotait hargneusement sur le sol. Il y avait dans ce geste une détermination sauvage dont il n'avait jamais été certain qu'elle la possédât. Il pensa à la vision qu'il avait eue d'elle ce soir, et puis l'autre fois, au stade, et soudain il comprit mieux qui elle était. Sa façon de murmurer. Ses conciliabules avec John. Elle avait des secrets, oh oui ! une vie cachée. Et le plus grand secret de tous, c'était qu'elle était quelqu'un d'autre — une personne différente de la belle chose innocente que ses parents avaient voulu qu'elle fût — ou qu'ils l'avaient autorisée à être. L'impression la plus vraie qu'on avait d'elle, sa ressemblance avec sa tante Silvia — adorable, capable, gentille, mais ayant décidé de se limiter — était celle qu'elle avait jugée le plus facile à laisser transparaître, de manière à pouvoir, pour tout le reste, leur échapper sans laisser de traces. *Qui est-elle ?* pensa-t-il de nouveau. *Réellement ?* Debout dans l'air doux de cette soirée d'été, il se retourna pour examiner l'endroit où elle venait de se tenir, mais même le petit nuage des gaz d'échappement s'était évanoui.

Il rentra chez lui en roulant lentement. En approchant de sa maison plongée dans l'obscurité, il se sentit tendu. S'il avait eu un autre endroit où aller, il ne serait pas revenu ici, ce soir, oh non ! Si elles n'étaient pas révolues, toutes ces semaines — des mois en réalité — qu'il venait de passer sous l'influence de diverses femmes et de sa sexualité étaient au moins en suspens pour la nuit. Libéré de cela, il se sentait davantage lui-même, par certains côtés : seul, rond et solide comme une pierre.

Comme il s'y attendait, sa vaste demeure était aussi désespérément vide qu'elle avait été emplie la nuit précédente par l'esprit qui était venu le visiter.

Maintenant, il était vraiment seul.

Le silence flottait autour de lui, avec la puissance de quelque force capricieuse. Dans cet espace inoccupé, il avait l'impression que son corps s'était rétréci. Il resta un moment dans son vestibule en ardoises, où il semblait inévitablement entrer en phase avec son âme, et il pensa que sa vie continuait sans Clara. C'était une idée absurde ; ce qu'il voulait exprimer par là était au-delà des mots. Ce fait avait été clair dès l'instant — il y avait de cela plusieurs mois — où il s'était retrouvé ici, pâle comme un linge et en proie à la panique, et qu'il avait pourtant été capable de continuer à respirer, simplement respirer. Mais il lui semblait qu'il n'avait pu réellement être certain de tout cela jusqu'à cet instant. Oui, là, maintenant, il avait conscience de sa propre vie ; il savait qu'il avait réussi à démêler le fil de son existence, à le dégager du nœud serré fait de toutes ces choses qu'ils avaient créées et vécues ensemble, Clara et lui. Cela ressemblait au travail d'un électricien — repérer la ligne où passait le courant. Et il percevait le bourdonnement de sa vie à lui, isolée, qui s'était poursuivie avec le rythme persistant, discordant, d'un cœur qui bat — son cœur, qui continuait sa route tant bien que mal. Il était seul, ni heureux, ni amer, mais au moins il le savait. Alors, l'image d'Helen lui traversa l'esprit ; il ferma les yeux et il pensa un instant à elle, préoccupé, plein de regrets.

Cette nuit-là, il dormit de nouveau dans le lit qu'il avait partagé avec Clara — d'un sommeil profond et sans rêves. Il fut debout à six heures du matin et, renouant avec une vieille habitude, il se trouva à son bureau à sept. Il se plongea dans les piles de courrier qu'il négligeait depuis des semaines. Il se sentait calme et savait où il allait. Pourtant, au bout d'une bonne heure, il remarqua quelque chose de bizarre.

Le coffre avait disparu.

38

— Ce n'est pas drôle, dit Marta, lorsque Stern la joignit au téléphone, à New York, le vendredi. Il faut que tu le récupères. Je ne sais pas ce qui, dans tout ça, entre exactement dans le cadre du secret professionnel, mais même si tu décidais de raconter toute l'histoire, personne ne croirait qu'il l'a emporté sans ton aide. Tu vas finir en prison.

Stern, à l'autre bout du fil, émit un son grave. L'analyse de Marta ressemblait beaucoup à la sienne.

— Ça me fait peur, poursuivit-elle. Je crois que tu devrais prendre un vrai avocat.

— Tu es un *vrai* avocat, répondit-il.

— Je veux dire quelqu'un qui sache ce qu'ils sont en train de fabriquer. Quelqu'un qui ait de l'expérience en la matière.

Il lui demanda à quelle *expérience* elle faisait allusion. Pour ce qu'il en savait, il n'existait aucun avocat de la défense spécialisé dans la disparition de pièces à conviction.

— Dis-lui que c'est un putain de trou du cul, proposa Marta, vers la fin de leur conversation.

— Si j'arrive à le toucher au téléphone, fit Stern.

Dixon réussit à éviter Stern jusqu'au lundi suivant, mais lorsqu'il prit enfin la communication, une fois que Stern eut multiplié les demandes auprès d'Élise, il se montra aussi innocent qu'une coquette.

— Je préviendrais l'assurance à ta place, dit-il à Stern. Et les flics. Y a des trucs importants là-dedans. (Stern bouillait en silence tandis que son beau-frère chantait la même insupportable chanson.) Ne me dis pas que tu es en train de m'accuser ?

Stern lui répondit avec violence.

— Dixon, que tu veuilles aggraver ton cas avec ces singeries grotesques, c'est ton problème. Mais maintenant, c'est mon gagne-pain et ma réputation qui sont en jeu. Le coffre doit revenir ici tout de suite !

Et il lui raccrocha au nez.

Le lendemain, il arriva à son bureau, plein d'espoir. Mais le coffre n'était pas là.

Le tapis berbère sur lequel il avait reposé pendant des semaines était définitivement marqué par l'empreinte de ses quatre pieds.

Par moments, au cours de cette semaine, il lui arriva vraiment de penser que Dixon pouvait ne pas être impliqué dans cette disparition. Celui-ci lui expliqua qu'il était resté très tard à New York ce soir-là. Il avait eu une réunion. Comment, dans ce cas, aurait-il pu s'emparer de ce coffre ? Et le personnel d'entretien qui travaillait la nuit ? demanda-t-il. Ces gens-là avaient des clés. Peut-être l'un d'eux avait-il remarqué le coffre, depuis qu'il avait été déplacé ? N'aurait-il pas pu décider alors de le voler, en pensant qu'il contenait peut-être des objets de valeur ? Dixon ne cessait de revenir à cette hypothèse absurde. Souhaitant ne plus avoir aucun doute sur le sujet, Stern, malgré les avertissements qu'il se lançait à lui-même, évoqua cette question avec Silvia, sans avoir l'air d'y toucher, au cours de leur conversation quotidienne, le vendredi suivant.

— Oh, ça ! s'exclama-t-elle, avec une soudaine exaspération. Tu n'imagines pas ce qui a pu se passer ici !

Elle se lança alors dans la description d'une scène qui s'était déroulée chez eux, la semaine précédente, entre Dixon et Rory, leur chauffeur. Silvia, qui se remettait du décalage horaire de leur voyage, avait été arrachée à un sommeil profond par deux silhouettes qui avaient l'air de se disputer près de la penderie de leur chambre. Le chauffeur, avec son fort accent allemand, avait parlé brutalement à Dixon, l'avertissant qu'il n'en pouvait plus et qu'il voulait lui laisser finir le boulot. Silvia s'était redressée dans son lit, le drap serré contre sa poitrine, et elle avait apostrophé les deux hommes — qui, dit-elle à son frère, l'ignorèrent. Dixon était en sueur et jurait, très en colère contre Stern. Il avait dû louer un avion privé à l'aéroport.

— Sender, que se passe-t-il entre vous ? demanda Silvia.

Stern n'avait jamais eu de mal à donner le change à sa sœur et il recommença. Un désaccord professionnel, lui dit-il. Après réflexion, il ajouta qu'il vaudrait mieux ne pas parler de cette conversation à Dixon. Sa sœur raccrocha, troublée, coincée entre le pôle Nord et le pôle Sud, entre les deux hommes dominant sa vie. En reposant le combiné, Stern regretta à nouveau d'avoir cédé à son impulsion. Il réalisa tout à coup que cette discussion avec sa sœur n'était probablement pas couverte par le secret professionnel. Assis à son bureau, se traitant de tous les noms, il réfléchit au mépris dans lequel la loi tenait l'affection familiale. Dans le pire des cas, il allait être confronté à des choix abominables lorsqu'il passerait devant le grand jury : impliquer Dixon et tromper la confiance de Silvia, ou mentir sous serment.

Quel procès Dixon allait avoir ! pensa-t-il soudain. Tout d'abord, le mari de la fille de son avocat allait déposer contre lui ; puis le gouvernement appellerait son avocat en personne à la barre. Sur ordre du tribunal, celui-ci serait obligé de décrire la démarche simiesque de Dixon dans son bureau lorsqu'il avait voulu déménager le coffre, puis la disparition de l'objet, peu après. Ensuite, pour le *coup de grâce*[1], les procureurs essaieraient de trouver une exception à l'immunité conjugale pour obliger Silvia à intervenir, elle aussi. Comme Stan Sennett allait adorer tout cela ! La famille Stern au complet contre Dixon Hartnell. Les yeux fixés sur son téléphone, Stern frissonna. Ce serait

1. En français dans le texte (*N.d.T.*).

violer la foi qui avait animé toute sa vie que de témoigner contre un client — et encore plus contre Dixon, quels que fussent les défauts du personnage.

Stern avait atteint sa majorité dans les tribunaux d'État. Là, dans les couloirs mal éclairés avec les mêmes appliques que dans les écoles, avec les vieux lambris gravés des initiales de centaines d'adolescents, avec toute cette ménagerie grincheuse qui manifestait une avidité presque pathétique pour n'importe quelle sorte de prime, oui, là, il se sentait à l'aise. C'était une scène où défilaient des personnages royaux : Zeb Mayal, responsable des libertés sous caution, et membre de la commission des tutelles judiciaires qui, jusqu'à la fin des années 60, trônait à la vue de tous à un bureau d'une salle auxiliaire et donnait des ordres à tout le monde, y compris à la plupart des juges appelés à présider, Wally McTavish, le procureur adjoint, qui interrogeait les accusés dans les affaires où la peine capitale était requise, et qui se glissait près d'eux pour leur murmurer *Bzzz* à l'oreille ; et, bien sûr, les escrocs, les voleurs — ce Louie De Vivo, par exemple, qui avait placé une bombe à retardement dans sa propre voiture pour distraire le juge au moment de la sentence. Ô mon Dieu ! comme il les aimait, tous autant qu'ils étaient ! Comme il les aimait ! Stern était calme et pas spécialement courageux — mais il éprouvait une attirance d'esthète pour la coquinerie, la fourberie, l'habileté égoïste de tous ces gens, grâce auxquels la méchanceté humaine pouvait être considérée comme une misérable créativité.

Les tribunaux fédéraux qui, en quelque sorte, étaient aujourd'hui son foyer, étaient des lieux plus solennels. Forum préféré d'avocats diplômés de facultés réputées et chargés de clients importants, ils étaient, de l'avis général, un endroit mieux adapté à la pratique du droit. Les juges avaient le temps, et l'envie, de se pencher sur les conclusions qu'on leur présentait. Ici, contrairement aux tribunaux d'État, il était extrêmement rare de voir des avocats faire le coup de poing dans les couloirs. Les greffiers et les marshals [1] étaient cordiaux et incorruptibles, à la différence de leurs collègues des tribunaux de comté — ce dont ils n'étaient d'ailleurs pas peu fiers. Et cependant, Stern avait toujours eu l'impression d'y être un intrus. Il avait gagné sa stature de notable local, surveillant ses arrières, évitant, chaque fois que c'était possible, les arrangements douteux dans les couloirs, et prouvant ainsi, au fil des années, que le talent et l'intelligence pouvaient prévaloir, même dans cette arène sans pitié. Cependant, il estimait toujours que sa place était ici, là où se trouvaient les véritables avocats selon sa définition — ici, au tribunal de Kindle County, avec ses couloirs lugubres et ses pathétiques colonnades rococo.

Ces pensées, concernant le franchissement d'une autre frontière intangible, vinrent à Stern pendant qu'il attendait la session de l'après-midi dans la salle d'audience de Moira Winchell. Remo Cavarelli, intimidé et silencieux, était assis à côté de lui, mordillant nerveusement sa moustache et sa lèvre supérieure. Hormis l'agitation de Remo, l'atmosphère clémente et somnolente du début de l'après-midi était tombée sur le tribunal. Le juge Winchell, comme ses collègues, s'accordait une heure et demie pour déjeuner, une pause suffisante pour boire un peu de vin pendant le repas, s'envoyer en l'air en vitesse, ou effectuer un petit jogging pour la forme. Et soudain, sans avertissement,

1. Officiers fédéraux qui exécutent les jugements du gouvernement (*N.d.T.*).

le battant de la porte claqua, Winchell sortit de ses bureaux et déclara la séance ouverte, tandis que Stern, Appleton, Remo et quelques spectateurs âgés se levaient.

Wilbur, le greffier au visage toujours triste, appela l'affaire Remo Cavarelli. Stern avait beau lui répéter qu'il ne se passerait rien aujourd'hui, il sentait Remo trembler à son côté. Comme Wilbur savait qu'il y aurait un report, aucun jury n'avait été convoqué.

— L'accusé est prêt pour la tenue du procès, dit Stern, à seule fin d'enregistrement, dès qu'il atteignit l'estrade.

Appleton, lui, ne l'était pas, et Stern le savait. Il plaidait devant le juge Horka une affaire de saisie d'un kilo de cocaïne, et il aurait besoin d'encore une bonne semaine avant de pouvoir s'occuper de Remo. Avec un substitut moins cordial que Moses, Stern aurait pu faire des histoires — après tout, il y avait cinquante procureurs dans la place qui auraient pu plaider cette affaire pour lui —, mais il écouta en silence la requête d'Appleton et se contenta d'ajouter : « Objection ! » au terme de l'intervention de Moses, une remarque que Winchell ignora avec l'indifférence étudiée qu'elle aurait manifestée pour un éclat de voix dans le couloir.

— Que pensez-vous de jeudi prochain ? demanda-t-elle. Ce jour-là, à part quelque chose devant le grand jury qui exigera peut-être un peu d'attention de ma part, je n'ai rien d'autre. (Elle l'inscrivit sur son rôle des causes, et ses yeux noirs se posèrent alors sur Stern :) Monsieur Stern, ajouta-t-elle avec une amabilité professionnelle, autant que je m'en souvienne vous êtes concerné par cette affaire. Les deux parties ont-elles réussi à résoudre leur désaccord ?

— Pas encore, Votre Honneur.

— Oh, répondit le juge, comme c'est décevant !

Son affection espiègle ne dissimulait pas totalement

ce qui était prévisible : Moira Winchell était mécontente.

Klonsky avait appelé Stern à la première heure, ce matin même.

— Je n'ai pas le numéro de votre fille à New York. Je crois qu'il vaudrait mieux que nous parlions. Vous passez devant le grand jury jeudi prochain.

On était vendredi.

Sa voix éveillait toujours, chez Stern, des sentiments puissants. Comment ça marche avec votre mari ? avait-il envie de lui demander. Comment vous sentez-vous ? Il lut le numéro de Marta dans son mémo.

— Le gouvernement aurait changé d'avis, peut-être ? fit-il alors.

— Nous accepterons un compromis, dit Sonny. Vous remettez le coffre et une déclaration sous serment qu'il est dans le même état que lorsque vous l'avez réceptionné, et vous n'avez pas à comparaître devant le grand jury.

— Je vois.

Le gouvernement, comme d'habitude, obtiendrait tout ce qu'il voulait, mais sa modération ferait plaisir au juge.

— J'estime que c'est équitable, Sandy, reprit Klonsky. Vraiment. Le fait que vous ayez ce coffre n'est pas couvert par l'immunité. Tout ce que nous désirons, c'est cet objet, et l'assurance que nous y trouverons bien l'ensemble de ce qu'il contenait. Nous étions en droit de l'emporter, s'il l'avait laissé à sa place, dans les bureaux de MD. Nous ne pouvons permettre que quelqu'un échappe à une assignation *duces tecum* en envoyant tout ce qui lui plaît à son avocat.

Même si ce coffre était toujours en sa possession, Stern n'aurait peut-être pas été d'accord, mais il était inutile de se disputer maintenant. Parler avec Sonny, en fait, le rendait triste à en mourir. Cette situation — sous tous ses aspects — était impossible.

Stern appela Marta pour l'informer de la nouvelle, puis, sur la suggestion de sa fille, il rédigea une requête pour renoncer à ses fonctions d'avocat-conseil de Dixon. Il déclara, sur papier libre, qu'il existait des différends inconciliables entre l'avocat et son client. Il la fit envoyer à Dixon par porteur, juste avant d'aller à son rendez-vous avec Remo, et y ajouta un petit mot où il disait qu'il déposerait cette requête le mardi suivant, à moins que le différend entre eux ne fût immédiatement résolu. En réalité, une telle intervention n'était pas nécessaire lors d'une procédure avec le grand jury, mais Dixon n'était pas obligé de le savoir, et Marta pensait que c'était le prélude qui convenait avec le juge Winchell.

Et là, à voir l'attitude de Moira Winchell — tandis qu'Appleton continuait à quémander un délai plus long —, Stern comprit qu'un travail de fond s'imposait. Lorsqu'il rejetterait le compromis de l'accusation, qu'il n'en proposerait pas d'autre à la place et se contenterait de refuser de produire ce coffre — c'était son dernier plan —, la réaction de Moira serait terrible. Il se dit qu'en prédisant son emprisonnement, Marta avait sans doute fait preuve d'une admirable prescience.

Le juge laissa Moses s'embarquer dans un plaidoyer pleurnichard, mais finit par accepter que la date du procès de l'affaire Remo fût fixée à la première semaine d'août.

— Et vous avancerez sur cette autre histoire, n'est-ce pas, monsieur Stern ? dit-elle en se levant.

Depuis la hauteur où elle se tenait, elle lui sourit, avec les manières dominatrices et glacées d'une personne habituée à être obéie.

Dans le couloir, dès qu'ils furent seuls, Remo recommença à se disputer avec Stern. Il était toujours aussi opposé à l'idée de passer en jugement.

— Combien elle va me donner en plus, si je choisis ça, hein ? grommela Remo. Avec c'te poupée, j'pourrais bien m'en prendre un bon paquet.

Stern poussa de nouveau la même chansonnette à Remo : s'il était condamné, il partirait pour longtemps au pénitencier, qu'il plaidât coupable ou non. Les preuves retenues contre lui, tout bien pesé, justifiaient ce choix. Le procès.

— Ouais, mais ça va coûter combien? demanda alors Remo. Vous travaillez pas pour rien, non ?

Cela, reconnut Stern, c'était vrai.

— Sûr, reprit Remo. Personne bosse pour rien. Alors, qu'est-ce qu'il va falloir que je vous allonge ? Cinq, peut-être ? (Quand Stern eut l'air d'hésiter, les yeux noirs de Remo s'agrandirent.) Plus ? Hé, j'ai pas fait grand-chose, ces temps-ci. Vous savez, depuis quelques mois, c'est maigre.

Stern n'aurait pu dire si Remo voulait parler d'activités légales ou non, et sa longue expérience ne lui donnait guère envie de lui poser la question. De certaines autres remarques de Remo, il avait déduit que son emploi du temps actuel se résumait à faire le tour des bars de son quartier, où il avalait des apéritifs à partir de onze heures du matin et jouait aux cartes dans les arrière-salles, jetant de l'argent sur la table, avec son cinéma habituel et ses jurons en italien.

— C'est quoi, les chances, là-dedans? demanda Remo. Si je tombe, y a plus rien pour ma poule et le gosse. Et j' vous donne cinq ? (Remo semblait avoir réglé tout seul le problème de ses honoraires.) J' le sens pas. Non, dit-il. (Un petit sourire sournois passa soudain sur ses lèvres. Il se rapprocha de Stern et chuchota, l'haleine encore parfumée d'une trace de

Cinzano, ou d'un autre apéritif, souvenir de sa matinée oisive :) Bien sûr... (Une lueur d'amusement passa dans les yeux)... si vous aviez un petit boulot, ou quelque chose, on pourrait s'arranger. Vous savez. (Stern fixa Remo.) Ouais, quoi, vous savez bien : vous me rendez un service, et je vous renvoie l'ascenseur. Hé ! j' voulais pas vous vexer ni rien. Z' êtes sans doute pas le genre de type. (Remo se demandait maintenant dans quel pétrin il venait de se fourrer, et comment interpréter la concentration, presque brutale, qu'il lisait sur le visage de Stern.) Z' êtes pas vexé, hein ? répéta-t-il. Okay ?

39

Le lendemain, samedi, Stern rentra chez lui, prêt à une nouvelle soirée solitaire. Il avait repris ses vieilles habitudes et passait de nouveau ses week-ends au bureau, à essayer de se retrouver dans l'océan de problèmes de moindre importance qu'il négligeait depuis des mois. Il avait discuté avec Silvia dans la matinée et lui avait demandé, sur un ton faussement innocent, ce que Dixon et elle avaient prévu pour leur fin de semaine. Silvia lui répondit qu'ils seraient au country-club pendant les deux jours. Elle lui proposa de se joindre à eux, mais il refusa : il avait du travail. Avec le peu d'honneur qui lui restait, il refusa d'être plus précis sur ses projets. En outre, il n'était pas encore certain d'avoir assez de cran pour aller jusqu'au bout.

Seul, maintenant, devant sa grande maison vide, il repensa, avec un terrible regret, à toutes les invitations qu'il avait refusées en avril et en mai. Beaucoup de gens étaient persuadés, à présent, qu'Helen avait la priorité sur son emploi du temps. Il allait devoir envoyer des signaux de fumée — ou tout autre signal que pouvait émettre un veuf désireux de dîner avec la cousine vieille fille d'un certain âge... Désespérant, pensa-t-il. Mais préférable à la vraie solitude. Il ouvrit la portière de la voiture et se souvint, dans un flash à donner le vertige, que deux semaines plus tôt il avait cru qu'il était amoureux.

Il posa un pied par terre, dans l'allée, puis il s'immobilisa. Nate Cawley travaillait dans son jardin, de l'autre côté de la belle pelouse séparant leurs deux maisons. Torse nu dans l'air embaumé, il bêchait avec énergie ses parterres de plantes vivaces. Stern, déconcerté, se demanda s'il avait vraiment envie de s'occuper de cette affaire-là, aussi. Mais il n'eut guère le loisir d'y réfléchir, car Nate sentit que quelqu'un l'observait ; Stern sortit donc de sa voiture et les deux hommes se firent face, à quelques mètres de distance. Ils se rejoignirent sur le terrain des Cawley, à la limite de leurs deux propriétés.

— Je pensais que tu pourrais m'inviter à prendre un verre, dit Nate.

A son corps défendant, peut-être, il ne put s'empêcher de jeter un coup d'œil par-dessus son épaule, vers sa maison — et Fiona, sans doute. Il était luisant de sueur. De petits fragments d'herbe coupée et un peu de terre étaient accrochés aux poils gris clairsemés de sa poitrine ; ses deux mains étaient pleines de boue séchée. Il trouva, mais brièvement, le courage de regarder Stern en face et il ajouta :

— Fiona et moi, on a eu une sacrée conversation il y a quelques jours. Nous devrions en discuter, je crois.

— Bien sûr, dit Stern, qui déglutit, furieux contre lui-même.

Il eut l'impression que son cœur plongeait, puis retrouvait sa place. Il n'irait pas plus bas — et Stern avec lui — de toute façon. Quoi qu'il arrivât maintenant, ce serait apparemment absorbé dans le quota existant.

Il ouvrit la porte d'entrée et s'effaça devant Nate, puis lui indiqua le solarium. Celui-ci demanda un soda sans sucre — Stern se souvint de l'allusion de Fiona aux Alcooliques anonymes — et il était encore là, debout, à regarder le jardin, lorsque Stern revint avec la boisson. C'était un homme frêle, avec des épaules et un dos étroits. Son short kaki sale pendait sur ses fesses et il avait enfilé de vieux mocassins sans chaussettes. Sans sa calvitie il aurait pu faire penser à un jeune garçon. Peut-être était-ce cela que les femmes trouvaient si attirant en lui ?

Nate leva son verre en direction de Stern, dans un geste de salut, et prit une profonde inspiration.

— D'abord, je te dois de sacrées excuses, commença-t-il.

Au tribunal, Stern avait appris à en dire le moins possible lorsqu'il était en terrain mouvant. Il laissa tomber son menton, une mimique qui aurait pu passer pour un hochement de tête.

— Après plus de vingt ans, j'aurais pourtant dû connaître assez Fiona pour savoir qu'il ne fallait pas la croire. Elle était si furieuse ! N'aurait probablement pas pu prendre au vrai truc la moitié du plaisir qu'elle a eu à me le raconter. (Il eut un léger sourire.) Et mon vieux, qu'est-ce que ça l'a remise à sa place que je t'aie parlé ! Comment ai-je osé ? (Il secoua la tête, avec un véritable effarement.) Y en a pas deux comme Fiona, conclut-il.

Il s'était assis sur l'une des chaises blanches en osier rangées autour de la table au plateau de verre sur laquelle Stern et ses enfants avaient joué aux cartes le matin de l'enterrement de Clara. Les portes-fenêtres du solarium laissaient filtrer la lumière du soir, une couleur proche de la terre de Sienne.

— Je suppose, poursuivit Nate, que ça m'arrangeait de penser qu'il y avait eu un truc entre vous. Ça me simplifiait les choses, de plein de façons. (Il éclata d'un rire nerveux, que Stern réalisa avoir déjà entendu chez lui en d'autres occasions.) Je sais que j'aurais dû avoir une meilleure opinion de toi, Sandy... Et si ç'avait été le cas, j'aurais compris pourquoi Fiona t'a traîné là-haut, à l'endroit où j'ai trouvé ta lettre, à côté de l'armoire à pharmacie. Au lieu d'imaginer des idioties.

» Mais, franchement, même après notre dernière conversation, il ne m'était pas venu à l'esprit que c'était comme ça que tu avais tout deviné. J'ai pensé à ce moment-là... (Il se tut et garda cette idée pour lui, avec un rapide sourire — à ses dépens, semblait-il.) ...Eh bien, ça n'a pas été à ça que j'ai pensé, voilà. J'en déduis que tu as trouvé les pilules de Clara dans ses affaires et que tu as demandé à quelqu'un à quoi elles pouvaient servir. Et puis quand Fiona t'a montré ce flacon, ç'a été comme deux et deux. Elle m'a dit que tu avais compté les cachets. (Il leva les yeux vers Stern, à la recherche d'une confirmation, apparemment. Comme celui-ci ne répondait pas, il eut encore un drôle de rire.) Elle n'a pas eu la moindre foutue idée de ce qui se passait, en fait. Elle croyait que tu avais découvert que *je* l'avais.

Nate planta son pouce contre sa poitrine, et sourit à cette idée. Bien sûr, il ne pouvait pas ne pas prendre un certain plaisir à imaginer Fiona entraînée sur une fausse piste de ce genre.

Stern écouta ce monologue sans vraiment comprendre. Mais quelque part, tandis que Nate parlait, Fiona commença à grandir dans son estime. En se rétractant, elle n'avait apparemment pas parlé des avances de Stern, ni de la véritable nature de leurs conversations. Peut-être que cela servait tout aussi bien ses desseins, mais tout compte fait il se dit qu'elle avait des motivations plus généreuses. S'étant servie de son nom une fois, elle avait décidé de ne pas le noircir davantage, même avec la vérité. Et de la part de Fiona encore — rien que ça ! Stern se dit que les gens, décidément, le surprendraient toujours.

— Les pilules de Clara venaient donc de ton armoire à pharmacie ? demanda Stern.

— Sûr, dit Nate. (Il hocha la tête énergiquement.) Elle n'aurait pas couru le risque de les garder chez elle. Elle s'imaginait que tu saurais à quoi elles servaient, ou que tu te mettrais à poser la question autour de toi. Je n'ai pas réussi à lui faire changer d'avis là-dessus. (Il eut l'air abattu, soudain.) J'ai vraiment dû foutrement tout faire, sauf les prendre à sa place. Les acheter, garder le flacon, lui amener ses cachets pour la journée tous les matins. Bon sang, je lui ai même promis de rédiger l'ordonnance à mon nom ! (Il eut un petit sourire, puis jeta un regard perçant à Stern.) Rien n'était plus important pour elle que d'être certaine que tu ne serais pas au courant. (Il se tut une seconde, pour laisser le temps à Stern de digérer l'information.) Ensuite, après ce qui est arrivé, j'ai estimé que c'était tout aussi bien de ne rien dire. Mais quand tu t'es pointé en posant des questions sur cette facture, j'ai paniqué.

— Tu voulais protéger sa mémoire, murmura Stern.

— C'est une jolie façon de présenter la chose, Sandy, mais toi tout aussi bien que moi nous savons que j'essayais seulement de sauver ma peau...

Penché en avant, il détourna les yeux ; sur la table, à côté de lui, étaient alignées des photos encadrées de toute la famille ; les visages des enfants plus jeunes, de Clara, de Stern, le fixaient comme des témoins.

— Écoute, reprit Nate en relevant la tête, je ne veux pas être traîné en justice. J'ai simplement carrément décidé de te dire ça. Je pratique la médecine depuis vingt ans, et je suis un des rares toubibs du coin qui ne passe pas la moitié de son temps à palabrer avec des avocats et à faire des dépositions. Je crois que ce serait la pire des choses, pour moi. Après avoir touché le fond avec Fiona. C'est le dernier truc dont j'aie besoin, voir doubler ma prime d'assurances pour faute professionnelle. J'en ai pas les moyens avec deux gosses à l'école, sans parler de la pension alimentaire. Et, plus précisément encore, cette idée me fout en l'air — être l'ennemi de mes patients. Je réalise que c'est le monde dans lequel nous vivons. La malade meurt, c'est que le médecin s'est planté. Quel est le mot que vous utilisez, vous autres, déjà ? Mais la chose parle d'elle-même. J'ai entendu ce que tu as dit l'autre jour : un gros chèque pour la succession de Clara. J'ai pigé, tu peux me croire. C'est ça, la partie qui attaque, d'accord ? La succession ? Je suis certain qu'il y a un paquet de pognon à se faire. Mais je voulais essayer de t'expliquer tout ça, puisque je me suis débrouillé comme un manche, la dernière fois que nous avons discuté. Peut-être que tu changeras d'avis.

Stern, qui avait été totalement incapable de suivre le discours de Nate pendant un moment, comme on perd un avion sur un écran radar, eut soudain une vue parfaitement claire de tout cela. Nate était le médecin de Clara. Rien de plus. Il ouvrit la bouche pour parler, mais Nate, la tête baissée, poursuivait :

— Je ne dirais pas qu'aujourd'hui je gérerais la situation de la même façon... J'y ai repensé, et je vois bien qu'il y a une centaine de choses différentes que j'aurais pu faire. Rétrospectivement, je crois que j'aurais dû mettre un psy dans le coup. C'est évident. Peut-être que j'aurais dû t'impliquer aussi. Mais j'ai essayé de tenir mes engagements vis-à-vis d'elle.

— Nate..., dit Stern d'une voix douce. J'étais à bout, lors de notre dernière conversation. Il n'y aura pas de plainte déposée contre toi, concernant les soins que tu as donnés à Clara.

— Non ? (Il fallut un moment à Nate pour se faire à cette idée.) C'est un sacré soulagement.

Les deux hommes se regardèrent en silence. Glacé par l'air conditionné de la maison, Nate se frotta les bras.

— Elle t'a parlé de cette pulsion, si j'ai bien compris ? demanda Stern. En finir avec la vie ?

— Oui, répondit Nate. Elle avait une manière bien à elle de l'évoquer. (Il fit une pause, les yeux perdus dans le vague, pour mieux se souvenir.) Elle disait qu'elle voulait... arrêter le bruit. Un truc dans ce genre. Tu sais, elle n'était pas toujours comme ça, mais depuis sept ans, quand ça allait mal, il lui arrivait de me dire ça, parfois. Et je ne peux pas prétendre que je ne le prenais pas au sérieux.

Il n'y eut plus rien, pendant un instant : aucun son — et le temps se figea. *Sept ans,* avait dit Nate. Stern se rendit compte soudain qu'il s'était assis.

— Sept ans, Nate ?

— Mon Dieu, j'aurais cru... (Il se tut.) Ouais, mais comment pourrais-tu être au courant, au fait ? se demanda-t-il. Sandy, ce n'était pas un état nouveau. C'était une récurrence.

— Une récurrence ?

— Tu comprends : elle ne venait pas d'être contaminée. Cette maladie réapparaît chez certains individus. Deux tiers des cas, environ. D'habitude, cela dure un an ou deux. Mais l'état du malade s'améliore peu à peu, et puis elle finit par disparaître. Mais parfois, assez rarement, tu peux avoir des crises séparées de plusieurs années. C'est ce qui arrivait à Clara. Je l'ai soignée pour la première fois il y a environ sept ans. J'ai vraiment cru alors que ce qui s'est produit aujourd'hui se produirait à cette époque. La seule chose qui l'a empêchée de baisser les bras, ç'a été le fait que tu n'étais pas là.

— Pas là ? Où est-ce que je pouvais bien être ?

— Kansas City, pour autant que je m'en souvienne, dit Nate. Un procès, je crois.

— *Ayayay.*

Oh, c'était affreux ! Il vivait le moment le plus honteux de son existence, et pourtant il était assis, là, sur sa chaise en osier, les yeux fermés, et il remerciait Dieu. Sept ans auparavant. Voilà au moins qui approchait de sa périphérie de compréhension. Puis, finalement, il lui vint une autre idée.

— Seigneur, Nate, après tout ce temps, que lui restait-il à cacher ?

— Sandy, je crois qu'à ses yeux, c'était encore pire. Parce qu'elle n'avait rien dit pendant si longtemps. D'une certaine manière, elle semblait estimer que c'était une tromperie supplémentaire. Et avec davantage de recul, elle acceptait moins son propre comportement. Quoi qu'elle ait pu penser à ce moment-là, elle ne le comprenait plus, à présent. C'était cette vieille horrible faute qui ne voulait plus la lâcher. Et je ne savais même plus quoi lui raconter.

— Tu veux dire sur le plan médical, Nate ? Il n'y avait pas de réponse ?

— Faut que tu comprennes toute l'histoire. (Il contempla son verre.) On l'a traitée pendant des années à l'Acyclovir. Ça lui a sauvé la vie, au départ. Vraiment. Le médicament a tout arrangé en un rien de temps. Et elle l'a encore pris pendant six mois, pour plus de sécurité. Mais il est assez toxique, et il n'est pas conseillé de l'utiliser plus longtemps. Finalement, elle a eu des récurrences. Deux petites crises, séparées d'environ deux ou trois ans. Mais avec le médicament... (Il claqua des doigts.) On la remettait sous traitement, et cinq jours après, elle était comme neuve.

Je veux dire, c'était toujours un problème et une angoisse pour elle, bien sûr. Au moindre symptôme, elle était dans mon cabinet. J'ai dû lui prescrire des examens trois fois par an. Mais, tu sais, on contrôlait les choses. En gros. Du moins, c'était ce que je croyais. (Il leva les mains, grimaça, les laissa retomber.) A peu près six semaines avant sa mort, il y a eu une nouvelle attaque. Elle a repris ses pilules, mais cette fois ça n'a rien fait. Elle a eu une évolution complète, avec tous les symptômes. On voit ça fréquemment avec d'autres virus ou certaines bactéries — une espèce de mutation, et tu finis avec une souche résistante. Elle a connu deux mauvaises semaines. Et puis ça a recommencé. J'ai consulté tous les spécialistes que je connaissais, mais c'était si foutrement inhabituel — et en plus c'est un virus qui est déjà imprévisible au départ. A ce moment, elle parlait plutôt sérieusement de faire ce qu'elle a fait. Je la voyais qui lâchait prise. Une fois, un peu comme si je pensais tout haut, j'ai dit quelque chose sur le fait que l'un de nous deux t'en parle, elle ou moi, et j'ai bien cru qu'elle allait sauter sur-le-champ par la fenêtre. Pas moyen.

Il répéta ces derniers mots, et comme à plusieurs reprises, déjà, au cours de cette conversation, il secoua la tête.

— En tout cas, je croyais l'avoir convaincue d'essayer de nouveau le traitement. Double dosage pendant cinq jours. C'était ce qu'on m'avait conseillé. Mais j'avais cette conférence à Montréal. Et, bon j'abrège, j'y suis allé. C'est là que je m'en veux vraiment. (Il s'était de nouveau courbé ; il était presque plié en deux, à présent, et il considérait ses mains pleines de terre. Derrière lui, par les larges fenêtres du solarium, on voyait le ciel rosir ; des nuages fins masquaient le soleil qui mourait dans un rayonnement de braises.) Je savais qu'elle était en pleine crise. Je lui ai parlé de mon départ. Je lui ai donné une chance de me dire de ne pas y aller, mais Clara n'aurait jamais demandé une chose pareille. Tu sais, elle m'a promis qu'il n'arriverait rien. Je lui ai laissé les pilules dont elle avait besoin pendant mon absence — elle m'a dit qu'elle allait les cacher quelque part. En plus, j'en avais discuté avec un autre médecin qui était informé de la situation ; j'espérais qu'il pourrait, comment dire, juste la surveiller à ma place. Mais j'étais responsable. Si je voulais jouer au confesseur, alors je devais savoir ce que je faisais.

— Nate, j'étais sérieux, dans ton cabinet, l'autre jour. Il y a assez de reproches qui circulent. Tu n'as pas à t'en vouloir comme ça. C'était un jugement professionnel.

— Non. (Il vida son verre et fixa Stern.) J'ai emmené Greta avec moi. En douce. Nous avions préparé le coup. Je... me faisais une fête de ce voyage. (L'aveu sembla lui peser terriblement. Stern compris que Greta était sa secrétaire médicale, la douce beauté aux dents brillantes de la cassette vidéo.) Tu es toujours certain que tu ne veux pas porter plainte ?

— Oui, dit Stern.

— Oh, merde ! s'exclama Nate. Je suis là, à Montréal, au lit avec cette fille, quand le téléphone sonne et c'est Fiona qui beugle à s'en faire sortir les yeux de la tête. J'ai cru qu'elle était soûle, pour changer, puis soudain j'ai compris qu'elle parlait de Clara. Seigneur ! Si tu savais à quoi j'ai pensé, à ce moment-là ! Je me suis juste dit : Si jamais ça se sait — comment j'ai abandonné ma patiente pour aller rafraîchir mon français scolaire et sauter ma petite amie... (Il regarda Stern.) Je ne voulais surtout pas avoir à t'avouer ça.

— Maintenant, c'est fait.

— Ça, c'est sûr.

Ils restèrent silencieux.

— Et comment ça a fini avec Fiona ? demanda Stern.

— Impossible de faire retourner le génie dans la bouteille. On a donc pris un avocat, tous les deux. Nous allons vendre la maison. Y vivre pour l'instant, sans plus s'adresser la parole. Tout le bordel, quoi.

— Je suis sincèrement désolé, Nate.

— Ouais, eh bien, je dirais que nous avons succombé à une mort naturelle. Et je crois que je suis amoureux de cette fille, Sandy. Bien sûr, j'ai eu envie d'être amoureux de toutes les filles. Comme le gars de la chanson. Qui cherche dans tous les mauvais endroits. Mais je crois que là, c'est vrai. Alors je vais essayer de repartir de zéro. Peux rien faire de pire.

— Et Fiona, comment elle réagit ?

— Elle a décidé de m'écrabouiller, question pognon. Elle m'a toujours prévenu qu'elle le ferait et elle tiendra parole, ça m'ennuie de le dire. Elle a la preuve, pas de problème. Merci de ton avertissement. (Il leva les yeux vers lui.) Foutrement embarrassant. Mon avocat prétend que si je voulais tant m'échapper, j'aurais pu économiser beaucoup d'argent en écrivant juste un mot.

Ne sachant quoi répondre, Stern se contenta d'un de ses haussements d'épaules latins. Pourtant, en imaginant Nate en train de visionner sa cassette et de réfléchir à tout le mal qu'il avait causé, il éprouvait de la sympathie pour lui. Faire souffrir les gens n'était vraiment pas dans la nature de son voisin. Curieusement, Stern se sentait lié à lui, par cette gêne qu'ils partageaient sans le vouloir. Il connaissait la honte de Nate et celui-ci, bien entendu, connaissait la sienne depuis des années.

— Tout compte fait, reprit Nate, je trouve que Fiona a plutôt pas mal de cran. Tu veux savoir ce qu'elle a dit ? Ça va t'amuser. Elle a dit que les hommes la trouvaient toujours très attirante. Elle est persuadée que dès que nous aurons divorcé, elle aura toutes sortes de types pendus à ses basques. Elle a même cité ton nom. Après m'avoir avoué qu'elle avait inventé cette histoire. Faut oser, non ? (Il se mit à rire, mais quelque chose, dans l'attitude de Stern, l'obligea à s'arrêter.) Tu peux faire ce que tu veux, tu sais.

— Bien sûr, répondit Stern.

Rien d'autre. Cela créa un moment de malaise, mais il ne pouvait pas se joindre à une conspiration, aussi minime fût-elle, contre Fiona. Elle et lui, ils avaient leur propre pacte, maintenant, et il sentait, d'après le récit de Nate, qu'il allait peut-être mettre certaines choses au clair avec elle. Dans ce cas, il ne pouvait s'en prendre qu'à lui-même.

Il accompagna Nate jusqu'à la porte. Lorsque celui-ci recommença à s'adresser des reproches, Stern leva la main.

— Je sais ce que ça signifie de garder un secret, Nate. Clara avait le sien, et tu étais obligé de le respecter.

Nate attendit. Il semblait penser à autre chose. Stern se demanda s'il y avait encore des détails qu'il avait décidé de ne pas lui donner, en raison de quelque devoir posthume envers Clara. Nate parut lire dans son esprit.

— Je ne sais pas qui c'était, Sandy, si c'est ce que tu te demandes.

Entendre cela exprimé de cette façon était si obscène que le premier réflexe de Stern fut de nier qu'il entretenait la moindre curiosité à ce sujet. Mais, bien sûr, c'était faux.

— Elle m'a dit, il y a des années, que cette personne était informée du problème. C'était la seule chose dont j'avais le droit de me soucier. Cette relation était déjà terminée lorsqu'elle est venue me consulter. (Il jeta un regard désemparé à Stern.) Je suppose que c'était un homme. Même si de nos jours...

Il fit un geste vague.

— Oui, bien sûr, dit Stern.

Bien sûr. Il envisagea brièvement cette autre possibilité et la rejeta.

Ils se serrèrent la main. Après le départ de Nate, Stern retourna dans le solarium et s'approcha des photos de famille, dans leurs cadres, alignées sur la table de jeu. Au bout, il y avait un cliché de Clara, quand elle était encore une toute jeune fille. Coiffée comme un petit page, vêtue d'un chemisier blanc et d'une jupe plissée, elle avait posé une main sur le noyau de l'escalier de la maison des Mittler. Son sourire semblait, au mieux, le résultat de quelque cajolerie — une vaguelette d'espoir arrachée à de profonds courants de résistance. Le monde était en guerre, alors, et déjà à treize ou quatorze ans Clara Mittler paraissait douter de l'avenir.

40

Si l'on y réfléchissait sérieusement — et Stern ne faisait que cela depuis trois jours —, ce n'était pas un vol. Pas sur un plan juridique, du moins. L'objet en question — le coffre — était légalement sous sa garde, et pas sous celle de Dixon. Et dans le pire des cas, les risques de poursuite étaient nuls : ni Dixon ni Silvia ne porteraient plainte. Cette action était simplement opportune. Il avait profité de Silvia en l'interrogeant sur ce sujet. Mais l'impliquer dans sa récupération, vu la détermination butée de Dixon de ne pas céder au gouvernement, serait la compromettre définitivement auprès de son mari. Alors, il ne restait que cette solution : spectaculaire, efficace, et, si on considérait la conduite de Dixon, parfaitement méritée.

Et cependant, assis dans la voiture à côté de Remo, tandis qu'ils quittaient la route traversant les collines boisées avec leurs lotissements et leurs vestiges de grandes propriétés terriennes, Stern était en proie à une véritable panique — en vingt ans, aucune audience, au tribunal, ne l'avait effrayé autant. Il avait l'impression que ses intestins et sa vessie allaient lui jouer des tours, et le haut de son corps ne cessait de trembler. Et si le chauffeur allemand — et musclé — de Dixon rentrait à ce moment-là, et recourait à la violence ? Et si quelqu'un prévenait la police et que les flics débarquaient arme au poing ? Cela faisait une bonne douzaine de fois qu'il se voyait ensanglanté, ou pire, massacré avec Remo.

Au volant de sa vieille Mercury Cougar, Remo, lui, était joyeux. Il adorait son métier. Il avait pressé Stern de le laisser agir seul, mais c'était impensable. Si quelqu'un arrivait, Stern, même très embarrassé, pourrait s'expliquer, mais si Remo était seul, il risquerait, dans ce cas, de sérieux ennuis. De la façon dont ils allaient s'y prendre, le danger — dans la mesure, du moins, où on pouvait le calculer — était minime. Les Hartnell seraient à leur club, Dixon effectuait un dernier parcours de golf et Silvia bronzait au bord de la piscine, et, en cet après-midi de dimanche, il n'y aurait personne chez eux : la cuisinière et le domestique partaient tous les deux à quatorze heures, et le chauffeur restait avec la voiture, à faire le pied de grue derrière les bâtiments du club. Aussi longtemps que le temps serait beau — et le ciel était d'une pureté de cristal — leur plan était sans faille.

— J' fais pas beaucoup les maisons, dit Remo. Pas depuis ma jeunesse. Y a pas de bons mecs avec qui bosser. Ces cambrioleurs, y sont tous cinglés. Je me souviendrai toujours, j'avais dix-huit-dix-neuf ans, un gars me trouve un job, un de ces endroits près de la rivière. Vous savez, une piaule vraiment chicos. On sort la porte de ses gonds. Seigneur, les trucs que ces gens avaient ! Des trucs vraiment chouettes, ouais, superbes. (Il mit deux doigts devant ses lèvres et fit un baiser.) On ramasse ce qu'on peut, et je vais dans le salon et je vois ce salopard, Sangretti qu'y s'appelait, qui a baissé son froc et qui est en train de chier, là, sur le tapis. J' lui dis : « Mais qu'est-ce que tu fous, bordel ? » Et depuis, vous savez, j'entends tout le temps parler de cambrioleurs qui font des machins comme ça. Chez quelqu'un, pour l'amour du ciel ?

Stern, trop nerveux pour lui répondre, hocha la tête et, pour une raison ou une autre, se sentit obligé de lui préciser de nouveau qu'il ne s'agissait pas d'un cambriolage. C'était la maison de sa sœur ; il s'agissait presque d'une plaisanterie familiale. Une lueur ironique passa dans les yeux de Remo. Il n'avait pas besoin d'excuses ; il connaissait la musique. Tout le monde voulait quelque chose et faisait ce qu'il fallait pour ça. Remo était le genre d'escroc qui estimait qu'il n'était pas pire que les autres.

Conscient de ce qu'il pensait, Stern faillit prendre sa propre défense. Il n'appartenait pas à ces avocats, ces requins du tribunal d'État, balafrés à coups de rasoir, qui ne travaillaient que pour les gangs et se faisaient payer en cocaïne, ou en objets d'art volés, voire même, dans un cas dont Stern avait entendu parler des années auparavant, par une balle dans la tête de leur femme. Quand il était plus jeune, il avait parfois pris des affaires uniquement pour de l'argent — et certaines assez dégoûtantes pour ne plus vouloir s'en souvenir. Mais l'un des aspects les plus marqués de sa personnalité d'avocat, c'était de faire comprendre à ses clients qu'il ne nageait pas dans les mêmes eaux polluées qu'eux. La profonde cruauté de cette conviction et son fondement douteux lui apparurent soudain avec une brutale et dérangeante netteté : encore une promenade dans un recoin peu attirant de son esprit. Ces derniers mois d'introspection ressemblaient un peu à une visite à une exposition de monstres ; la pure laideur de ce qu'il découvrait ne parvenait jamais tout à fait à vaincre la force qui le poussait à continuer à regarder.

Stern indiqua à Remo l'embranchement de la petite route forestière qui conduisait à la demeure de Silvia et de Dixon. La maison, construite plus d'un siècle auparavant, en pierres de taille liées par d'épais joints de mortier, se trouvait en contrebas, au bout de quatre cents mètres de pelouses, au milieu desquelles se dressait un court de tennis. Au-delà du bâtiment scintillait le lac Fowler, piqueté de bateaux à moteur et de petits voiliers.

— Joli, dit Remo.

Il effectua un demi-tour et gara la voiture à un endroit où elle était partiellement dissimulée par les arbustes sauvages qui poussaient avec une luxuriance estivale le long de la route. Il expliqua à Stern qu'ils gagneraient les lieux à pied, par l'allée gravillonnée ; quand ils se seraient emparés du coffre, l'un d'eux viendrait récupérer le véhicule. Il ne fallait jamais se garer, dit-il, là où il était facile de vous couper la retraite. Stern écouta la leçon en silence, remarquant au passage que Remo ne croyait pas à ses propos rassurants sur l'absence de risques de cette aventure.

Ils contournèrent la maison, tandis que Remo étudiait la propriété d'un air appréciateur. Un certain nombre de grands épicéas poussaient ici et là dans la pelouse en pente douce, et l'air était un peu rafraîchi par les eaux transparentes du lac. Derrière le patio, les jardiniers avaient planté cette année un parterre de petites fleurs d'été aux couleurs éclatantes — si exotiques pour la plupart que Stern n'en connaissait même pas les noms. Il regarda dans la direction du lac. Le hangar à bateaux se dressait au bord de l'eau, à côté d'un bungalow que Dixon avait isolé contre le froid avant d'y installer son équipement de gymnastique. L'année précédente, il y avait adjoint une piscine circulaire — l'eau bleue immobile luisait sous le soleil. Debout près d'une vaste véranda protégée par un rideau, Remo étudiait maintenant le bâtiment de haut en bas. En suivant son regard, Stern se rendit compte qu'il évaluait en fait les lignes électriques et téléphoniques et non l'architecture. Remo l'interrogea sur le système d'alarme. La main sur le boîtier métallique où étaient rassemblées toutes les connexions, il saisit un outil dans la poche arrière de son pantalon. Il travailla un moment, puis agita quelques fils qu'il avait débranchés.

— C'est tout ? demanda Stern.

— C'est tout.

Remo entra dans la véranda. Il avait déjà un gros marteau à la main : il avait glissé tous ses instruments dans les diverses poches de ses vêtements ; les pans d'une longue chemise de velours dissimulaient le tout. Pour cette journée au bord du lac Fowler, il avait mis des jeans et des bottes de cow-boy. Stern trouvait qu'il avait vraiment une allure de cambrioleur, trapu, les bras musclés et les jambes arquées.

Lorsque Stern le rejoignit sous la véranda, Remo avait enfoncé le verrou à travers le barillet du bouton de la porte, mais une chaîne retenait celle-ci. Remo lui demanda s'il fallait la rompre, ou plutôt briser la vitre. Ce qui fera le plus vrai, répondit Stern. Il était important que cela ressemblât à un cambriolage, non pas pour tromper Dixon — il comprendrait immédiatement ce qui s'était passé —, mais tous les autres. L'effraction découverte, la police passerait l'habitation au peigne fin, mais ne constaterait aucune disparition. Seul Dixon, en fin de compte, saurait ce qui manquait, et il ne pourrait pas se permettre d'admettre, dans un constat de police, que ce coffre s'était trouvé en ces lieux. Stern regrettait d'inquiéter sa sœur — peut-être s'arrangerait-il pour lui laisser savoir d'une façon détournée qu'il était impliqué dans cette histoire —, mais il savourait à l'avance la consternation de Dixon. Contré sur son propre terrain Dixon serait fou de rage. Debout dans l'ombre de la véranda, Stern ne put retenir un petit ricanement.

Remo, tendu, prit appui contre le mur de la véranda, leva sa grosse botte et donna à la porte un formidable coup de pied. Celle-ci s'ouvrit à la volée, dans une explosion de plâtre et de verre brisé.

— Merde ! grommela Remo.

La vitre s'était cassée lorsque la porte avait claqué contre le mur. *Ça commence mal,* pensa Stern malgré lui.

Comme une grande partie des pièces de la maison, le couloir était dallé. Les talons de Remo y résonnaient ; il regardait autour de lui sans se gêner tandis que Stern l'entraînait vers l'escalier. Le bâtiment avait l'élégance des années 1870 — quatre mètres sous plafond et des moulures cannelées. Dans la salle à manger, le sol dallé était incrusté d'une mosaïque vénitienne circulaire. Le silence de la maison vide fit frissonner Stern. Il songea un instant à aller aux toilettes, mais il voulait en finir au plus vite avec cette histoire et repartir. Il pensa soudain que c'était une mauvaise idée. Une idée affreuse. Quelque chose allait mal tourner, forcément. Remo se pencha sur le seuil d'un des salons du devant de la maison, pour admirer les antiquités françaises et les aquarelles anglaises accrochées au mur dans des cadres imposants.

— C'est beau, c'est beau, répétait-il.

Stern lui-même ne pouvait s'empêcher d'être

impressionné par la richesse de l'habitation dans laquelle régnait un calme absolu.

Ils pénétrèrent dans l'immense suite qui occupait une bonne partie de l'étage. Dixon, il y avait des années de cela, avait réuni trois ou quatre pièces pour réaliser ce qu'il avait en tête — une chambre à coucher de dimensions grandioses, digne des architectures intérieures de Beverly Hills. Il y avait deux salles de bains, une pour Silvia et une pour lui. Ils traversèrent celle de Dixon — une caverne d'albâtre avec un jacuzzi de la taille d'une petite piscine et un sauna en bois d'une place, relié à la douche. La chambre elle-même n'était pas particulièrement vaste, mais elle bénéficiait de divers gadgets — des interphones, un télescope, un téléscripteur d'un modèle déjà ancien, un grand écran de télévision pivotant grâce à une télécommande au-dessus du lit. Au-delà des portes vitrées, un balcon offrait une vue impressionnante sur le lac. Du côté du lit où dormait Dixon, sur une table de nuit ancienne, s'empilaient des magazines d'économie et des romans policiers. Il y avait trois mégots de cigarette dans un gros cendrier. Bizarrement, Stern se sentit excité par cette occasion qui lui était donnée d'espionner l'intimité de Dixon.

— Ici ! lança Remo. (Il était entré dans la penderie de Dixon et avait écarté ses costumes.) C'est bien ça ?

Le coffre était là, en effet, d'un gris terne, la couleur de l'océan sous un ciel nuageux, posé sur le dos, si bien que le bouton d'ouverture argenté était tourné vers le plafond. Un jeu d'haltères traînait à côté, les poids empilés au petit bonheur ; une barre, avec trois disques à chaque extrémité, avait été roulée contre le mur.

— Oui, c'est ça, répondit Stern.

— Reculez-vous, ordonna Remo. (Stern retourna dans la chambre.) Oh, putain de Dieu ! (Il transporta le coffre en oscillant pour le sortir de la penderie et le reposa rapidement.) Il pèse une putain de tonne. (Il se redressa et se frotta les reins.) On aurait dû demander de l'aide.

Ils fixèrent l'objet, tous les deux.

— Il est ouvert, constata Remo.

Le coffre remis sur pied, Stern vit que la petite porte était effectivement entrouverte — d'un doigt environ. Dixon, à l'évidence, avait vérifié le contenu, pour s'assurer sans doute que Stern n'y avait pas touché. Se pouvait-il qu'il eût ôté ce que cherchait le gouvernement ? A cette idée, que le coffre avait pu être vidé, Stern se laissa immédiatement tomber à genoux et l'ouvrit en grand. Malgré la faible lumière de la pièce, il distingua une liasse de papiers à l'intérieur, des documents pliés en deux ou trois.

Et ce fut là, à quatre pattes, avant même d'entendre le moindre bruit, qu'il perçut les vibrations de la porte du garage qui coulissait.

— Ô mon Dieu ! (Il se releva avec difficulté, et courut vers la porte pour écouter. Puis, se retournant vers Remo, il murmura :) Quelqu'un arrive !

Il entendit crisser le gravier, mais le temps d'atteindre la fenêtre de la chambre, il ne put apercevoir que le pare-chocs arrière de la Mercedes qui se rangeait dans le vaste garage.

— Oh, pour l'amour du ciel ! soupira-t-il.

Il n'avait pas réalisé à quel point cette situation serait humiliante. Il était si inconvenant — inexcusable, inexplicable — de s'introduire ainsi chez quelqu'un.

— Cachez-vous ! commanda-t-il à Remo.

— Me cacher ? Pour quoi faire ? (Il fronça les sourcils.) Vous voulez dire que ce n'est pas vraiment votre sœur ?

— Bien sûr que c'est ma sœur. Mais je préfère ne pas me faire voir pendant que nous faisons ce truc idiot.

— Je me suis déjà fait prendre, dit Remo. Souvent. Je me cache jamais. Des gars se font descendre, comme ça. Asseyez-vous, c'est tout. Restez tranquille. Peut-être qu'ils ne monteront pas à l'étage.

A ces mots, Remo s'installa sur une chaise française du XVIIIe siècle du bureau de Silvia, croisa les jambes et lui adressa un sourire tranquille. Il plongea la main dans une de ses poches, à la recherche d'une cigarette, puis se ravisa.

Stern se dit que Remo avait raison et que ses propres réactions étaient infantiles. Tout particulièrement s'il s'agissait du domestique ou du chauffeur. Ce serait dangereux de vouloir les éviter. Et pourtant, il avait la chair de poule. Dixon n'oublierait jamais cette histoire, il le tournerait en ridicule, il le menacerait, il ne cesserait plus de profiter de tous les avantages que cela lui donnerait d'avoir surpris Stern *en flagrant délit* de cambriolage. Stern se glissa dans le couloir couvert de moquette, posant un pied devant l'autre avec une précision ahurissante — à la façon d'un mime. Comme pour se moquer de cette aventure d'aujourd'hui, il s'était habillé tout en noir, des pantalons et une chemise de golf en coton, ce qui lui permettait à présent de se dissimuler dans l'ombre.

Il entendit des pas sur les dalles du couloir du rez-de-chaussée, un claquement régulier, moins sec que celui de chaussures à talons hauts. Dixon allait-il se montrer violent ? En général, il maîtrisait son humeur lorsqu'il était en présence de Stern — mais aujourd'hui, les conditions étaient très différentes. Il se demanda quelles auraient été ses propres réactions si quelqu'un avait jailli de l'ombre, chez lui. Il aurait pris la fuite, probablement. Mais il était comme ça.

Les pas approchèrent de l'escalier. Stern poussa la porte la plus proche. En bas, on hésita, puis on s'éloigna. Le cœur serré, au désespoir, Stern se souvint des dégâts qu'ils avaient faits dans la cuisine. Le couloir venant du garage aboutissait juste à côté. Si la personne qui était là remarquait le verre brisé, elle préviendrait immédiatement la police. Il tendit l'oreille et décida que s'il entendait quelqu'un parler au téléphone il faudrait s'enfuir sur-le-champ. Il regarda dans quelle pièce il était entré. C'était le repaire de Dixon — télécopieur, ordinateurs, trois téléphones. Le vieux bureau à cylindre était couvert de papiers, et les volets, pour une raison ou pour une autre, étaient clos. Sur le canapé traînaient un oreiller et une couverture. Stern en déduisit que Dixon dormait mal. L'endroit, plus que le reste de la maison, empestait le tabac froid.

Les pas revinrent. Puis plus rien. Au bout d'un moment, Stern comprit que le visiteur s'était engagé dans l'escalier... Il se recula davantage, de manière à ne plus voir que le palier. Il y avait quelqu'un à l'étage, à présent, mais il n'apercevait pas encore sa silhouette. Puis Silvia passa devant lui, en regardant autour d'elle, l'esprit ailleurs, et en se parlant à elle-même. Elle avait des chaussures plates et un ensemble de plage imprimé de graffitis ; elle remonta ses lunettes de soleil sur ses cheveux décoiffés. Comme Dixon, elle était très bronzée. Elle se dirigeait vers la chambre où était Remo.

Stern sortit la tête de l'encoignure de la porte et, après une seconde d'hésitation, l'appela par son nom.

Elle hurla — pas longtemps, mais un cri très aigu et proche de l'hystérie.

— Ô mon Dieu ! fit-elle. (Elle posa sur son cœur une main aux ongles vernis et, avec l'autre, elle s'appuya contre le mur.) Sender ! Tu as failli me tuer !

— Pardonne-moi.

— Qu'est-ce que tu fais là, bon sang ?

L'espace d'une seconde, il envisagea de lui dire qu'il était venu se baigner. Mais trop c'est trop.

— Je suis en train de voler quelque chose, répondit-il.

Elle comprit immédiatement :

— Le coffre-fort ?

Il hocha la tête. Elle prit une expression fâchée — terriblement irritée. Et pour la première fois sans doute depuis quarante ans, elle s'adressa à lui en espagnol.

— *¿ Qué es lo que contiene la caja de seguridad ?* Qu'est-ce qu'il y a dans le coffre ?

— *No sé.* Je ne sais pas.

— *¿ Esto es para ayudarlo ?* C'est pour l'aider ?

Stern haussa les épaules.

— Je crois, répondit-il — en anglais, cette fois. De toute façon, je suis obligé de le faire.

— Accorde-moi un instant. Je veux parler de tout ça avec toi. J'étais revenue chercher un livre.

Au moment où elle faisait mine d'entrer dans sa chambre, Stern lui prit la main et lui dit qu'il avait amené un homme avec lui.

— Oh, Alejandro ! (Elle secoua la tête pour exprimer le plus sévère des reproches.) On dirait deux gosses, toi et Dixon.

— C'est une affaire sérieuse.

Elle émit un bruit dégoûté. Elle refusait de croire une chose pareille.

Stern l'entraîna dans l'escalier, jusqu'au living. Silvia, qui ne pouvait s'empêcher d'être toujours d'une inébranlable politesse, lui proposa à boire et il demanda un soda. Elle appuya plusieurs fois sur le bouton d'appel du domestique, dans la moquette, à côté du canapé, puis se souvenant que c'était dimanche, elle alla faire elle-même le service. Stern laissa errer son regard sur le vaste salon ; Silvia et son décorateur avaient cherché à donner un effet d'entassement, presque égyptien ; les couleurs étaient sombres, avec de nombreuses explosions dorées dans les tissus, et il y avait des meubles partout — des fauteuils cabriolets, de lourdes draperies, de longues housses bizarrement décorées de foulards. Sur une table un énorme vase débordait de protéas laineux, des plantes du désert d'une couleur foncée, à l'aspect primitif. Le mur du fond était en pierres apparentes, comme la façade, avec une énorme cheminée faite de doubles poutres. Une huile d'un célèbre artiste espagnol — l'une de ses femmes sauvages, une œuvre achetée des années plus tôt par Dixon, dont le coup d'œil était toujours avisé — trônait, redoutable, au-dessus de celle-ci. En hiver, des troncs d'arbres y brûlaient à longueur de journées ; aujourd'hui encore, on sentait une petite odeur de fumée, comme si l'air lui-même avait été boucané.

— Qu'est-ce que tu as fait à ma cuisine ? demanda Silvia en revenant. (Elle tendit son verre à son frère sans cesser de le fixer d'un air boudeur. Stern eut une de ces mimiques qui lui étaient habituelles, et elle ne put retenir un sourire, bien qu'elle continuât à secouer la tête.) Sender, ajouta-t-elle, il faut que tu me racontes ce qui se passe.

Pendant son absence, Stern avait réfléchi à la façon de lui présenter les choses, et il avait décidé d'adopter une approche prudente. Le gouvernement menait une enquête. Ce n'était pas la première fois, mais il s'agissait d'une affaire criminelle et les procureurs semblaient posséder des informations sérieuses sur certaines pratiques douteuses de Dixon. L'enquête se compliquait chaque jour davantage, mais Dixon essayait de jouer à l'autruche. Le gouvernement avait ordonné qu'on lui remît ce coffre et Dixon, contre son avis, tentait de le cacher, une manœuvre qui n'allait pas seulement nuire à son mari, mais aussi à lui-même.

Il parla par allusions, dans l'espoir que sa sœur ne saisirait pas toute la gravité de la situation, mais Silvia en comprit suffisamment.

— Il risque de se retrouver en prison ?

— Oui, fit Stern.

Silvia s'était assise ; elle resta silencieuse — petite femme repliée sur elle-même. Elle semblait minuscule, avec ses jambes nues et ses chaussures plates. Elle garda les coudes collés au corps, et son visage s'allongea comme si elle cherchait désespérément à conserver son sang-froid. Stern, à sa grande surprise, se sentit soudain au bord des larmes — par solidarité.

— Je m'inquiète beaucoup pour lui, murmura Silvia.

— Moi aussi.

— Tu n'as pas idée, Sender. (Ses doigts se nouèrent.) Il tousse une demi-heure, quand il se lève le matin. Sa secrétaire m'explique qu'il est affreusement distrait. Il ne dort plus. Il erre dans la maison à n'importe quelle heure. Ou il s'en va au beau milieu de la nuit, pour aller Dieu sait où. La semaine passée, il n'a pas dormi ici une seule fois.

Elle leva les yeux vers Stern ; ces derniers mots se voulaient une remarque significative, faisant apparemment référence à quelque chose d'autre que les simples déplacements de Dixon.

— J'essaie de l'aider, mais il résiste, dit Stern.

— Bien sûr, fit Silvia. Mais j'ai peur qu'il ne survive pas à tout ça.

— Mais si, assura Stern. Il appartient à cette race de gens qui survivent et qui triomphent toujours.

Cette phrase lui parut soudain tout juste réconfortante. Il n'avait pas réalisé, jusqu'à cet instant, combien ses propres craintes pour Dixon étaient profondément enracinées en lui, même s'il avait éprouvé une espèce de sursaut de ressentiment lorsqu'il avait prophétisé sa nouvelle victoire.

— J'espérais pouvoir venir ici aujourd'hui et repartir sans te mêler à cette histoire, ajouta-t-il.

— Je ne lui dirai rien, promit Silvia.

Stern pesa un instant cette réponse, mais il resta convaincu que ce n'était pas bien de forcer Silvia à prendre parti. Dixon avait droit au réconfort d'un foyer.

— Ce n'est pas nécessaire.

— Sauf s'il me pose la question..., proposa-t-elle.

— Il le fera sûrement lorsqu'il verra les dégâts, dans la cuisine.

— Je vais les faire réparer. Demain. Ou même aujourd'hui, si je peux. De toute façon, je serais très surprise de le voir rentrer pour la nuit...

Elle baissa à nouveau les yeux, et contempla le tapis. Des années auparavant, avant qu'elle ne le mît un moment à la porte, Dixon découchait, en effet. Il avait un appartement en ville, où, en général, il se rendait en compagnie d'une jeune femme ou d'une autre. Lorsqu'il se réconcilia avec Silvia, pourtant, il sembla vouloir respecter quelque peu les apparences, et limiter ses errements aux heures de bureau ou à ses nombreux voyages d'affaires.

— C'est très inquiétant, ajouta-t-elle.

Il faillit prononcer quelques mots en faveur de Dixon, à propos de la tension de ces derniers temps, mais il se rendit compte que cela ne la réconforterait guère.

— Tu lui demandes où il va ?

— Travailler. (Un rapide sourire passa sur ses lèvres.) Bien entendu, le téléphone ne répond pas, quand j'appelle.

— Je vois. (Stern se tut un instant.) J'espère que

tu peux le supporter, je l'avoue. Ce serait terrible, pour vous deux, de vous séparer à nouveau.

Silvia ébaucha une grimace.

— Ça ne se répétera pas. Je suis habituée. (Elle eut le même sourire, bref et amer.) Comme tu le sais, ce n'était pas notre seul problème.

Stern regarda sa sœur sans comprendre.

— Oh, tu es au courant. Clara aussi. Elle te l'a dit. J'étais sûre qu'elle le ferait. Tu es galant, Sender, mais tu n'as pas besoin de jouer la comédie.

— Je ne joue pas la comédie.

— Vraiment ?

— Vraiment.

Sa main, fine et bronzée, s'agita.

— C'est du passé... (Elle allait abandonner le sujet, lorsqu'elle se rendit compte que son frère était perplexe ; elle décida de lui dire abruptement la vérité pour satisfaire sa curiosité.) Il était rentré avec une maladie. Et j'avais peur qu'il ne me l'ait transmise. C'était répugnant.

— Une maladie ?

— Oui. Une maladie. Tu vois, non ?

Il eut soudain l'impression que quelque chose sonnait dans son cerveau, et que sa gorge et sa poitrine s'étaient affreusement contractées. Il lui posa pourtant la question. Il devait le faire.

— L'herpès ?

Silvia entrouvrit un peu la bouche, puis, au grand étonnement de son frère, elle sourit — mais un sourire forcé, presque une grimace. Elle ne serait jamais capable de lire en lui, de le comprendre. Il était le seul être au monde dont elle pouvait tolérer une chose pareille, mais s'il insistait, d'accord, elle pourrait rire de cette souffrance passée. Les frères aînés, après tout, gardent à jamais le droit d'être taquins.

— Oh, Sender ! s'exclama-t-elle avec un geste de petite fille. Tu savais depuis le début, hein ?

41

Finalement, Remo arriva du premier, avec le coffre ; il prenait chaque marche par le côté, les jambes écartées, avançant soigneusement un pied après l'autre. C'était une tâche fort longue, et il dut s'arrêter un instant. Il posa le coffre, alluma une cigarette, et termina la descente avec sa Marlboro plantée au coin de la bouche et un œil fermé à cause de la fumée. Stern l'aperçut depuis sa place, sur le canapé, mais il ne fit pas un mouvement pour l'aider, pas plus qu'il ne lui adressa la parole. Il aurait pu bouger, sans aucun doute — mais, simplement, cela ne l'intéressait pas. Peut-être allait-il rester ici, à cet endroit, les mains croisées, pour le restant de ses jours. Il n'éprouvait aucune émotion particulière, sinon qu'il ne se sentait plus lui-même. Sa tête résonnait toujours, et ses bras ne répondaient guère. Surtout, il était obsédé par une double sensation : la différence, le départ. Ce serait un homme nouveau, ni pire ni meilleur, mais quelqu'un d'autre, vraiment, qui quitterait cette maison.

— Je vous ai entendus causer dans le couloir, dit Remo lorsqu'il les rejoignit enfin.

Il savait que sa présence n'avait plus rien de secret.

— Bien sûr, dit Stern. Remo Cavarelli, Silvia Hartnell.

Silvia fit un petit signe de tête poli à l'homme qui s'était introduit chez elle par effraction.

— On se tire, ou quoi ? demanda Remo.

— Sender, ça va ? s'enquit Silvia.

Et ce n'était pas la première fois qu'elle lui posait la question.

— Ça va très bien.

Stern réussit à sourire. Sa propre voix lui paraissait bizarre, faible. Il avait l'impression que son esprit avait abandonné son corps et qu'il se regardait lui-même de l'extérieur.

— On prend toujours ce machin ? insista Remo.

Il indiqua d'un signe de tête le coffre posé à ses pieds. Stern, quand il se fut souvenu de quoi parlait Remo, eut un nouveau sourire rapide.

— Oh, oui !

Remo partit donc chercher la voiture. Silvia alla téléphoner. Il y avait un pompier du voisinage qui bricolait chez elle de temps en temps. Peut-être serait-il disponible un dimanche pour réparer la porte de la cuisine ?

Stern resta donc seul avec le coffre.

Il pensa soudain que c'était vraiment remarquable d'avoir parlé espagnol avec Silvia. Il aurait parié beaucoup d'argent qu'il n'était même plus capable de finir une phrase dans cette langue. De temps à autre, au fil des ans, des gentlemen *latinos* se présentaient à son bureau — des Cubains, d'habitude, qui avaient besoin de l'assistance d'un avocat bilingue. Et, bien entendu, pendant les années 70, il y avait eu tous ces pathétiques Mexicains sans le sou qu'on arrêtait à tour de bras pour trafic d'héroïne, des hommes tristes, illettrés, qui crachaient leurs *chingas* et suppliaient Stern de les représenter, à n'importe quel prix. Il avait toujours refusé. Ce n'était pas la drogue qui le gênait, mais plutôt cette vieille peur d'être pris pour ce qu'il craignait d'être — quelqu'un de différent, dont la place n'était pas dans ce pays. Maintenant il voyait très clairement, tandis qu'il réprimait des pensées plus pressantes, que cette période et ces attitudes étaient désormais derrière lui. Ces clients seraient dorénavant les bienvenus.

Les mots, il en était certain, reviendraient avec le temps.

Il prit son verre et goûta une gorgée de son soda. Il savait depuis le début, avait dit Silvia. Ses paroles n'avaient bien sûr pas le même sens pour elle que pour lui, mais tout seul dans la pièce, à présent, il se demanda si la signification qu'elles avaient pour elle était correcte, elle aussi. Une partie de lui-même était férocement attachée à la vérité ; les faits resteraient toujours sa foi première. Mais dans une autre région de son esprit — un endroit silencieux, mais toujours connu de lui — le tribut augmentait, les dommages ne cessaient d'être évalués. S'il avait prévu ce rebondissement, c'était seulement avec cet œil intérieur qui imagine toujours que les mauvais rêves — les pires cauchemars — se réalisent. Il était évident maintenant que Clara avait préféré mourir plutôt que de lui donner le nom de *quelqu'un,* et non pas de lui avouer *quelque chose.* Son choix d'un amant n'était pas accidentel, personne ne réussirait jamais à le convaincre du contraire. Clara connaissait trop bien son mari. Puis elle avait dû être effrayée par la pure férocité du dépit qui l'avait poussée à agir ainsi. C'était cela qu'elle craignait de révéler. Il pensa qu'au moins il n'avait pas été trahi par le témoignage de ses propres sens. Une fois revenu auprès de Silvia, Dixon n'avait plus aucune utilité pour Clara. Il devait la dégoûter. Et elle devait se dégoûter. Qu'avaient-ils bien pu échanger ? Quelles conversations ? Et voilà, il était revenu au point de départ, un endroit familier : il sentait qu'il préférerait probablement ne jamais savoir.

Sans se lever du canapé, il se pencha en avant et posa un orteil contre la petite porte du coffre. Elle était toujours ouverte ; avec le dessous de sa chaussure, il l'écarta davantage. La liasse de papiers était là. *Oh, pourquoi pas ?* pensa-t-il. Il pouvait désormais se faire à n'importe quoi.

Il y avait deux feuilles d'imprimante à microfilm, très encrées, chacune pliée en quatre. Quand il voulut les sortir du coffre, plusieurs choses dissimulées à l'intérieur de leurs plis tombèrent : deux chèques et un certain nombre de petits carrés de Celluloïd gris que Stern reconnut : des microfiches.

— Aucun téléphone ne marche, dit Silvia lorsqu'elle revint dans le living. (Elle avait l'air très troublée.) Comment puis-je le contacter ?

Remo refit son apparition, lui aussi, au même moment.

— Contacter qui ça ? demanda-t-il. Qui est-ce qui arrive ?

Il avait passé suffisamment de temps dans la penderie pour remarquer les haltères et, tout bien considéré, il préférait ne plus être là quand le maître de maison se montrerait. Silvia lui expliqua le problème, et il repartit avec elle rebrancher les lignes. Pendant ce temps, Stern se mit à feuilleter et à étudier un moment les documents du coffre. Remo fut de retour le premier, puis Silvia.

— Il arrive tout de suite, dit-elle.

La pensée que le désordre dans sa cuisine allait être rapidement réparé semblait la réconforter.

— Eh bien, alors, filons, dit Remo, qui n'avait toujours aucune envie de s'éterniser en ces lieux. Et hop ! fit-il en soulevant de nouveau le coffre.

Stern et sa sœur lui emboîtèrent le pas, tandis qu'il titubait dans le couloir dallé. Stern avait gardé à la main tous les papiers trouvés dans le coffre. Silvia écarta le rideau de la véranda à Remo et, à sa demande, ouvrit la portière arrière de la Mercury Cougar. En clignant des yeux dans le soleil, Stern et sa sœur regardèrent Remo s'agenouiller pour poser le coffre sur le plancher crasseux de la voiture, puis se redresser et nettoyer la poussière de ses mains, tout en reprenant son souffle. Un filet de sueur avait dégouliné le long de sa tempe.

— Tout bien réfléchi, dit soudain Stern, on va le laisser ici. (La mâchoire de Remo s'affaissa, révélant au passage bon nombre de dents gâtées.) Si vous êtes d'accord, Remo, je vous demanderai de ramener cet objet là où nous l'avons trouvé.

— Non..., dit Remo, qui ne parvenait pas à y croire.

— S'il vous plaît, insista Stern. (Il avait pris, sans y réfléchir, son attitude la plus autoritaire ; Remo lui jeta un regard indécis, n'ayant aucune envie d'obéir, mais n'osant pas d'autre objection. Stern considéra alors Silvia :) Comme ça, tout restera en l'état. Tu n'auras rien à lui dire.

Elle aussi, elle paraissait interdite, mais comme Remo ne savait comment réagir à ce brusque changement d'attitude de son frère.

— Très bien, leur dit-il.

Et il se dirigea de nouveau vers la maison, se retournant pour demander à Remo de poser un instant le coffre dans le living. Il se réinstalla alors sur le canapé et étala les documents sur le tissu de soie écru qui le recouvrait, puis il se mit à les ranger dans l'ordre où il les avait trouvés. D'abord les deux feuilles imprimées, puis les microfiches et enfin les deux chèques, pliés ensemble. Il étudia ceux-ci une nouvelle fois. Le premier était un chèque encaissé signé par Dixon d'un montant de deux cent cinquante-deux mille six cent quarante-six dollars, payable à MD Clearing Corp. L'inscription, dans la partie réservée aux notes, indiquait : « Débit A/c 06894412 — c'était certainement le numéro du compte Wunderkind. D'après ce que lui avait dit Sonny à Dulin, c'était l'original du chèque dont le gouvernement possédait une copie sur microfilm grâce à l'assignation remise à la banque de Dixon.

Le second chèque, que Stern examina plus longuement, était imprimé sur le long titre bancaire vert de la River National — c'était une traite certifiée tirée sur le compte d'investissements de Clara, et payable personnellement à Dixon Hartnell. Son montant, inscrit avec soin, était de huit cent cinquante et un mille cent quatre-vingt-dix-huit dollars. Stern tint un instant le chèque à la main, en proie de nouveau à la puissante émotion que le contact avec les possessions de Clara provoquait encore en lui.

Il replia les deux chèques et les glissa, avec les microfiches, dans les deux feuilles imprimées, en veillant à respecter les pliures initiales. Ces feuilles reproduisaient la première et la dernière page du contrat d'ouverture de compte de Wunderkind Associates, là où se trouvait l'identité complète du responsable — nom, adresse, numéro de sécurité sociale. Sur la dernière page, à la suite de la douzaine de clauses d'avertissement et de dénonciation habituelles, le client acceptait le contrat.

Avant de replacer tous ces papiers dans le coffre que Remo, obéissant, avait posé à ses pieds, Stern accorda un ultime regard à la dernière ligne où, de son écriture régulière et fluide, Katherine Stern avait signé de son nom.

42

Il n'était certainement pas plus heureux qu'avant. La majeure partie des événements de ces derniers jours l'avait laissé plus troublé que jamais. Mais il avait retrouvé sa vieille capacité d'oubli dans le travail. Ainsi, depuis peu, avait-il repris son habitude d'arriver le premier au bureau et, au cours de la semaine précédente, avait-il accepté de se charger de trois nouvelles affaires importantes : un cas de délit d'initié, dont l'acte d'accusation avait déjà été dressé ; une enquête menée depuis Washington pour une fraude dans le domaine de la défense ; et une histoire à l'échelon du comté, dans laquelle le propriétaire d'une décharge allait peut-être devoir répondre d'une accusation d'homicide involontaire. Assiégés, Sondra et Raphael lui expliquèrent qu'ils manquaient de collaborateurs pour faire face à davantage de travail. Mais Stern, lui, était prêt. Au bureau, cette énergie et ce plaisir, il en avait perdu le souvenir ! Le dur labeur de l'homme engagé dans la société ! L'obligation de courir partout, les coups de téléphone, les petites percées de lumière dans l'embrouillamini de l'ego et des lois. Alejandro Stern adorait le droit. Ses clients ! Ses clients ! Aucun chant de sirène n'était jamais plus irrésistible pour lui que l'appel d'une personne en détresse : à ses débuts, un dur dans une cellule de commissariat ; et, comme cela lui arrivait plus généralement aujourd'hui, quelqu'un dans les affaires qui se retrouvait avec un agent du fisc devant sa porte... Dans un cas comme dans l'autre, il avait toujours senti l'excitation s'emparer de lui — c'était une sorte de passion : « Ne parlez à personne, je serai là d'un moment à l'autre. »

Qu'est-ce que cela signifiait ? A quoi pouvait bien correspondre cette dévotion démente pour des gens qui rechignaient à payer des honoraires, le méprisaient si le procès était perdu, lui mentaient chaque jour, gardaient pour eux des informations essentielles et ignoraient ses instructions ? Ils avaient besoin de lui. Besoin de lui ! Ces individus affaiblis, blessés, parfois bouffons, avaient besoin de l'assistance d'Alejandro Stern pour être capables de poursuivre leur route. Le désastre menaçait. Leur vie risquait d'être détruite. Ils venaient pleurer dans son bureau et juraient d'assassiner les camarades qui les avaient trahis. Et lorsqu'ils retrouvaient leurs esprits, ils essuyaient leurs yeux et ils attendaient, avec un air pathétique, que Stern leur expliquât ce qu'ils devaient faire. Il tirait sur son cigare. « Eh bien... », commençait-il doucement.

Dans l'après-midi du lundi, il trouva un moment pour téléphoner à Cal.

— C'est juste pour vous dire, fit Stern, que le mystère du chèque disparu a été résolu.

— Ah, vraiment ? répondit Cal.

Et il attendit la suite.

— Pourriez-vous donc être assez aimable d'informer nos amis de la River National que tout est réglé, et de les remercier de leur coopération ?

— Je le ferai, dit Cal. (Il s'éclaircit la gorge.) Puis-je avoir des détails ?

— Une affaire assez compliquée, dit Stern.

— Je voulais parler du bénéficiaire.

— C'est difficile à dire pour l'instant, expliqua Stern, en essayant d'avoir l'air sincère. Mais nous maîtrisons parfaitement cette affaire, maintenant, Cal. Ne vous inquiétez pas. Mes plus sincères remerciements.

— Je vois.

Il était vexé, bien sûr. Il s'attendait à plus de confiance et de respect de la part de Stern, ne fût-ce que par simple courtoisie professionnelle.

Lorsqu'il rentra chez lui ce soir-là, il trouva une énorme valise dans le vestibule. Il se baissa pour examiner l'étiquette. Marta était de retour. D'habitude, elle ne voyageait qu'avec un sac à dos et un porte-documents, les bagages de sa vie multiforme.

Elle n'était pas dans la maison. Il l'appela, fit le tour du rez-de-chaussée à sa recherche et finit par l'apercevoir par les fenêtres du solarium, penchée par-dessus la haie, en grande conversation avec Fiona. Elle l'écoutait, avec beaucoup plus d'intérêt qu'elle n'en montrait généralement pour leur voisine. Stern se risqua dehors. Le voyant, Marta s'interrompit et l'embrassa. Poussé par quelque logique bizarre, il fit de même avec Fiona, après avoir saisi sa main bronzée. Elle portait sa tenue de jardinage, et des feuilles et des brindilles étaient accrochées dans ses cheveux ; l'enthousiasme de Stern lui fit, sembla-t-il, monter le rouge aux joues.

— N'est-ce pas qu'elle a l'air splendide ! lui dit-elle en indiquant sa fille, habillée avec l'une de ses habituelles robes sans forme qui lui tombaient jusqu'aux pieds. (A l'évidence, Fiona pensait qu'elle ressemblait à ces pionnières américaines qui avaient jadis traversé la prairie derrière les caravanes de chariots.) J'étais justement en train de mettre Marta au courant.

— Oh, oui ? fit Stern, avec quelque inquiétude.

— Au sujet de Nate et de moi, précisa Fiona.

— Ah, oui ! Nate m'en a parlé. Je suis triste d'apprendre ça, Fiona.

— C'est probablement un soulagement pour nous deux...

Comme c'était le cas pour beaucoup de gens, maintenant que l'événement tant redouté s'était enfin produit, Fiona paraissait en effet « soulagée ». Elle montrait plus de ressort qu'on n'aurait pu en attendre de sa part.

Lorsque Marta fit mine de s'échapper vers la maison, Stern lui dit qu'il avait failli buter dans ses bagages.

— J'ai l'intention de rester un moment, répondit-elle. J'ai quitté mon boulot.

— Vraiment ? Comme ça, du jour au lendemain ?

— J'ai donné un mois de préavis, mais j'avais encore des vacances à prendre. J'y retournerai quelques jours le mois prochain pour régler les derniers problèmes.

Mais quand je suis venue ici, l'autre fois, j'ai regardé Kate et j'ai réalisé combien elle était fatiguée, et ça m'est en quelque sorte tombé dessus, je me suis dit qu'elle allait avoir un bébé et que moi, pendant ce temps, je serais à douze cents kilomètres de là, et sans véritable raison d'y être. Pourquoi j'aurais pris la peine de passer mon droit dans quatre États différents si je ne peux même pas aller où je veux ? Je trouverai un job ici. Ça t'embête ?

— Bien sûr que non.

Fiona se mêla à la conversation. *Merveilleux, merveilleux !* Ce serait formidable pour eux tous. Stern s'aperçut qu'il hochait la tête en signe d'assentiment.

— Faut que j'appelle Kate, dit Marta. Normalement, je dois aller les voir dans la soirée. Tu viens avec moi ?

— Pas ce soir, s'empressa-t-il de répondre. Cependant, peux-tu dire à Kate que j'aimerais l'inviter à dîner avec John plus tard dans la semaine ?

— Seigneur, souffla Marta, que tu as l'air sérieux !

En effet, se dit-il, mais il ne répondit pas. Marta retourna en courant vers la maison. Fiona et lui la regardèrent s'éloigner.

— Tu as compris qu'elle avait l'intention de s'installer ici ? lui demanda Stern.

— Ça y ressemble.

— Pauvre de moi !

Il fut consterné un moment à l'idée d'avoir Marta chez lui, en permanence, avec ses vitamines et ses sels minéraux. Entre-temps, Fiona s'était un peu rapprochée de la haie.

— Je suppose que tu es fou de rage envers moi, lui dit-elle doucement.

— Mais non, Fiona ! En réalité, j'ai eu ce que je méritais.

— J'ai essayé de te prévenir, ce soir-là. Quand Nate

est rentré à la maison. Je te promets. (Elle le regarda pour voir comment il réagissait.) Après tout, Sandy, il fallait bien que je dise quelque chose quand il est tombé sur cette lettre. Tu m'as mise dans une situation infernale. Je ne *supportais* pas l'idée d'avouer à ce salopard que j'avais encore du respect pour notre mariage, alors que lui il n'en avait plus un brin. Mais tu veux savoir le plus horrible de tout ça ? Quand je lui ai raconté cette histoire ridicule, j'ai découvert qu'en réalité il était heureux. Tu peux croire un truc pareil ? (Elle secoua la tête, l'air grave.) Pourquoi suis-je toujours aussi bête ? lui demanda-t-elle en le regardant brièvement comme si elle espérait une réponse de sa part.

Debout dans son jardin, elle s'abandonnait à la souffrance de n'être qu'elle-même, et de faire si souvent, comme tout le monde, les mêmes erreurs.

— Au fait, il jure à qui veut l'entendre que ces pilules n'étaient pas pour lui, reprit Fiona. Il affirme qu'elles étaient pour un patient. Finalement, il m'a dit que si je ne le croyais pas, je pouvais appeler l'autre docteur qui traitait ce malade. Et devine qui c'est ?

Stern leva les mains : aucune idée.

— Peter.

— Peter ?

— Oui, ton fils. Quelle coïncidence, hein ?

La nuit, autour d'eux, était épaisse. Les insectes, en cette soirée de la mi-juillet, bourdonnaient et piquaient. Stern essaya d'écraser quelque chose près de son oreille, tout en repensant au regard que Nate lui avait lancé l'autre soir quand ils s'étaient quittés. Ce qu'il lui avait dissimulé était évident, maintenant. Stern réalisa qu'il avait eu raison depuis le début. L'idée d'une épreuve de force supplémentaire lui tira presque un grognement. Mais peut-être qu'avec Peter ce ne serait pas nécessaire.

— De toute manière, je suis désolée, dit Fiona.

— Fiona, le seul qui ait besoin de s'excuser, c'est moi. Comme tu me l'as fait remarquer, je t'ai mise dans une situation impossible. Et tu as plus que rétabli les choses. J'apprécie la discrétion dont tu as fait preuve lorsque tu en as reparlé avec Nate.

— Oh, bon sang ! je me suis dit : quel intérêt ? Je n'ai pas eu envie de lui donner la moindre satisfaction.

Elle secoua la tête de nouveau, toujours tristement, vaincue par son prochain divorce, par ce qu'elle était, par les terribles aveux d'échec que la vie exigeait d'elle en cette période.

— Il n'en reste pas moins, reprit Stern, que je suis désolé de t'avoir obligée à supporter mes propres problèmes.

— Oh, c'était pas si grave ! (Elle leva les yeux, timidement, un regard presque taquin sous ses sourcils maquillés, cette jolie femme dans la cinquantaine, avec sa tenue de jardinage couleur avocat, s'essayant de nouveau à l'œillade insaisissable et troublante qu'elle adressait jadis aux garçons.) D'une certaine façon, ça m'a remise en selle.

Bien que déconcerté par l'évocation du rôle de Peter, Stern ne put s'empêcher d'éclater de rire.

— Tu as été très généreuse, Fiona.

— Oh, bien sûr, répéta-t-elle.

Elle le considéra d'un air pensif — dans ses impressionnants yeux dorés, ses préoccupations étaient évidentes. Mais Stern savait que leurs routes se séparaient ici. Chacun de leurs bateaux respectifs s'était engagé dans son propre chenal. Il réalisa que, pour une fois, son habileté ne l'avait pas trahi — vraiment, il se sentait de plus en plus lui-même. Ému par tout cela, il prit sa main pleine de terre, posée sur les buissons, et en embrassa la paume.

— Et maintenant c'est reparti pour un tour ! dit-elle.

Elle fit les gros yeux, et s'éloigna. Stern l'appela : elle ne devait pas hésiter à lui faire savoir s'il pouvait l'aider d'une façon ou d'une autre. Elle agita la main avec courage, puis s'immobilisa lorsqu'elle arriva près des marches grises conduisant au porche de sa maison.

— Imagines-tu que ce fils de pute a même cessé de boire ? lui cria-t-elle à travers la courte distance qui les séparait.

Puis, avec toute la puissance du défi, du ressentiment, de sa personnalité complexe, elle secoua la tête de nouveau, avec rage, et ouvrit la porte.

Stern retourna chez lui, lui aussi. Dans la cuisine, Marta venait juste de reposer le téléphone.

— Comment va ta sœur ? lui demanda-t-il.

— Pas à son aise. On dirait qu'il y a pas mal de tension. John a témoigné devant le grand jury la semaine dernière.

— C'est ce que j'avais compris. J'ai parlé à Tooley, aujourd'hui.

Elle lui demanda des détails sur ce que John avait raconté au gouvernement. Elle n'avait pas eu le courage d'interroger Kate à ce sujet.

— Ma conversation avec Mel a été du genre habituel : très évasive. Il a beaucoup insisté sur le fait qu'il n'était pas dans la salle d'audience — comme si je pensais qu'il aurait pu s'y trouver ! Il semblerait, pourtant, que tout se soit passé à peu près comme nous le pensions. John a accusé ton oncle : c'était Dixon qui donnait les ordres, et lui, il les a exécutés sans en comprendre la signification.

— Hum ! s'exclama-t-elle.

— Oui, bien sûr.

— Et le coffre ?

— Je ne l'ai pas, répondit-il simplement.

— Et tu as eu des nouvelles d'oncle Dixon ?

— Pas un mot.

— Tu comprends ce qu'il trafique ?

— A certains moments, j'en ai une idée, puis je perds le fil de nouveau.

— Tu l'as averti que tu déposerais cette requête demain, n'est-ce pas ? Pour te retirer de cette affaire ?

Il lui assura que oui.

— T'as intérêt à aller jusqu'au bout. Il faut que tu mettes une certaine distance entre lui et toi, maintenant. Cette femme, Sonia je ne sais plus comment elle s'appelle, elle va réclamer ta tête à cor et à cri. Et Winchell risque de la lui accorder.

— Oui, dit Stern, qui avait envisagé cette hypothèse, lui aussi.

— Et alors ?

— Alors, nous verrons bien. (Il traversa la cuisine et prit sa fille dans ses bras.) Va chez Kate. Parle-lui de ton changement de domicile. Je suis sûr qu'elle sera ravie.

— Et toi ? Ça ne te dérange vraiment pas de voir revenir ta fofolle de fille ?

Il l'embrassa. Il pensait à Peter, à John et à Kate. A Dixon. Clara.

— Tu es chez toi, ici, dit-il simplement.

43

Il n'était pas tout à fait sept heures quand Stern arriva à son bureau, le mardi matin. Il avait laissé un message à Marta lui proposant de venir en ville cet après-midi pour préparer avec lui sa comparution devant le grand jury prévue deux jours plus tard. Il l'avait entendue rentrer dans la nuit, mais il ne s'était pas levé. Il pouvait attendre quelques heures pour avoir les dernières nouvelles de John et de Kate.

Une fois franchie la porte extérieure du cabinet, il

s'immobilisa. Un bruit ? L'impression de quelque chose de bizarre, en tout cas. La porte de son bureau, d'ordinaire verrouillée, était entrouverte. Il la poussa, sans entrer immédiatement. Dixon dormait sur son canapé crème. Il avait empuanti l'atmosphère avec ses cigarettes et les effluves de son sommeil.

Le coffre était à côté de lui, sur la moquette.

Stern se glissa sans un bruit derrière son bureau. Il travailla un petit quart d'heure, puis un client l'appela. C'était Alvin Blumberg, l'accusé dans l'affaire de la décharge, un individu ventripotent — et dans le genre aussi coupable qu'il était possible de l'être, et terrorisé. Il espérait que Stern lui dirait quelque chose qu'il n'avait pourtant aucune chance d'entendre de sa bouche : la promesse qu'il s'en sortirait libre. Stern l'écouta s'époumoner, se plaindre des procureurs, de ses partenaires commerciaux, de l'intransigeance de sa femme, et au bout d'un moment il mit un terme à l'appel. Il lui faudrait présenter Alvin à Sondra. Lorsqu'il reposa le combiné, Dixon venait de s'asseoir sur le canapé. Il s'étira, bâilla, se frotta les yeux. Il portait une chemise de sport toute simple en coton, des pantalons à pinces et une lourde chaîne d'or autour du cou. Il tapota immédiatement les poches de sa chemise à la recherche de ses cigarettes.

— Quelle heure est-il ? demanda-t-il.

Stern le lui dit.

— Je dois appeler Silvia. Je peux ?

Stern poussa le téléphone jusqu'au coin de son bureau et regarda Dixon tandis que celui-ci parlait à sa femme. Il était au cabinet de Sandy, ils avaient des papiers à étudier, il y avait passé toute la nuit.

— ...Oui, il est là, assis en face de moi. Il m'a trouvé endormi quand il est arrivé. Demande-lui. Tu m'as trouvé endormi, pas vrai ?

Dixon tourna le combiné dans la direction de Stern.

Celui-ci, qui n'avait aucune envie de soutenir ni d'excuser Dixon pour une nuit passée Dieu savait où, murmura en direction du microphone que Dixon dormait à son entrée, en effet.

— Tu vois ? fit Dixon à Silvia. (Il lui détailla alors le programme de sa journée, chaque rendez-vous, chaque personne qu'il comptait rencontrer. Puis, vers la fin de la communication, il ajouta :) Je t'aime.

Stern l'observait — un Dixon bronzé, mal rasé, avec la chair de son cou qui commençait à pendre, et des cheveux de plus en plus clairsemés. L'âge prenait peu à peu le dessus, mais Dixon continuait à mettre dans ses conversations avec Silvia tout son intérêt pour les choses de ce monde. Lorsqu'ils déclineraient, qu'ils glisseraient ensemble vers la sénilité, Dixon et Silvia conserveraient leur passion mutuelle, très certainement soutenue, alors, par l'inévitable dépérissement de l'intérêt de Dixon pour d'autres conquêtes. Cette constatation, comme d'habitude, affecta Stern. Aussi complexe et immature que pût être la vie émotionnelle de Dixon, il ne mentait pas en affirmant à Silvia qu'il l'aimait. Après ce qu'il avait découvert le dimanche précédent, Stern aurait pensé qu'assister à cet échange, comme cela s'était si souvent produit au cours des années, le rendrait fou de rage, mais ce qu'il sentait, là, c'était le vide, l'envie, la brûlure d'une véritable jalousie — sa propre femme n'était plus là.

— Tu veux prendre un petit déjeuner ? lui demanda Dixon, lorsqu'il eut reposé le téléphone.

— C'est quoi, ce que tu m'as apporté, Dixon ?

— Tu voulais ce putain de coffre ? Alors voilà ce putain de coffre ! Est-ce que tu es content, maintenant ? Tes problèmes sont résolus ?

— Le gouvernement me demande aussi une déclaration sous serment que son contenu n'a pas changé.

— Eh bien, donne-la-leur.

— Comment serais-je en mesure de le faire ?
— Tu désires voir ce qu'il y a là-dedans ?
— Non. Je veux juste savoir quoi leur répondre.
— Je veux que tu regardes.

Le coffre faisait face à Stern. Dixon en ouvrit la porte et jeta un simple morceau de papier sur le bureau de Stern. C'était un chèque, plié en quatre — celui qu'il avait fait pour couvrir le découvert du compte Wunderkind. Stern mit ses lunettes et étudia le document avec une mimique très théâtrale.

— Rien d'autre ? dit-il alors.

— Est-ce que tu as une idée du putain de truc que tu es en train de regarder ?

Dixon avait renoncé à ses manières civilisées. Il était lui-même, à présent : agité et vulgaire.

— Je crois comprendre la signification de ce chèque pour le gouvernement, dit Stern.

S'ils ne remettaient que cela, Sonny Klonsky ne manquerait pas de l'accuser encore de mauvaise foi, et d'avoir modifié le contenu du coffre pour qu'il fût conforme à ce que savait l'accusation. Mais bien sûr cela resterait entre eux un sujet de conflit de plus car elle ne pourrait pas se permettre d'avouer à Sennett ce qu'elle lui avait révélé.

— Mais les procureurs semblent penser qu'il y a quelque part des documents d'ouverture du compte, ajouta-t-il.

— Qu'il y *a* ? répéta Dixon, avec un de ses habituels sourires de filou, en insistant volontairement sur le présent.

— Ce serait vraiment idiot, Dixon.

— Ben, j' suis plutôt d'accord. Je faisais un petit feu de joie, et puis je me suis ravisé, mais c'est tout ce que j'ai pu sauver... (Il montra le chèque du doigt.) Ils seront contents. Ils auront ma tête sur un plateau, de toute manière, s'ils mettent la main là-dessus.

— A condition qu'ils ne l'aient pas déjà obtenu par ailleurs, dit Stern.

— Où l'auraient-ils trouvé ?

— Peut-être que c'était ce qu'ils cherchaient en assignant ta banque ?

Cette idée fit son chemin dans son esprit, et Dixon en vint bien sûr à la conclusion évidente : pourquoi alors s'intéresser à ce coffre s'ils pouvaient déjà établir qu'il contrôlait le compte Wunderkind ? Question de tactique, expliqua Stern. Prouver que l'accusé refusait de communiquer certains documents indiquerait clairement sa culpabilité.

— Tu veux dire que je suis tombé dans leur piège ? fit Dixon.

— Ça m'en a tout l'air.

Stern avait croisé les mains et restait cruellement impassible. Il n'avait jamais aussi bien joué un rôle. Pendant ce temps, Dixon se frottait le menton, songeur. Puis il soupira, se pinça le nez, secoua la tête.

— Tu penses que je devrais plaider coupable, n'est-ce pas ? C'est ce que tu as dit la dernière fois.

— Si quelqu'un est coupable, c'est toujours un choix qui mérite d'être sérieusement envisagé.

— Et qu'est-ce qu'il m'arrivera alors ? Quel genre de marché peux-tu passer avec eux ?

— La sagesse, dans ce cas, c'est d'essayer d'acheter la liberté de l'accusé. Négocier pour obtenir une lourde amende et une peine de prison plus courte.

— Combien de temps ?

— De nos jours ? Vu les directives fédérales, probablement trois ans.

— Et quand suis-je libéré sur parole ?

— Dans le système fédéral, ce truc-là n'existe plus.

— Seigneur !

— Très dur.

— Quand je pense que j'ai voté pour les républicains ! murmura Dixon. (Il eut un sourire crispé.) Et combien je vais devoir lâcher pour bénéficier de ce marché de trois ans ?

— On peut juste avancer une estimation, Dixon. Des millions de dollars, très certainement. Dieu seul sait ce que Stan Sennett voudra te prendre. Sans doute une bonne part de ce que tu possèdes dans MD. Ça coûtera très cher.

— Hmmm... (Dixon se tripota de nouveau le menton, puis, de façon totalement imprévisible, il sourit.) Ils ne pourront pas confisquer ce qu'ils ne trouveront pas, n'est-ce pas ?

Penser à ce qu'il avait mis à l'abri aux Caraïbes parut réconforter Dixon un instant. Silvia ne manquerait de rien. Stern comprenait cette logique. Dixon alluma une cigarette.

— Si ça ne te dérange pas, poursuivit Stern, j'aurais une meilleure idée de notre position pour négocier si je savais ce qui est réellement arrivé.

— Tu le sais déjà..., répondit-il.

Néanmoins, il lui résuma rapidement la situation. Comment il avait été informé que des ordres importants devaient être passés à la Bourse de Chicago, et comment il avait immédiatement appelé son bureau central des ordres pour mener des opérations en amont, à Kindle. Il décrivit la façon dont il avait utilisé le compte des pertes et profits de la maison, puis le compte Wunderkind de façon à rassembler et mettre à l'abri ses profits.

— Une combine sacrément maligne, conclut-il, au risque de me vanter.

— Et ce compte Wunderkind, Dixon, c'était quoi ?

— Juste un compte de la société. Je l'avais créé pour ça.

— Quel a été le rôle de John dans tout ça ?

— John ? John est une andouille. Il a fait ce que je

lui ai demandé. Il croirait qu'il pleut, si tu lui pissais dans l'œil.

Dixon contempla un instant sa cigarette et tapa du pied. Il portait des chaussures italiennes au cuir très souple, couleur gris souris. Il semblait à l'aise.

— Un homme aussi riche que toi, Dixon. C'est...

— Oh ! ne commence pas à me faire ta morale, Stern. C'est ça, les marchés, d'accord ? Là-bas, nous bouffons nos propres enfants. Et tout le monde le fait. Merde, les clients le font — ceux qui sont au parfum, du moins. C'est la jungle. On m'a pris la main dans le sac, c'est tout. Je veux passer à autre chose, maintenant. En finir avec cette putain d'histoire. (Il claqua ses mains sur ses genoux, et planta son regard dans celui de son beau-frère — bronzé, plein d'énergie, encore bel homme, Dixon Hartnell, le colosse de la Bourse.) Je veux plaider coupable.

Stern ne répondit pas.

— D'accord ? reprit Dixon. Quelle heure est-il ? Passe un coup de fil à ces trous du cul, s'il te plaît. Tant que j'en ai le courage. Je veux entendre le bruit que fera Sennett, ce fils de pute prétentieux, quand il tombera raide sous le choc.

— Je crois, Dixon, que tu cherches à me tromper, dit Stern, simplement.

Dixon sursauta.

— Moi ?

— Exactement.

— T'es cinglé, Stern.

— Je ne pense pas.

Dixon resta bouche bée un bref instant, puis il dit :

— Tu as parlé avec cette fille, n'est-ce pas ? Comment elle s'appelle, déjà ? Krumke ?

— Hélas ! Tes singeries m'ont coûté la confiance du gouvernement, Dixon. Non, je n'ai pas parlé à Mme Klonsky.

Dixon se leva. Il se mit à tourner en rond dans le bureau, tout en agitant sa cigarette.

— Tu veux me voir saigner, n'est-ce pas ?

— J'accueillerai avec plaisir la vérité, Dixon. Si tu consens à me la révéler.

Dixon s'arrêta à la place de prédilection de Stern, devant la fenêtre, et contempla un moment la rivière pailletée d'or qui bougeait doucement dans le soleil matinal.

— Il y a des problèmes avec ce compte, murmura-t-il enfin.

— Quel compte, Dixon ?

— Wunderkind Inc, quelle que soit la façon dont on le nomme.

— Oui ?

— C'était le compte de John. Du moins, il était censé l'être. Je ne voulais pas mettre de l'argent sur un compte qu'on pouvait relier à moi. C'est pourquoi je lui ai demandé d'en ouvrir un. Tu vois, un compte de société, à cause des règlements de la Bourse. Il ne peut pas en avoir un à son nom. Il y a une clause de la KCFE qui l'interdit aux employés.

— Quel nom as-tu utilisé, alors, Dixon ?

Dixon se retourna. Il avait l'air affreusement gêné, à présent.

— Celui de Kate. C'est elle qui a signé les formulaires. De son nom de jeune fille. Je suis sûr qu'elle ne savait rien de ce qui se passait. Andouille lui a juste dit de signer à côté du *x*.

— Et qu'est-ce que John a obtenu en échange d'un tel service ?

— Oh, lui ! c'est l'idiot du village. Je lui dis de sauter et il demande à quelle hauteur. Il veut être agent de change. Il attendait de moi une promotion. Écoute, c'est un gamin. Une nouille. Tu lui donnes la forme que tu veux. Je lui ai dit de faire des choses, il les a faites.

— Tu ne lui as pas promis ne serait-ce qu'un cent de profit ?

— Je ne lui en ai jamais parlé. Franchement, je crois qu'il est trop bête pour demander. Et il n'y a jamais eu de bénéfices, de toute façon. Ou pas longtemps.

— Justement, Dixon, explique-moi ça. Tu as volé ce pognon et puis tu l'as perdu ?

— C'était à Las Vegas. Qui s'en souciait ? J'ai perdu, je me suis rattrapé ailleurs. C'était un putain d'amusement, Stern.

— Dans lequel tu as entraîné ma fille et mon gendre — c'est-à-dire plus précisément ta nièce et ton neveu. Un crime commis... juste par curiosité, pour lequel tu t'es caché derrière des enfants — les miens.

Dixon ne répondit pas. Il retourna au canapé et alluma une autre cigarette avec son briquet.

— Tu n'avais donc pas envisagé, Dixon, que John parlerait au gouvernement de ce compte et de la manière dont il a été ouvert ?

— Bien sûr que si. Seulement, je n'avais pas vraiment envie d'en discuter avec toi. (Il s'allongea de nouveau, étendit ses jambes.) J'ai les documents à la maison. Je les ramènerai.

— Tu craignais peut-être, Dixon, que je ne perde le respect que j'ai pour toi ?

Stern émit cette remarque avec perfection — un coup de rapière. Acier glacé.

— Oh, va te faire foutre, Stern ! Je suis désolé. Je l'ai fait, je suis coupable, je plaide coupable. Je vais avoir tout le temps de me repentir. Alors appelle ces foutus procureurs et finissons-en.

Un bras posé sur le dossier du canapé, Dixon soufflait des ronds de fumée.

— Tu es coupable de beaucoup de choses en effet, Dixon, mais, je regrette, pas de ce crime-là.

Dixon se redressa.

— T'as la tête qui part en couilles, ou quoi ?
— Je ne crois pas. Tu es innocent, Dixon.
— Oh, je t'en prie !
— Dixon, tu es exactement en train de me servir ce que tu crois que le gouvernement connaît.
— Là, d'accord.
— Et que tu sais être un mensonge.
Interloqué, Dixon ne répondit pas immédiatement.
— Un mensonge ? répéta-t-il enfin.
— Laissons de côté la question du mobile, si tu veux bien. Tu affirmes qu'un homme riche peut voler avec autant de plaisir qu'un pauvre, et c'est souvent le cas, en effet. Mais explique-moi quelque chose, s'il te plaît. Tu me dis que tu as poussé John à ouvrir ce compte de sorte que, s'il y avait un problème, ce soit quelqu'un d'autre que toi qui se fasse taper sur les doigts. Et pourtant, quand le gouvernement apprend l'existence de ce compte, tu dissimules les documents.
— Et alors ? Je ne suis pas tout à fait le gros salaud que je croyais être, voilà tout. De plus, je te l'ai déjà dit, je n'avais pas vraiment envie de t'expliquer ça.
— J'ai le sentiment, Dixon, que tu avais d'autres mobiles.
— Tu te défonces trop, Stern.
— Dis-moi, alors, si je suis ton raisonnement, comment le gouvernement a pu apprendre tout ça ? Qui est l'informateur, Dixon ?
Dixon secoua la tête, comme s'il n'avait jamais réfléchi à cette question, puis demanda :
— Et d'après toi ?
— Après avoir beaucoup cogité, j'en ai conclu que c'est Margy, et que tu es au courant depuis le début. Peut-être même que c'est toi qui as tiré les ficelles de ses activités.

Dixon restait parfaitement immobile. Ce furent ses yeux — dont la couleur claire tirait sur le gris ou le vert — qui bougèrent les premiers.

— T'as perdu ta putain de tête ! grommela-t-il. Complètement.

— Je ne crois pas, Dixon.

— T'es vraiment un casse-couilles. T'en as conscience ? Tu me harcèles des mois durant pour que je t'explique tout ça. Tu me fais subir de véritables interrogatoires. Tu m'envois des requêtes pleines de colère. Tu menaces ma secrétaire. Et maintenant, quand finalement j'accepte de tout déballer, tu me traites de menteur, et tu me balances une accusation tirée par les cheveux que t'as dû voir dans tes hallucinations. Va te faire foutre, Stern.

Stern leva les mains et il applaudit une fois.

— Splendide discours, Dixon !

— Je plaide coupable, répéta celui-ci.

— Pour une infraction que tu n'as pas commise ?

— Je ne veux plus écouter tes conneries. Tu es mon avocat, exact ?

— Pour le moment.

— Bon, alors je veux plaider coupable. Trouver un arrangement. Ce sont mes ordres, là. Mes instructions. Appelle ça comme tu veux.

— Désolé, Dixon. Je ne peux pas.

— Alors, je vais te virer.

— D'accord.

— Tu crois que j'en suis pas capable ? Je me débrouillerai sans toi, tu sais. La ville est pleine d'avocats. Ils bossent pour l'argent, tous. Y a qu'à se baisser pour les ramasser. J'en ai six à la fin de la journée.

— Tu n'es pas coupable, Dixon.

Le visage de Dixon se tordit. Il se mit à hurler.

— Je t'emmerde, Stern !

On aurait dit un coup de canon. Quelque part, dans le bâtiment silencieux, Stern entendit un mouvement. Une porte s'ouvrit au bout du couloir.

— Espèce de petit fils de pute insupportable et vaniteux ! poursuivit Dixon. Y a une seule minute de ta vie où tu n'as pas pensé que tu étais plus intelligent ou meilleur que moi ?

Il avait l'air enragé, à présent. Il s'approcha de Stern et celui-ci craignit, un instant, qu'il ne le frappât. Mais finalement Dixon se détourna et se pencha vers le coffre.

— Laisse ça, Dixon. Cet objet est sous ma responsabilité légale.

Une fureur brûlante, d'une intensité quasi nucléaire, émanait de Dixon, mais il s'écarta du coffre.

— Bordel, est-ce que t'es capable d'imaginer ? siffla-t-il avant de partir.

— Stern à l'appareil.

— C'est Sonny.

Il la salua chaleureusement, lui demanda comment elle allait. La voix de Klonsky suscitait toujours chez lui la même tempête de sentiments, quoiqu'un peu plus distante. Un tonnerre lointain. Il consulta la pendule incorporée au téléphone — un autre de ces gadgets qu'il adorait. Dix-sept heures largement passées.

— Écoutez, Sandy. Je vous appelle parce que je viens d'avoir un coup de fil des plus bizarres. Votre client. M. Hartnell. Il dit qu'il veut discuter avec moi.

— Ignorez-le, fit Stern immédiatement.

— J'ai essayé. Je lui ai expliqué que je ne pouvais pas parler avec lui parce qu'il avait un avocat. Il m'a répondu qu'il vous avait viré. C'est vrai ?

Il resta un instant silencieux, puis il avoua qu'il ne

savait pas précisément où il en était avec Dixon, que celui-ci avait les nerfs à vif, en ce moment, sous l'effet des tensions de cette affaire.

— Mais si je démissionne, cependant, j'attendrai pour le faire qu'il ait un autre avocat. Je suis obligé d'insister, Sonny, le gouvernement ne doit pas traiter directement avec lui...

— Eh bien, Sandy, je ne sais pas. Je veux dire que...

— Sonny, je ne suis pas en train de vous critiquer.

— Je comprends.

La plupart des juges réagiraient défavorablement si le gouvernement traitait avec Dixon. Stern affirmant que son client était très tourmenté, la cour estimerait que l'accusation avait injustement profité de la situation. Même Sennett ne voudrait pas prendre un tel risque. Son dossier était en béton — pourquoi le mettre en danger ? Et Sonny, sans aucun doute, suivrait le même raisonnement.

— Je vais en parler à Stan, dit-elle finalement, se tirant ainsi, comme à son habitude, d'une difficulté. Dois-je en conclure que M. Hartnell serait peut-être tenté de négocier ?

— Je le lui déconseillerai fortement, dit Stern.

— Vous bluffez, dit-elle. (Il perçut de l'amusement dans sa voix, une pointe d'humour. Elle ne pouvait se garder d'une certaine bonhomie. Elle adorait se trouver sur un pied d'égalité avec lui, s'affirmer. Elle eut cependant la gentillesse de ne pas pousser son avantage.) Et pour le coffre ? ajouta-t-elle. Vous avez discuté avec Marta de notre proposition ?

— Qu'est-ce que vous voulez exactement ? demanda Stern.

Il s'en souvenait, bien sûr. C'était là une simple astuce d'avocat, une parmi bien d'autres — l'espoir que les termes du marché pourraient s'arranger un tant soit peu si on les répétait. Mais il n'en fut rien. Elle lui refit exactement la même proposition. Produire le coffre devant le grand jury et rédiger une déclaration sur l'honneur que son contenu n'avait pas changé. Et voilà : c'était, de nouveau, le quotidien de l'existence d'un avocat. Et il ne s'agissait, après tout, que d'une simple signature. Qui le saurait, en dehors de lui ?

— Je crois, Sonny, que je ne serai pas en mesure de vous donner satisfaction.

— Écoutez..., commença-t-elle.

— Je comprends.

— Non, je ne pense pas que vous compreniez. Stan est vraiment déterminé.

— Bien sûr.

— Oh, bon sang ! s'exclama-t-elle. (Elle se tut un instant, puis ajouta :) Je n'aime pas la tournure que prend cette affaire, Sandy. Vraiment pas. Votre client a-t-il bien conscience que nous sommes capables de prouver qu'il contrôlait ce compte ? Vous savez, Wunderkind ?

— Il m'est impossible de vous parler de mes discussions avec mon client, Sonny, mais je n'ai pas trahi votre confiance. J'espère que vous n'allez pas penser le contraire.

— Ça, je le sais. Je voulais simplement dire... Écoutez, il faut que j'y repense... Si je trouve le moyen de vous laisser lui expliquer ça, vous croyez que ça changera quelque chose au problème ?

— Vous êtes vraiment gentille, Sonny. Mais ça n'y changera rien du tout.

Elle hésita, perdue dans ses réflexions. A son silence, Stern fut certain qu'elle ne savait plus trop bien où elle en était.

— Sandy, c'est une histoire dingue. Si vous pensez que quelqu'un, chez nous, va avoir peur d'envoyer M. Alejandro Stern en prison, vous...

— Je n'entretiens aucune illusion de ce genre, je vous assure.

— Et personne ne peut rien faire de plus ?

Il réfléchit un instant, répugnant à user de son influence sur elle. Il l'avait déjà fait à Dulin et, en fin de compte, il leur en avait coûté à chacun de considérables préjudices émotionnels.

— Oui ? insista-t-elle.

— C'est sans importance.

— C'est quoi ?

Il soupira.

— L'informateur, dit-il finalement.

Elle fit claquer sa langue.

— Et alors ? murmura-t-elle.

— J'en déduis que vous ne connaissez toujours pas son identité, dit Stern.

— Je ne pourrais pas vous la donner, si je la savais.

— Bien sûr que non.

— Et alors ?

— Alors, je crois que le procureur des États-Unis a pris un malin plaisir à me tromper. Je soupçonne que vous allez découvrir que votre indic est quelqu'un dont le gouvernement sait qu'il a une relation avec moi — une relation telle qu'il m'est impossible de soupçonner cette personne. (Il envisagea d'ajouter « une cliente », ou même de citer le nom de Margy, mais il savait que plus il serait précis, plus les choses deviendraient difficiles. Elle l'avait prévenu : elle ne pourrait jamais confirmer une identité.) Et si mes soupçons sont erronés, j'aimerais beaucoup le savoir.

— C'est important pour vous ? Ça a un rapport avec ce truc-là ? L'assignation ?

— D'une importance critique, dit-il.

— Je ne peux rien vous promettre. Si je trouve, je trouve. Et je ne sais pas ce que je ferai à ce moment-là.

Ils restèrent silencieux un moment. Il était stupéfait,

encore une fois. Sonny était si forte, si formidable !

— Comment va votre vie ? demanda-t-il alors.

Il n'osa pas se montrer plus précis. Votre mariage. Votre mari, voulait-il dire.

— Mieux, dit-elle.

— Bien, répondit-il.

— Ouais. (Elle attendit, puis ajouta :) Mais le droit, ça pue.

Et elle raccrocha.

44

— Donnez votre nom, s'il vous plaît, et épelez-le pour le procès verbal, dit Klonsky.

— Mon nom est Alejandro M. Stern. Le prénom s'écrit A.l.e.j.a.n.d.r.o. Et le nom de famille S.t.e.r.n.

— Le M ? demanda-t-elle.

Peut-être n'arriverait-elle jamais au bout de sa curiosité envers lui.

— Mordecai.

— Ah.

Elle assimila stoïquement l'information et revint à ses notes.

Elle ne s'attarda pas sur le préambule habituel que Stern connaissait pour l'avoir lu dans des douzaines de transcriptions. Elle lui dit simplement qu'il comparaissait devant le grand jury spécial de mars 1989 (mars étant le mois où celui-ci avait été constitué) et lui décrivit en deux mots l'enquête 89-86, qui, précisa-t-elle, concernait « l'allégation de violation de l'article 18 du code des États-Unis, section 1962 ». Elle mentionna aussi qu'il n'était pas accusé et que son avocat était à l'extérieur de la salle, disponible à tout moment pour une consultation.

— Et son nom est Marta Stern, même orthographe ?

— Oui, répondit-il. (Il s'adressait à la sténotypiste de la cour, Shirley Floss, qui, avant, travaillait avec le juge Horka.) M.a.r.t.a.

Shirley sourit, tout en tapant. Les noms propres correctement écrits étaient les joyaux d'une vie de sténotypiste.

Stern était assis dans le fauteuil des témoins, dans la salle du grand jury. Enfin ! Trente années de curiosité finalement satisfaite. A côté de lui, dans la chaire en noyer, étaient installées la présidente et la secrétaire du grand jury, deux femmes d'âge moyen, choisies parmi les membres de cette juridiction pour assumer cette fonction largement formelle. Immédiatement devant lui, il y avait un petit bureau que se partageaient Klonsky et la sténotypiste ; et derrière, les autres membres du grand jury étaient assis en rang, sur les gradins : une vraie Société des Nations — toutes les races et tous les âges. Deux hommes âgés sommeillaient ; un adolescent à l'apparence brutale, avec d'épais favoris et des cheveux longs et gras, lisait le journal. D'autres écoutaient, l'air servile. Une femme dans la quarantaine, mince et séduisante, prenait des notes sur un calepin, pour son bénéfice personnel. Aucune fenêtre, pas la moindre lumière naturelle.

— Où résidez-vous, monsieur Stern ?

Il indiqua son adresse et, en réponse à la question suivante, dit qu'il était avocat. Sonny s'approcha de la table.

— Monsieur Stern, je vous montre ici ce que le sténotypiste du tribunal a répertorié comme la pièce G.J. 89-86 — Pièce à conviction 192. La reconnaissez-vous ?

C'était l'assignation qu'elle lui avait remise. *Cent quatre-vingt-douze pièces,* pensa-t-il. John avait dû être un homme très occupé. Aucun doute, l'enquête était presque achevée. L'inculpation était proche. Klonsky établit que Stern avait bien reçu cette assignation, puis lui demanda d'en lire le texte à haute voix.

— Et maintenant, monsieur Stern, avez-vous en votre possession, garde ou contrôle, le coffre-fort auquel il est fait référence ici ?

— Je refuse de répondre.

— Sur quelles bases ?

— Le secret professionnel avocat-client.

Klonsky, qui s'attendait à cette attitude, se tourna vers la présidente du grand jury, une dame à lunettes et à cheveux gris.

— Madame la présidente, je vous prie d'intimer au témoin de répondre.

Décontenancée de jouer soudain un rôle actif dans un spectacle qui se déroulait généralement sans à-coups devant elle, la présidente en question jeta à peine un coup d'œil à Stern et dit simplement :

— Répondez.

— Je refuse, répéta Stern.

— Sur quelles bases ? s'enquit Klonsky de nouveau.

— Celles précédemment énoncées.

Sonny, qui jusqu'à présent s'était montrée compétente et redoutable, parut hésiter. Sa grossesse, maintenant, oblitérait totalement sa grâce habituelle. Elle resta silencieuse devant lui, perdue dans ses pensées, avec une expression ulcérée.

— Monsieur Stern, je vous informe que je vais devoir demander au premier président de vous inculper pour outrage à la cour.

— Je n'entends outrager personne.

Elle sollicita alors des grands jurés une suspension de séance pour pouvoir accompagner Stern dans les bureaux du premier président Winchell. Les grands jurés étaient plus ou moins habitués à ce trajet : ils parcouraient tous ensemble ces quelques pâtés de maisons pour paraître chaque semaine devant Winchell de façon à prononcer les inculpations. Stern, à l'occasion, les avait vus arriver — une bande de bourreaux satisfaits. C'était un travail, pour eux, à trente dollars par jour, et une part de coutumes juridiques aussi mystérieuses que les mœurs des Chinois. Et pour l'accusé, c'était souvent la fin d'une existence respectable.

Stern poussa la porte de la salle, et Marta, avec un tailleur sombre et des bas — des bas ! —, jeta un coup d'œil à l'intérieur.

— Que se passe-t-il ? demanda-t-elle à son père.

Stern lut sur le visage de sa fille l'expression songeuse typiquement latine qu'il connaissait bien — l'acceptation de l'inévitable.

Le groupe — Sonny, Sandy, Marta et Shirley, la sténotypiste, dont la présence était requise, elle aussi — attendit en silence dans le couloir l'arrivée des ascenseurs, toujours lents, du nouveau bâtiment fédéral.

— J'ai prévenu Stan, dit Sonny. Il nous rejoindra là-bas.

Le procureur des États-Unis allait lever son sceptre et réclamer justice. Stern n'avait jamais pleinement réalisé le degré de la haine que Sennett éprouvait pour lui. Honte, dépit, humiliation, désir amer de dignité. Stern pensa une fois encore que les créatures humaines étaient tristement prévisibles.

Ils s'engagèrent sur l'avenue qui grouillait de monde, dans la chaleur du plein été. Shirley avait rangé ses notes et sa machine dans une petite valise qu'elle traînait sur l'un de ces chariots qu'utilisent les hôtesses de l'air pour transporter leurs bagages. Elle parla à Stern de ses enfants. Le cadet, qui était à l'université, espérait faire carrière dans la radio et la télé. Sonny et Marta, en dépit des circonstances, commençaient à s'entendre admirablement. Elles avaient terminé leurs études de droit presque au même moment et elles avaient des amis communs. Un dénommé Jake, camarade de Marta à la fac de droit, avait été assistant d'un juge avec Sonny à la cour d'appel.

Sennett, avec son costume bleu et sa chemise impeccables, les attendait dans l'antichambre du juge. A leur arrivée, il était en train d'étudier ses ongles de très près. Il serra la main à Marta et à Stern — mais celui-ci, quelque peu renfrogné, ne lui rendit pas son salut.

Une minute plus tard, la porte du bureau de Moira Winchell s'ouvrit et elle les invita à entrer d'un signe de la main. Aujourd'hui, un bandeau retenait ses cheveux où le gris progressait et elle portait une jupe droite, si bien qu'elle ressemblait un peu à une écolière.

— Eh bien, je ne peux pas dire que je suis heureuse de vous voir..., commença-t-elle.

Et elle appela son propre sténotypiste, par la porte latérale.

Le groupe s'installa une nouvelle fois à la table de conférences, solide comme une forteresse. La lumière du jour entrait par les fenêtres en longs parallélogrammes brillants, et, par contraste, donnait au reste de la pièce une espèce d'obscurité de prison. *Pure métaphore,* pensa Stern de cette association d'idées.

— Enregistrement, dit Winchell à son sténotypiste. Monsieur Sennett, j'ai cru comprendre que vous aviez une requête à déposer ?

Stan leva la main à l'adresse de Sonny, qui tira d'une chemise en papier bulle une courte requête rédigée à l'avance. Le document demandait qu'il fût ordonné à Stern de reparaître devant le grand jury et de répondre aux questions qu'il avait précédemment refusées. Cette nouvelle comparution était nécessaire, parce que le grand jury n'avait pas lui-même le pouvoir de l'obliger à parler. C'était seulement s'il violait l'ordre du juge que Stern pourrait être accusé d'injure au tribunal — et incarcéré.

Moira Winchell poussa la requête de côté.

— Très bien, écoutons ce qui s'est passé. C'est la sténotypiste de la cour ?

Shirley prêta serment et lut le long et étroit bloc de papier du sténotype d'une voix chantante, déchiffrant parfois certains symboles avec hésitation. Le sténotypiste du juge, Bob, assis à côté d'elle, enregistrait tout sur sa propre machine.

— Réponse de M. Stern, lut Shirley, en conclusion : « Je n'entends outrager personne. »

Stern vit Sennett, à l'autre bout de la table, froncer les sourcils. Stan n'était pas preneur.

— Très bien. Mademoiselle Stern, dit Winchell, qui veillait à donner les noms des intervenants car elle n'oubliait pas l'enregistrement de la séance, que répondez-vous à cette requête ?

— Nous objectons, Votre Honneur.

Marta expliqua alors que le fait que Stern eût reçu et conservé le coffre était en fait deux questions distinctes impliquant des communications avec son client. Elle demanda une semaine supplémentaire pour présenter les conclusions soutenant cette position et Sennett qui, aujourd'hui, parlait au nom du gouvernement, s'y opposa, de son ton habituel de véhémence mal contenue. Il prétendit que des conclusions n'étaient pas nécessaires et qu'elles retarderaient injustement l'action finale du grand jury. Marta se défendit avec courage, mais Winchell finit par se ranger à l'avis du gouvernement. Elle ne pouvait tolérer que des conclusions fussent déposées pour chaque question posée à Stern.

— Si vous avez des cas de jurisprudence, je les lirai immédiatement, dit-elle à Marta.

Elle les avait, bien sûr. Elle tira de sa mallette des photocopies de diverses décisions judiciaires développant de long en large l'immunité entre un avocat et son client. Elle en distribua des exemplaires à Winchell et aux procureurs. Tandis qu'ils les parcouraient, tout le monde resta silencieux, y compris les deux sténotypistes.

A l'évidence, Sennett avait toujours l'intention de prononcer rapidement l'inculpation. La veille, Stern avait reçu une lettre du département de la Justice, lui accordant un rendez-vous avec la Section de répression du banditisme à neuf heures du matin, à Washington, D.C., le mardi suivant. Si les choses se passaient là-bas comme d'habitude, la réunion serait brève, polie et purement formelle. Au plus tard dans deux semaines à compter de ce jour, la mise en accusation serait approuvée, et Dixon Hartnell cesserait d'être un homme de pouvoir pour n'être plus qu'une proie que s'arracheraient les médias trois ou quatre fois par jour. Il y aurait une fuite, grâce à l'homme qui était ici au bout de la table, et les pages économiques du jeudi matin ne manqueraient pas d'annoncer l'imminence de l'inculpation. Puis, ce même jour, après le retour de cette inculpation, Sennett tiendrait une conférence de presse et lirait son communiqué, avec ce regard ferme et brûlant qui lui donnerait la sévérité indispensable au moment où son gros poisson bien ferré devrait apparaître aux journaux télévisés du soir.

Vendredi matin, cette nouvelle ferait la une ici, et le *Journal* et le *New York Times* y consacreraient probablement un entrefilet, eux aussi. A la suite de quoi les journaux du week-end développeraient la nouvelle, comparant l'initiative de Sennett dans sa lutte contre la corruption au Kindle County Futures Exchange avec d'autres luttes de ce genre menées à travers tout le pays, ou, pire encore, ils raconteraient l'ascension et la chute tragique de Dixon Hartnell.

Et tandis que sa réputation s'en irait à vau-l'eau, les infrastructures de sa vie professionnelle commenceraient à s'effondrer. Ses concurrents courtiseraient ses clients hébétés, et ses principaux employés remettraient à jour leur CV. Suite aux preuves du RICO, un placement sous contrôle judiciaire serait immédiatement ordonné, gelant tous les avoirs de Dixon, si bien que Stern serait obligé de téléphoner à Klonsky pour obtenir l'autorisation pour Dixon de toucher un chèque lui permettant de subvenir à ses besoins. Les journalistes assiégeraient le domicile de Dixon et l'appelleraient sur la ligne privée de son bureau. Et dans les yeux de tous les gens qu'il croiserait, il lirait l'aversion ou la réprobation. Pour Stern, cela était inconcevable : oui, impossible d'imaginer Dixon tombé si bas, ou, plus vraisemblablement, capable d'affronter une telle disgrâce.

— Voici ma décision, dit le juge Winchell. (Elle avait terminé de lire les documents de Marta, et n'était apparemment pas décidée à admettre la moindre discussion.) J'estime que ces textes ne sont pas pertinents en la matière qui nous occupe. Dans ce circuit[1], l'avocat doit mener une démonstration spécifique pour chaque question posée ou objet recherché à propos desquels l'immunité est revendiquée. Celle-ci doit avoir une application réelle et non pas virtuelle. D'où j'en conclus que l'immunité n'autorise pas M. Stern ou tout autre témoin à refuser de répondre à la question de savoir s'il détient ou non en sa possession un article réclamé par assignation. Sinon, la cour et son repré-

1. A l'origine, la justice américaine était rendue par des membres de la Cour suprême qui, chaque année, siégeaient dans certaines villes du pays, leur « circuit ». Ce terme qualifie encore le domaine territorial des cours d'appel *(N.d.T.)*.

sentant risquent de se retrouver pris dans de longues procédures qui seraient, en l'état, sans objet. En conséquence, mademoiselle Stern, je rejette votre objection et j'ordonne à votre client de répondre. (Winchell posa ses longues mains sur la table. Elle n'avait, pour tout bijou, qu'une fine alliance et ses ongles n'étaient pas vernis.) J'aimerais savoir si votre client a l'intention, ou non, d'obtempérer, car je préférerais avoir un peu de temps pour réfléchir, avant de prendre une décision d'injure à la cour. Pourquoi n'utiliseriez-vous pas un instant mon bureau pour en discuter avec lui en tête à tête ?

— Je pense qu'elle a raison, déclara Marta, dès qu'elle fut seule avec son père.

C'était une pièce exiguë, probablement le lieu de travail d'un quelconque rond-de-cuir, à l'origine. L'un des murs était couvert de livres, et on voyait diverses photos du mari de Moira Winchell, et d'une chienne, un setter irlandais, dans toutes les périodes de sa vie, du chiot jusqu'à l'âge adulte où elle donnait naissance à une portée. La lumière du flash faisait une étrange couleur verte aux yeux de l'animal, tandis que ses petits tétaient.

— Bien sûr, qu'elle a raison, fit Stern. Tu veux que je réponde à leur question ?

— C'est le conseil que je te donnerais, oui.

Ils revinrent à la table de conférences. Marta annonça que Stern allait répondre. Les deux procureurs restèrent impassibles, mais Winchell hocha la tête.

— Très bien, alors, dit-elle. Mais puis-je savoir quelle sera la question suivante ? J'aimerais éviter aux jurés une perte de temps — et je n'ai aucune envie de vous voir faire des allers-retours à répétition.

— Eh bien, quelle est la réponse à la première question ? demanda Sennett.

Winchell regarda Stern ; Marta leva la main pour empêcher son père de parler, puis elle déclara à sa place :

— Je crois que mon client indiquera que ce coffre est en sa possession.

Cela, au moins, elle le savait, puisqu'elle avait revu l'objet dans le bureau de son père. Mais Stern avait gardé pour lui sa dernière conversation avec Dixon ; et Marta — c'était d'ailleurs tout à son honneur — ne l'avait pas interrogé là-dessus. Elle prenait très au sérieux l'obligation de son père de ne rien dévoiler des confidences de Dixon.

En apprenant que Stern avait le coffre, Sennett pivota et adressa un coup d'œil à Klonsky. Peut-être avait-il misé sur le contraire ? Sonny n'eut aucune réaction. Avec le grand jury, elle se comportait en professionnelle, mais ici, devant les conséquences concrètes de l'affaire, elle était beaucoup moins efficace et semblait davantage en retrait de la procédure, que Sennett conduisait presque tout seul. Elle avait pâli ; son teint avait perdu une bonne part de son joli rose habituel. Stern ne pouvait s'empêcher de penser à l'état de Kate et d'éprouver quelque réconfort à la vue de ce qu'il interprétait comme des signes de la sympathie de Sonny à son égard.

— Question suivante ? répéta Winchell.

— La question suivante, annonça Sennett, c'est : « Le coffre, y compris son contenu, est-il dans le même état que lorsque M. Stern l'a reçu, ou, à sa connaissance, quelque chose en a-t-il été ôté ? »

Marta voulut émettre une nouvelle objection, mais Winchell secouait déjà la tête.

— Une question à la fois, dit-elle à Sennett.

Celui-ci murmura à l'oreille de Klonsky, qui haussa les épaules d'un air un peu indifférent.

— La question suivante, reprit Sennett, sera donc :

« A la connaissance de M. Stern, quelque chose a-t-il été ôté du coffre depuis que l'assignation lui a été signifiée ? »

Stern dut le reconnaître avec regret : cette nouvelle formulation était très habile ; elle suivait les lignes de la décision précédente du juge Winchell, et se contentait de demander si Stern avait conservé la possession de ce qui lui avait été réclamé par assignation. Sennett progressait par étapes. Si Stern répondait que rien n'était sorti du coffre depuis que Sonny lui avait remis cette assignation, Sennett essaierait de revenir au moment où Stern avait reçu le coffre. Il y aurait là davantage de matière à objections. Stern savait que, bien sûr, il ne répondrait jamais à la question initiale.

— Très bien, dit Winchell. Mademoiselle Stern, avez-vous des objections à cette question ?

— Demander à M. Stern s'il sait, répondit Marta, ne permet pas de faire de distinction entre ce que son client a pu lui dire et ce qu'il aurait appris tout seul.

— Nous excluons de notre interrogation toute communication avec le client de M. Stern, riposta immédiatement Sennett.

— Cette question, dit Winchell, est donc : « En dehors de toute communication avec son client, M. Stern sait-il si quelque chose a été ôté du coffre depuis que l'assignation lui a été signifiée ? »

Sennett acquiesça d'un signe de tête. C'était bien ça.

— D'autres objections ? demanda Winchell.

Stern murmura à l'oreille de Marta :

— Revendique l'immunité, ici.

Elle obéit, affirmant que cette question concernait toujours une information reçue dans le cadre de la relation avocat-client et pouvait obliger l'avocat à révéler ses propres analyses.

— Très bien, dit Winchell. Je rejette ces objections. Cette seconde question, tout autant que la précédente, concerne simplement ce qui est ou ce qui n'est pas en possession du témoin, sans considération de communication avec son client. En conséquence, j'ordonne à M. Stern d'y répondre. De nouveau, je préférerais connaître à l'avance son intention à ce sujet.

Une fois encore, d'un geste plein de sérieux, elle indiqua son bureau à Stern et à sa fille.

— Non, dit Stern, lorsqu'il fut seul avec Marta.

— Papa !

— Je ne répondrai pas.

— Pourquoi ?

— Parce que je ne peux pas.

Il y avait un petit canapé, dans cette pièce, une causeuse recouverte d'un épais tissu de tweed marron ; Stern s'y laissa tomber. Il se sentait soudain très fatigué. Marta, elle, resta debout.

— Avant de reprendre le coffre, tu m'as dit qu'il ne t'avait jamais laissé l'ouvrir..., insista-t-elle.

— Exact.

— Donc, tu ne sais pas s'il a récupéré quelque chose là-dedans. (Elle le dévisagea.) Comment pourrais-tu le savoir ?

Il secoua la tête. Il ne répondrait pas.

— Allons..., dit-elle.

Il considéra les murs du bureau de Winchell ; il y avait plusieurs citations et une médaille d'une association féminine. Comme il s'en serait douté, l'endroit était très encombré.

— Si je devais répondre, dit-il alors à Marta, qu'à ma connaissance le contenu du coffre a effectivement changé, que se passerait-il ?

— Ils te demanderaient ce qu'il manque, comment tu sais ce qui y a été pris, qui avait accès au coffre, où était situé celui-ci, et si tu as une idée de la personne qui en a ôté ce qui manque..., répondit Marta en comptant les questions sur ses doigts.

— Nos objections, sur la base de l'immunité, seraient-elles acceptées, dans ce cas ?

— Peut-être. Pour certaines de ces questions. Cela dépend de la manière dont tu as appris tout ça.

— Certaines, peut-être, ouais, grommela Stern. Mais Winchell exigera sûrement que je donne le nom des gens qui avaient accès au coffre et que j'indique l'endroit où était celui-ci.

— Oui, c'est une hypothèse raisonnable, dit Marta. Est-ce que tu es en train de me faire comprendre qu'il a pris quelque chose et que tu es au courant ?

Il resta silencieux de nouveau.

— Papa...

— Marta, si je témoigne que Dixon a récupéré son foutu coffre, et qu'ensuite il l'a rendu et qu'il manque quelque chose à l'intérieur, quelle conclusion en tireront les procureurs et le grand jury, d'après toi ?

— C'est évident.

— Exactement, grommela Stern. Je ne peux donc pas les laisser aller dans cette direction. Je ne fournirai aucune réponse qui sous-entende une infraction de la part de mon client. Pas plus, franchement, que je n'ai l'intention de répondre aux questions de quiconque sur le contenu de ce coffre.

— Sur quelles bases ?

Stern, surpris, réfléchit un instant.

— Le droit à la vie privée, dit-il enfin.

Il n'existait rien de tel dans la procédure criminelle. Ils en étaient conscients tous les deux. Marta considéra son père. Stern imagina ce qui se passait en elle en cet instant, la raison qui prenait le pas sur les émotions. Quelque part, si elle était assez subtile, il devait bien exister un argument définitif qui le persuaderait, qui le sauverait de lui-même. Les petits yeux noirs de Marta brillaient.

— On ne te pose aucune de ces questions pour

l'instant, dit-elle. Tout ce qu'ils veulent savoir, c'est si le contenu du coffre est le même. Oui ou non. Si tu as un problème plus tard, il sera toujours temps de nous en occuper à ce moment-là.

— Refusé. Une fois que nous nous lancerons sur cette pente glissante, il nous sera raisonnablement impossible de nous arrêter.

— Qu'y avait-il dans ce coffre ? grogna-t-elle.

Il secoua la tête.

— Et comment le sais-tu ?

Il secoua de nouveau la tête.

Elle l'observa avec la même concentration, la même tension.

— C'est tante Silvia, dit-elle enfin. Elle te l'a dit. Tu la protèges ?

— Tu es brillante, Marta, mais tu fais fausse route.

— Je ne comprends pas. Je ne comprends pas ce que tu crois savoir. Ni ta loyauté envers lui. Tu ne le détestes donc pas ? Après tout ce qu'il a fait ?

Stern hésita.

— Allons..., dit-elle.

— J'ai un devoir envers ton oncle. Le gouvernement peut bien chercher des preuves contre lui dans le monde entier, et on dirait que c'est ce qu'il fait. Mais Dixon a le droit de savoir que son avocat ne se joindra pas à la curée.

— Tu n'as pas le devoir de violer les commandements de la cour. C'est une question de philosophie personnelle, pas de loi.

— En ce qui me concerne, Marta, ce n'est pas discrétionnaire. Et si ça l'était, je n'utiliserais pas le système légal pour régler mes comptes avec Dixon.

Déçue, Marta baissa la main.

— Et le Cinquième Amendement ? demanda-t-elle soudain.

— Non, dit-il. A mon avis, en ces circonstances, Dixon n'a aucun droit lié à cet Amendement.

— Non, non. Mais toi ? Tu peux être innocent et l'invoquer. Si tu révèles que quelque chose a été enlevé alors que tu étais sous le coup d'une assignation, tu risques de te mettre en cause toi-même. Tu as droit au Cinquième Amendement.

Marta était excitée, tout à coup. Elle s'était convaincue que c'était la solution.

Mais Stern, tout aussi déterminé, lui expliqua qu'elle se trompait. S'il faisait ce qu'elle voulait, les procureurs obtiendraient rapidement la levée du Cinquième Amendement. Il n'aurait rien gagné à cette tactique, sauf que Winchell se sentirait insultée par ce genre de manœuvre désespérée.

Vaincue, Marta s'assit à côté de son père sur le canapé.

— Je ne comprends pas. Comment peux-tu faire une chose pareille, juste pour lui être agréable ?

— Si je devais être agréable à ton oncle, comme tu dis, je commettrais un parjure et ça résoudrait tous mes problèmes. Peut-être que je suis simplement trop lâche pour adopter cette ligne de conduite...

— Papa, je t'en prie ! Si tu affrontes Winchell dans un domaine comme celui-ci, où nous n'avons aucune base légitime pour nous battre, elle te fera jeter en prison.

— Alors, c'est ce qui va arriver.

Marta le considéra sans un mot pendant un long moment.

— Seigneur ! s'exclama-t-elle alors. Quand on pense que tu te plaignais de lui, comme client ! Qu'y avait-il dans ce foutu coffre ?

Il recommença à secouer la tête.

Ils revinrent finalement à la table de conférences. Winchell et les deux sténotypistes parlaient cinéma.

— Bon. Enregistrement, dit Winchell.

Marta joignit ses mains, s'appuya doucement sur la table, devant elle, et annonça que Stern refuserait de répondre à la seconde question posée, sur les bases de l'immunité avocat-client et la garantie inscrite dans le Sixième Amendement du droit de la défense. Le juge, les procureurs et même les sténotypistes mirent une seconde à digérer la nouvelle.

— Injure à la cour ! annonça Sennett.

— M. Stern ici présent croit que le gouvernement tente de l'utiliser comme témoin à charge, contre son client, précisa Marta.

— Que ce soit vrai ou pas, dit Winchell, les yeux baissés, il doit répondre. Ni l'immunité avocat-client, ni la Constitution des États-Unis ne lui laissent de bases légales pour refuser.

— Il ne répondra pas, répondit Marta.

Elle se penchait vers le juge, raide, le regard implacable. Il n'y avait pas l'ombre d'un doute en elle. *Splendide,* pensa Stern, en dépit de l'urgence de sa situation.

Winchell couvrit ses yeux d'une main.

— Eh bien, dit-elle, je vais réfléchir à la façon dont il nous faudra formuler cet outrage, s'il se produit effectivement. Et j'écouterai tous les arguments avec un grand soin. (Elle se redressa.) Mais je veux que vous sachiez, monsieur Stern, que mon intention présente est de vous remettre entre les mains du marshal, et que je laisserai à la cour d'appel le loisir de décider si mon choix doit être suspendu pendant qu'elle étudie le problème. Et je dois aussi vous prévenir que je ne mettrai pas un terme à votre comparution devant le grand jury. Il vous faudra continuer à répondre aux questions des procureurs, ou à refuser, selon le cas.

Tandis qu'elle parlait, Winchell le fixait avec son regard glacé de dure à cuire. Pas d'amitié. Pas de baratin. Pas d'entracte pendant le concert. Ils étaient maintenant au cœur même de la vie judiciaire de Moira Winchell — son autorité légitime était en jeu. Stern soutint son examen avec une terrible appréhension et réussit à hocher la tête.

Le groupe redescendit alors l'avenue, en silence, pour regagner le nouveau bâtiment fédéral. Sennett ne tarda pas à les abandonner. Il devait faire un discours à l'occasion d'un déjeuner. Il regrettait certainement de ne pas être présent au moment où le marshal passerait les menottes à Stern, mais il lui aurait encore fallu attendre trois quarts d'heure et, toujours ponctuel, il n'en avait pas le temps. Il échangea quelques mots avec Klonsky et les laissa s'éloigner dans la canicule de midi, au milieu du vacarme environnant des chantiers du centre-ville et de la circulation.

Dans le couloir, à l'extérieur de la salle d'audience du grand jury, les jurés flânaient, buvaient du café, bavardaient tranquillement, fumaient. Sonny leva la main pour les rassembler.

Elle s'attarda un instant avec Stern et Marta devant la porte.

— Je sais qu'il s'agit pour vous d'une question de principe, dit-elle à Stern. (Elle posa sa main sur la sienne, un geste un peu choquant en ces lieux.) Mais je pense que vous commettez une erreur. Je vous en prie, réfléchissez.

Mais il ne répondit pas et retourna prendre sa place devant les jurés. Klonsky lut la première question en utilisant ses notes : était-il en possession du coffre ?

— Oui, répondit Stern.

— En dehors des communications avec votre client, est-ce que monsieur Stern — effacez ça —, est-ce que vous savez si quelque chose a été pris dans le coffre depuis l'instant où l'assignation G. J. 89-86, pièce à conviction 192, vous a été signifiée ?

— Je refuse de répondre.

Sonny le fixa, pâle, lugubre.

— Formulez les bases de ce refus.

Ils en terminèrent rapidement. Les jurés grommelèrent lorsque Klonsky décida une nouvelle suspension de séance.

Marta attendait derrière la porte.

— Merde ! lâcha-t-elle lorsque celle-ci s'ouvrit.

Klonsky demanda à Barney Hill, le greffier du grand jury, d'appeler la secrétaire de Winchell pour prévenir celle-ci qu'ils revenaient. Et ils se retrouvèrent tous les quatre à l'extérieur, dans l'avenue. Marta se laissa un peu distancer, avec son père, et elle lui parla, avec emportement cette fois.

— Maintenant, je vais supplier, me lamenter. Et je ne reculerai devant rien — trente ans de service dans ce tribunal, la mort de Maman, tout. Et je ne veux pas entendre la moindre remarque. Tu as compris ?

Il hocha la tête, avec un petit sourire, et continua son chemin d'un pas ferme, curieusement libre de doute et d'appréhension.

Les collaborateurs de Winchell savaient ce qui se passait et ils se turent à leur entrée. La secrétaire alla avertir le juge de leur retour, mais les portes du bureau restèrent closes, et tous les quatre — Stern et sa fille, Klonsky et la sténotypiste — attendirent dans l'antichambre. La pâleur de Sonny semblait avoir encore augmenté. Elle s'assit sur l'unique siège, en face de Stern, les lèvres pincées et les mâchoires crispées, les yeux dans le vide. Stern se dit que, d'une certaine façon, elle avait pris ses distances — et qu'elle était toujours terriblement jolie. Puis Bud Bailey, un adjoint du marshal, franchit la porte en coup de vent ; c'était un individu lourdaud, chauve et gentil ; son trousseau de clés tintinnabulait à la ceinture de son uniforme, à côté de son arme. Son arrivée choqua Stern, comme une fausse note.

Bailey salua Stern et Klonsky en les appelant par leur nom, puis il se tourna vers la secrétaire de Winchell.

— Elle a sonné ? demanda-t-il.

A sa vue, Sonny s'était raidie sur son siège.

La secrétaire introduisit d'abord Bailey dans le bureau de Winchell. Il allait y recevoir ses instructions au sujet de l'incarcération de Stern. Celui-ci avait déjà imaginé tout cela et il se sentait tout à fait prêt.

On allait l'escorter jusqu'à la cellule du marshal, une sorte d'enclos grillagé, au troisième étage du bâtiment, qui ressemblait beaucoup à un poulailler pour humains. Il resterait là-dedans une heure ou deux. Si le juge des requêtes de la cour d'appel ne se décidait pas rapidement, il serait ensuite transféré par fourgon cellulaire jusqu'au centre de détention fédéral. Là, on lui demanderait de se déshabiller, il aurait droit à une fouille corporelle au cours de laquelle il devrait se pencher en avant tandis qu'un gardien lui examinerait l'anus avec une lampe. Ensuite, on lui donnerait un uniforme bleu. Il ne resterait pas longtemps en prison, cependant. La veille au soir, ils avaient déjà rédigé avec sa fille une demande de liberté provisoire ; Marta l'avait avec elle et elle allait se rendre immédiatement au douzième étage pour la déposer. Ils avaient contacté aussi George Manson, le président de l'Association du barreau du comté, un personnage influent qui avait promis d'essayer d'obtenir de son conseil d'administration le dépôt d'une solution de conciliation. En tout état de cause, Manson allait rassembler des douzaines d'avocats qui signeraient une pétition destinée à la cour d'appel. Celle-ci, très certainement, ordonnerait la libération de Stern et fixerait un planning d'urgence pour les réunions et les plaidoiries concernant ce problème. Pour la procédure d'appel, Marta avait déjà proposé de s'en remettre au même Mason, ce à quoi Stern avait donné son accord. La question, bien sûr — la véritable question —, était de savoir ce qu'il déciderait une fois que la cour d'appel lui aurait donné tort et ordonné de répondre au grand jury ou de retourner en prison.

Klonsky, dans la salle d'attente silencieuse, demanda soudain à Marta :

— Vous désirez toujours rédiger une conclusion pour le juge Winchell ?

— Bien sûr.

— Je crois que vous devriez l'écrire, alors. Nos discussions m'ont persuadée qu'il y a de sérieux problèmes dans cette affaire.

Marta cligna des yeux.

— Bien sûr, répéta-t-elle.

— Toute cette affaire pue, répondit Sonny.

Sa remarque ne s'adressait à personne en particulier — une conclusion définitive. Stern n'avait aucune idée de la personne qu'elle entendait ainsi mettre en cause, mais son jugement était net. Ses yeux cherchèrent ceux de Stern.

— Vous aviez raison, vous savez, ajouta-t-elle. Est-ce que vous me comprenez ?

Non, il ne comprit pas immédiatement. Puis il saisit : l'informateur ! C'était cela qui la troublait — elle s'était rendu compte de la duplicité de Sennett, de son jeu sournois et cruel.

La porte de la salle d'audience s'ouvrit enfin. Bud Bailey se tenait aux côtés de Moira Winchell.

— Sandy, lui dit le juge, avant même qu'il n'entrât dans son bureau, Bud va vous accompagner devant le grand jury. Et quand vous en aurez terminé, il vous gardera avec lui jusqu'à ce que la cour d'appel statue sur votre demande de liberté provisoire. Je ne peux pas faire davantage.

Même Moira Winchell, généralement ferme et imperturbable, avait l'air quelque peu démontée par la tournure des événements. Elle branlait de la tête comme une vieille dame en prononçant ces derniers mots.

Marta intervint. Elle expliqua que Klonsky et elle s'étaient entendues pour dire que de sérieuses questions restaient en suspens. Et que le gouvernement était d'accord à présent pour un ajournement d'une semaine, de façon à laisser à son client le temps de déposer ses conclusions.

— Oh, vraiment ? fit Winchell. (Elle se tourna vers Klonsky.) M. Sennett semblait pourtant si pressé...

— Il ne partagera peut-être pas mon avis, avoua Klonsky. Et dans ce cas, je ne serai plus là la semaine prochaine.

Cette ironie à ses dépens lui tira un petit sourire.

— Vous voulez vous entretenir avec lui ? proposa Winchell.

— Il est impossible à joindre.

— Je vois, dit le juge. (Moira devina qu'on lui transmettait une espèce de message.) Officieusement, quels sont les termes du marché ?

Stern, Marta, Sonny échangèrent un regard. Personne ne répondit.

— Vos conclusions lundi, notre réponse mercredi, et une contre-réponse si vous le désirez à la comparution, jeudi matin dix heures, déclara alors Winchell, en tendant le doigt vers Marta, puis vers Sonny, et à nouveau vers Marta.

Elle jeta un regard aux trois avocats désespérément silencieux, puis haussa les épaules à l'intention de Bailey, le marshal.

— C'est un secret, dit-elle.

45

Lorsqu'il était petit, Peter était somnambule. Cela donnait des situations très impressionnantes. Comme Clara avait l'habitude de s'endormir assez tôt, c'était Stern, en général, qui faisait face au problème. Une fois, il trouva son fils près de sortir de la maison, avec son chapeau et ses gants, alors que c'était le plein été. Une nuit, Peter descendit dans le living et se mit à jouer de la clarinette. En une autre occasion, Stern entendit couler des robinets dans la salle de bains ; pensant qu'il s'agissait de Clara, il n'alla jeter un coup d'œil que par acquit de conscience — et découvrit Peter allongé dans la baignoire, en pyjama. Il était totalement endormi ; l'eau faisait un cadre brillant à son visage sombre et serein. A cette époque — et c'était probablement encore valable aujourd'hui — on recommandait de ne jamais réveiller un somnambule. Stern le sortit donc doucement de l'eau, le déshabilla, sécha son jeune corps élancé, puis lui remit des vêtements secs. Quand il était dans cet état, Peter réagissait aux instructions extérieures comme l'assistant hypnotisé d'un magicien. Avance. Tourne à gauche. A droite. Mais il était incapable de répondre. C'était un spectacle très troublant. Comme de faire se mouvoir un mort. A l'évidence, le théâtre privé de ses rêves et de son sommeil ne devait pas être suffisant pour soulager les énergies internes de Peter. Celles-ci avaient besoin, littéralement, d'être mises en scène. Après l'épisode de la baignoire, Peter expliqua simplement qu'il avait rêvé qu'il était sale.

Ce fut l'idée que Peter devait pouvoir partager ses fardeaux intimes qui amena Stern, en fin d'après-midi, ce jeudi, à la porte de l'immeuble réhabilité où habitait son fils. Après ses aventures devant le grand jury, il était trop distrait pour travailler au bureau. Il s'inquiétait aussi pour Klonsky qui, en affirmant sa consternation devant les méthodes tyranniques de Sennett, mettait en danger une carrière prometteuse. D'un simple point de vue émotionnel, pourtant, Stern éprouvait le besoin de profiter du sursis qu'il lui devait.

Et il finit par penser à son fils.

Vers quinze heures, il appela son cabinet, où on lui expliqua que Peter ne venait pas le jeudi. Il essaya donc de le joindre chez lui. Il devait être là puisque sa ligne était occupée. Après plusieurs tentatives infructueuses pour lui parler, Stern décida d'aller jusque chez lui, pendant qu'il s'en sentait encore le courage. Il désirait éviter l'affrontement, et les disputes. Son idée de départ, c'était que Peter n'avait aucune intention malveillante, et qu'il était simplement lié par ses obligations professionnelles. Mais il avait décidé, tout de même, qu'il valait mieux mettre cette question sur le tapis, une fois pour toutes. Il préférait ne pas être distrait par d'autres problèmes lorsqu'il serait obligé d'en arriver à la terrible mise au point qui l'attendait, tôt ou tard, avec Kate et John. Cette ultime confrontation, il le craignait, risquait de faire voler en éclats la famille Stern — de la réduire en petits morceaux qui iraient flotter dans l'espace comme une ceinture d'astéroïdes, des éléments faits d'une même matière et partageant la même orbite, mais à jamais séparés. A la fin, Marta seule risquait de voir la situation sous le même angle que son père, et pourtant elle aussi s'éloignerait un peu de lui.

Dans la faible lumière du hall de l'immeuble, Stern chercha le nom sur la sonnette. « 4B — P. Stern. » Voilà. A son avis, la rive sud de la rivière était un quartier plutôt minable. La zone avait été occupée par les clochards et les missions religieuses jusqu'au débarquement en force des promoteurs, cinq ans plus tôt. Les vieilles églises, les imprimeries, et jusqu'à la gare désaffectée — tout avait été transformé en lofts, mais l'endroit n'avait jamais vraiment réussi à être à la mode. Les rues étaient vides ; peu de verdure et pas d'enfants. Certains clochards qui avaient été chassés du coin revenaient parfois ici, à l'occasion d'une cuite, par habitude ou confusion mentale, et ils s'écroulaient dans les entrées décapées au sable, leurs têtes crasseuses appuyées contre les étincelantes plaques protectrices en laiton, au bas des portes. Apparemment, beaucoup d'habitants de cette zone étaient dans la même situation que Peter : jeunes et sans enfants, et prêts à renoncer à certains avantages en échange des facilités offertes par la proximité du centre-ville.

Une jeune femme plutôt mignonne se présenta presque en même temps que lui à l'entrée du bâtiment. Elle était vêtue de tout l'attirail du citadin moderne — un tailleur bleu, des chaussures d'aérobic pour son trajet à pied depuis son bureau et un walkman jaune. La porte fonctionnait avec une carte électronique, qu'elle sortit de son sac à main. Stern allait appuyer sur le bouton correspondant à l'appartement de Peter mais, comme l'inconnue lui tenait la porte, il entra. Il s'engagea dans l'escalier — aucun de ces immeubles ne possédait d'ascenseur — et se prépara à nouveau à cette confrontation. *Pas de scène,* se promit-il. Il sonna chez son fils. Au bout d'un moment, le visage de Peter apparut dans l'entrebâillement que permettait la chaîne qui bloquait le battant.

— Papa !

Toutes les émotions habituelles passèrent sur le visage de Peter : déconvenue, surprise. Ô mon Dieu, *cela* — cet éternel désagrément.

— Puis-je entrer ? demanda Stern.

Peter ne répondit pas. Il referma un instant et fit

glisser la chaîne. Stern eut l'impression qu'il y avait un mouvement, à l'intérieur ? En tout cas, Peter était seul lorsqu'il lui ouvrit enfin. Il était vêtu d'une tenue de cycliste en tissu extensible, un haut criard et une culotte noire, et sur ses flancs étaient fixés des catadioptres d'une couleur acidulée. Il avait des chaussures basses. Ses cheveux blonds étaient en désordre. Son vélo, avec son casque noir fixé au guidon, était appuyé dans l'entrée — un élément du mobilier comme un autre.

— Bon sang ! Papa, pourquoi n'as-tu pas appelé avant ?

Stern lui expliqua que la ligne n'était jamais libre, et il ajouta :

— Il y a certaines questions dont je voulais discuter avec toi.

— Des questions ? demanda Peter.

Ils se tenaient encore près de la porte d'entrée. Stern jeta un regard d'espoir vers l'intérieur de l'appartement et fit même un pas en avant. C'était à peine mieux qu'un studio. La cuisine, la salle à manger et le living formaient une seule pièce ; il y avait une chambre et une salle de bains derrière la cloison. La décoration était modeste : des affiches d'opéra et des sièges de couleurs vives en mousse synthétique, un mobilier moderne et peu coûteux.

Peter ne l'invitait toujours pas à s'asseoir.

— Quel genre de questions ? répéta-t-il.

— C'est au sujet de ta mère. J'espère pouvoir avoir une conversation sincère avec toi.

Peter grimaça presque. Peut-être était-ce le sujet ? Ou, plus probablement, la perspective d'une franche discussion avec son père. Ignorant le manque d'hospitalité de son fils, Stern s'avança dans la pièce en regardant autour de lui.

— Très joli, dit-il.

Il n'était venu ici qu'une seule fois, à la fin des travaux, quand l'endroit était vide et tout blanc.

— Écoute, Papa, dit Peter, je ne suis pas vraiment disponible, là, maintenant.

— Je ne crois pas que ça durera longtemps, Peter. Et il me semble que j'en aurai davantage à dire que toi, et encore ce n'est pas beaucoup.

— A quel propos ?

Stern, finalement, se laissa tomber sur le canapé en mousse.

— Peter, je soupçonne depuis un bon moment que tu ne pensais pas uniquement à ton équilibre émotionnel quand tu m'as poussé à ne pas autoriser une autopsie sur le corps de ta mère...

Peter le fixait. Ses yeux bleus et son visage maigre étaient immobiles.

— Franchement, j'ai été lancé sur une fausse piste quand je t'ai rendu visite à ton cabinet, poursuivit Stern. Tu m'as paru ce jour-là si facilement convaincu que je venais te voir parce qu'une de mes nouvelles partenaires avait ce problème... J'ai compris, depuis, que ta théorie était que j'avais été contaminé bien plus tôt, sans symptômes cliniques, et qu'en réalité c'était moi qui avais transmis la maladie à ma relation du moment. C'est la raison pour laquelle tu as insisté pour que je suive une série d'examens si rigoureuse.

Peter le regardait à présent avec un air affolé, incrédule. Il leva soudain les deux mains.

— Papa, pas maintenant.

— Je ne suis pas venu pour te critiquer. Au contraire, je crois...

Peter se pencha vers lui, et lui annonça soudain d'une voix claire et résolue :

— Papa, il y a quelqu'un ici. J'ai un invité.

Là-dessus, pour confirmer ses dires, on entendit une toux distincte, dans la chambre.

Et il n'était pas possible de se tromper sur ce son. C'était un homme.

— Je vois, dit Stern.

Il se leva immédiatement. Malgré toute sa détermination à résister à ce genre de réaction, il fut en proie au vertige, à la nausée. Ce mode de vie, ce choix — peu importait la façon dont on appelait cela — lui demeurait inaccessible. Pas les actes en tant que tels, mais la philosophie qui les sous-tendait. Stern, en fait, ne s'était jamais guère intéressé aux hommes. Car les hommes étaient durs, parfois vicieux. Et, en général, peu dignes de confiance. Les femmes étaient mieux — excepté, bien sûr, qu'elles l'effrayaient.

— Eh bien, il faudra qu'on parle bientôt, ajouta-t-il.

Il tenta de regarder son fils, mais il y parvint difficilement, et ses yeux se tournèrent vers le sol.

Ce fut alors qu'il remarqua la mallette, celle du visiteur sans aucun doute, posée contre le bloc de contre-plaqué qui faisait office de table basse. Cette fermeture Éclair, ce vinyle bleu, cette grosse étiquette en laiton accrochée à la poignée — il avait déjà vu tout cela ! Cette constatation fit naître en lui d'autres émotions bouleversantes — panique, révolte, le sentiment de perdre son contrôle : il connaissait cet homme.

— Écoute, Papa, dînons ensemble.

— Ce soir ?

— Non, pas ce soir. Mais je t'appelle, fit Peter en posant sa main sur le coude de son père.

C'était, bien sûr, une réaction minable et écœurante. Stern se dit qu'après tout il pouvait très bien vivre sans connaître certains secrets. Les contraintes de l'existence étaient décidément sans espoir. Il n'en jeta pas moins un autre coup d'œil en coin à la mallette. L'étiquette était un agrandissement de la carte de visite professionnelle de l'homme — il avait déjà vu ce genre d'objets —, mais elle était illisible, d'ici. Il laissa Peter l'entraîner vers la porte.

— Un soir de cette semaine, dit-il à son fils. Après, je risque d'être en prison.

— En prison ?

— Une histoire intéressante.

Peter agita la main immédiatement. Il ne voulait pas savoir — ou peut-être ne voulait-il pas que son ami l'entende. Cette attitude, cet indice alertèrent soudain Stern. Ses yeux se dirigèrent de nouveau vers la mallette. Sa presbytie lui permettrait peut-être de lire cette étiquette.

Et ce fut le cas. Pas le nom, en vérité. Mais il reconnut l'écusson. Alors, il se dégagea de la main de son fils et il se baissa pour s'assurer qu'il ne se trompait pas.

Derrière lui, il entendit Peter grogner :

— Oh, merde !

Stern se redressa et, discrètement, tira sur les bords de son veston pour le défroisser — un geste de salle d'audience qu'il faisait avant de se confronter à un témoin difficile.

— Agent Horn ! lança-t-il. Montrez-vous.

— Oh, merde ! s'exclama Peter de nouveau, d'une voix plus désespérée.

Stern ne jugea pas utile de se retourner pour le regarder. Il continuait à fixer la porte de la chambre.

— Comment dites-vous ça, agent Horn ? Ne m'oblige pas à venir te chercher !

Et Kyle Horn pénétra enfin dans le living. Veste de sport et chaussures blanches. Il mâchait un chewing-gum. Essaya de sourire.

— Hey, Sandy ! dit-il.

Lorsque Stern regarda enfin autour de lui, Peter s'était assis sur le canapé, et il fixait l'horizon, par la fenêtre, là où, sans aucun doute, il aurait souhaité se trouver en cet instant. Horn continuait à sourire sans vergogne. Stern, lui, se tenait raide comme un vrai petit soldat.

— Soyez assez aimable de dire au distingué procureur des États-Unis que nous allons avoir une série de motions des plus intéressantes.

Horn secoua la tête.

— Nous n'avons rien fait de mal. Les droits de personne n'ont été violés. Vous feriez mieux de calmer le jeu.

— Oh non ! Je ne « calmerai pas le jeu » ! N'importe quel individu un tantinet sensible sera profondément choqué par la situation. Utiliser le fils de l'avocat — le neveu de l'accusé — comme informateur !

— Nous l'avons fait dans les formes, assura Horn. (Il s'approcha une seconde de Stern pour ramasser sa mallette, juste à côté de lui, d'un geste sec.) Vous verrez.

— Non, je ne le verrai jamais, dit Stern.

Horn était près de la porte, maintenant. Il tendit un doigt vers Peter — une sorte d'au revoir — et fit :

— On reste en contact.

— Qu'est-ce qu'on peut dire, Kyle ? Des fois, y a une merde ? fit Stern, sarcastique.

— Hey, répondit Horn. (Il alla même jusqu'à cligner de l'œil. Et, à l'intention de Peter, il ajouta :) La vie est pleine de surprises.

46

— Je ne suis pas désolé, dit Peter à son père. C'était la chose qu'il fallait faire. Alors laisse tomber ton air dédaigneux, tu veux ?

Peter soutint une seconde le regard de Stern, puis il alla prendre une bouteille de soda dans son réfrigérateur, la décapsula et s'installa à son minuscule comptoir pour la boire. Il mit sa main sur sa bouche quand il rota, puis sembla concentrer toute son attention sur le mur qui lui faisait face.

Stern finit par le rejoindre à la cuisine, un espace étroit, tout blanc — l'efficacité caractéristique de cette fin de siècle : grille-pain et four à micro-ondes encastrés sous le placard. Stern arrangea son veston sombre sur le dossier de la chaise grillagée, en face de Peter, et s'assit. Son fils lui jeta un ou deux coups d'œil.

— Peter, je crois que je suis actuellement l'avocat d'un innocent.

Peter ôta quelque chose au bout de sa langue, et considéra ses doigts.

— Il ne t'a rien dit, n'est-ce pas ?

Stern réfléchit un instant, puis répondit :

— Très peu de choses.

— Je m'en doutais. Je ne pouvais pas imaginer que tu te retiennes ainsi pour des raisons tactiques. (Il ne regardait toujours pas son père.) J'étais presque certain que tu n'étais pas au courant.

— J'en comprends assez, en tout cas, pour penser que tu as menti.

Peter se tourna vers lui.

— Ne juge pas. Tu ne sais pas comment ça s'est passé.

Ils restèrent silencieux un instant. Le compresseur du réfrigérateur se déclencha et, en bas de la rue, un bus passa dans un chuintement étouffé. Peter fit bouger sa mâchoire inférieure.

— Cinq ou six semaines avant la mort de Maman, Kate vient me voir. Un matin, avant d'aller bosser à son école. Elle passe trois quarts d'heure dans la circulation, et la première chose qu'elle fait quand elle arrive ici, c'est de foncer droit vers les chiottes, et voilà je l'entends vomir. Alors, le grand diagnostiqueur que je suis déclare : « Tu sais, tu es peut-être enceinte », et elle répond : « C'est vrai. C'est pour ça que je suis là. J'ai besoin que tu m'indiques un endroit sérieux où je pourrais avorter. » « Ah, ça, par exemple ! » je dis. Et elle se met à me raconter une longue histoire compliquée. Au sujet de John. Qu'il croit qu'il ne réussira jamais. A quel point il se sent le dernier des nuls, dans notre famille. Tu sais, ce que nous avons tous pensé de lui un million de fois. Et comment, à cause de ça, et à cause d'elle, aussi, il a fait quelque chose de vraiment stupide au boulot. Vraiment, vraiment stupide.

» Son rêve, c'était de travailler à la Bourse. Je suppose que, dans son idée, s'il trouvait un moyen de prouver qu'il était capable, il allait vous demander à Maman et à toi de lui avancer l'argent pour louer une charge. Pourtant, oncle Dixon ne le laissait jamais approcher de la corbeille. Lui, il n'arrêtait pas de le lui demander. Mais Dixon pensait de lui la même chose que nous tous — qu'il était bête à manger du foin. Et, en réalité, il ne l'est pas. Pas du tout.

— Apparemment non, dit Stern.

La sécheresse du ton de son père tira un sourire à Peter.

— Kate pensait que personne ne prendrait John au sérieux tant qu'il n'aurait pas gagné de l'argent en faisant des opérations en Bourse. Aussi, elle lui a suggéré d'ouvrir un compte chez MD. Il était là, au bureau central de la société. Il pouvait tout aussi bien placer ses propres ordres. Ce serait presque comme s'il était à la corbeille... Kate a signé les formulaires. Ils savaient tous les deux que les collaborateurs d'une firme accréditée n'étaient pas censés faire des affaires pour leur propre compte, mais c'était une infraction mineure. Tout le monde y croquait.

» Et ils ont appelé le compte " Wunderkind[1] " parce que c'est ce qu'il est, tu sais, dans leurs têtes en tout cas, ou ce qu'ils supposent qu'il deviendra. (Peter s'interrompit un instant.) Je suppose qu'il avait promis à Kate qu'ils réussiraient à gratter cinq mille dollars pour démarrer, mais comme ils ne gagnent ni l'un ni l'autre beaucoup d'argent, il a eu finalement une autre idée.

» L'idée, c'était de faire des opérations en amont du marché. Placer de petits ordres à Kindle County lorsqu'il savait que des ordres beaucoup plus importants allaient être exécutés à Chicago ou à New York. Et il en avait appris assez lorsqu'il travaillait aux services comptables de MD pour savoir comment utiliser le compte des pertes et profits de la boîte et le compte Wunderkind pour dissimuler ses gains.

» Il s'est promis de ne faire ça qu'une ou deux fois, juste pour se mettre le pied à l'étrier. Les derniers mots bien connus, avant la colonie pénitentiaire, tu vois ?

— Oui, et il faut ajouter : « Juste encore une fois... », dit Stern.

— Exact. (Peter ne put s'empêcher de rire de bon cœur, puis, reprenant son sérieux, il poursuivit :) Manifestement, la première partie de son programme a marché. Mais quand il s'est mis à faire des opérations, l'argent s'est envolé comme ça. (Il claqua des doigts.) Il a alors décidé qu'il n'avait pas un capital suffisant pour affronter les aléas du marché. Il lui fallait une grosse galette. Il a donc recommencé à faire des opérations en amont des ordres — disons une trentaine de fois —, et du coup il a ramassé trois cent mille dollars en un mois.

— Et pourquoi n'a-t-il pas tout simplement acheté sa charge à ce moment-là ? demanda Stern.

1. « Une espèce de merveille » (*N.d.T.*).

— Y a plein de choses qu'il aurait dû faire, oui, et ça n'a pas été le cas. Pourquoi ? (Il eut un drôle de sourire.) Je crois qu'au fond, ça lui fichait la trouille. Il ne pouvait expliquer à personne l'origine de cet argent. Et franchement, il n'y pigeait encore que dalle aux opérations en Bourse. Il aurait perdu sa charge en une semaine. Il voulait essayer de rester à zéro pendant deux mois.

— Si je peux poser la question, l'interrompit Stern, que savait ta sœur de tout ça ?

— Kate ? (Peter tendit la main.) Elle était au courant pour le compte Wunderkind, sans aucun doute. Mais elle ne savait pas d'où venait l'argent du démarrage. Pas encore.

— Pas encore..., répéta Stern, surtout pour lui-même.

Peter sortit deux autres bouteilles de soda du réfrigérateur et en posa une, décapsulée, devant son père. C'était une eau minérale française, une marque que Stern ne connaissait pas, parfumée à la rose. Stern lui demanda un verre et ajouta :

— J'en déduis que John a perdu ses trois cent mille dollars.

— Exact. Cette fois, il s'est un peu mieux débrouillé, mais l'argent a quand même fini par lui claquer entre les doigts.

— Alors, il a recommencé à voler.

— Si c'est comme ça que tu nommes la chose.

— Oui, c'est comme ça, dit Stern. Et c'est comme ça que la nommera un procureur. Et c'est comme ça que la nommera un juge quand il enverra John au pénitencier.

Peter, debout devant ses placards blancs, se retourna brusquement.

— Écoute, Papa, j'ai passé tous mes étés à la Bourse. Je ne cherche pas d'excuses à John, mais quand on est là-bas, c'est comme si rien n'existait réellement. Ce n'est que des chiffres sur un grand tableau. Rien d'autre. Sur dix ou vingt lots, tu ne lèses personne. Pas vraiment. C'est illégal, d'accord, parce que si tout le monde le faisait les clients finiraient par y perdre. Mais un seul type ? Personne ne se rend compte de rien. C'était comme de l'argent trouvé. Tu crois que Dixon n'a jamais fait d'opération en amont d'un de ses clients ?

— Dixon n'est pas un exemple de moralité.

— Ça, c'est sûr, dit Peter avec une expression aussi dure que celle qu'il avait montrée lorsqu'il avait affirmé à son père qu'il ne se sentait pas désolé.

Stern lui demanda de poursuivre.

— C'est à ce moment-là que Kate a découvert la vérité. Il y eut une confession. Beaucoup de larmes. Elle lui a fait promettre de ne pas recommencer. Il a détourné deux cent soixante-quinze mille dollars de plus, à ce moment-là, et il la rassure. D'accord. Pas question. Aucune chance. Il n'aura jamais besoin de recommencer. Et, rapido, il fait le grand plongeon sur le marché. Il ne lui reste plus que dans les vingt ou trente mille dollars, et il commet la Grosse Erreur. Il entend toutes ces rumeurs sur le « sucre hypocrite ». Tu es au courant ?

— Suffisamment, répondit Stern.

— John est persuadé qu'il a un tuyau d'initié. Il parie sa chemise que le marché mondial du sucre va s'effondrer. Et il se ramasse. Il est laminé. Le marché grimpe si vite qu'il ne peut même pas se dégager. Et quand la fumée se dissipe, non seulement il a perdu jusqu'au moindre cent du compte Wunderkind, mais en plus il doit deux cent cinquante mille dollars à MD.

— Entrée en scène de Dixon ? demanda Stern.

— Presque, dit Peter. D'abord, John panique. Tu peux dire tout ce que tu veux sur ce qu'il a fait, mais il n'y avait pas de grands risques. Des places boursières différentes ? Le meilleur compteur de haricots d'Amérique serait incapable de suivre la piste comptable entre le compte des pertes et profits et Wunderkind sans quelqu'un pour lui filer un coup de main. Mais là, avec un quart de million de dollars de pertes, John touche le fond. Manifestement, il n'a pas d'argent. Et il ne peut pas aller voir sa famille pour un prêt. Alors il choisit ce qui lui semble la meilleure solution. Il commence par se débarrasser de tous les documents qui indiquent à qui appartient ce compte — tu vois, il pense que de cette façon personne ne pourra le retrouver. Il pénètre dans le système informatique de MD et efface les fichiers correspondants. Il détruit la microfiche. Malheureusement, il y a un duplicata à Chicago. Il est allé jusqu'à appeler un employé là-bas ; en lui racontant des conneries, il l'a persuadé de lui faire parvenir ce truc. Seulement, cet employé a d'abord demandé à comment elle s'appelle déjà ? Qui est responsable, à Chicago ?

— Margy Allison.

— C'est ça. Margy a appelé Dixon, qui, à ce moment-là, avait déjà été informé par son département comptable qu'il y avait un compte Wunderkind et que celui-ci avait un découvert non négligeable. Il a alors demandé à Margy de lui faire parvenir les archives réclamées par John. Et quand Dixon a convoqué John dans son bureau, deux jours plus tard, il avait les agrandissements de la microfiche en question et les relevés du compte étalés sur son bureau.

» Il fait asseoir John dans un de ses fauteuils Le Corbusier, tu sais, profonds, carrés, avec des armatures de fer inoxydables... Puis il attrape John par la cravate, pose un genou sur sa poitrine, et lui fout une raclée. Un sacré cirque, apparemment. Dixon est costaud, mais il ne fait pas le poids devant John. Et pourtant, John reste là, aplati comme une crêpe devant son patron, en sang, en pleurs, à le supplier... (Peter se mit à tripoter une mèche de ses cheveux ébouriffés.) Dixon avait déjà signé un chèque pour couvrir le découvert du compte Wunderkind. Il préférait ça plutôt que d'avouer à ses meilleurs clients, ceux qui avaient passé les ordres importants qu'avait devancés John, que personne chez MD n'avait remarqué qu'un simple employé — pire encore : un parent — les avait arnaqués. Et il ne pouvait pas simplement tirer un trait sur ce découvert, sinon il aurait attiré l'attention de ses comptables. De toute manière, l'argent sortait toujours de sa poche, et pour se couvrir par rapport à ses clients, il préférait garder la discrétion sur cette affaire.

» Mais bien sûr, oncle Dixon est fou furieux. John avait mordu la main qui le nourrissait, il avait mis l'ensemble de son entreprise en danger. Alors, il annonce à John qu'il va lui payer tout ça, et à la manière Dixon. Grand discours. " Tu es maintenant mon putain d'esclave... " (Peter écarta les bras pour imiter Dixon, et il poursuivit d'une voix grave — Peter était un bon imitateur :) " Tu as vu ta dernière prime du siècle et tu feras tout ce que je déciderai, au moment où je le déciderai. Tu seras coursier, laveur de carreaux, nettoyeur de chiottes, si je te l'ordonne. Et s'il te passe par la tête la moindre idée de te tirer, ou même de ne pas filer droit, je te mettrai à genoux, mon gars. Je préviendrai les clients, et j'appellerai la CFTC, le FBI, George Bush, tout ceux à qui je penserai, et je leur dirai que cette histoire me pèse sur la conscience et je les supplierai de te passer illico à la casserole. " Et pour appuyer ses dires, Dixon lui fait tout un cinéma — il prend les archives du compte Wunderkind, il les jette dans son coffre et lui promet qu'elles n'en bougeront plus.

— Et John a cru qu'il irait jusqu'au bout ? demanda Stern.

— Un peu, mon neveu.

Stern pensa à l'histoire que lui avait racontée Margy, et à la terrible réputation que Dixon avait parmi ses employés. Dixon, sans nul doute, devait être capable de se montrer convaincant quand il vantait sa cruauté...

— En fait, reprit Peter, oncle Dixon a fini par dire à John que, toute réflexion faite, il allait le dénoncer. Le lendemain. Et le lendemain arrive, et il lui dit que ce sera le jour d'après. Puis il suspend sa décision. Et la vie de John est suspendue, elle aussi. Il travaille dans la journée au bureau des ordres. Puis, quand tout le reste du personnel est parti, Dixon lui trouve une tâche humiliante à accomplir — trier les ordures, par exemple. Et tous les jours, Dixon lui explique qu'il a repensé à la question et que le mieux, pour lui, est encore de le livrer aux autorités. Une fois, il convoque même John dans son bureau pendant qu'il est en train de téléphoner à la division de la répression de la CFTC et qu'il a avec les fonctionnaires une longue discussion sur le compte des pertes et profits. A un autre moment, il met la main sur une photo de John et dessine des barreaux dessus... Il lui fait passer le brouillon d'une lettre qu'il affirme avoir envoyée au procureur des États-Unis. Tous les jours, il invente un nouveau supplice. Mon oncle adoré est un spécialiste de la cruauté mentale. C'est difficile à croire de lui, bien sûr.

Stern fut tenté de faire un commentaire, et puis resta muet.

— La situation en est là quand Kate vient me voir, poursuit Peter. John est dans la prison d'oncle Dixon — qu'il trouve, à présent, dix fois plus affreuse que la vraie. A ce stade, Kate et John ont décidé qu'il n'a pas d'autre solution que de vider son sac : John va appeler le FBI, il racontera tout et il ira en taule, et Kate, de son côté, avortera. Ce sont leurs seuls projets d'avenir, à ce moment-là. Et personne ne rigole, d'accord ?

Il termina son soda et rota à nouveau. Il hocha la tête en direction de son père.

— Peut-être que tu as pensé, alors, dit Stern au bout d'un moment, que j'aurais pu être d'une certaine utilité, dans un domaine où j'ai travaillé la majeure partie de ma vie ?

— En premier lieu, Dixon était ton client, ce qui signifie qu'il était pour toi un objet de vénération religieuse. Et deuxièmement, qu'est-ce que tu aurais bien pu faire, bon sang ?

— Il me semble que j'aurais discuté avec Dixon, c'est évident.

— Et comment l'aurais-tu empêché d'aller voir le FBI ? Il disait qu'il allait le faire — ce qui n'aurait même pas laissé à John le bénéfice de se livrer lui-même.

— J'aurais demandé à Dixon de ne pas agir ainsi...

— Et il a toujours suivi très exactement tes conseils, n'est-ce pas ? répliqua Peter avec une mimique arrogante.

C'était un jeune homme plein de colère, nul doute à ce sujet. Pour lui, la vie était profondément insatisfaisante : les gens le décevaient à tous les points de vue. Stern pensa soudain qu'il n'était pas vraiment homosexuel, mais plutôt — curieusement — misanthrope. S'il portait assistance à autrui, c'était à la suite de quelque sentiment de supériorité, ou d'un devoir chevaleresque, mais il s'attendait à être déçu, encore et encore — et peut-être même y prenait-il plaisir. Il ne faisait confiance à personne. En ce sens — et dans une plus large mesure que Stern ne l'aurait souhaité — Peter était un fils digne de son père.

— J'y ai longuement réfléchi, ajouta Peter. Je suis

allé dîner chez eux, et j'en ai discuté avec eux une nuit entière. J'ai récupéré le brouillon de la lettre de Dixon au procureur des États-Unis, dans laquelle celui-ci avait expliqué toute la magouille. Et puis, bien sûr, j'ai trouvé la réponse. L'évidente putain de réponse. John devait aller voir le FBI, mais...

A la manière d'un chef d'orchestre, Peter leva les deux mains.

— Oui ? fit Stern.

— Mais pour accuser Dixon. Dire que c'était lui qui avait tout combiné. Que lui-même, il n'était impliqué que marginalement dans cette histoire. Qu'il n'était qu'un simple exécutant.

Ils échangèrent un long regard.

— C'était très malin, dit finalement Stern.

— Je l'ai pensé, c'est vrai. (Il eut un sourire pincé, juste pour la forme.) Bien sûr, il y avait quelques problèmes. Déjà, John n'arriverait jamais à tenir son rôle. Pas sans aide, en tout cas. Il n'avait pas le courage de descendre tout seul dans la rue, et encore moins de baratiner le FBI...

— Alors, tu t'es porté volontaire, c'est ça ?

— Oui.

— Tu es devenu son représentant, en quelque sorte.

— Exact.

— Son avocat de la défense.

Là, Peter ne répondit pas. Il était clair, toutefois, qu'il n'avait jamais envisagé la question sous cet angle.

— Sincèrement, tu crois que c'est la manière dont on mène ce genre d'affaires, Peter ?

— Oh, laisse tomber, grogna-t-il. J'ai mangé trop longtemps à ta table... A combien de gens as-tu fait obtenir l'immunité alors qu'ils mentaient comme des arracheurs de dents et qu'ils accusaient tous ceux que le gouvernement avait dans le collimateur ?

— Bien moins que tu ne l'imagines, Peter. Et en tout

cas, quelles qu'aient pu être les fictions qu'ils racontaient, ce n'était pas moi qui les avais inventées.

— Non ? Et dis-moi, c'étaient des « fictions » auxquelles tu croyais vraiment ? Je sais. Tu es simplement l'avocat. Si le client a assez de couilles — ou de cervelle — pour ne pas t'avouer qu'il ment, tu transmets sans faire de commentaires. Et à la mise en forme de combien de ces petits contes de fées as-tu collaboré ?

Peter connaissait bien la vie de son père.

— C'est différent, Peter. Mon opinion sur ton audace, dans cette histoire, n'est pas plus haute que celle que tu aurais de moi si j'effectuais une opération à cœur ouvert.

— Écoute. C'était ma sœur.

Son air de colère inspirée était revenu. Et le défi : ma sœur. Ta fille. Ils se dévisagèrent à nouveau.

— Et donc tu as appelé le FBI, dit Stern.

Peter rencontra Kyle dans un hôtel du centre-ville. Avant toute chose, ils se rendirent dans les toilettes de l'établissement et se fouillèrent mutuellement pour vérifier qu'aucun d'eux n'avait de gadget électronique. Puis Peter fit sa proposition : il n'était personnellement pas impliqué dans cette histoire, mais il connaissait un homme. L'homme avait un patron qui était un des grands pontes de la KFCE. Il y avait une magouille. L'homme était mouillé — au bas de l'échelle, pas au sommet — et il avait peur. Il raconterait tout, mais uniquement si on lui promettait l'immunité et si on lui garantissait que le rôle de Peter ne serait jamais évoqué. A prendre ou à laisser, dit Peter à Kyle.

— Et le gouvernement a donné son accord ? demanda Stern.

— Pas immédiatement. J'ai dû rencontrer Sennett. Ils m'ont fait raconter toute l'histoire au moins quatre fois. Finalement, je les ai laissés interroger John en personne. Tout cela en secret, puisqu'ils voulaient voir

John rester leur agent clandestin. Mais j'ai compris qu'ils marcheraient dès que je leur donnerais le nom de Dixon. Ils ont même fait des vannes sur Maison Stan.

Maison Stan ! pensa Stern.

— Ils savaient que tu étais mon fils ?

— Je le leur ai dit.

— Ça a dû beaucoup les amuser.

— Je suppose. En fait, ils étaient surtout inquiets. Aucun de nous ne savait avec certitude qui Dixon prendrait comme avocat mais, dès que tu es entré en scène, j'ai commencé à recevoir des tas de communiqués, de mémos et de directives sur le fait que je ne devais jamais discuter de l'affaire avec toi. Des instructions que j'ai suivies à la lettre. Depuis trois semaines, ils me répètent que je dois aussi éviter Marta, ce que je fais.

» Nous avons tous paniqué lorsque, comment s'appelle-t-elle, Margy, a envoyé cette note comme quoi tu allais discuter avec les gens au bureau des ordres. Mais ça faisait déjà un moment que Sennett pensait qu'il allait devoir lancer une assignation contre John pour protéger sa couverture. Alors ils l'ont fait à cette occasion-là, et ils t'ont dit que tu n'avais pas le droit de le représenter. Assez joli, hein ?

Peter eut un petit sourire, puis Stern l'imita. Bien mérité. Ils l'avaient encerclé peu à peu.

— J'en déduis que Tooley était un autre acteur de votre farce ?

— Plus ou moins, dit Peter. C'est moi qui l'ai proposé et Sennett a estimé que c'était une grande idée. Je crois que Stan a dit à Mel, à cette époque, de ne pas poser trop de questions, ce qui ne l'a pas vraiment dérangé. On ne peut pas dire que Tooley fasse partie de tes admirateurs.

— En effet.

Peter avait su repérer les principaux adversaires de son père et il s'était ligué avec eux. Cette pensée frappa Stern, qui se leva et traversa la minuscule cuisine jusqu'au comptoir. Pour une raison ou pour une autre, il se souvint tout à coup des premières années, quand les enfants entassaient des oreillers et des couvertures sur le siège arrière de la voiture, et que toute la famille partait voir un film dans un drive-in. Des trois, Peter était le seul à rester éveillé. Même à six ou sept ans, il suivait toute la séance et sa curiosité insatiable pour le monde des adultes distrayait ses parents, tandis que les deux filles pressaient leurs mains contre leur visage et dormaient.

— Tu sais que tu as terriblement fait souffrir ton oncle ?

Les yeux de Peter brillèrent un instant du même éclat dur.

— Je t'ai déjà dit que je ne regrettais rien.

— Tu penses que Dixon méritait ça ? Pour quelle raison ? La manière dont il a traité John ?

— Pour des tas de raisons, fit Peter. Il a mené une vie de porc.

— Je vois. Et quels autres péchés de Dixon tentes-tu de châtier ?

Peter resta silencieux, puis finit par détourner les yeux.

— Aide-moi pour la chronologie des événements, Peter. A quel moment exactement Nate Cawley t'a-t-il révélé l'état de ta mère ? Manifestement, c'était à peu près à cette époque-là aussi.

Peter gratta du pouce l'étiquette de sa bouteille de soda. Il avait l'air soucieux, comme déçu par quelque chose.

— Nate m'a dit la semaine dernière qu'il t'avait parlé au sujet de Maman, dit-il enfin. Il m'a juré qu'il n'avait pas fait allusion à moi.

— Il n'a pas cité ton nom, c'est exact. Mais comme je te l'ai dit en arrivant, j'ai passé beaucoup de temps à réfléchir à tout ça.

Peter haussa les épaules avec indifférence. Il n'était pas sûr de croire son père, mais ce n'était pas le problème.

— Nate estimait qu'un membre de la famille devait être informé de l'état dans lequel elle était, dit-il. Il a pensé que moi aussi j'étais médecin, tu vois. Il voulait que je la surveille et que je la ferme. Inutile d'ajouter (il jeta un rapide coup d'œil à son père) qu'il est persuadé d'avoir commis une erreur assez grave.

— Nate se fait à lui-même les plus sanglants reproches, Peter. Il croyait même que j'allais l'attaquer. Tu étais au courant ?

— Oui. (Il hocha la tête.) Et sincèrement, j'ai pensé que c'était possible. Si tu apprenais toute l'histoire. Je me disais que tu considérerais que c'était de sa part le summum de l'irresponsabilité de me raconter tout ça à moi plutôt qu'à toi.

Stern songea un moment au peu d'espoir que son fils mettait en lui. Invariablement, ils s'attendaient toujours au pire l'un de l'autre.

— Au contraire, je crois que c'était prudent de la part de Nate, dit Stern. Je suis certain que tu as fait de ton mieux, Peter. Tu as toujours été un fils dévoué envers ta mère.

Peter pinça un peu les lèvres à ces derniers mots, mais ne fit aucun commentaire.

— Comment as-tu deviné le rôle joué par Dixon dans la maladie de ta mère ? ajouta Stern.

Peter leva les yeux vers lui.

— Je connaissais son passé médical. Tu te souviens ? J'ai été un temps son médecin. Après avoir discuté avec Nate, j'ai vérifié dans mes dossiers. Les dates correspondaient. Il a aussi attrapé une blennorragie en Corée, tu le savais ?

— Le sujet ne s'est jamais présenté dans une discussion.

— Il pense que c'est ça qui l'a rendu stérile, dit Peter.

C'était une simple pensée, une observation professionnelle. A ces mots, il retourna dans le living et se laissa tomber sur le canapé de mousse bleu. Sa vaillance, ses certitudes morales semblaient chanceler. Son expression se faisait pitoyable.

— Ainsi, quand tu as appris les problèmes de John, ça n'a pas été totalement un hasard que tu te mettes à envisager comment cette situation pourrait être retournée contre Dixon, n'est-ce pas ? (Peter ne répondit rien. Stern sortit à son tour de la cuisine et le rejoignit.) C'était chevaleresque de ta part de livrer les batailles de ta mère... Sans parler des miennes. (Stern observa un instant son fils d'un air sombre, puis gagna la fenêtre. Le soir approchait et le ciel était tout rose. Les derniers banlieusards se pressaient dans la rue — un flot de gens avec leurs dîners achetés dans des boutiques huppées, des dîners qu'ils mangeraient en silence, seuls.) Et puis-je maintenant te demander la dernière partie de l'histoire, Peter ?

— Qui est ?

— Comment ta mère a-t-elle eu connaissance de ce plan contre Dixon ?

Pris au dépourvu, Peter laissa échapper un drôle de bruit — moitié rire, moitié grognement.

— Tu es brillant, dit Peter. C'est quelque chose qu'on ne peut pas t'enlever.

Stern inclina la tête en signe de remerciement.

— Et la réponse à ma question ? ajouta-t-il.

— Elle a bien vu l'angoisse de Kate. Elle comprenait que quelque chose ne tournait pas rond. En fin de compte, elle a réussi à lui faire cracher le morceau. Elle lui a raconté ce qu'avait fait John chez MD. Et que j'essayais d'arranger les choses. Elle n'a pas donné de détails.

— Qu'est-ce que Kate a raconté, pour sa grossesse ?

— Rien. Pas un mot. Elle n'était même pas certaine qu'elle n'allait pas se faire avorter.

Stern hocha lentement la tête. Cela collait.

— Toujours est-il que Maman est venue me voir, alors, pour essayer de savoir ce qui se tramait. Je lui ai dit de ne pas s'inquiéter. Mais bien sûr, elle ne s'est pas contentée de cette réponse.

— Et donc tu lui as expliqué ce que tu avais fait ?

— Ouais. Finalement.

— En pensant quoi ? Qu'elle serait ravie ? Qu'elle partageait plus que quiconque ton désir de te venger de Dixon ?

— Tu n'es pas obligé de donner de la chose une image si risible.

— Oh ! je vois ta logique, Peter. Tu as attrapé Dixon, comme un chat une souris, et tu es venu le déposer aux pieds de ta mère. Mais sa réaction — oserai-je une hypothèse ? —, ç'a été l'horreur.

— L'horreur, dit Peter, oui. J'ai essayé de la convaincre. Tu vois. Qu'en fin de compte c'était la meilleure solution pour tout le monde, mais elle a refusé d'écouter.

— Où en était ton plan, à ce moment-là ?

— Bien avancé. Sennett avait rencontré John. Le marché était quasiment conclu. J'avais refusé qu'on le soumette à un détecteur de mensonges, mais nous étions d'accord pour qu'il reste un informateur clandestin chez MD et qu'il porte sur lui un magnéto dissimulé. Comment ils appellent ça ? Une écoute portative ?

— Pour enregistrer ce que dirait Dixon ? (Stern était

toujours immobile près de la fenêtre.) Et que se passerait-il lorsqu'ils entendraient sur la bande ton oncle en train de nier toute implication dans cette affaire ?

Peter le regarda longuement.

— Tu n'as toujours pas pigé, hein, Papa ?

Fatigué d'être tourné en ridicule, Stern ferma les yeux un instant, et chercha en lui la force de se contenir.

— J'ai été obligé de l'expliquer aussi à Maman. L'idée n'était pas de faire condamner oncle Dixon pour les magouilles de John. Je veux dire, il n'y était pour rien, après tout. Je savais qu'il nierait. Qu'il dirait que c'était John, le coupable. Et John, lui, prétendrait que Dixon avait peur et qu'il tentait de sauver sa peau de cette façon, en lui faisant porter le chapeau. Tout se serait terminé par un concours d'injures, une putain de pagaille. Il n'y aurait eu personne à poursuivre, parce que le gouvernement n'aurait jamais su laquelle des deux versions était la vraie. Et tout le monde aurait continué à vivre sa vie. Sans prison. Et plus de tortures. C'était une solution décente pour tous les deux.

— Mais ?

— Mais il est resté bouche cousue, oncle Dixon. Oui.

— Pourquoi ?

Peter leva les deux mains vers le ciel.

— Tu me le demandes ? C'est toi, son avocat. Je ne sais pas ce qui se passe. J'en dors plus. Je n'arrive tout simplement pas à croire que tout ça ait pu aller aussi loin. Tu as une idée ?

Stern réfléchit. Il n'avait guère envie d'en parler.

— Depuis quelques jours, je soupçonne qu'il se laisse accuser pour des actes dont les véritables responsables sont John et Kate. Mais je ne vois pas du tout ce qui peut le pousser à agir ainsi, et en particulier en écoutant ce que tu me racontes. (Il tourna le dos à la vieille fenêtre à guillotine, dont des générations de peinture avaient boursouflé le châssis.) Et qu'est devenu ce plan d'enregistrer Dixon ?

— C'était pour ça qu'ils essayaient de lui remettre cette assignation. En mars, c'est ça ? Ils étaient sûrs qu'il se précipiterait à la gorge de John dès qu'il la recevrait. C'était un piège. John portait l'équipement sur lui depuis deux semaines. Mais les agents ne réussissaient jamais à le trouver. Et quand ç'a été enfin le cas, Dixon n'adressait plus la parole à John. Je veux dire, pas même bonjour ou au revoir. Ils n'ont plus échangé un mot pendant des mois. Oncle Dixon se contente de lui lancer son regard assassin — et John est toujours terrifié. Sennett s'imagine que tu avais conseillé à Dixon de ne plus s'approcher de John.

— Inutile sans doute de te demander, Peter, comment l'agent Horn a été capable de retrouver ton oncle pour lui remettre l'assignation, ce jour-là ?

— Oui, c'est inutile. Mais ils étaient censés le coincer à l'extérieur, à son arrivée.

Stern secoua la tête. Tout cela était pitoyable ! Il retourna récupérer son veston dans la cuisine.

— Tu t'es mis dans une position très dangereuse, Peter. Si le gouvernement parvient jamais à voir clair dans tout ça, tu rejoindras ton beau-frère en prison.

— Oh, j'ai eu peur au début. Mais nous avons discuté tous les trois de ce qui se passerait si les choses partaient en purée. (Un sourire triste passa sur ses lèvres.) Comment prouveraient-ils que je savais que John mentait ?

Peter avait appris beaucoup de choses, depuis qu'il mangeait à la table de son père, avec son air ennuyé et supérieur. Quand ses enfants étaient plus jeunes, Stern les regardait, assis devant lui, alignés — ils étaient tous les trois intelligents, en bonne santé et beaux à voir. A ces moments-là, il pensait qu'ils avaient toutes les chances.

— Ils ne se sont jamais montrés vraiment sceptiques, ajouta Peter. Une fois qu'ils ont eu confirmation par la banque que Dixon avait bien rempli ce chèque pour couvrir le découvert du compte Wunderkind. Ils ne semblent jamais avoir imaginé qu'il aurait pu avoir une autre raison de faire un truc pareil. Et, en plus, Dixon possédait les documents indiquant à qui appartenait le compte et il les cachait. Et comment-elle-s'appelle-déjà a même menti, pour lui, devant le grand jury. Tout ça paraissait joliment convaincant.

— Tu parles de Margy ?

— Ouais. Kyle dit qu'après l'inculpation ils lui donneront l'occasion de « se rafraîchir la mémoire ».

Avec ses doigts, il dessina dans l'air des guillemets invisibles.

Stern tira sur les manches de son veston. Son fils, perdu dans ses souvenirs, avait pris sa tête dans ses mains. De temps à autre, Stern était amené à représenter des jeunes gens — seize, dix-sept, dix-huit ans, encore des enfants, en réalité — qui avaient participé à des événements si atroces qu'ils étaient jugés comme des adultes. L'exemple le plus récent, c'était Robert Fouret, un étudiant boudeur qui, défoncé avec quelque chose, avait passé la première au lieu de la marche arrière de la Porsche de son père et avait écrabouillé sa petite amie qui l'attendait contre le mur du garage... En de telles circonstances, Stern éprouvait toujours de la peine pour les parents, des gens riches qui l'engageaient dans l'espoir qu'il réparerait tous les dégâts et qui découvraient avec le temps que même une sentence favorable ne pouvait permettre de tirer un trait sur les répercussions des grands torts. Et ces parents voyaient clairement — mais ils étaient impuissants — comment les excès et les coups de tête de la jeunesse, les actes stupides et irréfléchis, des désirs infantiles mis en œuvre dans l'instant pouvaient peser sur les possibilités d'une jeune vie, voire même les annihiler. Stern en était conscient aussi. Mais il décida de s'épargner, au moins pour le moment, cette angoisse-là.

La seule chose qui était évidente, pour l'instant, c'était que son fils et lui avaient atteint le point de non-retour. En lui, dans son propre théâtre émotionnel, un rideau venait de descendre pour toujours. Aucun doute, il partageait les responsabilités ; et il souffrirait affreusement quand le temps viendrait d'évaluer les culpabilités. Pourtant, il savait que les années — presque la moitié d'une vie d'adulte — de récriminations et d'efforts ambivalents avec Peter étaient révolues. Il continuerait à accueillir son fils avec une absolue cordialité — il devait au moins cela à la mémoire de Clara — mais il savait qu'ils se considéreraient mutuellement avec chagrin. Quelque chose d'essentiel n'était plus. Il en avait fini d'attendre des progrès, une mutuelle acceptation, un changement.

Il était prêt à s'en aller maintenant, mais il avait appris au tribunal que la prononciation des jugements était importante, et peut-être plus que tout le reste.

— Peter, je ne te dirai ceci qu'une fois. Ce que tu as fait est impardonnable. Totalement immoral. En outre, et c'est tout aussi grave, tu as été la cause de la souffrance d'une famille entière.

Peter reçut ces dernières phrases en silence, et finalement il fit un bruit qui ne s'adressait qu'à lui, et il hocha la tête une ou deux fois.

— C'était ce que Maman pensait aussi. Elle était terrifiée. Lui dire tout ça, c'est le truc le plus stupide que j'aie fait de toute ma vie. (Il leva les yeux vers lui.) Je suis certain que c'est la goutte d'eau qui a fait déborder le vase.

Son visage semblait paralysé par les émotions qu'il contenait tant bien que mal. En cet instant, Stern réalisa, sans aucun doute possible, que, quel que pût être l'impact des horribles jugements que portait Peter sur les autres, il les portait avec encore plus de sévérité sur lui-même. Il avait dit adieu à sa mère pour l'éternité, l'âme la plus chère de sa vie, dont la dernière expression avait été celle de l'espoir flétri et des croyances ruinées. On ne pouvait aller à l'encontre de la biologie. Stern se sentit affreusement ému par son fils et sa douleur désormais sans fin.

Il se dirigea vers la porte.

— Qu'est-ce que tu vas faire, Papa ? Qu'est-ce qui va se passer ?

Peter, comme n'importe quel fils, voulait encore croire que son père était un homme aux ressources infinies, aux solutions parfaites.

En cet instant, cependant, Stern n'en avait pas la moindre idée.

47

Marta rentra peu après vingt-deux heures. Depuis sa chaise longue, dans le solarium, Stern l'entendit arriver en chantonnant faux. C'était la seule de la famille Stern à avoir eu une bonne journée.

Le matin, elle était enthousiaste en quittant le tribunal :

— Même *elle*, elle ne peut pas supporter ça, dit-elle à propos de Klonsky.

Marta était très excitée d'avoir réussi à convaincre un procureur. De retour au bureau, elle appela George Mason pour lui annoncer la nouvelle, puis elle dicta leur résolution pour le juge Winchell. Sa tâche terminée, elle avait demandé, sans avoir l'air d'y toucher, s'il n'y avait pas des choses, au cabinet, pour lesquelles elle aurait pu donner un coup de main en attendant de trouver du travail. Un boulot payé à l'heure, par exemple. Après un moment de réflexion, Stern songea que ce qu'il imaginait était trop beau, et il l'envoya voir Sondra.

L'après-midi, Marta s'installa dans le seul bureau de libre et elle commença à examiner un flot de documents reçus récemment pour la nouvelle affaire de fraude gouvernementale. Chaque fois que Stern passait par là, il la voyait en train de prendre des notes ou de parler joyeusement au téléphone. Marta faisait penser à une machine : on la branchait n'importe où et elle entrait immédiatement en action à plein régime. Sa fille le stupéfiait, mais l'esprit de Stern voguait encore sur un nuage à l'idée de l'avoir ici avec lui. Ils allaient continuer comme cela pendant quelques semaines. Il essaierait de rester lui-même et de retenir son souffle. Cette perspective aurait-elle été envisageable si Clara était encore vivante ? Non, décida-t-il au bout d'un moment. Marta trouvait soudain la ville attirante pour de nombreuses raisons — et l'une d'entre elles, et non des moindres selon toutes probabilités, venait de ce que sa mère n'était plus là. Ainsi fonctionnait la douloureuse arithmétique des événements humains, pensa-t-il. Pertes et profits.

A présent, dans le solarium, il ferma les yeux en l'entendant s'approcher.

— Tu dors ? murmura-t-elle.

Il la sentit venir à pas de loup, mais il n'eut pas un frémissement. Ce soir, il n'était pas en état de passer un moment avec un seul de ses enfants, fût-ce Marta. Il l'écouta sans bouger gravir l'escalier. Il ne songeait pas à dormir. Il n'en avait aucune envie. Vers une heure du matin, il alla à la cuisine, s'installa en silence à la table, sous le grand abat-jour de verre, et se mit à siroter du xérès, comme cette première nuit où il avait découvert Clara. Il était incapable d'émettre le moindre jugement, pour l'instant. Et il n'était pas encore plongé dans le calcul des solutions possibles. Non, il réfléchissait, accumulait, s'affligeait à nouveau, noyé jusqu'au menton dans l'épaisse guimauve de quelque chose qui ressemblait à du chagrin et qui l'ensevelissait aussi vite que des sables mouvants.

Vers cinq heures et demie du matin, il grimpa sans bruit à l'étage, prit une douche et s'habilla. Ensuite, il fit du café et réchauffa un beignet surgelé. Puis il gagna le centre-ville, le refuge de son bureau, de son travail. Il entra par la porte de derrière et se figea. Il venait de remarquer quelques signes subtils de changement.

Dixon était de retour.

Il était sur le canapé, mais cette fois il s'était endormi assis. Il avait ôté ses élégants mocassins et les avait soigneusement rangés à côté de lui, non loin du coffre. Il sommeillait, les chevilles croisées. Il portait une veste de sport en soie écrue — apparemment, la climatisation avait fonctionné toute la nuit avec une certaine puissance et il faisait frais dans la pièce ; ses bras étaient étendus sur les coussins en tissu pelucheux blanc cassé. Son menton reposait sur le motif aux lignes vigoureuses de sa chemise tropicale.

Stern resta debout devant la plaque de verre de son bureau, et sortit silencieusement les papiers de sa mallette.

— Tu as dû trouver ça drôlement rigolo, l'autre jour. (Dixon parlait d'une voix distincte, mais il n'avait pas bougé.) Ces conneries avec le coffre. « Tu me mens, Dixon ! » (Il ouvrit enfin les yeux.) Comme si t'étais un putain d'oracle. (Il porta une main à son cou et fit pivoter sa tête un instant.) Tu as dû mourir de rire. Puisque tu avais déjà fouillé à l'intérieur.

— Ah, dit Stern.

Silvia. Une brèche dans les défenses.

— J'ai reçu la petite note du gars qui a réparé la porte de derrière. Fallait entendre ta sœur. Oh ! c'est à cause d'Alejandro. La di da. (Il avait adopté brièvement un ton de fausset.) Du genre : Ah, c'est vrai, j'ai oublié de te dire que mon frère a engagé un truand pour forcer la porte. Quatre cents dollars, au fait. J'attends que tu me rembourses.

Dixon avait son regard effrayant, noir. Et un air hagard. Il n'était pas rasé et, visiblement, il était épuisé. Ses yeux semblaient avoir rétréci dans leurs orbites sombres. Il demanda soudain à Stern de composer le numéro de chez lui. Stern appuya sur le bouton d'appel mémorisé et lui tendit le combiné sans un mot, puis il partit préparer du café dans la petite cuisine donnant sur le couloir. Quand il revint, Dixon était en train de dire au revoir à Silvia.

— D'après ta sœur, il faudrait que toi et moi on cesse de se voir comme ça. (Il se mit à rire. L'humour de Silvia était lourdingue, mais Dixon l'adorait.) Je vois que tu n'es pas en prison.

Stern leva les deux mains, ce qui mit en relief sa silhouette rondouillarde.

— J'ai appelé Marta, expliqua Dixon. Elle m'a dit que ta copine dont j'ai oublié le nom avait sauvé ton cul.

— Pour le moment, répondit Stern. Mais les festivités reprennent la semaine prochaine. Tu viendras me rendre visite ?

— Te rendre visite ? marmonna Dixon. A quoi tu joues, Stern ?

— A quoi *je* joue ? (Il pivota complètement pour fixer son beau-frère, une technique de salle d'audience.) Tu t'es trouvé un autre avocat ?

— Je ne veux pas d'autre avocat. J'ai changé d'avis.

— Mais si, tu en as besoin, Dixon. Un avocat et son client doivent avoir confiance l'un en l'autre.

— J'ai confiance en toi, Stern.

— Mais moi, non, Dixon. Ni dans ton caractère ni dans tes motivations. Tu es quelqu'un de vaniteux, de déloyal et de fourbe. Tu es un client abominable et, si ça t'intéresse, un ami lamentable.

Dixon sursauta légèrement et se frotta les yeux.

— Je ne suis pas un ami, dit-il finalement. (Il ne comprenait toujours pas où Stern voulait en venir, et il eut un faible sourire.) Je suis un parent. Tu ne peux pas te débarrasser de moi.

— Au contraire. J'en ai marre des mystères qui entourent toujours tes affaires. Et marre de ton dédain envers moi.

— Dédain ?

— Parmi les multiples reproches graves que je peux te faire, Dixon, aucun n'est plus important que celui-ci : personne au monde n'avait une meilleure connaissance que toi des raisons de la mort de Clara. Et tu n'as rien dit. Sans aucun doute pour ton propre bien, et pour la sauvegarde de quelque combinaison personnelle stupide et ahurissante.

— Tu es furieux parce que je n'ai pas parlé du chèque qu'elle m'a donné ?

Stern ne répondit pas.

— L'explication est pourtant très simple, poursuivit Dixon.

— Dixon, tu es sur le point de recommencer à me mentir.

— Non, dit-il, le regard fixe, innocent.

— Si.

— Stern ! s'exclama-t-il.

— Je te prie de me respecter, Dixon.

— Mais j'ai énormément de respect pour toi.

— Dixon, je ne réussirai peut-être jamais à comprendre tes motivations, mais je n'ai aucun doute sur celles de Clara. Je suis un de ces juifs qui savent compter. Presque six cent mille dollars volés avec des achats en amont des ordres, et plus de deux cent cinquante mille dollars de découvert du compte Wunderkind, ça fait un peu plus de huit cent cinquante mille dollars, soit le montant du chèque rédigé par Clara sur son compte d'investissements à la River National. Ma femme a payé les dettes faites par son gendre sur le compte de courtage ouvert par sa fille. Et j'apprécierais que tu ne m'insultes pas en niant l'évidence.

— Très bien. (Il hocha la tête et se mit à marcher de long en large, réfléchissant visiblement à toute vitesse.) Elle savait que John et moi, nous étions impliqués tous les deux. Elle pensait que j'accepterais peut-être de tout prendre sur moi. Et elle a proposé de payer les frais.

— Mensonge ! (Stern referma sa mallette en la faisant claquer violemment. Bien que patient et pusillanime, il était soudain au bord d'une totale explosion de rage envers Dixon.) Dixon, tu as peut-être réussi à embobiner Margy avec cette histoire à dormir debout — que John et toi vous étiez complices et que c'était toi seul qui méritais d'être puni —, mais il se trouve que je sais, moi, que tu n'as jamais été mêlé à ce délit.

— Margy ? (Dixon s'immobilisa.) Je croyais qu'elle était tout en haut de ta liste noire ?

— J'ai modifié mon évaluation.

Il fut tenté d'ajouter un mot pour la défense de Margy, car il estimait qu'il avait été injuste avec elle lors de sa dernière discussion avec Dixon, mais il restait pourtant convaincu qu'à un moment ou à un autre, elle avait accepté de suivre l'ordre de Dixon au sujet de ce qu'elle devait dire à Stern. « Laisse le gamin en dehors de ça. » Il avait presque l'impression d'entendre Dixon prononcer cette phrase.

— Vaut mieux que tu le saches, Dixon. On m'a

raconté toute l'histoire. Comment tu as décidé de protéger ton entreprise et d'infliger le châtiment toi-même, et comment, finalement, tu as été dénoncé.

Dixon resta immobile un instant, puis il se recula jusqu'au canapé pour réfléchir à ce dernier développement. Il ôta sa veste de sport et la jeta sur les coussins, puis il s'assit.

— Dixon, poursuivit Stern, combien de temps allais-tu garder John dans ton purgatoire ?

Dixon agita la main, comme s'il y avait quelque chose dedans. A l'évidence, il hésitait encore à avouer la vérité.

— Aucune limite de temps, répondit-il enfin. En fait, je lui ai annoncé d'entrée de jeu qu'au bout de deux ou trois ans j'irais de toute façon le dénoncer au gouvernement.

— Apparemment, il t'a cru, dit Stern.

— Et il a bien fait, répliqua Dixon.

Il lança à son beau-frère un autre de ses regards noirs et directs ; le choc de cette confrontation assombrissait encore son expression. Puis il se détourna pour prendre une cigarette. Il tapota plusieurs fois le filtre sur le verre du bureau.

— Bien sûr, ce grand imbécile ne m'avait pas dit que sa femme était enceinte, ajouta-t-il.

— Cela aurait changé quelque chose ?

Dixon haussa légèrement les épaules. Il n'en était pas certain.

— J'aurais peut-être réfléchi davantage à la décoration du petit coin où j'étais en train de l'acculer.

— Et Clara ? J'aimerais que tu me racontes ta dernière rencontre avec elle. Combien de temps avant sa mort a-t-elle eu lieu ?

— Trois jours ? Quatre ? (Dixon considéra sa cigarette.) Rien de particulier à en dire. Elle est arrivée avec ce chèque. Comme tu l'as compris, elle voulait payer les dettes. Je lui ai demandé de laisser tomber. J'en voulais pas. Je voulais la peau de John, pas un chèque. Voilà toute l'histoire.

— C'est loin d'être toute l'histoire, Dixon.

— Si.

— Non, Dixon. Tu avais envie de livrer John aux procureurs. Et non seulement tu as perdu ton sang-froid, mais tu es resté muet quand on échangeait sa liberté contre la tienne. Remarquable évolution.

Dixon Hartnell avait atteint l'âge adulte dans des régions où la pression tellurique avait transformé des déchets organiques en une matière noire et brillante et presque aussi dure que de la pierre. Il avait totalement assimilé cette leçon — et son regard était ferme, aujourd'hui, aussi noir et indomptable que s'il tirait son pouvoir de survie du centre de la Terre. Transporté des pays miniers au cœur des marchés boursiers, il savait que sa volonté était puissante, et qu'elle s'était entièrement imposée, désormais. Il n'avait rien d'autre à dire.

— Parle-moi un peu de ton passage devant le grand jury, l'autre jour, Stern. Tu vas vraiment aller au trou pour moi ?

— Si c'est nécessaire. Il y a assez de membres de ma famille qui sont prêts à témoigner contre toi. (Dixon accueillit cette remarque avec la même expression inébranlable.) Est-ce que je me trompe quand je dis que Clara t'a informé du rôle de Peter dans tout cela ?

Dixon tira sur sa cigarette sans faire de commentaire.

— Un autre avocat, Dixon, pourrait te donner un coup de main pour rédiger une bonne requête contre les procédures du grand jury et la conduite du gouvernement vis-à-vis de Peter. Tu n'aurais même pas à t'expliquer sur la véracité des informations qu'il leur a transmises.

Une lueur d'intérêt apparut sur le visage de Dixon.

— Je gagnerais ?

— A mon avis ? Non. On t'accorderait une audience pour déterminer qu'il n'y a pas eu de violation de tes droits à prendre un avocat. Tu pourrais certainement retarder le rouleau compresseur de M. Sennett. Mais je doute qu'une cour estime outrageuse la conduite du gouvernement ou décide que tes droits ont été violés. Le gouvernement est plus ou moins obligé de prendre ses témoins et ses informateurs là où il les trouve... La seule chose que l'on peut dire, c'est qu'il a mis la main sur celui-ci à un endroit plutôt gênant.

Dixon haussa les épaules. Il n'était pas surpris. Stern le poussa à nouveau à rechercher l'avis d'un autre avocat, mais il agita la main.

— Je te crois sur parole.

Il recommença à errer dans la pièce, puis s'approcha du meuble anglais. Sur une étagère, il y avait des photos de la famille. Clara. Les enfants. A vrai dire — et aujourd'hui, tout particulièrement, la vérité était nécessaire — Stern regardait rarement ces portraits. C'étaient des objets obligatoires, une décoration appropriée. Mais Dixon, lui, s'arrêta pour examiner les clichés, qu'il prit, un par un, dans leur cadre. Stern lui accorda un moment — le temps de se préparer lui-même.

— Et maintenant, Dixon, s'il te plaît, j'aimerais savoir ce qui s'est passé la dernière fois que tu as vu Clara. Tu peux être bref. Je me contenterai des points essentiels. Tu n'as pas besoin (sa voix se fit soudain gutturale) d'aborder ce que tu désires le moins m'avouer, ou ce que, franchement, je désire le moins savoir.

Dixon pivota, avec un bel aplomb — ce devait être porté à son crédit. Mais il était parfaitement éveillé, à présent, Stern s'en rendait compte. Ses yeux étaient plus ouverts, et sa posture d'une correction quasi militaire. Si Dixon acceptait les règles que Stern venait de proposer, ce terrain resterait à jamais inexploré entre eux. Après y avoir longuement réfléchi, Stern avait décidé qu'il préférait ce genre d'accord. Mais l'on ne changerait pas Dixon, hélas ! il blufferait jusqu'au bout. Il cligna des yeux et planta son regard dans celui de Stern.

— Qu'est-ce que tu veux dire ? demanda-t-il.

— Ce que je veux dire ? (Stern hésita un instant, puis bascula dans le creuset en fusion de sa rage. Il souleva son attaché-case et l'abattit sur son bureau.) Est-ce qu'il faut que je te fasse un dessin, Dixon ? Devons-nous ouvrir une discussion littéraire sur les dangers mortels que font courir les maladies sexuellement transmissibles ? Je fais référence, Dixon, à tes relations avec ma femme.

Les yeux presque gris de Dixon ne cillèrent pas. Lorsque Stern regarda la plaque de verre de son bureau, il se rendit compte qu'elle était fêlée — un petit rond comme un impact de balle et une seule ligne argentée qui zigzaguait sur la surface fumée jusqu'au bord vert biseauté. Ce bureau, de toute manière, n'avait jamais été à son goût.

— Tu t'attends à une explication ? demanda Dixon.

Il était venu se placer derrière son beau-frère, qui décida de ne pas lui faire face.

— Non.

— Parce que, vraiment, je suis incapable de t'en donner une. Je suis juste un salopard de fils de pute.

— T'essaies de m'embobiner, Dixon ?

— Non. C'était y a longtemps, Stern.

— Je sais.

— C'était un accident.

— Oh, je t'en prie !

— D'accord. C'est pas le mot qui convient. (Dixon

claqua des doigts.) Non prémédité, ça va ? (Lorsque Stern se tourna enfin, il vit que Dixon s'était approché, et qu'il lui tendait la boîte à cigares avec une attitude servile.) Tu veux fumer ?

Stern lui arracha l'objet des mains.

— Touche pas à ça, Dixon ! hurla-t-il.

Il serra l'humidificateur contre lui. Il y prit un cigare, l'alluma et referma le couvercle avec un claquement — un peu assourdi par la doublure de feutre. Il lança alors un regard furieux à son beau-frère, qui battit en retraite jusqu'au canapé, où il se mit à fumer une autre cigarette.

— C'était entièrement de ma faute, tu sais. Tu n'as sans doute pas besoin que je te dise ça. Je l'ai harcelée pendant des années. Des années.

Des images assaillirent Stern. Dixon, à une réunion de famille, sortant de l'ombre, dans la cuisine, ou dans l'entrée, et posant ses mains d'une façon suggestive sur les hanches de Clara. Dixon repoussé. Réprimandé. Une attitude claire et inflexible de la part de Clara, si bien qu'il aurait craint de se déclarer. Mais avec son silence, Dixon, qui était ce qu'il était, se serait enhardi. Il savait qu'il avait suscité l'intérêt — un petit point brillant. Un pas, deux pas, des gestes, des hochements de tête, des frôlements, une année après l'autre, il avait ainsi attisé l'étincelle, sachant que cette passion éventuelle était un trésor supplémentaire pour Clara, un secret de plus. Stern, tenté d'en imaginer davantage, s'arrêta. *Assez !* se dit-il. *Assez !*

— Je l'admirais, ajouta Dixon. (Il osa enfin regarder Stern.) C'était le genre de femme qu'on pouvait admirer.

— Dixon ! Tu n'as pas la moindre conscience !

— Non. (Il secoua la tête.) Je suis curieux, c'est tout. J'ai toujours été tenté de faire ce que les autres ne feraient pas.

— Je crois que c'est ça qu'on appelle le Mal, Dixon.

Dixon écrasa sa cigarette. Sa bouche frémissait comme la gueule d'un chien. Dixon Hartnell allait pleurer. Rouge, au bord des larmes. Il baissa la tête.

— Je t'assure que rien de tout ça n'était dirigé contre toi, dit-il.

— J'ai du mal à te croire.

— Je suis sérieux.

— Tu es malade, Dixon.

— D'accord, malade.

Finalement, il perdait patience, avec Stern. L'autocritique ne faisait pas partie de son répertoire. Dans la vie, il avançait. Il regardait rarement en arrière.

— Puis-je savoir, Dixon, à quel moment s'est produit cet interlude ?

Dixon releva la tête. Il était stupéfait.

— A quel moment de la journée ?

— Je t'en prie. Quand, dans l'Histoire de l'humanité, ces événements ont-ils pris place ?

— Sais plus exactement. Kate venait d'entrer au collège. Beaucoup de choses se terminaient, pour Clara. Elle était très déprimée. Elle surnageait dans tout un tas de problèmes. Toi, t'étais sur ta grosse affaire, à Kansas City. Occupé, occupé, occupé.

— C'est ta façon à toi de te trouver des excuses, Dixon.

Dixon le fixa tout en prenant une autre cigarette.

— Je te l'ai dit. J'ai profité de la situation. Elle se foutait de tout. C'était un acte de désespoir, de sa part. Un putain de désespoir.

— Merci pour ta grande perspicacité psychologique.

— Elle détruisait sa vie. Prenait sa revanche sur toi.

— Encore, dit Stern.

Tout à coup, pour la première fois, il eut l'impression qu'il allait se mettre à pleurer. Ce n'était pas ce qu'il voulait entendre — les côtés secrets de Clara mis à nu par Dixon. Son beau-frère ne se trompait-il pas? Hélas! non. Ou pas de beaucoup, sans doute. Clara devait avoir pris sa revanche, en effet, espérant que cet interdit agirait comme quelque sombre magie. Elle se souillerait et s'abaisserait, prierait pour sa libération, et, si on mettait les choses au pire, serait au moins la propre responsable de ses souffrances, de son mépris d'elle-même.

— Ça a duré *une* nuit et *un* jour, reprit Dixon et ça a été un fiasco complet. Zéro. Et je n'invente pas ça maintenant. Sans ce problème, on aurait pu s'imaginer que rien ne s'était passé.

— Mais si, dit Stern.

— Visiblement, je n'ai pas remarqué. Mais ensuite, j'oublierai jamais. Elle m'a tendu un message à l'occasion d'une réunion de famille. Une seule ligne. Elle ne gaspillait jamais ses mots. Pas même : « Cher Trou du Cul. » Juste : « Je me fais soigner pour... » (De la main, Dixon dessina dans l'air un cercle de façon à combler le blanc.) J'étais pas au courant. Et quand j'ai dit à ta sœur qu'il fallait qu'elle se fasse examiner, elle m'a viré vite fait bien fait. Et elle est allée pleurer dans le giron de Clara. Tu parles d'un merdier.

Et ce drame, oui, la totalité de cette pièce, s'était déroulé sans Stern — lui, pendant ce temps, il traînait dans les coulisses, à Kansas City. Dans les bras de sa jalouse maîtresse à lui. Absorbé par le rôle qu'il préférait, il avait réussi à rater les événements essentiels d'une existence.

Il fuma un moment son cigare en silence. Sa nuit sans sommeil prenait son tribut, tout à coup. Ses yeux le brûlaient, comme à vif, et ses membres, après sa flambée de colère, étaient fiévreux et faibles. Même le goût du cigare ne lui était plus agréable. Il avait commencé à fumer ainsi chez Henry Mittler, à une époque où il ne pouvait pas se permettre d'en acheter, se limitant généralement à ceux qu'Henry lui offrait, à contrecœur. Aujourd'hui encore, lorsqu'il avait un cigare entre les doigts, il retrouvait les sensations anciennes d'un triomphe absolu mêlé à la satisfaction d'un manque. Il se dit que maintenant, il n'aurait plus de mal à arrêter. Sa vie, après tout, avait changé.

— Elle est venue à mon bureau, dit soudain Dixon. Comme ça, à l'improviste.

— Clara ?

— Non, le premier homme qui a marché sur la Lune. (Dixon s'était allongé de tout son long sur le canapé.) Et j'ai su pourquoi elle était là. Depuis des années, elle ne me disait que : « Passe-moi le sel. »

— Et ?

— Elle est entrée, elle s'est assise, et elle a pleuré. Seigneur, ce qu'elle a pu pleurer ! (Il s'interrompit un instant, tout à ses souvenirs.) Une vraie fontaine ! Bon, elle m'a raconté toute cette putain d'histoire. Peter. John. Les toubibs. Le traitement. Ce qui m'a vexé, c'est le coup du pognon. Quand elle m'a tendu ce chèque, c'était comme si elle croyait que l'argent...

Il leva la main, les yeux embués de nouveau, encore blessé de penser que Clara s'imaginait que de simples dollars réussiraient à le convaincre. A son idée à lui, bien sûr, il n'avait pas de prix.

— Et c'était quoi, son plan ? dit Stern. Qu'est-ce qu'elle voulait ?

— Voulait ? Qu'est-ce qu'une mère peut vouloir, d'après toi ? Que ses gosses s'en tirent intacts. Que je trouve une porte de sortie. C'était ça, la raison du chèque. Elle pensait que, peut-être, je pourrais rembourser tout le monde, MD, les clients. Tout arranger, quoi !

— Qu'est-ce que tu lui as répondu ?

— Que c'était bien trop tard pour ça. Que Peter avait déjà commencé à jouer au petit agent secret.

— Tu savais que la théorie de Peter c'était que personne ne risquait rien ?

— Ouais. Mais c'était dingue. Je me suis dit que si j'ouvrais la bouche, John et lui finiraient en morceaux. Que même ces abrutis du bureau du procureur des États-Unis verraient l'astuce. Quel aurait pu être mon mobile, pour l'amour du ciel ? Le plaisir de déconner à piquer des boutons de culotte ?

— Tu l'as dit à Clara ?

— C'était une femme brillante. Elle avait compris les risques. Elle tremblait de peur pour tout le monde.

— Et alors ?

— Et alors quoi ?

— Comment s'est terminée votre conversation, Dixon ?

— Oh ! je sais plus. L'autre raison de sa visite, c'était son problème médical. Elle voulait m'informer qu'elle allait peut-être être obligée de te mettre au courant. Je veux dire, elle ne s'inquiétait pas pour moi. Elle craignait que Silvia n'apprenne la vérité. En tout cas, après m'avoir annoncé ça, elle prend cette attitude guindée qu'elle avait parfois, tu sais, et elle me dit : « Dixon, je ne suis pas sûre de tenir le coup jusqu'au bout. » Ç'a été le putain de moment le plus terrifiant de ma vie. Je n'avais pas besoin de demander de quoi elle parlait.

— Tu as réagi comment ?

— Comment, bordel, crois-tu que j'aie réagi ? Je l'ai suppliée de ne pas faire un truc pareil. Pendant une bonne demi-heure. Je lui ai sorti toutes les raisons qui me sont venues à l'esprit à ce moment-là. Elle n'arrêtait pas de parler des gosses. Peter et Kate. Et John. Et toi. Elle a beaucoup parlé de toi. Elle était complètement affolée. Tu sais, j'ai essayé de la rassurer. Je lui ai dit que Peter, Kate et John n'auraient pas de problèmes. Mais comment aurais-je pu vraiment l'en convaincre ? (Il haussa les épaules.) Alors, j'ai promis.

C'était comme tout le reste. Tout le reste. Comme des silhouettes dans les nuages. Il les avait vues, mais sans reconnaître les formes.

— Tu as promis à Clara que tu resterais muet lorsqu'on t'accuserait et que tu prendrais la faute sur toi.

Dixon, sur le canapé, laissa pendre son bras, lança la cendre de sa cigarette vers le cendrier, mais le rata — et de beaucoup. Il se redressa et écrasa ses mains sur ses yeux.

— Puis-je te demander pourquoi tu as fait ça, Dixon ?

— Je viens de te dire pourquoi. Parce que je le lui devais. Écoute, je ne suis pas comme toi, Stern. Je ne suis ni sage ni bon. Je ne peux pas m'empêcher de faire tout ce que je fais. Je peux juste être désolé *ensuite*. C'est toute l'histoire de ma vie. Mais je lave toujours mon linge sale tout seul.

Ils restèrent assis un moment, silencieux.

— Je te libère, Dixon.

— Quoi ?

— Je dis que je te libère. De ce marché. C'était vraiment valeureux de ta part. Tu as voulu acheter la vie de Clara, mais malgré tous tes efforts courageux tu as échoué. Tu peux être libéré, maintenant.

Dixon secoua la tête.

— Je lui ai promis.

— Dixon !

— J'ai promis.

— Je ne peux pas permettre ça, Dixon.

— Je n'ai pas demandé ta permission.

— J'y ai longuement réfléchi. Je crois que John et Peter doivent être autorisés à jouer leurs cartes. Défends-toi. Engage un autre avocat et raconte la vérité par son intermédiaire. Voyons si les procureurs seront aussi paumés que ce qu'avait prévu Peter.

— Et que se passe-t-il si Sennett est touché par la grâce et se met à me croire vraiment ? S'il se retourne contre ces deux-là, ce qu'il me réservait va ressembler à un pique-nique, à côté.

Stern haussa un peu les épaules — son attitude fatiguée, mystique, étrangère. Il n'avait rien à répondre à cela.

— Écoute, insista Dixon. Je retiens mon souffle pendant tout ce temps. Ça fait des mois que j'espère que ces salauds vont laisser échapper la balle, se planter, avoir des doutes ou se désintéresser du truc. Mais je ne jouerai pas la partie comme ça, Stern. John n'y arrivera jamais. J'ai bien vu comment il réagit quand quelqu'un allume soudain la lumière. Dans une salle d'audience, ou au cours d'un interrogatoire, si on lui rentre vraiment dedans, il va craquer. Écoute ce que je te dis. Et il entraînera Peter dans sa chute. Et peut-être même Kate.

Dixon avait raison — aucun doute à ce sujet. Stern y avait réfléchi sérieusement : John espionnerait toute sa famille quand Sennett en aurait fini avec lui.

— Peter a accepté de courir ce risque, Dixon.

— Oh, va te faire foutre ! Ce sont des gosses !

Stern s'assit à côté de lui, sur le canapé. Il posa un doigt sur la main de Dixon.

— Dixon, je comprends ton but. Je sais que tu es en train d'essayer de régler une dette envers moi — ou que tu souhaites sauver le reste de ma famille. Mais je te pardonne.

Dixon le fusilla du regard. Il était ulcéré. Pire : outragé.

— Tu ne pourrais pas te contenter d'exprimer seulement un peu de putain de gratitude et la fermer ? (Il se leva.) Je plaide coupable, Stern. Et je veux que tu arranges ça.

— Pas question.

— Épargne-moi tes « pas question ». C'est la seule chose à faire.

— C'est une fraude, Dixon.

— Oh, ferme-la ! Laisse tomber la frime avec tes histoires d'honneur. Je te connais depuis trop longtemps. T'as beaucoup fait la pute pour des raisons pires que celle-là. C'est de tes *enfants* que je parle !

— Non.

— Si. Tu crois que t'es le seul de la famille à avoir le droit d'être noble ?

— Silvia...

— Silvia s'en sortira. Tu seras là pour prendre soin d'elle. Elle viendra me voir le week-end. Tu vas me trouver une espèce de country-club. Je tirerai ma peine les doigts dans le nez.

Les premiers talents de Dixon : le vendeur. Il marchait de long en large dans le bureau, avec son air convaincant de camelot. Ce n'était que du vent, pourtant. Stern le savait. L'apparence hagarde de Dixon et ses nuits troublées n'étaient pas dues à la perspective d'un séjour dans un country-club. Cependant Dixon avait été soldat. Il savait que le courage ce n'était pas l'absence de peur, mais la capacité à rester digne malgré la peur. A cet instant, il lui rappelait étrangement le jeune homme qu'il avait connu, avec son menton volontaire et ses cheveux ondulés, cuivrés, portant son uniforme comme un trophée et en route pour la gloire — parfait spécimen de ce que Stern croyait être l'espèce la plus enviable du monde : un Américain modèle.

— Dixon, c'est mal.

— Oh ! on emmerde les principes. Et ton honneur aussi ! Tu ne comprends donc pas, bougre de trou du cul prêchi-prêcha, que c'est exactement la raison pour laquelle elle avait peur de t'en parler ?

Dans son emportement, Dixon donna un coup de poing sur le bureau. Le verre se brisa net avec un drôle de bruit — un claquement et un tintement. Ils se précipitèrent ensemble. Stern se jeta sur le côté et, avec l'aide de Dixon, retint les deux morceaux. Le long de la cassure, un des bords était maintenant légèrement en dessous de l'autre. Les piles de papiers étaient étalées par terre et le cigare de Stern, toujours allumé, était tombé du cendrier et avait roulé sur la fissure.

— Ça va tomber ? demanda Dixon.

Stern n'en savait rien. Il fit pivoter son fauteuil, et le glissa sous les deux moitiés du verre. Dixon retira alors ses mains lentement. Le bureau oscilla un peu, mais il tint bon.

Il ne fallut qu'une seconde à Stern pour se souvenir du point où il en était. Le coup de tonnerre de la dernière réflexion de Dixon s'était perdu dans la panique du moment — pour l'instant, il était sauvé. Mais il savait que Dixon avait longuement réfléchi à cette question et qu'il avait raison, une fois de plus. Clara avait douté du pragmatisme de son mari. De sa capacité à faire taire ses scrupules, surtout dans un conflit avec son fils. Mais il pouvait oublier cette pensée. La souffrance viendrait plus tard, quand il serait seul. Là, présentement, il éprouvait une tout autre curiosité, qu'avait déjà éveillée le soir précédent une remarque de Peter.

— Pourquoi suis-je ton avocat, Dixon ? Aujourd'hui. Pour cette affaire ?

— Qui d'autre pouvais-je aller voir ? Et puis, tu aurais pu te douter de quelque chose si j'avais engagé un de tes confrères.

— Mais tu prétends que mes principes te faisaient peur.

— Il n'était pas question que tu saches.

— C'est pour ça que tu m'as laissé le coffre si longtemps ?

— Il était fermé.

— N'empêche.

— Écoute, tu m'as foutu la pétoche avec ton numéro sur les mandats de perquisition. Je t'ai cru. J'ai pensé que c'était le meilleur endroit où le mettre.

— Mais tu n'as même pas pris la précaution de détruire le chèque de Clara.

— Comment aurais-je pu ? Je me suis dit que les banquiers le chercheraient. Ou l'avocat de la succession. J'avais déjà prévu mon numéro pour le jour où ils seraient remontés jusqu'à moi. « Elle voulait ouvrir un nouveau portefeuille d'investissement, elle est morte avant que nous ayons terminé les formalités, Seigneur, comme je suis ravi de vous voir, signez là s'il vous plaît. »

Il sourit, content de lui.

— Tu as pourtant certainement envisagé le fait que je risquais de comprendre ?

Dixon se pencha au-dessus du bureau brisé.

— Il s'agit de tes enfants, Stern. Tu peux me donner tous les nobles conseils que tu veux pour les dénoncer, je ne te vois pas enfoncer la porte des procureurs. Tu ne ferais jamais un truc pareil. (Dixon, avec son beau visage intelligent et ses yeux fatigués, le fixa.) Tu feras ce que je désire. Tu n'as pas le choix.

— Tu n'as pas pu résister à l'attrait de ce jeu-là, n'est-ce pas, Dixon ?

Dixon haussa les épaules :

— L'instinct de la compétition.

— Pourquoi ma faiblesse a-t-elle l'air de te faire autant plaisir ? Tu adores me voir céder, Dixon.

Ils étaient toujours face à face. Mais les traces

d'une hilarité oubliée revenaient déjà dans l'expression de Dixon, malgré les efforts qu'il faisait pour la repousser. Il était amusé. Enchanté. Merveilleusement.

— Je veux plaider coupable, répéta-t-il.

Il savait qu'il avait gagné. Il savait depuis le début qu'il gagnerait, en fin de compte.

Stern disparut un instant dans le couloir et revint avec du café. Il devait admettre que c'était un moment opportun pour négocier. Sennett n'aurait guère envie d'affronter une motion sur les rapports entre le gouvernement et Peter. Sennett comprendrait qu'il finirait par l'emporter, mais qu'il serait aussi sérieusement critiqué en cours de route. Les juges le sanctionneraient pour son zèle et la défense élèverait de véhémentes protestations. Les journaux risquaient de dire des choses désagréables sur lui. Et Sennett voulait avant tout éviter ce genre de dommages à sa réputation.

— Ça, c'est sûr, dit Dixon, approuvant avec empressement.

— Mais en attendant, je ne vais pas les laisser nous effrayer, ajouta Stern. Sennett cherchera peut-être à utiliser contre toi la procédure qui me concerne. Je ne négocierai pas en position de faiblesse. S'ils doivent m'accuser d'outrage à la cour...

— Très bien, très bien, fit Dixon. Nous prendrons des cellules mitoyennes.

Il lui tendit le téléphone.

Il n'était pas encore huit heures. Le secrétariat était fermé. Mais Stern eut de la chance. Ce fut Sennett en personne qui prit la communication.

48

Sennett accepta de rencontrer Stern à seize heures, ce même jour. Le procureur des États-Unis se montra circonspect au téléphone et lui demanda quel serait le thème de leur entretien, mais Stern se contenta de lui répondre qu'il était impératif de discuter. A l'évidence, Sennett était embarrassé — et trop inquiet pour lui demander d'être plus précis.

L'idée vint alors à Stern qu'ils étaient encore en train de discuter. L'aigreur et l'inflexibilité de la voix de Sennett l'agacèrent subitement.

Pourtant, il ne passa pas immédiatement son autre coup de fil. Il renvoya Dixon et prit le temps de régler quelques détails de l'affaire Remo, dont le procès commençait dans une semaine, le mardi suivant. Il était presque midi quand il prit le téléphone.

— Vous avez quelques minutes pour qu'on déjeune ensemble ?

Il avait réussi à la joindre du premier coup.

— Je ne mange pas, dit Sonny. La chaleur. (Elle se tut, dans l'attente, sans doute, de quelque explication. Puis, comme il ne disait rien, elle ajouta :) Si c'est au sujet de votre rendez-vous avec Stan, je n'y assisterai pas.

Stern lui répondit que c'était plus personnel. Qu'il lui serait reconnaissant si elle lui accordait un peu de son temps.

— Pouvons-nous nous retrouver au Morgan Towers Club dans une vingtaine de minutes ? proposa-t-il.

— Oh, Sandy, je déteste ce genre d'endroits. Je ressemble à un sac de pommes de terre, vous savez, avec cette chaleur.

Comme d'habitude, la climatisation du nouveau bâtiment fédéral était tombée en panne.

— Je préfère un endroit neutre, dit-il. (Ce qui signifiait : pas votre bureau.) Dans votre intérêt. Et je vous promets qu'il n'y aura aucun commentaire vestimentaire.

— Mon intérêt ?

— Quand nous nous verrons, dit-il.

Au début, il avait peur qu'elle ne vînt pas. Il était assis dans un de ces fauteuils du club, trop rembourrés, en face des ascenseurs, et il regardait les portes d'acier brillant s'ouvrir et se fermer sur des hommes et des femmes, tous dans les affaires. Quand elle arriva, elle était rose et semblait agitée et — elle serait la première à le reconnaître — déplacée en ces lieux avec sa robe de grossesse toute simple, sans manches, plus adaptée à une promenade à la campagne. Elle paraissait en être au stade où, pour la femme enceinte, l'essentiel est tout simplement de survivre. Elle marchait maladroitement, en tanguant. Lorsqu'elle s'approcha, elle ôta un large chapeau mou, avec un ruban de satin rose, qu'elle portait pour se protéger du soleil.

— Ici.

Stern avait levé la main pour l'accueillir. Il la complimenta sur sa bonne mine, et lui proposa à nouveau de déjeuner avec lui, ou de prendre simplement un verre.

— J'en suis incapable, répondit-elle en posant une main sur son ventre et en grimaçant. Et puis je suis pressée. Allons, Sandy. De quoi s'agit-il ?

Après réflexion, il la conduisit le long d'un couloir jusqu'à un vestiaire, un petit espace aux murs lambrissés de chêne rouge, inutilisé en été. Le vacarme de la cuisine se faisait entendre de l'autre côté de la cloison, et les odeurs de viande et de légumes s'infiltraient par le système d'aération. L'endroit avait une vague atmosphère de conspiration.

— Il faut me pardonner pour cette manœuvre, dit-il.

Je suppose que Sennett pourrait vous reprocher notre rencontre. (Elle répondit par une nouvelle grimace : quelle importance ?) Sonny, je vous suis très reconnaissant pour votre intervention, hier, mais c'était inconsidéré. Je suis certain que le procureur des États-Unis a été mécontent.

— Je ne dirai pas qu'il était joyeux.

— Je n'en doute pas.

Elle chercha un siège des yeux. Ses jambes la faisaient souffrir, expliqua-t-elle. Elle avait marché jusqu'ici trop vite. Il lui trouva une chaise à dossier rond, dans un coin. Elle s'assit en face d'un portemanteau vide et s'éventa avec son chapeau. Stern, lui, resta debout.

— Si vous me disiez quel est le but de cette rencontre, Sandy ?

— Pourriez-vous aller voir Stan, aujourd'hui, pour lui dire que vous avez réfléchi et que vous êtes prête à poursuivre cette affaire avec la dernière énergie ?

— Je n'y suis pas du tout décidée. Et aujourd'hui, il s'en fiche, de toute manière. Il perd les pédales à cause de ce que vous avez découvert... (elle baissa la voix)... sur l'informateur. Quatre de ses assistants sont restés à la bibliothèque jusqu'à deux heures du matin pour faire des recherches sur la question. C'est du Stan tout craché. Toujours les mêmes merdes machistes : ça marche parce que j'en ai décidé ainsi. Mais quand ça lui pète à la figure, il veut appeler les Marines pour protéger ses fesses. (Elle se tut brusquement. Comme d'habitude, elle pensait qu'elle avait parlé avec trop de liberté, il le devina.) J'étais pas au courant, au fait. Je veux dire de l'identité de l'informateur. J'ai fini par demander à Stan il y a trois jours. Tout de suite après notre conversation téléphonique. Je trouve ça dégueulasse.

— Sonny, je ne vous dirai pas que je ne suis pas

profondément affligé par cette histoire, mais, dans l'intimité de cette pièce, j'avoue que je ne crois pas que la conduite du gouvernement soit illégale.

— Probablement pas, reconnut-elle. Mais elle est merdeuse. Si Stan n'avait pas toujours ce petit sourire, ça me gênerait moins. Il ne s'agit pas d'un principe désincarné, pour lui. Il assouvit une vengeance.

— Sonny, les principes désincarnés n'existent pas, dans la pratique du droit. (Il essaya de donner un certain poids à ses paroles.) Il y a des êtres humains dans toutes les affaires. Et la personnalité des gens comptera toujours.

— Mais là, ça dépasse les bornes. La manière dont il a mené cette enquête. (Elle tripotait le ruban de son chapeau.) Écoutez, Sandy, je n'ai pas eu l'impression de vous faire une faveur particulière, hier. Du moins je ne le pense pas. Je me suis juste sentie mal à l'aise à l'idée de demander l'application d'une assignation basée sur ce genre d'informations si nous n'en révélions pas l'origine. J'imaginais déjà le truc : le juge vous fait incarcérer, et puis il découvre qu'il y a un élément délicat que le gouvernement n'a jamais évoqué. Winchell pouvait nous sauter dessus à pieds joints. J'ai pensé que si vous rédigiez une motion à ce propos, peut-être que vous auriez la possibilité de soulever le problème. Ou nous. Ça me redonnerait une chance d'en reparler avec Stan.

Stern hocha la tête, le raisonnement de Klonsky était prudent. Sain. Plus réfléchi que celui de son chef, plus digne d'un avocat.

— Mais ne croyez pas que je ne vous en veuille plus, ajouta-t-elle immédiatement. Au contraire, je suis toujours furieuse contre vous. C'était une odieuse petite devinette, l'autre jour, à la campagne — me poser ces questions au sujet de ces documents comptables, comme si vous ne les aviez jamais vus de votre vie...

— Je ne les avais pas vus, dit-il simplement. Jamais.

Elle l'étudia avec une expression intense, pour se faire une opinion : disait-il la vérité ? Et dans ce cas, comment était-ce possible ?

— Je ne comprends vraiment pas, avoua-t-elle finalement, avant de lever la main. Ah, je sais ! On vous a fait des confidences, vrai ?

— Vrai.

— Alors, ça doit être une putain d'histoire. (Elle haussa les épaules.) Je suppose que c'est pour ça que vous ne voulez pas la raconter au grand jury.

Il resta un instant silencieux, puis répondit :

— Sonny, quand nous étions à la campagne, vous avez partagé avec moi autant d'informations que vous le pouviez, par souci d'équité. J'aimerais vous rendre la pareille. En parlant avec Stan, ce matin, je suis sûr de lui avoir donné l'impression que je voulais le rencontrer pour protester contre le fait que le gouvernement avait utilisé mon fils comme informateur. C'est certain que je vais m'y employer avec la plus grande force. Mais, à condition que M. Sennett soit disposé à faire les concessions qu'il devrait, en ces circonstances, je m'attends en fait à ce que notre discussion conduise à un accord pour que Dixon plaide coupable.

Elle prit le temps de digérer l'information, puis inclina la tête, admirative.

— Joli chronométrage, dit-elle.

— Je crois aussi. (Ils discutèrent un instant de ce que Sennett était capable de céder pour empêcher Stern de provoquer un remue-ménage concernant les méthodes du gouvernement vis-à-vis de Peter.) Ainsi, voyez-vous, il n'y aura plus d'enquête du grand jury, ni d'injure à la cour.

Elle sourit quand elle comprit enfin où il voulait en venir.

— Vous voulez que j'aille l'embrasser pour me rabibocher avec lui, avant que vous ne le mettiez au courant ? C'est ça ? (Elle éclata de rire.) Oh ! c'est vicieux. Mais, bon sang, qu'est-ce qu'il le mérite !

Stern rit avec elle, mais n'ajouta rien. Elle recommença à s'éventer avec son chapeau.

— Écoutez, Sandy, je n'ai pas de problèmes avec lui. Il ne m'a pas virée. Il savait bien qu'il aurait dû me parler depuis longtemps d'une question aussi délicate. De plus, il est assez fin politique pour deviner les conséquences de la chose. Une adjointe dans la nature le critiquant sur cette histoire ? Pas question. Il est obligé de me garder avec lui sous la tente. Il m'a simplement enlevé l'affaire, sous prétexte que je ne suis pas objective en ce qui vous concerne.

A ces mots, à cause de la chaleur peut-être, ou de ce qu'elle venait d'avouer, ou encore d'un de ces nombreux caprices physiques dus à la grossesse, ses joues prirent une couleur éclatante — si bien qu'il ne put s'empêcher de penser à une fleur qui s'ouvrait.

— Et c'est exact, ajouta-t-elle très vite, avec un regard rapide et empreint de tristesse, et ses yeux dérivèrent jusqu'à lui, puis s'y arrêtèrent.

Et c'était, pensa Stern, un bien tendre regard qu'ils échangeaient là.

— Je crois, dit-elle alors tranquillement, que j'aurais pu m'enfuir avec vous, cette nuit-là, si vous l'aviez demandé.

— Et j'étais si près de le faire..., murmura-t-il.

Il prit soudain conscience qu'ils avaient tous les deux parlé de quelque chose qui appartenait au passé — mais là, maintenant, pour la première fois, cela semblait tout aussi bien. En lui répondant, il avait approché une certaine grâce, une note parfaite, si bien que ni elle ni lui ne sauraient jamais exactement où passait la frontière entre ce qui — ne fût-ce qu'une seule syllabe — n'était que de l'ordre du simple badinage et la plus sincère des vaines passions.

— Malheureusement, vous êtes mariée, ajouta-t-il.

Elle posa les deux mains sur son ventre.

— Mais non, c'est une chance pour moi, vu mon état.

— En effet.

— J'ai dit à Charlie que nous étions mariés pour être fous ensemble. Donc nous n'avons plus qu'à continuer comme ça. (Elle rit, donna une chiquenaude à son chapeau, puis se leva.) Dites-moi que vous approuvez.

— J'approuve, dit-il.

— De nous deux, ça fait au moins un.

Il éclata de rire.

— Sonny, vous m'avez inspiré, avoua-t-il.

Et il fit un pas vers elle. Elle détourna légèrement la tête pour lui présenter sa joue. Mais il ne l'embrassa pas. Au lieu de cela, ému — ou, comme il le lui avait dit, inspiré —, il posa les mains sur ses épaules nues, puis, en une curieuse cérémonie, alors qu'il se tenait tout près, il les laissa glisser doucement le long de ses bras, en une étrange étreinte. Il la serra un peu, au-dessus des coudes, puis aux avant-bras, et enfin aux mains. Alors, elle leva la tête pour accepter cet hommage, les yeux dans les yeux.

— Quand je serai grande, dit-elle, je veux être comme Sandy Stern.

49

C'est ça, la vie, pensa-t-il tandis que l'ascenseur des Morgan Towers descendait. Il clignait des yeux depuis qu'il avait quitté Sonny, comme s'il émergeait d'une zone de lumière violente. Pendant un instant, il douta. Un autre jour, un jour où il aurait été moins faible à cause du manque de sommeil, la fin aurait-elle été différente ? Les portes s'ouvrirent sur le soleil de midi qui étincelait à travers les immenses murs vitrés du hall de l'immeuble, et tandis qu'il s'avançait, les yeux brûlants et la tête légère, il fut stupéfait de découvrir qu'il ne s'était jamais senti autant en accord avec lui-même depuis des mois. Les choses essentielles — pas seulement les objets matériels, mais aussi les croyances et les influences — étaient toujours en place, invincibles. Il tripota le bouton central de son veston et releva dignement le menton, comme le faisait si souvent Alejandro Stern.

Il ne retourna pas au bureau ; il préféra rentrer chez lui en voiture, et il se coucha immédiatement. Il se relèverait et se rhabillerait pour son rendez-vous avec Sennett. Mais, pour l'instant, il avait besoin d'un moment de contemplation solennelle. Il pensa à Descartes, qui avait fait de son lit un lieu d'intense réflexion. Pour des raisons inexplicables, Stern suivait son exemple depuis longtemps. C'était là qu'il mettait au point la plupart de ses conclusions d'audience, avec, à ses côtés, un plateau chargé de diverses nourritures et un bloc jaune. Il écrivait très peu. Il tissait ses arguments et ses tournures de phrases mentalement — les mêmes phrases, les mêmes notions, encore et encore, jusqu'à ce que sa conscience fût emplie par le discours qu'il ferait. Aujourd'hui, il voulait penser à Clara. Les dernières heures de la vie de sa femme lui appartenaient, maintenant.

Il avait connu un certain nombre de suicides. C'était une autre des tristes facettes de sa profession. Il avait tant de clients qui s'acharnaient à se faire du mal d'une manière ou d'une autre ! Il avait cessé de se demander pourquoi, bien des années auparavant. Pour trop d'entre eux, les réponses étaient évidentes : la négation d'eux-mêmes, les dommages qu'ils se causaient volontairement, les manques, les hontes, les cicatrices... A la fin des années 50, au début de sa carrière, il avait défendu une vedette locale de rock'n'roll, un dénommé Harky Malarky, impliquée dans une affaire de drogue. Harky était en proie à la tristesse hallucinée et indomptée d'un barde irlandais et il dansait en permanence au bord du gouffre. Morphine. Femmes destructrices. Amis violents. Il mourut, complètement soûl, sur une moto à laquelle il fit quitter la route pour se précipiter dans un superbe canyon de l'Utah.

Et il y en avait d'autres, pas aussi impressionnants que Harky — mais tous partageaient l'inébranlable croyance qu'ils étaient condamnés. Et Clara était aussi dans ce cas. Il l'avait toujours su. Un pessimisme terrible et tenace, une absolue mélancolie. Elle était incapable d'imaginer un avenir où elle aurait sa place. Un psychiatre qu'il avait rencontré un jour, un certain Guy Pleace, lui avait avoué dans un moment d'intimité, lors d'une soirée chez les Cawley, qu'il luttait chaque jour contre les pulsions du suicide. Chaque matin, à son réveil, c'était pour lui une tâche aussi obligatoire que de se raser ou d'aller travailler à son cabinet : il ne devait pas se tuer. Ce soir-là, il avait aperçu une espèce de lutin perché sur un lampadaire, qui lui faisait signe d'approcher. Il avait fait trois fois le tour du pâté de maisons pour s'assurer qu'il n'y avait personne. Sa femme, qui était habituée, avait pris la chose avec calme, sachant qu'il devait vérifier. Finalement, il y avait trois ans de cela, Guy avait perdu à la roulette russe. A l'évidence, il avait laissé les lutins jouer leur jeu à leur façon.

Au beau milieu de sa déroutante confession, à moitié ivre, Pleace avait éclaté de rire parce que quelque psychologue des profondeurs, Freud sans doute, avait affirmé que les êtres humains étaient incapables de comprendre leur propre mort. Ce n'était pas vrai de Guy, et probablement pas non plus de Clara, ni d'une bonne partie de tous ceux qui étaient partis de façon délibérée. Le verre est toujours à moitié vide ou à moitié plein. Pour la plupart des autres — et assurément pour Stern — l'important était de savoir ce qui restait dans le verre. Depuis son quarantième anniversaire, dans sa course inévitable et avide, il était irrité par le sentiment qu'il avait été mal servi dès le départ. Ici, chez lui, sous le drap, seul au milieu des bruits du voisinage et du bourdonnement de la climatisation qui recyclait l'air immobile de la maison, il réalisa à quel point la mort de Clara l'avait terrorisé. On fait la queue avec quelques silhouettes que l'on reconnaît. Son tour. Et maintenant le tien.

Mais pour Clara, un peu comme pour Guy, ce moment n'avait jamais dû être très éloigné. Nate lui avait avoué qu'elle lui en avait déjà parlé. La vie, pour Clara, ne fut jamais qu'un bref trajet vers une destination connue. Elle avait l'intention de se montrer utile en cours de route. Mais elle était souvent dominée par un sentiment d'absurdité qui dépassait toute classification psychologique — dépression ou anomie. Quel intérêt y avait-il à attendre, si l'on prenait en considération les siècles, l'éternité à laquelle on n'aurait aucune part ? Et, dans cette disposition d'esprit, elle avait fait face à ses choix ultimes. L'acte grandiose, magnifique de Dixon, à la fin, devait seulement avoir ajouté à la complexité de son état tourmenté. Aucune issue supportable à l'horizon. Pouvait-elle rester spectatrice, regarder sans rien faire Dixon et son obscène numéro de dévouement ? Pouvait-elle avouer ses problèmes et son passé à son mari, au risque de le détruire, et, selon toute probabilité — vu l'étrange enchaînement des colères et des chagrins —, détruire

Silvia par la même occasion ? Ç'aurait été une maigre récompense pour Dixon qui, en la circonstance, risquait même de perdre la volonté et la force d'aller jusqu'au bout de sa promesse. Supporterait-elle le reste — voir ses enfants franchir les grilles du pénitencier ? Ce n'était pas un suicide, pensa Stern. Pas aux yeux de Clara. Il s'agissait d'un acte d'euthanasie, face à une souffrance mortelle.

Aurait-il réussi à la sauver ? Était-ce le mensonge le plus minable, le baume le plus doux pour son âme que de penser que s'ils s'étaient mariés aujourd'hui, à une époque moins hypocrite, tout cela n'aurait pas eu lieu ? Ils s'étaient assigné l'un à l'autre des rôles à un moment où leurs propres ambitions respectives leur auraient autorisé bien d'autres horizons. Maintenant, il y avait des conseillers, des intermédiaires, des assistants conjugaux pour forcer les couples à abaisser leurs défenses mutuelles. Lui, il avait respecté des frontières qu'il aurait peut-être réussi à surmonter, avec juste un peu plus de force, d'attention ou de courage. Mais tous ses efforts, cependant, auraient contrarié la volonté de Clara.

Une trentaine d'années plus tôt, Clara Mittler avait écrit une composition avec elle-même, elle l'avait intitulée *Clara Stern*, et avait décidé de la jouer jusqu'au bout. C'était un morceau pour bois, d'une austère et inflexible beauté, et lui, il en était l'auditeur conquis — deux mains qui applaudissaient, du moins quand il prenait le temps d'occuper son siège. La précision tranquille du concert dissimulait à tous — et surtout à elle-même — un terrible et bruyant tumulte. Quelque part en elle, bien au-delà de son pouvoir de la faire remonter à la surface, il devait y avoir une formidable rage. Elle ne la percevait que sous la forme d'un son discordant. Un jour, elle avait expliqué à Nate que le bruit, la tonitruante dissonance de l'angoisse et de la déception sans fin, l'accompagnait en permanence. Et finalement, ce vacarme était arrivé de toutes les directions à la fois, à un volume insoutenable, et Clara s'était inclinée devant la douleur inévitable de l'esthète à qui la beauté échappera toujours.

Stern découvrit soudain ce qu'il n'avait pas su auparavant — comment elle avait fait. Il n'avait jamais compris pourquoi elle avait choisi de mourir dans la voiture. Mais à présent, c'était clair. Elle avait mis le contact, puis elle avait glissé une cassette dans l'autoradio. La police, bien sûr, n'avait même pas regardé. Mozart, certainement. Il sentit la douleur d'un terrible chagrin à l'idée qu'il ne saurait jamais quel morceau exactement. Le *Requiem* ? La *Symphonie Jupiter* ? Quant au reste, il l'imaginait aisément. Elle avait mis le volume très fort, les bois hurlaient avec les sonorités perdues de l'âme, et la plainte des violons envahissait l'habitacle restreint du véhicule, si bien que même une oreille fine aurait été incapable de déceler le ronronnement du moteur, et elle s'était laissée aller en arrière, les yeux déjà fermés sans aucun doute, tandis que la musique magnifique s'élevait en grandes vagues — jusqu'à ce moment parfait, à la fin d'un morceau, où tout se tait.

50

Quand Helen appela, Stern rêvait : Dixon l'avait accosté au coin d'une rue. Il fumait un de ses cigares et, avec son ironie habituelle, il lui montra qu'il était devenu chauve. Il caressa son crâne dénudé et, avec une grande satisfaction, se retourna pour que son beau-frère pût voir la large zone d'où ses cheveux raides et noirs étaient tombés. Tandis qu'Helen se mettait à parler, ce rêve et les pénibles sensations qu'il avait éveillées en lui continuaient à le hanter ; pendant un instant très bref, il fut même persuadé que son rêve se poursuivait.

— Comment ? murmura-t-il.

Il était perdu. Pleurait-elle ?

— J'ai besoin de toi. (Elle paraissait haleter. Quand il avait répondu — comme au bureau : « Stern à l'appareil » —, elle avait répété plusieurs fois qu'elle était désolée d'appeler. Désolée. Désolée.) J'ai besoin que tu viennes. Je t'en prie.

— Oui, oui, je suis là dans un moment.

Dans la salle de bains, la lumière le fit sursauter. Il passa un peu d'eau sur son visage, et renonça à l'idée de se raser. La trace du drap était imprimée en rouge sur sa joue. Avait-elle dit le problème qu'elle avait ? Un de ses gosses, pensa-t-il. Le garçon qui était au collège ? Il se traîna jusqu'au garage.

Lorsqu'il fit démarrer la Cadillac, la montre digitale clignota. Presque trois heures du matin. Vendredi. Il s'était couché vers vingt et une heures, car il n'avait eu qu'une ou deux heures de sommeil, la nuit précédente. Marta l'avait tenu éveillé, exigeant qu'il partageât avec elle la moindre pensée, la plus infime nuance de sa plaidoirie finale dans l'affaire *US v. Cavarelli*, qu'il prononça le lendemain à dix heures du matin. Il avait attendu la décision du jury, avec le pauvre Remo, jusqu'à environ dix-sept heures : innocent. En attendant ce verdict, Winchell avait jeté un regard mauvais à Remo, mais son seul commentaire fut pour Moses Appleton : « Vous aurez plus de chance la prochaine fois. » Marta, qui avait assisté son père, et même mené le contre-interrogatoire de l'un des agents de surveillance, avait très envie de fêter cette victoire. Aimable jusqu'au bout, Moses avait insisté pour leur offrir un verre. Stern avait bu une eau minérale quelconque, et il avait abandonné Moses et Marta, pour jouir du sommeil d'un vieillard fatigué. Pourquoi le triomphe et la joie étaient-ils toujours si éphémères ? A présent, il roulait dans les rues nocturnes, vers la maison d'Helen ; il était de plus en plus réveillé — et de plus en plus inquiet.

Devant lui, dans l'allée menant au domicile d'Helen, une camionnette avait reculé jusqu'à la porte du garage. A la lueur des phares de la Cadillac, Stern déchiffra sur le pare-brise les lettres inversées de façon à être lisibles dans un rétroviseur :

AMBULANCE
INTERVENTIONS D'URGENCE
ASSISTANCE MÉDICALE

Ça recommence! pensa-t-il. *Seigneur! Non!* Il monta le perron quatre à quatre, sa monnaie et ses clés tintant dans ses poches. Il n'eut pas besoin de sonner. Helen devait attendre près de la porte, et elle ouvrit quand elle l'entendit. Elle se jeta dans ses bras en pleurant et en le remerciant d'être venu si vite. Il n'avait qu'entrevu son visage, mais c'était un drôle de spectacle. Elle était maquillée lorsqu'elle s'était mise à pleurer. Le mascara avait coulé sur ses joues et, sous ses yeux, les larmes avaient creusé des ravins dans les cosmétiques. Une mèche de ses cheveux se dressait, toute droite. En la tenant dans ses bras, il sentit malgré son épais peignoir qu'elle ne portait rien d'autre dessous, et tout cela — son apparence, sa voix, son haleine, sa façon de s'accrocher à lui — libéra en lui une formidable décharge de sensations. Son pauvre cœur! Il était comme une bernache à la dérive, prête à s'accrocher au premier rocher. Et pourtant, tout cela était bienvenu — sa passion, sa présence, son besoin de lui qu'elle ne cachait pas. Seigneur! Comme Helen

Dudak lui était chère ! Pour cet instant-là, il éprouva une immense gratitude.

— Qu'est-ce qu'il y a ? S'il te plaît..., dit-il en lui prenant les mains.

Elle secoua la tête.

— Je suis tellement désolée d'avoir dû t'appeler. Tu es la seule personne à laquelle j'aie pensé. Sandy, je t'en prie...

Elle ne termina pas sa phrase. Un mouvement de nausée. Elle appuya ses deux mains sur sa bouche et, une fois de plus, se laissa aller contre lui.

— Madame, hé, monsieur... (Un *Latino* dans son uniforme brun d'ambulancier se tenait en haut de l'escalier, au premier, et faisait des signes dans leur direction.) Lui, pas bien.

Il agita lentement la tête.

Helen poussa un cri aigu.

Stern grimpait déjà les marches, et l'homme le précéda dans le couloir. Il régnait une terrible puanteur dans la chambre d'Helen. Le lit était défait. Et il y avait quelqu'un, dedans. Une silhouette masculine immobile, recroquevillée, nue, le visage dissimulé par un masque à oxygène en plastique. Et à la dernière extrémité. Il avait apparemment perdu le contrôle de ses sphincters. Stern vit un second infirmier, un jeune Blanc, celui-là ; avec le *Latino,* il s'affairait sur l'équipement à côté du lit, deux grandes bouteilles vertes en métal et un chariot avec des câbles et divers appareils. Dans l'un des coins du grand lit, totalement déplacée en ces circonstances, il y avait une petite table basse en bois. Le *Latino* fit un signe à Stern, qui se tenait sur le seuil de la chambre. Il ôtait le dernier fil de la poitrine de l'homme.

— L'électrocardiogramme ? fit Stern.

L'autre siffla et traça une ligne toute droite avec un doigt :

— Pas bon. Ils diront à Riverdrive. D'accord, je sers du téléphone ? Faut qu' j'appelle les flics.

Avant de quitter la pièce, il se pencha et enleva le masque respiratoire à l'homme sur le lit, et prit une seconde pour lui fermer les paupières, un geste rapide avec le pouce et l'index. Depuis la porte, Stern distingua le visage.

— Oh, bon Dieu ! s'exclama-t-il. (Helen l'avait rejoint. Stern s'était appuyé contre le chambranle.) Qui c'est ? demanda-t-il, poussé par quelque sentiment de propriété — ou d'espoir. (Helen n'avait pas osé le regarder en face depuis qu'il était arrivé. Elle prit sa main dans les siennes et inclina légèrement la tête pour poser son front contre son épaule.) Helen, s'il te plaît, dis-moi que ce n'est pas Dixon.

Elle se contenta de secouer de nouveau la tête, et ses mèches décolorées de cheveux roux. Elle était incapable de parler, pour l'instant. Et, de toute façon, Stern voulait savoir quelque chose qu'elle ne pourrait pas lui dire.

Avec l'accord des ambulanciers, ce fut Stern qui prévint la police. Il appela la Division 4 des Homicides et insista pour qu'on réveillât le lieutenant. Quand celui-ci rappela, Stern lui passa un des infirmiers. Le policier les autorisa à s'en aller et leur dit de laisser le corps sur place. Stern les raccompagna tandis qu'ils traînaient leurs bouteilles et leur chariot, qui tressautèrent sur le seuil de la porte d'entrée. Helen s'était laissée tomber sur un petit banc, dans le vestibule, où elle posait généralement des paquets, du courrier ou des vêtements. Elle était défaite, le nez plongé dans un petit verre de brandy. Stern s'assit à côté d'elle, et elle lui passa son verre.

— Je suis désolée d'avoir dû t'appeler, répéta-t-elle.

— S'il te plaît, ne... (Il agita les doigts. Les mots étaient inutiles.) En pleine action ?

Elle hocha plusieurs fois la tête.

Mort en plein boulot. Dixon Hartnell, dans un de ses nombreux sursauts de vanité — désormais révolus —, aurait été ravi. Stern essaya de sourire, mais en vain.

— Et ça durait depuis combien de temps ?

— Durait ?

— Ça, dit-il d'une voix ferme.

Helen leva les yeux vers lui.

— Sandy, s'il te plaît, ne prends pas ce ton avec moi. Il a appelé. J'ai fait quelque chose de mal ?

Stern résista à l'envie d'émettre divers jugements, trop choqué pour conserver sa réserve habituelle.

— Il était marié, Helen.

— Pas moi.

— C'est vrai, reconnut-il.

— Tu crois que c'était dirigé contre toi, d'une certaine manière ?

Le croyait-il ? Dieu seul savait ce qu'il éprouvait. Il revit la chambre où le corps de Dixon gisait maintenant sous un vieux drap bleu, comme une statue enveloppée dans une toile de protection.

— Il m'a téléphoné, reprit-elle. La semaine où tu m'as laissée tomber comme une vieille chaussette, en fait. Et j'appréciais sa compagnie. C'est tout.

— Très bien, dit Stern.

— Il était très romantique. (Une colère non dissimulée s'était inscrite sur ses traits.) Il appelait, il arrivait à n'importe quelle heure. Un homme charmant.

— Oui, je vois, fit Stern.

Plus besoin de se demander où traînait Dixon, ces dernières nuits. Il savait que sa prochaine réplique serait : « Assez ! »

Ils restèrent assis côte à côte sans plus échanger un mot. Stern entendait le tic-tac des pendules, le bourdonnement des appareils ménagers. Les phares d'une voiture balayèrent l'allée.

— La police, dit-il.

Helen serra la ceinture de sa robe de chambre, se prépara à raconter toute l'histoire.

Radczyk était seul, avec son habituelle veste de sport froissée et un vieux chapeau mou. Il approcha de la porte d'entrée. Stern demanda à Helen de passer dans le living, et lui ouvrit.

— Toujours en de tristes occasions, lieutenant.

— C'est mon boulot..., répondit Radczyk.

Il rit de sa plaisanterie inoffensive et lourdingue. Son visage tavelé était encore rouge de sommeil. Il passa sa main dans ses cheveux ébouriffés et serra son chapeau contre lui.

Stern lui présenta Helen, qui lui expliqua la situation en quelques mots. Ils étaient en train de faire l'amour, dit-elle. Radczyk, dans le living, prenait des notes sur son petit carnet.

— Alors, voyons..., dit-il. Ce type et cette dame... (Il inclina la tête, avec courtoisie, en direction d'Helen, à côté de lui.) Ce type...

— Mon client..., fit Stern.

— Votre client, répéta Radczyk.

Il se frotta le menton et finit par entraîner Stern avec lui dans le couloir.

— Si je comprends bien, reprit-il, ce gars n'était pas le maître de maison...

— Helen Dudak est divorcée. Lui, c'était mon beau-frère, le mari de ma sœur.

— D'accord, dit Radczyk.

Il hocha la tête plusieurs fois. Il avait compris.

— Ce sera terrible pour elle, ajouta Stern.

— Sûr, sûr. Si vous me disiez plutôt ce que vous avez dans l'idée ?

Il savait qu'il y avait quelque chose de ce genre, car

Stern lui avait précisé au téléphone qu'il lui demanderait une faveur. Stern lui expliqua donc qu'il désirait ménager sa sœur. Radczyk écoutait. Cela ne changeait rien, pour lui.

— Laissez-moi jeter un coup d'œil là-haut, dit Radczyk. M'assurer que c'est kasher.

Il était terre à terre. C'était son boulot.

A l'étage, il examina le corps, toucha la poitrine du cadavre, le fit rouler d'un côté, de l'autre. Il se pinça le nez.

— Pouah ! s'exclama-t-il. Congestion cérébrale ou attaque cardiaque, selon vous ?

— Le cœur, dit Stern. C'était le diagnostic des ambulanciers.

Radczyk partageait cette opinion.

— Ça m'a l'air correct. Pas de marques, rien. Pas de problème pour moi, si vous êtes sûr de ce que vous voulez.

Stern répondit qu'il l'était.

— J'ai un ou deux coups de fil à passer, dit Radczyk. Faut que je trouve quelqu'un qui appuie sur la mauvaise touche de l'ordinateur. (Il lui adressa un clin d'œil. Lorsqu'ils furent à la porte de la chambre, il ajouta en baissant la voix :) Et la table ? ajouta-t-il, en indiquant le coin du lit où elle était restée.

Stern se contenta de hausser les épaules.

Pendant que Radczyk téléphonait, Stern retourna auprès d'Helen. Elle n'avait pas bougé. Elle était encore en robe de chambre, toujours blême et accablée, pieds nus. Ses mollets paraissaient tout blancs.

— Ce sera beaucoup moins dur comme ça pour Silvia, dit Stern.

Dixon et lui devaient déjeuner avec elle, aujourd'hui. Stern avait prévu de les rejoindre chez eux et ils devaient annoncer à Silvia que Dixon avait décidé de plaider coupable, la semaine suivante, et que, peu après, il serait incarcéré dans un pénitencier fédéral, probablement celui du Minnesota, pour un an — dix mois, en réalité, en comptant la remise de peine pour bonne conduite. Il savait que ce n'aurait pas été une tâche réjouissante, mais du coup, d'y avoir longuement réfléchi lui rendait la pensée de ce qui l'attendait maintenant un peu plus facile.

— Silvia..., murmura Helen. (A cette évocation, elle recommença à pleurer.) J'essayais de me venger de toi, je suppose.

— Tu en avais le droit, Helen.

Elle s'essuya le nez contre la manche de sa robe de chambre, avant même qu'il n'eût le temps de sortir son mouchoir.

— Oui, dit-elle, à sa façon habituelle, franche et énergique. J'avais si mal, Sandy. Je sentais... merde. (Baissant la tête, elle rit et pleura en même temps.) Il m'aurait laissée tomber de toute façon. Ça faisait des jours que je ne l'avais pas vu, et ce soir il m'a annoncé qu'il avait décidé que nous devions rompre. J'arrivais pas à y croire. Plantée aussi par le remplaçant ! (Elle eut un faible sourire, puis le souvenir de quelque chose, ce moment précis, sans doute, lui revint et elle serra les bras autour d'elle en fermant les yeux.) Il a essayé de me consoler. (Elle se tut une seconde.) J'aurais dû savoir à quoi m'en tenir. J'ai essayé de rendre la pareille à Miles, aussi, quand j'ai été au courant, à son sujet. Tu le savais ? Que j'ai eu une aventure avant de le quitter ?

— Non, j'aurais dû ?

— Je me suis toujours dit que tout le monde devait être au courant. Pas toi ? J'étais pourtant certaine que tu savais, ce soir-là.

Stern le regarda sans comprendre.

— Quel soir ? fit-il.

— Quand Nate est passé. Chez toi. Tu te souviens ? Le jour où j'avais amené le dîner.

Il encaissa ce nouveau coup.

— Je n'approuve pas, dit-il soudain. Je comprends, mais je n'approuve rien de tout ça.

Sa propre déclaration le surprit. Pas tant le jugement en lui-même que la force avec laquelle il venait de l'exprimer. Il réalisa qu'il se révélait. Qu'il devenait un homme aux opinions tranchées — des opinions qu'il avait pris l'habitude de garder pour lui. Il semblait avouer son trouble, surtout, mais Helen devina le sens réel de cette déclaration. Elle le regarda avec courage, sachant, parce qu'elle le connaissait bien, qu'il était nécessaire que quelque chose, ici, fût dénoncé.

— Bien sûr que non, dit-elle.

Radczyk refit son apparition.

— C'est bon, dit-il. Tout est réglé. Pas un rapport, rien. Il ne s'est rien passé ici. (Il inclina de nouveau la tête vers Helen, poliment, puis ajouta à l'intention de Stern :) Je vais vous aider.

Les vêtements de Dixon étaient éparpillés dans la chambre ; Stern les rassembla, mais Radczyk les lui enleva des mains.

— Laissez, laissez, dit-il. Dans chaque flic sommeille un ordonnateur de pompes funèbres.

Une fois Dixon rhabillé, ils l'emportèrent. Radczyk le prit par les chevilles et Stern par les mains — elles étaient moites et étrangement fermes et glacées, une sensation qui n'avait rien d'humain. Un poids mort, disait-on. Ce fut une tâche pénible. Helen s'écarta à la vue du corps. Ils posèrent Dixon sur le canapé, dans le petit bureau qui jouxtait la cuisine, et Stern alla rentrer sa Cadillac au garage. Avec Radczyk, ils allongèrent Dixon sur la banquette arrière, puis le recouvrirent avec le même drap bleu délavé.

— Je vous retrouve à votre bureau, dit Radczyk. J'ai une visite à faire et j'arrive.

Stern lui assura que ce n'était pas nécessaire, mais Radczyk ne voulut rien entendre.

— Vous allez vous balader au centre-ville avec un macchabée. En pareil cas, vaut mieux être avec un poulet. Ça pourrait devenir plutôt bizarre, sinon.

Une fois Radczyk parti, Stern revint s'asseoir près d'Helen, sur le petit banc du vestibule, qui semblait être son lieu de méditation pour la nuit. Elle s'était habillée : un haut noir et des pantalons en tissu extensible; elle avait ôté tout son maquillage. Elle semblait plus calme, maintenant — abattue, mais elle avait à peu près retrouvé le contrôle d'elle-même. Il avait réfléchi à la façon dont il allait partir. Il était gêné, à présent. Quelque chose — son air hautain et sûr de lui — était si terriblement hypocrite. Il commença par s'excuser.

— S'il te plaît, Sandy, murmura-t-elle.

Il soupira.

— Essaie de comprendre..., dit-il.

Et il lui raconta, pour Clara, plus précisément qu'il ne l'aurait imaginé : Dixon et elle avaient eu une brève aventure, des années auparavant. Et tout en parlant, il réalisa qu'il n'y avait rien au monde qu'il fût incapable de dire à Helen Dudak.

— Oh, Sandy, souffla-t-elle, en couvrant sa bouche de la main.

— Tu vois, dit-il simplement.

— Oui. (Elle ferma les yeux, lui prit ma main.) Il devait être terriblement jaloux de toi.

— Jaloux ?

— Tu ne sais pas ?

Cette idée lui coupa le souffle.

Et ils restèrent assis sur le banc, silencieux. Il pensa qu'il fallait qu'il s'en aille, qu'il retrouve Radczyk. Elle tenait toujours sa main. Et il n'avait nulle envie de partir.

— Comment va ton amie ? demanda-t-elle soudain.

Il ne comprit pas immédiatement.

— Ta nouvelle amie, précisa-t-elle.

— Oh, ça... (Il eut un sourire, surtout pour lui-même.) Fini. Une folie passagère. Je crois que j'ai recommencé à grandir.

Ils se turent de nouveau. A un moment, Helen s'affaissa sur elle-même, et se couvrit le visage de ses mains, de cette manière si juvénile qui n'appartenait qu'à elle.

— Tu crois, demanda-t-elle alors, que nous sommes condamnés à répéter les mêmes erreurs toute notre vie ?

— La tendance existe, fit-il.

Mais, alors, s'il était persuadé que l'âme restait à jamais l'esclave de ses manies, pourquoi était-il venu aux États-Unis ? Pourquoi réclamait-il justice pour ceux qui, la plupart du temps, étaient définitivement marqués par le crime ? Et ces derniers mois, qu'avait-il essayé de transcender ?

— Mais je crois aussi aux secondes chances..., ajouta-t-il.

— Moi aussi, dit Helen, en lui reprenant la main.

Lorsqu'il eut épousé Helen, le printemps suivant, Stern lui expliqua qu'il avait pris cette décision après ce long moment passé sur le banc, ce soir-là. Et pourtant, ce n'était pas tout à fait vrai. Pendant des mois, ensuite, il continua à s'interroger sur beaucoup de choses, et sur lui-même, en particulier sur les limites de sa force, la forme exacte de ses désirs.

Mais quand il se leva, cette nuit-là, pour s'en aller, il la prit dans ses bras — oui, Helen qui était couchée avec Dixon quelques heures plus tôt, et Alejandro Stern qui avait maintenant le cadavre du même Dixon sur le siège arrière de sa voiture — et il éprouva un instant, tandis qu'il l'étreignait en ces circonstances impossibles, l'évidente et éclatante lumière du désir. C'était ce qu'il avait ressenti, là, en la quittant, mais depuis, les événements avaient ajouté une nouvelle urgence à sa passion. Il ne pourrait jamais vraiment expliquer tout cela, mais tandis qu'il écoutait l'étrange confession d'Helen, il était bouleversé. Dans la confusion qu'exprimait cette femme, son trouble, son aveu d'une voix précipitée qu'elle était encore, comme tout le monde, et malgré tous ses efforts, en partie invisible à elle-même, il l'adora. Aussi resta-t-il encore un instant avec elle pour lui raconter un peu plus de l'histoire, un peu plus de ses dernières aventures avec Dixon. Et il lui expliqua aussi que ses enfants étaient impliqués dans tout cela — mais sans lui dire de quelle façon. Helen, il le savait, voudrait partager avec lui tous les secrets, lui révéler tous les siens et entendre de lui ce qu'il ne disait jamais à personne. Et il savait aussi qu'un jour ou l'autre il le ferait.

Ce fut de tout cela, de ce moment, de ses découvertes, qu'il lui parla au printemps suivant.

Mais ce soir-là, Alejandro Stern, en proie à ces pensées, ces sentiments, roula dans la nuit, et il frissonnait bizarrement lorsqu'il songeait à cette présence, derrière lui. A chaque feu rouge, il inclinait son rétroviseur pour regarder la forme allongée sur la banquette arrière. A un moment, il s'exclama à haute voix : « Mon Dieu, Dixon ! » Jaloux. Il était jaloux, avait dit Helen. Mais de quoi ? Stern était gros, il n'avait jamais pu se débarrasser vraiment de son accent étranger. Le respect qu'il inspirait, l'estime, tout cela n'était rien — c'était mineur, éphémère. Qu'avait-il accompli, réellement ? Une vie de famille merdique. Pauvre Dixon. Ses désirs étaient infinis. Les grands hommes, songea-t-il, ont de grands appétits. Est-ce que quelqu'un avait dit cela ? Il n'en était pas sûr. Pas plus qu'il n'était certain du qualificatif qu'il pourrait appliquer à Dixon. Super-quelque-chose — c'était tout ce à quoi il pouvait penser cette nuit.

La voiture de Radczyk, une vieille Reliant, était garée derrière le bâtiment. Stern serra violemment la poignée de sa portière ; il allait allumer le plafonnier quand la sensation le frappa de nouveau, aussi nette qu'un *déjà-vu*[1] : rien de tout cela ne s'était passé, et ce moment lui-même n'était pas réel. Pas plus cet instant que ce qui était arrivé ces derniers jours, ces derniers mois. Il était quelqu'un d'autre, ailleurs. Tout cela n'était que le délire de quelque épave débile gisant sur la couchette d'un lointain asile d'aliénés. Il contempla un instant les cercles jaunâtres que faisaient les lampadaires au cou de cygne et revint graduellement à la réalité.

Ils transportèrent Dixon enroulé dans son drap. Radczyk avait bloqué les portes d'entrée avec des morceaux de carton et ils charrièrent le corps jusqu'à l'ascenseur de service. Dans un immeuble dont la quasi-totalité était louée par des avocats, il était probable que quelqu'un fût là, même à six heures moins le quart du matin. Aussi, dans l'ascenseur, maintinrent-ils Dixon debout, plus grand qu'eux, sous son drap. Radczyk le retenait par la ceinture.

Une fois dans le bureau de Stern, ils tentèrent de lui faire prendre la position qu'il avait ces deux dernières nuits, sur le canapé. Stern croisa les jambes de Dixon, mais le corps roula lentement en avant, s'écroulant par étapes, jusqu'au moment où il toucha le sol avec un bruit sourd.

1. En français dans le texte.

Stern ne put s'empêcher de lui couvrir le visage. Il échangea un petit sourire fatigué avec Radczyk.

Puis ils le réinstallèrent sur le canapé, en le retenant. Stern déboutonna la veste de son beau-frère, leva ses bras. Dixon n'était plus qu'un mannequin dans une vitrine. Quand Stern lui plia les jambes de nouveau, pour mettre ses pieds dans la position qui convenait, la tête de Dixon bascula en arrière, bouche ouverte.

Il avait l'air vraiment mort.

Stern et Radczyk restèrent immobiles un moment.

— Comment pourrais-je vous remercier, lieutenant ? dit finalement Stern, alors que le policier s'apprêtait à partir.

— Inutile, répondit-il. (Il regarda Stern tristement.) J'étais votre débiteur. J' vous l'ai dit. J' me serais jamais remis, sans vous.

Ce devait bien être la quarantième fois qu'il lui répétait qu'il avait une dette envers lui. Et Stern n'avait jamais compris. Maintenant, il saisissait. Radczyk avait une raison d'assister à tous les entretiens de Marvin avec Stern. Une raison à sa logorrhée si pleine de nervosité. Lui et Marvin, après tout, avaient été élevés comme des frères. Ils avaient partagé beaucoup de choses. Trop. Radczyk avait bénéficié d'un sursis et de l'occasion de s'amender, et il les avait saisis. Marvin, lui, avait pris un chemin plus habituel. Stern regarda Radczyk, cet homme qu'il connaissait à peine. Chacun d'eux savait les secrets les plus terribles de l'autre. Stern hocha simplement la tête — un pacte de confiance, de gratitude, de complicité renouvelée.

Stern le raccompagna jusqu'à la porte, puis, se ravisant, alla récupérer le drap. Il ne voulait aucun indice de mise en scène quand les autres arriveraient, au matin. Radczyk parti, il regagna son bureau, et resta seul avec le cadavre de Dixon Hartnell, son beau-frère. Il n'avait aucun endroit confortable où s'asseoir.

Le canapé, c'était hors de question, et son fauteuil soutenait toujours le verre brisé de son bureau, qu'il n'avait pas eu le temps de faire remplacer, ni même enlever, à cause du procès Remo. Il se laissa tomber dans un de ses fauteuils capitonnés, à dossier droit, un peu étroit pour lui, qu'il fit pivoter pour se retrouver face au cadavre.

Dixon avait l'air triste. Totalement épuisé. Un teint pas naturel — une couleur grisâtre, où les veines ressortaient. L'âme s'était échappée.

— Le bien gagne-t-il toujours, Dixon ? lui demanda-t-il, à haute voix. C'est ce qui se passe à la télé, en tout cas.

Il ne comprit pas pourquoi il avait posé cette question, et il se mit à pleurer. Les larmes étaient proches, depuis déjà quelques jours, cela, il le savait. C'était simplement le moment où elles choisissaient de couler qui l'étonnait. Mais pourquoi se retenir? La tempête l'emporta. Il couvrit sa bouche avec son mouchoir, et pressa sa main contre ses lèvres pour étouffer son cri.

— Mon Dieu, Dixon ! répétait-il, quand il réussissait à parler.

Lorsqu'il se calma enfin, il se leva, il s'approcha du canapé et décida de prier. Il n'avait jamais su avec certitude en quoi il croyait. Pour Yom Kippour, il allait à la synagogue, et s'adressait directement au Seigneur. Le reste de l'année, il aurait pu passer pour un athée. Mais en cet instant, il fut sincère, il en était capable, puisque c'était vraiment le meilleur de lui-même : un avocat qui ne parlait pas pour son propre compte.

Accepte, Dieu aimé, l'âme de Dixon Hartnell, qui s'amenda et qui suivit sa propre voie. Il fauta, comme nous tous, et peut-être plus souvent que certains. Et pourtant, il accepta des choses fondamentales. Ce n'est pas que nous soyons mauvais, car nous ne le sommes pas. Mais nous penchons dans ce sens — quel que soit le nom que l'on donne à cela : intérêt personnel, passion, colère, concupiscence, cupidité. C'est notre tragédie de savoir que cela ne changera jamais. Notre devoir de tenter en permanence de surmonter cela. Notre gloire d'y parvenir parfois.

Un costume de rechange était accroché derrière la porte de son bureau, et il se changea rapidement. Dans un tiroir, il avait aussi une chemise, une cravate et un rasoir. Il n'avait pas sa mallette, mais dans la confusion, personne sans doute ne le remarquerait. Il alla se raser, au bout du couloir, puis il revint et s'assit devant le téléphone. Dès qu'il entendrait arriver quelqu'un, il appellerait Silvia, pour lui dire qu'il avait trouvé Dixon, à l'endroit où il avait passé un certain nombre de ses dernières nuits, à réfléchir à sa défense.

De là où il était assis, il voyait les étagères du meuble en noyer où étaient posées les photos de sa famille, celles-là mêmes qu'avait examinées Dixon la semaine précédente. Ils étaient libres, maintenant. Totalement. John. Kate. Et même Peter. Il n'y avait pas pensé, jusqu'à cet instant. Avec la mort de Dixon, toute cette affaire était terminée. Et tous ces événements — leur honte — se dissoudraient dans les brumes du passé. Avec la fortune de Clara, ils étaient même riches, à présent. Ils allaient avoir, eux aussi, tous les trois, leur seconde chance. Il essaya d'imaginer leur avenir — et le sien, en même temps ; mais en vain. Des ombres ténébreuses. Quelque chose de triste. Puis il se souvint. Il allait y avoir un bébé. Un enfant. Les enfants resserraient toujours les liens d'une famille. Et ce serait vrai aussi pour la sienne, supposa-t-il. Alors, il eut enfin une vision, comme un tableau vaguement surréel — l'étrange logique du rêve : ils étaient tous attirés par ce bébé rose et inconnu, dans une espèce de halo de lumière, et chacun de leurs visages était illuminé par cette merveilleuse joie qui venait du fond d'eux-mêmes. Ils entoureraient cet enfant et chacun d'eux changerait d'identité — il y aurait des parents, un grand-père, un oncle, des tantes. De nouvelles responsabilités. Des fantasmes. Des rêves. Bien sûr, ils commettraient d'autres erreurs. Ils répéteraient de mauvaises habitudes et, pire encore, les transmettraient. Chacun d'eux, dans une certaine mesure, succomberait à la folie, aux griffes d'un passé sombre et invincible. Mais malgré tout, ils continueraient.

Il entendit quelqu'un. Il prit immédiatement le téléphone. Lorsque sa sœur décrocha, il l'appela par son nom et, en dépit du chagrin qui s'empara de lui par surprise, il fit ce qu'il devait. Une fois de plus, dit-il. Un choc terrible. Elle comprit immédiatement.

— Nous devons partager ces fardeaux, fit-il. Je suis capable de t'aider.

NOTE

J'ai eu la chance de bénéficier, pour ce livre, des connaissances spécialisées d'un grand nombre d'amis. Le Dr John Weiss m'a donné d'inestimables conseils sur les questions médicales, ainsi que le Dr Robert Stein, inspecteur médical du Cook County, et mon père, le Dr David Turow. Merci à Nadia Walsh d'avoir partagé avec moi ses souvenirs d'Argentine et à Steve Senderowitz d'avoir bien voulu discuter de divers problèmes de droit commercial. Mes associés, Jim Ferguson et Tom Opferman, m'ont beaucoup aidé pour d'autres points de droit.

Je tiens à préciser aussi que Gabriel Turow est l'auteur d'une bonne partie du chapitre 29.

Enfin, j'ai une dette particulière envers mes amis du marché à terme, et surtout Frank et Brian Gelber, du Gelber Group Inc.

L'aide de toutes ces personnes m'a certainement permis d'éviter beaucoup d'erreurs. Je suis le seul responsable de celles qui restent peut-être.

Scott Turow

Le traducteur tient à remercier, pour sa part, Christiane Benasich, Valérie Mouls, Claude Hestin, Frédéric Crété et Dominique Brotot pour l'aide qu'ils lui ont apportée.

Littérature extrait du catalogue

Cette collection est d'abord marquée par sa diversité : classiques, grands romans contemporains, témoignages. A chacun son livre, à chacun son plaisir : Henri Troyat, Bernard Clavel, Guy des Cars, Frison-Roche, Djian, Belletto mais aussi des écrivains étrangers tels que Virginia Andrews, Nina Berberova, Colleen McCullough ou Konsalik.

Les classiques tels que Stendhal, Maupassant, Flaubert, Zola, Balzac, etc. sont publiés en texte intégral au prix le plus bas de toute l'édition. Chaque volume est complété par un cahier illustré sur la vie et l'œuvre de l'auteur.

ADLER Philippe — **Bonjour la galère !** 1868/**2**
Les amies de ma femme 2439/**3**
Graine de tendresse 2911/**3**
Qu'est-ce qu'elles me trouvent ? 3117/**3**
AGACINSKI Sophie — **La tête en l'air** 3046/**5**
AMADOU Jean — **La belle anglaise** 2684/**4**
AMADOU - COLLARO - ROUCAS — **Le Bêbête show** 2824/**5** & 2825/**5** Illustrés
AMIEL Joseph — **Le promoteur** 3215/**9**
ANDERSEN Christopher — **Citizen Jane** 3338/**7**
ANDERSON Peggy — **Hôpital des enfants** 3081/**7**

ANDREWS Virginia C.

Fleurs captives :
- **Fleurs captives** 1165/**4**
- **Pétales au vent** 1237/**4**
- **Bouquet d'épines** 1350/**4**
- **Les racines du passé** 1818/**4**
- **Le jardin des ombres** 2526/**4**

La saga de Heaven :
- **Les enfants des collines** 2727/**5**
- **L'ange de la nuit** 2870/**5**
- **Cœurs maudits** 2971/**5**
- **Un visage du paradis** 3119/**5**
- **Le labyrinthe des songes** 3234/**6**

Ma douce Audrina 1578/**4**
Aurore 3464/**5** (Juin 93)

APOLLINAIRE Guillaume — **Les onze mille verges** 704/**1**
Les exploits d'un jeune don Juan 875/**1**
ARCHER Jeffrey — **Le pouvoir et la gloire (Kane et Abel)** 2109/**7**
Faut-il le dire à la Présidente ? 2376/**4**
ARSAN Emmanuelle — **Les débuts dans la vie** 2867/**3**
Chargée de mission 3427/**3** (Juin 93)
ATTANÉ Chantal — **Le propre du bouc** 3337/**2**
ATWOOD Margaret — **La servante écarlate** 2781/**4**
Œil-de-chat 3063/**8**
AVRIL Nicole — **Monsieur de Lyon** 1049/**3**
La disgrâce 1344/**3**
Jeanne 1879/**3**
L'été de la Saint-Valentin 2038/**2**
La première alliance 2168/**3**
Sur la peau du Diable 2707/**4**
Dans les jardins de mon père 3000/**3**
BACH Richard — **Jonathan Livingston le goéland** 1562/**1** Illustré
Illusions/Le Messie récalcitrant 2111/**2**
Un pont sur l'infini 2270/**4**
Un cadeau du ciel 3079/**3**

BAILLY Othilie	**L'enfant dans le placard** 3029/**2**
BALZAC Honoré de	**Le père Goriot** 1988/**2**
BANCQUART Marie-Claire	**Photos de famille** 3015/**3**
BAPTISTE-MARREY	**Les papiers de Walter Jonas** 3441/**9**
BARBELIVIEN Didier	**Rouge cabriolet** 3299/**2**
BARRIE James M.	**Peter Pan** 3174/**2**
BAUDELAIRE Charles	**Les Fleurs du mal** 1939/**2**
BÉARN Myriam et Gaston de	Gaston Phébus :
	1 - Le lion des Pyrénées 2772/**6**
	2 - Les créneaux de feu 2773/**6**
	3 - Landry des Bandouliers 2774/**5**
BEART Guy	**L'espérance folle** 2695/**5**
BELLEMARE Pierre	**Les dossiers d'Interpol** 2844/**4** & 2845/**4**
BELLEMARE P. et ANTOINE J.	**Les dossiers extraordinaires** 2820/**4** & 2821/**4**
BELLETTO René	**Le revenant** 2841/**5**
	Sur la terre comme au ciel 2943/**5**
	La machine 3080/**6**
	L'Enfer 3150/**5**
BELLONCI Maria	**Renaissance privée** 2637/**6** Inédit
BENZONI Juliette	Le Gerfaut des Brumes :
	- Le Gerfaut 2206/**6**
	- Haute Savane 2209/**5**
BERBEROVA Nina	**Le laquais et la putain** 2850/**2**
	Astachev à Paris 2941/**2**
	La résurrection de Mozart 3064/**1**
	C'est moi qui souligne 3190/**8**
	L'accompagnatrice 3362/**4**
	De cape et de larmes 3426/**1**
BERG Jean de	**L'image** 1686/**1**
BERGER Thomas	**Little Big Man** 3281/**8**
BERTRAND Jacques A.	**Tristesse de la Balance...** 2711/**1**
BEYALA Calixthe	**C'est le soleil qui m'a brûlée** 2512/**2**
BISIAUX M. et JAJOLET C.	**Chat plume (60 écrivains...)** 2545/**5**
BLAKE Michael	**Danse avec les loups** 2958/**4**
BOGGIO Philippe	**Coluche** 3268/**7**
BORGEN Johan	**Lillelord** 3082/**7**
BORY Jean-Louis	**Mon village à l'heure allemande** 81/**4**
BOULET Marc	**Dans la peau d'un Chinois** 2789/**7** Illustré
BRAVO Christine	**Avenida B.** 3044/**3**
	Les petites bêtes 3104/**2**
BROOKS Terry	**Hook** 3298/**4**
BRUNELIN André	**Gabin** 2680/**5** & 2681/**5**
BURON Nicole de	**Les saintes chéries** 248/**3**
	Vas-y maman 1031/**2**
	Dix-jours-de-rêve 1481/**3**
	Qui c'est, ce garçon ? 2043/**3**
	C'est quoi, ce petit boulot ? 2880/**4**
	Où sont mes lunettes ? 3297/**4**
CARDELLA Lara	**Je voulais des pantalons** 2968/**2**
CARREL Dany	**L'Annamite** 3459/**7** (Juin 93)

CARS Guy des

La brute 47/**3**
Le château de la juive 97/**4**
La tricheuse 125/**3**
L'impure 173/**4**
La corruptrice 229/**3**
La demoiselle d'Opéra 246/**3**
Les filles de joie 265/**3**
La dame du cirque 295/**2**
Cette étrange tendresse 303/**3**
La cathédrale de haine 322/**4**
L'officier sans nom 331/**3**
Les sept femmes 347/**4**
La maudite 361/**3**
L'habitude d'amour 376/**3**
La révoltée 492/**4**
Amour de ma vie 516/**3**
Le faussaire 548/**4**
La vipère 615/**4**
L'entremetteuse 639/**4**
Une certaine dame 696/**5**
L'insolence de sa beauté 736/**3**
L'amour s'en va-t-en guerre 765/**3**
Le donneur 809/**3**
J'ose 858/**3**
La justicière 1163/**2**
La vie secrète de Dorothée Gindt 1236/**2**
La femme qui en savait trop 1293/**3**
Le château du clown 1357/**4**
La femme sans frontières 1518/**3**
Le boulevard des illusions 1710/**3**
La coupable 1880/**3**
L'envoûteuse 2016/**5**
Le faiseur de morts 2063/**3**
La vengeresse 2253/**3**
Sang d'Afrique 2291/**5**
Le crime de Mathilde 2375/**4**
La voleuse 2660/**4**
Le grand monde 2840/**8**
La mère porteuse 2885/**4**
L'homme au double visage 2992/**4**
L'amoureuse 3192/**4**
Je t'aimerai éternellement 3462/**4** (Juin 93)

CARS Jean des	Sleeping story 832/**4**
	La princesse Mathilde 2827/**6**
CASSAR Jacques	Dossier Camille Claudel 2615/**5**
CATO Nancy	L'Australienne 1969/**4** & 1970/**4**
	Les étoiles du Pacifique 2183/**4** & 2184/**4**
	Lady F. 2603/**4**
	Tous nos jours sont des adieux 3154/**8**
CESBRON Gilbert	Chiens perdus sans collier 6/**2**
	C'est Mozart qu'on assassine 379/**3**
CHABAN-DELMAS Jacques	La dame d'Aquitaine 2409/**2**
CHAILLOT N. et VILLIERS F.	Manika une vie plus tard 3010/**2**
CHAMSON André	La Superbe 3269/**7**
	La tour de Constance 3342/**7**
CHATEL Philippe	Il reviendra 3191/**3**
CHEDID Andrée	La maison sans racines 2065/**2**
	Le sixième jour 2529/**3**
	Le sommeil délivré 2636/**3**
	L'autre 2730/**3**
	Les marches de sable 2886/**3**
	L'enfant multiple 2970/**3**
	Le survivant 3171/**2**
	La cité fertile 3319/**2**
CHOW CHING LIE	Le palanquin des larmes 859/**4**
	Concerto du fleuve Jaune 1202/**3**
CICCIOLINA	Confessions 3085/**3** Illustré
CLANCIER Georges-Emmanuel	Le pain noir 651/**3**
CLAUDE Hervé	L'enfant à l'oreille cassée 2753/**2**

DJIAN (suite)	***Maudit manège*** 2167/**5**
	50 contre 1 2363/**3**
	Echine 2658/**5**
	Crocodiles 2785/**2**
DORIN Françoise	***Les lits à une place*** 1369/**4**
	Les miroirs truqués 1519/**4**
	Les jupes-culottes 1893/**4**
	Les corbeaux et les renardes 2748/**5**
	Nini Patte-en-l'air 3105/**6**
DUBOIS Jean-Paul	***Les poissons me regardent*** 3340/**3**
DUFOUR Hortense	***Le château d'absence*** 2902/**5**
DUMAS Alexandre	***La reine Margot*** 3279/**8**
	Les trois mousquetaires 3461/**9** (Juin 93)
DUNKEL Elizabeth	***Toutes les femmes aiment un poète russe*** 3463/**7** (Juin 93)
DUROY Lionel	***Priez pour nous*** 3138/**4**
D'EAUBONNE Françoise	***Isabelle Eberhardt*** 2989/**6**
EBERHARDT Isabelle	***Lettres et journaliers*** 2985/**6**
EDWARDS Page	***Peggy Salté*** 3118/**6**
Dr ETIENNE	***Transantarctica*** 3232/**5**
Dr ETIENNE et DUMONT	***Le marcheur du Pôle*** 2416/**3**
FISHER Carrie	***Bons baisers d'Hollywood*** 2955/**4** Inédit
FLAGG Fannie	***Beignets de tomates vertes*** 3315/**7**
FLAUBERT Gustave	***Madame Bovary*** 103/**3**
FOSSET Jean-Paul	***Chemins d'errance*** 3067/**3** (Exclusivité)
	Saba 3270/**3** (Exclusivité)
FOUCHET Lorraine	***Jeanne, sans domicile fixe*** 2932/**4** (Exclusivité)
	Taxi maraude 3173/**4** (Exclusivité)
FRANCESCHI Patrice	***Qui a bu l'eau du Nil...*** 2984/**4** Illustré

FRISON-ROCHE

La peau de bison 715/**2**
La vallée sans hommes 775/**3**
Carnets sahariens 866/**3**
Premier de cordée 936/**3**
La grande crevasse 951/**3**
Retour à la montagne 960/**3**
La piste oubliée 1054/**3**
Le rapt 1181/**4**
Djebel Amour 1225/**4**
Le versant du soleil 1451/**4** & 1452/**4**
L'esclave de Dieu 2236/**6**

GAGARINE Marie	***Blonds étaient les blés d'Ukraine*** 3009/**6**
	Le thé chez la Comtesse 3172/**5** Illustré
GARRISON Jim	***JFK*** 3267/**5** Inédit
GEBHARDT Heiko	***La mère d'Anna*** 3196/**3**
GEDGE Pauline	***La dame du Nil*** 2590/**6**
GEORGY Guy	***Folle avoine*** 3391/**4**
GILBERT Sarah	***Une équipe hors du commun*** 3355/**3**
GLASER E. & PALMER L.	***En l'absence des anges*** 3318/**6**
GOISLARD Paul-Henry	Sarah :
	1 - La maison de Sarah 2583/**5**
	2 - La femme de Prague 2584/**4**
	3 - La croisée des amours 2731/**6**
GORBATCHEV Mikhaïl	***Perestroïka*** 2408/**4**
GRAFFITI Kriss	***Et l'amour dans tout ça ?*** 2822/**2**
GRAY Martin	***Le livre de la vie*** 839/**2**

KENEALLY Thomas	La liste de Schindler 2316/6
KIPLING Rudyard	Le livre de la jungle 2297/2
	Simples contes des collines 2333/3
	Le second livre de la jungle 2360/2
KLEIN Norma	Mon rayon de soleil 3367/3
KNOBELSPIESS Roger	Voleur de poules 3210/2

KONSALIK Heinz G.

Amours sur le Don 497/5
La passion du Dr Bergh 578/4
Dr Erika Werner 610/3
Mourir sous les palmes 655/4
Aimer sous les palmes 686/3
Les damnés de la taïga 939/4
Une nuit de magie noire 1130/2
Bataillons de femmes 1907/6
Un mariage en Silésie 2093/4
Coup de théâtre 2127/3
Clinique privée 2215/3
La nuit de la tentation 2281/3 Inédit
La guérisseuse 2314/6
Conjuration amoureuse 2399/2
La jeune fille et le sorcier 2474/3
Et cependant la vie était belle 2698/4
Le sacrifice des innocents 2897/3
La saison des dames 2999/4 Inédit
Le pavillon des rêves 3122/5 Inédit
La vallée sans soleil 3254/5 Inédit
La baie des perles noires 3413/5 Inédit

KOSINSKI Jerzy	L'oiseau bariolé 270/3
KOUSMINE Catherine Dr	Sauvez votre corps 2712/7
KUBELKA Susanna	Ophélie apprend à nager 3027/5
L'HÔTE Jean	Confessions d'un enfant de chœur 260/2
	La Communale 2329/2
LACAMP Ysabelle	La Fille du Ciel 2863/5
	L'éléphant bleu 3209/5
LACLOS Choderlos de	Les liaisons dangereuses 2616/4
LAFFERRIERE Dany	Comment faire l'amour avec un nègre... 2852/3
LAFON Monique	Mon enfant, ma douleur, mon bonheur 2901/3
LAHAIE Brigitte	Moi, la scandaleuse 2362/3 Illustré
	La femme modèle 3102/3 Inédit
LAHAYE Jean-Luc	Cent familles 3134/5
	Cent familles Tome II 3135/4
LASAYGUES Frédéric	Le chien de Goya 3211/5
LAUREY Joy	Joy 1467/2
	Le retour de Joy 3388/3
LAXER Gloria	Les vendanges du silence 2647/4
LE BARS André	Flics des beaux quartiers 3370/6
LEAMING Barbara	Rita Hayworth 3120/6 Illustré
LEBLANC Alain	Lucas 3392/4
LEFEBVRE Jean	Pourquoi ça n'arrive qu'à moi ? 3193/3 Illustré
LEFEVRE Françoise	La première habitude 697/2
	Le petit prince cannibale 3083/3
	Mortel azur 3295/2
LEFÈVRE Kim	Métisse blanche 2791/5
LIMONOV Edouard	Autoportrait d'un bandit dans son adolescence 2883/4
LINDSEY David	Mercy 3123/7 Inédit
LONDON Jack	Croc-Blanc 2887/3
LOTI Pierre	Le roman d'un spahi 2793/3
	Pêcheur d'Islande 2944/3
LOWERY Bruce	La cicatrice 165/1

3505

Achevé d'imprimer en Europe (France)
par Brodard et Taupin à la Flèche (Sarthe)
le 21 avril 1993. 1560-H
Dépôt légal avril 1993. ISBN 2-277-23505-9

Éditions J'ai lu
27, rue Cassette, 75006 Paris
Diffusion France et étranger : Flammarion